ハヤカワ・ミステリ

NICK HARKAWAY

エンジェルメイカー

ANGELMAKER

ニック・ハーカウェイ
黒原敏行訳

TOKYO HAYAKAWA BOOKS

A HAYAKAWA
POCKET MYSTERY BOOK

ANGELMAKER
by
NICK HARKAWAY

Translated by
TOSHIYUKI KUROHARA
First published 2015 in Japan by
HAYAKAWA PUBLISHING, INC.
This book is published in Japan by
arrangement with
NICHOLAS CORNWELL
c/o CONVILLE & WALSH LIMITED
through THE ENGLISH AGENCY (JAPAN) LTD.

装幀／水戸部 功

ほかのすべてのもの同様、
クレアに捧げる。

ギャングは都会人である。都会人らしい言葉遣いをし、都会人らしい知識を持ち、悪事の技能を駆使し、恐るべき大胆さを発揮して、みずからの命をプラカードか棍棒のように掲げて生きていく。

ロバート・ウォーショー
（アメリカの映画評論家。一九一七〜五五。引用は『悲劇的英雄としてのギャングスター』〔未訳〕より）

エンジェルメイカー

おもな登場人物

ジョシュア・ジョゼフ・
スポーク（ジョー）…………機械職人
マシュー………………………………ジョーの父、大物ギャング
ハリエット……………………………ジョーの母
ダニエル………………………………ジョーの祖父
ビリー・フレンド……………………ジョーの友人
ボブ・フォウルベリー………………〈ボイド・ハーティクル工芸科学製作財団〉理事長
セシリー・フォウルベリー…………同資料室長
フィッシャー…………………………故買屋
グリフ・ワトソン
アビー・ワトソン　…………………ジョーの隣人
ロドニー・ティットホイッスル
アーヴィン・カマーバンド　…〈遺産委員会〉所属の公務員
ブラザー・シェイマス………………〈ラスキン主義者連盟〉の〈管理者〉
セオドア（テッド）・ショルト……〈ラスキン主義者連盟〉の元〈管理者〉
マーサー・クレイドル………………ノーブルホワイト・クレイドル法律事務所代表
ポリー…………………………………同調査員
オノラブル・ドナルド・
ボーザブラー・ライアン…………マシューの知人
ヴォーン・パリー……………………連続殺人者
ヨルゲ…………………………………〈夜の市場〉の大物
シェム・シェム・ツィエン…………アデー・シッキムの藩王
フランキー・フォソワイユール……科学者
エイベル・ジャスミン………………〈サイエンス２〉局長
アマンダ・ベインズ…………………同副局長。クパーラ号艦長
イーディー・バニスター……………〈サイエンス２〉所属のスパイ

I

父親たちの靴下、哺乳類の優越性、老婦人を訪問

午前七時十五分、真空の空間よりもさらに少し寒い寝室で、ジョシュア・ジョゼフ・スポークは長めの革のコートを着て、父親のゴルフ用靴下をはいている。父親は普通のゴルファーではなかった。何が違うといって、普通のゴルファーは靴下を手に入れるのに、〈セント・アンドリューズ百貨店〉に向かう輸送トラックを襲撃したりはしないものだ。そう、普通はしないだろう。ゴルフは忍耐を尊ぶ宗教なのだから。靴下というものはどんどん傷んではけなくなる。賢明なゴルファーはじっと待ち、気に入った靴下を見つけたらすっと買う。グラスゴー出の屈強な運転手の顔にトンプソン・サブマシンガンを突きつけ、車をおりろ、さもないと車体を彩る真っ赤な模様にしてやるぞ、などと通告するのは……論外だ。そんなゴルファーはハンデがティーンエイジャーの年齢数を下回ることはないだろう。

いい点は、ジョー（ジョゼフの愛称）がこの靴下を父親の靴下だと認識していないことだ。これはたんに父親が空のゴルフコースの大きなバンカーへ行ってしまったあとにブリック・レイン（ロンドンの家具・家電製品街）のトランクルームに残されていた二千足の靴下の一足であって、ジョーの手に渡った盗品のひとつにすぎない。ジョーは盗品をできるかぎり本来の所有者に返した——それは奇妙な雑然たるコレクションであり、父親のどこか常軌を逸した犯罪人生にふさわしい品々だった。そのなか

にはスーツケース数個分の私的な所有物もあった。家族の聖書や写真帖、父親がその父親から盗んだらしいあれやこれや、そして何足かの靴下。〈セント・アンドリューズ百貨店〉の会長は、靴下数足は思い出の品として持っておいたら、と勧めてくれた。

「盗品を返すのはなかなか辛いものだったろうにね」と会長は電話で言った。

「正直、ちょっと戸惑ってます」「古傷がうずいたりして」

「いやあ戸惑うことはない。〝親の罪が子に報いる〟（『聖公会祈禱書』にある）などという言葉があるが、そんなことは気にすべきじゃないんだ。わたしの父親は爆撃部隊にいた。ドレスデン空襲（第二次世界大戦末期に連合国軍がドイツのドレスデンに行なった大規模無差別爆撃。不必要な殺戮だったとの批判が強い）の計画策定に加わったんだ。想像できるかね。靴下を盗んだなどは可愛いほうだよ」

「そうでしょうね」

「もちろん、ドレスデン空襲は戦争中のことで、必要なことだと判断されたんだろう。英雄的な戦闘行為だとね。しかしわたしは写真を見たことがある。きみはどうだ」

「ないです」

「見ないようにしたほうがいい。目に焼きついて離れないから。だが、もし見るはめになってしまったとしたら、悪趣味なアーガイル柄の靴下をはけば少しは気分が楽になるかもしれない。いくつか小包で送ってあげよう。きみの罪悪感を和らげるために、とくに趣味の悪いやつを選んでね」

「ああ、そうですね。ありがとうございます」

「わたしも飛行機の操縦をする。民間のライセンスだがね。昔は飛ぶのが好きだったが、最近は焼夷弾が落ちるところをどうしても想像してしまって、いまはもうやめてしまった恰好だ。残念なことだが」

「残念ですね」

会長はちょっと間を置き、意図した以上に自分を語ってしまっただろうかと考えた。

「よしと。それじゃ薄黄緑（シャルトルーズ）のやつを送ってあげるよ。今度ホーリー・チャーチヤードにいる親父を訪ねるとき、わたしも同じのをはいていってみよう。そしてこう言ってやるんだ。『おい、じいさん、これを見ろ。あんたが民間人のひしめく都市を殲滅しなきゃいけないと自分に言い聞かせてるとき、ほかの男の親父はださい靴下を盗むだけで我慢してたんだ』と。少しはこたえるんじゃないかな」

「そうでしょうね」

このおかしなやりとりの結果、ジョーの小汚い足はアーガイル柄の靴下で冷たい床から守られることになった。

革のコートのほうは攻撃に対する予防措置だった。部屋着のガウン（というよりタオル地のバスローブ）は持っていて、そのほうが着やすいが、脆弱なのだ。ジョーは倉庫の二階に住んでいる。一階は工房だ。工房はもともと亡くなった祖父のものだった。場所はロンドンのテムズ川に面した薄汚れた静かな区域だ。進歩の歩みはこの区域を素通りしてきた。眺めは灰色で殺風景、あたりには川の悪臭が漂っている。そんな不景気な場所にあるので、大きな倉庫は名義上はジョーの所有物だが、銀行や高利貸しにも唾をつけられている。ジョーの嘆かわしい父親マシューは、ごく気軽に借金の証文を書いたようだ。金というものは借りた分以上に盗めばいいという考え方だったのだろう。

借金のことから、ギャングの息子としていい思いをしたことや嫌な思いをしたことをつらつら思い返すとき、ジョーは考えることがある。父親は人を殺したことがあったろうか。というより、うんと人を殺しただろうかと。ギャングというのは血腥（ちなまぐさ）い方法で意見の対立を解消する傾向がある。その結果、酒場のスツールや自動車の座席に大きな濡れ雑巾のような死体がぐっちゃり残るのだ。ひょっとしたらどこかに大勢の犠牲者を埋めた秘密の墓地や、豚に食わせた養豚場など、父親のいっそ爽快なまでの非道な行為の最終処分場があるのかもしれない。かりにあるとして、息子はそのことでどんな責任を相続することになるのだろう。

倉庫の一階はジョーの工房と売店だけにあてられている。どちらも品のいい謎めいた雰囲気があるスペースだ。いろいろなものに埃よけのシートがかけられ、とくに大事なものは、木食虫（きくいむし）に食われないよう分厚い黒いビニールで覆われてテープで封じられている。最近では、こういうものの大半は客が来たときに貴重なものであるかに見せかけるため配置した作業用の架台やベンチにすぎないが、なかには銅製の土台を持つ本物の商品もある――時計、オルゴール、なかでも自慢の品は手作りの自動人形（オートマタ）だ。コンピューターがまだ指を折らずに計算ができる人間と同程度の能力しか持たなかった時代の、木彫りや鋳物の本体に色を塗った作品だ。

倉庫のなかにいても、どういう区域にいるのかはちゃんとわかる。ロンドンの古い市街の匂いが、川の水と泥の匂いとともに、売店の湿った板壁を通してささやくように染みこんでくるからだ。古い木材とそこに刻まれた装飾は悪くない。床よりずっと高い位置にある細長い窓には防犯用の鉄格子がはまっている。そこから落ちてくる陽の光に照らされているのは、エディンバラで製作された縦長の箱形時計が五台、自動ピアノが二台。そしてもうひとつの逸品が機械じかけの揺り木馬だが、普通の遊具ではなく、ジョーは好色な買い手を探さなければならないだろう。これらの値打ち物を囲んでいるのが、より小さめのありふれた品々だ。ハンドル式の電話機、蓄音機などの骨董品。そして台座に据えつけた〈死の時計（デス・クロック）〉。

実際のところ、〈死の時計〉はヴィクトリア朝のガラクタにすぎない。頭巾をかぶった骸骨が馬車を右から左へ駆っていく静止像。西洋人は左から右へ文字を読むのに慣れているので、骸骨は見る者のほうへ向かってくるような印象を与える。いつでもすぐ人の命を刈りとれるよう、背中に大鎌をしょって。痩せた馬は邪悪な表情を浮かべて車を引き、ぐんぐん前へ進む勢いを示す。正面にある車輪が黒い文字盤になっていて、ごく細い骨の針が時刻を表示する。チャイムはついていない。時間が区切りを入れずに着実に過ぎていくことを表わしているのだろう。ジョーの祖父は遺言書で、相続人はこの時計に対して〝特別の配慮〟をすべしと要求していた。機械はとびきり秀逸で、気圧の変化を感知して動く――だが、幼いころのジョーはこの時計が怖かったし、思春期に入ると、この時計が伝える、人はみな死すという万古不易の憂鬱な真理が腹立たしかった。いまでも――というより、とくにいま――生涯最初の三十年間がバックミラーにはっきり映り、四十の坂が道路の前方に見えてきたいま――はんだづけで火傷したり何かで切り傷や刺し傷ができたときに治りが少し遅くなってきたいま――腹が洗濯板というより頑丈ではあっても坐り心地のいいベンチのようになってきたいま――とくにこの時計を見ないようにしていた。

〈死の時計〉はジョーのただひとつの恥ずべき秘密を隠す役割も果たしている。ジョーは経済的な必要に迫られ、過去に持っていた裏社会との関わりを少しだけ残すという現実主義的な譲歩をしているが、その譲歩の具体的な現われが、〈死の時計〉の陰の、工房のいちばん暗い場所、雨水がしみ出している壁のきわに、汚れたシートに覆われて保管されている六台の古いスロットマシンだ。それらはレバーが一本ついている形から〝片腕の悪党〟と呼ばれる古典的なタイプのマシンで、ジョーは古い知り合いのヨルゲに頼まれて修理しているところだ。ヨルゲ（初めて会う人間には「おれはヨーーールゲーだ！　パステルナークと同じ情熱を持っているぞ！」（名前の発音がロシア語風だと教えるために、『ドクトル・ジバゴ』で有名なソ連人作家を引き合いに出しているが、なぜパステルナークなのかは不明）と言う）は賭博その他の悪い遊びをメインアトラクションとして提供する安っぽい店をいくつも経営しているが、ジョーが請け負っている仕事は、いまでは小銭をじゃらじゃら出すのではなく高額の金銭やある種の親密なサービスと引き換えられる代用硬貨を吐き出すこれらスロットマシンのメンテナンスをすることと、当たりがめったに出ないように、あるいはヨルゲの指示したときにだけ出るように、機械を調整することだ。こういう汚れ仕事をすることで時計じかけ（原語はclockwork。"ゼンマイ仕掛け"のこと）の機械の工房を維持するという、ちょっとした妥協をしているわけだ。

　倉庫の二階はジョーの住まいになっている。ベッドが一台と、戦艦を隠せるほど大きな古い木の衣装簞笥がいくつか置かれているすばらしいスペースだ。やわらかな色の煉瓦壁には幅の広いアーチ形の窓が設けてある。ひとつの窓が川に面し、その反対側の窓からは街の景色が眺められる。商店、スーパーマーケット、倉庫、オフィス、トランクルーム、自動車販売店、税関押収物保管所、なぜかしぶとく生き残っている法令で保護されたくすんだ緑色の貧相な四角い芝地。

　そういうのはいいのだが、倉庫には最近、ある厄介者が出没するようになった。一匹の猫だ。倉庫から二百メートルほど離れたところにハウスボートが係留してあり、とても親切だが貧しいグリフ・ワトソンとその妻のアビーが住んでいる。ふたりともやや依怙地なアナーキストで、どこかの会社に雇われて事務仕事などをすると良心に蕁麻疹ができるという深刻なアレルギー体質の持ち主だ。ふたりとも奇妙に勇敢だ。いまの政治状況は怖ろしいものだと信じ、それと戦っているのだから。頭がおかしいのか、自分をある程度騙して現実と折りあうことができない人たちなのか、ジョーにはよくわからない。

　それはそれとして、ジョーは時計じかけの玩具でいらないものがあればワトソン夫妻に進呈し、ふたりが生きているのを確かめるためときどきいっしょに夕食をとる。夫妻のほうでも、家庭菜園でとれた野菜をジョーにくれたり、週末に留守をするとき倉庫の様子に気をつけていてくれたりする。問題の猫は（ジョーはこの猫を〈寄生者（パラサイト）〉と呼んでいる）、何カ月か前に夫妻のところに現われ、夫妻の子供たちを喜ばせると同時にネズミ軍団を恐怖のどん底に陥れるという政治的・心理的手法によりハウスボートに対する支配権を確立し、そのことを夫妻に是認させてしまった。まずいことに〈寄生者〉はジョーの倉庫をつぎの自宅にしようと狙っているふしがある。〈寄生者〉はジョーをよく思っておらず、機会があれば抹殺するか倉庫から追い出すかしようと思っているのだ。

　ジョーは鏡として使っている磨かれた真鍮板をのぞきこんだ。真鍮板はこの倉庫に入居したときに見つけた。もとは何か大きなものにリベットでとりつけてあったらしい。ジョーはその温かみのある色が気に入った。ガラスの鏡は緑がかっていて、そこに映る顔は不健康で淋しげに見える。ジョーはガラスの鏡に映っている自分を見たくない。それに対して、真鍮板には心の温かそうな愛想のいい男が映る。この男は、少し身だしなみが悪く、裕福そうにも見えないが、少なくとも健全で考え方がかなりまともな人間という印象を与える。

　ジョーは大柄な男で、肩幅も腰幅も広くて骨太だ。濃い顔立ちで、皮膚の下で頭蓋骨がいばっている。そこそこハンサムともいえるが、優男の美しさはない。父親のマシューは自分の父親からの遺伝でフラメンコダンサー風だったが、ジョーは自然の不当なる配剤により、がらの悪い酒場の用心棒に似ている。この風貌は母方の血だ。母親のハリエット・スポークは横幅の狭い身体つきだが、それは遺伝よりも信心と繊維質に富む食事に負うところが大きい。骨格はカンブリア州の精肉作業員とドーセット州の小地主の娘が結婚して生まれた女にふさわしいそれだ。造物主がハリエットに用意していた人生は、せっせと身体を動かして働き、夫をぽんぽんやりこめる威勢のいいおかみさんになり、太ったお婆さんになったときには日焼けした孫たちに囲まれているといったものだったはずだ。それが歌手になり、後年修道女になることを選んだのは、運命のいたずらのせいか、さもなければ二十世紀というかつてない激動の時代がハリエットに、生涯を田舎のおかみさんとして過ごすのは人間として敗北だと思わせたのに違いなかった。

倉庫のどこかに、奇妙な沈黙が潜んでいる。狩る者がつくりだす沈黙だ。〈寄生者〉はジョーの存在を知ると、ほとんどすぐに宣戦布告をした。毎朝ジョーがセントラルヒーティングで部屋が息苦しくならないよう窓を開けると、その窓から入ってくる。キッチンのドアを囲む白い枠の上辺にのぼる。ジョーがその下を通ると、肩に飛びおり、爪を立て、背中を駆けおりながら林檎のように皮をむこうとする。革のコートだけでなく、生身の肌にもその爪跡が残っている。最初にこれをやられたときはパジャマ姿だったのだ。

ジョーはいつもの朝の小競り合いにうんざりしている。いまは独身だが、そのうち女性をこの倉庫に連れこんだりする折があれば、その女性は怒れる猫に皮をむかれるのを好みはしないだろう。その女性はジョーのシャツをはおり、シャツの裾からお尻の下のほうをのぞかせ、優雅な脚を動かしてお茶を淹れに出てくるところを襲われるのだ。ジョーは情勢をさらに緊迫させる道を選んだ。昨夜遅く、キッチンのドアの上の横木にワセリンを塗った。ジョーはたかが猫一匹と戦うのが日常のメインイベントであるような人生のことを考えまいとした。

おっと。あのさらさらいう音は不揃いなマグカップを吊るす樹状のラックをやわらかな尻尾でこする音だ。きしきしいうのは壁ぎわの床が軋む音。ぱたっという音は小動物が食器棚からドアの上の横木へ飛びのった音……あのかりかりっという派手な音は横木からドアを駆けおりた音……そして、どたりと床におりる恰好悪い音。ジョーはキッチンに入っていく。〈寄生者〉が隅からじっと見つめてくる。目にあふれている反抗心と憎悪。

「こっちは霊長類だ」ジョーは両手をふる。「道具を使うし、親指の先とほかの指の先を合わせられるぞ」〈寄生者〉は怖ろしい形相でジョーを睨みつけて、そっと出ていった。

　こうしていままた〈対猫戦勝記念日〉を更新したわけだが、哺乳類の世界における最高の地位はまもなく一匹の犬によって奪われるはめになる。ジョーの人生ではよくそういうことが起きるのだ。

　ジョーはふたりの人間と会う約束をしているが、最初の約束の場所へ出かけるのに〈廃品回収人の縄張り（トーシャーズ・ビート）〉（"トーシャー"はヴィクトリア朝時代にロンドンの地下下水道で廃品回収をして暮らした人々）を通る近道を選んだ。普段は絶対にとらないと決めているルートで、必ずバスや電車を使うか、自分で車を運転していく。〈トーシャーズ・ビート〉を通り抜ければ、自分の人生のいまではもう用がない部分をまた意識することになるからだ。最近、殺人鬼ヴォーン・パリーの犠牲者が大勢埋められた庭がまた見つかったという報道が新聞に出て、人間は生まれつき犯罪的な素質を持っているのではないかという議論がなされているが、これも同じような意味でジョーが耳にしたくないと願っている話題だ。

　だがそれと同時に最近、そう深刻なものではないが軽い不安をはっきり覚える出来事がいくつかあったので、それを考えると、普通に街中を行くよりも、小さいころに慣れ親しんでいた〈トーシャーズ・ビート〉を通るほうが安心できるのだ。要は育ち方が悪いので、薄暗い路地裏や煙草の煙がこもった部屋のほうが、ショッピングセンターや陽射しの明るい街路よりも安心できるということなのか。もっとも〈トーシャーズ・ビート〉へよく出かけた日々は過去のものだ。自分は新しい自分だと言うつもりなど毛頭ないが、そのことは間違いない。〈トーシャーズ・ビート〉の〈古参兵たち〉はほとんどが早くに死んだ。ジョーのまわりにいた悪党どもはもう記憶のなかにしかいない。生き残りはまだ少しいて、引退するか、すっかり堅気になってしまうか、逆に依怙地に古い自分でいつづけるかしているが、ジョーが幼いころから親しんできた犯罪者たちの世界とそこにまつわる数々のスキャンダラスな逸話はもう消えてしまっている。

一方、ヴォーン・パリーのほうは、いまもイギリスにとりついている悪夢だ。ヴォーンは最近、リュックサックに爆弾を詰めたイスラム過激派や、非白人だからというだけの理由で鉛管工の頭を九回撃つ警察官以上に、良識的な人たちを怖がらせている。あの男はそれほど特異な存在ではないのではないかと考えてしまうからだ。広い麦畑やローンボウリング（ボウリングの前身にあたる球技）用の芝地がひろがるロンドン周辺の諸州に、手が血にまみれた殺人者が何人もいるのかもしれない。夜中に窓のロックをこじ開けて住居に侵入し、罪もない人たちの身体をばらばらにしようとしているのかもしれない。パリー自身は、いま警備の厳重な病院に拘禁され、治療を受けているが、彼が持っている何かがこの国の人々の心を深くえぐるのだった。

その結果、健全なる中流階級の人々はおろおろして、どうやって自分たちの身を守ればいいのかと悩み、そういえば昔もとんでもない犯罪者どもがいたよねというあまり知的とはいえない会話がかわされるようになった。そんなときとくに話題にのぼるのがジョーの父親——金庫破りにして列車強盗にして美術品泥棒であった、刑務所のダンディーことマシュー・〝トミー・ガン〟・スポークなのだ（トミー・ガンは、アメリカの禁酒法時代のギャングと警察が使ったイメージが強いトンプソン・サブマシンガンのこと）。ジョーとしては、〈トーシャーズ

・ビート〉を通るのもぞっとしないが、それ以上に嫌なのは、父親にまつわる噂話を耳にすることだ。犯罪小説で〈裏社会の一員〉（ハビチュエ・オブ・ザ・デミ・モンド）と呼ばれるものに自分があたると思われるのはかなわない。その言葉は、賭博師や詐欺師や泥棒や、そうした連中の家族や友人や知人を大勢知っているという含みを持っている。いまのジョーは、そのことを話題にしなくてすむことと引き換えに、〈裏社会〉（デミ・モンド）とのつながりをほんの少しだけ残しているのだ。

おれってどんな人間？　と考えると、どうしても死亡記事めいてくる。ジョシュア・ジョゼフ・スポーク、子供を残すことなく四十歳前に死亡。ハリエット・ピーターズと、悪名高いギャング、マシュー・〝トミー・ガン〟・スポークの息子。あとに残されたのは、いまは修道女である母親と、少人数の堅気の元ガールフレンド。ジョーの生涯最大の功績は父親のようにならなかったことかもしれないが、そのせいで、祖父のように人とあまり接触せず仕事場にひとりこもる生活に深く沈潜することになったと言えよう。葬儀は金曜日。参列者は銃や盗品を持たずに来場されたし。

ジョーは頭からおのが死亡記事を追い払い、鉄道橋へと足を急がせる。

クライトン通りとブラックフライアーズ（ロンドン中心部、セント・ポール大聖堂の南西にあたる地区）のあいだには、袋小路がひとつあるが、これは実際は袋小路ではない。どんづまりに狭いすきまがあり、そこから鉄道の線路まで小道が通じている。目の前に線路が見えるあたりまで来ると、左手に〈地下世界＝暗黒街〉（アンダーワールド）へおりるドアがあるのだ。ジョーはこの小さなドアを『不思議の国のアリス』の白ウサギのようにくぐり、螺旋階段をおりて、〈トーシャーズ・ビート〉の狭い赤煉瓦のトンネルに入った。トンネルのなかは真っ暗だ。ポケットをさぐってキーホルダーを出す。そこには数種類の鍵とパスカード、そして大きさと形が万年筆のキャップくらいの懐中電灯がついている。

　青白い光が汚い壁を照らし出す。壁のところどころに不滅の愛の誓いが傷跡の形で残っている。〝デイヴはリサを愛してる〟。少なくともこの地下トンネルでは愛は永遠に続くのだろう。ジョーは何か祝福を受けたような気分になった。床に溜まったヘドロ状のものを注意深く避けながら先へ進む。ドアがもうひとつ。ジョーはハンカチで口を覆い、つんと来るサリチル酸メチルの軟膏（商品名は〝アダムズ・トラディショナル・ウォーミング・バルサム！〟。商品名にびっくりマークをつけて興奮することに意味があるのかはよくわからないが、アダム氏には興奮させる名前なのだろう）を鼻の下に塗る。このドアを開けるには鍵が必要だ。〈トーシャーズ・ビート〉は本格的な侵入防止策はとらず、ごく普通の錠をかけているだけだが、ともかく丁重にテリトリーの主張をしている。トンネルを道路として使ってもいいが、それはおれたちの善意によるんだってことを知っておいてくれと言っている。〈トーシャーズ・ビート〉は網目をなしているが、どこへでも自由自在に行けるわけではない。住民たちの許可と厚意、そしてときには事前の申し込みが必要だ。ジョーのキーホルダーは、トンネル内の二十パーセントのドアを開くことができるはずだが、残りのドアは公式・非公式にいろいろなグループによって警護され、厳重にプライバシーが守られている。プライバシーは住民どうしのあいだでも尊重されている。彼らは自分たちの奇妙な王国の中心部を、礼儀正しく、しかし効果的に、防護しているのだ。

　十分後、ジョーは〈トーシャーズ・ビート〉の住人と遭遇した。男たちはゴム製の作業服を着て、背をかがめ、トンネル内のヘドロを除去していた。

　かつてロンドンに救貧院がたくさんあり、緑色のスモッグがひどい夜には人々を窒息死させそうなほど濃く立ちこめていた時代、あるいはそれ以前の、道の真ん中を下水が蓋もされずに流れていた時代――〈トーシャーズ・ビート〉の住民は地下溝に流れこんできた下水の中から市民がうっかりなくした硬貨や宝石を拾っていた。いまの時代でもびっくりするようなものが下水に流されてくることがある。どこかで落っことしてしまっただけなのに、ブレンダおばさんが盗んだと思われてしまった、お祖母さんの形見のダイヤモンドとか。誰かが腹立ちまぎれに投げ捨てたり、寒い日に誰かの冷えて細くなった指から滑り落ちたりした、いろいろな種類の指輪。もちろんお金もある。金歯もある。あるとき父親のマシューが開いたパーティーで、まだ小さな子供だったジョーが〈トーシャーズの女王〉から聴いたのは、ひと束の無記名社債を見つけたという話で、全部で一千万ポンド近くになったとのことだった。

　最近の〈トーシャーズ・ビート〉の住民は深海用潜水服を着て下水の宝探しをする。ヘドロの量が多いせいもあるが、もっと悪いことに、注射器その他の危ないものが落ちているからだ。もちろん雄の魚を雌に変えてしまう環境ホルモンやヒキガエルを大量に殺す化学物質も垂れ流しだ。人や動物の死体はスーパーマーケットの食品に含まれる防腐剤のおかげで昔より二週間ほど長保ちする。いまヘドロの除去作業をしている一団は、まるでよその星の宇宙飛行士がまずい場所に着陸してしまい、原始の泥のなかを悪戦苦闘しながら進んでいるといったふうだ。

　ジョーは少し高くしてある歩道を急ぎ足に歩き、手をふりながら作業団のわきを通る。作業団も手をふり返してくる。いまでは訪問者は多くないし、〈夜の市場（ナイト・マーケット）〉でよしとされている流儀で親指を立てる者はもっと少ない。手の甲を上に向け、親指を四十五度の角度で立てるのがそのやり方だ。ジョーがそれをやると、作業団のリーダーがためらいがちに挨拶を返してきた。

「やあ」ジョーは大きな声で言った。作業団はヘルメットをかぶっていて声が聴きとりにくいからだ。

「〈大聖堂〉は通れるかい」

「通れるよ」とリーダーは答える。「潮門は閉まってる。ちょっと待ってくれ、おれはあんたを知ってるよな」

もちろん知っている。ふたりは子供のころ、〈夜の市場〉のビロードの垂れ幕を吊るし松明をともした通路でいっしょに遊んだ仲だ。〈トーシャーズ・ビート〉の住民と〈夜の市場〉の住民はどちらもイギリスという国家の地下に存在する小さな国家で、用心のために同盟関係を結んでいる。どちらもギャング組織の国家だが、ジョーが子供だったころと比べるとずいぶん勢力が弱まった。とくに衰退がはげしかったのは〈夜の市場〉だ。その幹部連中にはマシュー・スポークとその仲間たちがやってのけたような大暴れができなかった。いわば王さまのいない宮廷だった。**でも、あのころのことは考えないでおこう。おれは仮面をつけて堅気の人間としてふるまっているんだから。**

「おれは仮面をつけてるんだ」ジョーは小さくつぶやいて先を急いだ。

ドアをひとつくぐり、古い郵便局の気送管鉄道（気送管は圧縮空気で物を送る管で、かつて手紙の輸送に使われたが、ここでは大きな荷物を輸送できるものがあったと設定されている）の管が通っているスペースに入る（ある時期、マシュー・スポークは全英の気送管輸送網を所有して、違法物資の配達と隠匿に活用していた）。ジョーはトンネルの枝道に入り、階段をおりて、〈大聖堂洞窟〉に出る。もともと中世に宮殿の基礎工事をするためにつくられた地下の空洞だが、宮殿は完成せず、いまではロンドン盆地の泥土に埋もれてしまっている。湿気がひどく、とても暗い。アーチ形に組まれた石壁は何百年ものあいだミネラル分の多い雨水に洗われて、ぬらぬらした縞大理石のように見え、まるで自然の鍾乳洞のようだ。近年の異常気象のせいでよく起きることだが、ロンドン市内に残るヴィクトリア朝時代の下水溝がいっぱいになると、逆流した水に洞窟全体が浸かってしまう。ジョーはそんなことを考えるうちにわき起こった閉所恐怖症的な悪寒を抑えこんだ。

地下のトンネル内に設置されたいまにも壊れそうなガントリークレーンのレールが、気送管鉄道と川べりを結んでいる。川べりには古い貨物用エレベーターが据えつけてある。中世の地下空間と近代の輸送設備が組みあわさった違法物資密売業者のハイウェイだ。川面から気送管鉄道の終点まで、物資は三十分弱で着く。地上で車を使って運べば、道路ががら空きなら、多少は早く輸送できるだろう。

その犬はバスチョン（〝要塞〟の意）という名の、恥も慈悲も知らない動物だった。その名にふさわしい犬なら、人が来たら偵察のために股の匂いをかぎにいくくらいは当たり前だろうが、このバスチョンは腫れ物のできた鼻をズボンの股間にぐっと押しつけて、そのまま退こうとしなかった。ジョーは軽く腰の位置をずらす。バスチョンは胸のなかで低く響く声で警告の唸りを発した。それはおおむねつぎのような意味だった。わしは口をおぬしの陰部の近くに持っておるのだぞ。よいか、コーヒーを飲みながらわしの女主人と話をする男よ。わしを苛つかせたりコケにしたりするでないぞ！　わしは歯が一本しかない。ああ、ほかの歯はずっと昔に罪人どもの肉に埋まりこんでしまったからな。わしの顎を見よ。上顎も下顎も同じように正義のために歯を失ってしまった。動くでないぞ、機械職人め。わしの女主人さまに失礼のないようにな。この方は老いぼれのわしにも優しくしてくださるのだから。

しなびたパグ犬で、身体が小さく、歯抜けであるばかりか、目玉は天然のものではなかった。両目ともガラスの義眼で、薄いピンク色をしているのは眼窩（がんか）の色を映しているらしい。唸り声は威嚇がかなり本気であることを示している。ジョーはバスチョンが自分の股間によだれを垂らすのを黙認することにした。

バスチョンの飼い主はイーディー・バニスター。とても小柄で、針金のように痩せている女で、外見からは大英博物館よりちょっとだけ年上というふうに見える。銀色の髪は小さな帽子のようだが、ところどころそばかすのある頭皮が透けている。自尊心に満ちた目に力強い口。その顔を見れば、若いころはさぞかし潑剌とした美女だったろうと想像できる。色白で、頬骨が透けて見えるようだ。腕のしわは何重にも寄り集まって、溶けたプラスチックを思わせ、それがときどき思いがけない方向を矢印のように指す。イーディー・バニスターはまごうかたなき高齢者だ。

だが、とても生き生きしている。この数カ月間に、何度かジョーの〈スポーク株式会社〉に仕事を依頼してきた。おかげでジョーはイーディーのことを少しばかり知るようになった。イーディーは祖父のダニエルを連想させる人物だ。蒸留された混じり気のないエネルギーを満々とみなぎらせて打ち震えているように見える。長年生きているうちに、胸のなかにある生気のアルコールがねっとり濃縮され、甘みと強度がいやましに増したとでもいうように。

飼い主に比べると、バスチョンはいい年の取り方をしているとは言いがたい。ジョーがこれより醜い生き物を見たのは深海魚水族館でだけだ。イーディーの暮らしのお伴にふさわしいとはとても思えないが、世界というものは、祖父ダニエルがかつて喝破したように、個々の謎が寄り集まってできた蜂の巣なのだ。

ジョーにはそれが本当だと言えるだけの根拠がある。子供のころは、悪人だった父親のおかげで秘密の場所をいくつも知っていた。ジョーはそうした場所と、それらに関係する芝居がかった名前――〈古参兵たち〉、〈貯水槽〉、〈王たちの忘却〉――を過去のものとしてきっぱり捨てたが、それでも人生のどの局面も、何人もの人たちが惑星となっている太陽系をつくっていることに気づいていた。惑星群はそれぞれゴルフクラブや劇場やバスケット編み教室といった太陽らしくない太陽のまわりを回り、ときに不貞行為や赤貧といったブラックホールに呑みこまれたり、宇宙の虚空のなかでひっそり消えていったりするのだ。

そんな人たちがこのごろ、大挙して訪れる。年をとって足が弱くなり耄碌（もうろく）しかけたような連中がジョーの工房のドアをくぐってやってくる。みながそれぞれに携えてくるのは、過去の思い出の壊れた小さな断片だ。オルゴール、置き時計、懐中時計、機械じかけの玩具。それらは自分が昔使ったものか、他界した母親や伯父や妻から相続したものだ。

イーディー・バニスターがコーヒーのおかわりを勧めてくれたが、ジョーは断わった。ふたりはぎこちなく微笑みあう。愛想笑いの交換だ。テーブルの下にはジョーの股間をいつでも咬める体勢をさりげなくとっているバスチョンがいて、テーブルの上にはキングサリの木でできた箱がのっていた。ポータブル型蓄音機ぐらいの大きさで、角に色の薄い木を象嵌（ぞうがん）している。これが今回の訪問の目的で、このためにジョーは朝早く自宅の倉庫に鍵をかけ、ヘンドンまで出てきたのだ。この地区は婆さんの趣味に合わせて建てられたような、いっそ可愛いといっていい退屈な住宅が何列も何列も並んでいる。ジョーはリューマチにかかった蓄音機やスチームパンク風の自動紅茶沸かし機（ティーズメイド）を修理してほしいという依頼で呼ばれるのだが、そのつどたいして面白くない機械にがっかりさせられる。イーディーが誘惑するように毎回とっておきの秘密の品だとばかりに何かの機械を出してくる。ジョーはその機械の故障を自信たっぷりの優雅な手つきでてきぱき直す。そしてこれは何かのテストで、腕を値踏みされているんだろうなと思っていた。イーディーは住まいの小さな部屋にもっと興味深いものを持っていて、それを見せればジョーがノックアウトされることを知っているに違いない。だが、それが何かはまだ明かすつもりはないようだ。

ジョーは、この老婆の目的は何か時計じかけの機械に関係することであって、肉体的なことではないはずだと、祈るような気持ちで信じていた。

イーディーは唇を湿らせた。舌でではなく、上下の唇を内側に巻きこんで、すりあわせる。イーディーが育った時代には、女は舌を持っていることをあからさまにすべきでないとされていた。唇や唾液や口腔は、べつの湿った場所を暗示するからであり、そのべつの場所のことは、とくに女自身は考えてはならないのだった。

ジョーは箱のほうに手を伸ばした。木の肌に指を触れた。両手で持ちあげて、重さをはかってみる。感じたのは……物理的な意味ではない重みだ。何か大事なものらしい。このちょっとボケているような優しげな老女は途方もないものを持っている。そしてそのことを知っている。老女は何かすごいものを見せるという予告を暗黙のうちにしつづけてきたが、今日こそはその日なのかもしれない。

ジョーは箱を開いた。内部は骨組みと鎖歯車からなるゴルゴタの丘といったところ。頭のなかですばやく構造を再現する。これが背骨、そう、メインスプリングがこれで、ここがハウジングの一部、だから……おやおや。ここにあるものはほとんどが余計なギアや何かの屑ばかりだ。構造がすっきりしていない。でもまあ、おおむね意味のあるパーツばかりで……おっ！ふむ、これはいい。様式も素材も二十世紀初頭のものだが、組み立て方が洗練されている。まさに芸術的な、唯一無二の技。これが名のある職人の手になるものだとわかれば、もっと有益な情報が手に入る。とはいえ、これは……ううむ。期待していたものとは違うようだ。何を期待していたのかは自分でもよくわからないが。

ジョーは笑った。ただし静かに。さもないと、こちらの膝のあいだでぶつぶつ喋っている犬が目覚めて火山爆発を起こすからだ。

「とてもすばらしい。これがけっこうなお金になることはもうご存じですよね」

「あらまあ。それじゃ保険をかけたほうがいいのかしら」とイーディー。

「そのほうがいいかもしれません。こういう自動人形は、うまくいくと数千ポンドの値がつくこともあります」ジョーは確信をこめてうなずく。うまくいかないときは、オークション会社の倉庫のパレットの上で死んだ魚みたいにのっかっているだけだが、まあ、いまはそのことは気にしないことにしよう。

「あなたこれ直せる?」とイーディーに訊かれたジョーは、失望を払いのけて、ええ、もちろんと答えた。

「いますぐ?」イーディーが重ねる問いに、ええ、とまた答えた。道具は持っている。持たずに家を出ることはない。ソフトアームのクランプでハウジングを固定する。もうひとつのクランプも留める。しっかりなかを開く。機械はどこにも損傷がなく、誰かが意図的に分解したように見えた。かなり慎重に。しかしさくさくと。組み立て直すのは簡単だが……ふうむ。足りない部品がある。故障した機械ってたいていそうだ。足りないのは右脚と左脚を架橋する部品で——はは
あ! こいつは人間みたいに歩く動作をするようだ。これはすごい。時代をうんと先取りしている。そんなふうに歩くロボットをテレビで見たことがあるけれど、あれも技術がすばらしく進歩したと言われていた。これはあの種のロボットのプロトタイプだと言えるかもしれない。これをつくった芸術的職人の亡霊は、自分の名声が称えられないことにいまごろどこかで怒り狂っているだろう。

ジョーは老婦人をちらりと見て、目の表情で許可をとり、ミニバーナーを点火する。金属片を熱し、ひね

り、溝をつけ、折り曲げる。さくさくと。息を吹きかけて冷ます。もう一度溝を刻む。よし。ここはこれでいい……よしと。完了せり（コンスマートゥム・エスト）、と母親ならラテン語で言うだろう。

ジョーが顔をあげると、イーディーがこちらを見ていた。あるいはうんと距離をおいて、自分の人生を見つめていたのか。顔は動かない。ジョーは一瞬、死んだのかと思ってぞっとする。イーディーは身震いをし、ちょっと異様な感じのする微笑みを浮かべて、ありがとうと言う。ジョーはゼンマイを回して玩具をテーブルに置くと、兵隊はトン、トン、トンと調子よく行進し、底に鋲を打ったブーツをはねあげてテーブルクロスに皺を寄せた。

犬がまたジョーに目を向けてくる。短い耳を立てて警戒し、ガラス製の見えない目をこらす、奇妙な盲目の犬。**おぬし完璧ではないな、機械職人。片足を引きずるではないか。でもまあこれでよいのかのう。見ろ。わが女主人さまがえらく感動なさってる。ご苦労だった。さあ——もう帰るがよいわ。**

ジョーはそそくさと辞去したが、ふと、あの老女は自分に何かほかのことも求めていたのだと確信した。彼女にはほかにも秘密がある。より大きなその秘密を打ち明けてもいいと判断できるまで、果てしなくテストを繰り返す気なのだ。だが、今回も自分は失格したらしい。なぜだろう、と未練がましく考える。ジョーは引き返そうかとも思ったが、やめておいた。もしかしたらあの老女はただ寂しいだけかもしれない。ジョーのことを自分と同じ孤独な人間で、仲間だと思っているのではないか。

たしかに自分は孤独だが、孤独の種類はあの老女と同じではないはずだ、とジョーは思う。

いま、ジョーは完全にひとりぼっちというわけではなかった。目の隅で何かが動いた。視界をよぎったのは走り過ぎるバスの窓ガラスに映った黒い影。それはとある建物の玄関口にいる人影だった。左右を見てから通りを渡る。そして警戒しながら通りを左のほうへ歩く。あやうく完全に見過ごすところだった。問題の人影は微動だにせず、目につきにくかった。ジョーはきっとその人間は動くはずだと思っていたのだが、動きはまったくなかった。そいつは廃業して木の板で封鎖されたパン屋の暗い玄関ポーチから、こちらをじっと見ているらしい。ドレスだか厚手のオーバーだかに身をくるみ、喪中の女のようにベールで顔を隠している。本当に夫に死なれた婦人なのか、それとも養蜂家か。あるいはひょろりと背の高い子供が幽霊の扮装をしているのか。パン屋の店先に吊るされた小麦を入れる古い麻袋を人影と見間違えている可能性もかなりあるが。

　ジョーは車体の長い緑色のステーションワゴンに轢かれそうになった。いかにも子育て中の母親といった感じの顔が、運転席からジョーを、おまえがこの世にいることがいまいましいという表情で睨んできた。こちらを監視していた人間――が本当にいたとしての話だが――そいつのことはジョーの頭から消し飛んでしまった。

　憂鬱と不安を抱えて、ジョーは街角のアリの店に入る。猫を殺す毒が手に入るかどうか訊いてみるためだ。

　アリがロンドンへやってきたとき、この店は〈Bhred nba'a〉（ブハレッド・ンバー）といった。イギリスのテレビを観て、ロンドン市民は駄洒落と街角の小さな店が好きなのだと気づき、そのふたつを組みあわせれば当たると考えたのだ。〝バターつきのパン〟（ブレッド・アンド・バター）をアラビア語風に変えて、〝ブハレッド・ンバー〟。開店してすぐわかったのは、ロンドン市民はたしかに駄洒落と街角の小さな店が好きだが、いかにも外国人の風貌をした男が、人を小馬鹿にしたような店名をつけたのが面白くないようだ。〝nba'a〟とアポストロフィーを入れる凝り方も評価してもらえないらしい。

アリは学習するのが早く、すぐに看板を描きかえた。ジョーはこの男の名前が本当にアリなのかどうかも知らない。外国風だけどイギリス人にも簡単に発音できる名前を選んだだけかもしれないと思っている。ややこしい外国人名は無教養なロンドン市民を困惑させるだけだからだ。

驚くことではないのだろうが、アリは毒薬のことはあまり語らない。アリは猫を人生に教訓をもたらす存在とみなしている。猫は忍耐の大切さを教えてくれる神のメッセンジャーなのだという。二週間前の傷の跡がまだ肩に残っているジョーが、騒動と痒みを与える悪魔のメッセンジャーだと言うと、アリは、それはありうるが、神の摂理は理屈でははかりがたいものだと言う。たとえ騒動と痒みを与える悪魔のメッセンジャーであっても、〈宇宙的全一者〉によって送りこまれた助言者でもあるのだと。


「猫は独立独歩の動物だ」とアリは、今朝配達された有機牛乳を店に運びこみながら言った。プラスチック容器にひびが入って牛乳が漏れているものもある。

「自己教育の機会になる」

「応急手当と病気の知識が身につくだけだ」とジョーはつぶやく。

「もっと精神的なこともだよ。宇宙は神のことを教えてくれるんだ、ジョゼフ」

「猫は教えてくれない。少なくともあの猫は」

「あらゆるものが勉強の材料になるよ」

それは祖父ダニエルが昔言ったことにごく近いので、不眠の夜を過ごした翌朝には性悪猫に襲われたというのに、思わずうなずいてしまった。

「助言ありがとう、アリ」

「どういたしまして」

「でも、やっぱり猫の毒は欲しい」

「すばらしい！　猫の毒に詳しくなったら教えてくれ。

互いに教えあうことがあるのはいいことだ！」

「さよなら、アリ」

「さよなら（オー・ルヴォワール）、ジョゼフ」

Ⅱ

エディンバラの二紳士、『ハコーテの書』、困ったときの友

倉庫の入り口に近づいたとき、叫び声が聴こえた。喘息の発作のような、息だけの声だが、クォイル通りの静けさを突き刺すような鋭さを持っていた。倉庫の横手の路地で鳩がばたばた騒ぐ。

「こんにちは、ミスター・スポーク」

ふり返ると、珍しいものが見られた。走っている太った男だ。

「ミスター・スポークですよね」

この男は本当に走っていた。速くはない――太って

いる人の多くが意外とそうであるように足の運びは軽いが、何しろ重量のある腿なので肉がゆっさゆっさ揺れる——とはいえ、速足の歩きでも、小走りでも、ジョギングでもなく、本格的に走っていた。この距離からだと、母方の祖父に似ているようにも感じられる。母方の祖父ちゃんはスキンヘッドの精肉作業員で、身体にはベーコンや卵に由来する脂肪がついていた。やってきた男は、身体の大きさは祖父と同じくらいだが、体重はそこまでないようだ。年は三十から五十までのどこかだろう。

「どうも。ちょっとわたしたちと話しませんか」

なるほど、〝わたしたち〟と言うだけあって、たしかにふたりいた。太った男と、その巨体の背後に隠れている痩せた小男と。小男は鯨のような大男のあとを上品に歩いてくる。

呼びかけてきたのは太った男のほうだった。クォイル通りを駆け、息継ぎのあいまに声をあげた。ジョーは足をとめて待った。太った男がうっと心臓発作を起こすドラマチックなシーンや、こちらと衝突する惨事が起こらないことを願いながら。どんなトリックを使ったのか、ふたりの男はほぼ同時にジョーに追いついた。そして小男が喋りを引き継いだ。こちらのほうが年上で、白髪が多く、落ち着きがあって如才ない。

「どうも、ミスター・スポーク。ちょっとなかへ入れてくれませんか。わたしたちは——いろいろな人たちのために働いていますが——今日はとくにエディンバラとシカゴにある〈ローガンフィールド機械史博物館〉の代理人として来ました」エディンバラというわりにはスコットランド訛りはなく、ちょっと謝るような口調の、純正イギリス英語だ。そして〝代理人として来たようなわけでして〟みたいな言い方はせず、〝代理人として来ました〟と簡潔に言い切る。「少々デリケートな問題があるのです」

デリケート。ジョーはデリケートな問題が好きではない。機械に関してデリケートな神経を持つのはいいことだが、日常生活で〝デリケートな問題〟といえば裁判だ金だとややこしいことがからんでいる。場合によってはまたしても父親の負債というか悪行のつけというか、そんなものが追いかけてきたことを意味する。父親がある人の貯金全部や貴重な宝石を盗んだ話を聴かされ、マシュー・スポークの財産はもらっていないと説明しなければならない。父親から受け継いだのは空の革製スーツケースが数個と、父親の悪事についてのほとんどが曖昧に検証されただけの新聞記事の切り抜きだけだ。父親の金はなくなってしまい、どこへ消えたのかは、妻や息子や債権者たちでさえ知らないのだ。ところが今回の用件は、ジョー個人に関係する事柄らしい。

ジョーの数少ない友人知人のなかで、法律との関係でときどき厄介な問題を抱えこむ人物はひとりだけだ。

おいビリー、禿げちゃびん、あんたおれを何に巻きこんでくれたんだ。どうせろくでもないことだろう。わかってるんだぞ。

ろくでもないこと。〈夜の市場〉にまつわる深刻な悲惨と災厄が心に呼び起こされる。ジョーは走って逃げだしたい衝動を強烈に感じた。

だが逃げることなく、「じゃ、どうぞ」と招いた。イギリスはいちおう法治国家だと思っているし、経験上、かりにこちらが少しばかり法を破っても、それなりに協力的な態度をとり礼儀をつくせば、大きな穴ぼこは避けられるのがわかっているからだ。

まず太った男がジョーの倉庫に入り、小男がそれに続く。ジョーがしんがりを務めたのは、ひとり家のなかに逃げこんで閉じこもる気はなく、むしろ進んで客を自分の巣に入れるつもりであることを示すためだ。ジョーは紅茶と坐り心地のいい椅子を勧めたが、残念ながら謝絶された。そこで自分の紅茶だけ淹れはじめると、小男のほうが、やっぱりせっかくだから頂こうと言いだし、おまけにマカロンを一個勝手にとって食べる。太った男は水を飲んだ。大量に。全員が喉を潤し、ジョーが工房のなかの多少とも人の興味を惹きそうなもの（注文を受けて製作中だがまだ半分しかできていない、ケンペレンの悪名高い作品〈トルコ人〉に似たチェス指し自動人形、手巻きゼンマイ式の競走馬、エディンバラ風の箱形時計など）を見せたあとで、小男がそろそろ本題に入ろうかというように両手を合わせて尖塔をつくった。

「わたしは乳首笛（ティットホイッスル）（左右の乳房の乳首をくっつけ、そこへ息を吹きつけて音を出すいたずら）といいます」と小男が名乗る。「連れはカマーバンド（タキシードを着るときに腰に巻くバンド）。遺憾ながらどちらも本名です。人生は気まぐれなものですよ。お笑いになりたいのなら、わたしたちは大人ですから、笑いのお相伴にあずかる度量はあります」ティットホイッスルは試しにやってみせる気か笑みを浮かべる。カマーバンドは腹をぱんぱん叩く。自分の度量は相当のもので、ほかのジョークでも笑ってやるという仕草だ。

　これは一種のテストだろう。そう踏んだジョーは、礼儀正しい、おのが罪を悔いるかのような微笑みを浮かべて、自分は奇名珍名を持つ人の気持ちがわかるから笑う気にはなれないとアピールしつつ、握手の手を差し出した。カマーバンドは軽くその手を握る。皮膚がとてもやわらかい。そして優しくしかし熱意をこめて、握った手をふる。しばらくしてジョーはプラグを抜くように自分の手を抜きとり、ティットホイッスルのほうを向いた。

　ティットホイッスルは挨拶するために前に身をかがめてくることはしない。完璧にバランスのとれた姿勢で、完璧に自分の身体がつくる円形の輪郭のなかに留まった。握手はまるでジョーがいつ足を滑らせて転ぶかしれないと気遣うようなやり方だ。転んだときは、サイズ二十七センチの靴と、弁護士としての頼もしさを象徴するようなたくましい腿の力でジョーを支えようという構え。髪の毛はごく少なく、石化した桃のうぶ毛のよう。そのせいで年齢不詳だ。四十五？　六十？

ティットホイッスルはジョーの顔をまっすぐ見据えてきた。ごく平静に、気まずげな様子もなく。灰色の親切そうな目には嫌悪や不承知の色は見えない。むしろ悔やみを言うときや瞑想するときの目になっている。意見の不一致が生じても、双方が知性と決断力を持っていればなんらかの解決法を見出せることを理解しているのだ。本当にジョーが足を滑らせたら、ティットホイッスルはためらわず身体を支えてくるだろう。法的なテニスの試合でネットを隔てた反対側のコートにいるからといって、互いに不快な態度をとる必要はないという認識。何よりかにより気のいい男なのだ。

ジョーの古い、長く使わなかった、ありがたくない直感力が急激に意識の表面へ浮かびあがってきた。**危険！　警戒せよ！　警報音を鳴らし、ベント開け！　深く静かに潜航せよ！**　なぜこんな警戒心が起こるのか。ジョーはまだ自分の手を握っている相手の手を見る。腕時計をはめていない。この種の人物が腕時計なしで仕事をすることは珍しいだろう。腕時計はその人間のアイデンティティーについて何ごとかを伝えるものだ。もちろん伝えるのを避けようとしているのなら……視線をティットホイッスルが着ているベストに移すと、探していたものが見つかった。地味な鎖で吊るした懐中時計だ。魔よけの印や〈フリーメイソン〉のマークや社交クラブの紋章などは入っていない。個人的なシンボルマークや勤め先のロゴなどもなし。軍隊の所属部隊の印も。その種の自己顕示ができるスペースは空白のままだ。もう一度手首を見る。カフスボタンも装飾なしのプレーンなもの。ネクタイもごく普通の模様。この男は暗号だ。自分自身を隠している。

ジョーはあらためてティットホイッスルの顔を見た。慈愛にあふれる澄んだ目を熟視するうちにひとつの確信がわく。愛想よく微笑みながらシェリー酒を飲むのが似合う、由緒ある都市バース市の市会議員といったふうなこのティットホイッスルは、人をピアノ線で絞め殺している最中にも優しい伯父さんのようなやわらかい微笑を浮かべていることだろう。

そんなことを考えるところを見ると、ジョーは〈夜の市場〉の一員だったころの自分を、意図せずして残しているのかもしれない。

挨拶がすむと、カマーバンドは椅子に坐り、膝の上で螺旋綴じの手帳を開いた。この角度から見ると、クォイル通りを走っているのを最初に見たときよりもさらに奇妙な印象を受ける。頭はほぼ洋梨と同じ形で、脳みそはてっぺんの狭いところに押しこまれているに違いない。頬は広くて肉づきがよく、鹿やカレイならさぞ美味かろうと美食家の期待をそそること請け合いだ。濃厚なオーデコロンが強く匂う。これはサーフィンを終えた若い男が、黒い瞳と美しい曲線を持つ女といっしょに熱帯の国のカジノに入っていくコマーシャルで知られるオーデコロンで、クリスタルガラス製のパイナップルのように見える容器に入っている。つまり若向きの商品であり、当人が自然に生産しているオ、ト、デ、カ、マ、ー、バ、ン、ドの不快な臭いを消しきれてはいない。

「デリケートな問題ですか」とジョーは訊く。

「残念ながらね」とティットホイッスルが言う。

「なんについてのかなあ」

「亡くなったお祖父さまの遺品についての」

「祖父の？」それは無害な言葉だ。祖父ダニエルは父親のマシューと違って、精力家でもなければ残忍な犯罪者でもなかった。とはいえ、少しばかり不安な気分になる。

「そう。たしかダニエル・スポークとおっしゃいましたな」

「祖父がどうしたんです」

「えーと……わたしはあなたのお祖父さまの日記を手

に入れるよう依頼を受けています。それとあなたからお譲りいただけるかぎりの書簡もいっしょにね。お祖父さまの作品やお使いになった道具などもありがたいです。骨董品なども」

「なるほど」と言ったものの、何もわからない。いや、何か感じるのだが、はっきり特定できないというか。

「わたしはいま言ったものを迅速に買い入れて博物館のコレクションに加えるための交渉の権限を与えられています。新規所蔵作品の展示はたいてい一月から始まりますが、その前に準備期間が必要なので、迅速な購入というのは重要なのです。ときに機械史博物館へ行かれたことは？」

「いや、聴いたことない博物館です」

「ええ、あまり知られてませんね。とても残念なことです。でもキュレーターがすばらしい仕事をしていますよ。展示物がすばらしく見えるような工夫をしますから。ぜひ一度行ってみるべきです」

「すばらしそうですね」

「問題の物件を実際に見せていただければ、買値についてもう少し具体的なお話ができますが、予算はかなりあります。イギリスではなくアメリカの通貨でお支払いします。ゼロが余計につきますよ」

「何か具体的に探しているものがあるんですか。祖父のものだった普通の工具はいくつか持ってます。そういえば彫刻用に自作したテーブルクランプがひとつありますね。でも、いいものは全部父が非公式なやり方で処分してしまったようですよ。祖父がまだ生きているうちに」そのときはすごかったらしい。おとなしくて気の弱い祖父が激怒して、家の屋根を吹き飛ばし土台を崩してしまいそうな声で怒鳴ったという。おまえは悪魔だ、ゲスだ、大嘘つきだ。名誉心のかけらもなく、人間の持ついいところを何ひとつ持ってない虫けらだ。おまえは下劣なやつだ。するとジョーの母親が、泣きながらマシューの腕をつかみ、同時に舅のダニエルにすがりつきながら言った。**そんなことおっしゃらないでください、お義父さん、お願い、お願い！　この人、わからずにやったんです。**

だが、ジョーの祖父ダニエルは炎の柱だった。息子マシューへの大いなる信頼が崩れ、そのために世界が前より劣悪なものになったように思えた。マシューはダニエルにとって血肉を分けた子でありながら、赦しがたい嘘つきであり、言葉では充分に説明できないほど大切にしているものを破壊してしまいかねない存在だった。ダニエルは息子夫婦に背を向け、首をふりながらおぞましさに身震いをし、ふたりが差しのべる手を払いのけた。それから工房へおりていって、息子が〝特売〟をやったあと何が残っているか、取り返せそうなものがあるか、調べてみた。半日かけて記録帳を繰り、こまごましたものを作業台にのせた。裏切りに傷ついて口はずっと苦い一文字を結んでいた。不吉な〈死の時計〉が目の前に腰を据えて、ダニエルに訪れたこの暗黒の時をかちこち刻むあいだ、残ったものを調べているうちに、ダニエルは徐々に落ち着いてきた。日記は残っていた。スケッチブックは全部業界のある知り合いに売られたので、たぶん買い戻せるはずだった。道具箱はなくなっていた――レバーや歯車を魔術的に組み合わせてつくった箱で、ひろげれば小型の作業台になる逸品だが――中身の道具は全部残っていた。

息子がやった競り売りで残ったものを並べて、ダニエルはそわそわ歩きまわり、記録帳を調べ、あれこれ箱を開けて中身を見てみたりしたあと、ジャズのレコードのコレクションを見つけて歓喜の声をあげた。古い七十八回転のレコードは専用の革製ケースにおさめられていた。

「フランキー」とダニエルはつぶやき、それからマシューに向かって怒鳴った。「おまえの母さんだ！」

祖父の膝にすがりついたジョーは、大人たちの諍(いさか)いの渦中ですくみあがっていた。その姿を見てやっと、祖父は怒りをおさめた。だがそのかわりに今度は哀しみに沈んでしまい、そちらのほうがずっとひどかった。

「いや、とくに具体的な目当てはないです」とティットホイッスルは答える。「珍しいものにはもちろん特別な価値がありますがね。なんでもいいですが、作家の個性をよく表わしているものがいい。非実用的なものでも。複雑なものでも」

だが、ティットホイッスルの両手は——真摯な気持ちを表わすために持ちあげているのだが——当人を裏切って本音を語っていた。話しながらなんとなく空中にスケッチをして、何かの輪郭をなぞっているのだ。それはジョーが最近目にしたものだった。やや風変わりなもので、理屈の上ではスコットランドの博物館から来たふたりの紳士が知っていてもおかしくないが、ジョーがそれとつながりを持っていることは知っているはずがない。なんにせよ、没個性のネクタイを締めてうつろな目をした男ふたりをロンドンへ派遣し、運頼みで掘り出し物を探させるなんてどういう博物館だろう。エディンバラには電話というものがないのだろうか。

カマーバンドはずっと黙っていた。ふたりをじっと見つめながら会話に聴きいり、ときどき手帳に判読不能な速記法で何か書きつける。手帳の最初の紙は皺々だ。手が湿っているのと、スーパーマーケット・ブランドの安物ボールペンを強く押しつけて書くせいだ。平べったいプラスチックのボールペンはひび割れがひと筋でき、ときどきくわえるせいか歯の跡もついている。カマーバンドはボールペンを口から出した。その一瞬、カマーバンドの口臭が漂い出し、すでに全身から発散しているトロピカルフルーツのコロンの香りに、古いミントキャンディーのいたたまれないような臭い、虫歯の臭い、腎臓料理の臭いが混じった。

「ロドニー」カマーバンドが硬い声で呼びかけた。ティットホイッスルがそちらを向き、カマーバンドの視線をたどって自分の指を見る。一連の出来事を見ていたジョーは、つぎの展開を見てとったが、一瞬遅すぎた。ティットホイッスルとカマーバンドはしまったという顔で宙に描かれた形から視線をはずし、ジョーがいまのことで何か気づいたかどうか確かめようと目を向けてきた。ジョーはまずいという顔をしたのを見られてしまった。三人のあいだで、互いに腹を読みあったことを認める空気が流れた。**よし、いいだろう。これですべてがオープンになったわけだ。**完全にオープンになったわけではないにせよ、充分そうなっていた。父親の世界の行動原理が、錆びた機械が動きだすように、ジョーのなかでふたたび目覚めた。その目覚めはジョーの心の古い片隅で起きたが、そんな機械がそこに残っていたとは知らなかった。忘れていた本能的な行動原理に促されて、ジョーは嘘とはぐらかしを混ぜた提案をした。

「いやあ、これはどうも」ジョーは内情を打ち明ける口調で言う。「おれの立場は微妙みたいです。二日前にもべつの人から同じような申し出を受けましてね。それから今朝、電話がひっきりなしにかかってくるんです。ちょっと調べてみたんですが、この申し出をしてくるのは世間的な評判がいい人たちばかりとはかぎらないようです」——とくにあんたらふたりは胡散くさい、とジョーは思うが、口に出しては言わない。相手が誰であれ不愉快な気分にさせたくないし、性急な行動は避けたほうがいいからだ——「だから、あなたがたとお話を進められたらと思いますね。もちろん値段の折り合いがつけばですが」

ジョーは内心びくびくしていた。性格のいい新しい人間になり、すっかり良識ある大人になったジョーは、そんな駆け引きはしなくなっているのだ。いまはもう。子供のころは違った。掏摸をやったり、大人の悪事の見張り役をしたりしたころは。あのころのジョーは、海賊の財宝が存在するとの確たる情報を手に入れ、それを求めて〈トーシャーズ・ビート〉のトンネルのなかを駆けめぐった。知り合いの極悪なおじさんたちが公爵夫人から宝石を奪おうと真っ暗な下水道をさかのぼった。父親のマシューは微笑みながら公爵夫人を魅了してうまく騙しつづける。マシューの一人息子であるジョーは塀にもたれてヨーヨーをしながら、ロンドン警視庁の警察官が現われないか見張っていた。けれどもジョーは、あのころの人格が自分のなかに残っているとは想像だにしなかったし、あのころの行動原理にまたたやすく従えるとも思っていなかった。

カマーバンドが手帳を閉じ、相棒を見る。

「完全なコレクションを譲っていただけるなら」とティットホイッスルはつぶやいた。「それなりのことをさせていただけると思いますよ」

「それは嬉しいな。あなたがたは運がいいですよ。ちょうどあれを全部集めはじめたところなんです。いい売り手が見つかったのだから、おれも運がいいということです」

「オークションなどは避けたいですね」

そんなことは全然気にしてないくせに。これもテストなのだ。なぜみんなおれをテストするのだろう。彼らの欲しがっているものなど持っていないのに。いや、何か知らないけど、持っているらしいが。

ジョーの脳のなかで、父親がべらべら喋ってコメントや助言をした。売るな。まだ売るな。あっさり承知すると見透かされるぞ。

何を。

おまえがしようとしていることを。

じゃ、売っちゃいけないの。

そういうことだな。

覆え。秘密にしろ。隠せ。欺け。

幽霊たちが復活する日。全然ありがたくない。うんざりだ。

「それなら大胆な条件の提示を期待していますよ。きっとそうしていただけると思っていますがね！　で、大変申し訳ないんですが、人と会う約束がありましてね――この件とは関係ないことですが――約束は十時半なので、もうそろそろ行かないといけません。つぎに会うのは月曜日の同じ時刻でどうですか」

長い間があく。くそ、ひょっとしてこわもてに出る気だろうか。するとこんな返事が来た。

「いいですね」とティットホイッスルは言った。上着の内ポケットに手を入れて、二本の痩せた指で、ぴんぴんの白い名刺をつまみ出す。「何か問題がありましたらお電話ください。博物館には有力者の人脈があります。いろいろな方法で手助けできますよ」

ああ、そうだろうね。

ジョーはふたりが道路を歩み去るのを見送った。どちらもふり返らなかった。車がやってきてふたりを拾う様子もない。話に熱中しているようだが、なぜかジョーは自分がじっと監視されているような気分を味わった。

いいだろう、監視してくれ。でもおれってひどく退屈なやつだろう？　おれのやることは退屈なことばかりだ。おれは退屈な人生を送っている。誰に訊いてもそう言うだろう。おれは骨董品を商う人間だ。人を驚かすようなことなんてできない。最近ひとりぼっちになったばかりで、もうすぐ人口統計の年齢区分〝二十五歳～三十四歳〟を永久に離脱してしまう。いまとは違う昔のやり方で焼いたチェルシーバン（菓子パンの一種）が好きで、こちらを面白い男だと思ってくれない痩せっぽちで安物の服ばかり着てすぐ怒る女の子に恋をする癖がある。

おれは祖父ちゃんみたいにゼンマイのネジを巻く。

そして父のようにはなるまいと思っている。

「ビリー、ジョーだ。電話をくれ。話がある」

そこでため息をひとつ。誰かに慰めてもらいたいけれど、気軽にハグしてくれる相手なんかいないのはわかっている。そこでしかたなく仕事に戻った。

ジョーは毎日、昼食後に時計のネジを巻く。同業者の多くは短い間隔でつぎつぎに時計のチャイムが鳴るよう、それぞれ違う時刻に合わせているが、ジョーはそれをしない。顧客はみな紹介で、約束の日時に来る。〈スポーク株式会社〉は、いわゆる〝顧客の目的が明確なビジネス（デスティネーション・ビジネス）〟だ。顧客のほとんどは自分の欲しいものがわかった上でやってくる。ジョーといっしょに紅茶とジャムタルトを静かに味わっているときに、ある時計がボーンと鳴りだしたのをきっかけに、巧みなセールストークに乗せられてべつのものを買うというようなことはない。客が望むのは機械として秀逸であること、フェイクでなく本物であること、手工芸感があることだ。客は何よりも過去と握手がしたいのであり、そのためにお金を出すのだ。

過去はここにある。テムズ川のほとりで、爪車（ラチェット）や振り子の果てしないささやきとオイルを差された機械のせわしないつぶやきに囲まれている。運がよければ、あるいは川面側の壁にかけた潮汐表を見るかラジオの潮汐情報を聴くかしながら顧客を迎える時刻を決めれば、顧客が来店するころに霧が出て、波が煉瓦を洗い、哀愁ただよう平底荷船（バージ）が軋みながら倉庫のそばを通り、霧のなかに霧笛を響かせるだろう。倉庫全体が時間のしばりを離れて過去に旅をし、顧客はその魔法の世界へ飛びこんで、目当ての品物が期待していた値段の倍であっても買ってしまう。ジョーはときどき倉庫をいい値段で買いとりたいという申し出を受ける。そんなときにはよくこんな冗談を言う。この倉庫を所有すれば、まず間違いなく倉庫に所有されますよ。倉庫というよりおれの忍耐強い職人の祖父の幽霊と、活動的で豪胆で非情な父親の幽霊にね。

ジョーは時計のネジを巻く。ネジ巻きはミニチュアのワゴンにのせてある——鎖をつけるとジャラジャラ鳴るし、ケースに引っかき傷がつく。袋に入れると正しいネジ巻きを探すのに中身を掻きまわさなければならない。ジョーはネジ巻きを穴に押しこんで回しながら、死んだ患者を寝かせたストレッチャーを押していく看護師の気分にならないよう努める。**かちゃかちゃかちゃ。ああ、お気の毒に。でもこれが天命だったんですね。**

去年はBBCのラジオ4を聴きながらネジを巻くのが習慣になっていた。ニュースや芸術論争などのやわらかな音が心地よい背景音となり、そこへしょっちゅう船舶のための気象情報が入る。ジョーがこの先行くこともないであろう地名が列挙されるのが心地よい。フレミッシュキャップ（北大西洋カナダ沖の浅い海域）、風力7、一時的に風力9の大強風。けれどもラジオ4には最近裏切られつづけている。それが伝える世界の出来事が穏やかでないからだ。世界は異常気象のほかにも〝石油ピーク〟というものを通過しつつあるらしい。これは石油産出量がピークに達する時期のことで、そこを過ぎるとだんだん石油が少なくなって価格が高くなり、最終的には手に入らなくなるという。そのせいで最近開かれたGなんとかの会議では緊迫した議論がなされた。この緊迫感がどこかの国への空爆の序曲でなければいいがとジョーは願っている。南米の怒れる外交官や、憤慨したアイルランドの航空会社の経営者や、馬鹿かと思うほど自信たっぷりのカナダの石油業者たちの話を聴かされたら心が休まらない。なので今日は棚に置いたラジオは沈黙していた。

本当に、ネジ巻きがいちばん大事な日課なのだ。工房の売り上げがどんどん減り、ダブルベッドが一人寝の場所でありつづけ、百年前ならお金になったがいまは廃れて物悲しくすらある技術に恋々としていることに比べれば、ささやかながら手ごたえのある作業だ。だがこの六カ月間、毎日午後の時間は、ワゴンをひっくり返してたくさんのネジ巻きをあたりにぶちまけたい衝動と、互角とはいえない戦いをくり返してきた。ジョーのいいほうの性格が勝ちつづけているのは、癇癪を起こしたあとの自分の姿を思い浮かべてしまうからにすぎない。後悔してひざまずき、ネジ巻きを集め、箱時計についた傷を修復しながら、祖父の亡霊に――そして理由は少し違うが父親の亡霊にも――ぶつぶつ謝りつづける姿には、耐えがたいものがあった。

　玄関でチャイムが鳴り、ジョーは顔をあげる。

　戸口に立っている人物は背が高い。そうに違いない。頭からドアの上枠まであまり距離がないからだ。外の光を背景にシルエットを描いている。黒く見えるのは、シルエットだからというだけでなく、そもそも黒い服を着ているからだ。長い腕、長い脚。まとっているのはロングドレスかローブか、何か邪魔くさそうな衣装。ミス・ハヴィシャム（ディケンズ『大いなる遺産』に登場する異様な老婦人）みたいな感じだ。身体におそろしい傷でもあるのかどうか、それはよくわからない。頭部は黒い紗かリネンの薄布で覆われているので顔はよく見えない。ベルトを締めておらず、頭からかぶった黒い布がそのまま足もとまで流れ落ちている恰好で、頭の部分はなめらかな曲線を描いている。鼻が突き出ているのがかろうじてわかるが、それを除けば、顔は卵のようにのっぺらぼうに見えて表情など何もわからない。ヴァンパイアか。エイリアンか。それとも、もっとおぞましい、自爆テロリストか。

　ジョーは黒い衣から自爆テロリストを連想したことに罪悪感とばかばかしさを覚えながら腰をあげた。自爆テロリストがありえないなら、ほかのふたつはもっとありえない。

「いらっしゃい。何かお探しですか」とジョーが言う。

「これという目当てはないが」その声は低く、しわがれ、こもっていた。まるでジョーが工房の奥にしまっている木製のホーンのついた古い蓄音機が再生する声のようだ。金属製のホーンはけっこう強力で、昔のラジオのような響きで再生する。それに対して木製ホーンの音はまろやかだが、パンチが足りない。ジョーは声をよく聴きとろうと自然に前に身を乗り出した。するとリネンの薄布に隠されたのっぺらぼうの顔がこちらを向き、まるでジョーの頬にキスをしようとするかのように、すばやく間近に迫ってきたので、ジョーは顔を引っこめた。「店のものを見せてもらっていいだろうか」

「ええ、どうぞご自由に。気になるものがあったら言ってください。特別製のホーンがついた蓄音機が何台かあるし、とても質のいい懐中時計もあります。きちんと手入れがしてあって素敵ですよ」ジョーはその口調に、小さいものはぱっと見で惹かれることはないかもしれないけれど、そういうものを見ているだけでもあっという間に時間がたちますよ、とのニュアンスを含ませる。

客は屍衣をすっぽりかぶったような頭で一度だけうなずき、ついでもう一度、白鳥のように前より深くうなずいた。

「大変失礼ですが」ジョーは相手が動こうとしないのを見て言う。「そういう服は初めて見ました」

「わたしは魂の旅の途上にいる」相手は気を悪くした様子もなく答える。「この服は神がわたしたちから――世界から――顔をそむけていることを思い出させてくれる。これは〈製作者ジョン連盟〉のメンバーが着る服だ。この組織のメンバーは〝ラスキン主義者〟（ジョン・ラスキンは十九世紀イギリスの芸術批評家・社会思想家。機械文明を批判して独自の社会主義ユートピア思想を実践）と呼ばれる」男は自分の言葉に反応があるかどうか待った。ジョーはどういう反応が適切なのかわからず、無反応のままだ。

「ありがとうございます」とジョーは会話にけりをつける。男は身体に骨がないかのような奇妙な動きで歩きだした。

気味悪いのっぺらぼうの顔を用心深く見送ったあと、

ジョーは作業に戻った。

男はオルゴールを並べた場所へ足を向ける。明るい軽快な曲を奏でている一台を、男は鳥がこれは食べ物だろうかといぶかるような感じで眺める。しばらくして声をかけてきた。

「ミスター・スポーク」

「はい、何か」

「あるものを探しているのだが、手伝ってもらえるだろうか」

「できるだけのお手伝いをさせていただきます」

「最近きみはわたしが興味を持っている本を扱ったはずだ。とても珍しい本のことだ」

ああ、くそ。

「それはちょっとご期待に沿えませんね。オルゴールや蓄音機は扱いますが、本はやってませんので」ジョーは背中にちくちくした感触を感じる。ふり返ると、男は身体をまっすぐに起こしてすっとその場を離れた。

「いや扱っているはずだよ。『ハコーテの書』のことだ、ミスター・スポーク」何か言外の意味を含めた口調だ。

ジョーはためらった。まず『ハコーテの書』という言葉を聴いたことがない。この男の衣と同じで宗教的な匂いのする書名だが、ジョーは宗教的なものは扱わないことに決めている。教会の時計とか、内部に水を溜めて時計じかけのポンプで涙を流させる聖像画(イコン)とか。その手のものは、大半がいつの時代にか略奪されたものであり、恨みがこもっているからだ。しかし一方で最近、いくつもの珍しい特徴をそなえた品物がこの工房にやってきたが、その品物は『ハコーテの書』という奇妙な名前にふさわしいかもしれないのだ。問題の品物をもたらしたのはウィリアム・〝ビリー〟・フレンド。ちょっとした悪(ワル)だ。

その珍しい特徴の最たるものは、例のティットホイッスルとカマーバンドにも関係があるということだ。

あのふたりは祖父の作品を買いたいと見え透いた嘘をついたが、本当に欲しいのは（ティットホイッスルの手が意図せず暴露したとおり）、何かの〝本〟なのだ。「申し訳ありませんが、ちょっと心当たりがないです」とジョーは快活に言う。「おれは時計じかけの機械をつくったり修理したりするのが仕事です。まあ骨董品ですね。ボーンと鳴る時計とか。自動ピアノとか。自動人形とか。本は専門外です」

「門外漢にはその重要性がただちにはわからない本というものがある。それらは危険な本だ」

「あるでしょうね」

「むりに調子を合わせなくてもいい」男は首をめぐらせた。それにつれて衣の肩のあたりがもこもこ動く。梟みたいに三百六十度ぐるりと回ったりして、とジョーは思う。「その本のことが広く社会に知られれば、この世界はとりかえしのつかない形で性質を変えてしまう。もう少し普通の言い方をするなら、ミスター・スポーク、『ハコーテの書』とそれに付属するすべての道具はわたし個人にとって大きな価値を持っている。だからぜひ取り戻したいのだ」

取り戻す。一冊手に入れたいのだが見つからない、ではなく。いくら調べてもISBNがわからない、でもなく。この人物はある時点で自分が所有していたものを捜している。つまりひとつしかない、ある特定のものを。なるほど、これはいかにもビリー・フレンドがからんでいそうな状況だ。

「その本はきみのではないぞ、ミスター・スポーク」男は穏やかだがきっぱりとした口調で言う。「わたしのだ」

ジョーはできるだけ愛想のいい顔をする。「お名前を聴かせていただけますか。たしかに最近、とても珍しい本を扱いました。題はわからないんですが。おれは傷んだところを修理しただけです。まさか変ないわくのある本じゃないでしょうね」いや、ほんとにそう

でなきゃいいと思うんだが、何かありそうだ。

男は何か考えるそぶりで売店のなかを黙って歩きまわった。ジョーは小さな商店の店主にありがちな、礼儀正しく応対しながらもどうせお買い上げはないだろうと諦めているような態度を装いつつ、そちらを見ないでおく。帳簿を見ながら、聴き耳を立てて、相手の動きを意識で追いつづける。すりっ、すりっ。顎でも掻いているのか。おでこでも拭いているのか。右手にとりつけた鉄の鉤でデスクを引っ掻く音か。

つぎに男が喋ったとき、そのくぐもった声はほとんどささやきで、しかもぎょっとするほど近かった。

「それでは、ミスター・スポーク」

目をあげると、薄布で隠した顔が一メートルたらずのところにあった。ジョーが身体をびくりとさせると、相手は顔を引っこめた。

「驚かせてすまない。わたしの目当てのものがないのなら、これで失礼する」

「名刺をお持ちになって、ほかにご用命がありましたらお電話ください。うちにお客さまの興味がおありのものがあるかもしれません」

「考えてみて、また来よう」

ジョーは、つい出かかる「墓場から？」という言葉を抑えこむ。それはいかにも失礼だ。屍衣を着たような男は、蛇のようにするりとドアを通り抜けて外の通りへ消えた。

ビリー、あんたはひどく困ったことになってるようだぞ。

ビリー・フレンドの居所をつきとめて怒鳴りつけてやる前に、ジョーは電話を一本かけた。

〈ハーティクル〉——正式名称は〈ボイド・ハーティクル工芸科学製作財団〉——これはいわば広大な盗品の隠し場所で、百五十年以上も前につくられた。壁ぎわに棚や陳列台が並ぶ廊下が縦横に折れ曲がり、あちこちに読書室やコレクション保管庫がある。陳列物や展示物はラベルの記述が不正確で、おそろしく埃まみれで、とくに文書保管庫に入ると何日も咳がとまらないおそれがある。倉庫には半端なガラクタ、コレクション保管庫や文書保管庫には買い入れたものを補修してしまってあり、物であふれ返っている。いつか何かを修復したり新しいものにつくり変えたりするのに必要になるかもしれないので保管しておくのだ。チャールズ・バベッジ（十九世紀イギリスの数学者。世界初のプログラム可能な計算機を発明）の未完成の機械やブルネル（十九世紀イギリスの土木・造船技術者）の蒸気機関の部品。ロバート・フック（十七世紀イギリスの科学者）の発明になる装置がダ・ヴィンチの素描をもとに木でつくった機械の隣に並んでいる。どの機械もいわくつきだ。それも、たいていふたつ以上のいわくがついている。屋根に小塔があり窓はネオゴシック風でアーチ形、という奇矯な特徴をそなえた〈ハーティクル〉の不恰好な赤煉瓦の家は、人類が自然世界を研究するなかで無視された子供たちの保護施設だ。

呼び出し音ふたつで応答があった。

「はい、工芸と科学がすべての〈ハーティクル〉」と女の声が低く力強く言う。

「セシリー？　ジョーだけど」

「ジョー？　ジョー？　ジョー？　誰、ジョーって。ジョーなんて知らない。ジョーとして知られる現象は、あたしが買うスコーンの数とあたしが最終的に消費する数の不一致を説明しようとするあたしの意識が生み出す錯覚にすぎない。その実在の推定は観察によってくつがえされてきた。いずれにせよ、実在するかしないかなんて、彼はもう気にしてはいない。たぶんどこかの遊び女と駆け落ちして、あたしを孤独のなかに置き去りにしたってことでしょ」

「すまない」

「反省してよね。で、元気なの、薄情けのろくでなし男」

「元気だよ。〈ハーティクル〉の調子はどう」

「当方ますますご清栄で、誰も興味を持ちそうにない古いものであふれ返ってますことよ。その古いものにはあたしも含まれるけど」

「ちゃんと謝ったじゃないか」

「一度謝れば責任を免れると思ってるでしょ。エッグノッグをつくり損ねたせいでうちの亭主が何べん謝らなくちゃいけなかったか、本人に訊いてごらんなさい。そのあとでもう一度連絡してきてほしいわね」だが、セシリーはしぶしぶながら態度を軟化させる声音になっている。あとはバターを塗ったスコーンをいくつか食べれば機嫌が直るだろう。〈ハーティクル〉の門戸はジョーに対して閉ざされていない。そのことはジョーもセシリーも知っている。


博物館であり、文書館であり、社交クラブでもある〈ハーティクル〉は、ロンドン市民の生活のなかに奇妙なすきまを見つけてそこで生存を続けている。物理的な意味でも社会的な意味でも、一般の人たちには見えないが、その道のことに関心がある人たちの目にはほぼ確実に入る。セシリー・フォウルベリーは〈ハーティクル〉の資料室長だが、ある意味では資料室そのものでもある。追い風があれば、カードインデックスで文書資料や所蔵品が見つかることもあるだろう。〈ハーティクル〉は旧式のシステムで運営されており、頑固なまでにアナログだが、堅実な施設ではあるからだ。だが、セシリー自身がインデックスだという面も間違いなくある。かぎられた時間のなかで何かを早く見つけたいなら、セシリーに訊くのがいちばんだ。ただし、ごくごく丁寧に、できればおだてながら頼むほうがいい。セシリーのニックネームは〈マン・イーター〉（〝人喰い人〟または〝男を手玉にとる女〟の意）だが、これはまるきりの冗談でもない。夫のボブ・フォウルベリーは、自分は妻の〈奴隷〉だと誰にでも言う。

「セシリー、エディンバラにある〈ローガンフィールド機械史博物館〉を知ってるかな」

「閉館したあとのことは何も知らない。どうして」

ジョーは驚くことなくうなずく。「ちょっと訊いてみただけだ。じゃあ、アブナい本のことは」

「もちろん知ってるわよ。そういう本は何十冊もある。グーテンベルクが活版印刷を発明して以来、教会はあれこれの本のことで大騒ぎをくり返してきた。どんな内容の本でも印刷して世の中にひろめることができるようになったからね。ローマ教皇はいろんなことに腹を立ててるでしょ。地元の教会有力者が下半身ネタのゴシップを書かれて怒り狂ったなんて例も多いし——そういう文書に書かれてるのはほとんどがほんとの話で、愉しい読み物だわ！」電話回線の向こうで雷鳴のように笑いがはじける。「うちには誤植のある聖書も二冊あるの。〝汝姦淫せよ〟と書いてあるとか、そういうやつ。好事家が蒐(あつ)めて司教が焼く。どっちもばかな連中よ。神さまは刷り損ないの本に何が書いてあろうと気にしないでしょうに」

「その手の本じゃなさそうだ。もっと現代に近いものだと思う」

「じゃ、なんなのよ。どういう書籍(トゥム)、どういう書巻(リブラム)のこと」ペダンチックな言葉を強く発音して、いかれた喋りを愉しむ。

「その男は『ハコーテの書』と呼んでたけど」

電話回線の向こう側から、短い咳払いが届いてきた。こほん、というくぐもった声。

「セシリー？」

「え、なに」

「どうしたんだ」

「『ハコーテ』というのがちょっとね」

「聴いたことあるのかい」

「もちろんあるわよ。でも関わりになるのはよしなさい。逃げなさい。それは毒だから」

「むりだね。こびりついちゃったみたいだ」

「洗いなさい。早急に」

「どうやって。それがなんなのかわからないのに！」

「それは闇に潜む幽霊よ、ジョー。スペインの端っこからドイツの黒い森（シュヴァルツヴァルト）、ベラルーシのミンスクあたりにかけての闇にね。〈十字路の魔界女王〉、〈血まみれのメアリー〉、バーバ・ヤーガ（スラブ民話に出てくる妖婆）。呪われるわよ」

「セシリー！　ちゃんと教えてくれよ！」

だが、ちゃんとした教示はなく、回線は沈黙する。それから鋭い口調で訊いてきた。「〝その男〟って何者？」

「え？」

「〝その男〟は『ハコーテの書』と呼んでたと言ったでしょ。〝その男〟って誰なの。ただの変態じみた客だなんて言わないでよね」

「違う。そういうのじゃない。その男はおれがそれを持ってると思ってる」

「で、持ってるの」

「いや……持ってないよ。でも前に持ってたのかもしれない。その手のものをね」

ため息が聴こえてくる。いや、思いきり息を吐き出す音というか。

「〈ハコーテの民〉というのがいるのよ、ジョー。それは……怪物の集団なの。いい？　魑魅魍魎（ちみもうりょう）、妖怪のたぐいなの。グレンデルの母親（グレンデルはイギリス最古の叙事詩『ベーオウルフ』に登場する人喰い巨人。その母親はさらに怖ろしい怪物）みたいなもの。その人たちのせいであなたは命を落とすかもしれないわ。グレンデルの母親は村に城を持っていたけど、ある夜、海の水があふれてきて、全部呑みこんでしまったのよ」

ジョーは笑おうとした。なんだかまぬけな会話だ。薄曇りとはいえ安心できる昼の光が射すいまのこの場所では、怪物の話など馬鹿げたものに聴こえる――が、セシリーはそれなりに年齢と人生経験を重ねたタフな女で、ファンタジーや迷信を信じるようなタイプではない。それに今朝はあのリネンの覆いというか、頭巾というか、帽子というか、ひょっとしたら包帯かもしれないが——そんなもので顔を隠した、どこか鳥を思わせる怪人物がやってきたことだし。

「〈ハコーテの民〉は社会から疎外された人たちなの。わかる？　だからひと塊になって暮らしている。〈ハコーテの民〉は中世の人たちじゃなくて、現代に生きているのよ。でも……どう言ったらいいかしら。古代エジプトの王家の墓みたいなものなのよ。近づきすぎたために人が死んだ長い歴史があるというか」

「何に近づきすぎたの」

「たぶんそれを知ったら死ぬことになるんじゃないかな」

「セシリー……」

「ああ、もうなんだか歯がゆいね、ジョー。もちろんこんなのはくだらない馬鹿話。でも、この馬鹿話との関係でほんとに人が死んでるの。あたしはあなたに死んでほしくないのよ！」

「おれも死にたくない。そうか、わかった。〈ハコーテの民〉というのは海賊だか殺人集団だか、とにかく悪党どもなんだね。『ハコーテの書』とやらをおれは持ってないけど、持ってると思ってる連中がいて、おかげで面倒なことになるかもしれないと」セシリーが口をはさもうと、舌をちゃっと鳴らすのが聴こえたが、強引にあとを続ける。「だからもっと情報が欲しいんだ。危険だったらもっといろいろ知ることが大事だろう。おれはなんらかの形で関わりを持ってしまっている。それは祖父ちゃんと関係があるんじゃないかって気がするんだ。そのことも調べてくれないか」ジョーはもう電話を切りたくなる。この一件は命に関わる重大事だと危機感をあおったセシリーに、理不尽な怒りを覚えた。

「祖父ちゃんというのはダニエル・スポークのこと？　どうしてそう思うわけ。いったい誰と話したの」

だが、その問いには答えたくない。いまはまだ。モゴモゴごまかして、最前の頼みごとをくり返す。セシリーはちょっと間を置き、はぐらかされたことには気づいているわよ、と意思表示しただけで、追及してこなかった。

「記録を調べてみる。でも、お祖父さんのものはほとんどあなたが持ってるのよ。残ったものの大半は」

「古い服とジャズのコレクションだけだ」

短い沈黙がはさまった。「なんのコレクションですって？」

「ジャズ。音楽」

「ねえ、坊や、ジャズが音楽で、その最高の形態のひとつであることなら知ってるわよ。でも、わかった。そこが出発点ね」

「なぜ」

「だって、あたしの頭が完全にいかれてて思い違いしてるのでないかぎり、あなたのお祖父さんはジャズが嫌いだったから。大嫌いだったのよ。戦争中にフランスから乗った船にジャズバンドがいたらしいの。で、船室で難民のために演奏をしていたとき、船団が攻撃を受けた。爆弾が落ちてきて、鉄の船体がその衝撃でガンガン鳴り響くあいだ、難民は踊りながらイギリスに向けて航海した。それ以来ダニエルはジャズを聴けなくなったの。ジャズが流れると爆弾の音と悲鳴が聴こえるから」

「そうなんだ。知らなかった」

「まあ子供に聴かせるような話じゃないわね」

やれやれ、どうやら今日は暗い一日になりそうだ。

「とにかく調べてほしい」

「気をつけてよ、ジョー。お願いだから」

「気をつける。いつも気をつけてる」

「ええ。そうね。それじゃ、一日か二日時間をちょうだい。来るときのお土産はポークパイよ」

ジョーは初めて笑った。ほんの一瞬、緊張が解けた。

セシリーは医者からポークパイを食べないよう厳しく命令されているが、セシリーがプラトニックなポークパイとみなしているリッポンパイは、絶対にやめられないお気に入りで、譲歩はしないのだ。体重七十六キロ、身長百五十七センチ、年齢七十一歳のセシリー・フォウルベリーは、リッポンパイのためなら喜んで真冬に素っ裸でピカデリー・サーカスを歩くだろう。

ジョーは電話を切って、椅子にもたれた。倉庫の天井を見あげ、テムズ川の流れに聴き耳を立てる。

贈り物を持ったギリシャ人に用心せよ。

ああ、わかってる。でも、言うはやすしだ。

「いい話があるんだ」三日前、ビリー・フレンドは、タクシー運転手が客にとっておきの秘密を教えるときの口調で言ったものだ。「これは仕事の上でおまえの役に立つかもしれない。職人としての鍛錬にはならないだろうけどな。信用できる顧客からある現金払いの賃仕事を請け負う。公明正大な仕事だ。いいか。おれには口利き料をいくらかくれればいい。お互いを信用して、書類はつくらず、消費税も払わない。みんなが得をする取引だ」ティーカップを顔の前に掲げ、眉毛をひくひく動かした。

ビリーの眉毛は顔のなかでひどく目立つ。真っ黒で濃く、しかも頭には毛が一本もないからだ。ジョーの父親が（保護者として息子をまじめな市民に育てるというより）大量の輸入コカインの保護者となっていたかどで起訴されようとしていたころ、ビリーは男性型禿頭症との個人的な戦いで敗戦を迎えようとしていた。当時はジョーとビリーにそれほど強い結びつきはなかったにもかかわらず、ジョーの父親の公判が始まった日に、ビリーは婚約者を捨て、光沢のある新しいスーツを買い、ナイツブリッジの理容店ではかない若さの名残である少量の毛を剃らせたのだった。それ以来、不穏なまでに性的連想を誘う頭に男らしい光沢を与えるワックスの種類をときどき替えるほかは、ビリーの風貌は全然変わっていない。超セクシーでテレビ映りのいい禿頭で有名な男優のパトリック・スチュワートにあやかる恰好になっているビリーだが、当人は自分のほうが先にこの頭になったのだと言うだろう。

ジョーは仕事関係でビリーとからむのは基本的に避けてきた。いっしょに街に出て、飯を食い、酒を飲むのはよくやる。ビリーは周囲を辟易(へきえき)させるほどなんでもやりたい放題の男なので、ふさぎ屋のジョーも否応なく愉しい時間を過ごせる。ちょっといいなと思う女とも口をきける。最小限のメンテナンスしかしないし、ふたりはこれでつながっているというような中心的な絆もないが、長続きしている友情だ。くつろいだカジュアルな服のビリーがもうひと瓶酒を注文して、ウェイトレスからえーまだ飲むのーと陽気なあきれ声を引き出す。困ったものだが、こういうのはもうジョーにもなじみの深い情景であり、とうとうかけがえのないものとなってしまった。

ビジネスマンとしてのビリーはもっと油断のならない男で、所有権の所在が曖昧なややこしい物品や無税の現金取引などを数多く手がけている。だが、今度の件ではジョーは発信者の番号を確かめずに電話をとるという賢くないことをしてしまい、うっかり話に乗ってしまった。そしてその結果、濃いオレンジティーを小汚いカフェで飲みながらビリーと話した。やってはいけない行動の見本みたいなものだが、聴いてみると悪い話ではないと思ったのだった。白状すれば、そのときのジョーはちょっとした金銭的な問題を抱えていた。ビリーは子犬を売りつけようとしたり、ラトヴィアのモデル斡旋会社がからんだ怪しげな儲け話に引きこもうとしたりもするが、いかれた遊びをする長年の友達であるほかに、実入りのいい仕事を紹介してくれることもあったのだ。

「それはどういう賃仕事なんだ」

「ある品物の修理なんだがな、ジョゼフ」ビリーは相手を甘言で釣ろうとするとき、改まった呼び方をした。「その品物は——なんというか、どうとらえていいかわからない風変わりなもので、何をするものかわからない。それでおまえのことを思い出したわけなんだが……たぶんこういうふうに言っても大きく間違ってないと思いつつも、同時にそれじゃすべてを語っていないと言わざるをえない……それはほんとに変てこなものなんだ。ある人の遺産処分の過程で出てきたものでな」

〝遺産処分の過程で出てきた〟というのは、十中八九、誰かが誰かの遺品をちょろまかしたという意味だろう。ビリーは盗まれた骨董品を売り買いしたり、田舎のパブのあるじの娘を誘惑したりするほかに、〈名誉ある永遠の葬儀業連盟〉の会員として活動している。つまり葬儀屋なのだ。だから誰かの遺産が本格的に処分される前にそのなかの何かを手に入れやすい立場にいる。そしてビリーはいつもその遺産の一部を遺族からきちんと買いとっているとはかぎらないとジョーは思っている。なぜならビリーの数多い職業のなかには、泥棒たちのためにロンドンとその近郊で盗むのに適したものを見つけてやるフリーランスの情報屋というのもあるからだ。

「変てこなものならたくさん持ってるよ、ビリー」とジョーは答えた。「おれの人生はなぜか知らないけど変てこなものと縁がありすぎる。あんたの変てこなものは、世間一般の変てこなものとどう違うんだ」ジョーは自分が餌に食いついてしまったのに気づいたが、もう手遅れだった。

「いやあ、ジョゼフ、おれはイチモツの自慢なんてしたくないなあ……」それから大声で笑ったので、周囲の顔がみなこちらを向いた。なかでもとくに気になるのは、客になんとなく気のありそうなそぶりをする若いウェイトレスの顔だった。ビリーは席についたときからこのウェイトレスの気を惹こうとしていた。

「なあ、ビリー……」

「品物は本だ、ジョゼフ」

「本」

「ま、一種のな」

「じゃあんたは時間のむだ遣いをしてる。守備範囲外だもの。いや、本は好きだよ。本はいいもので、みんなもっと読むべきだと思う。でもおれは装丁や修復をやれないし、紙についての知識もない。傷んだ本をどうにかしてくれと言われても役に立てないな」

「この本のことでは役に立てるはずだ」

「その本は時計じかけなのかい」

「そうだ」

「それなら、おれにできることはほとんどないな」ジョーは言葉を切った。今の最後のやりとりは、よく考えるとうまく嚙みあっていないようだ。

「今、『そうだ』って言ったのか？」

両腕を大きくひろげた。「問題の品物は一冊の本で、それに道具がひとつ付属してるんだ。本のページには少し変色やしみがあるが、まずまずの状態で、革で上品に装丁してある。見た目は日記みたいな感じだな。変わってるのは、各ページの縁の部分にパンチ穴みたいなものがあいていることで、そのせいで全体として外見的にも機能的にもパンチカードみたいに見える。あるいはオルゴールのドラムのようでもある。わかるかな」

ジョーはうなずいた。ビリーは話にめいっぱい景気をつけるために両手をふり動かす。ちなみにビリーは〝めいっぱい〟をいつも〝めおっぱい〟と言うが、これは女の子が「やだー」とかなんとかウケてくれるからだ。

「それからこの本があったのと同じむさくるしい屋根裏部屋の、同じ古ぼけた箱の、同じ袋のなかに、ばらばらになってる小汚い部品がいくつか入っていた。おまえみたいな専門家が組み立て直せば何かの働きをする装置になるんだろう。おれが鋭い観察眼で見たところ、ひとつは本の背のところにくっつけて何かする部品みたいだ。ほかには大きな金色のボールもある。それも装置の一部なんだろうが、どういう働きをするものやらさっぱりわからない。ということで謎の品物なんだ。ただの本とは思えない〈本〉が一冊と、それといっしょに使うらしい何かの装置。おれは知ってのとおり新語をつくるのが嫌いだから、ジョゼフ、その〈本〉を〈変てこりん〉と呼んでるんだ」

ジョーは目を細くしてビリーを見た。あっさり釣られてしまうのは悔しいが、こちらがその手の品物に弱いことはビリーに知られている。その興味深い品物を手にとりたいという願望を見透かされて、ビリーは手間賃を値切ったり、おそろしく退屈なむだ話に付きあわせたりしてくるのだろうなと、ジョーは覚悟した。

「その〈変てこりん〉の仕事を受けさせてもらう見返りに何をしなくちゃいけないのかな」

「べつにひどいことじゃないよ、ジョゼフ。ちょっとした修理の仕事を頼まれてほしい。下劣でも、邪悪でも、犯罪的でもなく――」ビリーは言いよどんだ。ジョーの顔に、いくら我慢強いおれでも我慢の限界があるぞという苛立ちを読みとったに違いない。わかったという仕草で片手をあげた。「いま実物を見せるから。な？　これはちょっと特別なものだ」ビリーはすでにテーブルにその包みを出していたので、中身はすぐに披露された。それは静かなカフェではひどく異彩をはなつ代物だった。「どうだ、そそるだろ。ヴィクトリア朝の連中はこの手の玩具が好きだったんだな。好色（エロ）自動人形（トマトン）とでもいうのかね。この男がふたりの若い女に言ってるんだ。『お父さまのご機嫌はいかがですかな。乗馬が終わったらあなたと妹さんにお茶を差しあげましょうか』」

なるほどそれは自動人形だった。油性塗料で彩色して布の衣服を着せたブリキの人形が三体あり、台座はガラス張りで、真鍮と鋼鉄で組みあげられた時計じかけの機械が透けて見えていた。好色な猟場管理人といった感じの赤い頬をした男が片側に立ち、反対側には乗馬用ドレスを着た貴婦人がふたりいる。ビリーがスイッチを入れると、三体の人形は輪を描きながら徐々に互いに近づいていく。猟場管理人のズボンがさがり、貴婦人たちのドレスが持ちあがる。猟場管理人の粗布の下着から尋常ならざる物体が伸びてきて、貴婦人その1の開口部にするりと入っていく。貴婦人その2は壁にもたれかかり、懸命な仕草でみずからを慰める。やがて三つの人形は震えはじめ、貴婦人1の頭がぐるりと回転して真後ろを向き、猟場管理人は突然ヘルニアに苦しんで行為を続けられなくなる。装置全体がきしり、かたかた震えながらやがて停止した。

ジョーは自分が顔を赤らめているのに気づいて、むちゃくちゃ腹が立った。ビリーはウェイトレスに向かってにやにや笑いかけていた。目をまん丸に見開いてその装置を見つめるウェイトレスは、貴婦人その3といった趣なきにしもあらず。ウェイトレスはふとわれに返り、ビリーににやりと笑い返して、厨房のほうへ戻っていった。

「まいったな、ビリー……」とジョー。

「おいおい、ジョゼフ。おまえみたいな男前が何言ってる。まだ若いのに。どうだい。そのうちまた夜の遊びに繰り出そうや」

「いや、いい。それより例の時計じかけの〈本〉のことを話してくれ」

「おまえ、前はもっと面白い男だったのに、分別くさくなっちまったな。誰がそうなっても哀しいけど、おまえみたいな若い男がなあ。ソーホーにいい店があるんだ。その手の店じゃないが、魚心あれば……いや、それはむりかな。まあ、ただのバーだ。気の置けない店で、陽気な常連客がいる。ほとんどがオーストラリア人だ。退屈してて、愉しむ気満々な連中さ」

「ビリー、おれはもう一ぺん同じことを言うだけだ。〈本〉のことを話してくれないんなら、からかわれてるだけだと判断するよ。そうなったら現金支払いの普通の取引をする関係に戻るだけだ。いいね？　さあ、おれは店を開けなくちゃいけないんだ。頼むから早くその〈変てこりん〉のことを話してくれ」

　ビリーはジョーの顔色をうかがった。見えたのは絶対こっちの誘いには乗らないという決意、あるいは、うんざり感だった。ビリーはまじめな口調になった。

「依頼人が望んでいるのは、その〈本〉の掃除と修理をして、もとどおり使えるようにすることだ。修理が終わったら、おれはウィスティシールに住むある紳士のところへ届けにいく。念のために言うと、ウィスティシールはコーンウォール州にある町だ。当然、現金前払いで引き受けたよ。油断ならない世の中だからな」自身が油断ならない男のくせに、ビリーは世を嘆いてため息をつく。「依頼人は〈本〉とその付属品のほかに、もうひとつ道具をよこした。おれはそれを〈わけわからんちん〉と呼んでる。なんだか見たこともないような道具なんだ。その道具は、仕事の記念ないし報酬の一部としておまえがもらっておいてもいいそうだ。〈わけわからんちん〉は〈変てこりん〉の可動部分の一部を操作するのに必要なものらしい。ということで、おまえはひとつの仕事をすれば、賃金と、自動人形の仕事と、〈わけわからんちん〉がもらえるわけで、アメリカで言う〝一個分のお値段で二個（トゥーファー）〟じゃなくて、〝一個分のお値段で三個（スリーファー）〟ということになる。こんなお得な取引は前代未聞だと思うが、それをおれは商売っ気と親友の技能への敬意から、おまえに提供しようというんだ」ビリーは勝ち誇るような笑みを浮かべた。

「依頼人って誰なんだ」

「代理人である紳士は教えてくれない」
「女だろう」
「これを答えても職業上の信頼関係を壊すおそれはないだろうから言うが、依頼人の性別は女性だ」
「その女性が問題の品物の所有者だというのは間違いないのか」
「まったくない。とても立派な婆さんだそうだよ」
「彼女はそれを、あんたがさっき言った遺産売却で手に入れたのか」
「いや、そこなんだがなあ、ジョゼフ。おれには出所を明かす権利が自分にない品物のことは、遺産売却のときに手に入れたと説明する残念な習慣があるんだ。そう言えばそれ以上何も訊かれないし、厳粛な感じもするからな」

ビリーは眉毛を吊りあげた。そのまなざしは澄み、真っ正直に語っていることを示していた。ジョーはへえと感心した。ビリーは待つ。じっと待つ。少しばかり傷ついた顔で待つ。

「じゃ、今日の午後持ってきてよ」とジョーは言った。

ビリーはにっと笑って、成約の握手を求めてきた。それから勘定を払い、ウェイトレスの電話番号を訊き出した。ジョーは官能自動人形を持ち帰るため、また薄紙で包んだ。

「〈夜の市場〉のみんなが会いたがってるぞ」と店の戸口でビリーが言った。「どうしてるかって訊かれたよ。やっぱり一度……。そのうち寄ってみろよ」

「いや、行かないほうがいいな」とジョー。

さすがのビリーもそれ以上押さなかった。

タグボートが川を行く音が聴こえる。ジョーはこの前ビリーと会ったときの回想をわきに置いて――よろしくないことはつい思い出してしまう――ミニチュアのワゴンから鍵をとった。憂鬱な気分で道路を渡り、荒廃した狭い裏路地に入っていく。南京錠を開けてゲートをくぐり、ふたつの建物のあいだを通り抜け、川に面してドアが並んでいる場所に出る。ドアは錆びて、フジツボをこびりつかせている。ロンドン塔に通じている〈逆賊門〉（かつてロンドン塔に収監する政治犯を送りこんだテムズ川沿いの門）か、ごく小さなボートを収納するボート小屋か、はたまた耐核攻撃型の水浴小屋か。その正体をジョーは知らない。存在理由が消えたあとも残っている幽霊構築物。だがそのひとつに、ジョーは自分のあまり思い出したくない過去の一部を保存しているのだ。何カ月かおきにドアを開けて、毎年秋に赤いペンキで壁につけておく小さな染みより上に水が来ていないことを確かめるが、それ以外はずっと秘密の場所にしておく。

　これらのドアの内側は実際秘密の場所だ。ジョーはたまたま知ったのだが、そのうちのひとつは倉庫ではなく、湿気の多い昔の弾薬投棄場までおりていく入り口だ。弾薬投棄場はヴィクトリア朝のトンネルによって中世の地下霊廟に通じ、そこからさらにビール醸造所につながっている。正確な地図を持っていれば、ここからロンドン南東部のブラックヒースまで太陽を見ることなく行けるかもしれない。

　そして地下世界のどこかに、ジョーは見たことがないが、父親のマシューが最初に銀行を襲撃したとき準備をしたアジトが空になった状態で残っている。赤煉瓦とヨーク石のアーチ形の天井をもつ部屋で、父親は初めてトミー・ガンを撃ち、反動をいなすこつを覚えたのだ。子供のころのジョーは漫画と大人たちのほら話を主食に育ったので、自分の父親は下水溝でソ連軍の侵攻を阻止したり、エイリアンや怪物を殺したり、ロンドンの子供たちを危険から守ったりしているのだと想像していた。毎日ジョーは、一九三〇年代にニューヨークでギャング、ダッチ・シュルツが〈パレス・チョップハウス〉で会食中、〈殺人株式会社（マーダー・インク）〉に襲撃されて殺された事件など、ギャングのことばかり考えていた。そして毎日、ジョーの空想のなかで、父親は無傷で生還した。崇敬の念に満ちた輝かしい夢のなかで、父親は硝煙と栄光の花輪にかこまれて、巨人のように歩いた。

あのサブマシンガンはいまどこにあるんだろう、とジョーはときどき考える。長らく父親の書斎に専用ケースにおさめられて保管され、ジョーはそれに触れることを許されなかった。父親が銃の掃除をしたり、ときには弾薬をつくったりするのを、ジョーは目をまん丸にして見つめたものだ。だが、銃は子供が玩具にすべきものではなかった。クリスマスだろうと誕生日だろうと。

息子よ、いつかちゃんとした使い方を教えてやろう。だが、今日はだめだ。

結局、その〝いつか〟は来ずじまいだった。銃はどこかで待っているのかもしれない。

ロンドンは古い都市であり、それぞれの世代はそれぞれにこの都市の謎をふやしていく。

ドアが抵抗するので蹴りつけた。ヘドロとフジツボがはじき飛ばされる。水しぶきがあがったのは、何か生き物が逃げたせいだろう。生き物がいるということは川がきれいになってきている証拠だ。もっとも水がきれいになればドアの錆び方も早くなる。錆に必要なのは酸素と少量の塩と大量のバクテリア。いずれドアを新しいものと取り替えにこなければならない。あるいはいっそ、テムズ川のなすがままにして、父親の残したものをオランダあたりまで流してもらおうか。そうすれば肩の荷がおりて、身が軽くなりそうだ。心は少し空疎になるかもしれないが、足どりは軽くなるだろう。

肩の高さのフックに手回し充電ランタンがかかっている。いまハンドルを回して充電する方式の明かりが大流行しているのは面白いことだ。この手回し充電ランタンは、ジョーが九歳のとき、祖父の指導を受けながら製作したものだ。祖父といっしょに溶けたガラスを吹いて、フィラメントと希ガスを封じこめる作業もした。だがすぐ破裂してしまって、結局、市販品を使うことになった。

ランプの白い光がガラクタを照らし出した。陶器の牛。赤と黒に塗り分けたシロップの空き缶。空き缶には変質した輪ゴムがいっぱい入っているのをジョーは知っている。全部の糸が切れた、ものすさまじい姿の操り人形（マリオネット）。奥の棚には湿気よけに透明ビニール袋で包んだいかめしい感じの革製ケース。これが祖父のレコードのコレクションだ。

ジョーはケースを棚からおろした。そしてなぜそうするのか自分でもよくわからないまま、一枚のレコードを適当に引き抜いて、ケースを棚に戻した。上着のポケットからふたつの品物を出す。どちらも最近手に入れたものだ。それをジャケットに入ったレコードのわきに置く。

これはまぎれもない被害妄想だ。路上に針金が落ちているのを見たというだけで、車の下をのぞいて爆弾がしかけられていないか確かめるようなものだ。

ジョーはレコードを上着の下に潜ませて倉庫に戻った。

蓄音機はクラシックなタイプだ。ホーンは褐色の高級マホガニー、本体は象嵌模様をあしらったオーク、ターンテーブルはフェルト張りで銀の装飾をほどこされ、ハンドルまでが美しい。修理には数カ月かかった。前の所有者は蝙蝠（こうもり）の群れが棲む屋根裏部屋にこれをしまっていたのだった。

ジョーはハンドルをゆっくり回した。どんなに自分の気持ちが切迫して昂ぶっていても、レディーを急がせてはならない。針が古いので、新しいものと取り替える。それから紅茶を淹れ、レコードのジャケットのライナーノーツを読む。スリム・ゲイラード。名前は聴いたことがある。背の高い、〝蜘蛛の指〟を持つスリム。一回のショーでウィスキーをひと瓶あけ、ひと晩中煙草を吸いつづけ、手を裏表逆さまにしてピアノを弾けた。注意してほしいのは、あおむけになって椅子で身体を支え、腕を交差させて弾いたのではなく、普通に坐って、両手を裏返し、指の甲で弾いたという点だ。

レコードをフェルトにのせ、針をおろす。

これはスリム・ゲイラードではない。それくらいはわかる。

女の声だ。やわらかい、古風な、情感のこもった声。言葉は英語だが、女はイギリス人ではない。フランス人？　もっと異国情緒あふれる国の人？　よくわからない。

「ごめんなさい、ダニエル」

ふいにバケツ一杯の氷水を頭から浴びせられたような気がした。居眠りしてしまった夜警員がはっと目を覚ましたときみたいだ。ありえない。ありえない。死んだ女の声。あの死んだ女の。スポーク家ゆかりの幽霊が話しかけてきたのだ。そうに違いない。でなければ誰がセルフリッジズ百貨店あたりのレコード吹き込みサービスの小さなブースで、旧硬貨で何ペニーか払って、ダニエル・スポークへの謝罪を録音するだろう。ほかの誰を、ダニエルはこんな奇妙な形で隠そうとするだろう。祖父はスリムのレコードを捨て、そのレーベルをこちらのレコードに貼り替えて、何が吹きこまれているか誰にもわからないようにしたのだ。

これはフランキーの声だ。

「本当にごめんなさい。わたし残れなかったの。仕事があるから。これはいままでいちばん偉大な仕事なの。いちばん重要な仕事なの。それは世界を変えることになるのよ。鍵は真実なの、ダニエル。真実がわたしたちを自由にしてくれるのよ！」艶のある豊かな声、エディット・ピアフあるいはアーサー・キット風の声が、そう叫んだ。亡命者の悲痛な思いと望郷の念をたっぷり含んだ声。預言者の確信に満ちた声。

「このことは誰にも話さないで。わたしの妨害をしようとする人たちがいるから。わたしの仕事が成功すれば……たくさんの古い腐った木が根こそぎになるけど、その木のなかに家をつくっている人たちもいるのよ。それからその木でできた木偶みたいな人たちもいる。世界中の弓矢はその木でできている。わたしはそんな木を全部倒してしまおうとしているわけ。そうすれば世界はよくなるから。わたしたちは世界をいまよりいいものにしなければならないの！」

　ジョーは声が「あなたを愛してる」と締めくくるのを待ったが、そのひと言はなかった。レコードの裏面には音声が刻まれていない。雨が古い鋳鉄の樋を打つような雑音がとぎれることなく続いた。

Ⅲ

郵便局員ギレ、フリフリの下着、普通のオルゴールや何かとは次元が違う

　イーディー・バニスターは自分が嫌な女（カウ）になったと感じていた。さらには罪の意識もあった。肉の罪ではない、心の罪。ジョーに対して罪を犯してしまった。人類のためとはいえ、ジョーを罠にはめたのだ。イーディーは、あれは個人的感情や私利私欲でやったことではない、と自分に言い聞かせた。こうするのがいちばんいいのだと。ジョーが巧みに修理した小さな兵隊の人形を眺めながら、ジョーの顔に浮かんだこれしか見せてくれないのかという押し隠された失望の色を思

い出すと、自分を邪悪だと感じた。だんだんに確信をもって自覚しはじめたのは、自分がジョーの年齢以上の長きにわたってある恨みを抱いてきたこと、そして今回の方法を使ってその恨みを晴らそうとしていることだ。義務感と愛と理想と恨みが、いまいっきに解き放たれようとしている。自分の内面を見つめると、魂が飢えているのがわかった。

「ええい、くそっ」イーディーは犬のバスチョンに言った。バスチョンは薔薇色がかった大理石の玉のような目で女主人を見て、ふんふん鼻を鳴らす。イーディーはバスチョンのその様子に、自分に対する承認と、さらには励ましすら感じとるが、ただの思い込みかもしれない。どちらなのかはまもなくわかるのだろう。

「くそっ、くそっ」イーディーは玩具の兵隊をとりあげて、そちらを見もせずに箱に戻す。馬を換えるには遅すぎる。行動はすでに起こしてしまった。歯車はもう回りはじめている。イーディー・バニスター、九十歳。秩序の価値を堅く信じてやまない女性。その彼女が、革命のボタンを押したのだ。イーディーはまたため息をつく。自分が悪の大ボス（スーパーヴィラン）になるなんて。それもこの年で。

自分は狂っているかもしれない。それは内心で認めざるをえなかった。ただし、かりに狂っているとしても、それは明晰に物事を見通す無慈悲な狂気であり、普通の女が陥るようなそれではない。頭のネジが飛んだり、理性のたががはずれたりはしていないし、人々のあいだにわりと見られるまったりした精神の混乱とも違う。あえて言えば、〝郵便局員ギレ〟（ゴーイング・ポスタル）（一九八六年にアメリカで郵便局員が逆上して拳銃を乱射し、十四人を殺害して自殺した事件に由来する俗語表現）に近いだろう。イーディーはこの表現が有効かどうか吟味してみた。これには憤激と疲労のニュアンスがある。

そう、イーディーは〝郵便局員ギレ〟した。ただし非常にイギリス的なそれだ。わめいたりするのではなく、日常の生活感覚を突然完全にひっくり返してしまうたぐいのものだ。いや〝突然〟というのは正確ではない。転覆は徐々に、冷静な選択によって、行なわれた。通信教育でこつこつと学ぶようにして、〝郵便局員ギレ〟に至ったのだ。

「あたしはあなたたちが正しいことをしてくれると信じてきた」イーディーが頭のなかでこの五十年間の歴代政府に語りかけると、歴代政府はみなしゅんとして聴く。「必ず誤りを正してくれると信じてきた。それからあなたたち！」今度は過去五十年間の有権者を断罪する。「この怠け者で、打算的で、自己欺瞞的な人たち……ああ、あなたたちがあたしの子供だったら、あたしは……」だが、イーディーの思考はそこでストップする。彼らのうちの誰もイーディーの子供ではないからだ。イーディー・バニスターには息子も娘もいない。いるのはバスチョンと、すでに色あせた愛の対象である、自分が半生のあいだ信頼を裏切ってきた相手のみ。イーディーはその相手を、安定と安全の名において裏切ってきた。当時のイーディーは考えたのだ。何十年か平穏が続けば、世界は立ち直ると。

　しかしなぜか世の中はおかしな方向に進んだ。〈進歩〉は暗い路地に迷いこんで恐喝の被害にあった。〈ベルリンの壁〉の構築、ヴェトナム戦争。ルワンダの大虐殺、ツインタワーの崩落、グアンタナモ収容所。自爆テロに地球温暖化。さらには血まみれのヴォーン・パリー。ヴォーン・パリーという郊外の悪夢は、このすぐ近所に住んでいて、大勢の人間を殺したが、誰もそのことを知らなかった。なぜなら知りたがる人間がいなかったからだ。イーディーは世界を信じたが、世界は空っぽの王座だった。〈進歩〉など存在しない。〈安定〉もない。ある時期世の中が安定しているように見えたとしても、それは惨事が充分遠いところで起きているだけのことだ。

　ヴォーン・パリーの事件がイーディーの世界に対する心地よい信頼にとどめを刺した。最初に事件が起きたのは、新聞の報道によれば、レッドベリーという中規模の都市だった。市議会がようやく金を出して、ある緑地を買った。そこはかつて鉄道の側線が通っていた敷地の一部だった。サッチャー時代に売却され、富裕層向けの集合住宅が建つ予定だったが、実現しなかった。そこでその土地で野菜をつくり、有機食品を地元に供給する計画が持ちあがったのだ。金融ビジネスが手っ取り早い金儲けを志向し、住宅地開発への投資などより、無から金を産むことに血道をあげるこの時代、イギリスがもうやらなくなった地域の共同体意識の育成をやろうという狙いもあった。だが有機農業の企ては土に最初のひと鍬を入れたとたんに頓挫した。タータンチェックの毛布にくるまれて笑みを浮かべている死体がひとつ、またひとつと現われ、レッドベリーはご当地連続殺人犯（シリアル・キラー）を持つことになったのだ。

イーディーは考えずにはいられなかった。犠牲者を拷問し、殺して、死体を砂地の土地の深さ二十センチのところに埋めたヴォーン・パリーは怪物とみなされたが、イギリスの軍隊が外国のとある地下室で同じことをしたとの報道がなされたときは、必要悪だと言われたことを。

たしかに必要悪だったのかもしれない。だが、それを必要とする世界は、呪われてもしかたがないだろう。

イーディーはその後しばらくのあいだ、毎晩バスチョンといっしょに夜の街を歩き、住宅やオフィスを見あげた。ロンドンという都市を自分は知っているのかどうか、もはや心もとなかった。**怒れるイーディー婆さん**（マッド・オールド・イーディー）と目の見えない犬が、ロンドンの霧のなかを並んで歩く。そう。〝マッド〟は〝いかれた〟ではなく、アメリカ英語流に〝怒れる〟の意味に解するべきだろう。〝怒れるダービーシャー州の住民より〟という署名で新聞社にくだらない投書をする数多くの保守的中流階級市民のそれとは次元の違う怒り。そしてイーディーは自分を怒らせるものに対して何かできる力を持っているのだ。何ができるかはまだ謎で、それがどういう性質のものか自分にもわからないのだが、その力の創り手は世界を揺るがして千年間続いてきた闇を消滅させることができると誓ったものだ。科学の贈り物が世界のおぞましさを解消させるのだと。

ある火曜日の夜、イギリス国営放送の海外向け番組〈BBCワールドサービス〉の音声（もうすぐ切られるはず）を流しながら、イーディーは紙とペンをとって、自分の考える革命のフローチャートを書いてみた。ある物品を入手すること。それをしかるべき状態に置ける男を見つけること。この計画を遂行するには偽装や偽造が必要だ……が、それほど多くは必要ない。これは秘密工作というより信用詐欺だ。もちろん自分は少し距離を置いて動かなければならない。重大な結果が生じるかもしれないし、イーディー・バニスターの名前はいまでもある方面の警戒心を呼び起こしうるので、その方面をもう少しのあいだそっとしておかなければならないからだ。

いま、イーディーは盲目の犬をなでながらジョー・スポークの名刺を眺める。重大な結果のことを考えると、自分は嫌な女だと感じた。ひとりの若い男をとんでもない厄介事に巻きこんでしまったのだ。だがどんなに不快でも必要なことだし、最終的にはジョーに害はない。きちんと調べれば、当局にはジョーがただ利用されただけなのがわかるはずだ。

時間をかけてきちんと調べれば。時間をかければ。スケープゴートを必要としていなければ。寛大な気分であれば。ここでまた、あの言葉がキーワードになる。〝必要〟という言葉が。あまたの罪を免じる魔法の言葉。要するにその意味は、〝このほうがほかの方法より簡単だ〟ということにすぎないのだが。

いまイーディーに必要なのは、冷静に状況を見て、例のことを実現し、借りを返すことだ。本格的に悪いことがジョーの身に起きるおそれはない。古い幽霊はみな安らかに眠っている。

イーディーは何週間か前からテストをくり返して、ジョーが問題の品物の仕事を引き受けるかどうかを確かめてきたが、なぜそんなに何度もテストして、ガラクタの修理などさせてきたのか。ジョーをよく知るためか。ジョーがいい若者で、しかもちょっと寂しそうだからか。

いや、理由なんてない。

ともかく、さっきも言ったとおり、自分は嫌な女だという感じがイーディーにつきまとって離れない。

正直なところ……ジョーを巻きこむ必要があるのか。必要かもしれないとは言える。例の仕事ができるのは彼だけかもしれない。ジョーがお祖父さんから技術を学んでいるならば。仕事を引き受ける気になるならば。中途半端な職人には手に負えない複雑な問題があるならば。ならば、ならば、ならば。イーディーは現代の小心者の政治家たちがその言葉を口にするのを何度も聴いてきた。

テーブルに映った自分の顔をじっと見ながら考える。ジョシュア・ジョゼフ・スポーク。自分が生涯かけて愛した人の孫息子。もちろん自分の孫ではない。自分には孫を持つ能力が欠けている。

もしかしたら恨みからジョーを巻きこんだのか。

テーブルに映った自分はこちらを見つめ返してこない。

「モー」とイーディーは雌牛（カウ）らしい声を出してみた。

さて、悪い妖精としてふるまったあとは、善い妖精にもなって、ジョーを見守るべきだろう。

その決意とともに、喜びがわいてきた。は。は！**さあ、おまえたちはみんな目をそむけているがいい。薔薇色ほっぺの乙女みたいなへなちょこ野郎ども。バニスターが復帰するよ！　今度はあたし自身がイニシアティブをとるからね！**

バスチョンがイーディーを見あげ、ぐらつきながらゆっくりと起きあがった。イーディーに背を向け、獰猛な唸りを発する。それから首をめぐらして、女主人からの是認の言葉を待った。

「ああ、そうだよ」とイーディーが言った。「あたしとおまえで世界と戦うんだ」

そのとき、ヒッと息を引きこむ音が聴こえ、イーディーは高揚した気分から一気に現実に引き戻された。

このフラットに誰かいるのだ。


寝室の内側からドアを開けると、三人の男がいた。真ん中の男は巨漢で、イーディーの登場に不意をつかれたそぶりを見せた。三人とも頑丈そうな靴にくすんだ色の平凡な服といういでたちだ。巨漢は左手にハンマーをゆるく握り、ファスナーを閉めたトラックスーツの上着の左のわきの下にはでっぱりがある。石版のような顔の上で小ぶりな鼻がスキージャンプ台のような曲線を描いているのは、再建手術の産物だ。両側にいるふたりはそれより若い。ゴロツキ稼業の見習いだろう。イーディーは自動操縦モードに入った。戦闘配置につくんだよ、老いぼれ雌牛とイーディーは内心で自分に言う。**この若造どもはあんたを始末しようとしている。もう始まっていることはとめられないよ。**自分はすでに行動を開始しているのだ。今日ジョーに会ったのは良心を慰めるためであって、わが陰険な計画に必要だからではない。計画は数日前に始動した。みずから始動させるのではなく間接的なやり方で。この男たちの訪問はこちらの計画が始動したことの当然の結果であって、いまさら妨害が入ったなどと騒ぐことではない。**さあ、おまえたち、確実に始末してやるからね。**

イーディーは微笑みを浮かべた。もうろくした老婆のまぬけな微笑みを。

「まあまあ」とイーディーは言った。「びっくりしたわ。あなたは市議会のミスター・ビッグ――」――そうね、あなたは大柄な男だから、ミスター・ビッグの名前がふさわしいわね。形容詞の苗字も世間にはよくあることだし。さあ、なんとか切り抜けるのよ、それとも何か手近なもので――「――ランドリーね。ミス・ハンプトンがなかにお通ししておいてくれてよかった。遅くなって本当にごめんなさいねえ！」さあ、感想はどう。ビッグランドリーという人が訪ねてくることになっていて、あたしはあなたがその人だと思いこんでいるのよ。また出直して、邪魔が入りっこないときにあたしを始末したらどう？

いきなりミスター・ビッグランドリーにされた巨漢はためらった。イーディーは陽気な足どりで相手に近づいて手を差し出す。巨漢がその手をとろうとするような身体の動きを示すが、イーディーはこの男に触れるつもりなどない。まったくない。こんな肩幅の広い男からハグされるのもごめんだ。といっても、若いころならこういう山に登るのを愉しんだかもしれないわね。ええ、そうよ。「あら、あたしとしたことがはしたない」イーディーは手を引っこめた。ふたりのゴロツキ助手が左右に展開してイーディーの退路を断つ。ミルクをとりにいくだけよ。お茶を淹れるのに。わかった？　は！　こんな連中にかかったらまっぷたつにへし折られちゃうわね。さりげなく、さりげなくよ、老いぼれ雌牛。距離は長くて、使える時間は短いのだから。目的。逃走。それ以外にない。さあて。「ケトルでお湯を沸かすあいだ、あなたがたはテーブルと椅子を動かしてくださる？　あたしはもう年でね。やってみたんだけど、身体が弱っているの。あなたの身体とは違ってね、ミスター・ビッグランドリー。ところで、あとのおふたりはどなた？」

イーディーの視線を受けて、ゴロツキ助手Aが手を差し出し、「ジェイムズです」と小声で名乗る。明らかに本名ではない。ゴロッキ助手Bとビッグランドリーが、おまえはなんでいきなりズボンをおろすんだ、といった目でゴロツキ助手Aを見る。**は！　しくじったみたいだね、ジミーちゃん**（ジミーはジェイムズの愛称）。**あとでミスター・ビッググランドリーに叱られるんじゃないの、勝手に標的に話しかけたといってね。**「こんにちは！」イーディーは馬鹿っぽい仕草で手をふる。「それからあなたは弟さんのほうね。やっぱりご兄弟だからよく似てらっしゃる！　あなたはジョージよね？」**どっちも冷酷非情な殺し屋だろうけど、ジミーちゃんは赤ら顔で、あんたは青白顔ね。ハンガリーっぽいっていうのかしら、ジョージー・ボーイ。お父さんがハンガリー国家保衛庁の職員だったと聴いても驚かないけど、まあ、やっぱりあんたと同じゴロツキなんでしようねえ。**イーディーはさらに笑みをひろげた。「ドアのスライド錠をかけてくださる？　ときどき風でガタガタ鳴って、びくっとしちゃうの」ジョージ・ビッググランドリーが父親を見、父親がうなずく。イーディーは台所にさっと入った。目に入ったのは包丁、麵棒、電子レンジ（イーディーはレンジの扉を開け、そこへ三人を押しこんで料理するところを想像する。レンジがピーピーと鳴って、チキンの絵の青いライトがともる）。**いやいやいやいやそうじゃない。**何をしに台所へ来たかはわかっている。**電気ケトルのスイッチを入れにきたんだ。これで連中はあたしをケトルから引き離さなくちゃいけない。**老女を殺すとき、近くに熱い湯があるのはまずいだろう。**跡が消えない火傷をするかもしれないからね。**イーディーは秘密兵器第一号を呼ぶ。「バスチョン！　可愛いわんこちゃん。バスチョン。ママがパイをあげるわよ。ほらほらいつもあげるでしょ、ねえええ！」**おまえたちの魂に神の慈悲あれ。**

まだパイの時間ではない。バスチョンはそれを知っていた。イーディーがそれを知っていることも知っていた。バスチョンとイーディーのあいだでは久しい以前から取り決めができている。午後三時から九時のあいだにバスチョンを煩わすことができるのは、よほどの緊急事態か、ステーキがあるときだけだと。そのステーキはとびきりやわらかい肉で、フライパンで軽く温めておかなければならない。緊急事態のほうはよほど緊迫したものである必要がある。火事、地震、蛙の雨、建物内への猫の侵入。パイなどで起こしては絶対にならない。バスチョンの昼寝の時間は神聖なのだ。

「バスチョン？」イーディーは周囲を見まわす。もちろんバスチョンはイーディーの寝室のベッドの足もとにいた。基本的にそこから動かないが、午後二時ごろにはバルコニーに出て、下をぼうっと歩いている通行人に小便をかける。イーディーはビッグランドリーに微笑みかけた。ビッグランドリーはイーディーとケトルのあいだに割りこめる態勢をとろうとしている。ジェイムズとジョージはまだ居間だ。イーディーがケトルに手を伸ばすかのようなフェイントをかけると、ビッグランドリーがびくっと動く。目を陰険に細める。

イーディーはにやりと笑いかける。これはプロ対プロの戦いだよと言いたげな、ちょっと狼じみた顔で。ラッセル・ホブス（大手家電メーカー）の電気ケトルにイーディーの手がかかった。「お茶、淹れますわよ」**これが終盤戦だと思ってるでしょ。勝負はまだ始まったばかりよ。これ欲しい？　このケトル。そっちへ投げてあげようか？　でもふたりの手下がいるのよね。あの若い衆があんたに加勢してあたしをやっつけにくる。そうしたらこのラウンドはあんたのものかもしれない。**だがイーディーには策がある。ビッグランドリーは、イーディーが湯を沸かしたのはそれを武器に使うつもり以外の何物でもないということに思い至りそうだ。イーディーが自分のそばを通り抜けた瞬間、湯が沸騰しているケトルを確保した。イーディーは寝室のドアを開ける。バスチョンが逆毛を立てて飛び出してきた。まずジョージの匂いを嗅ぎつけ、物哀しい鳴き声とともにぱっと飛びかかり、踝（くるぶし）に咬みつく。**この男は何者じ**

ゃい。わしの眠りを妨げにきたこの男は。わしの視界に踝をさらす阿呆は。よいか！　ここを立ち去るとき、おぬしは背丈が三十センチ縮んでおろうぞ。それだけは保証してやれるわ……。

「あらあら、バスチョン、ダーリン、だめよ！」イーディーはしらじらしい口調で叫び、ジョージににやりと笑いかけた。ジョージは顔をしかめてボスを見る。だがすでにイーディーは行動を開始していた。遅いのよ、坊やたち、全然遅いのよ。人間のよき遊び相手とはいえないバスチョンは、ジェイムズの脚のほうが咬み心地がよさそうだと判断したらしい。ぱっと飛びつき、一本だけ残っている歯をふくらはぎに突きたてた。ジェイムズがくそっと毒づくと、おお、痛いだろうねえとイーディーは無言で独りごちる。ジェイムズは足で蹴りのけようとするが、このゲームを熟知しているバスチョンは反対側の脚にかぶりつく。ジェイムズとしては自分の脚を蹴る危険を冒すしかないが、そんなことをする馬鹿は……いや、ところが、ジェイムズはそんなことをする馬鹿だった。バスッと音がして、ジェイムズの顔がちょっと青ざめた。自分のつま先でも、けっこう自分にダメージを与えることができるものなのだ。勝利を感じとったバスチョンは何度か身体を回転させ、ビッグランドリーの居所を嗅ぎつける。だめよ、ダーリン。あの男はあんたの手に負える相手じゃないから。だが、バスチョンはやる気満々、いやそれ以上だった。その戦いぶりに、ビッグランドリーは不安になり、後ずさりしてイーディーを見る。その目つきは、奥さん、お宅のその犬、ちゃんと押さえてくださいよ。でないと警察呼びますからね！　という、犬を飼っていない人間の目だ。

呼びたきゃ呼ぶがいいよ。

イーディーは寝室に駆けこみ、フリフリの下着をしまってある引き出しに飛びつく。そこにあるのは秘密兵器第二号だ。そう、下着！　必要なのはそれ。一九五九年にも下着は役立ったかもしれなかったのに。あたしがもっと着心地のいい下着を着ていたら、やつらをブタ箱にぶちこんでやれたのに……。だがイーディーは正直だから、五九年のときもうまくいかなかったかもしれないと認めざるをえない。コルセット。ブルマー（膝丈でだぶだぶした初期のもの）。タイツ。ニーソックス、あたしはあんたが大嫌いだ。ウールのレギンス——ああ嫌だ。イーディー・バニスター。第十六連隊の華（トースト）。羊の毛皮のついた軍服を着て、かりっと焼いたトーストのようにしゃんと立っていた。戦乱の時代。あ、ガーターベルトだ。このほうがしっくり来る。ストッキングにレースの下着。ああ、いいね！　あたしは記憶をたぐる。目当てのものはどこにあるのだろう。もしほかの場所にあるのだとしたら、あたしはもう死ぬことになる。だが、べつのベルトが見つかった。分厚くてひんやりした茶色い革は奇妙な古ぼけた臭いがする。イーディーは月に一度、これを掃除し、点検する。普通の人が預金口座をチェックするように。イーディーはにやりと笑った。そう言えば一度、こちらのベルトを下着として使ったことがあったっけ。恋人が狂おしく情欲をぶつけてきたときだ。そして認めるけれど、自分も同じだった。

　ビッグランドリーが苛立ちをぶつけるように寝室のドアを手荒く開けた。イーディーの頭蓋骨をできるだけ細かく砕くべく、ハンマーをふりかざしている。なぜハンマーなんだろう、とイーディーは考える。プロじゃない、ただの凶暴な男の仕業に見えるからか。警察は頭のいかれたやつを捜す——そういうやつはいつだって見つかる。一生けんめい捜しさえすれば。「そろそろ潮時だ、このいかれたババア」ビッグランドリーは予定の遅れに怒りをあらわにする。どこかへ行く用事があるのかもしれない。「くそったれめ、もう潮時なんだよ」

「ああ、そのようだね」拳銃を両手保持のスタイルで構えてふり向くイーディー。

ビッグランドリーはまた「くそったれめ」と言ったが、今度は前より仰天の度合いが強い。ハンマーを放り出して、自分の拳銃をとろうとする（きっとオートマチックだね、とイーディーは推測する。ちなみにイーディーのはリボルバーだ）。イーディーは相手の頭を撃ち抜いた。イーディーがほっとしたことに、リボルバーはとんでもない轟音を立てた。イーディーがほっとしたことに、ビッグランドリーの頭部は危ういところで胴体と離れない。隣室でジョージがやはり「くそったれめ」と叫ぶのが聴こえた。ジーンズに挿した何かを抜こうとする音がする。**愚か者め。**つぎの二秒内に自分のペニスを撃ってしまわないかぎり、拳銃を抜いて発砲しはじめるだろうが、ジーンズに拳銃を挿すような人間はたぶん射撃がうまいわけではなく、きっと乱射するだろう。壁を貫通した弾丸が隣のフラットの住人に当たるかもしれない。あるいはバスチョンが被弾するかもしれない。イーディーは身体の向きを変えて、石膏ボードの壁を三発の銃弾で撃ち抜く。はずれたときは弾丸が隣室の煉瓦の暖炉に当たるような角度で撃つ。三発目が煉瓦ではなく肉に命中する音を立て、ジョージが倒れたのがわかった。イーディーは位置を変える。ジェイムズが撃ってくるかもしれないからだ。ジェイムズはドアのすぐ横にいた。血の気のうせた若い顔に極度の混乱が現われている。イーディーはジェイムズではなく、そのすぐ近くに銃を向けた。台所からビッグランドリーを追ってきたバスチョンは、敵がすでに倒れているのを見、死体の上に乗って勝ち誇った。**恐怖により敵は死亡。わしは強い。あんた拍手していいぞ。**

イーディーはきっとジェイムズを睨んだ。「銃を床に置くんだ」

ジェイムズはたしかに拳銃を手にしていたが、それはポケットのなかのことで、しかも銃には弾薬が入ってなかった。おとなしく拳銃と弾薬を並べて床に置く。

イーディーは情けないねえという顔で首をふる。ジェイムズは降参の仕草で肩をすくめた。

「誰に言われて来たの」

「知らない。ほんとだ！」

「依頼人に会ってないのかい」

「会ったけど見てないんだ。被り物をかぶってた。いや、シーツみたいなものだ。イラン人が着てるようなやつ！」

イラン人が着てるようなやつ。そういう衣を着た人物には心当たりがあった。イーディーはため息をつく。

「あんた、ママはいるの」

「いる。ドンカスターに」

「そこへ逃げるのがいちばんだね」

「ああ」

イーディーはうなずき、ジェイムズを見た。

「これが初めての仕事かい」

「ああ、そうだ。くそっ」

「もうこの辺をうろついちゃいけないよ。今日起きたことは誰にも話しちゃいけない。フケるのがいちばんだ。いいね。ママのところへ行くといい。あんたが生き延びたからって誰も気にしやしない。姿を消しちまえばそれでいいんだ」

「ああ」

「絶対に戻ってくるんじゃないよ。まともな職を見つけな」とイーディー。

「わかった」

「あたしはこれからバッグをふたつ持ってここを出ていく。あんたとあたしはもう二度と会わない。あたしはまだ五分間ここにいるけど、あんたはあの窓ぎわの椅子に坐って、外を見てるんだ。そしてあたしが出ていったあと十分間、あんたが以前身内と呼んでいたふたりの死体のそばで、黙って自分の心を見つめていること。そのあとは……わかるね」

「ドンカスターへ行く」

「いい子だね」
イーディーはジェイムズが椅子を窓のほうへ向けて坐るのを待って、また自分の寝室に入り、自分のバッグ（いつでも持って旅立てるよう、拳銃同様、毎月チェックしている）とバスチョンの旅行用品一式をとった。バスチョンを連れて、ビッグランドリーとジョージをまたぎ、ジェイムズを部屋に残してドアを閉める。玄関ホールで折りたたみ傘としばし格闘する。この傘は自分の名前に忠実だ、とイーディーは思う。折りたたむのはすんなり行くが、開くときに手こずるのだ。折りたいますぐ傘を差さなくてもいいのだが、雨が降りそうだし、せっかくふたりの人間を殺して自分の命を守ったばかりなので、計画を成就する前に肺炎で死ぬつもりはない。死はイーディーにとって身近な現実で、それは若いころからそうだったが、わざわざ招き寄せることもない。自分が死んだらバスチョンが困り果てるだろう。

傘の抵抗に打ち勝ったあと、イーディーは不穏な空を睨みあげ、ロールハースト・コートから永遠に立ち去った。

それと同じロンドンの空、街の灯でほんのりオレンジ色に染まった灰色の曇天が見通せない雨のシーツを地上におろしている。ジョーはソーホーの街路に足を急がせた。ビリーに電話するのはやめ、直接会って話すことにしたのだ。そしてちょうどソーホーへ来たとだし、雨でどんどんずぶ濡れになってくるので、フィッシャーという、痩せているが引きしまった身体つきの、話していると苛々させられる男を訪ねることにする。フィッシャーは昔泥棒、いま故買屋で、ジョーの父親マシュー・スポークを懐かしがるノスタルジア・クラブの一員だ。マシューが生きていたころ、フィッシャーはそのファミリーの末端の部下ですらなかったが、いまはジョーが非合法的な事柄に関してわりと気軽に尋ねられる数少ない人間のひとりになっている。もっともフィッシャーを訪ねるときは、まずいことをしているという感覚に悩まされる。そして祖父の「だからそういうつきあいはよせと言ったろう」という憂いを含んだ声が聴こえるのだ。ジョーは肩をすぼめ、顎を上着の襟にうずめる。亀になろうとしている大男だ。

バスにざばーっと水しぶきをかけられた。時計じかけの機械と同じで、技術的には興味深いが非実用的として廃止の動きが進んでいる連節バスの生き残りだ。ジョーは猛烈に手をふりたてて怒鳴った。それから商店のウィンドーに映った自分の姿を見て、おれのものであるはずの身体を占拠しているこの男は誰だ、といぶかる。今回が初めてではなく、最近よくあることだが。

フィッシャーが経営しているのは、風鈴をいくつも吊るした陽気な感じのかわいい店で、ヒッピーが安物のアクセサリーやら何やらを売るような商売のオーラが出ている。左右から窮屈にはさみつけてくるのはオーダーメイドの洋服屋とビーズのカーテンを垂らした謎の店（ここではすべてがハンガリー語で行なわれている）。フィッシャーの店は広い。一族は地価が高騰する前からこの地区に住んでいたからだ。客は周囲を壁で囲まれた中庭で、水煙管（ぎせる）をふかしながらトルココーヒーを飲める。コーヒーはフィッシャーが手ずから淹れ、砂糖や秘密の材料も自分で調合する。秘密の材料が何かはとくにお気に入りの客——つまり全部の客——に気前よく教えるが、内容はそのとき冷蔵庫に何が入っているかで違う。ジョーはレモンピール、ココアパウダー、胡椒、パプリカなどを知っているが、あるときにはスプーン半分の魚スープが入っていた。フィッシャーは、レシピがいろいろあるのはトルコ系移民である母親の親戚のいろいろな人の流儀に倣っているからだと説明するが、それが嘘でも問題が起きないのは、母親はロンドンのビリングズゲート生まれで、いまもそこに住んでいて、トルコの親類とはつきあいがないし、コーヒー（それ自体はとびきり美味い）に変なものを入れて自分たちの一族の名を汚すなとイスタンブールから怒鳴りこんでくる身内がいないからだ。

チャイムを鳴らすと、「誰だ」と叫ぶトルコ訛りのまじめくさった声がしたが、すぐにドアの陰から鼬めいた顔がのぞき、大きく笑みくずれた。「ジョーじゃないか！　ビッグ・ジョー！　〈時計職人の王〉！　じきじきにお見えになるとはな！　やあやあ、マエストロ、ご用は何かな」

「何がなんだかわからないことが起きてるんだ」それから機先を制して人さし指を立てる。フィッシャーが勢いこんでご無沙汰を非難しようと口を開いたからだ。「ああ、わかってる。でも、とにかく訊きたいことがあってね。頼りにできる場所はひとつしかない。そうだろう。あんたはなんでも知ってるから」

「おれはなんでも知ってる。そのとおりだ」フィッシャーは得意顔になる。ロンドンの非合法な連中に関しては、本当になんでも知っているのだ。

「人が訪ねてきたんだ」とジョー。「実在しない博物館からふたりの男が。ひとりは太ってて、ひとりは痩せてた。教養がある感じで、刑事のような気もする。名前はティットホイッスルとカマーバンド」

フィッシャーはかぶりをふる。「知らねえ」

「なんの心当たりもなし？」

「名前を聴いたことがない。賄賂を贈った覚えもない。忘れたことすらない。悪いな」

「魔法使い（ウィッチ）はどう」

「魔女（ウィッチ）なら結婚してたことがある」

「修道僧（モンク）といったほうがいいかもしれないけど。黒ずくめの服装で――」ジョーが説明を続けるあいだに、フィッシャーは立ちあがり、店を閉めて入り口に施錠した。その目の熱をもったような不安を、ジョーはいままで見たことがないし、フィッシャーがそんな不安な様子を見せるなどとは思ってもみなかった。フィッシャーはいつも陽気か尊大かのどちらかで、取り乱したことなど一度もない。

「なんと！　あのくそ野郎どもか！」とフィッシャーは言う。「修道士（ブラザー）シェイマスと手下のいまいましい幽霊ども！　くそたまげた！　ここへ連れてきてないだろうな」

「ああ、もちろんだ」

「でも、会ったんだな。やつらが訪ねてきたって？」

「ああ――」

「くそっ、友達だからって面倒を持ちこんでくれるなよ――やつらの目当てはなんなんだ」

「本だ」

「本？　本だと？　そんなものくれてやりゃいいじゃねえか！　もらってくれてありがとうと礼を言ってな。へたすりゃその本の一件から手を引け、どこか遠い土地へ行ってまともな職につけって、そう言われるところだ。わかったな。くそ！　くそったれ！」

「あいつらはなんなんだ」

「例のいまわしい〈記録される男〉だよ」フィッシャーは犬が唸るような声で言う。

ジョーはフィッシャーの顔を見た。「なんだって？」

「覚えてないのか。おまえさんがガキだったころ話してやったろう。おかげでおまえさんのお袋さんが怒り狂って、怒り死にしそうになったくらいだ」

なるほど思い出した。あの話を聴いたあと、ジョーは何週間も悪夢を見たのだった。〈夜の市場〉の子供たちがひそひそ語るロンドンの幽霊話。

それはこんな話だ。シーツがシルクのベッドに寝ている男がいて、そのまわりを電気のリード線や監視カメラやメモをとる男たちが取り囲んでいる。この男に関することはすべて書きとめられる。記録をとっているのだ。呼吸数、言葉、脈拍、食事の内容、体臭、生化学検査数値――さらには皮膚の帯電量の変化まで。だんだん弱ってくると――というのは男はもうかなり年老いていて、身体は傷だらけで、病気だからだが――頭蓋骨に穴をあけ、そこから脳に金属線を刺し、頭のなかの灰色の物質の襞（ひだ）から襞へ走る思考のひらめきを記録されるようになった。

　寝たきりで記録をとられているあいだ、男にはずっと意識があった。この男は捕虜なのか。大金持ちなのか。自分が身を置いている苦境に対して苦痛や恐怖を感じているのか。なぜこんなことが起きているのかわかっているのか。ものすごく奇妙な状況だ。でもどこかで、どこかの場所で、これは現実に起きている。男は横たわっている。もしかしたらこの男が死んだときには、かわりの人間が必要になるのかもしれない。そして必要とされるのはきみかも。

　初めてこの話を聴いたとき、ジョーは九夜続けて、明かりをつけたまま寝た。ようやく普通に眠れるようになったときにも、夢のなかで〈記録される男〉の目だけがリード線の牢獄からこちらを見ていた。**つぎはきみかもしれないぞ。**

　フィッシャーは痙攣するようにうなずく。まだ怒っているような、怯えているような様子だ。「そう、〈記録される男〉の話はもともとシェイマスとその一党がモデルなんだ。連中は機械が好きで、自分たちの組織を創立した男を観察しながら記録をとりつづけた。創立者が寝ているところが教会のようなものだった。創立者が考えたことすべてを神聖なものとして崇めていた。どういう考えなのかは知らない。訊いてみたことがないからな。ろくでもない場所に放りこまれそうだから！　ちょっと〈親愛なる指導者〉（金正日の呼称のひとつ）みたいな扱いだ。とにかくあの連中はチフスみたいに怖いやつらでな。世界に存在する巨大な権力のひとつなんだ」

「それはいつから」

「ずっと昔からだ。おまえさんの親父さんが昔、連中と衝突したことがある。親父さんはいろんな勢力を結束させてやつらを追い出したが、あれはきわどい戦いだったよ」

「覚えてない」

「まだ小さかったからな。おれもまだガキだったが……」フィッシャーはなんとなくマシューが自分をジョーの兄のような存在として考えていたと匂わした。

「いまは」

「いまは違う。そうだろう。マシューみたいな人はいない。でも警察官の数はずっと多くなった」

「だから連中は用心していると」

フィッシャーは肩をすくめて肯定する。「しかし連中は紳士的じゃないし、有無を言わさないところがある。冷酷で外科医みたいに冷静だ。アスピリンを呑んで横になってください、みたいなことは言わない。臓器売買のために腎臓を抜いて、バスタブの氷水に漬けとくみたいなやり口をする。どこかに病院をひとつ持ってるらしい。ていうかホスピスかな。ろくでもない場所だ。そこへ入れられたらもう出てこれねえ」

「連中はそもそも何者なんだ。どこから来た」

「おれの理解では、神ご自身の暗殺者集団だ。聖都エルサレムから来たんだ。あるとき、連中のひとりに会ったことがある。おれがあるフラットを借りようと思って見てたら、そこへ入ってきて、失せろと抜かしやがった。ほかにそいつが何を言ったかわかるか。こう言ったんだ。**わたしがナポレオンの心を持っていながら、肉体はウェリントンだったら、わたしは何者なのか？** 箱いっぱいの蛙みたいに狂ってたよ」

「フィッシャー――」

「わかった！　わかったから。三十秒間、知恵ある言葉を聴かせてやる。そしたらもう帰れよ。いいな」

「それでいい」

「よし。おれの聴いた話だと、昔はまともな仕事をしていたそうだ。やつらは修道僧だ。そうだろ？　みんなの魂を高め、柔和な人たちを守る。ところがその後、世界は母なる教会の望むところに反する方向に進んで、やつらもちょっとおかしくなった。古い指導者が去り、新しい指導者が登場した。新しい指導者は口のうまい野郎で、私兵部隊を持っていた。私兵部隊は孤児の集団だと聴いたよ。とある古い家で新指導者はその集団を教育した。だからそいつらは新指導者から教わったことしか知らず、それ以外のことを学ぶ気はなかった。そして火と剣による改宗の強制と、神による選別が始まった」

「そいつらの望みはなんだ」

「やりたいことをやりたいんだろ。それと骨董品。連中は骨董品が好きみたいだ」

「なぜだ。フィッシャー、そこが大事なとこなんだ。連中は――」

フィッシャーは片手を剣のように斜めにふりおろしてジョーの言葉をさえぎる。「おれは知りたくねえ！いいな。おまえさんは連中の欲しがってるものを持ってる。そいつをやっちまえ。おまえさんはマシューとは違う。自分で違う道を選んだんだ。とにかく〈正直者ジョー〉の手に負える相手じゃない。そういう単純な話だ。やつらは半端なく怖い。おれはそれしか言わねえよ。いくらおまえさんが古い友達でもな。さあ帰ってくれ！」

フィッシャーは裏口を開けてジョーを裏庭へ押し出し、ドアを叩きつけるように閉め、シャッターをおろした。

外に出ると、本格的な不安が襲ってきた。ジョーは女の子から肘鉄を食らった男のように首をすくめ、両手をポケットに突っこんだ。しっかりした足どりで、しかし急がずに歩いて、まもなく〈トーシャーズ・ビート〉におりた。

小汚いカフェでビリーと話した翌日の昼食時、仕事にうんざりしているような郵便配達員がジョーの倉庫の呼び鈴を鳴らした。届けられたのは例の動くエロ人形と、茶色い紙の包み。包みはたぶんビリーが言うところの〈変てこりん〉だ。さもなければ消費税の四半期ごとの課税通知書か。ジョーは急いで包みを開けた。

品物その1。なるほどこれは〈本〉だ。日記か日誌。それはまあ見ればわかる。匂いを嗅いでみた。古い本には心地よい匂いがあるが、これは違っていて、海水のつんとくる臭いとかすかな薬臭さがある。そのふたつの臭いの下に、古い革の脂くさい臭いが嗅ぎとれた。水に浸かっていたのか。オイルクロスに包まれていたのか。ふうむ。表紙はほとんどゴムのようにしなやかで、縦横に交差した皺が入っている。その表紙には型押し（デボス）加工で模様があしらわれている。凹型の模様をつけるのがデボス加工で、凸型の模様をつけるのが浮き出し（エンボス）加工だ。押されている模様はおちょこになった傘のような奇妙な絵と、変わった形の鍵の絵だ。

ジョーは〈本〉を慎重に開いた。中身もやはり普通とは違う。各ページの綴じ目と反対側の端には、穴が並んだ幅一・二センチほどの紙がつけてある。ページの紙質は硬めで、穴のあき方は、見たところページごとに違うようだ。版面は十センチ四方の正方形で、そこに十六行の文字が並んでいる。余白の穴四つ分の長さだ。全部で百ページ強で、情報量は少なくないだろうが、分厚い本とは言えない。長めの曲の自動ピアノ演奏用楽譜といったところだろう。

本の背には金属製の丸い棒が一本通り、上下の端が少し飛び出ている。これは本の〝背〟とは呼べないだろう。〝軸〟だろうか。見返しには薔薇色と青緑色のマーブル紙が使ってある。マーブル紙には何かの設計図のようなものがすばやい筆致ながら明瞭にペン書きしてある。どうやら電気で作動させる醸造か蒸留のための装置のように見える。なんとなく見覚えがあるような気がするのだが、どこで見たのだろう。

ある種の心根を持つ人は——祖父のダニエルもある程度そうだったが——精神的な意味で、つねに完璧なネズミ捕りをつくろうとするものだ。ジョーが受けた印象では、見返しの〝設計図〟は即興で書いたものだ。この〈本〉にはもともと何も書きこむつもりはなかったが、ほかに紙がなく、しかたがないので見返しを汚したのだ。長い列車の旅のあいだに書いたのかもしれない。比較的整った字だが、ところどころでびくんとぶれている。切り替えポイントを通過したときだろうか。ティーポットのようなものが水槽のようなものとつながっているそのあとには何か物々しい数式らしいものが続く。文字の部分にはこう書いてある。〝象のために何かすべし〟。〝わたしは全部自分の本のなかに書いた〟。〝このコーヒーはまずい〟。よし。これが〈本〉でないとしたら、いったいなんだろう。うーむ、ノートだろうか。要するに、〈変てこりん〉だ。

品物その2。ここに挙げるのは複数の細々とした付属品だ。各種のギア、スプロケット、ラチェット、歯車を入れた袋がひとつ。ベベルギアに普通のギア。大きなものから（とても、とても）小さなものまで。ジョーのなかのパズル好きの部分がはりきりだす。これとこれが組みあわさり、それとあれが……。

あわてるな。でたらめに組み立ててできあがるものは、ガラクタだぞ！　ゴミだぞ。ちゃんと教えただろう。

祖父の声が聴こえた。時と距離を隔ててかすれ声になっていた。

「祖父ちゃんがいてくれたらな」

馬鹿言うな。おまえが小さかったころ、わしはもう年寄りだった。

「それでも、いてほしいよ」

もうひとつ言っておこう。死んだ人間と話をするな。

変に思われるからな。

「〝見えない友達〟だと言えばいいんじゃないかな」

……おまえ、女の子を見つけんとな。

「たぶんそうなんだろうね」

伴侶をな。

「え？」

伴侶だ。人生の苦楽をともにする相棒。

「ああ、それはほんとに欲しいな」

そこで会話は切れた。祖父は生前、女の子のことでアドバイスをくれたことなどなかった。たぶん自分の愛情生活が悲惨だったせいだろう。だからいま祖父が喋ったことは、ジョーの勝手な想像だった。

つぎに進もう。

品物その3。取り付け具のついた枠。サイズからいって、〈本〉にとりつけてページをめくるための道具だろう。端に指を触れると、一瞬、静電気で吸いつく感触がある。おやと思って、その枠で〈本〉のページに触れると、そう、ページをめくることができる。そして、そう、枠をページから離すと静電気は消えた。つぎのページに触れると、またページがくっついてくる。めくり終えると静電気が消える。うまい仕掛けだ。仕組みはさっぱりわからない。金属の枠に何かしこんであるのだろうか。発想がいい。時計じかけの機械は電子装置と違って静電気の影響を受けないからだ。吸いつけた埃をときどき除去すれば、帯電していたことなどほとんどわからない。目的に応じて適切な道具を使うのは、機械屋にとって信仰箇条（クレド）のようなものだ

品物その4。小さな卵形の容器もしくはボールがひとつ。外側にはかなり凝った装飾が、しかも手作業で、施してある。星雲か巻貝をかたどった渦巻き模様だ。黄金比の美。まあ、その手のポピュラーサイエンスの本は鵜呑みにしないほうがいいけれど。サイズのわりにはずしりと重い。金（きん）でできているのか、重りか弾み車（フライホイール）でも入っているのか。継ぎ目はあるが、開け方

がわからない。手の上でいろいろに向きを変えてみた。なかでちりっ・かりっという音がしていて、訓練を積んだジョーの耳にはよくない雑音であることがわかる。致命的な音ではないが、間違いなく故障をうかがわせる音だ。

ジョーは〈ボール〉を作業台のなめらかなくぼみに置いた。この世には球体やそれに近い形をしたものがいろいろあるが、その中にはみだりに転がすべきでないものが多い。ジョーは金属の汚れ落としやエッチングの腐食剤に強酸を使うが、いつも買うメーカーはこの劇薬を底が丸っこい瓶に詰めていた。わりと値の張る架台と容器をいっしょに売りつけるためだ。劇薬そのものは安くても、付属品が高い。それはともかく――〈ボール〉はくぼみにちょうどよく収まった。ジョーはストレッチをした。背中や腕がぽきぽき鳴る。それからまた作業台の上に背をかがめた。ちょうどいい椅子を買わなければとは思っている。ほかにも必要なものが五つ六つあるけれど、買う金がない。

品物その5。これが〈わけわからんちん〉で、正確な機能は不明。何か魔法の錠前でも開ける道具のようだが、肝心の錠前がどこにあるのかわからない。ともかく特定の目的のためにつくられていることは明らかだ。いわば天命を授かった道具。片方の端に取っ手があり、曲がりくねった細い棒がそのまわりを取り囲んでいる。昔の人が決闘に使った剣の、籠のような覆いのついた柄のようだ。ジョーは〈わけわからんちん〉を芝居がかった仕草でふり、ぴたりととめた。〈ボール〉と同じで、内部がとても密な感じだ。

最後にフェルトペンで文字が書いてある白い正方形のカードが一枚あった。これはビリーからのメッセージで、〈本〉とその付属物は丁寧に扱うようにと指示したあと、例の好色な猟場管理人の自動人形は早く修理してほしい、顧客の婦人がお待ちかねだからとつけ加えていた。

ということで、〈蝙蝠の洞窟〉(バットケイヴ)（バットマンの秘密基地）へゴー！　というか、まあ、仕事にとりかかることにした。

玄関のドアを閉めて、窓に〝ご用の方は呼び鈴をどうぞ〟の札を掲げる。

猟場管理人の好色自動人形(エロトマトン)（ジョーはちょっと申し訳なさそうにそれを見た。ケーキを食べるためにとりあえず手をつけずにおく果物とミルクを見るように）を修理するのはそれほど難しくないはずだが、そう面白い作業でもないだろう。これは明日に延ばしてもいい。ジョーは動きだす前の姿勢でぐったりしている人形たちを眺めた。かつて見たことがないほどお行儀のいい3Pプレーヤーたち。相手をひとりに限定しない複数恋愛(ポリアモリー)を実験的に実践している知り合いは何人かいるが、その風変わりな人間関係と性的関係を外部から観察するかぎり、彼らは〝恋愛(アモリー)〟より〝複数(ポリ)〟のほうに重点を置いているようだ。まあ当人たちは反論するだろう。もちろん複数恋愛(ポリアモリー)が不可能だとは言わない。けれども、人生をともにするひとりの相手を見つけるのさえ多大の苦労を伴うというのに、どうしてふたり以上の相手との関係を、人生行路のさまざまな波を越えながら維持できるのだろうと思ってしまう。

本当に、たったひとりの伴侶を見つけるのさえ難しいのだ。大きな倉庫は今日はひどく空っぽに感じられ、テムズ川の水が岸をちゃぷちゃぷ洗う音は物哀しく聴こえる。紅茶を淹れ、ケトルのとれている足は、ガス会社のピンク色の督促状を三つに折ったもので代用した。ガス代は払ったと自信を持って言える。明日、問いあわせてはっきりさせよう。

作業台で、紅茶のカップを手に（高難度の仕事にとりかかるときは、初期の段階であわてて取り返しのつかない間違いを犯さないよう、忍耐が肝心と心に銘記することが必要なので、このような余裕のある態度をとることが望ましい）、ジョーは目の前の〈本〉とその他の部品を見た。まずはコピーと写真をとろう。デジタル時代には簡単なことだ。ジョーは現代のテクノロジーをそれほど嫌ってはいない――ただ、人間が努力した痕跡をとどめない、表面がのっぺりした感じが胡散くさいし、何事も機械の都合に合わせてやることに慣れてしまうのが嫌だ。そして何より複製というものが信用できない。珍しいものがありふれたものになってしまい、技能の高さも特徴のひとつにすぎなくなる。途中の過程より最終的な結果だけが重視される。複製において、人間のつくるものは魂が生み出すものではなくシステムの産物にすぎない。

　祖父から譲り受けたこの作業台はそれとは対照的だ。道具はすべて祖父が自分でつくったもの。時の経過に磨かれ、ニスははげているがなめらか。左側には祖父が肘をついていた痕跡がかすかに刻印されている。右側には万力と、古いブンゼンバーナーにガスを補給する真新しいゴムホースがある。作業台の灰色のしみは熱のせい、白っぽい部分はいろいろな器具がこすれた跡。もともとの木は銀色がかっている。いくつかの汚れは文字どおりスポーク家のDNAを含んでいる。祖父ダニエルのものとジョーのものが混じったそれは、一瞬の不注意のせいで流した血、哀しいときに流した涙。そのひと粒ひと粒がダニエルとジョーの身体の青写真を持っている。ジョーの父親マシュー・スポークの痕跡さえここにはある。父親もこの作業台を使ったことがあった。鉛を溶かして銃弾にしたり、えぐい臭いの火薬を調合したりと、すべてが武器になってしまったが、この錬金術師の仕事場に父親もいたのは事実なのだ。

　ジョーは来歴のあるものが好きだ。組み立てた人間の手が感じられるところがいいし、それを使った人間に対しても親近感を覚えるのだ。結局のところゴミの山をつくるだけの大量消費用の製品よりも、命を持っているような手作りのものに惹かれる。それは機械というより人間に寄生する生物のようなもので、生態系のなかでささやかながら独自の居場所を持っている。もっとも、記録をとる手段としては、愛用のキヤノンのカメラ本体とカールツァイスのレンズを喜んで使うのだが。

というわけで、それぞれの角度から、接写と遠写を含めて三つずつ画像を撮影する。それぞれの画像を資料として保存する。仕事ぶりをチェックする祖父の視線を背中に感じる。七年前に死んだ祖父が謎の物品を見て目を輝かせているのが気配でわかる。もっと言えば、最愛の弟子である孫——やくざ者になってしまった息子の息子——といっしょに謎を解明できることを喜んでいる。

ジョーは癇癪持ちだった愛する祖父を思って、小さな寂しい微笑みを浮かべた。うしろをふり向きはしなかった。誰もいない空間を見たくないからだ。かわりに空気に向かってこう問いかけ、自分の頭に、祖父ならどう答えたかを考えさせた。

「つぎはどうする、祖父ちゃん」

自分の目を使え。いま見えてるものはなんだ。

「〈変てこりん〉」

違うぞ、ジョゼフ。違う、違う。まず訊きたいんだが、おまえはあのビリー・フレンドと取引してるんじゃないだろうな。

「たまにね」

やれやれ。

「つぎに言いたいことは何」

わが犯罪者の息子の愚かなる息子よ。何が言いたいかはわかるだろう。ああ、もちろんわかるはずだ。

もちろんジョーにはわかっていた。祖父の十八番(おはこ)はそらんじていた。その物の泣きどころを探せ。教訓、目的、本質を見つけろ。あとのことはみな飾りにすぎず、自然とわかるようになっている。まずその物を理解し、性質を理解したらばな。

祖父はいつもこう信じていた。まあときには疑ったかもしれないが、つねにこう説いたものだ。地球上のすべてのものは神によって創られた。神は徳と礼節を守って一生けんめい研究する人間には被造物の本質が理解できるようにした。

たとえばガラス。ガラスの本質とはなんだ。

ガラスは窓や飲み物を飲む器に使う興味深い物質だよ。熱して、溶かして、精製すると透明になる——途中、ちょっとでも気をゆるめると台無しになるけれど、それは釉薬をかける段階でもそうだ。でも、できあがるのは、はかない、一瞬の油断で割れてしまう、美しい、透明なものだ。

続けるんだ。ほかに何が言える。

製造工程のどの段階においても、守るべき教訓がある。溶けているときもそう。溶けたガラスは長いポールの先端のカップ状の形をした部分から注ぐ。白熱した液状のガラスを吹くときもそう。有機物がなかに含まれていてもたちまち燃えてしまうほどものすごく熱くしておかなければならない。冷えていって、透明になり、形が定まってくるときもそう。徐冷窯でごくごくゆっくりと冷却しないと割れてしまう。冷えたときも同じで、ガラスは脆(もろ)いので、尖った金属片で突いただけで何本もの危険なナイフに変身する。それでどこかを切ったとき、神経をきれいに切断されれば、怪我をしたことにずっと気づかず、血の匂いがしたり、シャツが汚れたりして初めてそれと知ることになる。ガラスは教訓だらけだ。

そうだ、ジョー。そのとおり。ではガラスの教訓を一言で言うとどうなる。ガラスの本質はなんだ。

「〝用心〟だ」ジョーは声に出して言い、自分の声にびくりとした。

よしよし。いまのは有益な問答だった。心霊術めいてはいたけれど。

ジョーは怒りっぽい祖父の幽霊をすぐ斜めうしろに感じながら、目の前の物品を観察した。

　さて、問題。ここにあるのはなんだ。

　答え。不可解きわまりない物品。冊子であり、パンチカードの束でもある。どんな定義にもあてはまらない道具。断片の集まり。〈ボール〉は卵のように固く閉ざされている。何か入っているのは明らかだが、開けることを想定してつくられているとはかぎらない。網状の球体を何重にも入れ子にした中国の工芸品のように、なかのものをとりだせない。重さはかなりある。金だろうか。図柄がひとつ——手がかりになる？　それともただの装飾か。

　〈ボール〉はとりあえず置いて、ほかのものを調べた。まずは〈わけわからんちん〉から。まさにわけのわからないものだ。剣に見立てれば刃にあたる部分は彫刻を施したマホガニーの棒で、先端に装飾金具のようなものがついている。反対側は、ジェットコースターの磨かれた鋼鉄の線路のようなものが何度も折り返しながらもつれた網目をつくって柄を取り囲んでいる。線路の片側には装飾が施され、反対側はとてもなめらかだ。刃の部分と柄の部分のつなぎ方が間違っているのだろうか。子供の玩具にちょうどいいかもしれない。思いきり風変わりにアレンジした剣玉のようにも見える。鋼鉄の網目の部分はかなり美しい。ヴィクトリア朝時代には装飾の素材に鋼鉄が好まれたが、これはそこまで古いものではないだろう。ともかく……用途はまるで見当がつかない。それとけっこう重みがある。あっ、これは。なぜこんなことになったのか。

　当惑しながら装置をしげしげ見た。〈わけわからんちん〉は油っぽい汚れにうっすら覆われていた。こういう汚れを許してしまうのは犯罪的な過ちだ。

　いや待て。油じゃない。汚れに指を滑らせてみる。目は過大評価されている器官だ。触覚。触覚が重要。表面に付着しているものは乾いていて、軽い。かつ冷たい。**鉄のやすり屑か。**

　この道具は磁力を持っている。

　ジョーはまたベンチの背板にもたれて考えた。この道具と〈ボール〉には関係があるに違いない。〈わけわからんちん〉が鍵。〈ボール〉が鍵穴。〈本〉といろいろなものの断片と〈ボール〉とが協働して……何をする？

　ここで問いを掲げよう。この品物の決定的な特徴はなんだろう。ジョーはにやりと笑う。いま〝この品物たち〟ではなく〝この品物〟と言ったのには理由がある。これらはひとつの品物であると、ジョーはすでに判断をくだしているのだ。その直感に従うべし。これはバロック風の品物だ。さらにはビザンティン風と言ってもいい。複雑で、しかも何より、優雅だ。祖父の興奮した声がまた聴こえてきた。

　以前、上海から来た品物にとても優雅な模様があしらわれていた。封印された象牙の箱で、外側に模様が刻んである。磁石を近づけて、その模様をなぞると、箱のなかで金属製のロッドが迷路のなかを動きまわり、しかるべき順番ですべてのピンに触れていき、最後に箱が開く。すばらしい！　磁石をしこんだ指輪がついていて、それを使うとまるで魔法のように見えた。幼い王女さまのための玩具といったところだな。指輪の魔力で箱を開けるという趣向だ。

　わしはそれをおまえのお祖母さんに見せた。お祖母さんは喜んでセックスしてくれた。それからわしらはいっしょに箱を開けた。おまえのお祖母さんのものになった指輪を使ってな。

　ジョーは祖父からこの話を聴いたときのことを覚えている。ある夜、まさにこの部屋で、ビーニャ・アルダンサのひと瓶とイタリアンソーセージを愉しみながら聴いたのだった。師匠の祖父と見習いのジョーは、スペインの赤ワインを味わいながら、いろいろな恋愛について打ち明け話をした。仕事の話も思い出話も愉しく、ワインとソーセージで宴会気分にもなっていたので、ジョーは気が大きくなって、普通なら訊けないことを訊いた。

「お祖母ちゃんってどういう人だったの」

だが、祖父は、自分が愛した女性についての質問にはいつも答えなかった。一九三〇年代にフランスで出会い、ひとりの子供をもうけたことはわかっている。ふたりともとてもボヘミアン的でモダンな生き方をしていて、結婚はしなかった。ドイツ軍が侵攻してきたとき、ダニエルは息子を連れて逃げたが、恋人はほかの場所にいたので、別行動をとるしかなかった。戦争が終わったあとで再会したが、そのときには口には出せないいろいろな理由であらゆることが違ってしまっていた。

ジョーの祖母の名はフランキー。

フランキーは、スポーク家ではつかの間の夢みたいなものだった。その名前を出すときには注意が必要で、へたをすると祖父は哀しみに身を嚙まれ、父親のマシューは怒り狂った。いわば沼地のガス。あるいは大気現象。あるいは神話のようなものだった。

それはさておき。ここで大事なのは磁石と箱のことだ。ジョーは磁力のある〈わけわからんちん〉を〈本〉のほうに向けて動かしてみた。こくん、というような音がしたが、それ以外は反応がない。それはそうだろう。そばで磁石を漫然と動かしただけで作動するような粗雑な装置をつくるはずがない。〈わけわからんちん〉をもう一度手にとる。なんだか変な感じだ。この柄のまわりの曲がりくねった金属はなんのためにあるのだろう。ただ〝変〟というのは正確ではない。優雅な形をしている。この形には必然性があるはずだ。それと柄があるからには何かの用途があるだろう。柄に手のひらをあてると、ふいにそれが確信できた。これを正しく使ってみろと促されている気がした。**要するにおれがしたくなるようなことをするのが正解じゃないか。**

さて……おれは何をしたいだろう。剣のようにふる。

乱暴にふりまわすのではなく。ゆっくりと。規則的に。それから、転がしてもみたい。

転がす。

じっと見る……ジェットコースターの線路……線路。仔細に観察すると、線路の一部に爪車の歯止めみたいなものがついている……ああ、そうか。

ジョーは〈ボール〉を片手で持ち、もう片方の手で〈わけわからんちん〉を持った。難解だが気づいてみれば単純なこと。隠されていると同時に、はっきり表に表われている答え。漫然と眺めただけではわからないようになっているが、現実とかけ離れたひどく難しい操作は必要ない……おそらくこの謎をつくった人間の頭脳と似ているのだろう。ジョーにはだんだんわかってきたが、その人間は、いかれてはいるけれど優秀な頭脳の持ち主だ。

〈ボール〉を〈わけわからんちん〉の柄を囲む網目の開いた口にあてがった。ぴたりとはまる。〈ボール〉は何本もの線路にはさまれた状態で転がっていく。〈ボール〉の螺旋状の刻み目と線路の歯止めがぴったり合う。〈ボール〉は転がる。単純な構造によってつくられる複雑な通り道。とてもいい感じ。ぷ、くりん！　新しい音だ。いいぞ、いいぞ。くりんくらんすかー……ぐぱっ。〈ボール〉が網目のなかから出てきた。ジョーは両手で〈ボール〉にそっと力を加えた。〈ボール〉が開いた。

しばらくそれを見つめる。

「……こ、これは……」

また息ができるようになったとき、ジョーは電話に手を伸ばした。

「ビリー、そんなことはいい。どうでもいいんだ。その女がどれだけ酔っ払ってるかとか、四人姉妹だとか、どうでもいいんだ。いや、ビリー、ちょっと黙っててくれ！　黙れったら！　おれはその顧客に会いたいんだ。この〈本〉の出所を知りたいんだ！」

　声には断固とした響きがあった。この異例の反応に気おされて、ビリー・フレンドはジョーの要求どおり黙った。とはいえ、顧客と引きあわせるのは嫌がった。仲介者としての仁義に反することで、顧客が嫌がるかもしれないというのだ。

「あの品物のことでおれの助けが必要なんだったら、今後もまた必要になるはずだ」とジョーは押した。「あれがなんであれ、おれなしでは動かないからね。先方にそう言ってくれていいよ。あの品物にはメンテナンスが必要で、それにはおれの工房での作業が必要になるかもしれない。あれはすごく価値の高いものだから、おれは知りたいんだ——えっ？　ああ、そうだよ。おれは怒鳴ってるよ！　大事なことだから！」

　ジョーは息をひとつ吸った。いつもの世間との関わり合い方と違っているのは自覚していた。息をひとつ、ふたつ、三つ。よし。「わかってほしいんだ、ビリー。いや、あんたにわかってもらえるかどうかは心もとないけど。要するに時計じかけの機械として、この装置はユニークなんだ。わかるかい。ものすごくユニークなんだ。え？　いやいや。それはやっぱりノーだ。でも、値段がつけられないほど貴重といってもいい。見方にもよるけどね」

　いまのは少し不正確だった。どう値段をつけていいかわからないと言ったほうが正確かもしれない。学問的な見地からすると、思いもよらないダイヤモンドの鉱脈を見つけたようなものだが、純然たる金銭的観点からすれば、たぶん大騒ぎするほどのことではないだろう。もちろんあの装置が何かものすごく興味深いもの、あるいはとびきり美しいものの一部であるならまた話はべつだ。もしそうなら……すごいことだ。それはありえないことではない。ビリーは常人とはかけはなれた鋭敏な感覚を持っている。〝値段がつけられないほど〟という言葉を口にするのは、犬に口笛を吹くのと同じだった。

「ああ、ビリー、おれはたしかにそう言った。そのとおり。これは夕方六時のニュースで報道されるレベルのことだ。いや、泳げるウサギの話題やスポーツニュースより先にとりあげられるよ。ああ。まさにそう。じゃ、いっしょに行くということでいいね。じかに会わせてもらうよ。わかった。いいよ。そう、〝値段がつけられないほど〟だ。じゃあ駅で」

ジョーは受話器を置いた。

目の前の作業台では、〈ボール〉が驚異の内部をさらけだしたまま置かれていた。写真を撮ったから、これが実在することはちゃんと証明できる。

やわらかい綿のような金属。組み立てられているというより、編まれているような装置。手にすると温かい。金の編み細工。

そういうものが現われたという噂は、カスバや宝石店や宝石商の大会や集会や見本市でときおり出るが、詳細は明らかになりそうでならず、噂は完全に雲散霧消して、結局は作り話だったのだということになるのだ。

ジョーの祖父ダニエルは金の編み細工に、つぎのようにして出くわした。

「いらっしゃい、奥さん。どういうご用件でしょう」

「主人の腕時計のことですの。いまはあたくしのですけど、主人から贈られたんです。主人はカンボジアでこれを手に入れました。このとおり、いまは壊れています。バンドも直していただこうと思います。ゆるいんですの。あたくしが縮んできているせいかもしれませんけど」この言葉から推測されるとおり、客は年配の女性だった。英語は母国語ではなく、急いで身につけたものの磨きをかけることなく来てしまったようだった。

老婦人はバッグから何枚も重ねたティッシュで包んだものをとりだした。そして何かひどく不安げな手つきで、ダニエルの前に置いた。

「これはアジアのものですね。とても美しい。しかし刻印がないから、本当に金無垢かどうかわかりませんが」

祖父は急いで、アジアの職人はすばらしいものをつくると賞賛したが、内心では、腕時計を実際に見た感想をむりに言わされるのではないかと心配していた。そうなると、ご主人がこれを衝動買いされたのは間違いでしたと言わざるをえないからだ。アジアを旅行する紳士のなかには、東洋人に対する優越感から気前よくなるのだろうが、アジアの諸都市の路上や商店の商人から穏やかな口説で多額の金を巻きあげられることが多い。それは、ダニエルの意見では、西洋人の傲慢さが災いしているとも言えるのだ。だが、買った当人の家族にまで傲慢の判断はしないし、宝物を大切にしている老婦人に、それは金無垢やエメラルドではなく、ガラスと金箔ですよとは言いたくない。


祖父は老婦人の顔を見あげた。老婦人がうなずいたので、軽く震える長い指でティッシュの包みを開いた。時計そのものはごく普通だった。簡素で実直な作りだ。楕円形の文字盤は磨かれた黒檀の薄板で、金の縁取りがあり、風防は平らなガラスだった。祖父が注目したのは金属バンドのほうだった。心臓がきゅっと締まり、喉で息がとまった。かつて見たことのないような代物だったのだ。噂は聴いていたが、関心は持たなかった。だがいま実物を手にすると、この金属バンドは、持ち主である何も知らない上品な老婦人の想像を超えるどころか、ダニエル自身の想像していたものをもはるかに超える逸品であるのがわかった。老婦人とダニエルの違いは、ダニエルのほうが時計のギアなどの機械の部分や金属の純度や加工のしかたや重さなどにずっと親しんできたので、自分には及びもつかないものを見たとき、巨匠の作品を見たときには、それとわかるという点だけだった。祖父は腕時計を老婦人にそっと渡した。

「ご主人は――ご健在で？」

「亡くなりました」

「お気の毒に」

「もう昔の話です」

「ご主人はとても目の利くかただったのですね。あなたのためにと買い求められたこの時計は、それほど目の利かない愛好家でも生涯探しつづけるかもしれない名品です。大切になさってください」

「大切にしています」

「そうでしょうね。もしこのバンドを修理できる人――どういう具合につくられているかがわかる人――そういう人に出会ったら、ロンドンのクォイル通りにいる人間が、その秘密を教えてほしいとは申しませんが、いっしょにお茶を飲んでいただけたら身に余る光栄ですと言っていたと伝えてください。世界のどこかにこういうものを扱う技術を持っていて、それが失われないようにしていると知ることができたら望外の喜びですから」祖父はくすんと鼻を鳴らした。

「あなたを哀しませてしまったようね」

「いいえ、奥さん。わたしは喜んでいるのです。機械のほうは修理してさしあげられますが、バンドのほうには触るつもりはありません。どこから手をつけていいかわからないからです。わたしが年をとったとき、また来てください。もしかしたら技術を身につけているかもしれません」


金の編み細工。だが、それは〈本〉とその付属物の第一の特筆事項ではない。ジョーは〈ボール〉の中身を二十分前に初めて見た。だが、どういうものなのかさっぱりわからなかった。

まず錠の問題がある。錠は五つついている。それぞれが小さくて、〈わけわからんちん〉の異なる部分によって解錠された。ひとつの錠が開くことで、つぎの錠が開かれる。最後の錠が開くと留め金がはずれて、全体が開くのだ。これらの錠は、〈ボール〉の内側にとりつけられている。その〈ボール〉の内部には鳥籠のような奇妙な細工物が入っているのだが、ジョーはそれを見たとき、なんとなくロンドン動物園の鳥小屋を連想した。錠はひとつずつはずれ、甲虫の硬い翅のようなものをぱかっぱかっと開いていく。それらは〈ボール〉の中央に収納された時計じかけの装置のまわりにゆるくとりつけられているのだ。その仕掛けだけでも、ジョーはぐっと惹きつけられて綿密に観察せずにはいられなかった。いい仕事をしているのだ。

〝いい仕事〟というと控えめな賞賛のようだが、その道の人間はそういう言い方をするものだ。職人自身も自分のつくったものについて厳しい評価をくだすが。

悪くないね、今度きみがつくったタージ・マハルは。周辺部分がちょっとそっけないようだが。するとタージ・マハルを建設した名匠は言う。いやあ、あれはあれでいいんだよ。しかし水の使い方がちょっと派手すぎると思わないか。もうひとつ黒い墓廟を建てる時間があれば、ちょっとよかったと思うんだが……まあ、でも恥じるほどのものではないんじゃないかな。そう何もかもうまくはいかないよ。

つまりタージ・マハル級の〝いい仕事〟なのだ。

稀有の仕事。

輝かしい仕事。

白手袋をはめ、軟木のピンセット（品物を傷つけるより、ピンセットが折れるほうがましだ）を使って、もう一度、解錠の仕組みを細かく調べ——眠っているお姫さまの服を脱がせるような不埒な行為をしている気分が、ちょっとしないでもない——分厚い宝石鑑定用ルーペで観察してみた。

いちばん大きな歯車は、直径六ミリくらい。いちばん小さいものは、どうやってつくるのか見当もつかないと言いたいくらいだが、もちろん製造法はわかっている。普通サイズの機械の動きをそっくりまねることのできる、ずっと小さな機械を誰かが開発したのだ。左側の装置で普通の大きさの字を書くと、右側に米粒にも書けるような小さな字が書ける。いや米粒の半分にも書けるような字が。あれと同じ原理だ。それから——これがジョーを仰天させた点だが——スプリングや歯車やネジはどれも手でつくられ組み立てられていた。微小な歯車の歯と歯が噛みあい、部品が回転し揺れ動くさまはじつにみごとだ。

コンピューターはもちろん写真複写機すらない時代にこの装置を設計するには、一年ほどかかったに違いない。普通の時計じかけの機械をひとりの人間だとすると、これはひとつの大都市だ。自身の上に何重にも折りたたまれ、それぞれの区画が何通りもの役割を果たし、回転軸がつぎつぎと変わっていく。こちらにはもっと小さな部品で、ジョーには理解できない奇抜な機能を果たしているらしいものがあるが、その動き自体が重りを使った一種の自動巻きシステムをつくっている。〈ボール〉の出力部分、このすばらしい真鍮製の小さなエンジン（もちろん実際にはエンジンではなく、もっとずっとすごい装置であるのに違いない。たとえばコンピューターのハードディスクのようなデータ保存メディアとか）の動きをほかの装置に伝える働きをする部分についている歯車は、ただのダストカバーだ。〈ボール〉が作動するときは横にずれて、複雑な歯車装置があらわになる。その歯車装置はとても複雑で、ジョーは頭のなかで現代風の名前で呼んだ。すなわち、イ、ン、タ、ー、フ、ェ、イ、ス、と。

これは第二次世界大戦中の暗号機〈エニグマ〉や暗号解読機〈コロッサス〉のようなものだろうか。わからない。わかるのは、歴史の記録には出てこない、魔法的で、天才的な装置だということだけ。だから値段がつけられない代物なのだ。

そして、そう、ひとつ小さな欠点があるが、何十年ものあいだどこかにしまわれていたのだろうから、驚くにはあたらない。ジョーは装置の奥をさぐろうとして——やめた。ピンセットの下で微細な火花が散ったからだ。

ありえない。

ジョーは顔を近づけてのぞきこみ、照明の向きを調節した。それからあとふたつのライトを近づけて、片目にとりつけたルーペのほかに手持ちのルーペを使って、とんでもなく高倍率の拡大像を確保した。

絶対にありえない。

ある小さな部品の表面についているラチェットの二番目に駆動されるいちばん小さな歯車のわきで、金属が光っている。二重のレンズごしに見つめると、そう、たしかに光があって、宙に浮かんでいるように見えた。それはまたべつの層の時計じかけで、レンズをふたつ使っているいまもかろうじて見える程度だ。蜘蛛の糸の網目のなかに微小なギアが見え、それが〈ボール〉の奥深くのほうへ消え入っている。

ジョーは畏怖の念に打たれて見入った。ちょっと当惑もしていた。こんな装置には手が出せない。必要なのは、自分が持っているのとはべつの道具、無塵室、マイクロゲージ・エンジニアリングの技能……自分には手の届かない世界だ。

ただし……。

手を出せる可能性はある。

ミクロの部分に損傷があれば、お手上げだ。地球上にこれをいじれる人間などひとりもいないに違いない。これはユニークな——そしていかれた技術だ。なぜなら、こんなものをつくらずにプリント配線を使えばいいのだ。もちろん、その当時、プリント配線が発明されていなかったのなら話はべつだが。

それはさておき、マクロの部分は見たことがあるものばかりだ。そして、装置の中枢をなすミクロ部分はひとまとまりでとりだせる。ジョーが直面した問題は想定済みだったのだ（当然だが）。

ジョーは台所へ行ってガラスのキャセロール鍋を出した。完全に乾燥させ、〈ボール〉のありえないほど精妙な中心部分を入れて、蓋で覆う。それから装置の残りの部分に注意を向けた。

そう。これなら修理できる。小さなピンがひとつ折れて、折れた先がぶらぶらしている。これならものの……いや……もう少し時間がかかるかもしれないが……。

ある時点でジョーは作業の手をとめ、十五分ほど瞼を閉じて目を休めた。いつでもうたた寝できる能力は、みんな養ったほうがいい。

ジョーは自分のした修理を点検し、是認した。残りのメカニズムは完璧だ。埃ひとつない。

だがみごとな機械に敬意を示して、掃除をし、オイルをさした。


これをつくった人、あなたにぜひ会いたかったよ。


ひとつだけハリネズミにも明らかなことがある（ハリネズミにもというのは父親がよく使った言い回しだが）。これは普通のオルゴールや何かとは次元が違う装置だということだ。新聞社に電話すべきだ。あるいは〈ボイド・ハーティクル工芸科学製作財団〉に。それから母親にも――ただしこちらはこの件とは関係なく、ご機嫌うかがいをすべきだという意味だが。

だが、どの電話もかけなかった。

ジョーはゆっくりと〈本〉のそのほかの付属品を組み立てはじめた。こちらもよくできた機械だが、〈ボール〉の内部を見たいまは、単純素朴なものに見える。組み立てはすらすらできた。まもなく気づいたが、〈ボール〉のときのパターンをまねているのだった。下のものは上のもののごとく（下位の秩序は上位の秩序と相似であるという錬金術の基本原理）。いよいよエレガントな装置だ。


精妙な装置を内蔵した〈ボール〉は手もとに置きた

いが、所有者に返したほうがいいだろう。〈本〉と離してしまうのはいいことではない。まあ、長期のメンテナンス契約を結べば、そのうちまた……。

ジョーは好色自動人形と自分の道具類を見た。それからよけいなことは考えずに身体に作業をさせた。謎が解けたいま、やるべきことは決まっている。こういう低レベルの修理なら簡単にできる。ごちゃごちゃ考えずにやることだ。そういう作業がじつは大好きだ。自我を滅してしまえるから。

全部終わったとき、ずいぶん長い時間仕事をしていたことに気づいた。さて急がなければならない。

Ⅳ

ヴォーン・パリーの本当の出自、蜜蜂の巣、ケアフォー・ミューズのフラット

「〝全体の戦略と調和するはがゆい刺激のコース〟、八文字」とビリー・フレンドは言った。ウィスティシール行きの列車はほんの少し遅れただけでパディントン駅を出発した。

ジョーは、これはビリーとのこの遠出のことをうまく言い表わしているな、とつい考えてしまい、やれやれと首をふった。

「あの装置はもともとどこから来たものなんだ」

「二文字あいてて、つぎがC。紳士は秘密を漏らさな

い」

「ビリー、まじめに訊いてるんだぞ」

「おれもまじめに答えてる。顧客に対する守秘義務は神聖なものだ」ビリーは尊大に鼻息を吹く。詐欺師や泥棒のあいだではとりわけ神聖な義務だと言っているように聴こえた。「縦の11が〝London（ロンドン）〟なら、ここは〝l（エル）〟で終わると」

「おれにはさっぱりわからない。クロスワードパズルは苦手だよ」

「おれもそうだが、人はこうやって学んでいくんだ」

「ビリー、あれは盗品じゃないとだけ言ってくれ」

「あれは盗品じゃないよ、ジョゼフ」

「ほんとに？」

「神かけて」

「でも盗品だろ」

「百パーセントの確信はできないもんだ、ジョゼフ。誰にもできない」

「ちぇっ……」

「それよりいっしょに考えてくれ。ふむ。〝lactose（乳糖）〟かな。牛乳のなかにある糖分のことだ。いや、これじゃないだろうけど、いくつか文字が合うんだよな」

「ああ、もういらいらする」と向かいの席の女が言った。「それ〝tactical（戦術的な）〟でしょ。タクティカル」

「ああ、わかったよ、わかったよ」ビリーはぶつぶつ言う。それから皮肉っぽく、「あんたもまだ自分のを完成させてないみたいだね」

「休憩してるのよ」女は冷たく返した。「今日のは簡単だから」

　ビリーは無意識のうちに眉をあげ、口の両端をさげた。頭のてっぺんがほんのりピンク色に染まった。

「来月、ヴォーン・パリーが仮釈放になるらしいね」ジョーは急いで話題をふった。ビリーは人に嘲笑われたと思ったら、すぐに礼儀をなくすからだ。「医学的な判断のやつは仮釈放というのかどうか知らないけど。

医者はもう治ったと診断したそうじゃないか」

「えっ、ほんとかそれ」ビリーはびっくりしたようだった。かれこれ一年近く前――タブロイド新聞が防犯監視カメラのおぞましい動画を入手して、ヴォーン・パリーがやすやすと行なってきた死の舞踏ともいうべき連続殺人が覗き趣味的好奇心に満ちた公衆の閲覧に供されて以来――ビリーは子供のころ〈フィンズベリーの悪鬼〉ことヴォーン・パリーを知っていたと、何度もそれとなく話した。そしてヴォーンについてのよそでは聴けないエロくてエグい逸話を聴きたければ話してやるとほのめかしたが、誰も聴きたいとは言い出さなかった。

「ほんとだよ」

「うへえ。おれはその仮釈放委員会のメンバーにはなりたくないな」

「でも審問の場でヴォーンが襲いかかってくることはないだろう」

「ないない。そりゃないが、そこで何を知ることになるかを考えると。いや、何を知ることになるかは知らないんだが、なんとなく推測というか想像はできるんだ。想像なんかしたくないがね。そんなところに立ち会うくらいなら自分が発狂したほうがましだと思うぜ。かりに立ち会うはめになったらな」

「委員はカウンセリングを受けたりしてるんだろう」

「そんなもの役に立つもんか。ある種のことは一度知ってしまうと頭にこびりついて離れなくなっちまう。人は自分が見たものや、したことで、人格を形成するんだからな。ヴォーンの内面を知ったりした日にゃ」

「あんた、ほんとにあの男を知ってたのか」

「出会ったことはある。知ってたかというと……ノーだ。それを神に感謝したいくらいだ。知ってのとおり、おれは神を信じちゃいない。でもヴォーンのことを考えるとき、ほとんど文字どおり神に感謝したい気分になるんだ。おれはあの男をどんな意味でも知っちゃいないってことでね」

「何があったんだ。というか、どんなふうに出会ったんだ」

「ちょっと……なんというかな。不愉快な出来事だった。聴いて気持ちのいい話じゃないぞ、ジョゼフ」ビリーは自分の両手を見た。左の手のひらから何かを払いのけ、指の爪をもてあそぶ。

「話したくないならいいよ、ビリー。話題を変えよう」

「いや、いいんだ。ただパブで話すほうがいい話だな。隅っこの落ち着く席で、ビールをグラスに二杯ほど飲んだあと、ほかの人間がそばにいないときに」ビリーは周囲を見まわした。同じコンパートメントのほかの乗客は、人の話なんか聴いてませんという顔でそれぞれのことにかまけているが、ちょっとわざとらしい。

ジョーは肩をすくめた。

「ちょっと通路に出て、ポテチでも食おうや」

気の短いクロスワードパズル女が、ビリーの立った席に新聞のスポーツセクションを放り投げた。

ビリーは煙草に火をつけて、窓から身を乗り出した。窓の横には〝禁煙〟、下には〝走行中の列車から頭や手を出さないでください〟の注意書きがある。風に火を吹き消されまいと強く煙草を吸いつけ、ジョーに向き直った。場所は車両のつなぎめに近いところで、けっこう暗く、天井の薄暗い明かりはビリーをごつごつした顔の老人に見せた。目の下に黒ずんだ袋ができ、口の両端から傷跡のように皺が走っている。弾みをつけるように片手を上下にふってから、話しだした。

「葬儀屋を営む一族はいくつかあるだろ、ジョゼフ。アスコット家はジェイムズ王の時代から、ゴドリック家はノルマン征服かそれ以前からやってる。うちはヴィクトリア女王が新人だったころに創業した。アレン家はカエサルの時代以来だと考えてるが、たぶんほんとだろう。どの一族も、防腐処理や化粧や納棺に独特のやり方がある。そうだろ。企業秘密ってやつだ。だけど、ほんと言うと、その違いはたいしたもんじゃない。結局のところどこも同じことをやってるんだ。要するに葬儀というのは、故人に対して優しくふるまうのはいまからでも遅くないかもしれませんよと参列者に感じてもらうための儀式なんだ。生きてるあいだは故人のことなんかろくに考えなかったし、向こうもこっちのことをあまり考えてなかったにしてもな。ぶっちゃけ、死んだ人のほとんどは生きてるあいだしょうもないやつだったんだ。だから、実際にはないが、こんな弔いの言葉があってもいいはずなんだ。『故人は本当に厄介者で、本人が思っていたの半分も賢くありませんでした。ですからとっとと埋めて、みんなでビールを一杯やって、ああせいせいしたと祝おうではありませんか』おれは個人的にこういうのもありだと前から思ってるよ。

新しいタイプの業者もいるがね。リチャード・ブランソン（〈ヴァージン・グループ〉の創業者・会長）みたいなぴかぴかの洒落者ビジネスマンだ。昔気質のヴィンス・アレンにお宅に頼むといくらかかるかと訊いたら、お客に払える額が料金だと答えるだろう。レディー・フリルヒラヒラ・オスマシヤノ・オクサーマがご亭主を送るときには、ひと財産かけてもらう。でもその執事が、毎日女主人のシーツを取り替えたり鬘（かつら）のコレクションからその日かぶるものをとりだしたりしていた妻を葬るときは、馬鹿安い料金でやってあげる。おれみたいな伝統主義者は、こういう柔軟な価格設定を公平と考えるわけだ。ところがバリー・マニロウ（一九七〇年代から活躍するアメリカの大物ポピュラー歌手）ばりに白いタキシードを着た野郎は、透明な料金体系がいい、そのほうが民主的だとかなんとかとぬかしやがる。それがどうした（ヌー）と、おれの友達のダニエル・レヴィンならイディッシュ語で言うだろう。ユダヤ人はおれたちとはまったく違う死んだ人の送り方をするからな、ジョゼフ。おれはあいつらのやり方のほうがいいと思ってるよ。しかしまあ、いまはどこも料金表をつくってる。誰もが希望どおりの遺体の手入れができるわけじゃないし、近ごろは当人が分割払いで前払いをすることもある。これもなんだかぞっとしないやね。というようなのが昨今の流行(はやり)さ。

新しいタイプの業者にはもうひとつ特徴がある。家族経営じゃないんだ。そうだろ。会社だ。ロゴだのなんだのがあって。コンサルタントを雇ってて。広告屋が考える棺の新しい売り方なんて笑っちまうぜ。傑作だよ。ひとつ買えば、ふたつめはタダ！　とかな。それは〈郵便局(ポスト・オフィス)〉を〈コンシグニア〉（イギリスの郵便局は二〇〇一年にこれに改称。現在は〈ロイヤル・メール〉）と呼んだほうが恰好いいと考える連中だから、葬儀業界で何をするかは想像できるだろう。

〝葬儀業〟は〝アフターケア業〟と呼ぶべきだと言ってるやつもひとりいる。おれ、話つくってないからな。〈名誉ある永遠の葬儀業連盟〉に入って葬儀業者となるためには、いわゆる〈経験知〉がなければならない。つまり人の死に慣れていなければならないということだ。看護師や兵士や医者をやった経験があるとかね。なんでもいいんだが、この点を確かめる必要がある。顧客の愛する人の亡骸を見たとたん、青ざめてゲロを吐くなんてのは困るだろ。ヴォーンの祖父さんのドノヴァン・パリーは葬儀屋を開業しようと思い立った。そして昔気質の人だから、ヴィンス・アレンやうちの親父なんかのところへ行って、〈連盟〉に入らせてほしいと頼みこんだ。みんなはためらった。ドノヴァン・パリーがどういう人間か全然知らないからだ。そこでキャノンベリーの〈バケット＆スペイド〉というパブに呼んでいろいろ質問した。そもそもどうして葬儀屋になりたいのか。

『生計を立てるためだ』とドノヴァンは答えた。

『生計を立てる方法はたくさんあるが』とヴィンス・アレン。『この稼業をうまくやれる人はあまりいないよ』

『わたしにはできると思うんだ』

『死人といっしょに夜明かしするのが平気という人は少ないぞ』とロイ・ゴドリック。

『そばにいる人が生きているか死んでいるかなんて、わたしは気にしない。わたしがパイプを吸ったり《ポスト》を読んだりしているそばでペチャクチャ喋りださないかぎり』

　こんな具合に口頭試問は続いたが、〈連盟〉の会員はひとり、またひとりと、ドノヴァンに適性があるのではないかと考えるようになっていった。いわゆる〈平常心〉を持っているというわけだ。物に動じず、動じても外に表わさずにいられる心。葬儀業者には強力な武器で、遺族を慰めるときにも役立つ。だが、それでも会員たちはちょっと苛立った。ドノヴァンに元医者や元兵士といった雰囲気がまったくなく、どちらかというと学校教師のようだったからだ。ヴィンス・アレンは、あなたは聖職の資格を失った司祭なのかとずばり訊いてみた。もしそうなら、なぜ資格を失ったのかと。ドノヴァン・パリーは笑ってそんな者ではないと言い、自分は宗教的な人間ではないし、過去にそうだったこともないとつけ加えた。自分が信じるのは人間のつくった法であり、誰にとってもそれで充分なはずだと信じているという。ただ、そう述べたときの言葉遣いは聖書の文体のように荘重で、鋼鉄のように冷たかった。

　ロイ・ゴドリックが言った。

『いいだろう、ミスター・パリー。あなたにはしっかりした〈平常心〉があり、葬儀業者にふさわしいたたずまいがある。あとは〈経験知〉を持っているかどうかだ。もし持っていないなら、わたしのところで一年間見習いをしてから開業してもらうことになる』

　するとドノヴァン・パリーはまた笑って、わたしには〈経験知〉があると答えたんだ。

『どういう〈経験知〉かね』とジャック・アスコットが訊いた。

『以前、何人かの人を人生最後の旅に送り出したことがあるんだ。何人か、よりは多いかもしれない。それぞれの人とはひと晩を共に過ごした』ドノヴァンは澄んだ青白い冷たい表情で一同に笑いかけた。『わたしはラフッィー刑務所の絞首刑執行人だったんだ』

『何人の刑を執行したんだね』とジャック・アスコットが訊いた。

『五十人近くだと思う』とドノヴァン。『しかし数を覚えているのはよしとされていなかった。良き絞首刑執行人はその時々の執行をきちんと行なうことに専心するもので、過去の執行についてあれこれ考えたり誇ったりはしないんだ。執行人は前夜に受刑者に会い、相手の目をしっかり見て、落とし戸から落ちたあと足がつかないよう身長をはかる。当日になると、受刑者が望めば頭に頭巾をかぶせる。このとき頭巾はかぶったほうがいいと勧めるんだ。怖がるのは恥ずかしいことではないし、ぱっちり目を開いていたからといって威厳があるというものでもないからだ。そして死刑囚監房から絞首台まですみやかに誘導する。これから起きることについて考える時間が少なくなるよう、できるだけ速く連れていく。最短記録は一分二十二秒で、われわれは非常に満足した。そのときの受刑者は何が起きているかほとんどわからないうちに、岩のようにすとんと落ちた。一回の執行で死ななかったことは一度もない。受刑者の脚を引っぱるとか、もう一度吊し直すとかはしたことがない。それは技術と知性と慈悲の心をひとつの行為にこめたということで、絞首刑執行人が誇りにしていいことだ。ところが』とドノヴァン・パリーは言った。『死刑は廃止された。イギリスではもう死刑は執行されないし、わたしとしてはジャマイカかどこかの死刑存置国へ移住する気などない。だから葬儀業なんだ。みなさんのお許しがあればだが』みんなは許した。もちろん許したよ。いまは死刑がない。廃止したのは正解だったとおれは思っている。だが死刑があった当時、王国の絞首刑執行人といえば、デイヴィッド・ベッカムとカンタベリー大主教を足して二で割ったような人だった。死神の御者だからな。時が流れて、ドノヴァン・パリーも世を去った。みんなは言いあったもんだ。あの男はあちら側で自分が処刑した連中とひと悶着あるだろうとね。あの男が最後に行き着いた場所は天国と地獄のどっちだろうな。家業は息子のリチャードが継いだ。リチャードは父親にしこまれて仕事を覚えたが、やがて自分も息子のヴォーンに手伝わせるようになった。ところでジョゼフ、こんなことを言うのはちと不謹慎かもしれないが、おれは〈名誉ある永遠の葬儀業連盟〉というのはちょっとインチキなんじゃないかと前から思ってるんだ。あれは閉鎖的な業界団体だ。そうだろ。亡くなった人を丁寧に扱ったり、遺族の肩をぽんぽんと叩いて『故人はこの世よりいいところへ行かれたんですよ』とか『穏やかなお顔ですね』とか言うのは誰にでもできそうじゃないか。〈連盟〉は〈フリーメイソン〉みたいな秘密結社だ。社交クラブだ。自分らの既得権を守るための互助会だ。べつに〈連盟〉と喧嘩する気はないが、〈経験知〉がどうとかいう神秘めかしたこけおどしはいらないだろう。なんか馬鹿っぽいじゃないか。葬儀屋が馬鹿っぽいと思われていいのかね。

ドノヴァン・パリーみたいな人は〈経験知〉ありとすぐ認められる。口頭試問で終わりで、それ以上のテストはしない。でも普通は実技テストがあるんだ。このテストにまだ受からない志願者は〈おくれびと〉と呼ばれる。〈おくりびと〉になるのが遅れてるからな（ああ、あんまり面白くないのはわかってるが、葬儀屋は笑う機会が少ないからそこそこのギャグでも手を打つんだ）。

テストの内容は志願者ごとに違う。その人専用のテストなんだ。それは予告なしに始まる。もちろん始まったら、誰でもああ始まったなと気づくけどな。リチャード・パリーは伝染病患者の遺体の処置が課題に出された。これは実際にはそう怖いことじゃない。おれは何体かの遺体といっしょに部屋に閉じこめられて、ひと晩で全部処理するってやつだった。もちろん〈連盟〉は邪悪な企みをしていたよ。建設作業員を何人か雇って、化粧で遺体に仕立ててたんだ。おれが最初の遺体を棺に納める作業をしていると（この遺体だけが本物で、自動車事故で下腹にでかい穴があいていた）、二番目の遺体がもぞもぞ動いてうめきだし、すぐに悲惨な傷のメイクをした残り全部の遺体がむくむく起きてきて、『ううう――』かなんか言いながら歩きまわったもんだ。最初の五秒間は、小便をちびりそうだった。そのあとは、もういい、バレバレだぞと怒鳴りたくなった。でもおれはそうはせず、作業を続けたんだ。どのみち最初の遺体は処理をして納棺してあげなきゃいけないし、それをしなかったらおれはまた一年〈おくれびと〉だ。作業には二時間かかった。そのあいだ、偽の遺体どもはおれの周囲をうろついて、傷やら出来物やらを見せつけてきたが、おれはひと言も喋らず、まわりを見もしなかった。メイクはさすがにプロの仕事だったよ。普段やってるのとは逆方向のメイクだったけどな。偽の死人だとわかってたといっても、それは九十九パーセントの確信にすぎなくて、午前零時を過ぎるころには一パーセントのほうがほんとじゃないかと思えてきたりして、冗談抜きで、ジョゼフ、ハードなテストだったんだぜ。

作業を終えたおれは、鋸（のこぎり）を出して、いちばん近くでうめいてる亡者に言った。『ようし、哀れな死人君、腸（はらわた）を抜いてやろう。いやほんとにやるぞ。葬式のあいだに踊りだしたら、ご遺族がたまげるからな！』は！　今度はそいつが小便をちびりかけたよ。もちろんすぐに〈連盟〉の面々が入ってきて、おれに合格の判定を言い渡した。きみは〈平常心〉を示したと言ってね。まあ、おれはそいつを示したわけだな。その自覚はなかったが。

あとで考えてみると面白い逸話だし、おれは自分の対応を思い出してけっこう得意な気分を味わった。当時百歳に近かったジャック・アスコットが、ヴィンス・アレンの受けたテストのことを話してくれたよ。それは〈血まみれの花嫁〉というテストだった。死体に扮した若い娘は切り裂かれたウェディングドレスを着て、肉屋でもらってきた牛の腸を首のまわりに巻きつけていた。ヴィンスは気絶しそうになったが、ぐっとこらえて、なんとその娘に近づいて口にキスをしたんだ。その時点でヴィンスは合格して、その娘と結婚した。ジャックが言うには、おれのテストはそれ以来久々の傑作だったそうだ。

さて、若きヴォーンをテストする日がやってきた。父親のリチャードは、うんと怖いのを仕掛けなきゃだめだ、あいつは神経が太いからと言った。

ものの本を見ると――なんと記録をまとめた本があって、いまじゃ高い値がついてるだろうが――昔のテストでほんとにひどかったやつが一ダースほどのってるんだ。最悪なのが、神を冒瀆したと断罪された者の死体を手に入れ、そのなかに生きた猫を何匹か縫いこむというやつだ。テストを受ける若者には、死体はその若者の母親か誰か近しい人のものだと嘘を言う（近しい人が死んだばかりの若者にテストを受けさせるわけだ）。これは鬼畜なやつの最たるものだよな。現代になると、さすがにそんなのはやりたくてもやれなくなったが、ヴォーン・パリーのときにはなぜか似たようなのをやったんだ。それはこういうテストだった。オランウータンの死体を手に入れ、毛を全部剃って、肌に水兵が入れるような刺青を描いた。死体に服を着せて、頭をちょっとつぶしておく。人間じゃないことがすぐにはばれず、半端なく不細工な男だと思われるようにな。それから――猫を使うのはまずいから――ゴミ投棄場でキツネを捕まえて、缶詰の肉に薬を混ぜて眠らせ、オランウータンの死体のなかに縫いこんだ。これにヴォーン・パリーが挑むことになった。

テストの場所はアレン家の葬儀場。マジックミラーがあるから、受験者の作業ぶりを見て、遺体が敬意をもって扱われているかを確かめることができるんだ。おれたちはみんな何が起きるかを見に集まった。ヴォーンは作業を始めた。オランウータンの腹がもぞもぞ動く。ヴォーンがそこへ目をやったが、すぐとまったから、また作業を続けた。でも、しばらくしてまた同じことが起きた。それからすさまじい声がした。あんな声は、おまえ絶対聴いたことないぜ。まるですぐそばで誰かが磔（はりつけ）になって、釘を骨と軟骨に打ちこまれるって感じの悲鳴だ。おれもあんなのは一度も聴いたことがなかったよ。おれたちはヴォーンが死体の異変を見て叫んだと思ったが、そうじゃなかった。キツネが必死で鳴いてたんだ。ヴォーンは……日曜日の夕食の席で誰かにグレイヴィーソースを回すときみたいなさりげない動作でオランウータンの腹をしゃっと切って、キツネをとりだし、ろくに目もくれずに首の骨を折ると、また作業に戻った。おれの親父は無口な人だったから、それについてはなんの講評もせず、ただ『いやはや』とだけ言った。これでおれの考えはわかるだろうって感じで。みんなは帰った。誰もヴォーンのところへ行って悪ふざけの種明かしをしたりはしなかった。椅子から立つと帰ってしまった。翌日、ヴォーンが訪ねてきても、誰も口をきいたり目を合わせたりしなかった。それでヴォーンはロイ・ゴドリックのところへ行って、どういうことか訊いたんだ。

『気の毒だが、ヴォーン』とロイは穏やかに言った。

『きみは失格だ。〈経験知〉がないと判断された。もうこれで終わりだ』

だが、失格の判定なんて聴いたことがない。もちろん不合格はあって、その場合はまた挑戦することになる。でも、失格だから〈連盟〉は今後も絶対に加入を認めないという判定がありうるなんて、おれは知らなかった。

『え？　それはどういうことです』とヴォーンは訊き返した。

『いま言ったとおりだ、ヴォーン』とロイは言った。『きみは〈連盟〉には入れない。将来にわたって』

『でも、おれは合格したでしょう！　あんたがたがあんなことをしたのに、仕事をやり遂げた。〈平常心〉を示した。これは間違いないことだ！』

『いや、あれは〈平常心〉ではない。きみは葬儀業者には絶対になれない。さあ、もう帰りたまえ』ロイは玄関のドアを指さした。ヴォーンは黙って出ていった。ほかにどうしていいかわからなかったからだ。

『残念な結果だ』ロイ・ゴドリックはヴォーンの父親のリチャードに言った。リチャードは腹を立てることもなく、うなだれて、わたしも残念だと言った。

『でも、きみにはわかっていたんだろう、リチャード』

『わかっていた』リチャードはそう答えて、息子を捜しにいった。

おれはそのとき、坐ってビールを飲みながら、自分のときもヴォーンと同じようなことになりかけたんじゃないかと考えていた。ビールを飲むよりはグラスを見つめることのほうが多い一時間が過ぎたとき、親父が入ってきて向かいに坐った。

『大丈夫か、ビリー』と親父は訊いた。

『ああ、大丈夫』とおれは答えたが、大丈夫じゃなかった。

『可哀想な男だ』

『まあ、ヴォーンはほかの仕事を見つけると思うよ。リチャードはほかの息子から跡継ぎを見つけるだろうし』おれがそう言うと、親父はおまえ頭がどうかしたんじゃないかという目でおれを見た。親父はヴォーンじゃなくて親父のリチャードのことを可哀想だと言ったらしかった。

『親父』とおれが切り出したのは、ジョゼフ、なんだか世界がひっくり返った気分を味わって混乱していたからだ。〈連盟〉には何かおれの知らないルールがあって、それが破られたからというのでおれが想像もしていなかった罰が加えられたんだ。『ヴォーンがしたことの何が悪かったんだい』

『〈おくりびとの誓い〉に反することをした。〈誓い〉は覚えているだろう』もちろん、おれは覚えていたが、作業をきちんとやり遂げた若者のケツを蹴飛ばせみたいなことは言ってなかったはずだ。『あれを唱えて、考えてみるといい』と親父は言った。これからその〈誓い〉を唱えるが、ジョゼフ、頼むからこういうものがあるということをよそへ漏らさないでくれよ。

〝亡き人の旅立ちの支度をし、旅立つ人にはもはや不要になったものをわきへ預かり、葬儀の日に亡き人が生き生きとした姿で送られるよう心を配り、亡き人が臨終の床から墓まで移るのを手伝い、運命が課す以上の無用の恥辱を覚えることのないよう配慮し、涙にくれる妻や寂寥に打ちひしがれる夫に奉仕し、〈おくりびと〉の持つ〈平常心〉を毛布のようにつねに携えて必要なときにはそれで遺族をくるみ、遺族の〈絶叫する心〉に耳を貸し、それが声にならないよう気をつけ、亡き人が墓まで持っていこうと決めた秘密が漏れるのを防ぎ、応分の報酬を受け、役得を求めず、悔いなくつぎの仕事にとりかかる、そういう〈おくりびと〉になることをわたしは誓う〟

『さて困ったことに』と親父は言った。『ヴォーンには問題がある。〈平常心〉がないんだ。本人はあると思ってるがな。あの若者が持っているのは〈絶叫する心〉だ。リチャードはそれを知っていたんだ。ヴォーンはオランウータンの身体をハンドバッグでも開くみたいにぱっくり開いて、何も考えずにキツネを引っぱり出した。何もかもまるでお粥をつくってるみたいなさりげなさで。

おまえがテストを受けたときは、ビリー、遺体の若者の頬をピンク色にしすぎたし、目のまわりの色を暗くしすぎた。朝になって父さんがやり直しておいたんだ。でないとチェルシーのコールガールみたいだったからな。でも、おまえはある点が完璧で、父さんはものすごく誇らしかった。おまえはあの死んだ若者のことを心の底から思いやっていた。早くあの部屋から出たいとか、ひどい悪ふざけの文句を言いたいとかいう気持ち以上にな。おまえは遺体のことを気遣い、悪ふざけのことは知らないふりをして、〈おくりびと〉らしくきちんと化粧やら何やらをやった。ヴォーンはまったく動揺しなかったが、それは遺体のことを気遣っていなかったからだ。それにあの男は生きている人間のことも全然気遣わない。ヴォーン・パリーはわれわれを歩く死体だというような目で見る。遺体の腹がべこべこ動くのを見ても驚かなかったのは、普段から動く死人ばかりを見ているからだ。あの男はそんなふうに生きている。あの男自身、生まれたときから死人だったんだ。それが〈絶叫する心〉の正体だ。人を思いやる心を持たず身体だけが動いている。かりにその男がそのことに気づいたとしても、ビリー、その男を信用してはだめだ。〈おくりびとの誓い〉はジョークの種でもなければ業界の都合のためにあるものでもない。〈絶叫する心〉を持つ人間は中身が空っぽだ。そういう人間は自分の特性に気づくと、善人には考えの及ばないような冷酷で陰険なことをやりだすんだ。かつて〈連盟〉が加入テストを町の若者全員に一度だけ行なっていた時代には、ある若者が失格すると、その一ヵ月後ぐらいにある人の葬儀で棺が二倍の重さになり、内に腐敗を抱えているくだんの若者の姿がそれ以後見られなくなるということがあった。そういうものなんだ』

おれの親父はさらに続けた。

『本音を言えば、そういう処置をするほうがいいとおれは思っている。ともかく今後は、ヴォーン・パリーを見かけたら通りの反対側へ逃げるんだ。あの男を家に入れるのは論外だし、どんなつきあいもしてはいけない。あの男は〈絶叫する心〉を持っている。じきにその本性をあらわすだろう』」

ビリー・フレンドは煙草の火を靴底でもみ消した。靴底は革製で汚れがひどく、踵はすり減り、だいぶ以前にこげた跡があった。ビリーは煙草の吸殻を窓の外に捨てた。

「そしてほんとにあの男は本性をあらわした。そうだったろ？」

ウィスティシール駅の駅舎は灰色の石と古い黒塗りの鉄でできていた。ビリーは、ここは刑務所のおかげで栄えた町なのかなと独りごちた。たしかに大きな会社や公共施設の近くに商店が集まることがある。「刑務所があるとすりゃ、ヴォーン・パリーにぴったりの町だな。人殺しやら強盗やらの親類が百人ほどいて、伯母さんなんかがロッキングチェアに坐って死体の髪の毛でセーターを編んでるんじゃないのか」

実際には、パリー家はここから海岸沿いに数キロ離れた町の出身だった。州境を越えてデヴォン州に入ったところにある町だ。だがビリーはヴォーンが近くにいるような妄想にとらわれて落ち着かない様子だった。

緑のペンキが見苦しくはげた木のベンチに、ビールくさい不機嫌そうな男が坐っていて、喉をごろごろ鳴らすような声を出した。発話なのか、ただ痰を切っているだけなのか。ビリーはその男に気づいてびくりとした。

「おれは言ったんだ。『いや、そうじゃねえ』とな」

と酔っ払いは嚙みつくように言う。「問題は籠と漁業なんだ。ここらは魚がとれねえ。スペイン人とロシア人どもの馬鹿でかい工船のせいだ。それに枝編みの籠だ。ナイロンやポリエステルでできたくそみたいなやつがあるのに、誰がそんなもの欲しがるかよ。え？　だからいまは観光業しかやってけねえんだ。だからロンドンからおまえらみたいな下種(げす)野郎どもが来て、土地を買いあさる。霧が気に入らねえから年に二週間だけこっちで過ごしなさる。それでおれたちに恩を売ってるつもりなんだ。市議会はプラスチックの滑り台やらプラスチックの牛やら何もかもプラスチックの阿呆くせえ公園をつくったりして、逆に観光客を減らしちまいやがった。観光客の足が遠のくのもむりはねえだろ。ああ、もう笑うしかねえや」

「こんにちは(グッド・アフタヌーン)」ジョーは丁寧に挨拶した。

「〝いい午後(グッド・アフタヌーン)〟だと？　そりゃどこの話だ」

「ええと、ここだといいけど」

「希望はいつも打ち砕かれるよな。おれたちみんなそうだ」

「〈ウィスティシール・レンタル〉って店はどこかご存じないですかね」

男はそのレンタカー店がある方向へ一度だけ顎をしゃくった。ジョーが礼を言うと、男は肩をすくめて立ちあがった。

「そこまで案内してやろう。おまえさんはまともなやつみたいだからな。連れは生意気な口をきく男みたいだけどな」

「ああ。まあそうだね」

「可愛い娘っ子が生意気な口きくのは好きだけどな」

と男は言う。ジョーは返事に窮してうしろをふり返ると、ビリーは猛烈に手を動かしてバンジョーを弾くまねをしながら白目をむいた。「遠くまで行くのかい」

と男が訊く。

「〈ハインズ・リーチ・ハウス〉へ。泊まるのは〈グリフィン〉だけど」

「〈グリフィン〉はまともな宿だが、〈ハウス〉のほうは……まあ、おれなら行かねえ」

「なぜ」

「めちゃ遠いからさ」

「ああ」

「それにあっちのほうの人間は変だしな。足に水かきがあったり」

「足に水かき？」

「ああ。農業やってる連中は海岸沿いに住む連中のことをそんなふうに言うのさ。都会のやつらは田舎の連中をそんなふうに言うしね。やつらは宣教師を食うんだとかさ」男の目が笑っている。「でも〈グリフィン〉はどうってことない。まともな宿だ。ウェイトレスはぴちぴちのTシャツ着てるしな」

ビリーが急に元気づく。三人は灰色の寒い戸外に出ていった。


「そしたらババアに当たっちまってな」とビリーは酒場〈グリフィン〉で声をひそめて話す。「金を払う段になって、おれはその信心深そうなババアの娼婦の耳にきつい言葉をささやきこんだわけだ。『なあ、あんた。あんたみたいな婆さんをあてがわれておれは大迷惑なんだ。弁償してくれよ』そしたら真っ正直に生きてるその婆さんの娼婦はおろおろして、金をとらなかったばかりか、お詫びのしるしにしなやかな身体の孫娘を抱かせてくれたんだ。いやあ、あれにはまいったね」

「ところであんたはおれにアバンチュールを勧めたよな」ジョーはビリーに思い出させた。

「ああ、おまえさんにはそれが必要だ。リラックスして自分らしくなるんだ。おまえさんはその小さないかれた頭のなかで誰か違う人間になろうとしてるけどな。でもおれはアバンチュールを必要としてない。おれはおれ自身だし、それでうまくいってるし、田舎は嫌いだし。田舎なんて田舎者とパイとぬるいビールしかないからな」ウェイトレスのテスがふんと鼻を鳴らすのを聴いて、ビリーはわれに返り、「まあ田舎にもいい面もあるけどな」と修正した。ウェイトレスは「ふんっ」という感じでビリーに背を向けて歩きだしたが、ホルターベストとローライズジーンズのせいで憤慨を伝える効果が薄れている。ビリーはテスの背骨から仙骨までを眺めて目の保養をした。そして犬が喜んでハアハアするような音を立てたので、テスはふり返ってしかめ面をした。

「あのウェイトレス、あんたに気があると思うよ」とジョーが言うと、ビールのグラスを手にしたビリーが目を向けてきた。

「ああ、おまえさんはそう思ってるだろうよ」

「こっちへ来るとき、なんか身体をくねらせるみたいにするしさ」

「ああ、そのとおりだ、ジョゼフ。あれはダンスの用語で言うとシャッセというステップだよ。以上のことから何がわかると思う」

「彼女はあんたに気がある」

「違う。やれやれ、ジョゼフ。おまえは馬鹿だな」

まもなくテスが料理を運んできた。ジョーに微笑みかけ、カウンターに戻りかけて、踵を軸に回れ右をした。「ご注文の品物は全部ある？」それを聴いてビリーは舌を呑みこみそうになった。

「あ、はい、大丈夫」とジョーは答える。「ところで、地図なんてあるかな。〈ハインズ・リーチ・ハウス〉へ行くんだけど」

テスは奇妙な表情になった。ビリーがよく女にするような申し出をされて、あたしそんな女じゃないわ、という反応を返すときのような表情だった。

「あたし迷信深いから、あんなところへは行かないようにしてるの」

「足に水かきができちゃ困るからだろう」とビリー。

テスは顔をしかめた。「レニーと話したのね」と駅からジョーたちといっしょに来た男を顎で示した。レニーはいま暖炉のそばのテーブルについている。「あの人、自分の話は面白いと思ってるのよ。旅人が魔法使い扱いされて焼かれる話も聴いた？」

「ああ、そんなような話も聴いたね」とジョー。

「それを面白い話だと思ってるのよ」

「〈ハインズ・リーチ・ハウス〉に届けるものがあるんだ」

「あそこ誰もいないわよ。それに安全じゃないし」

「安全じゃないって、どんなふうに」

テスは肩をすくめる。「崖崩れが起きたり、地面に穴があいてたり。昔は錫がとれて、戦争中は政府の何かがあったそうよ。それに幽霊も出るんだって。あなた幽霊を信じるかどうか知らないけど」テスは気恥ずかしげな微笑みを浮かべた。

「誰の幽霊？」

「何百人も出るのよ。ウィスティシールには村があったんだけど、一九五九年に海に崩れ落ちたの。村のほとんどが。火事で焼けてしまったって話もあるし、伝染病でみんなが死んだって話もある。うちのお祖母ちゃんの話を聴いてると、その三つともだと思えてくるけど。それかガルヴェストンか。そこを観光名所にしようという動きもあったけど、村の生き残りで家族や友達をなくした人たちもまだいるし、そんな馬鹿なことをってみんなは言ったのよ」

「じゃ、村全体の幽霊なんだ」

「そう。手を胸にあてて、片足をしかるべき石にのせると、死んだ人たちの鼓動が聴こえるのよ。ちょっと待って――」テスはあたりを見まわし、窓敷居へ行って小さな灰色の花崗岩を手にとった。「これは崖下の湾にあった石なの。ブリストルから来た若い男の人が持ってきて、ここの二階に泊まったんだけど、夜中に怖くなって帰るときに部屋に置いていったのよ。馬鹿な男」テスは石を床に置いた。「ほら、これに足をのせてみて」

なんだか馬鹿みたいだと思いながらも、ジョーは石に足をのせた。

「じゃ、手をここにあてて」テスはジョーの片手を胸のど真ん中にあてがう。ビリーは当惑顔で見ている。

「何か感じる？」

「いや」

「まあ、この石は〈グリフィン〉に来てからだいぶ長いし、あなたは地元の人じゃないし。そうだ」テスはジョーにかわって自分の足を石にのせた。「このほうがいい。さあ、手を貸して」

ジョーが手を差し出すと、テスはその手のひらを自分の胸にあて、ジョーのほうへ身体を傾けた。テスの肌は温かく、ほんの少し汗をかいている。

「どう。感じる？」

「うん。感じる気がする」

「正しい場所を見つけるまで時間がかかることもあるのよ。もうちょっと左かもしれない。それか下か」ジョーの手首を持ってそっと動かし、自分は軽く胸を張る。

「うん、感じるよ」ジョーはうなずいた。「間違いなく鼓動だ」またうなずく。

「そう」テスはちょっと戸惑った顔になる。「よかった」

そのまま何秒かたつ。

「うん」ジョーの手のひらの肉の厚い部分にテスの乳房の曲線が感じとれた。テスがそこへ手のひらを移動させたのは故意なのかどうなのか。とにかく素敵だ。だが、テスに不快な思いをさせるといけないので、感じないよう努めた。

それからふいに石が窓敷居に戻され、テスはあわただしくほかの客の応対をした。

ビリーは両手で頭を抱えていた。

借りた車は古いおんぼろだが、ごくわずかな選択肢のなかではいちばんましだった。ジョーは、それでも自分より年が若いだろうと試しに考えてみたが、お金を賭ける気はなかった。左隣のビリーがテスに描いてもらった地図を手にしていた。苛立たしげなボールペンの線が、鉄道線路のカーブに沿って走る道路を示している。紙の下のほうには、手紙の末尾につけられるキスを表わす×印が、ありえたはずのテスとジョーの関係を強調するように書かれていた。

「おまえさんのあの娘への仕打ちは違法とすら言えると思うぞ」とビリーは唸るように言った。

「おれは何もしちゃいない」

「いや、おまえさんも痛いほどわかってたはずだ。可愛いテスはいまも厨房の隅で泣いてるだろうよ。おまえさんのためにむだに心を燃やしたことを悔いてな。おっぱいの裾野を触らせたこともちろんだが」

「たしかに気づかなかったおれは鈍感だったよ」

「そのとおりだ」

「誰もがあんたみたいになれるわけじゃないんだ、ビリー」

「でも、いろんなことに気をつけることはできるはずだ。女の子が男の手を自分の胸にあてたんだぞ。ただ地元の伝説を教えてるだけのはずがないだろう。おまえさん、いつも頭はお留守なのか」

「もちろんそうじゃない」

「どうだかな」

「おれはただ……」

「紳士ぶろうとしすぎるんだ。腹のなかじゃエロいこと考えてるくせに、口に出さない。このむっつりスケベ」

「そうじゃないって！」

「そうか。じゃあ訊くが、おまえさんにもはっきりわかるような態度で誘えと言うんだったら、あの娘は何をすりゃよかったってんだ」

「地図を見てくれ」

「おれはいま喋ってるんだ」

「つぎの三つの単語を使って命令文をひとつつくれ。〝を〟、〝見てくれ〟、〝地図〟」

ビリーは地図を見た。

〈ハインズ・リーチ・ハウス〉に向かう狭い道路を走るあいだ、魔法使いとして火刑に処せられそうな気配はまるで感じられなかった。角をひとつ曲がったとき、ビリーが大きな錆びた黒い貯水タンクを指さして、あれが宣教師たちを茹でた釜かもしれないと言ったが、そのジョークは沈黙している陰鬱な空に呑みこまれた。ふたりとも〝水かきのある足〟のことは話題にしなかった。歩いている男ふたりと自転車に乗っている女ひとりを見かけたが、ジョーは無意識のうちにその足もとを見ていた。不自然に大きな靴をはいていないか確かめるためだ。

丘をひとつ越えると小さな集落があった。テスの地図には〝旧市街〟とあるが、実際には市街どころか村ほどの規模もない。家はどれもコンクリートと波形トタン板でできていた。農家が一軒、ガソリン計量機が一台。計量機の上のほうには、表面の傷んだクレジットカード支払い用の装置がついていた。

ジョーは道端のベンチで道路をぼんやり見ている女に話しかけるため、車の速度をゆるめて窓を巻きおろした。女の真っ赤に染めた髪はくしゃくしゃだった。声をかけて、こちらを向いたとき、女がかなりの年寄りであるのがわかった。頬はぷちぷち切れた毛細血管が紫色に浮いていた。

「すみません」ジョーは穏やかな声で、しかし相手の耳が遠い場合にそなえて滑舌よく、「〈ハインズ・リーチ・ハウス〉を探してるんですけど」と言った。

老女が目を向けてきた。「何を？」

「〈ハインズ・リーチ〉です」

「ああ」老女はため息をつく。「草っぱらに戻っちまったよ。それでよかったんだけどね」

「小包を届けなきゃいけないんです」

「そう」老女は肩をすくめた。「そりゃ配達が遅すぎたね」

老女が背にしたバンガローから男がひとり出てきた。足もとは靴下にスリッパだ。顔は半分だけがずっと以前に崩壊して再建されたというふうに左右がアンバランスだった。

「どうしたんだい」男は微笑もうとした。あるいは顔が痙攣しただけかもしれないが。

「郵便局の人がね、〈ハインズ・リーチ〉に小包届けたいんだって」と老女。

「死人たちへの小包か」男は唾を吐いた。「生きてるときはくそ野郎どもだったが」そう言ってまた家に入っていった。

老女はため息をついた。「あの子に言うんじゃなかった。昔起きたことをまだ怒ってるからね」

「村が海に崩れ落ちたことをですか」

「いやいや、それは自然現象だ。怖ろしいことだけど自然現象だからね。あの子が怒ってるのはもうひとつのことだよ。二親とも犠牲になったんだ」

「殺されたんですか」

「死にはしなかったけど、脳がやられてしまったんだ。ジェリーは伝染病だと思ってる。ロシアに対抗する兵器として細菌爆弾をつくってたら、一発爆発しちまったんだとね。そのとおりかもしれないよ。ひと晩でみんなの頭が変になるなんて普通じゃないからね。ジェリーも前と変わっちまった。あの子の顔を見ただろ。でも、完全にほったらかしにされてる。このごろは何かというと給付金が出るじゃないか。つま先をどこかへぶつけてもね。ところがジェリーにはなんにもなしだ。地元の慈善団体は偽の障害だと言うし、役所は聴く耳を持たないし。教会は十年前に助けてくれようとしたよ。伝染病で親をなくした孤児や身寄りがなくなった人を集めようとしたんだ。教会なら手厚い援助ができるからと言ってね。でも、この辺に住んでるのは非国教徒だから、ジェリーはくそ食らえと言って援助を蹴ったんだ」老女はまたため息をはさむ。「まあ行ってくるといいよ。〈ハウス〉の敷地に入ったらゲートを閉めるんだよ。鵞鳥(がちょう)どもが出てくるからね。鵞鳥どもにしてやられちゃだめだよ！　棒切れは持ってるかい」

「いえ」

「なら蹴飛ばしておやり。思いきり。痛い目にあわせなきゃわからないんだ。へたすると腕をもがれるからね」

「ほ、ほんとですか」

「うちの鵞鳥はそんなことしないけどね。この先二番目の角を曲がるんだよ。あと五分くらいだ」


老女はまた道路を眺めはじめた。ジョーは車を走らせて〈旧市街〉を抜け、二番目の角に近づいた。角から大きな鉄製の鋭利なものが飛び出ているのを見て、ビリーがはげしく毒づいたが、すぐにそれは干草用熊手だとわかった。

「おれ田舎は嫌いだよ、ジョゼフ」

ジョーは同感だとうなずいた。角を曲がるとすぐに風が吹きつけてきて、遠くで大群衆が叫んでいるような低い唸りが聴こえ、崖の下に海が見えた。〈ハインドの入り江(ハインズ・リーチ)〉だ。

ふたりは警戒怠りなくゲートをくぐった。敵の鵞鳥軍団に用心する。だが軍団は草原の反対側の隅でみじめに寄り集まって互いを温めあっているだけだ。そして陰鬱で醜悪な午後の空を背景に、目当ての屋敷が建っていた。木の板の壁が壊れ、土台の一部も崩れている。看板には〝〈ハインズ・リーチ・ハウス〉、内務省S2〟とあった。

屋敷は崖の縁にある廃材の山にすぎなかった。少し離れたところに鉄道の錆びたレールが走り、鉄製の車止めで終わっている。硬いしなやかな草が風にたわみ、ハリエニシダの繁みがお辞儀をしたりひくついたりしていた。崖の下では海が、下腹に来る低い音でとどろいている。

こんな空虚な場所は初めてだ。

ジョーは両手をズボンのポケットに突っこんで、廃墟と、崖の向こうにひろがる陰鬱な青灰色の海と空を見た。細かな波しぶきが顔にかかってきた。この波しぶきが、ジョーの日常に訪れた興奮を冷ましていった。遅すぎる。もちろん遅すぎる。魔術的な〈本〉を読む機械はもう存在しない。この謎めいた、美しい、しかし馬鹿げているようにも思える装置だけが残ったのだ。「くそっ」しばらくしてようやくビリーは言った。スカーフに顎を埋め、ウールの帽子をまぶかに引きおろした。「悪いな、ジョー。誰かの悪戯らしい。おれは騙されたんだ。それともあの婆さんの頭がいかれてるかだ。あの婆さん、妖精のお金で払う気なのかね。おまえさんをむだに張り切らせちまったな。でも、またテスのところへ行って、一杯おごるってのもいいじゃないか。それなら全部がむだだったということにはならないだろ」それから最後にもう一度頭をふったあと、「くそっ」と言って、車のほうへ歩きだす。

ジョーはビリーの背中を少し見送ったあと、また海のほうを向いた。白馬の群れのような波頭が立ち、青灰色の水の上でくっきりした輪郭を描いていた。道路のほうで、ビリーが車に乗りこむ音がした。

今日のことは、ジョーの人生のパターンを踏襲していた。ジョーは遅れてきた男なのだ。遅く生まれすぎて、時計じかけの機械の全盛期に間にあわなかった男。遅く生まれすぎて祖母を知ることができなかった男。遅く生まれすぎて、裏社会の幹部連の秘密のサークルに入れず、悪党紳士になれなかった男。遅く生まれすぎて、母親が神の支配する薄暗い修道院にこもる前にたっぷりその愛情を受けられなかった男。そしてここへ来るのが遅すぎて奇妙な謎の解き明かしを受けられずに終わった男。ジョーは今日、世界が自分のために用意してくれた驚異にやっと出会えると信じこんでいたのだった。愚かしいことだ。

省みると、ジョーはもうすぐ三十五歳になるいまも、なりたい自分に全然近づけていない。おまけにどんな人間になりたいかもよくわかっていないという。

ジョー・スポークの本質は優柔不断よ、と、ひとりのガールフレンドは去りぎわに指摘した。じつはジョーはその指摘が間違っていはしないかと怖れている。自分には本質がない、核がない、実質がない、というのが正解ではないのか。一ダースほどの対立しあう欲求が、互いを打ち消しあって凡庸化し、何も生み出さない。ギャングになりたい。いや、真っ正直な人間になりたい。いや、祖父みたいになりたい。いや、父親みたいになりたい。いや、おれはおれでありたい。ひとかどの人間になりたい。でも、目立ちすぎは嫌だ。女の子を見つけろ。でも、悪い女は避けないと。時計じかけの機械を修理して工房を続けていきたい。いや、全部売り払って逃げるが吉か。ロンドンを出て、どこかのビーチに行きたい。何者かになりたい。何者にもなりたくない。自分自身でありたい。幸せになりたい——でも、どうやってなればいい？

さっぱりわからない。

おれはいつも中間で引っかかっている、どこにも所属しない人間(ノーウェア・マン)だ。

崖の下のほうに洞窟がいくつもあって、海水が出入りして渦を巻いていた。入り江の真ん中には奇妙な白い泡の輪ができている。岩のまわりで波が立ち騒いでいるのだ。空では下界のことに無関心な雲が集まり、雨を降らせはじめている。まだ午後四時にもならないが、すでに夜の気配が感じとれた。ジョーは自分の目が涙を流しているのに気づいた。風のせいかどうかはよくわからない。

「くそ」ジョーはちょっと哀しい調子でつぶやいた。それから怒りが募り、「くそ、くそ、くそ」と続けた。罵り言葉は潮風にさらわれ、声は自分の頭のなかでさえ小さくうつろに響いた。

まあ、正直に言うと、いつもそうなのだが。

身体の向きを変えたとき、ほんの二、三十センチのところに顔があって、怒りの形相でこちらを睨みつけていた。ジョーはわっと叫び、うしろによろめいた。

「あんたは誰だ」男は白い無精ひげを生やし、汚れた防水帽（サウウェスター）（帆船時代の水夫が荒天時にかぶった後方のつばが長い防水帽）をかぶって、麻薬乱用者のように目をぎらつかせていた。「何をしている。ここはわたしの土地だぞ！　私有地だぞ！　観光客の来るところじゃない。わたしと死んだ人たちだけの場所だ！　墓なんだ！」発音とイントネーションはイングランド北部の訛りが下地にあるが、言葉遣いは長年ここに住んでいるうちにこの土地の流儀に染まっており、母音はまろやかな響きを帯びていた。

「墓？」

男はジョーの肩をとんと突いた。うしろへさがらせようとして。だが、効果はほとんどない。ジョーは大男で、男のほうは長身だが目方に乏しかった。

「そのとおり。石に文字を刻んだ厳粛なる墓だ。冬のように、沈黙のように、死んだ墓。これをどう思う。え？　土は骨、空は皮膚。すべては腐りゆく。わたしも、あんたも。さあ、もう帰れ。こんなところへ来るなんてとんでもないやつだ。悔いるがいい。だが悔いないだろうな」

「悔いてます。知らなかったんです。不法侵入をしてるなんて思ってもみなかった。〈ハウス〉に住んでいる人に渡す小包を持ってて、ここがその届け先なんです。もう〈ハウス〉がなくなってるなんて知らなかったんですよ」

「古い〈ハウス〉は海の底に沈んだ。建物が建っていた土地が崩れ落ちたんだ。夏になると物見高い連中がやってくる。ちょっとスリルのある名所見物をしようとな。殺戮のとき。死んだ村人たちは暗い海の底へどんどん沈んでいった。そういうことだ。幽霊たちはわたしの温室の屋根の上で椋鳥（むくどり）のようにさえずる。幽霊は蔦やハリエニシダの繁みのなかにもいる。おかげで温室は息苦しくなる。希望が窒息させられる。指が首に巻きつく。蔦は水のように人を引きずりおろす……あんたは蔦を伐ったことがあるか」最後の質問は妙に普通の会話の調子だった。

「いえ」ジョーは慎重に答えた。「ないです」

「蔦を伐るとき、幽霊の手が、小さな指が、しっかり蔓（つる）を握っているのが見えるんだ。蔦は何年もかけて成就する緩慢な死だよ。ハリエニシダのほうが成長が速いが、蔦ほど残酷じゃない。わたしはときどきハリエニシダを焼くが、蔦は焼くことができない。焼けば建物も失ってしまう。蔦はひとつのメタファーだ。あなたは、ちりだから、ちりに帰る（旧約聖書『創世記』三章十九節。口語訳聖書による）。建物は蔦とともにちりに帰ってしまう。わたしは以前、蔦（アイヴィー）という名前の女の子を知っていた。暗い海の底へ沈んだあと、あの子がどうなったかは知らない。わたしは自分が窒息しても驚かない。蔦の葉や幽霊の手が窓から入りこんでくる。わたしがいまでも神を信じているかどうかは怪しいものだ。神のやつめ。惨劇を仕組んで、この廃墟を朽ちるにまかせたのだから。そうだろう」

「そういうことは考えたことがなかったです」

「ここへ来たんだ」

「神が？」

「彼女は毎日ここへ来て、しばらくのあいだ海をのぞきこんでいた。海面には波が立っていた」男は入り江の真ん中の波の輪を指さした。

「あの波はなんです。岩礁ですか」

「もっと複雑なものだ。終わらない波。動かず、消えず。ただ変化するのみ。波が岩にかぶさり、岩を洗いながら引いて、海面に戻る……いつも同じひとつの波が輪を描いている。高くなり、低くなり、変化するが、けっして消えない。ただの波ではない。海の魂だ。そこで起きている物理現象はかなり興味深い」

　ジョーはあらためて男を見た。怒っていないときは……学校の先生みたいだった。ホームレスの外見の下に読書人が隠れている。

　男は自分で何か納得したように、一度だけ、鋭くうなずいた。「で、あんたは誰だ」

「ジョー・スポークです」ジョーは自信のない笑みを浮かべる。相手の半開きの目にちらりと光が見えた。あるいは見えた気がした。

「わたしはテッド・ショルト」男は名乗った。

「どうも、ショルトさん」

「テッドと呼んでくれ。〈管理者（キーパー）〉でもいいが」うなずいた。「テッドのほうがいい。もう誰もわたしを〈管理者〉とは呼ばないから」自分に言い聞かせるようにつけ加えた。

「じゃ、テッドで」

「ジョー・スポーク。ジョー・スポーク。スポーク、ジョー。まさかいまどきヒッピーでもあるまいが、不動産開発業者にしては貧乏くさい。業者の偵察要員かもしれないな。それとも密輸人か。失恋して死に場所を探してるのか。詩人か。警察官か」テッドがそのうちどれをいちばん低く見ているかは不明だった。

「時計じかけの機械の職人です」

「〈時計屋スポーク〉！　なるほど！　〈時計屋スポーク〉とフランキーが、木のなかで。もちろんいまはもういない。〈チクタク時計屋スポーク〉。その日を待つのよ……フランキーはそう言った。その日を待つのよ。例の機械がすべてを変えるから。〈書〉がその秘密を握っているのよ。死には秘密があるの、と彼女は言った。死は太鼓を叩く、それが引く車はとまらない、と」

　ジョーは相手の顔をまじまじ見た。「なんですか、それは」

「チクタクのことか？」霞がかかったような目がジョーの顔をよぎり、どこだか知れないほかの場所へ移っていく。

「いや、そのあとの、〝その日を待つのよ〟以下のところ」

「釜のなかの白波、箱のなかの大海原。蜜蜂が天使をつくる。『易経（ブック・オヴ・チェンジズ）』」ショルトは至福の笑みを浮かべた。「そういうのはもう知っているだろう、〈時計屋スポーク〉？」

「いえ」とジョーは用心深く答える。「知らないですね」

「知ってるはずだ。時間は蔦、死はハリエニシダ、変化はわれらを自由にする。あんたは以前より若く見えるな、〈時計屋スポーク〉。出会ったときはもっと年をとっていた」

「テッド」

「なんだね」

「要するに何が言いたいんです」

「蠟燭、本、ベル。幽霊たちを祓うためのもの。天国はなく、裁きもない。あるのは書物だけ。自動ピアノの演奏用楽譜のような書物だけ」

　ジョーは相手の顔をまじまじと見た。なるほど、**この人だ。このいかれた年寄りが顧客なんだ。終盤戦だ。全然遅すぎやしなかった。途中で道に迷っただけだ。**

　おやおや、おれもこの年寄りみたいないかれた語りを始めたぞ。

「テッド、あなたに小包を持ってきたんです」

「わたしに小包など来るはずない。温室に蜜蜂といっしょに住んで、ハリエニシダや蔦を伐ってるだけのわたしに。いまの時代、〝郵便の（ポスタル）〟という言葉は〝頭が（ゴー）・

いかれる（ポスタル）〟を意味する。ろくなものではない」

「そうですね。でも、ほら、ここに宛先（デスティネーション・アドレス）があります。ね？　おれが書いたんだけど」

ショルトは宛先を鋭く見据えた。そのあいだだけ、目の靄が晴れて焦点が結ばれた。「〈運命（デスティニー）〉とは機械的な因果関係が完璧に成立している状態で存在する。そこではすべてのことがべつのこととの結果だ。選択の自由が幻想なら、生きることになんの意味がある。われわれは意志のない意識にすぎなくなる。鉄道模型の列車と同じで、ただ移動するだけだ」ショルトは肩をすくめ、目から突然の鋭さを消した。「敵は転生させられたのではなく転記された。不発の爆弾のように横たわった。〈ハン国〉に乗っ取られるな！　絶対に！」ショルトはいまにも逃げ出しそうな様子をしていたが、ふいに緊張を解いた。「だが、やつはとうの昔に死んだ。もう安全だ。あんたが持ってきたのはケーキだと言ったかね」

「いえ、〈本〉です」

ショルトは両手をふった。「わたしはケーキが好きだ。チョコレートケーキがいい。バターココアのアイシング。ゴールデンシロップ。もちろんつくるのには時間がかかる。しかし時間とは虚構だと、前にある人がわたしに言った」

「テッド。おれはその〈本〉を持ってます。付属のものといっしょに」

ショルトはジョーをうかがい見ながら腹をぽりぽり掻く。着ているのは粗末な麻布でできたワンピースのような衣だ。

「それはすばらしい」またショルトの目の焦点が合った。そのすばやさと視線の強さに、ジョーは不安を覚えたほどだった。ショルトがさっと手を出してジョーの腕をつかむ。「持ってるのか。いま、ここに。時間はどれくらいある。早く答えてくれ。やつらはすぐ追いついてくるぞ！」

「やつらって誰ですか」そう訊きながらも、ジョーはもう本能的に動いていた。〝やつらが追いついてくるぞ〟と聴いたら、まず裏口から飛び出し、そのあとで詳しい話を聴くものだ。

「やつら全員だ！　シェイマスは間違いなく来る。たぶんジャスミンも。ほかにも大勢いる。たとえ見たことがなくてもな。わたしは頭がおかしいし役立たずだ。もちろん老いぼれでもある。ああ、どうしてこんなに長くかかったんだ。さあ、さあ早く！」ショルトはジョーの手首をつかむ。「あんた、ジョー・スポークと言ったか。ダニエル・スポーク、すなわち〈時計屋スポーク〉の、スポークかね。そうなのか？　それはどこにあるんだ。頼む！　急がねばならんのだ！」

「ダニエルを知ってたんですか。それはおれの祖父で――」

「時間がない！　追憶はあとまわしだ。炉辺で家族の逸話を語りあう。そう、ケーキを食べながら。それはいいものだ！　だがいまはだめだ。いまはまだ。そのときが過ぎてしまわないうちにやるべきことがある！　これは何十年も前に起きているはずだった……ずいぶん遅れたんだ。さあ早く！」針金のように細くて頑丈な手でジョーを引っぱった。「時間がない！」

　ショルトは、ありがたいことに、見かけはむさくるしいがそう臭くない。蠟と、樹液と、土の匂いがした。車の一メートルほど手前で立ちどまり、指さした。

「あれは誰だ」

「ビリーといって、おれにこの仕事を紹介してくれた人です」

「ビリーはウィリアムの愛称だね。ウィリアムはひとりも知らない」

「おれの友達(フレンド)です」意図してではないが、昔からビリーについてよく言われるジョークになっていた。だがショルトはそれを知らない。車の後部座席に飛び乗った。ビリーは居眠りからびくりと覚め、「わあっ(ジーザス)！」

と叫んだ。ショルトがぱっと前に身を乗り出して叫び返す。「イエス（ジーザス）はマリアの母親で、マリアは十字路でガブリエルと出会った。その十字路では蔦とハリエニシダが出会い、そこでわれわれは闇に落ち、フランキーは木のなかで天使たちをつくった」この呪文めいた言葉は事態を沈静させなかった。助手席のビリーは身をひねって敵をよく見ようとする。ショルトはうしろに身を引き、リアウィンドーの隅に身をぎゅっと寄せて、「天使をつくる者（エンジェルメイカー）、エンジェルメイカー！」と声をかぎりに叫ぶ。

ジョーも数年ぶりに叫ばざるをえなかった。「ビリー！ ビリー！ ビリー、大丈夫だ。この人はテッドといって、ちょっと頭がおかしいが、おれたちのクライアントなんだ。いや、クライアントの代理人かもしれないけど。わかったかい」

「ジョゼフ、こいつはいかれきってるぞ。しかもワンピースなんか着て」

「これは衣だ」テッド・ショルトは誇りを傷つけられた怒りをこめて返した。「わたしは聖職者なんだ」これは意表をつくと同時に妙に納得できる言葉で、ジョーもビリーもしばらくは何も言えなかった。ショルトが手である方向を示した。「家はもう少し向こうにある。崖から離れた場所だ。だから海に落ちなかった」ショルトは腕をあげ、顔を苦悶の表情にゆがめた。ジョーは、どこか痛いのだろうか、それとも頭がいかれているせいだろうか、と考えている自分に気づいた。

テッド・ショルトの家の実体は温室だった。ただしそれはヴィクトリア朝風の立派な温室であり、二階建てで、壁はガラス張り。上の階のどこかにライトがひとつあり、簡易なベッドと、デスクらしきものが見えた。ガラスのひび割れたところにはテープが貼ってある。そして、そう、家全体がどんどん侵略していく蔦で覆われていた。家に近づくにつれて、ジョーは目をこらして観察した。近くで見ると、どこか不吉な雰囲気があった。傷ついた大きな獣に飢えた蔓が巻きついて内臓をむさぼろうとしているような感じ。ジョーが後ずさりすると、横にショルトがいて、目を光らせながら、うなずいていた。

　家のなかは暖かかった。ガラスと蔦のおかげで気密性が高くて熱を逃がさないうえに、湯が流れているパイプがガス工場のガス管のように縦横に走っていた。ショルトは防水帽を脱いだが、緑色のブーツははいたままだった。ブーツの底は木の床の上で小さな音を立てた。ぶりっぶらっぶりっぶらっ。ジョーはそのブーツを見た。気のせいだろうが、やけに大きく見えた。家のなかに入ったのになぜ脱がないんだろうと思った。ほかに靴がないのかもしれない。足に水かきがあるのかも、などというのは馬鹿げた想像だろう。

「あなたは泳ぎますか」ショルトのあとから階段をのぼりながら、ジョーは思わず訊いていた。「夏に、海でってことですけど。そうする人たちがいるそうじゃないですか。クリスマスの贈り物の日（ボクシング・デー）（十二月二十六日。使用人や郵便配達員などに心づけをあげる日）なんかでも」ああ、いけない、ここの屋敷は海に崩れ落ちたのだった。もっと上手に話題を選ばなくちゃだめだ。ビリーを見て、助けてくれ、溺れそうだという顔をする。ビリーが口を開けて見返してくる。**自業自得だよ、相棒。**

　ショルトは答えなかった。質問が聴こえなかったか、頭のいかれた人間の特権として無視することに決めたかのどちらかだろう。そのかわりジョーの腕をつかんだ。「さあ来てくれ！　来てくれ！」

　ジョーとビリーはショルトについて家の奥へ進んでいった。

　奥の部屋はとんでもなく広かった。錬鉄製のドアがいくつか並び、海を見おろして開かれていた。またしてもジョーの頭に疑問がわく。いったいこの温室はなぜ冬の強風に砕けてしまわないのか。絶対そうなるとしか思えない。いまでさえ、風に吹かれてガラスがぶわぶわ撓むのが見え、建物全体が軋みうめくのが聴こえるのに。ジョーの心の目に不穏なイメージがひらめく。ガラスの壁が一斉に内側へ破裂して、かみそりの暴風が吹き荒れる映像が。

だが、そんなことはまだ一度も起きたことがないようだ。蔦がガラスを保護しているのかもしれない。周囲のハリエニシダの繁みと丈の低い木々のおかげかもしれない。ガラスは第二次世界大戦時の飛行機の風防に使われたものを流用しているのかもしれない。ひょっとしたらこの家のなかはとびきり安全なのだろうか。

「さあこっちだ」ショルトは大声で言う。「こっち、こっち。ここをあがる！　上にあがるんだ！」階段をのぼり、ドアをくぐると、螺旋階段の上り口があった。階段は崖っぷちに建つガラスの家の外側にではなく、石造りの塔のような吹き抜けのなかにつくられていた。だが吹き抜けを吹き抜ける風に身体が押されたり引っぱられたりして危なっかしい。ジョーは大きなオーバーコートを着てきたことを後悔した。はためき、風をはらんで巨大蝙蝠の羽のようにひろがるのだ。

ショルトは最後の数段を大儀そうにのぼりきった。三人が出たのはガラスの家のてっぺんにある屋根つきの屋上テラスといった感じの場所だった。その辺にいろいろな古い半端なものが放置されている。手動式の芝刈り機、タイヤが二本、針金のロールにフェンスの支柱。ビリーは顔をしかめて身を切るような寒風の向こうを見ながら歩きだし、すぐに人間の手足の山のように見えるものにつまずいて、うわっと声をあげた。よくよく見ると積みあげられているのはマネキンの腕だとわかり、ビリーはほっとため息をついた。「なんだこりゃ」と疑問を口にする。

「もったいないことをすれば後で泣く」ショルトは敬虔な口調で言うと、ふたりの先頭に立って屋上を横切り、塔のようなもののほうへ向かった。

部屋のなかを涼しい風が吹き抜け、乾いた木の葉や砂糖やテレビン油などの匂いが鼻をくすぐる。そしてガラスの家の家鳴りや風の音や海の波音とはべつの音が聴こえた。オーケストラの低い唸りのようなものが周囲から押し寄せてくる。よく見ると、音の発生源はきれいに並べた縦に細長い箱の列だ。

「わたしの蜜蜂だ」とテッド・ショルトは言い、「生きているよ」と、そこを疑われるかもしれないとでもいうようにつけ加えた。「わたしは蜜蜂が好きだ。心が単純で屈折していない。もちろん世話するのに手間がかかる。皮肉にも、蜜蜂がいちばん強く求めるのは放っておかれることだがね。蜂蜜は上質だ。この辺ではヒースやハリエニシダが蜜の採取源だ。ときどきべつの花も混じるがね。ミセス・トレゲンサと交換するんだ。卵や何かと。去年は三つの巣箱の蜂が死んだ。おとしはふた箱だ。いまも蜜蜂は調子がよくない。

アメリカでの養蜂は大変なことになっていて、全部の蜂に死なれた養蜂家もいるそうだ。蜜蜂は絶滅に向かっているんだよ、ミスター・スポーク。世界中で。世界で生産される食料のどれくらいが蜜蜂に依存しているか知っているかね」

「いえ」

「およそ三分の一だ。蜜蜂の絶滅は人間に怖ろしい影響をもたらす。大規模な人口移動。飢餓。戦争。たぶんそれ以上のことが起きる」ショルトは首をふる。

「怖ろしいことだ。しかしわれわれにはその兆候が見えていない。そうだろう。われわれには見えないんだ」また脱線して、自分だけの世界に入っていき、視線がジョーからずれていく。「これもべつの兆候なのだろう。そのときが来たんだ。とっくに来ているんだ。だから……」巣箱のあいだを歩いて、部屋の真ん中にある、布をかけた何かに近づいた。「これはカモフラージュだ。わかるだろう。木を隠すならどこがいいか。

もちろん森のなかだ。それなら……これを隠すのは？蜜蜂の森のなかだ！」

布をとりのけると、真鍮製の物体が現われた。高さが一メートルほどあり、銀の打ち出し模様が施されている。アールデコ調というか、モダンな感じのする手工芸品で、まず間違いなく手作りのものだ。ジョーはしげしげと見つめた。

これは巣箱の模型だろう。

本体は古典的な藁でできた巣箱の形を模している。上に行くにつれて少しずつ小さくなるドーナツを重ねてできた塔の形だ。金属の表面には渦巻きや直線の繊細な模様があしらわれている。てっぺんには凹みがある。ボンネットにマスコットのないロールスロイスのように、あるべきものが欠けているといった感じだ。何が欠けているのだろう。ちょっと考えて、なんだそうかと気づいた。

「では、〈本〉を」ショルトがそわそわした様子で言った。

ジョーは悪事を指摘されでもしたようにぎくりとし、バッグから〈本〉をとりだした。

「よし」とショルトはつぶやく。「〈本〉を読む。太鼓を包む。太鼓を包む。行進する兵士たち。誰かが来る」それからふいに疑念にとらわれた顔で訊いた。「ちゃんと作動するかね」

「と思いますけど。できるだけのことはしました。これは……特別なものですね」

「そう」とショルトは小声で答えた。「もちろんそうだ。いまの言葉はとても嬉しいよ。適切な言葉だ。わたしはラスキンがこれを是認するかどうか自信が持てずにいる。真実と欺瞞。光と影。ゴシック建築がやろうとしたのは影のための空間をつくることだったとかつて言われたものだ。あの過剰な装飾はわれわれに見えないもののためにあったんだ。隠すこと。闇のなかの聖なるもの。ラスキンが是認するかどうか確信は持てない。しかしわれわれはラスキンではない。そうだね？」

「ええ」少し間を置いて、ジョーは答えた。「違います」

ショルトは真鍮製の蜂の巣を手で示した。ふいに一刻も待てなくなった様子で、両手でジョーに前へ進むよう促した。小さな手の節くれだった指の先が、もっと早く、もっと早くというように突き出された。ジョーは前に歩を進めて〈本〉を凹みにはめこみ、いろいろな付属品をとりつけた。これはここ、これはこっち。枠がすぐに表紙を開き、ページをめくりはじめた。ぱらぱらぱらぱら。それからまた最初のページまで戻っていく。各ページのパンチ穴に歯のような金具が嚙まされる。その真鍮の歯がトカゲの舌のようにすばやく動く。みごとだ。

ジョーは嬉しくなった。長いあいだ眠っていた時計じかけの装置（その間、一度もゼンマイは巻かれなかったのか、それとも、動力はもっとバロック的なものなのだろうか）が作動したのだ。ジョーはパネルを閉じた。パネルに例の奇妙な紋章がついているのに気づく。嵐でおちょこになった傘のような図柄だ。巣箱の内側でふいに音がしはじめ、それがどんどん速くなった。ぱらぱらぱら。ジョーは「これは生きている！」と思った。怪物を創り出したフランケンシュタインのように腕をひろげ、ショルトに向かってその言葉を口にすることは、かろうじて自制した。不適切なふるまいじゃないかと思ったからだ。

ショルトは無言のまま喜びを表わしてジョーを抱きしめ、ついでガードするのが遅すぎたビリーにも同じことをした。と、そのとき巣箱のてっぺんが開いた。

なかから蜜蜂が出てきた。蜜蜂は一列になり、それぞれが小さな台に乗って機械のなかから現われ、薄い日の光を浴びた。蜂は身体をほぐすか、濡れているのを乾かすかするように羽を震わせる。十四、二十四、

三十四、幾何学的で華麗な螺旋形で巣箱の表面にとまる。さらに多くの蜂が出てきた。ジョーは蜂の群れを見た。蜂は本物に違いない。見かけは機械のように見えるが、そんなことはありえない。それとも本当に機械なのか？

さらによく見る。そう、黒い部分は鉄だ。あとは金（きん）。小さな足は蝶番で胴体とつながっている。ジョーはふいに、本物の蜜蜂の身体の構造をよく知らないことに気づいた。自分には金属っぽい羽と胴体をもつ珍種の機械蜜蜂（アピス・メカニカ）（そんなものが実在するとしてだが）と、本当に金と鉄でできている蜜蜂を区別できないということはありうる――大いにありそうだ――いや、たぶん区別できない。ジョーの頭のなかで、デイヴィッド・アッテンボロー（野生生物についてのドキュメンタリーの製作者・ナレーターとして有名な動物学者）が、軽く息の漏れる声で、ペダンチックな言い回しを使って、この珍種の蜜蜂について語るのが聴こえた。アッテンボローは腹ばいになり、もっとよく見ようと目をこらしながら言う。最適の条件がそろうまで休眠する。これはイギリスで最も珍しい昆虫です。非常に特異な種で、自然界に天敵はいません……地球に住むすべての生物のなかで、この驚異的な蜜蜂にとって危険でありうるのは人間しかいない……じつに賛嘆すべきことです。

ジョーは手を伸ばしかけて、ためらった。虫はそれほど好きではない。これはいかにも虫っぽく、しかも異様だ。いちばん近くにいる数匹が歩くのをやめて、もぞもぞ身じろぎをする。ひゅうんという音のほか、かちっという小さな音がしたような気がする。息をとめて、蜜蜂の背中に人さし指を触れてみる。温度は気温とほぼ同じ。乾いている。触られて嫌がる様子はない。機械なら当然だろう。生きた昆虫なら……どうなのか知らないが、たぶん何か反応を示すのではないか。だが、そもそも蜂は敏感な生き物ではないらしいし、この蜜蜂はなんだか眠たそうだ。アピス・メカニカは撫でられるのが好きなのか。ジョーは指を離した。蜜蜂は真鍮の巣箱から床におりた。このときは、はっきり、かちっと金属音がした。蜜蜂は床でじっと動かない。

触って悪かったかなと思い、テッド・ショルトを見ると、べつに怒った様子もない。ジョーは床から蜜蜂をつまみあげた。仔細に観察すると、ボルトやピンが見えた。

すごい。

蜜蜂を巣箱の表面に戻すと、少しじっとしていたあと、またひゅうんと音を立てた。ほかの蜜蜂は新たな編隊を組んでいく。小さな台は、蜜蜂が外に出るとまたつぎの蜜蜂を迎えに巣箱のなかに引っこむ。すでに外に出ている蜂たちはなおも羽を震わせながら巣箱の表面にとまったままだ。巣箱の表皮の下で磁石が動いているのか。あるいは——物理的な理屈はよくわからないが、可能に違いない——巣箱の表面に電気が流れているのかもしれない。この装置が一九五〇年代のものなら、それもありうるだろう。

ショルトはうっとりと見ている。

「すごいですね」ジョーはしばらくしてそう言った。実際すごいのだ。匠の技と工学技術の、これほどまでに絶妙な組み合わせは見たことがない。ただ少しばかり失望も覚えた。これだけの技術を駆使しているなら、もっと驚異的なことができてもよさそうなものだ。

いや、実際いま以上のことができるのかもしれない。たぶん自分はこれがつくられた時代について誤解しているのだろう。ヴィクトリア朝の自動人形は、あの盛りのついた猟場管理人と貴婦人たちのように作動時間が短い。だが、このショルトの蜜蜂はヴィクトリア朝よりもっとあとの時代のもののはずで、少なくとも人々を幻惑する魔術と同じくらい科学の要素が強い。誰かが丹精をこめて製作し、イギリスの片端の、雨が降りすさび風が吹きすさぶ海岸に保存した。動力源は

風か、波か。あるいは何か気象現象を測定するための
お洒落な方法なのか。蜜蜂の群れの気圧計とか。それ
とも斬新きわまりないコンセプトの芸術——たとえば
ワンサイクルの動きに一年かかる可動彫刻か。いろい
ろな数値を入力することで無限に近いバリエーション
をつくりだす、変転きわまりなき美の追求。あるいは
数学の証明が書きこまれた宝石とか。イングランド最
南西端のコーンウォール州には常軌を逸してはいるが
輝かしい才能を持った男女が大勢ロンドンから流れて
きて、いろいろな作品をつくる。フェルマーの定理を
造形した紙張子（パピエ・マシェ）のオブジェ。ハイゼンベルクの定理を
モチーフにした楽曲。ベートーヴェンの世界を表現し
た吹きガラス細工。もしかしたらこの蜜蜂の群れもそ
の種の作品で、半世紀近く眠っていたのがいま目覚め
たのかもしれない。ジョーはにんまりした。何かすご
いことと関わり合いになったようだ。

頭の隅で、自分はもっと頻繁にすごいことと関わり
合いになりたいという声がした。

「そう」ショルトはため息をつく。「これはすごいも
のだ。そしていまでもちゃんと動く！　長い時間がた
ったいまでもだ！　これで世界は変わる！　あらゆる
ものが変わる！　は！　あらゆるものがだ」

ジョーは巣箱を見た。たぶんショルトにとっては、
この巣箱は世界を変えてくれるしろものだろう。ショ
ルトは世界有数の驚くべき可動彫刻の所有者なのだか
ら。この巣箱と蜜蜂に使われている貴金属と宝石だけ
でも十万ポンドほどする。工芸品的な機械としての価
値のほうは見積もりできないほどだ。ジョーの中東人
の顧客のひとりなら、これを手に入れるためには金に
糸目をつけないだろう。

そう。ショルトにとっては世界を変えてくれるもの
だ。麻布の衣はもう温室で何かの作業に使えばいいだ
ろう。男女の使用人を雇うことができ、お望みなら世
の中への影響力を手に入れることも可能だろう。少な

くともそこそこの影響力なら。ショルトはテレビのニュースにとりあげられるかもしれない。

「これはなんなんです」とジョーは訊いた。「何をするものです」

ショルトはにっこり笑った。「これは人間を天使にするものだ」しかしジョーがすぐさま理解したような顔をしなかったので、つぎのように続けた。「モレクとマモン（いずれも聖書に登場する邪神）の寺院に向けて射かけられる矢だ。存在するだけで世界をよりよいものにする。すばらしいではないか」

たしかにこれはすばらしい、とジョーは思った。でも、なんだか常軌を逸しているし、ちょっと気味が悪い。

蜜蜂の群れはまだ巣箱の表面にとまり、衰えた太陽の最後の光を吸いこんでいた。ビーチにタオルを敷いて寝ている休日の海水浴客のようだ。一匹が飛びたち、好奇心に衝き動かされているように周囲を回って、ぱしっと額にぶつかってきたとき、ジョーはどきっとした。が、すぐに、いまのは本物だったようだと気づいた。ショルトと話しているあいだに本物の蜜蜂も真鍮の巣箱にとまっていたのだ。もちろん、周囲の本物の巣箱に本物の蜜蜂がいるのだから不思議ではない。

真鍮の巣箱ができたとき、きみはどう思った、とジョーは額にぶつかった蜜蜂に無言で尋ねた。美しいと思ったかい。それとも怖かったかい。きみは金属製の怪物蜜蜂に宣戦布告する気はあるかい。逆にあれらと交尾しようと思うかい。

「写真を撮ってもいいですか」とジョーは訊いた。

「あ、いいよ」ショルトは気の抜けた声で答えた。「いま始まったところで、あとは待つしかない。しかし気をつけろよ、〈時計屋スポーク〉。連中がやってくるからな。影と幽霊どもが」ショルトは背をかがめて巣箱から落ちた蜜蜂を拾いあげ、ジョーによこした。「お守りだ」

ジョーは辞退しようとしたが、もらっておきたい気持ちもあった。ビリーがよいしょと腰をあげた。

「いや、みごとですなあ」ビリーは陽気に言って、ジョーの口には出さないジレンマの苦しみを隠した。「最高です。ここは本当にすごい。どうかまた電話をください」日本風に両手で名刺を差し出すと、ショルトも同じく両手で受けとり、名刺の上でぺこりと頭をさげた。「また何か修理が必要になりましたら、〈フレンド商会〉にご相談いただければ幸いです。いろいろお手伝いやアドバイスをさせていただきますし、料金はリーズナブルになっておりますので。では、われわれはこの辺で」ビリーはやや落ち着かない物腰でうしろにさがった。まるでショルトが飛びかかってくるのを怖れるかのように。

「うむ」とショルトが応じる。「もしかしたら本物の蜜蜂を救えるかもしれないな。いや、救うべきなんだ。真実は世に知られるだろう」突然、顔にふたたび靄がかかった。まるでいままで必死に抑えていた靄が腕をすり抜けてなだれこんできたかのようだった。「あんたたちはもう行きたまえ。ここは安全ではない。もう安全ではない。いまはもうね。やつらがやってくる。必ずやってくる。やってくる最初の場所がここだ。さあ急ぐんだ。裏の階段を使うといい」そう言ってふたりを開いた窓のそばのドアのほうへ追いやった。ビリーはリスを一匹まるごと呑みこんだ犬のような声を漏らした。ショルトがドアを開けはなったとき、海の音が水平に入ってこないで真下から突きあげてきたからだった。

「うわっ、これは」ビリーは顔を青くした。ジョーも下を見てすぐ、その理由を悟った。

温室はもともと崖っぷちに建てられたが、そのあと崖が波に浸食されて、いまいる部屋の半分は宙に突き出ているのだ。風雨にいたんだ木の板と錆びた鉄ででき たベランダのような この場所は、白波を立てて荒立つ海面から十メートル近く上にあった。

「さあ行け！」とショルトは叫んだ。「ここは安全ではない！」するとビリーは、いやたしかにこりゃ安全じゃないですな、と言いつつ裏の階段のほうへ突進して駆けおり、車に向かった。

ビリーが飛ばし屋の性をあらわにアクセルを踏みこみ、罵声をあげながら車を発進させたとき、ジョーはうしろをふり返った。テッド・ショルトが海をふたつに割ろうとするように両腕をひろげている姿が、空を背景にシルエットとなっていた。ショルトの祈りに応えて、蜜蜂の群れが空中に立ちのぼり、大きな雲をなしたと思うと、渦巻く霧となってショルトの身体を包み、そのまわりを回り、ついで矢印となって海のほうへ飛び出していった。ジョーは一瞬、馬鹿げたことを考えた。精密な時計じかけの蜜蜂たちは永遠に旅立ってしまったのではないか。もしそうなら自分は大事なものが失われるのを手伝ったのか、それともすばらしいものが生まれ出るのを助けた助産婦の役割を果たしたのか、と考えた。

「おれにはわからないよ、ジョゼフ」とビリーが言ったところを見ると、ジョーは考えを口に出していたらしい。「だが、はっきりわかるのは、とっととあのパブに戻って、今日のことはもう話題にしないでおくべきだってことだ」

ショルトはまだ蜜蜂の群れを見つめていた。本物の蜜蜂は金属製の蜜蜂の登場に憤慨してもう戻ってこないのではないかと、そう怖れているのかもしれなかった。ビリーがギアをがりがりチェンジして車が窪地へおりていくと、温室は視界から消えた。

ふたりが〈グリフィン〉に戻ったとき、テスはもう家に帰ったあとで、店主はジョーを見て哀れむような目をした。あんたが女の子に対して不器用だというのはもうけっこう有名だよという目つきだ。

「よろしく言っといてくれる?」とジョーは頼んだ。

「いいよ。でもそれより、また週末に来るのがいいかもしれないね。自分で言えばいいんじゃないか。町にはうまいレストランもあるしね」

「おれがまた来たら、喜んでくれるかな」

「あんたが自分で来て確かめないかぎり永遠にわからずじまいさ」

ジョーは自己嫌悪に陥った。自分のいちばん情けないところは、女の子と仲良くなるための会話ができない点なのだ。会話からつぎの段階へ進むのももちろん苦手だ。結局いつも苛ついた女の子にふられるはめになる。だからめったに女の子と長くはつきあえないし、わりと長く続くつきあいはあまり面白くないということになる。

ジョーは肩をぐいっと回して暗い気分をふり捨て、今日のことを思い返してみた。カメラの画像をつぎつぎに見て、脳内に小さな宝物の数々を浮かべて鑑賞する。〈本〉と機械じかけの蜜蜂。あれはすごかった。

「きみたちはいつ、どこでつくられたんだ」ジョーはそう独り言を言ったが、自分の声の大きさに気づいて軽く驚いた。「誰につくられたんだ」

それに答えるかのように、ジョーの指が機械じかけの蜜蜂の表面のぷっくりしたふくらみに触れた。親指の爪でつついてみる。銀色の蠟のようなものがはがれ落ちた。合金で小さな傷を隠すのは宝石職人の小技だ。蠟のようなものを、またひとつ、またひとつ、とはがしていくと、金属部分に刻まれた紋章が現われた。おちょこになった傘か、海神ポセイドンの持つ三叉の矛を、角ばったデザインで図柄にした紋章だ。

「ビリー?」

ビリーはパブに着いてすぐ、イギリスを徒歩旅行している陽気で気前のよさそうなアメリカ人の女と仲良くなるためのプロセスに着手していた。いまは〝きみは魅力的だ〟というのはアイダホ州でどう言うのかを教わっているところだった。

「ビリー、ちょっと来てこれを見てくれ」

「おれはいまべつのものを見てるんだ、ジョゼフ。ふたつのものをな」

「ビリー……」

「マイ・ダーリン、ちょっと失礼するよ。あそこにいる退屈な友達が、おれの巨大なる頭脳を必要としてるんだ」

ビリーが言い寄っている女は何か同性愛がらみのコメントを口にし、ビリーをひどく面白がらせたが、ともかくビリーを解放した。ビリーがやってきた。

「ビリー、これ、なんだかわかるかい」

ビリーは威厳のある仕草で宝石鑑定用の単眼ルーペを右目にはめた。この有能そうで知識ありげな仕草は向こうのほうにいる女にも見えたようだった。

「おやおや……うんうん、そうか……なあるほど。ここでこれを見るとは思わなかった」

「なんなのか知ってるのか」

「そんなにびっくりした声を出すことはないよ、ジョゼフ」

「この紋章は〈本〉の表紙にもついていた。そうだよな。おれはそのほかのところでも見たことがあるだろうか」

「それはおれにはわからない。でも、これが何を意味してるかは知ってる」

「何を意味してるんだ」

「は！　そんなものを持ってるところを可愛いテスに見られるなよ。もういままでとは同じ目で見てくれなくなるぞ。これは水かきのある足の図柄。それが意味するのは〈穢れた者〉だ」

「〈穢れた者〉？」

「簡単に言えばな。おれの一族は長いこと葬儀業をやってきた。な？　経済的な必要があってそこに参入したんだが、おれたちはけっこううまくやれることがわかった。でもそういうのとは違う連中もいた。大昔には、生まれながらに穢れていると考えられた人たちがいた。彼らは普通の人たちのそばにいることが許されなかった。公共の場所に出るときは鵞鳥の足の形をした靴をはかされた。ある種の病気の人たちか、赤毛の人たちか。ひょっとしたらほんとに足に水かきがあったのかもしれない。そりゃわからない。とにかく墓掘り人や棺桶職人をやるしかなかったわけだ。さて、これからおれはあのレディーを天国へ案内して、また連れ戻さなきゃならない。下賤な話はごめんだ。わかったな」

「わかった。愉しんできなよ」

「おまえさんはもうむりでも、おれは愉しませてもらうよ。欲求不満のまま不機嫌に死ぬのは残念すぎるじゃないか」

〈トーシャーズ・ビート〉を出て、左へ急角度に曲がり、狭いゲートをくぐって路地の迷路に入ったとき、ジョーは唇を噛み、走るまいと我慢していた。不安の理由は単純かつ明瞭だ。ロドニー・ティットホイッスルとアーヴィン・カマーバンドが〈ローガンフィールド機械史博物館〉の人間でないのは、〈博物館〉がとっくに廃館になっていることから明らかだが、あのふたりが〈本〉のことを知っていた（それはティットホイッスルが無意識に空中にスケッチしたことからわかった）理由は三つ考えられる。ひとつ、ふたりはすでに知っていた。ふたつ、第三者から聴いて知った。そして三つめ、ビリーから聴いて知ったということもありうる。

　いま想定した第三者というのは、もちろん不満を抱いている〈本〉のもとの所有者かもしれない。それは工房の売店に来たあの人間で、そいつのことを話題にしただけでフィッシャーはぎゃあぎゃあ大騒ぎした。それはおそらくシェイマスかその後継者だろう。

だが第三者が誰であるにせよ、ジョーと〈本〉のつながりを知るきっかけはそう何通りも考えられない。そしていちばん可能性が高いのは、ビリーを通じて知ったというケースだった。

ケアフォー・ミューズ（〝ミューズ〟は中庭を囲んで住宅が並ぶ一郭）は古さと新しさが奇妙に混ざった一郭だ。再開発をした業者はよせばいいのに家々を白く塗ったが、案の定、汚れがついて黄ばんだ灰色になりはてている。ビリーはソーホーが大好きだ。もちろんエロ風俗の充実、夜っぴての酒盛り、酔っ払った女の観光客の多さなども魅力の一部だが、ビリーはずっと以前、ここは自分の心の故郷なのだとジョーに告白したことがあった。にぎやかな雑踏のなかをそぞろ歩くのもいいが、ここに住んで、歓楽の夜が明けた朝、汚れた物哀しげな街路をひと晩中飲み騒いだ連中がよたよたと帰途につき、仏頂面の商店主が店開きの準備をし、疲れはてた夜の女たちが退勤する午前五時の情景もおつなものなのだ。ソーホーの賑わいは永遠に続く祝祭（カーニバル）であり、そこでは皺だらけで化粧の崩れた女たちさえもが美しい。死ぬ前にあと一度でいいからヌキたい、あと一杯でいいから飲みたい、あとひと勝負でいいから張りたいと願う連中の楽園、それがソーホーだ。

ビリー・フレンドは冷徹なリアリストでありながらも、ソーホーを一篇の哀愁に満ちた長い詩もしくは挽歌とみなし、その只中で暮らしている。そのおかげでビリーは見かけよりも深みのある人間と言えるのか、それともたんに少しイタい人間にすぎないのか、ジョーには判断しかねるところだった。

街路には尿とビールの臭いが漂っていた。誰かが食べ残したフライドチキンが開いた箱からのぞいている。なぜ一夜のうちに誰かに食べられてしまわなかったのか、ジョーには見当もつかない。ケアフォー・ミューズにはネズミやキツネがいるし、残飯をご馳走として喜ぶヒト科の種族もいるというのに。まあ、ついさっきそこに放置されたのかもしれないが。

その建物の玄関ドアには新型の電子式番号錠がかかっていた。ジョーは番号を知っている。ビリーはわりと簡単に人に教えるのだ。ビリーは何を盗まれてもほぼ確実に盗み返せるし、そもそも敵がいないからだ。近所の住人はそういう習慣を苦々しく思っているが、ビリーは人をなだめるのがうまい。ビリーに対して怒りつづけるのは難しいのだ。

二階への階段はカーペットが敷かれておらず、銀色の斑点を散らした青いリノリウムが張られている。表面がサンドペーパーのような感触なのは滑り止めだ。ジョーの靴は粗い砂の上を歩くような音を立てる。くりっ、くりっ。なぜこの音に聴き覚えがあるのだろう。もちろんここへは前にも来たことがあるが、理由はそれとは違った。

三階への階段——木の板がむきだしで、縁だけ白く塗られ、やはりカーペットは敷いていない。建物の管理人ブラッドリーはカーペットを敷くつもりなのだが、まだ実行していなかった。木の板には白い塗料が霧状に散り、そこにピンヒールや頑丈なブーツによる凹みや傷が刻印されていた。前に一度ジョーが来たとき、この階段吹き抜けでは盛大なパーティーが開かれていて、腕っぷし自慢のチンピラたちや遊び好きの若い男女、そしてピスコ・サワー（ピスコはペルー産ブランデー）をプラスチックのコップで飲みながら税制の不公平をぼやく何人かの映画関係者タイプの連中が奇妙なごった煮をつくっていた。

四階への階段——プラスチック製。四階はまるごとひとりが所有していた。バジルという名前の陽気なルーマニア人で、一世一代の大儲けをして三十二歳で引退していた。住居としてこの建物を買い、友人や知り合いの家族も住まわせたが、まもなく自分が利用されていることに気づいて、みんな放り出した。いまはひとりで暮らし、バルコニーで半端なくへたな風景画を描くのを趣味としている。自分の作品の質について幻想を抱いてはいないが、絵を描くのが好きなのだ。ビリーはバジルのことがむかつくようだが、ジョーはバジルと何時間でもとりとめなく話していられる。なぜならバジルは人を支配しようとか、何かを証明しようとか、詳しく知ろうといった欲求を持たない男で、のらくらし、絵を描き、ときどき大酒を飲んで広い住居のウルトラモダンな床の上で木靴でダンスを踊るだけの男だからだ。ここの階段吹き抜けは壁が半透明なガラスブロックでできていて、水族館にいるようだ。

五階への階段――豪華なカーペット敷き。「シャギーカーペットだ」とビリーはいつも物知り顔に言う。最上階の五階はかなり狭い。ほとんどのスペースはバジルの住居の二階にあたるからだ。それでもソーホーの建物の最上階(ペントハウス)にはジェイムズ・ボンド的な雰囲気があって、ビリーは徹底して007色を追求していた。

最上階のドアにも番号錠がついているが、今度のはもっと厳重な錠だった。

「ビリー!」ジョーはドアをがんがんノックした。「いったいどうしたんだ。大丈夫か」

返事がないが、珍しいことではない。睡眠をたっぷりとる男だし、女を連れこんでいることも多いのだ。たぶんいまはシルクのガウンを着ているはずだ。

「おい! ウィリアム・フレンド! ジョシュア・ジョゼフ・スポークだ。あんたがあったかい土地へ行っちまう前に訊いときたいことがあるんだ! ビリー! 開けてくれ!」ジョーはまた力いっぱいノックをした。

ちゃっ、と小さな音がして、ドアがほんの少しだけ開いたときには、嫌な感じがした。

ああ、くそ。

こんな状況に直面するのは初めてではある。だが映画では、ちょっと触れたらドアが開いたというのは悪い兆候だ。頭の奥のほうで〈夜の市場〉の声が何か言っている。映画からの借り物の直感が、逃げろと告げた。

いや、安いサスペンスドラマじゃあるまいし。たぶんビリーは階下のバジルのところへ行って、うるさい顧客から逃げるのにメルセデスを貸してくれと頼んでいるのだろう。なんにせよジョーは順法精神の権化で、父親のようにはなるまいと誓い、以来ずっと誓いを守りとおしている。ジョーの生きている世界に銃撃はないし、非合法でダーティーなことなど何も起こらないはずなのだ。ここはロンドンなのだし。

ドアを開けてみる。

ビリーは潔癖症だ。胡散臭く見られるのが好きで、ネクタイの結び目はいつもシャツの第二ないし第三ボタンの位置にあるが、身ぎれいさは相当なものだ。スキンヘッドにしているのもたぶんこの潔癖症からだとジョーは睨んでいる。髪は頭の左右対称性を崩すし、気まぐれに乱れるし、ちょっと伸びると見苦しくなる。ただしスキンヘッドにすることで、レディーとよろしくやる機会を減らしてはいた。この十年間で本当にガールフレンドと呼べたのはジョイスという四十何歳かの陽気な女だけだった。胸の谷間も予想のつかない機知も魅力的だったが、結局ビリーがジョイスを捨てたのは、結婚を迫ってきたからでも、肉体の自然劣化が目立ってきたからでもなく、脱いだ靴下をどこへでもひょいと置く癖のせいだった。夜、〈ラブ〉や〈フィオリディータ〉で遊んでから戻ってくると、靴、上着、下着、何もかもあちこちに脱ぎ散らかす。シャワーも浴びずにビリーをベッドへ引きずりこむ、ビリーの大事なイタリア製の靴を流しに放りこむ、ビリーのいちばんいいシルクのネクタイで自分に目隠しをしてプレーをしようとする。

「おれはいまでもあの女を愛してるよ、ジョー」別れる直前のころ、ビリーはうめくように言ったものだ。「でもあいつは男のワードローブと住環境に死をもたらす脅威なんだ」ビリーにとってこのペントハウスは、喧騒渦巻くソーホーのなかの静かな礼拝堂だった。

そういう背景があるので、ジョーの不安はどんどんふくらんだ。ペントハウスのなかがめちゃくちゃなのだ。ビリーは急いでどこかへ出かけたということだろうか。バッグに荷物を詰めては出し、詰めては出しするうちに、シルクのトランクスやスパンデックスのブリーフを散乱させたのだろうか（男の下着のことなど考えたくないのだが）。それとも泥棒に入られたとか。かりにそうなら、その泥棒は汗をだらだら流す太った男と外科医の冷静沈着な顔をした痩せ男の二人組だろうか。あるいは黒ずくめの影人間たちだろうか。

それとも、あの件は関係ないのか。ビリーはいろいろな方面に関わりを持っていた。もしかしたらロシアン・マフィアのボスの娘かボクサーの妻と寝たのかもしれない。ゴッホが描いたはずのない絵を〝あるいはゴッホ作〟と言って危ない相手に売ったのかもしれない。

革張りソファーの背もたれにビリーのスーツが二着かけてあった。中身が半分入ったミルクの瓶が（いまどき瓶入りミルクをどこで買うのだろう）カウンターに置いてある。スキンヘッドのエロ男ビリーの「よう！」という明るい声はまだ飛んでこない。

毛足の長いカーペットは、床でセックスするとき膝頭や背中を保護するためだ。おかげでジョーの靴は音を立てないが、考えてみれば、武器を手にこちらを襲おうとしている侵入者も足音を立てないはずだ。もっとも……ジョーは大男だから、そう気軽に襲おうとは考えないかもしれない。ともかく慎重さも勇気の一部ということで、暖炉から火かき棒をとりあげた。

ビリーのペントハウスは三つの部分から成っていた。いちばん外側の輪は――外堀に見立ててもいいが――娯楽のスペースだった。はでなデザインのクッションを散らし、世界のどこにも存在しない未開部族の豊穣の女神像を飾り、いまでは誰も名前を覚えていない一九八〇年代のある画家のちょっとアブナい絵を壁にかけていた。

真ん中の輪はビリーの寝室だ。そこには自慢の家具が据えてある。四本の石の柱がついた大きなベッドで、柱はクロアチアの廃館になった博物館から略奪されたものだった。天蓋はモルジブである若い女が流木の板に彫刻を施してつくった。ビリーはその才能に惚れこみ、流木の板をロンドンに持ち帰って、ホルボーンの画廊と契約させる手はずを整えたが、モルジブに戻ってみると、女は交通事故で死んでいた。

ビリーはその女とは寝ていなかった。ただ作品の美しさを愛していたのだ。ジョーはよく、自分はなぜまだビリーとつきあっているのだろうと自問するが、そんなとき、このモルジブの女の哀しい逸話を思い出しては、あの男には見かけ以上のものがあるのだと考え直すのだ。

ジョーはベッドを見た。シーツは清潔だった。直近の情交のあと、シーツを取り替える時間はあったわけだ。だが家のなかは荒らされている。ということは、ビリーがどこかへ出かける準備を整えたあと、泥棒が入ったのだろう。

足の下でかりっと音がした。玉蜀黍(とうもろこし)？　小麦？　何かそんなものだ。性的なフェティシズムに関係するものではないようだ。梱包材か？　ジョーが最近受けとった荷物はポップコーンを梱包材にしていた。これは合成樹脂の小石みたいなやつに比べれば環境に優しい。合成樹脂製のものは静電気でいろんなところにくっつくし、箱の外に出ると、作業場のあちこちに逃げこんでしまう。だが、ポップコーンならやわらかいはずだが、いま足で踏んだものはそうではない。ビリーがいま取引をしているどこかの邸宅の砂利だろうか。

バスルームをのぞいてみた。ここでも悪意に満ちた誰かがボディーシャンプーやオーデコロンをバスタブにぶちまけていた。シャワーカーテンが半分閉じられていて、ジョーは新たな不安の戦慄を覚えつつ、火かき棒をそちらへ伸ばした。

カーテンの向こうにあったいちばん怖ろしいものは、女の裸の上半身をかたどった石鹸だった。きれいな形をしているが、色は緑で、人工的な林檎の香りがした。

それからいちばん内側の輪に入った。ビリーの書斎だ。この居心地のいい小部屋からはあちこちの建物の屋上が見えた。デスクのわきにシングルベッドと本棚ひとつがあり、それで部屋はいっぱいだ。ジョイスと別れてから、ビリーはここで眠るようになった。ダブルベッドだと愛した女がもういないことを思い出すからだった。ジョーは、一度も口に出したことはないが、ある哀しい確信を抱いていた。ビリーはひとりでいるときはもっぱらここで眠るが、この部屋だけが彼の生活の真実を語っているという確信を。ソーホーと同じで、ビリーは騒々しくはしゃぐ男という印象が強いが、静かにしているときも多いのだ。学者然としてひとり書斎にこもり、小柄な男は沈思黙考する。鏡を見て、ここに映っているのは何者だと自問する。出たばかりの新刊本をあれこれ読み（ビリーが唯一壊したり、切り刻んだり、盗んだり、偽造したりしないのは本だ）、近所のパン屋で買う全粒粉パンでつくったチーズサンドイッチを食べる。そして紅茶を飲む。ジーンズにセーターという恰好で過ごし、ときどきウィルトシャーに住む、ビリーの生活ぶりをよく思っていない家族に電話をかけて、甥やふたりの姪の近況を尋ねる。甥も姪たちもまだおぞましい学校時代というものを通過中だが、年かさのふたりはもう大学に通っているそうだ。

ジョーはドアを開けた。ちょっと息がとまった。デスクの上にジョイスの額入り写真が立ててあるのだ。ビリーとふたりでいるときだけ、ビリーといっしょに浮かべる心からの大きな微笑みが浮かんでいた。ビリー、あんたは馬鹿だ。彼女を愛してたくせに。いや、いまでも愛してるくせに。電話をして帰ってきてくれと頼めよ。きっと帰ってきてくれるから。整理整頓が好きかどうかはしょせん習慣の問題だ。愛はそれよりもっと大事な問題だろう。

もしかしたら、もう電話をしたのかもしれない。それどころかジョイスのところへ転がりこんでいるのかも。ペントハウスのなかが荒らされているように見えるのは、あの見え透いた偽装をして登場したティットホイッスルとカマーバンドとは関係なく、ちょっとした精神の危機を迎えたビリーが従来のライフスタイルを捨て、ジョイスが子犬たちと暮らす散らかり放題の田舎の家で新生活を始めたのかもしれない。変な話だが、とてもいいことだ。そこへ訪ねていくのもいいだろう。まじめにつきあいたいと思っているガールフレンドを連れて。ビリーがジョーのガールフレンドに言い寄ってそのガールフレンドを怒らせる心配はないだろう（ビリーが言い寄ったのにガールフレンドが怒らないという事態も心配する必要はあるまい）。

だから何者かが住居侵入したのではなく、ビリーが愛を固めにいったのだ。住まいを荒らしたのは、くだらない潔癖症とおさらばするためだ。もう散らかり放題でいいと腹をくくったのだ。

写真の額に何かついていた。ジャムのようだ。これでもう謎は解けたようなものだ。ビリーはデスクの前に坐り、ジャムつきのパン（たぶんバターもたっぷり塗っただろう）を食べながら、パーティー三昧にあけくれる都会的ライフスタイルの虚しさを嚙みしめた。そして〈ミセス・ハリントンの極上苺ジャム〉を塗ったパンの最後のひとかけらを口に放りこみ、パン屑も残らず食べてしまうと、愛の名において家のなかの何もかもをひっくり返してしまったのだ。ブラボー！

だが、このジャムは無臭だ。ジョーはもう一度匂いを嗅いでみた。匂いはなし。とても変だ。なんの匂いもしない。靴がまた何かを踏んだらしくかりっと音がした。ここにも砂利が？　たしかに砂利が落ちていたが、べつのものも混じっていた……何か白い、砂利よりも大きめのものだ。ポップコーンだろうか。靴で踏んでみる。ポップコーンじゃない。硬いものだ。プラスチック片か。灰皿用の小石か。ビーズか。ジョーは背をかがめた。

歯だ。

つまみあげた。濡れている。冷たい。歯。手のひらにのせた。ごく軽く煙草の脂で汚れている。よく磨かれている形跡がある。ビリーは歯の健康に気をつけていた。ジョーはじっと見つめた。健康な男の歯が突然ぽろりと抜けることなどあるだろうか。

ふいに異臭が感じられた。部屋の端のほうからじわじわと押し寄せてきて鼻と口を襲ったのだ。どんよりして、金属的で、生臭くて、胸の悪くなる臭い。喉が詰まるような感じ。歯。ああくそ、ああくそ、ああくそ。部屋がぐるぐる回り、上下がひっくり返りはじめた。それから、耳のなかで大きな音が鳴りはじめた。ラジオの局と局のあいだの耳障りな雑音のような音が。ジョーはデスクに両手をつき、ついでベッドに腰かけようとしたが、そうする直前に、そのベッドこそが悪臭の源であることに気づいた。毛布の下に何か嫌な感じの、でこぼこした形のものがあるのだ。ジョーはこの部屋に入ってきたときから、無意識のうちにそれを無視してきた。殺された大きな豚の死骸のようなもの。ただしそれは豚ではなく、孤独で、頭が禿げていて、好色でありながら修道僧の禁欲的な心を持った男。誰かがその男にいろいろひどいことをしていた。血まみれのものがベッドから床に滑り落ちてカーペットを汚し、ベッドの上の壁にぶちまけられて黒々とした染みをつくっていた。

毛布の下に横たわったビリーは、おぞましいやり方で、周到かつ的確に、殺されていた。これが新たに生まれた、情け容赦のない、いまの世界だった。

ビリーはジョイスの写真を見ながら死んだに違いない。そんな死に方をさせたのは慈悲深いことなのか、それともすさまじく残酷なことなのか。

ジョーは震えた。

ビリー・フレンドは死んだのだ。

V

銃で人を撃つことの困る点、祖国に奉仕したい娘たち、〈S2：A〉

銃で人を撃つことの困る点は、一度だけでやめるのが難しいことだと、イーディー・バニスターはいまあらためて思い返す。自分を殺しにきた人間を射殺し、逃亡者となったいま、イーディーは昔のような禁欲的な行動原理に戻って、行く手をふさぐ者をかたっぱしから撃ち殺すことを我慢しなければならなかった。すでに苛立たしいふたりの歩行者とのろのろ運転の車の運転手を撃たないようにと、内なる声で強く自分を説得していた。イーディーはひょいとうしろに現われてこんにちはと挨拶してきた道路清掃人のミスター・ハンリーを蜂の巣にしなかった自分を褒めてやりたかったし、ミセス・クラブを亡き者にしなかった自分には驚かされた。ミセス・クラブは通りの反対側をただ歩いていただけだが、普段から気に入らない女だったからだ。

気を引きしめろ、老いぼれ雌牛。

バッグのなかの銃は半端なく重い。いつもの習慣で銃弾は装塡し直してある。だが正直、街中で襲撃されることはないだろう。予期しえないことを予期しろという神秘主義くさい戒めなどはたわごとだ。かつてビルマでひねくれ者の古参軍曹からこんなことを言われた。予期しえないことを予期してたら、予期してたことがうしろから近づいてきて後頭部をぶん殴り、あんたの予期をぶっ飛ばしちまうぜ。だから予期できることを予期しろ。ほかのことも忘れちゃいけないがな。

さて予期できることは、敵はビッグランドリーがこちらを虫けらのようにつぶしてしまったろうと思っているということだ。ビッグランドリーの死はまだあと三十分ほど——ことによると一日くらい——敵に知られることはないだろう。猶予期間がどれだけあるかは、ビッグランドリーにどれだけ裁量権が与えられていたかによる。とにかくイーディーとしては、その猶予期間内に姿を消さなければならない。まずやるべきことは、着替えだ。

タクシーを拾ってカムデン・タウンのとりたてて特徴のない通りを行き先に告げ、車中でお馬鹿さんなひ孫の愚痴をぐちぐちと聴かせた。自分でも少し気分が悪くなるほどの愚痴り方だった。それを二分ほど続けるだけで、運転手はもうルームミラーでこちらを見ることをしなくなった。イーディーは自分の顔についての具体的な記憶が運転手の頭からこぼれ落ちていき、普通の背丈の普通の服を着たただのお婆さんというイメージにまで一般化されていくのが感じとれた。まったくよく喋るババアだとうんざりしているのがよくわかる。

なおもくだらないことを喋りながら、イーディーは料金を払い、そのあと一九五九年と刻印された旧貨の一ペニーを財布からとりだした。昔なら立派なチップになったが、いまでは無価値といっていい額だ。イーディーはボケ気味の老女を装うための小技をいくつか用意しているのだ。

「はいこれ、運転手さん、どうもご苦労さま！」

運転手は急いでチップを受けとった。きょろきょろあちこち見ているが、老女だけは見ない。一刻も早くこの婆さんが客として自分の車に乗っていたことを忘れたいのだ。手にした冷たくて丸い金属片のサイズも重さもなんだか変だと気づいて、視線を落とした。

「あ、どうもありがとうございます」運転手はそれでも自動的に礼を言う。気の毒にねと、イーディーは少し罪悪感を覚えたが、ぐずぐずしてはいられない。

硬貨をしげしげ見ている運転手を残して立ち去った。運転手はなんだか腹立たしい婆さんだったなと思い出すだろうが、細かいことは何も覚えていないに違いない。一時間もすれば、運転手が日々経験する不愉快な出来事の合金のなかに溶かしこまれているはずだった。

イーディーは買い物に出かけた。

四時間後、イーディーは〈豚と詩人(ビッグ&ポエット)〉のテーブルに居心地よくついていた。髪には三つの団子をつくり、屋台で買ったTシャツに黒いスカート、厚手のレギンスにブーツという恰好。カムデン・タウンはイーディーに優しかった。通りのはずれでドライクリーニング店を営む、非合法なことはしない覗き趣味の男にねだると安全ピンをくれた。それを服のあちこちにつけて、いかれたパンク婆さんという過激に斬新なキャラクターを完成させた。

〈豚と詩人〉はたいしたパブではない。テーブル席がふたつに故障した貧相なジュークボックスが一台。イーディーはジュークボックスのプラグを抜き、服からはずした安全ピンで二本の差し込み口をつなぎ、プラグをまたコンセントに差しこんだ。回路がショートして、プラスチックの溶ける強い悪臭がした。店内は暗くなり、陰鬱で安っぽいたたずまいが隠蔽された。

前経営者であるアイルランド人は人柄のよさだけで〈豚と詩人〉をそこそこ感じのいい店にしていた。腹の出た平々凡々たる男で大柄な女が好きだった。この男はエクセターに引っ越して、とんと姿を見せなくなった。以来この店は〝詩人〟の成分を完全に失い、〝豚〟成分だけになった。結果、金を前払いすればいっさいの質問をされることなく屋根裏部屋を借りられるようになった。

イーディーはさっきの行動を自己査定してみた。ずっと以前に決めた方針に従い、軽々しく人を殺すことはしてこなかった。あの銃撃はとっさの勢いで行なったものだが、自分の手でやったとなると、人を殺したという事実から目をそむけるわけにはいかない。人の命を奪う方法を数多く知っているという強み——そしてそれを実行してきた強みを持つ人間は、誰かの物語を終わらせることの重大さを充分に意識すべきだろう。

イーディーはラム・アンド・コークをちびちび飲みながら、違う行動をとっていたほうがよかっただろうかと考えた。ビッグランドリーとその息子のひとりの命にはどういう意味があっただろう。殺したのはまずかったのではないか。ふたりとも気持ちの悪い、邪悪な、金のためになんでもする男たちだったが、生き物としては複雑な構造を持つ魅力的なヒト科に属していたのだし、あの男たちなりに誰かへの愛情を持っていたかもしれない。たしかに人に雇われて暴力をふるう粗暴な男たちだったが、それでも誰かの父親だったり息子だったりしたわけだ。ビッグランドリー夫人は嘆き悲しむだろうか。もちろんだ。夫の職業がなんだったにせよ、今回の事態は大きな衝撃となるだろう。夫人がこれはお父さんの仕事柄やむをえないことなのよと言い聞かせても、あのふたりの息子以外の子供たちの心の傷が深くならずにすむわけではないのだ。

ああ、あたしがもっと若ければとイーディーは思う。**相談できる仲間がいれば。もっといい計画を練るだけの時間があったなら。**イーディーはもう一度、頭のなかで吟味した。ふたり殺し、ひとり見逃してやった。数からいうと悪が勝っているけれど、もっと悪い結果がありえたことを考えればましかも。**でも、もっといい結果で終わらせることもできたのよ、この雌牛。**

それはそれとして、死んだふたりの男に乾杯。あんたらの死因は自分たちの無能さとあたしの経験の豊かさだ。あたしのサバイバルの長い歴史に乾杯。ミセス・ビッグランドリーとそのお子たち、すまないと思うよ。本当に。あたしがあのふたりの金玉を蹴とばした上で安全なところまで逃げられるという条件つきで、もしあのふたりを生き返らせることができるなら、喜んでそうするけどね。殺されて当然というほど悪いやつなんていないのだから。

ずっと昔、ここからうんと遠いところで、イーディーはこんなことを聴いたことがあった。人間は象の目に自分を映すと、自分の魂の価値が誤りなくわかるというのだ。ロンドン動物園へ行って象のすぐそばまで近づけたら、その瞳に何を見るだろう。ここ数カ月、おのが人生の価値の問題はイーディーの頭のなかで大変な重みを持つようになった。死の冷たい腕が自分のほうへ伸びているのが感じられる。その冷たさは昔からよく知っているが、近ごろはそれに触れられたら決定的に終わりという実感がある。ミセス・クラブ（イーディーが好意を持っていない女）は最近その話を聴いて、あんたにはちょっと霊能力があるのかもねと言ったが、イーディーは密かに、九十年生きてきて死の接近を感じとれない人間は馬鹿だろうと思ったものだ。

これが最後のダンスだ。すばらしいものにしなければ。

イーディーは直近の死者たちを哀悼してグラスを掲げると、周囲の人はもちろん自分自身もが当惑したことに、〈豚と詩人〉の一隅で泣き崩れてしまった。だが徐々に回復したのは、何よりもショッピングバッグから出てきて悪臭をはなつ湿った鼻をご主人さまの胸にのせてきたバスチョンの慰めのおかげだった。イーディーはまもなく気をとり直して、これまでずっとそうだった気丈な女に戻った。違っているのはいささか老いたことと、目のまわりが赤くなっていることだけだった。

ああ、長い年月が過ぎた。やれやれ。

「祖国への奉仕を志願する生徒は、平底の靴をはき、慎み深い下着を身につけて学園長室に出頭しなさい」

ミス・トマスは朝の訓戒でそう述べた。気持ちよく微睡んでいたイーディスは、その〝下着〟の一語で目を覚ました。〈レディー・グレイヴリー学園〉の教師はめったに下着のことを語らないし、平底靴以外の履き物は厳禁されているのだから話題にされたのが驚きだ。ミス・トマスが〝慎み深くない下着〟の存在をほのめかしたことに、世間を知らない若いイーディーはわが耳を疑った。つぎの二点は確かだった。いま読みあげられた告知の言葉はミス・トマスが書いたのではないこと。そして下着と靴の問題はきわめて重視されていて、だからこそ諸注意の告知と最後のお祈りのあいだにはさみこまれたのであること。

ほかの生徒が「アーメン」と唱えているとき、イーディーは「下着」とつぶやいた。それから指定された時刻に、非の打ち所のない靴をはいて、学園長室に出向いた。

ほかの三人の女生徒は愛国心にかられてやってきたのだった。残る六十人ほどの生徒はおそらくイーディーのように日常に死ぬほど退屈していないか、政府にレディーらしくない行為を要求されるのではないかと怖れたかのどちらかだった。その疑いは、〝下着〟という言葉からイーディーの頭にも浮かんだ。そして溺れる女が海面に浮いたマストにすがりつくように、その疑いに望みをかけた。ナポレオンを暗殺するために売春婦たちが送りこまれたという話をイーディーは聴いたことがあった。また三分の二ほど読んだところでクレメンシー・ブラウンといういい子ぶった生徒に密告されて（おかげで定規で三回手のひらを打たれた）読了できなかった煽情的な小説では、ヒロインは弟を守るために、スカルキャップ・ロイという好色な海賊に嫌々ながら、しかし決然と身をまかせにいくのだった。そのヒロインの心には多少の期待がなかったはずはないとイーディーは推測したものだ。戦時の国民は自己犠牲を覚悟しなければならないとイーディーは思っていた。そして祖国イギリスのことを思いながらあおむけに寝て、獣じみた性的魅力を持つ敵の腕に抱かれるところを想像した。その怖ろしい運命を思うとぞくぞくするのだった。

「プラント、よし。ディクソン、よし。クレメンツ、あなたはだめ。だめですよ。クリスマスの劇に出なくてはなりません。マグダラのマリアをちゃんと歌って演じられる子はほかにいませんからね。ええ、だめです。そしてもうひとりは……ああ、あなたね」それしか言ってもらえなかったが、失格というわけではないようで、イーディーにはそれで充分だった。

「ミス・トマス、最後の生徒の名前はなんですか」

そう訊いた小男は顔が長く、髪をポマードで固めていた。ヒモみたいね、とイーディーは思った。〝せっかち屋〟ジャック・ダガンとか、〝ナイフ使い〟ハーブの同類。もっとも青いスーツは思いきり保守的なものので、長めのベストを着こみ、そのポケットに鎖をつけた懐中時計を入れている。懐中時計の縁には小さな金の花がついている。盗む値打ちがある時計だとは思わないが（いずれ時代がつけばまたべつかもしれない）、ちょっと洒落ていて、飾りが繊細だ。ただ〈フリーメイソン〉の紋章がついていないのには失望した。あの秘密結社は堕落した儀式を行なうと聴いているからだ。

「その生徒はバニスターといいます」とミス・トマスは答えた。「迷子です」

「ほほう。どういうことかな、迷子とは」

「あらゆる意味においてです。孤児ですから親と永遠にはぐれている。頭のなかでありとあらゆる問いをつぎつぎに発して疑問の森で迷ってしまう。そして精神的な穢れのなかへ進んで足を踏み入れ、どう楽観的に眺めても罪を捨てて万軍の主である神を受けいれる姿勢を見てとれないという意味でも迷子なのです」

「おやおや」

「本当に困ったものです」

「ではその子のためにお祈りをしよう」

「はい、お願いいたします」

「誘惑の海を漂流する少女に有効なお祈りは何かあるかね。『涯しも知られぬ青海原をも』（賛美歌四〇七番）のようなのがいいかな」

「とくに思いつきません」ミス・トマスはこの話題への倦怠感をのぞかせた。「適当に見繕っていただければと」

「では適当に見繕うとしよう」

ミス・トマスはうなずき、ほかのふたりの生徒を褒めそやして、イーディーのことは完全に無視した。それは意外な扱いではないし、どのみちイーディーにはどうでもいいことだった。目の前の紳士の目に火花が散るのを見ていたし、自分がそれを見たことに紳士が気づいたのも知っていた。そしてそののっぺりした顔の白けたような落ち着いた表情から、この紳士が筋金入りの悪党であることもわかった。悪党は有徳の人を探すときには遠くへ出かけたりしない。有徳の人はどこにでもいるからだ。だが自分と同じ悪の心根を持つ人間のほうは草の根を分けて探さなければならない。有徳の人は自分の徳をひけらかすが、悪党はたいてい本性を隠すので、見つけるのが難しいのだ。

「わたしの名はエイベル・ジャスミン」と小柄な紳士は名乗った。「ジョージ六世の政府の大蔵省に雇われている者だ。ジョージ六世はもちろんわれらが国王陛下。少なくともわたしはそう心得ている。ここにいる人で陛下の臣下でない人はいるかね」

くすくす笑いが起きた。ミス・トマスまでが忍び笑いを漏らしていた。だがイーディーは笑わなかった。いまのはごくまともな質問だと思ったからだ。この部屋にはアイルランド人やアメリカ人やフランス人がいるかもしれない。ジャスミンはにっこり笑って上体を前にかがめ、両手を握りあわせた。

「大変けっこう。全員イギリス人というわけだ。さてレディーたち。いよいよいちばん難しい質問をするときが来た。あなたがたのなかで最近いちばんひどい嘘をついたのは誰だろう。あなたかな、ミス・トマス」

「いいえ」ミス・トマスは鼻であしらうように否定して、さらにくすくす笑った。ジェシカ・プラントは、わたしは真実に脚色を加えたことすらありませんと答えた（もちろんこれは真っ赤な嘘、しかもひどく愚かしい嘘だった）。ホリー・ディクソンは厨房での当番をさぼるために腹痛を装ったことがあると認めた。するとミス・トマスがメモをとった。イーディーが無言で笑みを浮かべていると、たちまちジャスミンの視線がその顔に注がれた。

「きみは一度も嘘をついたことはないのかね、ミス・バニスター」しばらくしてジャスミンは訊いた。

「そう言われると困ってしまいますが」とイーディーは早口に言った。「何度かついたことはあると思います。でも一生けんめい考えても」頭の空っぽな感じがする微笑みを大きくひろげた。「どんな嘘をついたか思い出せません。こういうのはひどい嘘でしょうか」

微笑みとあわてた様子を消して、相手の目をきっと見据えた。「いちばんひどい嘘というのはこういうのを想定なさっていたのでしょうか。それとも嘘の内容が人を憤激させるようなものをですか」

ミス・トマスが小さな憤激の声を漏らし、いまにも叱りつける構えを示した。が、ジャスミンが微笑みながら片手をあげてそれを制した。

「きみはずばり核心をついたね、ミス・バニスター」ジャスミンはそう言って肩をすくめた。「よしと。〈サイエンス2(ツー)〉へようこそ。さっそく荷造りをしにいきたまえ。どうもご苦労さまでした、ミス・トマス」

イーディーは当然こうなるとわかっていたと言いたげな平然とした顔をし、それをジャスミンが見てとったのを確かめた。

やった、とイーディーは少なからぬ喜びとともに内心で叫んだ。

エイベル・ジャスミンの所属組織は政府上層部に位置しており、その権限は法にもとづくものだ。イギリスでは法の定めが軽々しく破られることはないので、この組織の行動は奇跡かと思えるほど確実に進められていく。イーディー・バニスターはその日のうちに移動の途についた。監督の権限は――イーディーにはまるで関心のない問題ではあるが――ミス・トマスからアマンダ・ベインズという体格のいい女性に移った。アマンダ・ベインズはジャスミンの下で働く副局長だ。

つまり〝秘書〟じゃないのね、と、学園での古い生活をあとに残して走りだした公用車風の自動車のなかで、イーディーは思った。〝愛人〟でもなく、それより意気地のない感じのする〝妾〟でもなく、〝家政婦〟でも〝料理女〟でもない。〝副局長〟ということは、ひとつの組織のナンバーツーであって、かなりの権力を持っている。イーディーにとってまったく新奇なものというわけではないが、とてもすばらしい重要なことだった。アマンダ・ベインズはひとりの重要人物なのだ。イーディーが〝ミス・ベインズ〟と呼びかけると、相手は地の底から響くような低い含み笑いをして、自分は〝ベインズ艦長〟だが、〝アマンダ〟と呼んでほしいと言った。

〝かんちょう〟って――船の艦長ですか。

そうよ。すばらしきクパーラ号の艦長。

大きい船ですか。

調査船よ。

何を調査するんですか。どういう船なんですか。

アマンダは細身の白い陶器のパイプを出し、ジャスミンから火を受けた。

「ラスキン的（ラスキナイト）な船よ」アマンダはそう言って、煙を透かして灰色の目をイーディーに向けてきた。

聴いたことのない言葉だが、イーディーは何食わぬ顔をしていた。ジョン・ラスキンという美術評論家のことは〈レディー・グレイヴリー学園〉のひんやりした教室で習った。ラスキンはギリシャ語で〝自然に従って（カタ・ピュシン）〟と表現される原則を信条とし、産業的な建築手法を嫌った人で、〈レディー・グレイヴリー学園〉を「心の貧しい、魂のない、みずからの活動目的にふさわしくない施設であり、シュロップシャー州の基盤を冒す出来物のような建築物である」とくさしたことがある。イーディーとしては諸手をあげて賛成したい評価だ。イーディーはよくラスキンが学園の車道のはずれに立つオークの木に寄りかかって、ノートにつぎのように書きつけているところを想像したものだ。**〈レディー・G〉、シュロップシャー。おぞましい建築物。《タイム》に投稿すべし。腹立たしきこと限りなし。**

ははあ。ラスキンは標準化（スタンダーダイゼーション）に反対したのだ。彼が好んだのは、あらゆる要素が唯一無二の個人の魂から生まれた建築物だった。それは（必然的に）神との関係を表現するものとなる。などなど。

「それは唯一無二の船ですか」

「そうよ」

「特別な船なんですね」

「そう思いたいわ」

「それは……ヴィクトリア朝ゴシック調の船ですか」

アマンダは鼻息を鳴らした。それは肯定の返事とも軽蔑の表明ともとれた。イーディーに知ることができたのは以上だった。車がパディントン駅に着いたからだ。薄闇と煙を透かして駅舎が見えた。

この年、一九三九年には、言うまでもなく多くの金持ちが専用の客車を所有し、列車に連結して旅をしていた。それによって富と権力を持つ人たちは、自分たちが下々の者より偉い種族なのだという自己認識をすることができ、下層民から一定の距離をとって鉄道の旅を愉しむことができるのだった。〈レディー・グレイヴリー学園〉の生徒たちはロスチャイルド家、ケネディ家、スペンサー家、アスター家といった名家の専用客車のことをひそひそ噂しあったものだった。それらの客車は贅沢な生活のシンボルであり、性格や容姿や家柄のいかんを問わず、すべての少女が憧れるべきものと考えられていたのだ。ところがこれからイーディーが乗ることになった乗り物は、列車全体がジャスミンの組織のものであるらしい。イーディーは、人の背丈の二倍の高さがある真鍮と黒い鉄でできた機関車も含めた列車全体を所有している一族などというものは聴いたことがない。だいいちこんな戦争の兵器のような列車を所有する民間人はいないだろう。装甲板で守りを固め、前部に敵や障害物を破壊するための角をそなえ、機関士の乗る部分は銃撃されても大丈夫なようにできている。そして……。

「すごい蒸気機関車」とイーディーはつぶやいた。

「は！」とジャスミンは言った。「きっと気に入ると思ったよ。これは時速百六十キロで走るが、ほとんど音を立てない。もちろん罐に放りこめばなんでも燃やせるから、ガソリンエンジンと違って燃料切れになることはない」

「でも脆いんじゃないですか」イーディーは思わず異論を唱えてしまった。「ボイラーを銃で撃ち抜かれたら……」そこで言いさす。こんなふうに余計なことを言うので、ミス・トマスはイーディーを〝迷子〟と呼ぶのだった。

「そのとおりだ、ミス・バニスター！」ジャスミンは嬉しそうに声をあげた。「まったくそのとおり。だから蒸気を溜めるシリンダーは車体のまん真ん中にあるし、厳重に防護されている。だがきみはこの機関車の脆弱な点を言いあてた。大変よろしい。エイダ・ラヴレイス号は隠密性、強度、多目的性、保安性の兼ね合いを考えた妥協の産物なんだ。だから完璧とはとうてい言えないが、総合的に見てすばらしい働きをしてくれているよ」

船の艦長であるアマンダ・ベインズは、イーディーを見て「こういう玩具が好きなんてまるで男の子ね」と言いたげな顔をしたが、イーディーが笑顔で列車を見ているのは機械としての列車に魅了されているのではなく、それが約束している新しい世界に興奮しているからだった。ジャスミンの組織の自前の列車は時刻表に従う義務がなく、発着の遅れというものを知らない。逆にジャスミンが自分たちの都合のためにこの国の鉄道システムに発着の遅れを押しつけることができるのだ。

「すごいですね」と嘆賞するイーディーに、ジャスミンはまあ悪くないねと応じた。イーディーはふと考えこむ顔になった。「でも、ラスキン的な人たちがこれを使うんですか」

ジャスミンはきっとなってイーディーを見、それからアマンダに目を移した。アマンダはパイプをくわえたまま大型の犬のようににやりと笑った。

「そうだよ」とジャスミンは答えた。「たしかに蒸気機関車は産業化社会と縁が深い。しかし蒸気機関はいまでは時代遅れだからね。われわれがこの機関車を完成させたときにはもう古い技術になっていた。時代の変化はそれだけ速いわけだ……さてと」ジャスミンはむっつり顔に口ひげをはやした青い制服の男に声をかけた。「作業を続けたまえ、ミスター・クリスピン。さっさと出発しよう！」


列車は内部もすばらしかった。イーディーは波紋のような光沢を浮かせた木部と金属部、大聖堂を思わせる鮮やかな青と金の装飾、ベークライトに似ているがそれより丈夫な合成樹脂をはめた窓などに目をみはった。外気にさらされた螺旋階段で二階にあがり、疾駆する列車の窓外の夜を眺めた。イーディーは生まれて初めて自由を実感した。合成樹脂の窓に額をつけて、にいっと大きく笑った。

「〝青色は喜びの源泉となることを神によって永遠に定められている〟（ラスキンの言葉）」

イーディーはふり向いた。オーバーオールを着た恰幅のいい白髪頭の男が客車内の向こう端に立っていた。六十くらいだろうが、屈強な印象だ。

「汽車は好きかね」と男は言った。子供扱いされているのかどうか、イーディーは相手を観察したが、その兆候はない。ちょっと横を向いたとき、後頭部が修道僧のように丸く禿げていた。

「これすごいです」とイーディー。

「エイダ・ラヴレイス号だ。誰の名前にちなんでいるかわかるかな」

「バイロン卿の娘ですよね」

「それだけの女性じゃない。天才だ。幻視者だ。この列車はそういう女性から名前をもらった」

「エイダ・ラヴレイスも喜んでいるでしょうね」

「かもしれない。とにかく彼女のことを覚えておくことには意義がある。ところでわたしは〈管理者（キーパー）〉だ」男はそう告げたあと、イーディーの口がどう尋ねれば失礼にならないだろうと迷いながら動くのを見たに違いない。こうつけ加えた。「〈製作者ジョン連盟〉の〈管理者〉」イーディーがすぐにはうなずかないので、さらに言い添えた。「つまり〈ラスキン主義者連盟（ザ・ラスキナイツ）〉のね」

イーディーは〝ラスキナイト〟という言葉を名詞として使うことがあるとは思っていなかった。ちょっと考えてみた。形容詞ならわかる。〝ラスキン的な（ラスキナイト）〟物品は手作りの品で、神から霊感を受けて丁寧につくられる。それは人間的な尺度を尊重する。そして日常生活のなかで神聖なものを具現させようとする。茶器であれ、秘密の大型機関車であれ、高い質を追求してつくるのだろう。

だが〝ラスキン主義者（ラスキナイト）〟というとまったく別物で、なんとなく居心地悪い感じがする。人間の労働と世界の本質についてある種の強固な信念を持った変種のキリスト教徒というイメージだ。

〈管理者〉は微笑んだ。

「なんですか」とイーディーが訊く。

「この人は技術者なのか、宗教の熱心な信者なのか、と考えているだろう」

「そうかもしれません」

「すばらしい、ミス・バニスター。きみは非常に優秀だよ。来なさい。ラヴレイス号を見せてあげよう。途中、なんでも質問してくれていいぞ」驚いたことに、〈管理者〉は男爵が公爵夫人にするように、腕を差し出した。

ラヴレイス号は機関車のうしろに十一の車両をつらねていた。乗員の居住用にあてられている車両があり、厨房がひとつとバスルームがいくつかついていた。ガラスと金属でできた風変わりな機械を積んだ車両が二両。〈管理者〉はその機械の説明をしなかったが、イーディーには郵便料金別納証印刷機とオルゴールと算盤を混ぜあわせたようなものに見えた。数字を使う機械のようだから、たぶん何かの計画策定、そしておそらく暗号に関係があるだろうと踏んだ。

それから無線室の車両が一両、技術者が作業をする車両が一両、事務所として使われる車両が二両、エイベル・ジャスミンの個室車両が一両。そこからドアをくぐれば機関車だ。機関車の前面についている排障器（カウキャッチャー）（最初に設計したのは、バベッジという本物のエイダ・ラヴレイスの友人で、そこへ〈ラスキン主義者連盟〉が変更を加えてイタリアのパドヴァにある鋳物工場に改造させた）から、最後尾の車両の背面にとりつけられた渦巻き模様の鉄の飾り板まで、すべてが手でつくられ、維持されていた。

「この列車はわれわれの血だ」と〈管理者〉は言う。「われわれの労働の産物だ。われわれはこの列車の隅々まで熟知している。設計は完璧だが、素材はそうではない。そこまで完璧にするのは不可能だ。だから実際的見地から補正をしている。どこもかしこも正確で設計どおりにつくってあるように見えるかね。かりにそう見えても、それは違う。ここを八分の一だけ削ろうとか、あそこには当て物をしておこうとか。リベットは形とサイズが完璧に同じではなく、木部が裂けないよう若干不規則な配置をしてある。素材の膨張を見込んで、ところどころゆるく留めてある。機械は素材に脆弱な部分があっても気づかない。機械であるドリルは自分が工作ではなく破壊をしていても気づかない。しかしわれわれにはわかる。われわれは感じとり、聴きとる。感触で判断する。触覚は視覚より正確なんだよ」

「それによって……機械がよりよいものになるわけですか」

〈管理者〉は肩をすくめた。「われわれがよりよい人間になるんだ。少なくとも努力や技能というものを軽視しなくなる。世界の弱点を敏感に察知し、われわれ自身のすばらしさとひずみを理解するようになる。しかし、そう、きみの言うとおりでもあるよ。生産物がよりよいものになるんだ。機械を使って妥協するより、ほんの一パーセントだけかもしれないが、よりよいものがつくれる。人間が手仕事で労力を注入する。この列車にそれをする。するとこの列車は強い耐久力を持つようになる。その耐久力は設計図に描かれている以上のものになる。われわれの予想を超えたものになる。われわれが理性で想定する以上に、期待する以上に、夢想する以上に、力を持つようになる。脱線させて、砂の上を走らせ、車両をねじり、熱しても、列車はやるべき仕事をやってくれる。まるでわれわれへの愛情をたっぷり持って生きているかのように強く持ちこたえてくれる。ついに倒れるときが来ても、壮大で、英雄的な倒れ方をして、敵を道連れにするだろう。そのようにつくられたからだ。もっともわれわれは、この列車に関してはそこまでは必要ないと考えた。ラヴレイス号は戦列艦ではないからだ」

「クパーラ号が戦列艦なんですね」

〈管理者〉は微笑んだ。「クパーラ号も力強く持ちこたえるだろう」

それは心強いが、それだけではアマンダ・ベインズの船について詳しいことはわからない。ちぇっ。

六カ月後、イーディーは良識ある靴と慎ましい下着で身を固め——といっても、脚が長いうえにそろそろ女らしさも出てきたので完全に控えめというわけではなかったが——不思議な機械のあいだで奮闘努力していた。ラヴレイス号の車体は幅が狭く、おかしな揺れ方をする。おかげで崖っぷちからぶらさがっているような感じがするのだ。最初の何週間かはひどい吐き気に悩まされた。いまはもうほとんど揺れに気づかないくらいだが、たまに常平架(ジンバル)が一瞬だけ異常な作動をして車両全体との同期を狂わせるときには、足の下で金属どうしが打ちあった。だがまもなくその音は突然、波と風の音にとってかわられ、イーディーは足首に心地よい涼風を感じる。列車が橋を渡りだしたのだ。橋の上を走るとき、機関車は大量の熱を放出した。

暗号機が——かりに暗号機であるとしてだが——はげしくゲップした。イーディーは髪の毛が逆立ち、埃や煤がわっと押し寄せてくるように感じた。顔をしかめ、左側にあるアース棒にぽんと触れてから、機械のつまみをいくつか回し、キーで新たな一連の数字を打ちこんだ。

ラヴレイス号はイーディーにとって、働き、生活し——そして当人にとって意外にも——勉強する場所となった。毎朝〈温室(ホットハウス)6〉(これは機械室の秘密の呼称)で勤務を始める前に四時間、ふつう女の子が教わらないようなことを教わる。そのあいだ、列車はイギリスの田園地帯を疾駆しつづける。あいている退避線や時刻表の過疎部分を活用して、地図の端っこにのっている地域を駆けめぐるのだ。

イーディーにわかってきたのは、ラヴレイス号は複雑な網目をなしてつながっている数多くの活動ユニットのひとつにすぎないということだった。すべてのユニットが列車というわけではないが、いずれも機械室を持っていて、数字を駆使した情報の解析を行なっているのだ。それは暗号の解読にかぎらず、さまざまな事柄を数学的に解明したり、確率を計算したりすることも含んでいた。機械が出した回答を先頭車両にあるジャスミンのオフィスへ持っていく途中、データをちらちら見るうちに、イーディーはそれらの数字の意味を理解するようになった。それらは地図と、陸軍の部隊と、海軍の部隊を表わしていた。どの数字がどの問題と関係しているのかはわからないが、〈ホットハウス6〉が訊かれているのは、敵の再補給率、波の高さや振動数から推定される港の水深、山の雪が季節より早く溶けている現象からうかがわれる敵の秘密施設設置の状況などだった。現実世界のさまざまな特性は数字によって推定しうる。そういうことを人から教わらずに独力で学んでいけるかどうか、それを自分はテストされているとイーディーは感じていた。たえず能力の査定を受けているのだ。ここでは秘密というものはみずからの手で摑みとるものであるらしい。

列車はトンネルに入った。車内がたちまち息苦しいほど暑くなり、イーディーはため息をつく。数週間前、イーディーは女性職員ももっと薄着で働いていいことにしたらどうかと提案した。これにはどんなに恥ずかしがり屋の女性でもすぐに賛成した。ところが〈管理者〉は丁寧な口調で、その案を採用できない理由を説明した。(a)まわりに裸同然の身体に汗をかいた若い女性たちがいると、修道僧や兵士たちは動力機関や電気系統の運転や保守管理に集中できなくなる。(b)女性職員としても、どれほど愛国心が強かろうと、〈ここでためらい、周囲をちらちら見ながら言葉を選んだ〉コルセットに防護されていない胸部を熱いパイプやバルブに触れて、繊細な肌にやけどを負うのは嫌なのではないか。

イーディー・バニスター。暗号解読班の助手。ヨーロッパで覇を唱えつつある脅威と戦うため、白熱する鉄のような進歩精神がつくった機械から未知の真実を引き出す秘密取り扱い技師。そんな彼女が、全裸に近い姿で、同じような着衣状態の少女たちといっしょに詩と歴史と語学と射撃を学んでいるところを想像する。

古代ギリシャの戯曲をいくつか読んだことがあるイーディーは、そんな情景もあっていいはずだと熱っぽく考えた。そのような見識が持てることが、ギリシャ・ローマの古典文学に親しむメリットのひとつだ。

イーディーはなめらかな真鍮板を見て、そこに映るみずからの顔に固い決意を見てとろうとした。この日イーディーは、自分の職場についてもっと多くのことを知ろうと決めたのだった。ジャスミンが〝情報隔離〟なるものを行なっていることはわかっている。

〝情報隔離〟とは、〈サイエンス2〉で働く人間に対して、ネットワーク内での役割を果たすのに必要な限度を超えて〈サイエンス2〉のことを知ることを禁じる措置のことだ。そこから三つのことが、イーディーの頭に浮かんだ。第一に、ジャスミンは〈サイエンス2〉の全体像を知っている。おそらくアマンダ・ベインズ艦長ほかの管理職と、その補佐役たちの一部も知っているだろう。それなら下っ端の職員とはいえ、あとひとり、この自分がそれを知ってもたいして害にはならないはずだ。第二に――まさかそれはないと思うが――〈サイエンス2〉はじつはイギリス政府ではなくドイツ政府の組織である可能性もなくはない。となると自分には、騙されて知らないうちに祖国を裏切っているのではないことを確かめる義務がある。第三に、自分は心から本当にこれがどういうことなのか知りたいと思っている。いまからあることをするが、かりに捕まった場合――そしてドイツの陰謀を暴いたことでドイツ人スパイたちに射殺されなかった場合――イーディーとしては第一と第二のことを正当化理由として挙げることになるだろう。第三の点は隠しておかなければならない。

かくして芳紀まさに十八歳の、鉄道レールのようにほっそりしたイーディー・バニスターは、初めての隠密作戦を行なうべく準備を始めたのだった。

この数週間、イーディーは自分がアクセスできる〈ホットハウス6〉の内部の配置を調べた。いちばんうしろが職員の宿舎スペースだった。最後尾に修道僧たちの区画があり、そのつぎが兵士たちの狭い区画。兵士たちの居住区画は要するに兵舎で、武器が置いてある。それから女性職員用の区画があり、そのつぎにバスルーム、食堂、勤務区画、教室。教室に鍵のかかったドアがあり、その向こうがジャスミンのオフィスとアウトプットルームだ。この二室は機関車のすぐうしろにあり、兵舎と同様、侵入と攻撃にそなえて重武装している。軍事戦略を学ぶ生徒という新たな身分を得ているイーディーには、ここには暗黙の優先順位があり、戦術的優先度選別（トリアージ）が実施されているように思えた。列車が特別な鍵を使ってのみ遠隔操作できる分離装置をそなえていることはすでに確認している。そのアクセスポイントはメインの通路の複数の箇所にある。メインの通路は各部屋をジグザグに縫う形になっている。これによってプライバシーがよりよく守られるし、侵入した敵に車両全体をいっきに縦射されるのも防ぐことができる。ラヴレイス号は、手仕事と祈りを重んじる〈ラスキン主義者〉の列車ではあるが、いろいろな着想を投入して建造されているのだ。

　当然そこには、侵入や攻撃に対する防護装置も含まれる。だが、イーディーがその装置のどれにひっかかっても、殺されることはないはずだ。ジャスミンがとくにそれを命じないかぎり。

　この推測は、少なくとも七十パーセントほどの確率で正しいと思われた。

　イーディーは新しいバルブをひとつ棚にしまったあと、隣に坐った若い女を見た。クラリッサ・フォックスグラヴ――ちょっと寂しげな顔をしていて、膚はすべすべ、髪は短い。すぐ横で作業をしているとその活力がびんびん感じられる。作業ぶりは力強く、てきぱきしている。いつも風邪をひいているみたいに声がかすれている。自由フランス軍の伯父さんが毎月送ってくれる小包のなかに安物の煙草が入っていて、それを吸うせいかもしれない。添えられた手紙にはイギリスのためにしっかりつくしなさいという叱咤激励の言葉がいつも書かれていた。クラリッサが吸い口を上下の唇ではさんで湿してから喫煙を愉しむのを見るたびに、イーディーは軽い羨望を覚えた。煙草が吸いたいのではない。自分もクラリッサからあの煙草のような扱いを受けたいという欲望がおなかの底でうずくのだ。二日前、イーディーはプライヤーをひとつアリス・ホイトに渡さなければならなかった。アリスはクラリッサの向こう隣に坐っているので、イーディーが身体をぐうっと伸ばしたとき、クラリッサと身体的接触をすることになったのだ。腰と腰が軽くこすれ、壊れたヒューズを直しているクラリッサの肩の動きがブラウスごしに感じとれた。〝やわらかなふとんの上にわたしは身体を横たえた〟（伝説では女性同性愛者とされる古代ギリシャの詩人サッポーの詩句）。ほんとにそんな感じだ。

　イーディーはそんな思いをぐっと抑えこんだ。不穏当な内容のせいではない。それについてはあとでじっくり考えてみるつもりだ。それより気が散って当面の作業ができなくなるのが困る。目をそらす前にクラリッサが視線を合わせてきて、共犯者めいた微笑みを浮かべた。それからわざと前に身を乗りだして、イーディーのドライバーを借りた。レース飾りのあるブラウスに包まれた胸がイーディーの腕から肩にかけて線を引く。イーディーは接触が終わったずっとあとまでその感覚を反芻できた。

集中して考えるのよ。

　ラヴレイス号のメイン通路は警備員が監視しているから、たぶん通行は不可能。その方法は除外した。だが、もうすぐ勤務時間終了のベルが鳴って、べつのチャンスが到来する。イーディーたちの班（クラリッサもそのひとりだ。きゃっ）はシャワー室に向かうのだ。うーん、甘美なひととき。

　集中して考えるんだってば。

　細身で、腕の力が強くて、胸らしい胸がない娘なら、列車の屋根にあがれるだろう。換気口のフィルターをドライバーではずせばいいのだ。列車がトンネルのなかを通過中でなく、比較的ゆっくりめに走っているときなら、屋根づたいに機関車まで行けるだろう。それから屋根のメンテナンス用ハッチから機関車の中におりて、ドアをくぐり、ジャスミンのオフィスに入る。

ベルが鳴った。行動開始だ。

「ちょっとウニョロロハニャラランしてくるわね」とイーディーはみんなに声をかけたが、誰も気にとめなかった。〈レディー・グレイヴリー学園〉で学んだのは、意味不明のことを言うほうが嘘をつくより上策だということだ。みんなは勝手に解釈して、適当な思いこみをしてくれ、いま何を言ったのかなどと問い質す者はいないのだ。イーディーは歩きだした。

そのとき、たまたまクラリッサが、床から銅線の切れはしを拾いあげようと身をかがめた。イーディーは黄色信号を突っきるようにクラリッサのわきをすり抜けた。コットンの生地ごしにクラリッサのお尻が自分の腰にあたった感触を、イーディーは必死で意識すまいとした。クラリッサが小さくあっと言ってくすくす笑うのも聴くまいとした。

あとでクラリッサをつかまえて話をしなければ。気になって気になってしかたがない。この問題全体を話しあう必要がある。腹をきめてはっきりさせる。ふたりとも胸の内をさらけだすのだ。

うーむ。うーむ。**やわらかいふとんの上に……**。

幸いにもクラリッサのお尻は五メートルほど遠ざかった。はしごとハッチが前方にある。仕事仲間の女の子たちはみんな反対側のほうへ向かっていった。

よし、とイーディーは厳しい調子で気合を入れた。ここでこれでいい。ひとりになるのが計画のみそだ。ここでクラリッサとむぎゅっと身体を押しつけあって窮屈なハッチをくぐりたいとは思わない。

違う、クラリッサとむぎゅっと身体をくっつけあいたいのだ。

でも、いまはそのときじゃない。

レバーを引いてハッチを開くと、外気がなだれこんできた。耳がぽんと抜けた。だが列車内のほかの人間はこれに気づくまい。車両の端と端の気密ドアを閉めておいたから。

イーディーがこの行動のために慎重に選んだ路線は、ケンブリッジシャー州のどこかを走っている。山がないのでトンネルがないし、線路が蛇行しているので列車はあまり速度をあげない。ただし一帯は彩りのない陰鬱な沼沢地で、寒さに震えるトナカイや物悲しげな態こそいないが、見た感じはシベリアとそれほど違わず、とても寒かった。だがそれについては打つ手がない。今日は下着を二枚重ねにしようかとも考えたが、そうすると汗の量が多くなるので身体がいっそう冷えるだろう。ハッチの近くにセーターを隠しておいたらどうかとも思ったが、見つかる可能性が高い。列車の屋根の上の移動距離はわりと短いから、寒いことは寒いが凍えることはないだろう。

イーディーはハッチの上べりに両手をかけ、懸垂で身体を引きあげた。

一瞬、バケツ一杯の水が前からぶちまけられたところへ頭を出してしまったのかと思った。空気は液体のように身体にまといつき、ひどく冷たく、湿気をたっぷり含んでいた。嗅覚がなくなり、皮膚が骨に張りついた。もう手を離して車両の床へ飛びおりようかと思った。

だめだ。

またえいっと力を入れて、空気の流れのなかへ飛び出した。風にうしろへ突き飛ばされ、車両の端まで屋根の上を転がった。手をばたつかせ、なんとかハッチの取っ手をつかんで身体をとめ、しゃがんだ姿勢になった。片方の手の指を横切って傷ができた。深くはないがけっこうひどい傷だ。全身が煤にまみれていた。両手の指がしびれてきて、外気の冷たさを侮っていたことを思い知らされた。

風に逆らって前進を始めた。あんたって荒っぽいことが好きねえ。思わず自分に投げた問いに、そう、そのとおり、と答える。

三十秒ほどでつぎの車両に乗り移った。滑りやすい屋根の上をはだしで歩く。足指でリベットやボルトの頭をはさみつけ、手ではしごや換気用の煙突やアンテナをつかむ。二十秒後、そのつぎの車両へ。長い、不吉な感じの、奇怪な、黒い機関車が大きく見えてきた。あのもくもくと噴きあがって空を覆い隠さんばかりの巨大な黒い煙はどうだろう。イーディーはぱっと伏せた。怖ろしい悪魔の手が棘《とげ》だらけの節くれだった指でイーディーの頭をはたいた。悪魔の手はつぎつぎに襲ってきた。つかみかかってきて、背中をひっかかれた。

あうっ、あうっ、あうっ。ああ畜生、このブラウス、気に入ってるのに！　くそっ。くそっ。髪の毛もつかまれて、けっこうな本数を持っていかれた。ただ、敵の正体は判明した。サンザシやオークのねじくれた枝だった。

つぎの問題は、ハッチを開くことができないことだ。指がかじかんでしまっているし、てこに使える道具がない。ドライバーは昇降口を開けたあとで置いてきてしまった。不注意なミスだ。さて。退却は困難、前進も困難。でも選ぶしかない。

イーディーはハッチの取っ手を両手でつかみ、引きあげるべく力を入れた。ハッチはゆっくりとぎこちなく持ちあがった。ありがたいことに、こちらはフィルターがないから、ハッチさえ持ちあがればそれで……と、ふいにハッチが一気に開き、イーディーはまたうしろに倒れそうになった。

暗い車内へおりていく。下の空間は赤い光で照らされ、壁がライトやボタンで覆われていた。暗号作成機や解読機を動かしたりする電気がつくられる蒸気発電室だ。イーディーは何も触らないようにした。ドアに映った自分の姿を見て、叫び声をあげそうになった。背後に赤い光をはなつ電球があり、髪はくしゃくしゃで、顔は血で汚れ、目は仮面の黒い穴のようだ。まるで自分自身の幽霊のように見えた。幽霊が木の枝にこすられてぼろぼろになることがあるとすればだが。

ドアを出ると、十歩でジャスミンのオフィスの入り口だ。警報器はあるだろうか。わからない。反対側の入り口には間違いなくあるはずだが、こちら側からの侵入を想定しているかどうか。していないかもしれない。外部から来た者が、どうやってここを通るというのか。動いている列車の屋根にパラシュート降下する？　橋から飛びおりる？　ありえなくないが、見つかる可能性が高いのでは。とはいえ、それは理屈の上の話だ――自分だってここへ入ってきたのだから何があるかわからない。イーディーはまず目であらため――ついで〈管理者〉の周到さを思い出して――指先でさぐった。針金はない。でっぱりもない。秘密のスイッチもなさそうだ。でも何かあるのではないか？　ドアを開けたら爆弾が爆発したりして。でも考えてみれば、ジャスミンや〈管理者〉はわりと頻繁に発電機を点検しにいくだろう。装置が誤作動して爆発する危険がつねにあるのは困るはずだ。それに自爆というのはイーディーが考えているこの列車の戦略的構想と合致しない。あらゆる措置はこの車両を破壊するのではなく保存するためにとられているだろう……もっとも、いよいよのときのためにそういうメカニズムも用意してあるに違いないが。

もういい。イーディーはドアを開けた。

何も起こらない。警笛も、怒鳴り声もなし。それならば。壁を手でさぐりながら進むとデスクがあった。机上の電気スタンドのスイッチを入れた。

「五シリングはわたしのものね、エイベル」アマンダ・ベインズが嬉しそうな声で言った。「この子、ちゃんと来れたわよ」

ふたりは暗がりのなかで革張りのソファーに坐っていた。エイベル・ジャスミンはガウン姿、アマンダは颯爽とした艦長服に艦長帽。本当にこれで航海に出るのだろうかというような、妙に色っぽいいでたちだった。

「まあ、でもひどいありさまねえ」とアマンダは言った。「きれいにしてあげなきゃ」

「とにかくよくやった」とジャスミンはにっこり笑った。「じつに優秀だ」

「わたし、いけないことをしたのではないのですか」

「ああ、もちろん怖ろしくいけないことをした。しかし罰は受けない。昇進して所属を変える。大変なことになったと思うかもしれないが、きみは非公式のテストに合格したんだ。自分で計画を立て、情報を集め、手順を決めた。そして……なんというか、肉体的誘惑に気を散らされることがなかった」

イーディーは身体の芯から真っ赤になった。

「というわけで、きみはこれから上の段階にあがっていく。しかし始めるのは明日でいい。今日は傷の手当をして――それにしても、その髪はどうしたんだ」

「木の枝のせいです」ドアのほうからハスキーな声が言った。「ブラックネルの森を通過するとき、こすられたんです」声の主は化粧着姿のクラリッサだった。「わたしは森が終わるまで待ったけど」とイーディーに言った。「もう少しでイーリー橋に首を飛ばされそうになったわ」

ジャスミンが優しい父親のような笑みを浮かべた。

「ふたりとも、もう行きたまえ。きみの生活はこれから一変するからね、イーディー。明日の朝、そのことを話そう。だが、ともかくわれわれ全員からこう言わせてもらうよ。よくやった。本当によくやった。さあ、手の傷をクラリッサに手当してもらうといい」

イーディーはクラリッサのあとについていった。

クラリッサはかなり手荒くイーディーの手を消毒した。肉に食いこんだ砂を摘み出したときには、イーディーは二度ばかり、イッと声を漏らした。クラリッサはイーディーをバスルームまで連れていくと、温かいタオルをごく職業的な手つきで渡した。入浴がすむと、ふたりはいっしょに居住区画に向かった。

「あなたは最初から知ってたの」

「ええ。だいたい一年にひとり、挑戦するから。そもそもそういう子が集まってるわけじゃない。愛国心に燃えるお馬鹿な女の子が」クラリッサは微笑んだ。

「さあ、寝んねの時間よ」寝室でイーディーの身体をそっと向こう向きにし、その背中に身体を押しつけた。イーディーはクラリッサと互いの心を打ち明けあうべきかどうか考えたことを思い出した。クラリッサが真うしろにいるはっきりとした感触。イーディーがくるりと身体を回すと、ミントと煙草の匂いがした。クラリッサの口の匂いだ。

クラリッサが身体をまっすぐに伸ばした。両腕をひろげ、ついでゆっくりと上にあげていく。イーディーはじっと見ていた。

「あなた、とても疲れてるでしょうね」とクラリッサが言った。「わたしもそう。とても長い一日だったから。でも、あともう少しだけ……」身体の重心をうしろに移し、背中でドアを押して閉める。それから少しだけ背中をそらして、広い胸の深い谷間をあらわにした。「……起きていたいと思わない？」

イーディーはうめきのような声を漏らしてさっと前に出た。そのときクラリッサはすでにガウンを半分脱いでいた。

少女スーパースパイ、イーディー・バニスターは背中から落ち、バグパイプを落としたときのように、どさりと音を立てると同時にうめき声を発した。目玉のなかで黄色い火花が飛んだ。**うわあ、きれい……。**

息をしようとした。ひどく苦しかった。胸のなかにレールがあって、その上を汽車が走っているようだった。**じがたかたん、すたたかたん。**ポイント切り替え。

しゃきかたたっ。

小さな黄色い火花。茶色いスパンコールのようなものも見える。ミセス・セクニがわきへ来て、鋭く身体をつつく。その刺激で咳が出て、ふいにまた呼吸をきっちりと深くできるようになった。

「いまのはあまりよくなかった」とミセス・セクニが言った。「とてもあまりよくなかった」

「下手だったんですね」イーディーがかすれ声で言う。肺がまずまず通常業務を行なえるようになってきた。

「違う」とミセス・セクニ。「下手だったんじゃない。とてもあまりよくなかった」

ミセス・セクニは小柄な東アジア人で、見た目がとても可愛いが、とにかく正確な言葉遣いにこだわる人で、微妙なニュアンスを表わせる言い回しが英語にないときは、言いたいことが伝わるよう変形してしまう。よくないという評価を伝えるときも、まず〝少しあまりよくない〟があって、そのつぎが〝あまりよくない〟で、その先は〝とてもあまりよくない〟、〝本当にあまりよくない〟、〝とてもとてもあまりよくない〟と評価がさがっていく。ミセス・セクニは英語の語彙が豊富なので、細かいニュアンスをそれぞれまったく違う言葉で言い表わせる。だが、同じ言葉でも聴くほうがそれぞれ微妙に異なるニュアンスで受けとるので、訓練を受ける兵士やスパイや警察官と口論になってしまい、その方式にうんざりしてしまったのだ。そこで前述の独自の方式で英語を運用することにした。彼女の生徒はまずその評価の段階を表わすルールを覚えなければならないのだった。

「とてもあまりよくない」ミセス・セクニの憂いを帯びた口調に、イーディーは自責の念にかられた。テーブルに積まれた埃っぽい本の一冊を読んでいたミスター・セクニが咳払いをして、咎める目で妻を見る。

「でもよくなってる」とミセス・セクニは認めた。「よくはなってる」

イーディーは、いまは下手だが進歩はしているということで気をとり直して、ぱっと立ちあがり、タタミの上で構え直した。〝タタミ〟は〝練習用のマット〟を指す日本語の単語だが、文字どおりの意味はそれとは若干違うので、ミセス・セクニは正確に〝練習用のマット〟を意味する新しい英単語をつくっていたが、奇しくもそれはイギリス人が一生けんめい日本語で〝タタミ〟と言おうとするときの発音に似ていた。

イーディーは最近、ミセス・セクニから興味深い概念をいくつも学んだ。それは〝ブドー〟の修練に含まれていた。「ただの〝ブジュツ〟じゃない!」とミセス・セクニは鋭く言った。「〝ブドー〟だ! あなたがたはわたしの膚と肉以上のものを学ばねばならない」〝膚と肉〟という言葉にイーディーは盛大に赤面し、目をそらした。

ミスター・セクニが「ハジメ!」と叫ぶ。イーディーは攻撃をしかけたが、すぐにまた宙を飛んでいた。ただし今回はうまくタタミの上で転がってすっくと立ちあがり、防御の構えをとった。ミセス・セクニは思慮深い顔でうなずいた。

「少しはましですか」イーディーは期待をこめて訊いた。

「とても少しはましだ」とミセス・セクニはのたまった。

「どうもわからないんですけど」あとでイーディーはミスター・セクニに言った。ミセス・セクニは柔道場の壁に吊るした幕の前でふたりずつ組になって乱取り稽古をしている兵士たちを監督していた。「日本はあたしたちの敵じゃないんですか」なぜなら一九三九年の天津事件以来、日本とイギリスの関係は悪くなっていたからだ。

「いや」とミスター・セクニが答えた。「日本はどこの敵でもない。海と雨に洗われ、大きな火山の影がいつも落ちている、岩と土でできた島国だ。日本は傲慢な政治的野望など持っていない。いろいろな人たちがいる日本の国民もあなたがたに敵対してはいない。天皇はまた違うかもしれないし、政府は間違いなく敵だ。しかしわたしたちは違う。だからわたしたちはここにいるのだ」

「日本人の多くがそう思っているんですか」

「そうだ」とミスター・セクニ。

「違う」とミセス・セクニが否定した。

「いや、多くの人がそう思っている」とミスター・セクニは断言する。

「でもそういう人たちは国民のなかの大きな部分を占めてはいない」とミセス・セクニは正確に言った。ミスター・セクニもそれは本当だと認めざるをえなかった。

「わたしたちは共産主義者だ」とミセス・セクニはさらりと言った。「わたしたちは皇帝、国王、女王、自由市場はもちろんプロレタリアート独裁すら信じていない。わたしたちは万人が侮蔑しあうのではなく尊厳を認めあって平等に生きる世界をめざしている。資本主義の世界における生存のための資源の分配は、容易に価値をはかれないものを基準に、なかばでたらめな市場活動によって行なわれている。わたしたちはそれを国家による理にかなったやり方で行なうべきだと主張している。

でもこの問題についてわたしに言えるのはそこまでだ。この日本式マルクス主義のプロパガンダを〈S2：A〉の機関員に吹きこむことは、ミスター・チャーチルの特別命令によって禁止されているから。ちなみにミスター・チャーチルは葉巻の煙を太った身体に充満させた反動主義的なイボイノシシだけど、とても親切な人物だ」

ミセス・セクニはため息をついた。表情がゆるんだその顔に、イーディーは老いはじめの兆候を見た。軽い心労と忍び寄る哀しみの皺を。ミセス・セクニはすばやく首を回し、こきっという不気味な音を立てた。「来なさい」ミセス・セクニはイーディーをまたタタミの上に連れ出した。「〈山嵐〉を教える」ふたりの周囲に広いスペースがあいた。ミセス・セクニは自分が生徒を訓練している場所に迷いこんでくる者を手厳しく叱責する。

「これで攻撃してきなさい」ミセス・セクニはイーディーに、ひとふりの木刀を渡した。「遠慮は無用。さあ来い！」

イーディーは以前教わったとおりに攻撃した。ミセス・セクニは横にも後方にもよけなかった。刃を抱えこもうとするかのように前に踏み出してきた。一瞬、イーディーの脳裏に怖ろしい像が浮かんだ。大日本帝国の獰猛な兵士となった自分が嬉々としてミセス・セクニをまっぷたつにする光景。美しい小ぶりな身体が斜めに切れる。ミスター・セクニが、温和で知的な顔の表情を憂いから憤怒へと変え、兵士たちを引き裂き、みずからの祖国の陣営に襲いかかろうとするも、現代的な兵器に今度はその身を引き裂かれる。

イーディーはぴたりと動きをとめた。木刀はなかばふりおろされたところで静止する。ミセス・セクニが目を合わせてきた。

「とめてはならぬ」とミセス・セクニは言う。「これは真剣勝負だ。もう一度」

イーディーは、今度はとめなかった。ミセス・セクニも動きをとめず、抱えこんだ。ただし木刀をではなく、イーディーの腕を。それをぎゅっとつかみ、ひねる。イーディーは回転しながら宙を飛び、タタミの上に落ちた。ミセス・セクニはどのようにしてか木刀を奪っていた。イーディーはあおむけに寝ていたが、その姿は無防備すぎてひどくエロチックに見えた。ミセス・セクニは片膝でイーディーの胸をきめ、片手で顔を押さえ、もう片方の手で握った木刀を横ざまに喉へあてがっていた。目がイーディーの目を見据えていた。褐色の、深みのある瞳が、きわめて厳粛なまなざしを注いできた。ふたりとも柔道着を着ていた。イーディーは柔道着の汗と、戦時の粗悪な洗剤と、何かつんとくるしつこい臭いに思わず口をすぼめた。意志の力を総動員して、ミセス・セクニの襟もとを見ないようにした。だが、片方の小ぶりで筋肉質な乳房が押しつけられる感触はいかんともしがたかった。

ミセス・セクニは意地の悪い笑みを浮かべると、イーディーを離してすっと立ちあがった。セクニ夫妻は夫婦の貞操に関して世間とは違った原則を持っている。セックスに親しむことは父権主義的な専制主義に陥ることだというのだ。ふたりはまた生徒と寝ることを絶対にしない人たちで、イーディーとしてはおおいに不満なのだった。

ミセス・セクニが前歯の裏で舌打ちしたとき、舌先がちらっと見えた。イーディーは目をそらす。

「いまのはなぜ〈山嵐〉というんですか」

「受身をとったとき大きな音が出るからかな」とミセス・セクニは推測を口にした。「覚えなさい、イーディー。これはとてもいい技だ。なかにいろいろな要素を含んでいるから難しいが。とてもとてもいい技だ」

それからイーディーのすぐうしろへ目をやり、あちゃーというように、手のひらで額を打った。

「ミスター・プリチャード！　何をやっている。それで〈大外刈〉のつもりか。違う！　いまのは〈大外刈〉ではない！　トラクターと交尾むヤクだ！　本当にとてもとてもあまりよくない！　わたしの祖父が天国で泣いているだろう。もっとも天国があればの話だが、天国などは存在しない。宗教は君主制主義者がつくりあげた惑わしだからだ！　さあもう一度！　もう一度だ。今度はちゃんとやるのだぞ！」

ミセス・セクニからみっちり格闘技を教わったあと、イーディーはミスター・セクニから銃器と爆薬についての手ほどきを受けた。

〝駅降り〟を命じられたとき、イーディーは自分の訓練が終わったことを知った。〝駅降り〟はジャスミンの組織で使われている隠語で、航海でいえば〝上陸〟にあたる言葉だ。イーディーは脚に〝逆・乗り物酔い〟とでもいうべき奇妙な感じを覚えた。久しぶりに動かない地面の上に立ったせいだ。シダと土の匂いがした。風にはまぎれもない熱い金属と焼けた石の細かな粉末からなる大きな建築物の匂いが混じっていた。

目の前にかなりいかめしい雰囲気のヴィクトリア朝風の荘園屋敷、もしくは農家みたいなものがあった。ただしあるじが毎朝十時に庭の生垣沿いを散歩して、「なあ、ジョック、今年の小麦は上出来のようだなあ。みんなよくやっとるよ!」とのたまうようなのも農家と呼べるならの話だが。もちろん農家とは違うものに改築されているに違いなく、イーディーは秘密のアジトという言葉を思い浮かべるのだった。付属の温室も何やら秘密めいている。最高機密のトマトでも栽培しているのだろう。

荘園屋敷の向こう側にはべつの構造物がつくられつつあった。サイズは飛行機の格納庫かコンサートホールくらい。屋上には土が敷いてあり、全体として丘か土饅頭に似ている。その構造物には大きな入り口がぽかっと開いていた。土の部分にハリエニシダや芝生が生えそろうだろう、そしたら本当に自然の地形のように見えるはずだ、とイーディーは思った。レールが(まだ)敷かれていない枕木が並べられ、入り口のなかへと入っている。枕木は緑と茶色に塗られている。上空から見ても何かが規則的に並んでいるとは見えないよう巧妙な錯覚を起こす塗り方だ。

ある種の事柄は規模が大きすぎたり、危険すぎたり、非常にデリケートなものであったりするので、走っている列車のなかで行なうのに適さないということだろう。ちなみにラヴレイス号は安定走行のために、ガススプリングのサスペンションやブルネル−ツァイス−バウエルスフェルトのジオデシック建築技術を使っているが、どちらの技術もイーディーは曖昧にしか理解できていなかった。

イーディーは考える。〈サイエンス2〉のなかの最も行動的な部署は、〈S2：行動部〉と、そのまんまの名前がついている。その任務は、実用化はまず不可能だと思えるような科学技術のアイデアを調査することと、ごくまれなケースだが、開発を行なうことだ。もちろんそのような開発が成功すれば、世界を一変させるだろう。もし誰かが堅固な鋼鉄を貫通できるガトリング砲、地震発生機、熱線銃、戦車をはげしく振動させて分解させる破壊的な音波砲などを発明しようとしていれば、ジャスミンがその人物に枢軸側ではなくイギリスのために働くよう説得することになる。

イーディーは疑問を口にした。「いま誰かがそういうものを発明しようとしているのかしら」

ジャスミンがにっこり笑った。声を発したわけではないが、イーディーは誰かが背後に来れば必ずわかる。このときはそれがジャスミンであることも察知した。ジャスミンは最前からイーディーと会話をしていたかのように訊いた。

「そういうものとは」

「宇宙空間に配備する超長距離砲（スーパーガン）とか、エネルギービームとか、雷兵器とか」

「ああ、そういうものを発明しようとしている人はいるよ。ほかにもいろいろあるがね。いまは奇妙な時代だ、ミス・バニスター。目に見えない世界は、われわれの知る世界よりずっと広いことがわかっている。多くの男女が雲をつかむような課題と格闘して……生み出そうとしているんだ。驚異と恐怖をね。X線はそうしたもののひとつだ。医学の勝利であり、奇跡的な発見だ。だがX線に長く身体をさらすと火や病原菌にさらされたと同じように害が生じる。その有効範囲はどれくらいか、最も強い効果はどのようなものか、そうしたことを明らかにしなければならない。何キロか離れたところから発射できる不可視光線が兵器として使われる戦場がどんなものになるか想像してみたまえ」

イーディーは想像してみた。それは嫌なものだった。

「ここはそれを開発するための施設ですか」

「そうじゃない、ミス・バニスター。もっと重要な施設だ。来たまえ」ジャスミンは荘園屋敷を手で示した。

玄関の前でひとりの男が待っていた。奇妙にひょろ長い人物で、技師の黒い作業服を着ていた。

「ラスキン主義者ね」このイーディーのつぶやきには諦めの調子が若干混じっていた。

ラスキン主義者に反感を持っているというわけではない。たとえば〈管理者〉はラヴレイス号の設計者であると同時に〈ラスキン主義者連盟〉のトップでもあるが、とても感じのいい人物だ。情熱の対象がはっきりしているので不気味な威圧感を与えることがない。それにイーディーは〈管理者〉の持論に共感するところがある。いまの時代、どれをとってもまったく同じの大量生産品が、拙いところも混じる手作りのものに取って代わりつつあるが、それは祖国に好ましくないことであって、魂の疎外というおぞましい結果をもたらしつつあるのではないか。

ただイーディーは、どんな考えであれそれを鵜呑みにしてまったく疑わないような人を信用できない。自分たちは独自の存在だという考えに均一に染まってしまっている集団というのは、ミス・トマスの口癖を借りれば、〝ちょっとおかしい〟だろうと思うのだ。

荘園屋敷の入り口に近づくと、イーディーは微笑みを浮かべた。

「いらっしゃい」と待っていたラスキン主義者が言った。「わたしはモックリー」

「あなたは何をする人？」とイーディーは礼儀を重ん

じて訊いた。これがラスキン主義者にとってもっとも重要な質問だからだ。

「おもに溶接です。非対称の素材を扱う才能にめぐまれています。接合面の形がひどく不定形で難しいのですが、ちょっとしたこつが必要です」話しながら曖昧に手をふった。

「まあ。すばらしい」とイーディー。

モックリーは喜びに顔を輝かせた。

「案内してくれたまえ、モックリー」とジャスミンが促した。


なかに入ると、部屋全体が鳴り響いていた。イーディーはその響きを胸のなかで感じることができた。荒々しい、喜びに満ちた、力のみなぎる響き。行なわれているのは岩に切れ目を入れ、下の海水に浸された洞窟まで穴を掘る作業だった。ガラスの窯があり（ガラス製の窯ではなく、ガラス吹きをするための窯だが、かりにガラス製の窯を見てもイーディーは驚かなかっただろう）、火炉、るつぼ。用途が見当もつかない大きなチューブやタンク。化学実験用の蒸留容器、デミジョン瓶、大型の桶、復水器、ラヴレイス号の暗号機のようにも見えるが紋織地の織機にも少し似ている奇妙な形の装置。その他いろいろなものがごちゃごちゃひしめく科学の遊園地。だが中央の穴のそばへ寄ると、そうではないことがわかった。遊園地などというありふれたものではない。魔法の剣や喋る彫像といった幻想物語に出てくるものをつくるための、神の工房だ。

深い穴の底に、明るいところで見れば青緑色の大海原である大西洋が、黒く冷たく沸き返っていた。その釜のなかへ何かがおろされていく。爆弾の形をしたそれは崖をつたうケーブルで吊りさげられている。その爆弾もどきのものよりも低い位置に設置された何基もの巨大なサーチライトの下向きに照らしおろす光で、イーディーにはべつのものが見えた。それは鯨のような形とサイズの物体で、光の輪の端のほうにぼんやり見えているが、物体の下のほうは三十メートル以上、水中に没しているらしかった。

　イーディーは目を室内に戻し、おびただしい科学機材の壮大なモザイクを眺めまわして、ここに欠けているものを意識にのぼせた。

「ここを任されている女の子は誰？」とイーディーは訊いた。これだけのものが自分のために用意されたはずはないからだ。

「科学者だ。女の子ではなく、女性だがね」

「その人はどこにいるの」イーディーは周囲を見まわし、眼鏡をかけて指をチョークで汚した学校教師風の女性を探した。ジャスミンはため息をついた。「そのことできみの力を借りられたらと思っているんだ、ミス・バニスター。ちょっとした問題があるのでね」

「どういう問題ですか」

「シェム・シェム・ツィエンという男がその問題なんだ」

　写真の顔はモノクロで、深く青みがかっていた。ほかに写っている顔のどれよりも明るく照明されていたり、年かさだったり、カメラに近かったりということはない。だが、これがその男だとわかる特徴のある顔だった。

　ほかの人がみなその男に敬意を示しているのは確かだった。その男は贅沢な服を着て、家来や複数の夫人や子供たちに囲まれていた。イーディーは、立派な人物らしい両親といっしょに写っている子供のひとりが、たまたまものすごくすばらしい笑顔になっているために、いちばん輝いて見える写真を見たことがある。あるいは何気なくカメラのほうを見たメイドがその一瞬、生まれつきの美貌を全開にしてしまった写真を。そういう写真では年齢や社会的身分による上下関係がひっくり返ってしまっている。写真は容赦なく現実を写すが、嘘をつかないわけではない。じつに気まぐれに、浮浪者を王侯貴族に見せたり、露天商をギリシャ神話の英雄に見せたりする。

だが、この写真ではそのような革命は起きていなかった。カメラは恋をしていた。シェム・シェム・ツィエンに全身で奉仕し、足もとにひざまずき、聖像のように崇めていた。シェム・シェム・ツィエンは絶対的な光輝をおび、美男俳優のオーラをはなっている。大粒の真っ白な歯。上唇の男性的な曲線に沿って木炭で描いたような、剣劇冒険譚の英雄を思わせる口ひげ。

シェム・シェム・ツィエン。ケンブリッジ大学セント・ジョンズ学寮の卒業生。ディベートの達人にして負け知らずのギャンブラーにして遊蕩児。英領インドの端っこに位置するちっぽけな藩王国アデー・シッキムの、カイグル・カーン王の弟の二番目の息子として生まれた。産業振興と近代化を重視したシェム・シェム・ツィエンは、西側東側を問わず各国の元首からよく晩餐に招かれる。大型獣のハンターであり、フェンシングの名手でもあって、オリンピックのフルーレで銅メダルを獲得した。本当なら銀か金をとれたはずだが、試合前に六日続けて酒を浴びながらハリウッドの豊満な肉体とすぐれた運動能力で知られる売り出し中の若手女優とたわむれたせいで、ふいにしたのだった。にっこり微笑めば人妻がよろめき、尼僧が衣を脱ぎ捨てる。若いころはヨーロッパと南北アメリカの女たちをうっとりとさせる社交界の花形だった――が、突然、悲劇にみまわれた。父親、兄、父親の兄である藩王が、三人とも一夜のうちに脳が膨張する病気で死んだのだ。シェム・シェム・ツィエンはしかるべき儀式をとりおこなって三人を荼毘に付したのち、兄の息子（ジャスミンから見せられた写真では捕虫網を手に叔父シェム・シェム・ツィエンの膝にすがりついている）を王位につけた。ところが、ああ、なんということか、新王は喉に魚の骨が刺さり、それが抜けずにみまかった。

あとに残った最後の男の（公式に認められた）王族は、賢明にして教養豊かな社交家シェム・シェム・ツィエンひとりだった。

もともとシェム・シェム・ツィエンは血統を疑われている王子だった。生まれたのはイギリスの有名な放蕩者がアデー・シッキムを訪問した九カ月後で、父王の子にしては顔が少し美しすぎ、髪が濃すぎた。国を追放されたわけではないが、よそでがんばってくるようにと送り出されて、イギリス軍とロシア軍で勤務し、祖国に戻る前に阿片取引の一大組織をつくりあげた。ナポリの〈カモッラ〉、京都の〈ヤクザ〉、北京の〈義和団〉の残党、ロンドンの〈情け深い男たち〉といった犯罪組織ともつながりを持ち、隣国アデー・カティルを支配するバルクーク・ベイ一族とは血で血を洗う争いをくり返した。シェム・シェム・ツィエンは阿片の生産と取引を行ない、いろいろな国の王族や有力者に供給し、いろいろな国の軍隊に麻酔剤として売った。さらには現代のスヴェンガリ（ジョージ・デュ・モーリアの小説『トリルビー』に登場する催眠術で人を操る音楽家）となり、薬物を利用した脅迫や詐欺や誘拐にも手をそめた（どれもこれもケンブリッジ出身者がやりそうなことだね、とジャスミンはせせら笑った）。それから毒殺、ごろつきや人殺しの支援なども行ない、社会の災厄となった。藩王も父親も兄も、鉄の密室に閉じこめて焼き殺したのではないかとも疑われている。真偽は誰も知らないが。シェム・シェム・ツィエンの邪魔者である甥は、ジャスミンがはなったスパイたちの報告によれば、間違いなくメコン川の巨大ナマズ料理（そんな豪快すぎるような不吉なようなものをよく食べるものだ。まるで最後のマンモスを食べるようなものではないか。そんなことをするのは堕落した放蕩家か思慮の浅い連中だけだ）に顔を突っこまれて窒息死したという。

シェム・シェム・ツィエンは世界最大の蝶のコレクションを持っている。

陳列ケースひとつに百個近い人間の親指を保存している。

ブルネイやソ連などの大使や外交使節からよく招待され、ロンドンのメイフェアに不動産を所有している。歩兵一万五千人、騎兵九千人、砲兵と工兵三千人。シェム・シェム・ツィエンの命令にのみ従う人殺しどもの集団だ。

カリンポンからカティル諸王国の南部まで、シェム・シェム・ツィエンの言葉は絶対だ。シェム・シェム・ツィエンは阿片王。

イーディーは、シェム・シェム・ツィエンのような人間をつくりあげてしまったのは完全にイギリスの失態だという思いを強くした。どんなもっともな事情があったにせよ、民主主義の母である国があんな男に乳を飲ませるとは。大英帝国のすぐれた教育機関がかの男の知力を育て、軍隊が訓練を施し、貴族や文化人の客間が人格形成を完成させた。いや、ヨーロッパ全体がなんらかの役割を果たした。シェム・シェム・ツィエンのなかでは、マルクスとウェリントンとトマス・ペインとナポレオンが同居し、この藩王をつくったのは自分だという手柄争いをしていたが、シェム・シェム・ツィエンがいろいろな素材から合成されたのはイギリスという坩堝のなかでなのだ。イギリスが生んだ礼儀正しい悪魔王。ヨーロッパ文化がごた混ぜになってできあがった謎の私生児。

一族の人間は、彼自身を除くとただひとりだけが生き残っていた。崇敬する慈母カトゥーン・ダラン皇太后で、ロンドンのブルームズベリーではいまでもお馬鹿さんの（ドテイー）カティー（カティー）の愛称で知られている。とても奔放な女性で、一八八七年にはロンドンのミュージックホールからイギリスの王族のひとりといっしょに叩き出されたこともある。当時は女性がそういうはめのはずし方をするのは容易なことではなかった。シェム・シェム・ツィエンは、母親だけは生かしておいても大丈夫だと信頼していたのだった。ところがその皇太后が、息子を裏切る決意をしたのだ。

イーディーは孤児だった。ブリストルの西の貧窮地域で私生児を身ごもってしまった女から生まれ、貧窮院などの慈善施設に保護され、最終的にはイギリス政府の翼下に入った。そんな彼女には、世間の人たちが家族というものをどう考えているか、いまひとつ理解できないところがあった。

イーディーはシェム・シェム・ツィエンの写真をもう一度見てから、ファイルを開いた。扉のページに記された言葉には戸惑いを覚えた。〈天使をつくる者(エンジェルメイカー)〉。なんだか宗教くさい。葬送の賛美歌にでも出てきそうだ。イーディーは身震いをして、ページをめくった。

〈ラスキン主義者連盟〉は雇われ職人で、自分が参加しているプロジェクトの意義だのなんだのを考えたりしない。手仕事という神に与えられた栄えある作業を実践するだけで、スパイ活動などはしないはずだ。

だがファイルによれば、九日前、〈管理者〉はジャスミンに〈シャロー・ハウス〉へ行くよう要請した。〈シャロー・ハウス〉はハマースミス橋の上手に建つ大邸宅で、〈ラスキン主義者連盟〉の本部になっていた。

〈管理者〉はそこでジャスミンに話したいことがあると言った。とても気がかりなことがあるので、ある内部情報を打ち明けることにする。そうすることに危惧を覚えなくはないが、ある事柄を知っておいてほしい。その事柄は、〈ラスキン主義者連盟〉の活動目的そのものよりも重要なことかもしれないと〈管理者〉は言った。

「人間の魂の救済より重要なことなのかね」ジャスミンは口の端に笑みをたたえながら訊いた。〈管理者〉をからかうのが愉しいのだ。〈管理者〉の側では、いつもは穏やかな表情と善意に満ちたまなざしを向けて、からかいに気づいていないふりをすることを愉しむのだが、今回は眉をひそめた。

「われわれが成し遂げて、ある限られた人間たちの魂を救うことになるかもしれないすばらしい事業よりも重要なこと。そう。あるいはそうかもしれません」

ジャスミンはユーモアのセンスをわきへ置いた。

「ここから遠く離れた場所で」と〈管理者〉は言った。「わたしたちはひとりのフランス人女性が……あるものを製造するのを支援しています」

「あるものとは」

「よくわかりません。その女性はしょっちゅう気が変わるのです。最初は〈機械じかけのトルコ人たち〉でした」

「なんだって？」

「自動人形です。発明家ヴォルフガング・フォン・ケンペレンのチェスを指す自動人形のような。ケンペレンの自動人形はインチキだと判明しましたが、フランス人女性のそれは……そうではありませんでした。狙いはご理解いただけると思いますが、要するに金属でできた兵士です」

ジャスミンはうなずいた。たしかにその狙いは理解できた。それはとくに先の大戦争（第一次世界大戦のこと）以降、大衆小説によく描かれてきたものだ。芸術家はそれを想像し、思想家はそれについて思索した。ヴェルダンやイーペルといった激戦地から帰ってきた兵士たちの損傷した身体を見て恐怖におののいたヨーロッパ人は、戦争についての新しい観念をいやおうなく印象づけられることになったのだ。多くの人は国際紛争を解決するための、血の出ないきれいな外科手術のようなものに魅力を覚えた。だがジャスミンはそうではなかった。中身が空っぽの甲冑が戦う戦争はそれほど喜ぶべきものとは思えなかった。そもそも機械どうしが戦うだけですむというのが想像できない。ジャスミンが見聞してきた世界はそんなに人命を尊重しはしなかった。

〈管理者〉がなおも話しつづける。

「自動人形の計画はどういう事情からか放棄されました。スポンサーはかなり気に入っていたのですがね。つぎは大規模な水力発電所。つぎは蚊をとる罠。なぜそんなものを考えたかはわかりません。そのあとひと月ほどは象のための映画館をつくることが重要課題となりましたが……それがかなり脱線であることはわかっていました。シェジュラー修道僧の話では、そのフランス人女性はいろいろなことにつぎつぎと熱中する人らしいです。それでいまは新しいものに取り組んでいます。途方もないものです」

「その途方もないものとは……」

「わたしたちラスキン主義者が地上で果たそうとしている任務よりも当面は重要——かもしれないものです。はい」

「なぜそう言えるのかな」

「彼女は——どこか南のほうの出身ですが——兵士をつくるのをやめてしまったのです。おそらく——依頼主に雇われたとき、彼女は亡命者でした。大戦争が始まったばかりのころのこと。誰かを亡くして、その悲しい出来事から逃れてきたといった印象を受けました。依頼主から製作を頼まれたのは〝戦争を永久になくす装置〟でした。まあ、普通そういうのは表向きの名前ですよね。より強力な兵器の。

しかし彼女はいま顧客の依頼を文字どおりに受けとめようとしています。いま開発中の装置がそういうものになると信じているのです。彼女はそれを〈アプリヘンション・エンジン〉と呼んでいます」

「どういうものなのか、ただちにわかる名前ではないようだが」

「わたしたちにもわかりません」

「もちろんそれは高貴な発明だが……」

「〝戦争を永久になくす〟という発想は、いちばん新しいところで機関銃や毒ガス兵器、細菌兵器を生み出し、まもなく原子爆弾をつくりだそうとしています」

「そのとおりだ」

〈管理者〉は手で口をぬぐってからあとを続けた。

「さて、装置を依頼した男の母親から、イギリス政府に連絡をとってほしいと頼まれました。母親はロンドンで暮らしていたころの友人を通じて、イギリス国王と間接的に接触したいと考えています。しかしことの性質にかんがみて、わたしたちはあなたに直接このことを知らせたいと思ったのです」

「ことの性質というと？」

「依頼主がシェム・シェム・ツィエンなのです」

ジャスミンが小さく舌打ちをした。

「それは理想的ではないな」

「ええ」〈管理人〉は二秒ほど頭をたれた。「しかしあなたにこの問題を打ち明ける理由はそれではありません。神の慈悲により、怪物のような男のすることが人類の救済につながることもありえますからね。わたしたちの事業を援助することで、シェム・シェム・ツィエンが人間のすばらしさを学び……彼自身がよりよい人間になることもあるかもしれません。それを実現するのがわたしたちの目的です。相手が独裁者だということにはあまり関心がありません。むしろ不安の種はそのフランス人女性なのです。どうやら彼女はハコーテらしいからです」

ジャスミンは自分のオフィスである客車のまわりを吹きすぎる風の音と、レールが鳴る音に耳を傾けた。

ハコーテ。被差別民。不浄の民。それだけではない。ジャスミンも〈管理者〉同様、〝ハコーテ〟という言葉の語源を知っている。そこから論理的に導かれる結論も。

「うん」ジャスミンは頼りない声で言った。「なるほど。そうなると話が違ってくるな」

ファイルには一通の手紙が保存されていた。それがこのファイルに到達するまでの奇妙な経緯も説明されている。文字は手書きだが銅版刷りで使われる太い細いのめりはりがきいたカッパープレート書体で、書き慣れてはいるが少し不揃いだ。手を休めたときにインクがまだ濡れている字に触れたのか、手の横の部分がこすれた跡がかすかについている。

受取人：
イギリス国王ジョージ六世陛下へ
宛先：トウィール邸気付
トウィール、チャルベリー、チャルベリーハウス

差出人：
カトゥーン・ダラン皇太后
（以前、ロンドン、セント・ジェイムズ、リメリック通り二番地に住んでいたドティー・カティー。トックスベリーの〈コッディスフォード女子学校〉の卒業生。学校時代の最終学年にはアングロサクソン語、ノルウェー語、ケルト語で二番の成績をとった。わたしを覚えていないなんて言わないようにね、ジョージー。ごまかされるようなお人好しじゃないから）
〈製作者ジョン連盟〉、シェジュラー修道僧気付
ダッカ、バーリーコーン通り十五番地

親愛なるジョージ
（〝親愛なるイギリス国王陛下〟などと書くべきなのかもしれないけれど、わたしはずいぶん年寄りだし、外国人だし、面倒な作法はよくわからないから、〝親愛なるジョージ〟で失礼します）

あなたのご苦労のことを聴いてお気の毒でなりません。本当に不都合なことです。ミスター・ヒトラーは本当に好ましくない人物のようね。あの男は菜食主義

者なので蛋白質が足りていないのだと思います。脳が弱い点は大目に見てあげるべきでしょう。それからあの男が若いころに病に冒されたという話を聴きました。しかしそうは言っても、あの男がわめきたてるときの憎々しげなこと。ここの宮殿でもニュース映画を上映しますが、観ているととても不愉快になります。先の大戦争で十代後半の若者の半分が死んだのに、また大戦争をしなければならないのでしょうか。

わたしの息子はいま〝壮大な構想〟を持っています。それが悪夢を生むのではないかと心配です。わたしと息子がどういう関係にあるかはたぶんご存じでしょう。わたしは毎朝目が覚めると、ああ息子に殺されなかったのだと驚くのです。わたしはもう祖国を去ってもいいのだけれど、息子はわたしのほかの子供たちの命を人質にとっている――いいえ、ジョージ、わたしの本当の子供たちじゃないのです。象たちのことです。わたしの父の世代の父の世代には象にまたがった騎兵隊がいました。わたしはどうにかしてあの子たちの面倒をみてやらなければならないのです。できることがあるなら、そのことでも手を貸してくれると約束してくださいね。

ええ、ええ、わかっています。話があちこちに飛びすぎです。年寄りの女はそういうものだから、ジョージ、どうか大目に見てくださいね。わたしの息子はつぎのように説明したのです。理路整然と。

アデー・シッキムは小さな国で、強い国々にまわりを囲まれている。そしてその強い国々にとって必ずしも好都合な国ではない。

戦争が起きると、ひとつの国はある大国に脅かされると同時にべつの大国に守られ、混乱のうちに完全に消滅してしまうこともある。嵐が過ぎ去ったあと、あったはずの島が水没してしまってもとに戻らないことがあるように。

というわけで、現代世界において唯一有効な兵器は、原理を理解することが不可能で防御の手立てがない、強大な破壊力をもつ怖ろしい兵器だ。その影は狂人たちの夢を刺激する。この兵器はあまりにもすさまじいもので、それを使えば世界は生き延びることができないため、誰も使おうとしない。使うのは自分たちの滅亡が避けがたくなったときだ。恐るべき剣の柄に手をかけている者を攻撃しようとする者はいない。攻撃すれば、地上のすべての者の喉がその刃に切られることになるからだ。

なぜわたしが怖がっているかおわかりでしょう、ジョージ。これは古き良き時代と決別した新しい時代の話なのです。非常にまずい形で現われた現代の話。文明の光明とはまるで無縁の話なのです。

息子はひとりの科学者を見出しました。信じられないかもしれませんが、女性です。息子はその女性にその兵器の開発を依頼したのです。すべての戦争に終止符を打てる道具をつくってほしいと息子は言いました。

息子はその女性をここ、アデー・シッキムへ連れてきて監禁しています。よくはわかりませんが、その女性は息子と同じ考え方をしていないようなのです。彼女は変わり者です。苗字はフォソワイユール。フランスの大学で学位をとっています。彼女はフランス人で、わたしはその名前をきちんと発音できないので――去年病気をしてから舌がうまく回らなくなったの――彼女を〝フランキー〟と呼んでいます。

ジョージ、あなたはフランキーを救い出さなければいけません。ロシアの科学者は救い出せなかったけれどね。フランキーがアデー・シッキムを出たがっているうちにそれをしなければならないのです。というのは、わたしの息子はあらゆる意味で人を惹きこむ男です。もし説得されてしまったら、フランキーは問題の兵器をつくりあげてしまうでしょう。そうしたら世界はどうなります？

誰か敏捷で頭のいい人を派遣してください、ジョージ。事がまるく収まるように。
どうかご家族のみなさんによろしく。わたしは元気だと伝えてください。
取り急ぎ。

ドティーより

［付記。親愛なるトウィール、申し訳ないけれど、例のアングロサクソン語の試験のことを持ち出させていただくわ。あなたが及第するのを助けたら、いつの日かわたしが困っているとき助けてくれると約束なさったわね。今日がその〝いつの日か〟なの。〈コッディス〉時代の友情をふたたびってわけ！　できるだけ早くこの手紙を国王に届けてちょうだい。いまいましい小役人どもには見せないように。でないとそいつらがフランキーの〝例のもの〟を欲しがるから。〝例のもの〟といっても、それが何であるかはわたしたちが知るべきことじゃない。そこが大事なところよ。適切な表現じゃないのはわかってる。でも〝それが何であるかわたしたちが知るべきじゃないこと〟なんて長たらしいでしょう、トウィール。だからわたしはそんなことは言わない。どのみちわたしはもう年寄りだし外国人だから、言葉遣いのことは大目に見てほしいのよね。ということは国王への手紙にも書いたから読んでみて。］

アデー・シッキムでもイギリスでも、身分の高い婦人は男の客と一対一で会わないのが作法だ。だからイーディーが工作員として打ってつけだった。だがシェム・シェム・ツィエンは基本的にすべての女を男の所有財産とみなしている。宮殿に入る女は誰であれ行動の自由を許されないし、身の安全も保証されない。そこでイギリス海軍のジェイムズ・エドワード・バニスター中佐が公の使節としてアデー・シッキムに乗りこむことになった。表向きの任務は、日本がインドに侵攻してきた場合にアデー・シッキム軍がどのような布陣で迎え撃つべきかについて藩王に助言すること。宮殿で居室をあてがわれたジェイムズ・エドワードは、夜、イーディーの姿に戻り、藩王の母、カトゥーン・ダラン皇太后のもとへ参上する。見苦しくない女性の服装をするので難しい作業になるが、真夜中に窓から忍びこんで。

現代ヨーロッパの高級服に身を包んだシェム・シェム・ツィエンは、フランキー・フォソワイユールに〝最終兵器〟をつくらせるつもりでいる。ジャスミンは、——そういうものがどうしても生み出されてしまうというのなら——自分の組織が所有するのが望ましいと考えている。

ことの成否は、祖国に奉仕したい若い娘イーディー・バニスターの肩にかかってきた。

パブ〈豚と詩人〉で、イーディーはグラスのブランデーを飲み干し、座面の傷んだ坐り心地の悪いスツールの上で尻をもぞもぞさせる。八十九歳の誕生日を迎えたころから、背もたれのない椅子とは相性の悪さを感じるようになった。いまイーディーはダーツのボードを見ている。膚の汚い屈強な若者が、20のトリプルリング内に三本連続で命中させた。なかなかやる。ボードの穴がつくる模様を見ていると、そこにビッグランドリーの顔が浮かびあがった。あの殉職した不運な暗殺者。しょせんあの仕事に向いてなかったのだ。殺しの才能に欠けていたわけではないが、知性に不備があった。差し向けられるのはあの男で最後だろうか。あれがもし最後の暗殺者だったのなら、自分はもっと手こずっただろう。だから少なくともあと一回は、あいう対決があると考えなければならない。ダーツのボードから注がれる死人の視線に後ろめたさを覚えながらそう考えた。

イーディーはため息をつき、持ち物をまとめはじめた。一抹の苦い気分を禁じえなかった。この世に兄ひとりいない、天涯孤独の身。家族といえば、手提げ鞄のなかで断固として命にしがみついている臭い犬が一匹だけ。どうやらこの老犬はイーディーより長生きしそうだ。

イーディーは立ちあがる。耐えがたいほど長い時間のかかる作業だ。それからホテルになっているパブの二階のわりと静かな部屋にあがり、室内を見まわした。たしか臨終が近づいたオスカー・ワイルドは、「わたしかこの壁紙か。どちらかが逝かなければならない」と言ったのだった。

茶色く変色した花柄模様を見ると、親近感を覚えた。とはいえ、やらなければならないことがある。買い物をしてきた先は服屋だけではなかった。一軒の台所用品店、ふたつのスーパーマーケット、一軒の園芸用品店。園芸用品店では、ひどくアンフェアなものになると予想している戦いに役立つはずのものを調達してきた。タッパーウェア、魔法瓶、液体肥料、魔女の大釜に相当するケトル。それらを並べて、記憶をたぐりながら各材料の必要な分量を紙に書きだす。

茶色い部屋のなかで、安物なりにそこそこのものをそろえた家具に囲まれて、イーディーは破壊活動の魔術――あるいはレジスタンスの錬金術――をとりおこなった。それから、やれやれありがたいとばかりベッドに身を横たえると、足もとにバスチョンがいそいそとすり寄ってきた。イーディーは眠り、未完の古い仕事を夢に見た。

Ⅵ

もしもの場合、逮捕されず、〈大胆な受付係〉

ジョーは左手で電話の受話器を握り、右手の指でそれをつつく。そうやってどれくらいの時間をむだにしたろうか。ぶるぶる震えているのはショックのせいだ。幸い、番号は覚えている。この番号にかけたことはいままで一度もないが、数字が読めるようになったころから、つぎのようなスポーク家のルールを頭に叩きこまれていた。もし疑わしいことがあったら、何かあったら、人から非難されたら、まずい現場の近くにいたら、人質にとられたら、逮捕されたら、やばい噂を聴いたら、目が覚めたときガールフレンドが死んでいたら、もしも、もしも、もしも。もしもの場合は、この魔法の番号へかけて、魂をさらけ出すがいい。

夜の九時二十分だが、呼び出し音ふたつで受話器がとられた。

「こちらノーブルホワイト・クレイドル、わたしはベサニーです」若くはない女の声が応答した。この番号で出るのは受付係ではない。ノーブルホワイト・クレイドル法律事務所のやり手の事務長だ。ベサニーがいないときは、三人の代理ベサニーのひとりが出る。どんな時間にかけても呼び出し音はふたつより多く鳴らない。代理ベサニーは、私生活ではグウェン、ローズ、インディラの名前を持っているが、それは重要なことではない。この電話に出るとき、彼女たちはみなベサニーなのだ。

「こんばんは、ベサニー。ジョシュア・ジョゼフ・スポークだ」どのベサニーもこの名前を知っているし、この番号にかけてくる人間すべての氏素性を把握している。その人間は多くない――が、かりに大勢いても、〝スポーク〟という名前はノーブルホワイト・クレイドル法律事務所では絶対的なパスポートとして通用するのだ。

「こんばんは、ミスター・スポーク。どういうご用件でしょう」

「マーサーと話したい」

「ミスター・マーサーと」さすがのベサニーもためらった。「本当ですか。本当にあの方とお話ししたいんですか」

「本当だ、ベサニー。残念ながら」

かちゃかちゃかちゃっと小さな音がする。ベサニーが通常の受話器からヘッドフォンに切り替え、両手をあけたのだ。ベサニーは両手利きなので、目の前に二台あるコンピューターを同時に操作して、ノーブルホワイト・クレイドル法律事務所の通信システムにアクセスした。言いかえれば、ベサニーはいま三つの異なる動作を同時に行なっていた。ひとつの手でジョーの要請を実行すべくマーサーの内線番号を叩き、もうひとつの手でシニア・パートナー全員にこれからマーサー・クレイドルが業務を遂行するので例によって常軌を逸した事態が生じるかもしれないことを警告。そのふたつをしながら、ジョーとの会話を続ける。

「ここに〈リスト〉がありますが、ミスター・スポーク、ここ数日に起きたことで、わたしがここに書きこんでおくべき事柄はありますか」

〈クレイドルのリスト〉というのは司法ジャーナリズムの世界で有名なジョークで、ネス湖の怪物と同じような存在だ。マーサーの師であるジョナ・ノーブルホワイトは、全盛期にはときどき陰険なサンタとして風刺漫画に描かれることがあった。各界有力者の世間に知られたくないことを書きこんだリストを持っているサンタだ。そういう風刺漫画では、スコットランドの事件が題材のときには、よく顧客がネッシーの姿で描かれたものだった。ジョーはベサニーに、自分の項目はいまのままでものすごく正確だと答えた。

「ではいまおつなぎしますが、何か副次的サービスの必要はございませんか」その心は、保釈手続きとか、ネガの回収とか、ゆうべ参加したことにするポーカーの会の事後的設定は必要ないかということだ。

「いまのところ大丈夫、ありがとう」ジョーは丁寧な口調で断わった。

「それは大変けっこうです」ベサニーは別段けっこうとも思っていない調子で返してくる。ジョーはノーブルホワイト・クレイドル法律事務所の特別メニューを注文したことは一度もない。少なくとも直接には。子供のころ、父親が何か手配してくれたことはあるかもしれなかった。ベサニーは料金の負担者が逮捕された当人でないほうが払いが確実なので喜んだ。

「いま〈ウィルトンズ〉にいるんだ」とマーサー・クレイドルの快活な声が届いてきた。「ラム肉が来たところだよ。飲み物は非の打ちどころのないサッシカイアのグラスワイン。いっしょにいた女は、魚料理が終わったすぐあとでわたしにジントニックをぶっかけて帰ってしまったから、きみの話に集中できるよ。誰かが死んだという話ならね。どうだ、誰か死んだのかね。そうでないなら――」

「おれだ、マーサー」とジョーは言った。

「ああ、ジョーか。きみはわたしの携帯の番号を知っていたのか」それから何か考えこむように、「ええい、くそ。何があったんだ？　わたし以外の人間には何も話すなよ」

「ビリーが死んでるんだ。たったいま発見した」

「ビリー・フレンドが」

「そう」

「石鹸で足を滑らせて死んだとかいう話か、それとも犯人はマスタード大佐（〈クルード〉という推理ボードゲームのキャラクター）、場所は書斎、凶器は鉛パイプ、みたいな話か」

「あとのほうに近い」

「きみはいま犯行現場にいて、くそみたいにまずい状況に首まで浸かってるわけだ」

「そう」

「ベサニー、警察は」

「いま現場に向かっています、ミスター・クレイドル。五分前に誰かが通報しました」

「ジョー、通報などという馬鹿なことはきみがしたのか」

ジョーにはわからなかった。したのかもしれない。

「まあいい。第一の質問はこうだ。きみがマスタード大佐なのか」

「いや」

「いかなる意味でもマスタード大佐ではないんだな」

「ああ」

「誰かがきみを見て大佐っぽいと思った可能性はないかね。あるいはきみが鉛パイプを持って書斎に入るところを見たとか」

「ビリーに会いにきたんだ。話があって。全部の部屋に入ったけど、あまりたくさんのものには手を触れてない。凶器っぽいものといえば、火かき棒が一本」

「きみが持ってきたんじゃないだろうな」

「ビリーのだ」

「よし。まもなくその家はお巡りどもでいっぱいになる。やつらはまずきみに手錠をかけて、これから一生刑務所暮らしだという印象を与えようとするだろう。わたしが行くまで何も喋るな。『こんばんは、お巡りさん、死体はあそこです』みたいなことも言ってはいけない。指さすだけにするんだ。自分から供述なんかしないように。警察に協力せず、廊下にとどまること――きみはいま廊下にいるか」

「ああ。さっきまで部屋のなかにいたけど。ビリーはその部屋のベッドに寝てるんだ」

「できるだけ触れないようにしただろうね。とっさの混乱で血迷い、あの男を抱きしめて、服を血で汚し、こちらの服の繊維を向こうに付着させるなどということはしなかったろうな」

「あいつは毛布の下だ。おれはめくらなかった」

「よし。上出来だ。わたしの最初の指示はなんだったかな」

「何も喋らず、あんたを待つ」

「まさかわたしはほかのことは喋っていいなどと言わなかったろうね。たとえば、古い友人ビリーとの思い出話や、ふたりで合法的に営んできた骨董品商売にまつわる逸話などは話していいと」

「いや。何も喋らずに待てと言った」

「よろしい。ではわたしは給仕長にラム肉をホイルに包み、ワインの瓶に栓をするように言おう。いっしょに食べようじゃないか」

「おなかすいてないけどな」

「あれやこれやが終わるころにはぺこぺこだよ、ジョゼフ。今夜はうんざりするほど長い夜になる。どういう状況なら警察に協力していいとわたしは言ったかな」

「絶対に協力するな、あんたが来るのを待てと」

「それを言いかえるなら、わたしがきみの言い分を警察と裁判所と公訴局に代弁するということだ。きみの言い分はこうだ。『おれはこの憎むべき犯罪の犯人ではなく、たんなる死体発見者だ。だからあんたがたに連行される筋合いはない』」

「わかった」

「これからすぐ行く。ベサニー？」

「いま事務所に対策本部をつくっています、ミスター・クレイドル。最新情報をつぎつぎに伝えてください」

「そうしよう」

ジョーは壁にもたれて待った。

くそ、この臭い。

たまらず口で息をしたが、なんだかビリーに悪いような気がした。親友が腐敗していくときにはその死臭を吸いこんでやるべきじゃないのか。そうしないのはあまりに冷たすぎるように思える。

ビリー、あんたは馬鹿だ。馬鹿なやつだった。

たまらず感情を吐き出しただけで、罵倒したわけではない。ついで感謝の念がわいてきた。

ほんとに馬鹿なやつだよ。おれの親友。

ジョーは心のなかでビリーを埋葬し、泣いた。これからはヴィクトリア朝時代の好色骨董品を見るたびにビリーを思い出すだろう。だがそのあと徐々に忘れて、懐かしい気持ちが起こることもまれになる。ジョーの人生は続いていくのだ。前よりも寂しい人生が。そしてジョーが死ぬとき、ビリーは本当にいなくなってしまう。いわば二度目に忘れ去られてしまう。

そういう心の動きと同時に、ジョーは友情と感傷を避けようとし、どうすれば危機を逃れられるかと策をめぐらした。嫌だなと思いながらも、そちらへ頭を向けた。いま自分はひどいトラブルにみまわれている。昔よりいまの世界のほうが偶然の一致が多く起きるというのならともかく、これには原因があるのだろうから、トラブルはさらにつきまとってくるはずだ。こうしてビリーのおぞましい死体といっしょにいると、トラブルの息遣いが感じとれた。そこでマーサーや警察の一隊が到着するまでのあいだ、ジョーは不本意ながらずっと昔の自分のものの考え方を思い出そうとした。犯罪がらみのことでものを考えるとき、避けがたく頭に浮かんでくるのは、マシュー・〝トミー・ガン〟・スポークのことだった。

ジョーはうまく父親を精神的に捨てていたので、最初のうちは顔も声も甦ってはこなかったが、役にも立たない古い記憶をたぐっているうちに、声が聴こえてきた。そのわざと厳しさを装った声は、上からやってきた。というのも、ジョーは子供だったからだ。浮かんできたのは朝、出かける用意をしているときのことだった。

「さあ急げ、ジョシュア・ジョゼフ、いいか！　男ってのはいつも忙しいんだ。天下国家（アフェアーズ・オヴ・ステイト）の仕事がいっぱいある！　このおれは息子に朝飯を食わせなきゃならない。そのあとは学校というくだらないところへ送り届けるんだ。うへーーっ。学校だぞ！」ジョーの父親は羊革の襟の上着に太い結び目をつくった縞柄のネクタイを締めていた。広い肩に細い腰と、二等辺三角形が逆立ちしたような体型（とがった先がはいている靴は二色配色（コンビ）のブローグ）。子供のジョーは、かりに父親が不等辺三角形か正三角形だったらと想像してみて、すごく変だと思った。

　この日、マシュー・スポークはギャングのプリンス風ではなくビジネスマンという役どころだった。そこで銃はほとんど全部ベッドの下の箱にしまっておいた。ほとんど全部というのは、彼のような職業の男は人に攻撃を思いとどまらせるようなものを持ち歩かざるをえないからだった。

　マシューは反応を待っていた。ジョーはトンネルを掘って王冠や宝剣を盗み、ハンググライダーで逃げる計画を胸に抱いている少年だったので、こう答えた。

「うへーーっ！」

　本当を言うと、ジョーは学校がかなり好きだった。学校の勉強やら何やらは自分の手に負える範囲内のことだから、気が楽だった。最初はよくわからないことも、だんだんわかってくる。だが私生活のほうはそうはいかない。何年必死に学んでも謎のままという感じだ。それに学校へ行けば、ジョーは十歳以下の子供の小グループのリーダーとみなされている。だが一方で、学校へ行けば父親から遠ざかることになる。ジョーは父親をすごい男だと尊敬すると同時に、はでなところを同じくらいの強い気持ちで嫌だと思っていた。父親は朝食用の青いボウルをテーブルに置いた。

「そうだろう。うへーーっ！　だろう。学校なんか糞くらえ。家でママやパパやお祖父ちゃんといっしょにいるほうがいいはずだ。でもな、ジョッシュ。学校は必要悪だよ。どうだ腹へってるか」

「うん。パパ、天下国家（アフェアーズ・オヴ・ステイト）の仕事ってなに」

「政務（アフェアーズ・オヴ・ステイト）というのは国王や大臣がする仕事のことだ。国を動かす仕事をするには大事な決断をたくさんしなくちゃいけない。ところで世界の強国のなかでいちばん明るい未来を持っている国はどこかわかるか。世界一の兵隊と指導者を持っている国、世界一賢くて頭のいい皇太子を持っている国は」

「イギリス！」

「惜しい。惜しいな、ジョッシュ。でも間違いだ！　パパが言ってるのは〈スポーク家〉という王国のことだ。才知優れた輝かしいジョシュア・ジョゼフ皇太子が神の祝福を受けている王国だ。そうだろ」

「うん、パパ」

「よし。目玉焼きとコーンフレーク、どっちがいい」

ジョーはどちらの返事がこの過剰に子供にかまう親を満足させるかを判断して答えるのだった。パパ・スポークは自分のふるまいがどれだけ息子に気を使わせる結果になることがあるか、まったく気づいておらず、自分ではとても面白い父親――〈すべての父親にとどめを刺す父親〉――だと思っていたが、とにかく目いっぱい陽気にはりきり、なんでもかんでもスポーク家が背負っている偉大なる使命と結びつけ、息子よおまえが偉い人間になることをパパは心の底から信じているというような態度をとるおかげで、ジョーとしてはたまらない気分になるのだった。ジョーは王冠や宝剣をしばらく忘れて、最近学校から見学にいった大英博物館のことを考えた。そこにはいろいろ面白いものや勉強になるものがあったが、担任の女の先生が新石器時代の祭具を指さそうとかがんだときに見えたものすごくエロチックな下着もそのひとつだった。ちなみにこの下着からジョーが連想したのは、農具の展示場で剝製のたくましい雄牛二頭の首にかけられていた軛（くびき）だった。

英雄を夢見ながらも勉強や運動では情けないほど級友たちに劣っているジョーは、ときどき、自分の首には父親という軛がかけられていて、実物の父親がそばにいるときもいないときも、いつも父親を担いでいなければいけないというふうに感じていた。

目玉焼きだと父親は必ずこがす——これもスポーク家の男たちにぬきんでた才能があると信じたくなる理由のひとつだ。ふたりはもちろんコーンフレークを食べた。この朝、父親は王国における自分の地位が若干ゆらいでいることに気づいているに違いなかった。なぜなら父親は今朝、ジョーが何週間も前からくり返してきた懇願を聴きいれるという譲歩をしたからだ。

「やっぱり明日、〈夜の市場〉へ行きたいか」

「うん、連れてって、パパ！」

「じゃあおまえの母さんに連れてっていいか訊いてみるよ。おまえはぱりっとした服を選んどけよ」

「わかった」

〈夜の市場〉は夢の国だった。それはロンドンの魔術的な中心部で、マシューが自信をもって地上で最もおとぎの国に近いと断言できる場所だった。ジョーも、そこが世界一秘密で、すばらしい、ありえないような場所だと直感していた。場所がつねに変わるから、いっそうすばらしい。ありとあらゆる物が集まるところだが、国税庁の手は届かない。暗いなかでランプに照らされた屋台には禁制品や海賊の財宝がぎっしり並んでいる。マシューの説によれば、〈夜の市場〉はロンドン・マフィアがコーンウォール州の沖合いやイギリス海峡の沈没船から略奪したものを、テムズ川をさかのぼって運びこみ売りさばく市場から始まった。〈夜の市場〉は、イギリスの陸上において最初に民主制が確立された場所だ（海上も含めれば、初めて議会が開かれた場所は海賊船だった）。たぶん本当にそうなのだろう。マシューの博識ぶりは、物知りだった祖父のダニエルにも驚きだった。ダニエルはマシューがギャングになったことをよしとしなかったが、マシューが再生させ、その王（あるいは偉大なる民主制の発祥地という点を重視するなら選挙によって就任した終身大統領）となったこの〈夜の市場〉にだけは文句を言わなかった。マシューに関係することは、この〈夜の市場〉と、息子のジョーと、妻のハリエットのことにだけ、ダニエルは相好を崩すのだった。

　ダニエルが〈夜の市場〉を愛したのは、屋台の淡い明かりが暖炉の火明かりを連想させたからだろうか。伝え聴く話では、そこは骨董品と宝飾品にあふれている空中庭園のようで、テラスが階段状になっていたり、広いスペースを占めていたり、垂直に重なりごちゃごちゃ商品を並べて昔のビール醸造所か巨大な地下納骨堂のような景観を呈していたりするという。それぞれの店は主の好みにしたがって設えてあるが、どの店も3ピンプラグで電源から電気を引かなければならない。だが電気は高いので、ガスで照明しスウェーデン製の小型石炭ストーブやヴィクトリア朝時代の火床で暖をとる店も多い。煙を外に出すための煙突はマシューが整備させた。また食べ物の匂いも外に逃がす必要がある。そこはいろいろなスパイスの匂いがこもった巨大な厨房のようだと、あるときハリエットは言ったものだ。ケーキに肉に魚にハーブ、その他うるわしのイングランドでは知られていないがフランスやイタリアでは普通に食べる食材の匂い。大蒜（にんにく）にバジリコに鬱金（うこん）にカレー。黒いキノコのようなものの匂いたるや——が、ここでハリエットはかなり唐突に針路を転換した。ともかくその匂いは一種独特のものだった。

多種多様な商品を並べた屋台の前で、客は手にとった品物を懐中電灯で照らして検め、吟味し、品定めし、重さやサイズを調べ、購入するかもとへ戻すかする。代金が硬貨で、紙幣で、紙幣と硬貨で、札束で、あるいは財布ごと、もしくは札束入りの箱ごと、支払われ、そのうちのほんの一部がマシュー・スポークの懐に入る。

ジョーはスポーク家の多くの奇妙なしきたりを実地で覚えこまなければならなかった。そのひとつが新聞を使った通信法だ。

〈夜の市場〉が最高に愉しいのは、つぎの開催場所が発表されるときとも言えた。〈夜の市場〉の大半は小ぶりなものだが、月に一度、規模の大きい、真の〈夜の市場〉が開かれる。そしてその告知は一般人の予想だにしない方法を使ってなされた。

告知の手段——迷路を脱するための導きの糸となるのは——新聞にのる尋ね人広告だった。〝帰っておいで、フレッド。すべて赦す！〟という広告のすぐ下にくるよう手配された広告に、開催の日時がひそかに記されている。第二の新聞には場所、第三の新聞には具体的な地名や番地が書かれている。一種のジグソーパズルで、内輪の人間には単純なメッセージだが、外部の人間には読むことができない。

「つぎはどこかわかるか」とマシューが勢いこんで訊く。

「わかるよ、パパ」

ジョーは母親の爪切りバサミと糊で三十分ほど切り抜きと貼りつけをし、場所を割り出した。

「大当たり！　それでこそスポーク家の跡取り息子だ！」マシューが誇らしげに叫び、ジョーを抱きあげてぐるぐる回ると、ジョーは嬉しそうに何度も答えをくり返した。

「ぱちっと正解すると気持ちいいだろう」

「うん、パパ」

「よし。それじゃ試験をしようか。スリーカードモンテで！」

スリーカードモンテはカードのいかさま賭博だが、その古いスタイルのものは〝淑女を探せ〟と呼ばれる。三枚のカードのうち一枚がクイーンで、ディーラーはその三枚を伏せて動かし、プレーヤーの目をくらます。プレーヤーはどれがクイーンかを当てるのだが、一回目は当たる。二回目も当たる。だが勝負のときである三回目にははずれて、ディーラーが賭け金をせしめる。これはマシューが最初に覚えたいかさまだった。教えたのは誰あろう、父親のダニエルだ。ダニエルはそのことをずっと後悔していた。

いちばんシンプルなトリックは手の早業だ。詐欺師の隠語に〝軽いハンド〟と〝重いハンド〟というのがある。〝重いハンド〟は二枚重ねたカードを一枚のように見せて出すことだ。ディーラーは〝重いハンド〟を含めてカードを出す。プレーヤーは二枚重ねのカードの下のほうだけ見て、最初の二回を当てる。だが三回目には、ディーラーが手首のスナップをきかせて二枚重ねの上下を入れ替えるのだ。要は手品師の技だ。

マシューは少年のジョーにその早業をやらせようとしたわけではなかった。まだ手が小さすぎるから、それを覚えるのはもっと成長してからでいい。この日、マシューがジョーに望んだのは、いかさまを見破る目を持つことだった。スリーカードモンテはすべてのいかさまに通じる教訓を与えるのに打ってつけなのだった。スリーカードモンテを通して世界を見れば、カモにならずにすむのだ。少なくとも、そうしょっちゅうは。

マシューは手首をぐるりと回しながらカードをテーブルに出した。〝重いハンド〟、〝軽いハンド〟、〝重いハンド〟。目にもとまらぬほどではないが、プレーヤーを騙せるだけの速さがあった。マシューが目くらましのためにわざとカードを落としかけると、ジョーはにやりと笑い、それを見たマシューがよしというようにうなずく。それからマシューは唐突に手をとめ、見る者が不安になるほどまじめな顔になった。

「おまえはお祖父さんから本質のことを聴いただろうな」

「うん、パパ」

「お祖父さんはいい人だ。なんでも一生けんめいやる。ゲームというものは最後に正しい人間が勝つようにできていると信じている。ルールをきちんと守って長くプレーを続けていれば、結局その人間が勝つとね。そのとおりかもしれない。ただ問題は、おれの経験からいうと、その前に正しい人間が金をすってしまうか、悪い人間がテーブルを離れてしまうかすることだ。ゲームにはからくりがある。いままでもそうだったし、これからもそうだ。勝ち残りたければギャングがとる道をとるしかない。すなわち、やれることをやり、やらねばならないことをやり、正しい者が勝つなんて考えは誰も救わないと知ること」

ジョーはうなずいた。急に自分の信念を語らずにいられなくなった父親に驚いた。

「おれはチビだったころ、おまえのお祖父さんの言うことをよく聴いたよ。おまえがおれの言うことをよく聴くようにな。じつを言うといまでもそうなんだが、これはお祖父さんには内緒だぞ。さて、スリーカードモンテの本質――てことは〈夜の市場〉の本質ということだと思うが――それはこうだ。ほかの連中がうかうか暮らしているときに、周囲がよく見えている人間は、ほかの連中の上手を行けるということだ。そしてその人間はでっかく儲けることができる。儲けることができる人間は値打ちがあるってことなんだ。わかるか」

「わかる！」

マシューの手がまた動いた。すばやく、もっとすばやく。三枚のカードがテーブルの上に並んだ。「さあ淑女を見つけるんだ」

ジョーはにんまりした。父親はジョーの目をごまかそうと猛烈に一生けんめいやっていた。手でひどく不正直なトリックを弄しながら、口ではそれの深い意義を説く珍妙さ。ジョーは父親の目を見た。

「淑女はこれじゃない」ジョーはそう言って右端のカードを表向きにした。父親はにやりと笑った。「これでもない」ジョーは真ん中のカードをひっくり返す。微笑んでいる父親の片頬がひくついた。「となるとこれしかない」ジョーはそう言いながらも左端のカードはそのままにしておいた。クイーンは父親の上着のポケットにあることは百も承知。だからジョーはこういう答え方をした。自分が勝つより、相手を負けさせる。詐欺師を逆に罠にかけるのだ。

マシューはがばっとジョーを抱いた。「大当たり！」ジョーの頭のてっぺんに向かってまたそう言った。「おれの息子はたいしたもんだ」

そんなわけで、いよいよ夢が実現するのだった。

あれはジョーのこれまでの生涯で最良の日だった。〈夜の市場〉に行ける！　母親が上着の襟を整えたりポロネックのセーターから糸屑をとったりして世話を焼いてくれた。父親は大きな笑みを浮かべて見ていた。

「このセーター、なんかチクチクする」とジョーは子供っぽく不平を唱えた。まったく同じいでたちの父親はうなずいた。

「最初はそういうもんだ。でも慣れてきたら、その感触がないと物足りなくなる。ぱりっとした恰好をしたいだろ？　〈夜の市場〉へ行くのに」

「うん、パパ」

「ようし」

ジョーは父親の車の後部座席で、しんぼうづよく母親から髪を整えてもらっていた。待つあいだは背筋をぴんと伸ばし、一人前の大人の目つきだと思う目つきでになるようにしていた。やがて車はロンドンの街路を走りだした。最初は速く、ついでゆっくりと、それからまた速く。傾いたり揺れたりする大型の車の運転席で、父親はアクセルの操作をしながらルームミラーにほかの車や人が映らなくなるタイミングを待っていた。

ジョーは吐き気がするのを男らしく黙って我慢していた。母親は父親に寄りかかっている。父親は時速八十キロで直角の角を曲がった。タイヤはクランプで留めつけたように路面をしっかり保持した。父親は母親ににかっと笑いかける。母親は膚を赤く染め、かすかに口を開いた。

二十分ほどたつと、とりすました住宅街が高層ビル街に変わった。さらに十分走ると工業団地や貸倉庫の区域に入り、それから広い牧草地に出た。月明かりのもと、ジョーは柵のそばにキツネがいるのを見た。

「よし、ジョッシュ、着いたぞ」

三人は車をおりた。ジョーは一月の霜と燃える木の匂いを嗅いだ。周囲は高い空きビルばかり。川岸につながれた廃船が軋み音を立てている。ジョーの靴が凍った泥を踏み砕くと、その下は砂利だった。父親に促されて、ジョーと母親は足を急がせる。中庭のようなスペースに黒い氷が張り、そこに車のタイヤの跡がついている。そこを横切り、なぜか転がっている冬羽の鴨のぼろぼろに崩れかけた死骸のわきを通る。父親は風変わりな楕円形のドアを引き開けた。

なかに入ると、父親がまたドアを閉めた。何段かの階段をおり、天井がアーチ形の狭いトンネルを進んだ。母親の靴のヒールがなめらかなコンクリート床の上でカッカッ音を立てた。

「ここはどこ」

「どこだか知ってるだろう。おまえが見つけたんじゃないか!」

「でも、どういう場所なの」

「長い歴史のある時期にはいろいろな国の指導者たち

の考えが合わなくなることがあってね。そういう場合によその国から危害を加えられないように、貴族や政治家や銀行家や会社の社長たちが地下に避難所をつくったんだ」父親はふたりを先導して短い階段をくだった。「そこにいろいろな施設ができた。わかるだろう。下水溝や鉄道や水道設備などだ。いまいるこの場所は、ヴィクトリア女王の時代から郵便局が所有してきた。いまの王室はそんなものを所有していることを知らないだろう。国の予算を湯水のように使う連中だからいちいち気にしちゃいないんだ。郵便というのはその昔はすごいシステムだったんだが、ジョッシュ、ことに首都の郵便局はすごかった。ここには専用の鉄道が引かれ、真鍮の気送管が設えられて、蒸気機関で作動していた。天才的な着想だ。もちろんいろいろな目的のために人間が通れるトンネルもつくられた。いまは全部閉鎖されたり、崩れ落ちたり、上に何か建てられたり、埋められたりして、警察その他の役所にとっては存在しないことになっているが、われわれは知っているんだ、ジョッシュ。おまえやおれのような〈夜の市場〉の人々はな。パリの連中は地下墓地(カタコンブ)が自慢だが、ロンドンの地下にあるものに比べたらどうってことないんだ！」

父親がそう言っているあいだにも、ジョーの耳には音楽が聴こえてきた。トンネルの向こうのほうに黄色い明かりが見えはじめ、燻製ソーセージやナツメグや香水、あるいは母親がキッチンの窓敷居で育てているような花の匂いが漂ってきた。

角を曲がると、目の前に〈夜の市場〉がひろがった。それはまるで中世の町の本通りのようで、ランタンや手回し発電機でともす貧弱な電球が、屋台や二輪手押し車や店舗を照らしている。壁には木の通路がついていてそこにも店が並んでおり、〈市場〉全体が大きな長円形の器のなかか船体のなかにつくられているような印象を与える。何百人もの商人が商品やその値段を叫んで客の注意を惹こうとする。この店の海のなかを、父親がジョーと母親を引き連れて進んでいくと、周囲の商人たちが敬意に満ちた挨拶の言葉をかけてきた。

　赤いビロードの壁にコーデュロイの肘掛け椅子。油絵、金貨、コーニッシュパイ、紅茶。パイプの煙、ミントゼリー、トルココーヒー、黄ばんだトランプ、チエスセット。ジョーにとって〈夜の市場〉とは何かといえば、そういった商品の数々のことでもあるが、それ以上に、そこの主(ぬし)のような父親や、深夜にクッションに坐ってバクラヴァ（中東の菓子）やクランペット（パンケーキの一種）を食べながら互いのあいだで話をしたり、驚きに目を丸くしているジョーの質問に答えてくれたりした〈おじさん〉たち、そして母親と笑顔で噂話に興じていた〈おばさん〉たちのことだった。ここでは誰もが〈おじさん〉、〈おばさん〉、あるいは〈いとこ〉なのだ。たとえばいまジョナおじさんの区画のクッションに坐っている男の子と女の子もそうだ。ジョナおじさんは〈市場〉でただひとりスーツを着ている男だ。皮肉な笑みが特徴だが、自分の子供たちを見るときは微笑みが灯台のように明るく輝くことになる。

　ジョーこと、ジョシュア・ジョゼフ・スポークは、なぜみんなミドルネームを持っていないのと丁寧な口調で訊いた。マシューは息子がその問いを投げかけた相手を見た。それは肩幅が広いがひどく痩せている男だった。名前はタムといって、昼間は富裕層向けのしゃれた店を経営していた。紳士物の衣料品と狩猟と釣りの道具を売る店だ。タムはもちろんそれらの商品を顧客の家まで配達する。なので金持ちの家の金目のもののの配置をよく知る立場にあった。

「おまえやわしみたいな〈市場〉の人間はなあ、ジョシュア」タムおじさんはウィスキーのグラスを手に大きな頭を縦にふりながら言った。「名前なんてものを持たないほうがいいんだ。それは名前だけじゃないがな。わしらは大事なことはちゃんと覚えておくが、それ以外のことは忘れるようにしてる。まずいときにぽろっと口から出るといかんからな。〈夜の市場〉というのは、ただ日が暮れてから開かれるからそう呼ばれるだけじゃない。すべてが闇を隠れ蓑に行なわれるからだ。だから頭のなかも影や霧でいっぱいにしておく。思い出したくないものが見えないようにだ。言ってることわかるかな」

ジョーにはわからなかった。

「わしの一族はコーンウォールから来たんだ。昔は難破船泥棒だった。難破船泥棒って知ってるかい」

「海賊みたいなものでしょ」

「うーん、まあそうとも言えるし、違うとも言えるし。海賊ってのは力ずくでお宝をいただく。だーっと船に乗りこんで、チャンチャンバラバラ、へたすりゃ戦いでくたばったり縛り首になったりな。難破船泥棒はもっとおとなしい仕事をするんだ。ビジネスマインドがあるというかな。自分らで船を襲うかわりに海岸にひと仕事やってもらうんだ。そうやって国税官の目をごまかす。国税官って何か知ってるだろうな」

国税官というのは誰からも悪く言われる人のことだとはジョーも知っている。人がせっかく稼いだ金を巻きあげて、政府の金庫に詰めこむ連中。そのことを知っているジョーは、うなずいた。

「国税官が密輸人から押収した黄金やラム酒を船に積んで沖合いを通りかかると、難破船泥棒は断崖の上でたくさん火を焚いて港だと思わせ、船を座礁させた。そして浜に打ちあげられた荷物をいただいたんだ。国税官やその部下たちが浜に泳ぎ着いて、難破船泥棒の一味の女とできちまって、浜でラム酒を飲みながらお愉しみにふけることもあったようだ。まあ国税官も男だからなあ。

難破船泥棒は暗闇のなかで仕事をするから、警察の手入れがあったときも、泥棒の仲間内でさえ互いの顔をはっきりとは見てない。だから聖書に手を置いて証言させられるときも、ほかに誰がいたかは知らないと自信たっぷりに言えるわけさ。さてと……わしの名前はなんだ」

ジョーは考えた。「はっきり聴いた覚えがないなあ」

「上出来だ。じゃあ、しばらくわしのそばに坐って勉強するといい。あんたの父さんが向こうで用事をするあいだにな」

ジョーは〈夜の市場〉の技能をいろいろ学んだ。タムおじさんとキャロおばさんからは建物への侵入と鍵開けの技術。スウェーデン人ラースからはボクシング。そしてみんなから〈トーシャーズ・ビート〉のしきたりを教わった。男たちの子供たち、妻たち、兄弟たち、母親たちからも多くを学んだ。偽札や贋作の絵やルイ十四世時代のものと見せかけた寝椅子の見分け方。人が薬物をやっているとき、釣り銭を少なく渡しているとき、軽はずみな口をきいているときの見分け方と対処のしかた。古い縦樋を壁から引きちぎらないようにしてよじ登る方法。見破られない変装のしかた。人が大勢いる部屋のなかで姿をくらます方法。〈夜の市場〉には、ダギーおじさんのドーナツ屋のカウンターでドーナツを食べながら、マシューの息子にこうしたことを教えてくれる人がたくさんいた。ちなみにダギーおじさんは〝リヴァプールのヘラクレス〟の異名をとるほど強かった元ボクサーで、揚げ物料理に目がなかった。

シルクのクッションに坐ったスルタンのようにくつろいで、指をシナモンパウダーや砂糖やチョコレートやジャムまみれにしながら話を聴くジョーにとって、〈夜の市場〉は美味しいものが食べられる、めくるめく秘密に満ちた場所だった。そこでは好きなようにふるまえて、百の屋台を無料で愉しむことができた。ジョーはそこで自分は絵が下手であること、美術品の修復ならまずまずできること、複雑な鍵を開ける才能はないけれど、病人や怪我人を車に乗せる作業ではボーイスカウトのバッジをもらえそうなことを知った。また数学の能力はお粗末で、ギャンブルには向いていないことも（だからやろうと思ったことすらない）。ジョーは十歳以下の子供のプリンスになり、ほかの子供たちを公平に扱った。ドーナツが禁止されているときに手に砂糖がついているとどうなるかを学んだ（そしてすぐに手のひらがねちねちしているのをどう隠すかを教わり、その方法を応用して指紋を残さない方法を自分で考えた）。マシューは喜んだ。マシューが喜ぶのを見て、ハリエットも幸福な気分になった。祖父のダニエルは、こんなことでは学業のさまたげになると考えた。そして〈夜の市場〉はやはりよくないのかと思ったが、理由は言わなかった。

〈夜の市場〉は学業のさまたげにはならず、むしろプラスになった。授業でやることが実際的な事柄だとものすごくやる気を出すようになった。120にある分数をかけて答えが2になるとき、その分数はなんでしょう。そんなことはどうでもいい。けれども120ポンド（概数で計算してよし）の1・5パーセントは何ポンドでしょう、とか、宅配便の料金表から具体的な荷物の配達料金を割り出す問題などなら、がぜん興味がわくのだった。

初めて〈市場〉を訪れたその夜、〈泥棒たちの皇太子〉ジョーはあおむけに寝て、アーチ形の煉瓦の天井を見あげながらタムの計算機が盗んだお金を数えるやわらかな音を聴くうちに、眠りに落ちていった。

ビリーの住まいで、スリーカードモンテの教訓を頭に浮かべながら、ジョーはもたれた壁をずるずる滑りおりて、しゃがんだ姿勢になった。おれは『ハコーテの書』について何を知っているだろう。なぜその書物のために人が殺されたのだろう。**周囲がよく見えている人間は……**

でもおれには見えてない。何もわからない。ここでスリーカードモンテのもうひとつの教訓を思い出す必要がある。部屋のなかにカモが見当たらないときは、おまえがカモになる、というやつだ。

紙の服を着て青い布のマスクをかけたブライスという女が、ジョーに靴を脱ぐよう求めた。ジョーを胡散臭げに見るでもなく、ひどく退屈そうな顔をしていた。ルース・ブライスは殺人現場で掃除機をかけて殺人者の細かな痕跡を集めるのを仕事にしている女性鑑識員だ。どうやら大事な現場をジョーがドタ靴で歩きまわって、ごく小さな重要証拠を消してしまうところを想像しているらしい。

ジョーは失礼な態度をとったり捜査の邪魔をしたりしたくないので、靴を脱いで渡した。いまにマーサーがここへ来たら、馬鹿なやつだとジョーを叱責しつつ、十秒後にはその事態を自分たちに有利な材料に変えてしまうだろう。靴を渡しながら（すぐ近くの店で買ったとき、〝新品同様〟という黄色いラベルが貼ってあるのにかなり底がすり減っていた）、これで事実上、逃げ出す可能性も差し出してしまったわけだと気づいた。普通なら、三十分ほどしたら、「さてっと、もうわたしには用はないですよね」などと言いながらさりげなくその場を脱け出すことができるだろうが、靴がないとなると残って最後までつきあわざるをえなくなる。ジョーの心のなかには、これに関わり合いになっていたいという気持ちもあるのだろう。友達の少ないジョーは、自分があらぬ疑いをかけられる恐れがあるからといって、死んだ友達を置き去りにしたくはない。とくにこの友達はそうだった。ビリーは〈名誉ある永遠の葬儀業連盟〉の会員だから、もうすぐ〈連盟〉の人たちが駆けつけて、通夜を営んでくれるだろう。だがそれまではジョーしかいない。ビリーはひとりぼっちになる。しかもいまやジョーは、ビリーがひどく孤独でもあったことを知っている。生きているとき孤独だったからといって、死んだあともひとり放っておいていいということにはならないはずだ。

「ミスター・スポークですか。綴りはS、P、O、R、Kでいいですかな」

刑事巡査長パッチカインドは、見た目はまるで小鬼だった。陽気で愛想のいい小男で、声は高め、早くもジョーに姪たちの写真を見せたところだった。パッチカインドは、死体発見で不快な思いをした胃袋と心臓を慰めるのに打ってつけのものだと言う。ジョーがこの女の子たちは鼬にそっくりでコウノトリにもちょっと似ているなあと考えていると、パッチカインドが書類作成のためのあまり重要でない質問とやらを二つ三つ差し向けてきた。ジョーが親友の死体に出くわしたときの感じがどんなものだったかを手短に語ると、パッチカインドはチッチッチッという舌打ちの音と、シーッと歯のあいだから空気を吸う音を立て、青いマスクのブライスと話しにいこうとしかけたところで、ふと何か思いついたというように足をとめた。

「それは何時のことだったんですかねえ、ミスター……」

「……失礼、お名前をもう一度?」

一瞬、マーサーの注意事項を忘れて「スポークです」と答えてすぐ、あっ馬鹿、と気づいた。

期待に満ちた顔でジョーを見あげてくるパッチカインドに、ジョーとしてはうなずくほかなかった。

だが実際にはまだうなずかず、うなずこうとして、うなずき筋にゴーサインを出したそのとき、室内の空気に微妙なさざ波が立った。鑑識課員たちは話をやめ、刑事たちは歩きまわるのをやめた。ジョーは狩猟をしたことはないが、広い森で雄鹿の最初の一頭が倒されたとき、きっとこんな沈黙がおりるのだろうと想像した。この沈黙のなかで、聴き覚えのあるねちっこい不快な声が響いた。ジョーはひどくまずいことになったのを悟った。

「おやおや、ミスター・スポーク。こんな気持ちの悪いところで何してるんです。いや、弁護士のいないところでは返事をしなくてもけっこう。いやほんと。あなたの人権を蹂躙するなんてとんでもないですから。マグナカルタやら何やらに照らしてね。どうも、パッチカインド刑事巡査長。またお会いできて嬉しいですよ。人が死んだ家でというのは残念ですがね。われわれの職業柄やむをえんことです。ほとんどいつも憂鬱な場所でお会いしますな」

「ええ、まあそうですね」とパッチカインドは抑揚なく答えた。

「しかし、今朝もわが才知すぐれた同僚のカマーバンドに話したんです。一度でいいから、あなた、すなわち魅力あふれるバジル・パッチカインド氏にパブでお会いしてビールをご一緒できたらいいのにな、とね。どうだ、そのことを話したろう、アーヴィン」

ああ、あのときの連中だとジョーは思った。それにしてもこのふたりは二進法を体現しているかのようだ。〝1〟のようにひょろりとした男と、〝0〟のようにまるっこい男が並んでいる。

アーヴィン・カマーバンドがうなずいた。「ええ、ミスター・ティットホイッスル。今朝、その話を聴きましたよ」

「それでですな、バジル――バジルと呼んでかまわないかな、無礼な口のきき方はしたくないんだが……そうですか、ありがとう――さて、わが友バジル、申し訳ないが、ミスター・スポークにはわれわれといっしょに来てもらわないといけないんだ。ある人と緊急に会ってもらう必要があるのでね。いますぐ会ってもらわないと、大変なことになる……国全体に怖ろしい大混乱が生じることになるんだ。しかしあなたがたの警察の通常任務をさまたげることになるわけなので、必要なものをお持ちしたよ……」

この一斉射撃のような言葉とともに、ティットホイッスルは細長い折りたたんだ書類を出して、パッチカインドによこす。パッチカインドはそれを開いて一瞥すると、ふんと鼻を鳴らし、さらによく見た。

「署名がありませんね」とパッチカインドが言う。

「そう」ティットホイッスルは穏やかに答える。「この手のものはたいていそうだ」

パッチカインドはため息をついた。

「あなたは自白するつもりはないんでしょうな、ミスター・スポーク。殺人のですが」自白すればその二人組から救ってあげようと言いたげだ。

「ええ、そのつもりはありません」

「まあそこら辺はあなたが判断するしかないわけだ」

パッチカインドはため息をついて書類をもとどおり折りたたんだ。「どうぞ、連れていってください」

「そうしよう」とティットホイッスル。「われわれはここへ来なかったことにしてもらいたい、と言いたいところだが、それはむりだろう。そこはお気遣いなく。


ではまたそのうち、パッチカインド刑事巡査長」

このとき、ジョーが驚き憤慨したことに、カマーバンドがすっと背後に来て、ジョーの両手首をうしろに回し、白っぽいナイロン製の手錠をかけた。ジョーは思わず「おい！」と叫び、それからパッチカインドのほうを向いて無言の訴えかけをした。**どうにかしてよ！**

パッチカインドは灰色の顔をして、ひどくゆっくりと殺人現場のほうを向いた。

「トッパー刑事巡査」パッチカインドは口に土が詰まっているような感じで言った。「死体はどんな具合だ」

「おまえは逮捕されるんじゃない」とアーヴィン・カマーバンドはジョーの耳にささやいた。「われわれは逮捕なんかしないんだ」

太ったカマーバンドが運転をし、ティットホイッスルは後部座席でジョーと並んで坐った。最前の饒舌さはもうない。ジョーの困惑と恐怖も一段落して、車内には哀しげでノスタルジックな静けさがおりていた。カマーバンドはロンドンの入り組んだ街路に車を進めていく。三人はめいめいの奇妙な仲間意識を共有しながらそれぞれの物思いを追った。

前方でまた信号が赤になった。カマーバンドが舌打ちをし、ティットホイッスルがため息をついた。

「アーヴィン、すまないが、またお喋りさせてもらうよ。きみもそこから加わっていいからね。マルチタスクの作業はできるだろう」

「できますよ」

「じゃあよろしく、アーヴィン」

「こちらこそよろしく、ロドニー」

「それでは始めよう。ミスター・スポーク、ひとつ教えてもらえないかな」

「それよりあんたがたが何者なのか教えてくれませんか。〈ローガンフィールド機械史博物館〉うんぬんじゃなくて。違うのは知ってるから」

「やれやれ。確かにそれは違うがね。われわれはこの地球の現実的な問題から生じる必要悪を体現しているとでも言っておこうかな。もう少し具体的には、グレートブリテン及び北アイルランド連合王国の国益のために働いているとね。それからこういう場合の慣例として、質問するのはわたしだということも言っておこう。

もうひとつ覚えておいてほしいのは、きみは警察に身柄を拘束されているのではないということだ。だからテレビドラマなどでおなじみのルールは適用されない。われわれの目的は正義ではなく、サバイバルだからだ。この流れからすれば、被疑者の権利の行使など考えるなと言うわたしの言葉の意味も理解できるだろう。イギリスではもはや黙秘権なるものは認められない。国家の良心よりも未来のほうを守らなければならないからね。わたしはこれを気高いことだと思っている」ティットホイッスルは弁解するような笑みを浮かべた。車が信号で停止すると、網タイツをはいたティーンエイジの娘たちが黄色い声をあげながら跳んだりはねたりしているのを眺めた。しばらくしてまた言葉をつぐ。

「かりに〝〈アプリヘンション・エンジン〉とは何か〟と訊いたら、きみはなんと答えるかね」

「〝わからない〟と」

「推測してみてくれと言ったら」

「みんなが怖がるような装置じゃないですかね」

ティットホイッスルは小さな咳をした。「それは〝危惧（アプリヘンション）〟という言葉からの連想だろうね。なるほどよくわかる。ある意味で、ミスター・スポーク、きみの言うとおりだ。それは間違いなくひとつの装置で、わたしはそれがとんでもなく怖い。それじゃ今度は、〈ウィスティシールの魔法の巣箱〉について話してくれ」

「なぜそれのことを知ってるんです」

ティットホイッスルはため息をついた。「もうすぐ誰もが知ることになるよ、ミスター・スポーク」

「なぜです。ただの自動人形ですよ。そもそもそれとビリーになんの関係があるんです」ジョーの目に毛布をかぶった死体が浮かび、部屋の臭いが鼻に感じられて、こみあげてきた苦いものを呑みこんだ。

「なぜ誰もが知ることになるかというと、誰もが目にすることになるからだ。蜜蜂の群れはまず世界中を飛びまわり、さらに多くの巣箱を目覚めさせる。あの装置は全世界を股にかけて作動するようつくられているんだ。これからいわゆる――大量発生（アウトブレイク）が起きて――そのあいだ装置は低レベルで動きつづけて群れを増やしていく。そして必要な数が配置についたとき、本格的な作動を開始するんだ。その後まもなく、控えめに見積もって三、四百万人が死ぬことになる。殺人などの、人間たちが普通に起こす行動によってだ。わたしの理解によれば、装置が第二段階、第三段階に進めば——これは装置の本来の目的ではないが——死者数は劇的に上昇する。最悪の場合には世界人口の百パーセントに近づくだろう。ということで、わたしがそんな事態を許したくないと思っている気持ちはわかってもらえるはずだ。

いまにして思えば（イン・レトロスペクト）、そんな装置は早めに破壊しておくべきだったが、危険なものほど廃棄したがらないのが政府というものだ。ところで〝回顧（レトロスペクト）〟という言葉は、〝過去をふり返る〟という形容詞でもある。〝ジョシュア・ジョゼフ・スポークは過去をふり返る人だ〟と言えば、〝過去の誤りから学ぶ人だ〟ということになる。いずれにせよ、ミスター・スポーク、あの巣箱はたんなる時計じかけの玩具じゃない。高度な科学のめちゃくちゃ複雑な産物だ。その原理は、たとえ知っている人でも理解できず、理解できる人は知ることが許されない。ゲームを変えてしまう装置だ。したがっていろいろな意味で時限爆弾とも呼べるかもしれない。これが先ほどわたしが言った〈アプリヘンション・エンジン〉だ。わかると思うが、われわれはそれが作動しはじめたいま、何が起こるのかと思うと気がかりでならない。だからあんたに訊かなければならない。どうやったらスイッチを切れるんだ」

これは身柄を解放されるチャンスだ。たぶん逮捕歴のようなものも残らないだろう。おおいに心を惹かれる。ただし、いろいろなケースにおいて、これは破廉恥な捜査官が容疑者から自身に不利な自供を引き出すための手法として知られている。

否認しろ。言い抜けしろ。はぐらかせ。馬鹿のふりをしろ。どのみちおれは馬鹿なんだから。

「いや、でも。残念だけど……知らないんです」

「まあ、そうだろうとは思っていた」ティットホイッスルはため息をつく。「訊くべき相手はテッド・ショルト。そうだな？」

「そうかもしれません」愉快な情景が思い浮かんだ。洗練された都会人であるロドニー・ティットホイッスルの清潔な車のなかで、サンダルばきで麻布の衣を着て防水帽をかぶったテッド・ショルトが、頭をウィンドーに身体を押しつけて〈エンジェルメイカー〉！と怒鳴る。いや……愉快な情景じゃないか。そんなことになったらテッドが気の毒だ。

　それにあの言葉。〈天使をつくる者(エンジェルメイカー)〉。いまとなっては、もっとずっと洒落にならない。漫画や何かだと、頭の上に輪っかを浮かべた天使をつくることは、人を殺すことを意味する。そのことにいま言及すべきだろう。でもそれをやったら、自分は永久に解放されないんじゃないか。ティットホイッスルは〝言及〟を〝自白〟とみなすんじゃないか。

　言い出すきっかけは失われた。ティットホイッスルが区切りをつけるように、ごく軽く手を叩いたからだ。

「わたし自身を例にとれば、ミスター・スポーク、問題は――これはあらゆるものの質が低下したこの時代には珍しくない問題だが――」ティットホイッスルは街で騒いでいる人々のほうへ軽く顎をしゃくった。人々の声は車の走行音に負けずに届いてくる。「――わたしはまず間違わないことで知られているが、ごくたまに完全に間違ってしまうことでも知られているということなんだ。わかるかね」

「誰でもときどき間違えますよ」ジョーは落ち着かない気分で言う。

「絶対的な自信を持っていたことでですら間違うことがあるんだ」

「そういう場合もありますね」

「これはルネ・デカルトがあの有名な命題を導く前の段階で考えたことでもある。知ってのとおりね」

「いや、知りません」

　ティットホイッスルは、困ったものだというため息をそっとついた。

「それも質の低下の一例だよ。デカルトはだね、みずからの過去を省みて、これは絶対間違いないと思ったのに完全に間違っていたことが何度もあったと気づいたんだ。暖炉の前で友人たちと食事をしていると思っていたのに、ベッドで目覚めて夢だとわかったとかね。飛んでる鳥をワシだと思ってたのに、近づいてきたらハゲタカだったとわかったとか。しかしこれはデカルトがまぬけだね。やっぱり数学ほどは自然科学が得意じゃなかったんだろう」

ティットホイッスルの表情は、鳥類学的知の欠如に対する個人的感情を完全に隠しきれてはいなかった。

「そこでデカルトは自問した。『かりにわたしが悪魔に囚われていて、そいつに五感を狂わされているとしたら、わたしには確実だと言えるようなことなどあるだろうか』と。デカルトはあらゆるものを疑うんだが、そこから新機軸を打ち出した。何を疑っているときにも自分には意識があって、自分が考えていることを意識している。だから自分自身が存在することは疑えないという単純な命題を引き出した。これが有名な〝我思う、ゆえに我あり〟だ。わかるかな。それがどうしたと思うかもしれないが、文脈を考えるとこの言葉のすごさがわかる。デカルトは、自分の魂など悪魔にもてあそばれる玩具にすぎないのではないかと思っている。正気は一本の糸でつなぎとめられているだけだ。そんなとき、この単純な真理を見つけたデカルトは、その真理を握りしめて立ちあがった。『わたしは本当にいるぞ！　実在するぞ！　この確信の岩盤に、理性の殿堂を建ててやる！』。じつに壮大な話なんだ」

「それで殿堂は建てたんですか」

「ん？　あ、いや、カトリック教会に火炙り(あぶ)にされないかと心配してね。神が人間の魂を騙すなんてえげつない詐欺を働くはずがないから、神の存在も絶対確実だとか言って腰砕けになってしまった。神の善意にどんな証拠があるのか知らないがね。どうやら……いや、まあいいか。要するにわれわれというのは、かりに何ものかであるとすれば、〝思考するモノ〟だということだよ。〝知恵あるヒト（ホモ・サピエンス）〟じゃなくて、〝思考するモノ（レース・コーギタンス）〟だ」

　ここは相槌が必要なところだと読んで、ジョーは当たり障りのない「なるほど」をはさんでみた。

「いまの場合、わたしが言いたいのは、真実はとらえがたいということだ。違うかね」

「ええ、そうですね」ほかの返事が思いつかないのでそう答える。頭のなかで警報器が鳴りつづけているにもかかわらず。

「このとらえがたさは、場合によっては欠点になるわけだが、真実はとらえがたいものだと認識することは非常に大事なことでもある。おかしな真実がおかしなときに現われれば、住宅市場が暴落したり、国と国がいがみあったりする。おかしな真実が野放しになるのはよろしくない。世界中で戦争が起きてしまう。経済危機も間違いなくやってくる——まあ、それは現実にわれわれが経験したことだがね。そうだろう」

　ふたりはやれやれという顔で、ともに天をちらっと睨みあげた。いかれた銀行屋どもめ。

「さらに困ったことに、われわれ人間には絶対的真実を知る能力がない。われわれは信じる。仮説を立てる。だがこうだと信じていることが宇宙の客観的事実と合致しているかどうかを直接的に知ることはできない」

　ティットホイッスルは深々とため息をついた。認識論は残酷なものだよというニュアンスで。

「しかし……かりに〈アプリヘンション・エンジン〉が義足や義手のような一種の人工器官として機能するとしたらどうだろう。われわれの感覚を知の領域まで拡張するものであるとしたら。つまりわれわれに真実への〝理解（アプリヘンション）〟を与えてくれる機関（エンジン）なのだとしたら」

いまの言葉への反応でジョーの目が光るのを見て、「われわれは驚異を目撃することになるだろう」ティットホイッスルはうなずいた。「だが……古い残虐行為が明るみに出、古い約束が嘘であることが暴かれるだろう。科学の素養がある人間ならかすかな不安を覚えるかもしれない。そんなふうに真実を観測できる力は地上の生命をふとしたことから滅ぼしてしまうのではないか。あるいはこの宇宙の性質を変えてしまって、人間が意識的な思考を持続的に行なうことを難しくするかもしれないと。科学者は予防原則を無視して突っ走りがちじゃないか。そうだろう?」ティットホイッスルはにやりと笑う。まったく科学者というやつは、という顔で。

「あの、すみません」ジョーはいまの最後の付け足しのことがおもに気になった。「最後におっしゃったのはどういうことですか」

ティットホイッスルは肩をすくめた。「アーヴィン、わたしの話が迷走しだしたら助けてくれるか」

「いいですよ、ロドニー」

「わたしは量子論でまごつくから」

「それは省略したらいいのでは」

「そうすると科学的な厳密さが失われないだろうか」

「絶対に省略すべきですよ、ロドニー」カマーバンドはそう言うと、哲学的な顔つきになり、むっちりした手でクラクションを長々と鳴らした。深夜の酔っ払いがボンネットをばんと叩き、中指を立てて、よろめき去った。

「もしハイゼンベルクの驚くべき不確定性原理がほんとに真実なら」とティットホイッスルは続けた。「意識をもつ存在である人間は、現在も進行中の宇宙の生成にある種の役割を果たしていることになりそうだ。われわれはある不決定の状態にある事象を見るだけで、その事象が進む方向について小さな不決定の状態をつくりだすことになるんだ。だから責任感のある人間はこう自問しなければならない。もし宇宙を誤りなく直接に認識できるすべを覚えたなら、われわれは一連の新たな事象をつくりだすことになるのではないかと。われわれの存在のしかたが、世界を織りあげている小さな不決定の事象に関係しているとしたらどうだろう。そしてもし、あることを知ることでべつのことを知るようになり、それがつぎつぎ連鎖して、もはや未解決の疑問がなくなり、どの選択も必然的に決定していくようになったとき、われわれ人間は……メタファーを使うならば、みな時計じかけの機械ということになる。ピアニストではなく、自動ピアノだということに。それはつまり知性の絶滅を意味するのではないか。きみはどう思うかね」

「なんか話についていけてないみたいな」

「なるほど、いささか難解かな。アーヴィン、助け船」

アーヴィン・カマーバンドがルームミラーを介してちらりと見てきた。「そう、われわれは水みたいなものだと考えてみようか、ジョー」カマーバンドが穏やかに言う。「われわれの意識は水だとね。いいかな。そして問題の装置は——たとえてみれば——冷凍庫みたいなものだ。それは何もかも凍らせてしまう。われわれはもう液体には戻れない。固体なんだ。自分では気づかないかもしれないが、今後は前もって決められたパターンに従うことになる。自分ですべてを決めているつもりでもね。いまのわれわれには選択の自由があるだろう、ジョー。決断を迫られたとき、あれか、これか、決めることができる。でたらめに決めるのではなく、あらかじめ決められているのでもない。意識して選ぶんだ。でも冷凍されたあとは……生まれる前につくられた道から死ぬまで逃げられない。途中でどうしようかなんて考えることはなくなる。われわれはもはやメカニズムの一部となって、避けがたい道をどんどんつくっていくだけだ。化学反応となんら変わらない。水のなかに入った塩は溶けるしかない。そうだろう。人間は特別な存在ではなくなる。意識をもつ存在ではなくなる。へたをすると錆びついてしまう、時計じかけのヒトだ。これでわかるだろう」

「ははあ」とジョー。

「まさしく〝ははあ〟だ。同感、同感」とティットホイッスルが穏やかに言う。「いったいどうしてそんな装置がつくられたのかと、きみは疑問に思っているだろう。その答えは、突きつめて言えば、つくるっきゃないという死に物狂いの心。あるいは、構うもんかつくっちまえという軽率な心。それらは残念ながらあらゆる大量破壊兵器開発の原動力となってきたものだ。だが大量破壊兵器の開発なんて古いプロジェクトだ。いまはもう重要性がない。〈理解機関(アプリヘンション・エンジン)〉とは、ある状況における真実を誤りなく知ることができるようにする装置だ。これがいかに魅力的かはわかるだろう。敵を絶対確実に騙せて、敵の嘘を絶対確実に見破ることができる。圧倒的な戦略的優位に立てるわけだ。

もちろんそれは発明者の関心事ではなかった。彼女は理想主義者だったからね。この言葉は、いまでは頭のなかがモヤモヤした初心(うぶ)な人間を指すようになっているが、昔は気宇壮大な構想というものが流行(はや)っていたものだ。科学は人々の生活を向上させ、知識は人々を神にする……彼女は真実を告げる装置によってそれをめざしたんだ。虚偽なんてものは過去の遺物。〈理解機関〉がもたらすものは繁栄と、経済の安定と、科学の普及と、社会正義が実現される新たな時代……のはずだが、使い方を間違えると、よくないことが起きるらしい。それにだいいち――われわれは本当にすべてについての真実を知りたいかね。すべての人についての真実を。われわれの愛や、欲望や、不安を、ひと目でわかるようにあらわにしたいかね。われわれの欠点や、ちっぽけな不平や、悪行を。

歴史というのは井戸だ、ミスター・スポーク、過去の地層に掘った深い井戸だ。土には狂気に陥った者や殺された者の骨が埋まっている。洪水のときは高いところへ逃げたほうがいい。あの装置、きみがうっかり起動させてしまった〈理解機関〉は……いわば百日間の雨だ。千日間の雨だ。それは大洪水だ。しかし、わたしはノアではない。クヌート（十一世紀にイングランド、デンマーク、ノルウェーの王を兼ねた王。波に動くなと命じて、王も万能ではないことを臣下に示した）なんだ」

ティットホイッスルは上体をひねってジョーのほうを向き、顔にせっぱつまった懇願の表情を浮かべた。いまにも兵士募集のポスターよろしく人差し指を突きつけそうだった。**来たれ！　祖国がきみを必要としている！　世界を救うために。**

ジョーも心を動かされないわけではなかった。当然のことだ。だが返事はしなかった。まだ巨大な獣の胃袋のなかにはいないが、間違いなくその口が大きく開いて、喉が迫ってきている。さあ呑みこんでくれと、自分から言いだすつもりはない。

ティットホイッスルはことの厳粛さを伝えるために声を低め、真摯に訴えかけてきた。「もう一度訊く。お願いだから教えてくれ。あれはどうスイッチを切ればいいんだ。どうやったらコントロールできる。どんなふうにしてスイッチを入れた。あれを起動させて何をしようとしたんだ」

ジョーはティットホイッスルを見た。ティットホイッスルは本気でさっきの話をした。それはわかっている。だが同時に、ジョーのなかの〈夜の市場〉の本能はこうささやく。その本気の話は、きわめて優雅な、まことしやかな嘘をつくりだすため巧みにつくられた話だと。

「かりに」ジョーはマーサーが懸命に制止するところを目に浮かべながら言う。「仮説として、あなたの言ったことが全部本当だとして、プラグを抜けばすむことじゃないんですか」

ティットホイッスルはうなずいた。「それもやってみよう。だが蜜蜂はどうやって呼び戻せばいいんだ。呼び戻しに完全に成功したかどうかはどうすればわかる。よくわかっていないわたしが機械をいじったら、混乱がよけいにひどくなって、祖国もわたしも破滅しはしないか。自動的にべつのスイッチが入って、世界終末戦争（ハルマゲドン）が始まるんじゃないか。だから、だめだ。きみに助けを求めたほうがいい。そのほうがいいに違いない」

「残念だけど」とジョーはまた言った。「おれは何も知らないんです」

「いや、ミスター・スポーク、あんたは残念がらなくていい」とティットホイッスル。「残念なのはわたしだ。わたしだ」

一同はまた黙りこみ、車はとある狭い通りに入った。モダンな鉄のゲートをいくつかやりすごしたあと、目立つ特徴のない砂色煉瓦の建物の前庭に進入する。建物には幅広の自在ドアがいくつかついていた。

「さあ着いた」ティットホイッスルは、〝不愉快だが必要なこと〟をするときにふさわしい声で言い、先に車をおりてジョーのためにドアを押さえた。「何もかもうまくいくはずだ」

形だけの決まり文句にすぎないが、いまティットホイッスルの口から出ると弔辞のように聴こえた。あるいはそれは瀕死の者のための祈りだった。殺風景な小さなドアのほうへ歩いていく。ドアの向こうには床がリノリウム張りのオフィスがいくつもあるのだろう。ジョーは何か自分が分水界を越えようとしているような気がした。ティットホイッスルからどんな尋問をやられるのか、身構える。自分は何を言ったり、したりすることになるのだろう。指や歯を失うことなしにここを出ていけるのだろうか。胸の奥深くで、泣くような声が出る。「こんなことやめてくれ」と言いたいのだが、ばつが悪くもある。それにわかっているのだ。ティットホイッスルは、個人的にはやりたくないけれど、容赦なくやるということは。かりにティットホイッスルが途中でやめても、職務熱心なカマーバンドが最後までやり遂げるだろう。公務員カマーバンドはどんな仕事にも価値を見出す男だ。

ふと左のほうを見ると、濃い灰色の長い車体をもつメルセデスのバスが見えた。窓には真っ黒に近いスモークガラスがはまっている。車のわきには黒い衣を着て顔の前にベールを垂らした背の高い人影が三つ、黙って立っていた。またしても吸血鬼あらわる。と、考えてみても、工房でのときの半分も笑えないし、頭から容易にそのイメージが消せない。ジョーが歩いていくにつれて、顔のない頭部がゆっくり回りながら注意を向けてきた。ティットホイッスルはその三人を見ない。そのことから、自分はあの三人に引き渡されるのだと気づき、吐き気を催した。

「あの人たちは誰です」ジョーは小声で訊く。

「幽霊じゃないかな」とティットホイッスルは珍しく軽口で答えた。あるいは少し苛ついているのかもしれない。ジョーが顔を見やると、さっと手をふって冗談を消した。「法的に言うと請負契約業者だ。彼らの使う尋問テクニックは、もちろん企業秘密だが、かりに知っていてもわれわれにはできない類のものだ。といっても彼らは、きみに対してすることはすべて合法的だと保証したよ。そこを詮索するのはわれわれの仕事じゃないしね。というより、われわれはデータ保護法の規定によってきみの人権を制約するつもりなんだ。わかるかな。この件に関しては誰も質問してこない。してきても誰も答えない。わたしは最近成立した法律にもとづいてきみを彼らの手に委ねる。その法律の名前を知りたいかね。どこかへ書いておいたんだ。最近はなんでもメモしておくんだよ」

ジョーはまた幽霊たちを見た。そこにいるのは三人だけではなかった。バスのうしろにローマ教皇専用車(パパモビル)もどきの装甲が施された車が駐まっていた。その運転席に背を丸めて坐っている人物には見覚えがある。工房に訪ねてきた、ジョーが初めて見たあのラスキン主義者だった。

顔は影になっているので見えないが、ベールは広い肩のうしろへやっているので、その男にはこの暗いなかでも物がよく見えているはずだった。男は全身から硬直したむきだしの敵意とおぞましい期待感を発散していた。

「彼らはラスキン主義者と呼ばれる人たちだ」とティットホイッスルは言った。「慈善活動を行なう修道会の人たちでね。このすぐ近くの大きな屋敷を本拠地にしているんだ。彼らは〈理解機関〉の所有権を持っている。われわれがスイッチを切ったら、細かく調べるつもりなんだ。神の意図をさぐることに関心があるんだよ。野暮なまじめ集団だが、高度な専門技術を持っている。ジョン・ラスキンの思想に影響を受けているんだが、近年ではだいぶ性格が変わってきたようで——慈善活動を行なうというのは必ずしも正確ではないかもしれない。それでもある事故で親をなくした子供たちの面倒を見ていて、その意味では慈善団体と言っていいはずだ」

ジョーは自分を闇のなかへ連れ去ろうとしている黒い異様な三人組を見た。慈善活動を行なうというのは正確でないというのが充分に信じられた。工房を訪ねてきた男の、あの鷺(さぎ)が歩くような奇怪な足どりや、リネンの薄布で覆われた顔を思い出すと、とても怖い学校の校舎の入り口でひとり残された小さな少年の気分になった。自分はやつらにすべてを話してしまうだろう。たいした内容はないけれど、知っていることのすべてを。全部話してからからに乾いたあとも、彼らはこちらを絞りつづけようとするに違いない。慈善を施す連中に手足をもがれる。いや殺されるかもしれない。

ジョーは湿った夜の空気を吸いながら、残り少ない人生の一秒一秒を慈しんだ。おれは絶対泣かないぞと誓った。

それから玄関前のコンクリートの階段をのぼった。ドアが開き、受付ホールから流れ出た黄色い光の棒に照らされた。ホールから出てきた三つの人影は、階段をあがっていく三人組に完璧に対応していた。右端はごつごつした身体にトラックスーツを着た陰険な感じの若い男。真ん中は高級スーツを着た小粋なシルエットの男。左端は民間人の服を着てはいるが警備員か警備兵といった雰囲気の男で、当惑顔をし、何か急いでいるような様子をしている。すでにその口からは弁解の言葉が出はじめているが、自分は悪くないというその訴えは、突然周囲の建物のあいだにこだまを生み出す陽気なヨーデルのような声に圧倒された。真ん中の男の発したその大音声に、ティットホイッスルは板切れで殴られたように首をすくめた。

「やあやあ、ジョシュア・ジョゼフ・スポーク！　なんときみは身柄を拘束されたのか。なんという暴虐だ！　わたしの依頼人をよくも……じつにショッキングだ。そうしてきみはそんな言語道断の仕打ちに対して協力的な態度をとったわけだ。トークショー流行りのこの時代、きみこそは美徳の権化だろう。どうです、この青年こそ美徳の権化じゃありませんか、ミスター・ティットホイッスル。ときにそれはどう綴るのです。〝権化〟じゃなくて〝ティットホイッスル〟のほうですよ。ジョー、おめでとう。きみは金持ちだ。ここにいるミスター・ティットホイッスルがきみに有り金全部をくれるんだ。所属組織の金を全部ね。なんという組織でしたかね。たしか最上級の官庁は大蔵省でしたか。それなら資金は潤沢というわけですな。もっとも大蔵大臣と話す機会があったら、われわれのこの件が決着するまでは核ミサイルの購入や破綻銀行の救済を承認しないよう進言されたほうがいいですぞ。金が足りなくなるかもしれませんからね。そう、ミスター・ティットホイッスル、あなたはお金の問題にかかずらうほど俗な人間じゃないと自認してらっしゃるでしょう。しかし申しあげておきますが、戦闘機が撃墜マークを機体にペイントするように、うちの弁護士が手柄を身体にペイントしたら、賠償金支払いの重荷でつぶれてしまった諸官署の名前がずらずら並びますからね。わたしはノーブルホワイト・クレイドル法律事務所のマーサー・クレイドル。どんな相手でも訴えることができます。そちらにいらっしゃるのはあなたの腹心(ヘンチ)の部下(マン)ですか。じつを言うと、わたしは前から疑問に思ってるんです。〝ヘンチ〟とはどういう意味なのか。ヘンチするのに必要な学位はなんですかね。それとも就職してから研修で資格を得るのですかね。こんばんは、ミスター・カマーバンド。あなたくらい体格の立派な方はめったに見ませんな。さてここにいるわたしの依頼人であるミスター・スポークは立派な市民ですのでね。どうか昔の人が〝胡散くさい目(フィッシー・アイズ)〟と呼んだような目で見ないでいただきたいんですね。この青年の身柄をすぐ解放してわたしに引き渡すようにということの書類を受けとる幸福な役回りは、おふたりのどちらが引き受けてくれますかな。いや、わたしはもっとプロらしくことを進めなければいけませんね。あなたはわたしを軽んじていらっしゃるに違いない。あなたはミスター・スポークを容疑者と考えているようだが、わたしの立ち会いをはっきり求めている彼に尋問するとはどういうことです。それも権利の告知をせず、捜査の現状も説明せずに」

　ティットホイッスルはジョーを見て、非難するような顔をした。「この人はあんたの知り合いなのかね。こんなことをしなくてもいいのに。わたしはただあんたに普通の質問をしているだけなのに」と言いたげな顔を。

「ああ、そうだそうだ」マーサーはますます陽気の度を高める。「依頼人の靴を持ってきたんだ。ジョー、お馬鹿さん、これをはきたまえ。足先の筋肉がつってしまうぞ。そうなったら賠償金は青天井だ。ジョゼフ！　ほら、ちゃんと話を聴いてくれ……どうもこの青年はストレスがかかるとぼんやりしてしまうことがあるんだ」マーサーはそう言いながらジョーが靴をはくのを手伝う。「父上の憎むべき悪行の数々で心に負担がかかりつづけていたんでしょうな。わたしは驚きませんね。前に一度、女性警察官とデートをして、あろうことかデザートのときにプロポーズをしたらしいんだが、もちろん返事はノーだった。これからまだコーヒーとプチフールが出るというのにオーケーする女性はいないでしょう。どうです、ミスター・カマーバンド、この前あなたが自分の踝を見てからどれくらいたちます……？」マーサーはなおも饒舌なトークを過熱させながら歩きだし、その話し声がティットホイッスルたちに聴こえないところまで離れ、やがて外の通りに出た。マーサーとずっと無言の連れはジョーを車に乗りこませる。

三人のラスキン主義者はベールの陰からこちらをじっと見ながら、壁のヤモリのように黙りこくって動かなかった。そのうちひとりが二歩、鳥のように首をひょこひょこさせて前に歩み出たが、また後退した。声ひとつ立てなかった。

「ジョー、よくやった」とマーサーは言った。「よくやったよ。だがわれわれが糞みたいなことになったのは確かなことだ。われわれは獰猛な野獣のいるジャングルに入ってしまった。わたしにはまだ理解できない何かの理由によって、階段吹き抜けの深い影のなかに巨人たちがうごめいている。わたしのいちばん若い従弟のローレンスがよく言うように、われわれはドツボに首まではまってしまったんだ。ところでこの男はレジーといって、臨時雇いのゴロツキのひとりだよ」自分の左側にいる、ごつごつした身体つきの男を手で示した。「もうすぐ軍を除隊して退役軍人になるんだが、いまから十分間、この男に命を預けても大丈夫だ。もっとも、それよりわたしにすべてを託したほうがいいがね。ともかく……こんばんは、いったい何がどうなっているんだね、ところでラム肉を賞味してみたまえ、とびきりうまいぞ」

マーサーは約束どおり、レストランの料理を持ち帰ってくれたのだ。

ノーブルホワイト・クレイドル法律事務所は、三つの大きなタングステン合金製防犯扉のひとつの背後に、〝緊急避難室(パニックルーム)〟と呼ばれるスイートルームを持っている。優雅な内装と快適な設備のせいで、一見そんな無粋な呼び名にはふさわしくないようだが、被害妄想的ですらある厳重な防護体制からするとパニックルーム以外の何物でもない。ジョーはそこが本物の要塞でないことに軽く失望しつつも、おおいに安心感を覚えた。

このノーブルホワイト・クレイドル法律事務所のパニックルームである〈ラズベリー・ルーム〉のソファーで、濃いピンク色のダマスク織のクッションを枕に、ジョーはたっぷり一時間眠ったあと、鼻の下にマーサーから淹れたてのコーヒーを注いだカップをかざされて目を覚ました。コーヒーは香りと同じ味がするようノーブルホワイト・クレイドルで認められているやり方で淹れられていた。古き良き時代、マシュー・スポークはよく、ジョナ・ノーブルホワイト流に淹れたコーヒーをどうしても飲みたくなったときは、現行犯で逮捕されたものだと言った。ジョナ・ノーブルホワイトは、いや、わたしの流儀じゃない、うちの祖母さん流だよと、やんわり否定した。ああ、わかってるよ、ジョナ。何を完璧にやろうとしたって、祖母さんやひい祖母さんやひいひい祖母さんにはかなわないよな。

この会話がかわされたのが法律事務所の緊急避難室であれ、いささか垢抜けないプリムローズ・ヒルにあるスポーク邸のからし色の居間であれ、ジョーはそばにいてむさぼるように話を聴き、自分の父親は何千人ものリーダーなんだなあと思ったものだった。

「ばんざーい！　ばんざーい！」カワマスのようにスマートな身長百七十センチのマシュー・スポークは、両腕で抱えた銀の優勝カップを宙に投げあげてまた受けとめるような動作をしたが、投げあげたのは優勝カップではなく、めんくらっている妻のハリエットだった。

マシューは抱きとめた妻を立たせ、愛馬に語りかけるように耳に何かをささやきこみ、音を立ててキスをした。そしてキスでようやく声を封じられた妻（さっきからだいぶ喋っていた）を、興奮している猫をなだめるように撫でた。ハリエットは落ち着いてきて、前よりゆっくりとした調子で夫をいさめながら、あたしたちの息子も仲間に入れてあげないとと言った。

ジョーは父親のスーツをよじのぼって、両親のあいだにはさまりこんだ。この位置にいるのが嬉しくてならなかった。ジョーは子供なりに力をこめて、父親と母親の顔をくっつけた。ふたりの鼻がぎゅっとつぶれると、三人とも火山が爆発したように大笑いした。

最前からハリエットが曖昧な言葉でではあるが不安を口にしているのは、この日に起きた事件が理由だった。ある犯罪者が盗んだ現金輸送車でブリドリントン農漁業相互貸付組合に乗りつけ、正体不明の仲間三人といっしょに二百二十五万ポンドと、総額がそれを上まわる貴金属品などを強奪したのだ。

この日の朝、父親の書斎にこっそり入ったジョーは、ケースにトミー・ガンが入っておらず、作業テーブルにオイルの臭いがついているのに気づいた。いまどんなすごい仕事をしているんだろう。ケースのビロードを張った内側のへこみの形を手でなぞり、普段そこにおさめてあるものの重みと冷たさを想像した。と、そのとき母親が入ってきて、ジョーは部屋から追い出された。だがいま、勝ち誇る父親を見て、またしても偉大なるスポーク家は邪悪な金融界に一撃を与えたのだと悟ったのだった。

ということで、今夜は勝利のお祝いだった。プリムローズ・ヒルのチャルコット・スクウェアの一隅を占める邸宅の、毛足の長いカーペット、クロムの飾り、熊の敷物と贅をつくした一階に、友人知人がみんな集まった。カウンターのそばで両手に牡蠣を持っているのはテノール歌手のウンベルト・アンドレオッティで、ドッグレース話で盛りあがっている相手はビッグ・ダギー、現在仮釈放中で、しばらく前から外国への高飛びを考えている。ふたりを下心ありげに見ているアリス・レベックは最近までゲイシャだった女で、この日の服装もゲイシャ風だが、その顔には、だめだめ、馬鹿なことしちゃ駄目よという表情ものぞいている。アリスはもうゲイシャをやめたのだ。いまは世界中に顧客をもつべつのビジネスを展開中だ。「捜す仕事なの」とアリスは上品な口調でマシューに話す。マシューが、きみが捜しているものでわたしが持っているものがあるかもしれないなと言うと（アリスは、あーら、泥棒紳士がレディーのために失せ物捜しを手伝ってくれるの？　とウィンクして）「捜すのは物じゃなくて人なのよ」と答える。そこへなめらかに割りこんできてアリスの話し相手の座に収まったのは、ロルフ・マケインだ。仕事がきれいで迅速で誠実なグラスゴーのマケイン家は住居侵入窃盗の分野で業界トップの地位を占める。ロルフはマシューがやってのけた最も華麗な仕事のひとつであるブロントザウルス盗難事件に加わったことがある。ロルフは警察に引っぱられたが、口を割らなかった。マケイン家は二百年以上犯罪稼業を続けてきたが、ただの一度も友人を裏切ったことがない。しかし、だからといって、ロルフはアリスをマシューに独占させておくつもりはないのだ。いかに気前のいいスコットランド人でもそこには一線を引く。

一目瞭然の理由からひとりでソファー一脚を占領している〝高潔（オノラブル）なるドナルド〟（略して〝オン・ドン〟）は、大銀行を経営するライアン&クィントック家の出来のよくない息子で、長年役所勤めをしており、いずれどこかの令嬢と結婚させられる日までにできるだけ多く射精しようと必死になっている男だった。高級スーツを着こみ、お洒落の専門家の助けを借りて身を飾り、バンガー（イギリス、ウェールズ地方の町）からバンガロール（インドの都市）までの売春宿の常連客としてその名を知られていた。オン・ドンは赤毛で、うるんだ目をしたセックス狂で、細い腕に大きな手、いまはその両の手で本日の売春婦（おんな）――曲線美（カーヴェイシャス）のアンナと利発（サゲイシャス）なディジー――をまさぐっている。

「やあ、オン・ドン！」とマシューは叫んだ。「やあ、ディジー、やあ、アンナ！」

「やあやあ、マシュー」と、オン・ドンは盛りのついた蛸よろしく腕をくねくねさせて女たちを愛撫しながら答えたが、その直後アンナに股間をウリウリされて、あひーと叫んだ。三人はクッションを並べたソファーにもろともに倒れこんだが、このとき三人ともガーターを着けていることが明らかになった。といっても、オン・ドンのそれは（ありがたいことに）英国紳士の嗜みである男物のソックスガーターだったが。悪戯心を起こしたマシューは三人の写真を一枚撮る。オン・ドンはまたしても、あひーと叫び、「おいおい、そんなことされるとわたしは破滅だ！　待て！　待て！　待ってくれ！　アンナのふくらはぎを撮ったか？　ディジーのも？　だったらその写真をくれ！　一枚焼き増ししてくれ！　いやあ、マシューはたいしたやつだ！　なあ可愛子ちゃんたち、写真があればこれからいつでもきみたちといっしょだよ！」オン・ドンはさらに何か叫んだが、レースの下着に埋まって声がくぐもったのと笑いが混じったのとで言葉は聴きとれなかった。

　まわりでは貴族やひきしまった身体のスポーツマンや歌手その他のエンターテイナーがくつろいでいた。そのなかには――あとで思い出したジョーは大いにとまどったが――キャバレーのショーのように、顔を黒く塗ってルイ・アームストロングの歌を歌うトーキー（イギリスの海岸保養地）から来た白人の歌手もいた。だがこれは七〇年代の話で、誰もそんな光景に驚いたりしなかった。西インド諸島クリケットチームのメンバーだかスーダンの独裁者だかが夜中に現われて、歌を歌い終わったハリエットにダンスを申しこんだこともあった。マシューにもろもろの欠点の埋め合わせになる美点があるとすれば、それは徹底的に偏見を持たないことだった。

　ジョーはそこに集まった人たち全員が好きだった。〈ティックトン〉で買ったベルボトムのスラックスとダブルの牛革ブレザーに身を包み、犬ころのように父親のあとについて回る。父親は選挙に勝って新たに就任した国会議員におめでとうを言い、豊満な議員夫人にすばやくキスをする。それからデイヴ・トリゲイルに呼ばれてホームバーのカウンターのうしろに入った。デイヴはカジノの社長で、スポーク家の後押しを受けてぐんぐん伸してきていた。みんなが大喜びで見守るなか、デイヴはアブサンをショットグラスに注ぎ、砂糖を加えて、火をつけた。マシューはその飲み物を炎ごとかぷっと口に含む。ジョーは父親の両耳から蒸気が噴き出るのを待った。ほかのみんなもそれを期待しているように見えた。マシューはグラスをぽんと宙に放りあげ、腕で受けとめて転がし、またテーブルに置いて、にやりと笑った。「これこそ男の酒だ、デイヴィッド。しかも一滴の混ぜ物もない！」

　こうなるとデイヴはもう、オペラを観たあと一杯やるため遅くやってきたソ連大使館三等文化担当官に同じことをせずにはいられない。まもなく眼鏡をかけたロシア人は歌いながら踊り、周囲のみんなは床を踏み鳴らして拍子をとって、その拍子がどんどん速くなった。文化担当官ボリス・トヴァリッチ（じつはボリスという名前ではないのだが）の隣にはマシューが並び、いちいち動きを合わせて足を蹴り出したり、くるりと回転したりした。ホイ、ホイ、**ホイ！**

だが、これらはすべて少年のジョーには前菜にすぎない。いちばんのお気に入りの部分は大半の客が帰ったあとに控えていた。ジョーも内輪のなかの内輪ともいうべき大人たちの仲間に入れてもらったのだ。みんなは一列に並び、腰を揺すり身体をくねらせて、コンガを踊った。ファンキン・ウォーラスとレディー・グッドヴァイブといった健康な顔色をした上品な人たちが帰ってしまうと、マシューのもとにはごく親しい取り巻きだけが残り――そこから本物のパーティーが始まるのだった。

銀行強盗の醍醐味――窓口で出させた金をつかみ、引きあげようとしたら二十人の警官隊に阻まれたというようなやつではない、本格的な銀行強盗の醍醐味は――貸金庫に押し入って、金持ちがリスのように溜めこんでいるものを物色し、これは自分で持っておこうとか、これは売り飛ばそうとか考えることだ。そしてこういうとき、ごくまれにだが、本当に特別なものや異色のものに出くわすことがある。マシューは一度、エセックス州の海沿いの都市の銀行で、貸金庫の箱に人間の顎の骨が入っているのを見たことがあった。骨はぼろぼろに朽ちかけた布に包まれ、それが聖ヒエロニムスの聖遺骨だとするカードが添えられていた。同じ箱にはエロチックな聖像画（イコン）のコレクションが同居していて、聖母マリアが聖霊によって身ごもる過程の非正統的な図像が描かれており、第二のカードが〝ミケランジェロ作〟と断言していた。もちろん贋作であるにせよ、非常にユニークな絵で、これがもし本物のミケランジェロなら……。

マシューはそれらを匿名で大英博物館に寄付したが、たまたま、同じころに同博物館の理事会主催のパーティーに招待された。問題の聖像画は一般には公開されないが、特別な招待客が集まる折にはひそかに披露されるのだった。

さてマシューのパーティーでは、アブサンにかわってスコッチとホットコーヒーが供された。ハリエットは長いきせるで煙草を吸い、男たちは葉巻やパイプを愉しんだ。現金はべつの場所で数えられているので、ふたりの会計係がお金を数え、互いにチェックしあう味気ない場面を見ずにすんだ。会計係は指につばをつけて紙幣をめくるうちに、紙で指に切り傷をつくったりする。自分たちの取り分である一パーセントをテーブルの遠い端に置き、メインの紙幣の山との差について文句を言いながら、見た目ではわからない程度に自分たちの紙幣を増やそうとする。マシューは仕事用のバッグを足もとに置いていて、そこに足をのせるとがちゃんと音がした。なかにトミー・ガンが入っているのをジョーは知っていた。収穫物を数えて分配し終えるまでは銃をケースに戻さないのが、父親の決めている鉄則だった。

部屋には盗んできた貸金庫のボックスすべてが何列かに並べられていた。そしてこの国の裏社会で最もすご腕の鍵師三人が、ボックスをひとつずつ選んでウォーミングアップをしていた。ひとりは黄ばんだ出っ歯でパイプをくわえたキャロおばさんで、襟ぐりの深いトップスを着ているので、前かがみになると美しい円錐形の白い乳房が見える。もうひとりはベラミーおじさんで、温室のなかのように暑い室内でも羊革のコートに身を包み、髪を櫛できっちり横分けした赤い顔から汗をだらだら流している。三人目のフリーモントおじさんは、バミューダ諸島生まれで、蜘蛛の脚のように長い指をしている。鼻先に半月形の読書眼鏡をかけ、エチオピア帝国の国旗をあしらった帽子をかぶって周囲に敬意を求めている。

「用意はいいか」マシューはソファーからそう尋ねた。ハリエットはストッキングをはいた両脚を夫の膝にのせ、にじり寄って夫に抱きつこうとしている。

三人はうなずいた。もちろん用意はできている。並べられた、きらきら光る各種のピックとテンション。それぞれが持っている袋には数個のバンプキーも入っている。これは競争に使うのではなく、あとで実際の仕事のときに使うのだ。

「三、二、一……始め！」これは真剣勝負の競争なのだ。十分間で何個のボックスを開けることができるか。外側の錠前はもちろん全部同じだが、内側には顧客がそれぞれの鍵で開ける第二の錠前がある。鍵師たちが難関である内側の錠前と格闘するあいだ、修業中の鍵師たちは名人たちが何をどうしているか互いにささやきあった。少年ジョーはタンブラーにピン、ピックにテンション、ピックガンにバンプキーといった道具のことを学んだ。その知識は笑いと喜びに包まれていた。新たに身につけたこの奇妙な技術は、笑いに満ちた愉しいお祝いと関係あるもののレパートリーのひとつとして心のなかに刻みこまれたのだった。

優勝したのはキャロおばさんだったなあと、〈ラズベリー・ルーム〉のソファーに寝たジョーは、半醒半睡のぼんやり頭で思い出した。あれはズルだという者もいた。第三ラウンドで、キャロおばさんは暑いからと言ってトップスを脱ぎ、ぼろーんと出してしまったのだ。肉づきのいい広い肩に汗の粒を浮かせ、がっしりした手で作業を進めた。ふたりの男はおばさんをしげしげ見つめ、フリーモントおじさんなどは結婚を申しこんだが、キャロおばさんは、実力を証明しない男とは結婚しないよと答えた。その言い方が妙にいやらしかったので、ジョーは子供ながらいまのはエッチなことだとなんとなくわかってしまった。キャロおばさんは歯並びが悪いし、身体は横幅に余裕がありすぎたが、それでも男のリビドーに直接作用するものを持っていたのだ。競技が終わると、キャロおばさんとフリーモントおじさんは〝実力判定〟のためにいっしょに出ていった。

この愉しい夜が、マシュー・スポークの終わりの始まりとなった。マシューはゲームの展開方法を変えるべきだと考えるようになった。支持母体をつくって——少なくともある程度までは——合法的ビジネスに手を染めなければならないというのだった。マシューいわく、アメリカのイタリア・マフィアはフランク・シナトラを飼っていた、映画スターやカジノを活用した、マシュー・スポークにも同じことができるはずじゃないか。

こうしてマシューは新聞雑誌販売店のチェーン、郵便局の委託業務を行なう会社、自動車販売店、海岸の桟橋を買い、〈ホークリーズ〉という社交クラブに加入して、泥棒稼業のほうは、あまり面白くはないが、低リスクの仕事や受け狙いの窃盗だけにした。たとえばクラブに宿泊している若手女優の寝室に忍びこんで下着を盗み、ドミノマスクをつけた姿で部屋を出るところを目撃されるよう苦心して段取りをした。またクラブで上演される探偵物の舞台で小道具として使われる人造ダイヤモンドを支配人の妻から盗んだ本物のダイヤモンドとすりかえた。クラブのロビーをぶらぶら歩きまわって、本物のイギリス人ギャングとの触れ合いを求めるアメリカ人のビジネスマンたちの希望に応えたりもした。

それから八〇年代が来た。面白半分の強奪事件で警察と鬼ごっこをするのはすたれ、肩パッドの入ったスーツとともにコカインが流行りだした。マシュー・スポークは警察がなんとか首をとりたい人々のリストにのっていた。

「申し訳ないが、ちょっと話を聴かなくちゃいけない」とマーサーが言った。

「いま何時？」

「五時だ、ジョー」

「まる一日寝てたのか。くそ！　いったいどうなってるんだ」

「いや、朝の五時。きみは一時間眠っただけだ。今度の件について相談しなくちゃいけない。時間がないんだ。悪いけどね」

「くそ（ファック）」ジョーはぼんやりした頭でまた毒づき、コーヒーを飲んだ。〝くそ〟という言葉は価値がさがってしまって、いまのジョーの気分を表わすには不充分だった。ジョーがこの言葉を口にするのを初めて聴いたとき、母親がひどく取り乱したのを思い出す。当の母親は夫に向かってよくこの言葉を吐いていたのだが。その当時のジョーはなんでも好きなことを言えたが、冒瀆的な言葉はだめだった。〝畜生（クライスト）〟（〝クライスト〟はキリストのこと）と言ったら母親はお祈りをあげて泣いた。**（畜生）なんと言ってなだめたらいいんだ。**

　マーサーは小型のデジタルレコーダーをテーブルに置いた。

「最初から話してくれ、ジョー」

「マーサー、おれは疲れてて——」

「寝るのはあとでできる。申し訳ないがね。顔を洗ってくるといい。もっとコーヒーが飲みたかったら言ってくれ。ほかの刺激物が欲しかったらそれも持ってこさせる。でも眠ってもらっちゃ困るんだ。いまは寝んねタイムじゃない。弁護士と話そうタイムだ。いまのところわたしには、きみを守るのに必要な情報がないからね」

　ジョーは顔をしかめた。「トラブルを追っ払ってくれればいいんだ。深入りしないでくれ。おれなんて何者でもない。何をしたわけでもない。世の中にとって大事なことなんて絶対にしない。ぬれぎぬなんだ」
「ジョー、きみが眠りこんでから、わたしはいくつかのことをした。誤認逮捕に対処するためのあらゆる方策をとったんだ。証拠開示請求もした。これで関連書類を追跡できて、ティットホイッスルは歯軋りして悔しがることになる。ビリー・フレンドの仕事や何世代にもわたる人間関係についても調査を始めた。おかげでわたしはじきに死体やら盗難骨董品のことに詳しくなってしまいそうだよ。とはいえこういうのはことの本筋じゃない。きみもわかっているだろうがね。政治がらみの問題なんじゃないかと睨んでいるよ。もしそうなら――もしこれが国家レベルの問題なら――わが法律事務所がきみと事件の張本人のあいだに介入できる余地は大幅にせばまってくる。このごろの政府関係者は法を無視するのが癖になってきているからね。だから何が起きているのか話してほしい。それがきみのためであり、わたしの精神の健康のためでもある。はっきり言って、わたしはすでにきみのために何か巨大な怪物の邪魔をしたんだから。われわれがその怪物に踏みつぶされないようにするためには、もっと情報が必要なんだ！」

ジョーは肩をすくめ、マーサーは舌打ちした。

「ビリーから電話がかかった。だから会いにいったと」

「うん」

「あとを続けて」

「仕事を紹介してくれたんだ。ある〈本〉みたいなものを掃除して、本体の装置にとりつける仕事だ。掃除をしながらよく見てみたけど……普通とは違うものだった」

「どう〝普通とは違う〟のか説明してくれたまえ。その場にいなかった人間のために」

「ユニークで、特別で、高度な技術を使ってて、複雑で、謎めいていた」

「なるほど」

「おれたちはコーンウォールのウィスティシールへ行った。問題の〈本〉は――ビリーは〈変てこりん〉と呼んでたけど――大きな動く彫刻の一部だった。動く彫刻を管理しているおかしな男がいた。おれは〈本〉を彫刻にとりつけた。そしたら蜜蜂の群れが出てきたんだ」

「そのおかしな男の名前は」

「テッドだ。テッド・ショルト。自分のことを〈管理者〉と呼んでた。肩書きみたいな感じで」

マーサーはうなずいた。「蜜蜂はその彫刻から出てきたと」

「機械でできた蜜蜂の模造品なんだ。本物の蜜蜂もいた。テッドは蜜蜂を飼ってた。ペットだったんじゃないかな」

「すごい機械だと思ったかね」

「あんなものが存在するなんてすごいことだ。高いものだし。ブランド品みたいに高いって意味だけどね。金の編み細工のこと、覚えてるかな」

「きみのお祖父さんが話してたやつか」

「あれに似てるんだ。目玉が飛び出たよ。でも機械じかけの蜜蜂は、何カ国語も話したり、水をワインに変えたり、夕陽に向かって飛んでいったりといった奇跡を起こしたわけじゃなかった。ただ……」そこで言いさした。

「なんだね」

「最初はそうしたんだと思ったんだ。でもそうじゃなかったみたいだ」

「水をワインに変えたと思ったのか」

「飛んでいったと思ったんだ。でも重すぎるからね。飛んでいったのは本物の蜜蜂のほうだ」

「確かかね」

「ああ」

「なぜそう言える」

「……だって時計じかけだよ。金でできてるんだ！」

「だから飛んでいかなかったときみは推測しているわけだな」

「マーサー……」

「ジョー、わたしはロドニー・ティットホイッスルみたいな男の言うことを信じたいとは思わないが、くそみたいに重大なことが起きているのは確かなんだ。もしそれが本当に以前の政府の科学プロジェクトなら、時計じかけの蜜蜂は見かけ以上のものかもしれない。核蜜蜂とか、疫病蜜蜂とか、そういったものである可能性もある。動力も磁気とかロケットとか、いろいろ考えられる。わからないんだから」

ジョーはぞっとした。フランスの啓蒙思想家たちだからラスキン主義者だか知らないが、あの連中の悪夢を見そうだった。あの鳥みたいな気味悪い歩き方。というか、とにかく確かなことが何もわからないところが怖い。正直なところを言えば、飛んでいったのは金属製の蜜蜂かもしれないのだ。そうじゃなければいいと思っているだけで。

マーサーはうなずく。「そう。思い込みというのは怖いとよく言われるからね。で、本体の装置については何がわかっているのかな」

「ティットホイッスルは何か邪悪な嘘発見器みたいなものだと言ってたけど」ジョーは茶化すような言い方をしたが、マーサーは冗談ですませる気分ではないらしかった。

「頼むからきみの言葉で言い直さないでくれ、ジョー。あの男が言ったことをできるだけ正確に思い出すんだ」

「あれは真実を完璧に理解するための機械かもしれないと言ってたかな。それを可能にする機械を誰かが発明したって」

マーサーは片手をあっちへ動かし、こっちへ動かしと曖昧なジェスチャーをした。「ふむ」

「〝ふむ〟って。どういう意味、〝ふむ〟って」

「いや、ティットホイッスルが不安がる気持ちがわかるなと思ってね。いまのことを明かしておいて、よくきみを解放したものだ」

ジョーは突然、凶暴な笑みを頬に刻んだ。いまにも咬みつきそうな野蛮な笑みだった。一瞬、ひどく危険な男に見えた。「あの感じのいい人がおれに嘘をついたと」

マーサーはジョーを見た。「そうかもしれない」と用心深く言う。「あるいはもうきみを娑婆に出さないつもりで本当のことを言ったのか。わたしたちはきみをきわどいタイミングで連れ出したからね」マーサーはジョーの顔に何かの……兆候を探した。が、先ほどの凶悪な笑みはもう消えていた。ジョーが言った。

「ショルトは――」

「ショルト？　ああ、〈管理者〉」

「隠者みたいな人だ。おれは彼が好きだった」

「好きになりそうだね」

「彼が言うには、世界は変わってしまうそうだ。あれは……」

「あれは、なんだ。さあ言うんだ、ジョー！」

「彼はあれを〈エンジェルメイカー〉と呼んだ。おれは知ってることを全部話しかけていたんだけど、その名前が意味するものに気づいてやめたんだ」

マーサーはジョーをじっと見つめてから、電話の受話器をとり、早口で、はっきりと言った。「ベサニーか。すまないがつぎのことも調べてくれ。まず〝テッド・ショルト〟だ。テッドはエドワードかセオドアか、どの名前の愛称かわからないから、いろいろ試してみてくれ。それと〈管理者〉。呼び名か肩書きかはわからない。それから〝ヴィスティシール〟に、〈エンジェルメイカー〉。関連語も全部調べてほしい。それからいまの四つとつぎのキーワードの関係もだ。〝ダニエル〟、〝マシュー〟、〝J・ジョゼフ・スポーク〟、それからロドニー・ティットホイッスルが蝮(まむし)の卵を孵(かえ)したり自分の子供を食ったりしていないときに何をしているかだ。頼むぞ」

「マーサー、ショルトは頭がおかしいんだ」

「それならなおのこと、彼の言ったことをぜひ思い出してもらわなければならない。彼の言葉からすると、きみが再起動した装置はある種の大量破壊兵器である可能性があるからね」

「そんな馬鹿な、あれは温室に置かれたただの時計じかけの玩具なんだ！」

「ジョー。きみはトラブルに首までどっぷり浸かっている。いいね。わからなければ教えてやろう。きみはある装置のスイッチを入れた。だがそれがなんの装置か本当のところはわかっていない。きみはいま、ロドニー・ティットホイッスルという名でこの世をうろついている悪霊と、人造人間カマーバンドに追われている。このふたり、表面上は陽気なおじさんたちだが、官僚組織の闇の部分に生息するやつらで、〈腸チフスのメアリー〉（二十世紀初頭のニューヨークで、自分が腸チフスの保菌者だと知らず大勢に感染させた女性料理人）や国税庁の役人より洒落にならない連中なんだ。もろもろ考えると、彼らはまっとうな役所からまっとうに給料をもらっている連中と、王室のメンバーが殺した人間の死体を隠してあるサフォーク州の納屋の鍵を持っている連中をつなぐインターフェイスの役割を果たしているようだ。こいつらはなんとなく街をほっつき歩いて、冗談半分に人を逮捕する連中じゃない。およそユーモアのセンスのかけらもないやつらだ。だからこの男たちが関わっているとなったら、いくらきみが誤認逮捕だと言おうと、何が起きているかわかっていない以上、われわれは最初の印象よりもっとまずいトラブルに巻きこまれていると考えざるをえないんだよ」

「あのふたりは昨日おれの仕事場へ来たんだ。博物館の代理人だと言って、いろんなものを買いたいと申し出た。そのあと、あの修道僧のひとりが仕事場に現われた。ラスキン主義者ってやつが。その男は……なんだかよくわからないけど、あるものを欲しがった」

「何を」

「『ハコーテの書』とかいうものだ。それと、それに付属するもの全部」

「それはビリーがきみのところへ持ちこんだ〈本〉のことかな」

ジョーはうなずいた。「いくつかの道具もついてたしね」

マーサーはまた電話の受話器をとり、ベサニーの調査リストに〝ラスキン主義者〟と〝ハコーテ〟を追加した。それからまたジョーに向き直った。

「きみを訪ねてきた不気味な男たちは〈本〉とその付属物が目当てだった。きみはいまそれらを持っていないが、それらしき本は短いあいだ手もとにあった。男がそれを欲しがったのは、コーンウォールで起きたことと関係があると考えて間違いないだろう。そうだとすれば――」電話機が鋭いブザー音を発した。マーサーは受話器をとってため息をついた。「ありがとう。そうじゃないかと……ああ。まあ正直に言うとね。ありがとう、ベサニー」受話器を置く。「コーンウォールに警察が大々的に出動したようだ。その騒ぎが収まれば、誰かがきみの友人テッドを訪ねたことがわかるだろう。警察は迅速に動いたよ、ジョー。第一に問題の装置に関心を持って、そのつぎにきみに関心を持った。わたしはその逆だったから、きみはいまここにいる。あと一時間遅かったら、わたしはきみを見つけられなかっただろう」

「そうだね」

「しかし彼らがもう〈本〉を持っているなら、付属の道具類はいらないわけだ」

「でもあれば作業が楽になる」

「しかしそれだけの意味しかない」

「うん」

「ほかに何かあるかね。道具とか。取り扱い説明書とか」

「いや。というか知らない。何も見なかった」

マーサーは部屋のなかを歩きだした。「よし、話を続けてくれ」

「おれはフィッシャーにラスキン主義者のことを訊きにいった」

「フィッシャー？　まさかあのフィッシャーじゃないだろうね。〈夜の市場〉の」

「そのフィッシャーだよ。おれは不安だったんだ」

「そうだろうな。フィッシャーみたいな馬鹿と話しにいくくらいだから。彼はなんと言ったかね」

「ラスキン主義者の集団は私兵部隊で、半端なく怖いとね。それと妙なことを言った。ラスキン主義者のひとりが、ナポレオンがどうとか訊いてきたというんだ。謎々みたいなことを」

「〝わたしがナポレオンの心とウェリントンの肉体を持っているとしたら、わたしは何者か〟」

「それだ！　それはどういう意味？」

「哲学上の難問なんだ。解決されていない難問。何が人のアイデンティティーを決定するかという問題だよ。心か、肉体か、そのふたつのある種の組み合わせか。頭でっかちなやつが考えそうなことだ。フィッシャーのやつ、青白く悩んでるのかな」

「偉いもんだね」

マーサーは歯をむきだした。「まったくだ。最後にもうひとつ……きみはソーホーにあるビリーのフラットへ行き、つきあいの長い、子供のころからいろいろ教わってきた、女好きの親友の完全に死んでいる死体を発見した。まもなく権力の犬で口のうまいパッチカインドがやってきたが、その時点できみは自分が警察に通報したのかどうかよくわかっていなかった。ところでこのパッチカインドは第一級の嘘つきで、姪なんかひとりもいないんだよ。だがきみは分別をかき集めて、緊急事態の処理を頼むために、このマーサー・クレイドルという知恵の泉を呼び出したわけだ」

「ああ」

「しかしよく考えてみると、泉を呼び出すというのは実際には不可能だろうから言い回しとしてどうかと思うね」

　気分を浮き立たせようとする配慮に、ジョーはなんだかうんざりしてきた。マーサーのことは兄のように頼りにしているが、過剰な言葉遊びは正直うっとうしくなることがある。マーサーは饒舌な喋りで感情を隠してしまう。というより感情をあざける。そんな低級なものは持たないふりをするために。ジョーはぱっと立ちあがって上着を手にとった。どこへ行こうという考えもないが、とにかくここを出たかった。やり手の弁護士が仰々しく騒ぎ立てるこの馬鹿げた状況を脱け出して、もとのちんまり居心地のいい生活に戻りたかった。船でインドへ行ってムンバイで工房を開こうか。頭をまるめて修道院で時計づくりをするか、ムスリム娘と結婚してドバイで暮らすかしようか。ドバイでは自動人形が珍重され、製作者も尊敬されるそうだ。それともほとぼりが冷めるまで、じめじめしたロンドンの他人のことに無関心な人々の群れにまぎれていようか。どれがいいかわからないが、とにかくここに引きこもっているのは嫌だ。それだけははっきり言える。アリから猫を殺す毒を買いたい。ジョイスに電話をしてビリーが死んだことを知らせたい。母親に会いたい。落ち着いてぐっすり眠りたい。

　ちょっとでいいから、誰かに抱きしめてもらえたらどんなにいいだろう。

　ジョーはドアを開けて、隣の部屋に入った。このまま どんどん進んで外に出て、それから今後の身のふり方を考えよう。だがその試みは、つま先にはばまれた。

　そのつま先は腿の上のほうに強く押しあてられたの

で、ジョーは足をとめてしまった。べつの状況下なら、そのような場所につま先をあてられるのはエロチックであり、さらにはセクシュアルですらあるが、実際それはとてもセクシュアルなつま先だった。色が白く、親指はまるっこくて、サイズがちょうどいい――口に含んでしゃぶるには。形がよく、すべすべで、爪には光沢のある目の覚めるような赤いペディキュアが塗られているが、爪の先端だけは黒い網タイツが食いこんでペディキュアが小さくはげていた。これは世の中を知っているつま先、ほかのつま先が夢見て果たせない淫らな秘めごとをしたことのあるつま先だった。

足は明るい色のエナメル革のミュールをはいており、そこから筋肉質ながらほっそりしたふくらはぎへと続いていた。足首に巻かれているものがジョーの注意を惹く。細い金のチェーンがついたおしゃれな女性用腕時計だ。高価そうだが法外な値段はしないだろう。クリスタルガラスの文字盤がきらりと光る。デザインした人は脚につけられることを意図していなかっただろうが、この脚での映え方は大いに是認するはずだ。それから、ちらりと思ったのは、この女性は時間を見る必要がないか、身体がセクシュアルな動きをすんなりとれるほど柔軟かのどちらかだろうということだった。

ふくらはぎの上は力強いけれど攻撃的な印象は与えない膝だが、膝小僧からほどなくグレーのペンシルスカートのなかに消えている。本当は膝丈なのだろうが、坐っているので興味深い状態になっているのだとジョーは判断した。脚はたいていの脚がそうであるように鏡像のような相方を持っていた。つごう二本の脚は、受付係の椅子に腰かけている不敵な目つきの女性のものだった。

「坐ってください」

女性は微笑みを浮かべて見あげてきた。そしてジョーが微笑みを返さずにいると、顔をしかめて指示をくり返した。ジョーはなぜそうするのか自分でもよくわからないまま、モダンな赤い布張りのスツールの端に腰をおろし、身体をぐらつかせた。目の前の女性は元気づけるように微笑みかけてきた。

「マーサーから出番があるかもしれないから待機してるように言われたの。あなたがどこかへ行くのをとめさせるつもりでそう指示したんじゃないと思うけど、マーサーってこういうところがあるのよね。計り知れない天才的能力があるのよ。彼自身にも計り知れないやつが。とくに彼自身に計り知れないのかもしれない」

「きみがベサニー?」

女性の口がちょっとゆがんだ。不快だったのか、そのとおりと認めたのかは不明だった。「わたしじゃない。ベサニーはまだ指令室にいて、ロンドンの交通管制センターを混乱させる仕事をしている。素敵なティットホイッスルおじさまがスピード違反取締カメラの画像であなたの居所をつきとめるのを邪魔するためにね。今日はロンドン市街地をドライブするのはいい考えじゃないようよ。わたしの担当は調査の仕事なの。もっともいまはお茶汲みの任務についているけど。どう、コーヒーあるわよ。サンドイッチも。食べる、サンドイッチ?」

ごく普通の言い方だった。最後の〝サンドイッチ〟がみだらな響きで聴こえたのは、組んでいた脚をほどいて足をぴったりそろえたときにストッキングが立てたかすかな音のせいに違いなかった。いままでその言葉がみだらに聴こえたことなど一度もない。ジョーは自分の口で試してみた。

「サンドイッチ」ほら。べつにどうということはない。もう一度やってみる。「さあああんど・うぃっ・ちゃ」こうするとちょっとガラッパチになる。さらに二度、発音。

「そう、サンドイッチ」と不敵な女性は言う。「この場合は全粒粉パンにアボカドとベーコンをはさんだもの。べつのも用意できるわよ」にっこり笑って、「サンドイッチを」

「なんでもいいです」ジョーはその言葉が自分の口からびろーんと螺旋状の尾を引いてぶらさがるのを見た。**おれは馬鹿だ。**

「そうね」女性は明るく言った。「サンドイッチってたいていそうよね。でもわたしにははっきりした考えがあるの。たとえばパンにトマトの汁が沁みこむのは許せない。トマトは最後にのせて、レタスかサラミで封印すべきなの」そこで強調する。「汁の漏れを防ぐために」

またしても、なんでもない言葉に何かが盛られた。ジョーの背骨を震えがつたいおりた。漏れ。

〝漏れ〟というのはきれいな言葉ではないはずだが、〝れ〟でちらりとのぞく彼女の前歯を越えてきた音は、何かすばらしいものを意味しているように響くのだった。それは錆びた鉛管からじくじく出る排水ではなく、バクラヴァから物憂く出てきて玉となる蜂蜜を連想させた。ジョーはしばし目をつぶって彼女の口を見るのをやめた。赤い唇。きりっと白い歯。きわめて明瞭な発音。舌のさき。なんという女性。そのとき、今夜二度目に、マーサーに救われた。

「ああ、ポリーと会ったのか」

「あ、うん」とジョー。

「ポリー、わたしたちの話は聴いていたかね」

ポリーは机上のノートを顎で示した。ページは走り書きの字といくつもの疑問符で埋められていた。「もちろん」

「何か考えは」

「〈本〉って何？」

「どうせならもう少し高度な――」

「マーサー、まじめな質問よ。〈本〉ってなんなの。ディケンズの書いたものが印刷してあるような、あの紙の束のこと？ それとも何かの情報や記録の集まりのこと？　話の文脈からは後者のように思えるけど。ジョーの言う〈本〉はただの紙の束ではなく、イグニッションキーだった。〈本〉は問題の装置をコントロールする——はずだったけど、できなかった。ページか、歯車か、べつの〈本〉が欠けているせいなのか。それはわからないけど、重要な点は、〈本〉は完全な状態で存在していると思っていたのにそうではなかったこと。そこで彼らにはジョーが必要になったわけね」

ジョーはまた〈記録される男〉のことを考えている自分に気づいた。ひとりの人間の生命のすべて、感覚のすべてを記録した書物。ジョーの身体を寒気が走った。

マーサーはポリーの言うことをもっともだと認めてうなずいた。「彼らは何かのことでジョーを必要としたかな。ところでさっきコーヒーのことを話していなかったかな」

「話してた」

「目覚まし効果がうんと強いやつかね」

「そう言っていいかな」

「持ってきてもらえるかな」

「いいわ」

「それを飲めば、ジョーがひと眠りしているあいだに現状を調べられるだろう」

「いいわ」

「じゃ、ポリー、頼む」

「オーケー」

ポリーは部屋を出ていった。ジョーは、彼女はマーサーのガールフレンドだろうかと考えた。この物も言えない状態はいつまで続くのだろう。ポリーをものすごく魅力的だと思ってしまうのは当然のことだろうか。ひとつにはジョーのいまの非常事態からくる動揺が原因で、いろいろな望ましくない要素が複合的に作用しているのは明らかだけれども。

「まだここから出ていきたいかね」とマーサーが訊く。

「いや」

「よかった。じゃあ向こうの部屋に戻って、詳しく状況を検討しようか」ちょっと言葉を切った。「ジョー、わたしはまず間違いなくきみを窮地から救い出せる。きみは大丈夫だ。ただしこれから大変な状態が続くから、わたしの言うとおりにしてもらわなければならない。しばらくはごくごく狭い範囲で暮らしてもらう必要がある。いっそ休暇をとるのがいいかもしれない。わかったね」

「わかった」

休暇。ビーチパラソルの下にいるポリーを想像。

それでかまわない。マーサーはいつだって窮地を救ってくれた。マーサーにはそれができるのだ。そして不敵な調査担当者がどこか近くにいると思うだけで、ノーブルホワイト・クレイドル法律事務所の〈ラズベリー・ルーム〉にいることがまったく苦にならないことに突然気づいた。

Ⅶ

クパーラ号、阿片王との晩餐、虫やバナナとの接近遭遇

いかれたパンク婆さんにして犬連れの逃亡者、イーディー・バニスターは、きれぎれの夢のなかで、クパーラ号の海水を浴びて滑りやすくなった広い黒ずんだ甲板を見ていた。大きな波がまた船首にざばっとかかり、イーディーはよろめいた。船体はうねりに揺られ、左右に針路をふられる。イーディーは喉にこみあげる苦いものを呑みこむ。だがこの吐き気さえ、喜びを萎えさせはしなかった。

クパーラ号は潜水艦だ。

それ以上に重要なのは、ラスキン主義者の潜水艦だということだ。浮上航行するクパーラ号は真珠層の光沢をおびて波また波を切り進む。形は機能的――頭は鯨のように丸っこく、身体には目くらましのために非対照的な波模様の迷彩をほどこしているが、各細部はすばらしい。司令塔は急角度の反りをうち、ボルトで留めてあるのではなく直接本体から生えているように見える。内部を見ると、司令塔の真下の発令所は床が一段さがっていて、まるで舞踏場のようだ。ハッチの下側のへりにはオイルをひいた茶色い革を張ってあり、そこに潜水艦を建造した者たちの名前が型押ししてある。何年使っていてもそこからは革とワニスの匂いが立ちのぼる。温かい生き物の匂いが。

「さあ、ここから入るのよ」とアマンダ・ベインズが言った。アルバート・プリチャード二等兵曹――ニックネームは〈鳴き鳥〉で、この前会ったときはミセス・セクニに手首のきめ技ナンバーフォーをかけられて

いた――が、イーディーの肩と尻を押して、ハッチにあがるはしごをのぼらせた。〈鳴き鳥〉はイーディーを支援する古参兵チームの一員で、必要に応じて敵の頭を割ったり何かを爆破したりするのが仕事だ。ほかの乗組員はみなもう乗艦していて、どの寝棚をとるかで揉めていることだろう。

イーディーはクパーラ号の内部を見おろした。奥のほうにライトがひとつ見える。風呂に入らない男たちの体臭が闇のなかから立ちのぼってきた。すると不思議にも、吐き気が収まってきた。イーディーはハッチからなかに入った。〈鳴き鳥〉もあとに続く。

「クパーラ号へようこそ」アマンダ・ベインズがイーディーに何か重くてやわらかなものが詰まっているワックスキャンバスのバッグをよこした。アマンダの背後からは〈鳴き鳥〉と同じチームの者たちが会釈と控えめな微笑みで挨拶してきた。イーディーの命令で動くチーム。危険で、ぬけめなく、高貴な男たちだ。

会釈を返したイーディーは、細い通路を見て息を呑んだ。黒い衣を着たラスキン主義者がひとり、奇妙な真鍮の道具を片手に持ち、真剣な面持ちで歩いていく。ラスキン主義者はハッチをくぐった。その向こうの部屋には真空管がびっしり並ぶ見慣れた装置があった。もちろんその正体はわかる。潜水艦に暗号解読ステーションを設ければ、機動性が高く、破壊もされにくいのだ。

区画と区画のあいだのハッチには真鍮が使われ、鋼鉄の部分には優雅な螺旋模様や渦巻き模様があしらわれていて、左上には製造者の名前が記されている。

〝モックリー製作(モックリー・フェーキット)〟。イーディーは微笑んだ。自分が命を預ける機械の製作者がわかるというのはいいものだ。モックリーは信頼できる。だからクパーラ号も信頼できる。見あげると、広い空が見えた。雲を浮かべた空の美しいイリュージョンが。クパーラ号は暗い海のなかにいても、心を浮き立たせてくれる乗り物なのだ。

「制服に早く慣れることね」アマンダ・ベインズ艦長はバッグを指さした。「寝る前に試着して、朝起きたら着るのよ」

「わかりました」とイーディーは答えた。


イーディーは居室にいた。クパーラ号は、その必要があって大きかった。潜水艦としては大きすぎるくらいだった。無骨な駆逐艦のなかにアールデコ調の客船が入っているといったふうで、居室は高級ホテルを思わせる。イーディーが部屋に飾られている写真を見ると、そこに写っている顔が、渦巻き模様の装飾をもつ読書灯の光に照らされたイーディーを見返してきた。周囲には水と空気のささやきが満ちている。艦内で勤務するラスキン主義者の技師によれば、この潜水艦は艦殻が二重の入れ子型の構造を持ち、内側の艦殻は強度と柔軟性と軽量性を確保するためと電線や管を通すために蜂の巣状になっているそうだ。潜水艦が動くと、内側の艦殻がため息をついたり含み笑いをしたりする。イーディーは巨大な、性質の優しい、ぜんそくの犬が艦体を包みこんでいると想像してみた。

制服の白いシャツは袖も胴も細身のきつく締めつけるデザインのもので、イーディーのごく小さな胸は完全に押しつぶされて消えてしまった。上着は肩幅が広く、胴体に男らしい逆三角形のシルエットを与えた。バッグから階級章を出し、ピンを分厚い襟に刺しとおす。バッグには付けひげも入っている。ひろげたツバメの翼のようなひげは、シェム・シェム・ツィエンのそれに似ていなくもない。それを鼻の下に慎重につけ（シェム・シェム・ツィエンから最初にかけられる言葉が「バニスター中佐、口ひげがガスパチョに落ちたよ」では困るからだ）、鏡を見る。

そこには期待以上の効果が現われていた。色白のきまじめな顔は、少年期を脱したばかりの青年のそれで、大人らしく見せたい気負いが若干ありつつも、女には絶対に見えないだろう。面白い。帽子をかぶってまた自分と向きあう。鏡のなかにいるのはかなりの美青年だった。荒々しさはなく、洗練された雰囲気を持ち、精神的なしなやかさはあるが世慣れない感じで、如才ないイーディーが手助けをしてやる必要があった。まったくべつの種類の妄想がまぶたの裏をよぎった。まあ……。手で彼の——彼女の——制服の輪郭をなぞってみる。うーん。自分といっしょにベッドに入れないのが残念だ。身体の向きを変えてみた……すてき。ああ、でも気が散る。イーディーは鏡のなかの自分を鼻で笑い、危険な表情が出ることを期待した。ふーむ。こんな甘ちゃん顔では敵の躍進を阻止できない。もう一度試した。自信たっぷりの侮蔑顔を。が、うまくいかず、殺意を秘めたような奇妙な表情ができあがった。

　クパーラ号が艦体を微震させながら咆哮(ほうこう)した。変温層なるもののせいだ。なんだかよくわからないが、そこにぶつかってはね返されると早瀬を渡るときのような衝撃が来るという。それが起きるたびに、イーディーは自分が海の深いところ、そして故郷からうんと遠いところにいることを実感させられる。それにしても、もう少し身体の芯が温まらないものか。この水深三十メートルのところにいる鉄の葉巻は働く男たちを満載しているというのに、なぜこんなに寒いのだろう。アマンダ・ベインズに暖房器具を要求してみようか。

　じつを言うと、なぜ寒いのかは知っていた。大型潜水艦は大量の熱を発生させるが、クパーラ号はとくにそれがはなはだしい。艦体が図抜けて大きいし、高度な機械を数多く積んでいるからだ。その代表格が暗号機で、ものすごく熱くなるので、イギリスでは良識が許す最小限の衣類しか身につけていない若い女が操作をする。これはラスキン主義者の潜水艦なので、きわめて頭のいい工夫をこらし、外側の艦殻と内側の艦殻のあいだにポンプで水を巡回させた。この巡回する水は——さらに巧妙なことに——艦の操縦にも利用されたし、外からの圧力に抵抗するので艦体の強度を増すことにもなった。クパーラ号の水冷装置は〈管理者〉の最良の仕事だった。アマンダ・ベインズはこれを〈ポセイドンの網〉と呼び、そう呼ぶときはいつも小さく微笑んだ。これをそなえた潜水艦の艦長は自分ひとりだからで、それほど秀逸な装置なのだった。

おかげでイーディーの居室も含めて艦内の居住区画はひどく寒かった。

上から潜水艦にかかっている水圧を意識しながら、イーディーは制服を脱いだ。馬鹿げたことだが、歩くときはそっと足を運び、壁にもたれてしまったときはびくりとした。床や壁に穴をあけてしまったら艦体が壊れて水が満ちてしまう。ばかばかしい。ありえないことだ。それでも不安をふり捨てることはできず、卵の殻がかしゃっとつぶれるところを想像してしまうのだ。

毛布を身体に巻きつけて眠った。運命を共にできる友がいてくれたらいいのに——というより、ベッドを共にできる友の温かな膚があればいいのに、と心底から切望しながら。

ジェイムズ・エドワード（じつはイーディー）・バニスターは、腰にサーベルを吊るし、クパーラ号の通路を進んだ。ブーツは漆黒でぴかぴか光り、足どりは大英帝国男児らしくきびきびしていた。この青年の人格を形成したのはイートン校の校庭だ。古典ギリシャ語や数学の素養は身につかず、思いやりの心も育たなかったが、これから与えられる任務にはぴったりの資質を涵養できた。どんな風変わりな外国の宮廷へ行っても堂々とふるまうことができるだろう。ヘンリー五世やヴィクトリア女王の遺徳の恩恵を受けつつ、シェイクスピア劇の英雄的人物のようにふるまえる青年なのだ。異教徒どもは気をつけるがいい。

「仕事が待っているわよ、バニスター中佐」アマンダ・ベインズがユーモアの影もない口調で言った。「この人たちのことはもう知ってるわね」たしかにイーディーは知っていた。ミセス・セクニの道場にいた、本当にとてもとてもあまりよくない生徒たちのうちの四人で、いまはきちんと制服を着こんで、まあまあまともに見えた。

「はい、艦長」とイーディーは穏やかに答えた。

「では出発しなさい、ジェイムズ。幸運を祈るわ」

胴の長い栗色のロールスロイスに乗りこむ。シートはグレーの革張り、運転手はターというきちんと制服を着こんだ男だ。道中、不都合は何も起こらないでしょう、とターは請けあった。男装の麗人イーディーは、不都合とはどういうものを念頭に置いているのだろうと考えた。後方を見ると、護衛車が一台ついているのが見え、心強くなる。イギリス軍の少数精鋭部隊がついてくれているのはありがたい。

道路はまっすぐ、かつ、真っ平らで、両側は桜並木だった。荒涼たる土地を走っているにしては完璧に整備されたきれいな道路だ。ひとりの老婆が道路に落ちている石を拾っていた。イーディーたちの車が走り過ぎると、また何度も背をかがめながら石拾いをする。どうやらそれが仕事であるらしい。

「カイグル・カーン王はとても進歩的なかたです」とターは誇った。「完全雇用を実現しておられるんです」

「なるほど」

「そして公共事業に力を入れておられます。この道路は王の近代化政策の一環として建設されました。桜の木は日本から持ってきたものです。世界一美しい桜並木です。向きあっている木の大きさと枝ぶりがそろっているんです」

「カイグル・カーン王は自国に最良のものをそろえようとされているんだね」とジェイムズ・バニスターは言った。

「未来のための土木建築計画にも熱心に取り組んでおられます。インフラストラクチャーの整備なくしてわが国が新しい世界で生き延びていくことはできませんからね。われわれは近代的な建設技術を用います。象ではなくて」

「象はもう全然？」

「全然使いません。近代的じゃないですから」

「それは残念」

「カイグル・カーン王は象をさほど高く評価していないんです。王がおっしゃるには、象は元来怠け者ですし、ときどき癇癪を起こします。王は何頭か串刺しの刑にしなければなりませんでした。王の平和軍で仕事をしようとしなかったからです。象は過去のものです。未来のアデー・シッキムには一頭もいなくなるでしょう」ターは最後の言葉を、感動を抑えきれないというふうに息を詰まらせて言った。ジェイムズ・バニスターは急いで相槌を打った。

「とても賢明だ」

「もちろん国民全員がカイグル・カーン王の偉大な計画に参画したいと願っています」ターはきっぱり断言する。

「それは当然だろう」

「反対しているのは国境の向こうからやってくる山賊どもです。やつらはこの国をかき乱そうとしてるんです。アデー湖から来る湖賊どもも」

「湖賊は獰猛なんだろうね」

「そうです。獰猛です。まさしく」

ターは何度も大きくうなずいた。

自慢の輸入並木のあいだから、貧しい家々と希望のない顔々が見えた。

ジェイムズことイーディーは、頭のなかでエイベル

・ジャスミンの声を聴いた。**目的は戦いじゃないぞ、イーディー。聖戦じゃない。サバイバルだ。戦いはそのためだ。われわれは善いこと、正しいことをあとで行なう。いまは戦いのときだ。**

イーディーの好きな考え方ではないが、そのとおりであることは知っていた。車のシートの上で腰を落ち着け、付けひげをひねりながら、大英帝国の偉業を受け継ぐ大胆な青年にふさわしい思考をしようと努めた。

阿片王カイグル・カーン、すなわちシェム・シェム・ツィエンに謁見を賜る者は〈謙譲の扉〉から謁見室に入る。シェム・シェム・ツィエンは王座に坐っていた。美しい女たちが大きな扇で風を送り、宦官たちがそばで仕えている。その王座までは四十歩の距離があった。謁見室には何列ものガス灯があり、小さな球形の火屋がまばゆく熱い光をともしているが、そのあいだに青い光をはなつ奇妙なコイルが点在する。ときどき蠅や蛾がそこへ飛びこんでいくと、ばちっという音を立てる。ラベンダー色のシルクの長いカーペットが敷かれており、それを踏んで王座のほうへどんどん歩くと、そのはずれに金とルビーで装飾された膝頭ほどの高さの横棒があって、そこでひざまずかなければならない。イギリス人、ジェイムズ・バニスター中佐は、帽子を脱いでわきに抱えた。サーベルと拳銃は左手に立つ召し使いにすでに預けてある。前に向き直り、四人のおともは部屋の後方に残して、長いカーペットの上をゆっくりと、しかしごく自然な足どりで歩いた。シェム・シェム・ツィエンはその一歩一歩を注意深く見つめる。バニスター中佐が、モザイクで覆われているせいでまるごと山から切り出されたような印象を与える太い大理石の列柱のあいだをくぐり、藩王の偉大な業績を（適切な編集を加えて）描いた大きな金の彫像群や藩王賛歌をかなでるオルガン奏者のわきを通って進んでいくと——これが王に拝謁する者を最後に圧倒するものだが――小さな橋がぎざぎざの縁を持つ裂け目の上にかけられている。その裂け目の底はうかがい知れないほど深く、のぞけば奇妙な青い光が明滅し、眠れる竜が寝返りをうつような地響きが届いてくる。王の背後には巨大な蜘蛛の巣のような青く光るコイルがあり、王は腕を何本も持つ仏像のようにも見えた。王座に近づいていくと、まるで嵐雲に向かって歩いているようで、髪の毛が軽く逆立った。

　バニスター中佐は横棒にたどり着くと、うやうやしく頭をさげた。

「イギリス国王より、謹んでご挨拶申しあげます」とバニスター中佐は言った。声は軽めで、かん高いとすら思えるほどだったが、イギリスの貴族はもともと女性的だと言われている。

　側近の者が咳払いをして言った。

「訪問者はカイグル・カーン王の前でひざまずくのが慣例(カスタマリー)です」

「わたしは通常の(カスタマリー)訪問者ではありません」とバニスター中佐は生意気ともとれる口調で、余裕の笑みを浮かべて応じた。「大英帝国の特使です。北京でも、モスクワでも、ひざまずきません。いままでもそうでしたし、これからもそうです。ドン・ブラッドマン（オーストラリアの英雄的なクリケット選手）の前にならひざまずきますがね。すばらしい打者です。どうです、藩王陛下。ブラッドマンはいい選手じゃありませんか」

「ブラッドマンは名選手だ、バニスター中佐。しかし前から思っているのだが、ハロルド・ラーウッドは性格がよすぎて、ブラッドマンときちんとした対決ができていないようだ」

「どういうことでしょう」

「ラーウッドは新しい戦術のボディーライン（打者の身体ぎりぎりを狙う速球）を投げるときも、手かげんをするからね」

「それはゲームの性質から来るのです、陛下。結局のところ勝ち負けは問題ではないのですから」

「とてもイギリス的なスポーツだ、中佐。だからわたしはやらない」

「おやおや。では夏をどう過ごされるんです。陛下のような運動好きのかたが」

「フェンシングだ、バニスター中佐。それから狩猟。ときどき戦争も。それからもちろん群れ（フロック）の面倒も見なければならない」

「羊ですか。お国の感覚はどうも不思議ですね。羊の世話というのは、貴族的な娯楽ではないような気がしますが。しかしまあお国の風習のことは陛下がよくご存じですよね」

シェム・シェム・ツィエンは鋭い目で中佐を見据えた。

「国民のことだよ、中佐」

「ああ、なるほど。メタファーですか。羊の群れ、人の群れ。人によって世話をする相手はいろいろですが、なんにせよ手間がかかりますね」

「つねにな」

「暖かい国の国民というのはどういうものなのか興味があります。フランス人はあまり手をかけてやる必要がない。イギリスでも、ウェセックス地方の連中は何もしてやらなくていい。スコットランド人やオランダ人はむしろ世話をすると余計なことだと嫌いますね。しかし暑いところでは国民を学校へ入れて規律を教えこんでやらないといけないようです。どうも厄介だと思いますね」

「わたしの義務だよ。それを果たすことによってわたしは神に近づく機会が与えられる。きみは自分が神の近くにいると感じるかね」

「もちろんです。〝神とわが権利（ディユ・エ・モン・ドロワ）〟。イギリスの国章に記された標語です。わが国の特使であることは司教であることにごく近いのです」

シェム・シェム・ツィエンはにやりとした。「司教はセックスできない」

「外交官は戦争を避けるべきだし、尼さんは酒を飲むべきではない。漁師は寡黙、大臣は無私、裁判官は清廉公正であらねばならない。でも人間は驚くほどつまずきますね」バニスター中佐はゆるい微笑みを大きく、ひろげた。色白の少女のような顔ながら眼光は鋭かった。シェム・シェム・ツィエンは相手の見識を認める顔でうなずいた。そのとおりだ、この青年はなかなか見所がある、と。ずけずけ物を言うが、それは仮面にすぎないようでもあるし、こちらに何か挑戦しているようにも見える。シェム・シェム・ツィエンは、ジェイムズ・バニスターから、自分は本当は何者で、どれだけの力量をそなえているのかを見破ってみろと言われているように感じた。

「すばらしい飾りですね」バニスター中佐は王の背後にある大きな円盤を指さした。

「気に入ったかね。もちろん審美的な面は副次的な要素なのだが、それでも王座が嵐を背後に控えている図は何かを意味している気がするんだよ」

「副次的ですか。第一にはどういうものなのですか」

シェム・シェム・ツィエンの笑みが少し薄くなった。

「わたしは病的なほど虫が怖いんだ、バニスター中佐」

「虫? 大の大人がですか」

「うむ。あるときわが王国を旅している日本人の商人を捕まえたことがある。いろいろなワイングラスを売る行商人だ。その商品のなかにはイギリス製の最高級クリスタル製品やルネ・ラリックの蠟型法でつくった製品のほかに、瀕死の人間の血を吸わせた蚊を封じこめたガラスの筒がいくつかあった。なかの蚊は怖ろしい病原菌を持っていたんだ。わかるかね。このアイデアはあるアメリカ人作家に由来すると思う。ちなみにこの作家はたまたまアジアが好きではなかった。もちろんアメリカ人は——正確には白人のアメリカ人はだが——病原菌をばらまいて邪魔な先住民を殺した歴史を持っているわけだがね」

「素敵な話ですね」

「まったくだ。戦争で使う策略としては効果的だ。しかし人間のすることとしては、見下げ果てたものだよ」わたしをよく見たまえ、バニスター中佐。わたしが口で何か言っても、本当にそう思っているわけではないんだよ。ここを理解しておきたまえ。わたしのすることには限界がないのだということを。

バニスター中佐の穏やかな表情はゆるがなかった。シェム・シェム・ツィエンは軽く鼻息を吹いた。この男は頭が鈍いのか。それとも豪胆なのか。バニスター中佐が続けた。

「あなたもちょっとした戦争をやっているようですね」

「森に住むつまらんやつらが騒ぐのでね。樵（きこり）や炭焼きどもだ。世界には本物の紛争というものがあるが、わが国はそういうものを門前払いしている。きみが言うのは国内の治安問題にすぎないよ」

「言うことをきかない下層民が暴れていると」

「過去の揉め事の生き残りに扇動されてね」

「やれやれ。過去の揉め事はきっちり片をつけておくべきでしたね」

「そのとおり。わたしが自分の慈悲深い行為を悔やんでいるまれなケースだ」

バニスター中佐はうなずいた。その含意はわかる。

「そうなのでしょうね」冷静に応じてから、かちりと靴の踵を打ちあわせた。「そろそろ下がってもよろしいですか」

シェム・シェム・ツィエンは鷹揚（おうよう）にうなずいた。

「一時間後に食事を始めるよ、中佐。うちのシェフがきみの話の種になるよう伝統的な料理を用意している」

「山羊でなければいいと思いますが」

「アデー湖の白鳥の肉、パールビネガーソース。ゴールドリーフト・ポテトとシッキム赤虎のコンフィ」

「虎は食べたことがありません。どんな感じですか」

「その虎が何を食ってきたかによるようだ」

「今夜出る虎は」

「わたしが自分で餌をやってきた。とてもいい味がするはずだよ」

「牛ステーキの味ですかね」

シェム・シェム・ツィエンはにやりと笑い、片眉をあげた。

「ステーキか。そう。それと森の匂いも少しするだろうな、バニスター中佐。森のどんな匂いが混じっているかはわからないが」

「あいつぁ冷てえ野郎だやな、ったくよう」バニスター中佐の部屋で、〈鳴き鳥〉が盗聴器なしと保証すると、〈旗ざお(フラッグポール)〉が言った。「混ぜっけなしのくそ野郎だや。あんなくそウンコ、世界にいなくてもいいによ。てわけにもいかねえんだろな、〈伯爵夫人〉？」

「中佐だ」と〈鳴き鳥〉が叱責しつつ、部屋の隅でぶずずっと小さく唸っているコイルを見た。あのコイルは虫よけであると同時にマイクでもあるのでは、とイーディーは考える。スパイであることが暴かれたら答えがわかるが、その展開はごめんだ。敵地に乗りこんだ少女スパイ。まあバニスター中佐が第一級のスパイだろうというのは藩王たちには明らかなことだろうが、彼らはスパイがやってくることは当然のことと思っているらしい。目の前の男が銃を持っていても、銃口を床に向けているかぎり気にしないというのに似た対応だ。

「あや、そうだ、中佐だや。ねえ、そういうわけにゃいかねえのかねえ」〈旗ざお〉はイーディーを見おろした。その田舎田舎した顔には、新しい自転車をねだる子供のように期待の色が浮かんでいる。

イーディーは高級売春宿風にシックな室内を見まわ

した。ソーホーで不良紳士たちがハーレム状態を試してみたくて訪れる雰囲気だ。イギリスの青年将校への軽い嫌がらせか、どうせ趣味のよしあしなどわかるまいという侮りか、それとも……おまえの変装などとっくにお見通しだぞという警告として、付けひげをつけた嘘の特使には嘘くさい部屋をあてがったのか。それはわからない。オレンジ色のサテンのカーテンをつまみ、顔を撫でてみる。甘美な膚ざわり。**おっと気を散らすな。**

「よほど不都合なことが起きれば話はべつだけど」とイーディーが答えると、〈旗ざお〉の顔が明るくなった。

「たいがい不都合が起きるだやな」

「そうならないよう願いてえ」と〈鳴き鳥〉がつぶやく。「そんなこた、ほかのやつらがやってほしいや。部屋を出るとき、野郎おれを睨みやがった。しょんべんチビるかと思ったぜよ。だいたい命令なしにそんなことできっか。馬鹿くせえ！」

〈鳴き鳥〉は何かというと〝馬鹿くせえ〟で締める。汚い言葉を吐くことから逆にきれいな声で鳴く〈鳴き鳥〉の渾名（あだな）がついたのだ。クパーラ号に乗艦勤務して何日か後に、〈ちび野郎（ショートアース）〉（渾名から予想されるとおり身長二メートルのひょろ長い男だ（英語圏では大柄・長身の人に〝小さい〟という意味の渾名をつけることが多い））が命名した。「うげー、こんな上品な野郎おらにゃ合わねえら。なあ艦長さん、こんな〈鳴き鳥〉といっしょに航海はできねえらよ！」

イーディーを〈伯爵夫人〉と最初に呼んだのも〈ちび野郎〉だった。きっかけは、潜水艦から上陸する前に〈旗ざお〉がイーディーと同衾（どうきん）しようとした事件だ。

「ねえ、お嬢ちゃん、いいじゃないのぉ。いいことしようぜや。あんた絶対おらの旗ざおにスリスリしたくなるからよぉ。いますぐここでしようぜや。したらあんた、上陸する前にムラムラがとれっからよぉ……」

そう言ってイーディーの口にぶちゅっとキスをした。

イーディーはミセス・セクニに教わった〈変態ブルジョワ知識人による不適切なアプローチを撃退する方法その2〉を思い出した（ミセス・セクニは、そういう変態は大勢いること、そして〝その多くが自分で女性にアピールするとおり興味深い人物であるから絶対に軽蔑すべきではないということはない〟ということを教えた）。イーディーはそのままキスさせておいて、華奢な手で相手の肉厚の尻を両手でつかみ、身体を密着させた。周囲の隊員がおおーとかおいおいとか声をあげるなか、さらにキスを長引かせ、舌をあたうかぎり淫らなやり方でくねらせながら驚いている相手の口に差しいれた。両手で相手の身体をあちこち撫でまわす……。周囲の声が収まりかけるころ、イーディーは親指を〈旗ざお〉の首の両側にそっとあて、ゆっくりと、それとわからないよう頸動脈を押さえはじめた。

一、二、三……四。

〈旗ざお〉は失神して、イーディーの腕の輪からすとんと床に落ちた。みんなはまじまじとイーディーを見た。

イーディーは美味しいものをたっぷり食べたような笑みを大きくひろげて歩み去った。

「こりゃおんたまげだやな」と〈ちび野郎〉は言った。「ことっと落としちまったぜや！」そしてイギリスの兵隊は柔軟な心の持ち主なので、たちまちイーディーを賛美しはじめた。「はあ！　てえしたもんだ。ありゃ魔女だやな。油断してっと邪（よこしま）な目ってやつで睨まれっど！　ありゃ魔法使いだや！　おらたちの国の〈血の伯爵夫人〉（十六～十七世紀ハンガリーの女性連続殺人者バートリ・エルジェーベトの異名）だやな！」

シェム・シェム・ツィエンの城で、〈旗ざお〉は不都合が生じるいろいろなケースのことを考えた。「まあ見てみるべよぉ」

イギリス海軍中佐ジェイムズ・バニスターは、片手にエキゾチックな果物、もう片方の手に象牙のスプーンを持ち、後者で前者を深々とえぐりながら考えた。本物の秘密工作員なら、このスプーンをシェム・シェム・ツィエンの額に突きたてることで問題全体を解決するだろうな、と。だが哀しいことに、スプーン一本で大暴れというのは、少年雑誌の冒険活劇ならともかく実際には難しいし、シェム・シェム・ツィエンもおとなしくやられてしまう男でないことで悪名高い。それに姿の見えない弓の射手が巧みに配置されていて、ご主人さまが深刻な打撃を受ける前に決着をつけてしまうだろう。

果物は調理した魚肉の食感と、マンゴーとしょうがと塩の味がした。シェム・シェム・ツィエンはそれを〈火の梨〉と呼んだ。ダッカ・デルタを流れる大いなるアデー川の岸辺でしか生育しないらしい。

「無知蒙昧な時代には、巨大なナマズの卵と言われていたそうだ」とシェム・シェム・ツィエンは説明する。

「これを使った特別な料理には〈不老不死の霊液〉が含まれていると信じられていた。乾燥させた花は……媚薬として珍重された」

バニスター中佐はシェム・シェム・ツィエンの顔を見ながら、相手の期待どおりに不安な表情を浮かべてみせた。芝居がかったことが好きだなあ。

「だがこの果物はまったく安全だよ、中佐。保証する。川べりから食卓までのあいだに何人もの毒味役がいるんだ。その者たちには毒味のしかたを細かく指示してある」

ああ、そうでしょうね、とジェイムズ・バニスターの下でイーディーは思う。おなかにくすぐったいような心地よい温かみがある。果物は少し発酵しかけているか、強い酒に漬けてあったのではないか。ジャスミンから受けた訓練のなかには、覚醒剤やあまり聴いたことのない毒薬の味見も含まれていた。奥歯のあたりがうずうずしたり、みんなに崇拝されながら自分の名て。

前を絶叫したい強烈な欲望に焼かれたりした。さてさ

バニスター中佐はこれ見よがしに喉を動かして口のなかの果肉をごっくんと呑みくだした。皿には〈火の梨〉の皮が残っている。

「強烈な味だ」と中佐はつぶやいたが、無感動な口調だった。「部屋のなかが暑いくらいなのはガス灯のせいですか」

シェム・シェム・ツィエンが手ぶりで合図をすると、召し使いたちが果物の皿をさげた。「気候のせいだよ、中佐。天然ガスは照明用に使っているが……友好国へ輸出することも今後ありうるね。わが国に大量の石油が埋蔵されているかどうかはわからないが、どうもありそうだ。もちろん――」もちろんなんなのかは、少し待たなければわからないようだった。食堂の遠い端から大勢の人の衣ずれの音が聴こえてきた。そちらのほうには二人掛けの椅子が一脚、王座か寝椅子のように置かれている。普通なら肉料理を切り分けるテーブルが置かれている場所だ。トランペットに似たものが何度も吹かれ、また大勢の召し使いたちがやってきてテーブルに食器を並べたり椅子にクッションを置いたりした。遠くで銅鑼(どら)が鳴った。

「きみに紹介しよう」シェム・シェム・ツィエンはたいして感激していない声で言った。「全国民に愛されている絶世の美女、アデー・シッキムの薔薇、わが母上のご入来だ。ご機嫌いかがでいらっしゃいますか、母上」ふいに立ちあがり、肩幅の広い男ふたりに担がれている輿のほうへ足を運んだ。輿にのっている小さな美しい衣装にキスをしようと、面倒くさそうに背をかがめる。するとその衣装が動き、なかから半白の髪に灰色の顔をした老女がのぞいた。どうやらイギリス国王に手紙を書いた皇太后、イギリスでの女学生時代にはドティー・カティーの愛称で知られた女性に違いない。皇太后は片手を持ちあげて息子を退けるような仕

草をし、顔をそむけた。

「母とのあいだには行き違いがあってね」シェム・シェム・ツィエンは穏やかに説明した。「身内の問題だ。歴史家以外の興味を惹くとは思えない些細なことだよ」

「この人殺し」皇太后は元気のない声で言った。

「馬鹿なことを、母上」シェム・シェム・ツィエンはやわらかく窘める。「ひどいじゃありませんか」

ドティー・カティーは非常に小柄な老女で、椅子に坐ると身体が完全に呑みこまれてしまいそうになり、クッションのおかげでかろうじて姿が見えた。

「母がわたしに敵意を向けるのは精神科医が感情転移と呼ぶものだ」シェム・シェム・ツィエンはつぶやきながらまた椅子に腰をおろす。「わたしが世継ぎをつくらないことを不満に思い、そこから偽の記憶をつくりだしている。そうすることで、自分が生き残ったことへの罪悪感を和らげようとしているんだ。人間の心はじつに柔軟なものだよ」

「そういうのはあまりよくありませんね」とバニスター中佐は言った。「フロイト的だかなんだか知りませんが、そういう心の動きはイギリス的ではない気がします」

シェム・シェム・ツィエンはふんと鼻を鳴らした。

「まったくだ」

皇太后は身じろぎをし、輿を担いできた男のひとりを呼んで、テーブルの上の花瓶の位置を変えさせた。シェム・シェム・ツィエンの姿がほぼ完全に見えないようにしたのだ。シェム・シェム・ツィエンがあとを続ける。

「世継ぎが生まれれば当然、王位の承継が問題になる。わかるだろう。こういうことはタイミングが大事なんだ」

「ご自分がもう少し年をとるのを待っているんですね」

シェム・シェム・ツィエンは微笑んだ。

「わたしの執政能力が衰えるころ世継ぎが成人するように、という意味かな」

「まあそういうことです。そうなんでしょう？」

「じつを言うと、また人口が増えるのを待つつもりなんだ。大量虐殺ができるように。いずれ王位を譲ることが明らかになったとき、わたしをすぐに王位から引きずりおろそうとする連中が出た場合にどういう運命が待っているかを示すためにね」

　バニスター中佐は王の顔をまじまじと見てつぶやいた。

「それはちょっとひどいな」

「わたしはそうは思わない」とシェム・シェム・ツィエン。「たしかにきつい仕置きではある。しかし神のなすことのように厳粛なものだ。そう思わないかね」

「それは異教の神ですね」

「そうかな。じつはわたしは子供のころから疑問に思っていた。聖書には、人間は善悪を知って神のようになったとある。それが罪の一部だと。しかし神の最も顕著な特徴、神の神らしいところだと誰もが思う側面は、沈黙だ。人間のことに対するあの偉大なる神々しい無関心だ。キリスト教徒は、神はわれわれに自由意志を与えたと言う。そして神が存在することはわかっている、なぜなら、神はつねに徴(しるし)を使って心(ハート)に語りかけてくるからだとも。

　だがわたしは〝徴〟などでは満足できないし、心臓(ハート)は血を全身に送り届けるための臓器以外のものではない。むやみに語りかけられたら心臓は仕事を忘れてわたしは死んでしまうだろう。だからわたしは偉大なる計画を考えたんだ、バニスター中佐。わたしは知ることにした。神に近づくことにした」

「高貴な野心ですね」

「ユニークな野心だよ。神に似ることで神に近づこうとしているのはわたしだけだ。聖なる書物は千ほどあり、どの書物のどの言葉にもそれを心に銘記している聖人や僧侶が一万人ずついる。しかし確信を与えてくれるような真理はあらわにならない。詭弁が世にあふれ、循環論法が幅をきかせて、どちらを向いても嘘だらけ、堕落だらけだ。わたしは自分が出会ったそうしたものを……抹殺した。わたしは嘘つきや堕落した者たちを最後に正直にした。だがそのあいだにわたしが知ったのは、われわれは神のことを何も知らないということだけだった」

「神が存在することすらどうしてわかるでしょうね」

「まったくだ。しかしわたしは存在すると信じている。わたしが信じているのはそのことだけだ」シェム・シェム・ツィエンは唇をゆがめて自嘲的な笑いを浮かべた。「わたしにとっての宇宙の感じられ方、宇宙と人間との交感、偶然の一致と偶発的事象、もろもろの整然とした生成発展、そうしたものがわたしに神の存在を納得させる。時計を見れば時計職人の存在を感じることができる。こういう感じ方をする科学者や哲学者や神学者もいるが、まったく理解しない人たちもいる。だがそれはどうでもいいことだ。自分で信じられればそれでいい。ただそうは言っても……この神の本性は、バニスター中佐、わたしにはいまもってわかりにくい。神は曖昧だ。存在はしているがいつも留守だ」

「そんなことはないと言っている尼さんをひとり知っていますよ」

シェム・シェム・ツィエンは顔をしかめ、また手を打ち鳴らして合図した。照明が暗くなり、ひとつの壁の前のカーテンが開いて、その向こうの部屋があらわになった。その部屋には医療器具が所狭しと並び、床は白いタイル張りで、中央で男がひとり磔にされていた。

シェム・シェム・ツィエンが立ちあがったので、バニスター中佐も腰をあげた。どうやら見物ツアーが始まるようだ。

「身体は何カ所かで支えている」シェム・シェム・ツィエンは近づきながら、ごく普通の会話の調子で言った。「磔刑ではむりな姿勢のため窒息死することがあるが、わたしはそれを許さない。見てのとおり、身体を覆って体温が失われないようにもしている」やわらかなウールの毛布をそっと持ちあげて、犠牲者の身体を見せた。「釘を打つときは麻酔を使った。麻酔も釘打ちもわたしが自分でやった。わたしという神は助手を必要としない。天使の群れなどいらないんだ」

ふたりが近づいていくと、磔にされた男は小さくうめいた。なるほど両手両足は太釘できれいに固定されていた。太釘は銅製らしい。バニスター中佐は釘が刺さった部分の肉が焼けているのを見て、その意味を悟り、ちょっとたじろいだ。

シェム・シェム・ツィエンは男の背後を歩きまわり、十字架にかけられた毛布を奇術師のようにさっととりのけた。十字架のうしろには青い光をはなつ大きなコイルが据えられていたが、いまは鈍く黒ずんでいた。

「神はこれを許すはずがない。この城には神の雷鳴のような声が響きわたるはずだ。この男はかつて司教で、所属する教会から伝道者として派遣されてきた。そして沼沢地の下層民の味方をしてわたしに歯向かった。この男に扇動された烏合の衆が、わが城の門まで押し寄せたんだ。じつにその日は驚くべき日だったよ、中佐。そうしていまこの男はここにいる」シェム・シェム・ツィエンは長い人さし指でスイッチを入れた。コイルはすぐには明るくならなかった。じじじという音とぶうんという音がする。そのあいだに司教は引きこもっていた心のなかの場所から徐々に戻ってきて、これから何が起きるか悟りはじめた。司教は訴えかけるような目をバニスター中佐に向けてきて、口を開いて何か言おうとした。コイルが光り、司教が背をそらせて叫んだ。手や足から豚肉がこげるような臭いが出た。バニスター中佐は喉の奥にこみあげてきた苦いものを呑みこみ、細かいところに注意を集中した。嘔吐したり、吐き気がするような顔をしたりすれば、殺されるのではないかと思った。

磔になった司教は中年で、前は中太りだったようだが、いまは灰色の肉がたるんでいた。かん高い悲鳴が長々と続いたと思うと、ふいにぎゃっぎゃっぎゃっという怖ろしい断続音に変わった。

「最初のひと月ほどはずっと祈っていたが」とシェム・シェム・ツィエンは言った。「そのつぎは呪いはじめた。いまは吠えるだけだ。わたしはこの男を獣のレベルに落としてやったんだ。この男はおそらくわたしを崇拝しているだろうと思う。いずれこの男は土にして、そこで薔薇を育てるつもりだ。わたしはこの男が死ぬのを待つかもしれないし、待たないかもしれない。だが神は沈黙したままでいるだろう。長い退屈な沈黙を続けるだろう。わたしにはそれが苛立たしい」

シェム・シェム・ツィエンがまたさっと手をふるように動かし、叫んでいる司教の身体を毛布で覆った。コイルが鋭い音を立てて火花を飛ばし、司教は痙攣しながら汗をはね散らした。音は毛布でくぐもったが、消えはしなかった。シェム・シェム・ツィエンは、手ぎわの悪さに、ちょっと不安げな顔になった。

「申し訳ない、中佐。いまのは無作法だった。どうか坐って、食べてくれたまえ。きみに言いたかったのは……意見を持つ人間は多いが、知識を持つ人間は少ないということだ。わたしは意見にあまり興味がない。知識を充分に、まぎれもない経験として持つことに興味があるんだ」

「なるほど」

「いや、きみにはわかっていない。だがいまにわからせてあげよう。わたしは神に似ることで神を知ろうとしている。だからあまたの聖なる書物に記録された神の事跡を模倣してきた。兄弟殺し。父殺し。わたしはどちらも犯した……老若男女を殺してきた。そして慈悲も見せた――怖ろしく慈悲深い行為をわたしはした。気まぐれに。わたしの慈悲深さのおかげで多くの人間が正気を失った。わたしはあまりにも凄惨な悪逆無道を行なったので、その残虐さは列強をも恐怖させた。きみたちの国も含めてだ。

　わたしは何千人も溺死させた。あちこちの住民を病原菌で皆殺しにした。わたしのすることに衝撃を受けて司教どのは心臓がとまる思いをした。司教の心臓はとまり――人類の歴史が刻みつづけてきた死のリズムだけが響いた。わたしは司教を捕まえ、本来の人間に戻してやった。肉体を持つ人間へとな。なぜならわたしがそれを欲したからだ。それは神のような行為だからだ。

　そしてわたしは絶対に自分の行為を説明しないんだ、中佐。今夜こうしてきみに説明しているのは例外だよ。これはきみをわたしの預言者にしてイギリス政府に送り返すためだ。わかるかね。神は無関心で、沈黙していて、よそよそしい。わたしもそのようになろうとしているんだ。恐怖と災厄のなかで立ちあがることによって、わたしはますます神に似る。わたしは神の鏡像になるんだ。

　わたしは沈黙している神と対話するんだ、中佐。あらゆる人間のなかでわたしだけが、神をおのれと同等の者として知る。そうしたらどういうことになるかは、いまにわかるよ」

　毛布の下で司教が大声で吠えた。シェム・シェム・ツィエンは顔をしかめ、さっとグラスをとりあげた。コイルがぴたりと唸りをとめる。息を呑む音がし、それからすすり泣きの声がしたが、すぐに小さくなって消えた。

なんということだ。

　バニスター中佐は王が酒を飲むのに応じてグラスを口へ運びながら、つぎに何を言おうか迷った。

「ロンドンはいまどんな様子なの、バニスター中佐」

問いは唐突で、口調は荒かった。それはテーブルの向こう端の、クッションの山の上に鎮座して金のストローで何かのスープを飲んでいるドティー・カティーからやってきた。シェム・シェム・ツィエンは少しのあいだ目を閉じた。外国の使者を相手にした外交的な駆け引きは、男女間の誘惑の駆け引きに似ている。その場に年配の身内の女性がいて、みんなの会話に対して冷ややかな態度をとっているときはなめらかに運ばないところが、とくにそうだ。

「もちろんいまは戦争中ですから」とバニスター中佐は申し訳なさそうに答えた。「皇太后陛下が覚えていらっしゃる街とはずいぶん違ってしまっていると思います。少なくとも当面はそういう状態でしょう」

「え？」ぼろきれの塊のような腕が動いて、片手が耳にあてがわれた。「いまなんて言いましたか」

「戦争(ウォー)が続いていますと申しあげたのです」

「そりゃそうでしょうよ！　わたくしがいたころも売春婦(ホアー)がいましたよ。若い男どもは堅気の娘にも手を出そうとしたけれどね。汚らわしい！」

「皇太后は耳が悪いんだ」とシェム・シェム・ツィエンがささやいた。つんけんする母親に鼻白んで、映画スターのような気取りがいくらかはげ落ちた。

「ここアデー・シッキムには象がいる。象は徳の高い動物で知られています」と皇太后。

「そういう話は聴いたことがないようですが」バニスター中佐は用心深く言った。

「いいえ、象の目には道徳の光が宿っていますよ。ロンドンでも飼うべきです。国民の徳育のために！」皇太后は勢いよくうなずく。「ドイツ人もです。象を飼っていれば、ヨーロッパはいまのような大混乱には陥らなかったでしょう。そう。わたくしはそのことをジョージに手紙で提案するつもりです。それとも、あなたはそのことでここへ来たの。象のことで」

「いいえ、皇太后陛下。わが国王は政治のことでの協議を希望しておられます」

「政治のこと！　は！　それより道徳の問題が大事なのですよ。政治問題ほど腐りきったものはありません。でもわたくしはある人のことを思い出すのです」皇太后は続けた。「その男は髪に花を飾っていました。想像できるかしら。イギリス人の男がですよ。あれはなんの花だったか。ラベンダー？　ゼラニウム？」眉をひそめた。「あなた話を聴いてるの。〝ゼラニウム〟かしらって言ったのよ！　で、なんの用で来たわけ」

　バニスター中佐はすっと立ちあがって王を一瞥してから、きちんとした足どりでテーブル沿いに歩いて皇太后のところへ向かった。

「イギリス国王より、謹んでご挨拶申しあげます」

「ゴージャスなジョージから？　まあすばらしい。あの方はまともな殿方よ。誰かさんと違って」皇太后は怒りのまなざしを息子に向けた。

「失礼ですが、皇太后陛下、お尋ねしますが、いまのお話の花というのはジャスミンでしたか」

　皇太后は涙で潤んだ目で疑い深そうに中佐を見あげた。

「違います」

「〝ジャスミン〟でしたかとお訊きしたのですが」

「わたくしに向かって声を張りあげるのはよしなさい！」

　バニスター中佐は皇太后をじっと見つめた。

「違いますよ。全然違います」と皇太后。「あれはヒナギクじゃなかったかと思います。そう。とても平凡で退屈な花。わたくしはあなたが嫌い。国王と同じようにきれいな男だけど、たちの悪い美貌ね。ジョージにはもっと人選をちゃんとするよう伝えて。わたくしがそう言っていたと」皇太后は立ちあがり、バニスター中佐をはたこうとするように手をふった。「そこどいて。邪魔よ！　邪魔！　なぜ自分の家で嫌な人間に会わなきゃならないの。わたくしの息子は何もしてくれないのかしら。弱虫で人殺しなんてぞっとしない組み合わせね。わたくしはこの城のいちばん高いところに住まわされて、自分の愛しているものから遠ざけられている。そばにいるのは警備兵たちと、わたくしの足を洗う若い女たちと、不気味な装置をつくるいかれた女の外国人の客。わたくしは大事な可愛い象たちからうんと離れて暮らさなければならない。そして今度はあなた！　ロンドンからあなたみたいな嫌な男がやってきて、ロンドンはすっかり変わってしまったと言う。それは変わったでしょうよ！　良いものは長続きしないから。すべての美は塵となり、われらが喜びはみな灰となる。わかる？　ぱ！　さあどいてちょうだい、坊や！　わたくしはあなたが生まれる前からお婆さんだったのよ！」

皇太后はバニスター中佐の上着をつかもうとして狙いをはずし、老いた手は青年の股間に飛びこんだ。このとき初めて、大きな意地悪な笑みが皇太后の顔を輝かせた。制服に身を包んだ中佐をじっと見つめながら、そうかそうかとうなずいた。

「あらあら」皇太后はそう言いながら、シェム・シェム・ツィエンに狂気をはらんだ目を向けた。「どうもこの辺がもう少しないと困るだろうねえ」

バニスター中佐はそっと皇太后の手をどけて、ややはっきりした声で言った。「いえ、これでいつも充分間にあってきましたが」

皇太后は嬉しそうにまたにやりと笑った。「そうでしょうね。わが息子があとで〝お愉しみの相手〟をあなたに提供するでしょう。あなたが自分を本物の男だと納得できるように」あ、これは警告だと中佐は思った。皇太后は最後に「まあがんばりなさい、坊や」と言い、紙がこすれる音をごくかすかに立てて片手で紙片をとりだすと同時に、反対側の手で金属製のボウルをひっくり返した。盛られていた果物がテーブルの上に転がる。そのすきに皇太后は優秀なスパイの手並みで紙片をこっそり中佐のポケットに滑りこませた。それからふんと鼻で笑い、「誰かさんと違って本物の男なら」と言ってシェム・シェム・ツィエンを睨みつけて、部屋を出ていった。

とても深い、気まずい沈黙が流れた。

「いやあ」とバニスター中佐は小声でシェム・シェム・ツィエンに言った。「あれを引っこ抜かれるかと思いましたよ。危ないところでした」

シェム・シェム・ツィエンは中佐をじっと見た。それからなんとか外交儀礼の笑いをひねり出して、そのとおりとうなずいた。

「まったくだ、バニスター中佐。まったくだな」

「しかしお若いころは大変美しいかただったのでしょうね、皇太后陛下は」

シェム・シェム・ツィエンは手を叩いて合図した。

「きみのような男は珍しいよ、バニスター中佐。おかげでずいぶんいい気分になった……わが招待客に敬意を表するぞ！　さあ、それでは白鳥の雛鳥どもに白鳥を運んでこさせよう」ほどなく部屋は、羽でできたごく小さな衣類しか身につけていない女たちでいっぱいになった。むきだしの膚の海の向こうから、金の皿にのせられた晩餐のメインディッシュが現われた。

イーディーは木の幹の裂け目に片足を差しこみ、もう片方の足を窓敷居から吊りさげたロープの先の小さな輪にかけた。ジェイムズ・バニスターの口ひげはまだつけたままで、上着の下には見たことのない素材の硬い手ざわりの胴衣を着こんでいる。この胴衣はいざという場面で、殺傷力が小さめの武器からまずまず身を守ってくれるはずだ。エイベル・ジャスミンは〝小さめ〟という言葉と〝まずまず〟という言葉を強調した。剃刀で傷つけられる可能性は低いが、地上で警備にあたっている藩王の兵士たちがはなつ矢や銃弾からは、全然守ってくれないということだ。イーディーは目下の任務に神経を集中した。その任務とは、三人の警備兵の頭上で、見つからないようにして城壁をよじのぼり、皇太后の住まいを訪ねることだ。警備兵たちは、そう重要な場所とも思えない中庭を、ばかばかしいほど長い時間をかけてパトロールする。おっと。煙草の匂いだ。

やれやれ。イーディーのいるところから十メートルほど下で、警備兵たちが立ちどまって一服しはじめたのだ。

机上では、いい計画に思えたのだが。

さらにはひどく醜い大きなムカデが、のんきに木の幹を這って、イーディーの脚に近づいていく。いや、のんきにではない。狩猟をするつもりだ。おぞましい虫は自分と他者のサイズの差をあまりよくわかっておらず、イーディーの脚に咬みつき、毒で麻痺させ、ゆっくりとご馳走を愉しむ気らしい。その回転の早い小さな頭のなかでは、完全に脚の陰に隠れて、イーディーからは姿が見えないつもりでいるようだ。

イーディーは、ミセス・セクニならこの猪突猛進しようとする生き物をどうするだろうと考えた。節足動物・唇脚類（しんきゃく）の経済活動をマルクス主義的に分析すればプロレタリアート発生前の階級的搾取の構造や前社会主義的コミューン主義がそこに認められるかどうか、あるいは彼らの知恵を人間社会に適用できるかどうかについては、議論の余地があるだろう。かりに首尾よくイーディーの脚を殺したとして（ムカデは狙う獲物が大きな動物の一部にすぎず、その大きな動物がじっと待ち構えていて、このまま近づきつづければ咬みつく前にククリナイフで音もなく突き刺されることに気づいていないのだ）、このムカデは自分の仲間たちに獲物を分け与えるだろうか。仲間のムカデたちというのは、自分たちの種の繁栄に必要不可欠な存在だが、一方で、テリトリーと交尾の相手と食べ物をめぐって熾烈な争いを繰り広げる競争相手でもあるわけだが。

あるいはこのムカデはミニ国家の一時的な樹立を宣言して、イーディーの脚の周囲に国境を設定し、パトロールしながら肉を食するだろうか。

ムカデは――イーディーはそいつをリチャードと名づけた――全長三十八センチで、ブラッドソーセージ（血を加えた黒っぽいソーセージ）のように太い。いまわしいことに、色までブラッドソーセージ（調理前の）にそっくりだ。**うぐぐ**。アデー・シッキムの住民はこれを見つけるとすぐ殺す。なぜなら、いまわしいことに、人を咬むからだ。イーディーはリチャードを叩きつぶしてやりたかったが、屍骸が警備兵の上に落ちるリスクを冒すわけにはいかない。そんなことになればイーディーは発見されて、〈鳴き鳥〉が言うところの〝全面的しっちゃかめっちゃか〟になるだろう。そういうわけで**うぐぐ**は内心のうめきにとどめ、リチャードのことは嫌悪をこめて注視するだけにした。本当はばこんと叩いてやりたいのだが。**ばこん、ばこん、ばこん、ばこん、ばこん……ばこんばこんばこんこのチビくそ野郎**。

リチャードは、今夜イーディーの内腿に下心を持った者の二番手だ。一番手は、焼き猫の皿を運ぶ、全裸に近い召し使いのひとりだった。シェム・シェム・ツィエンは食と性の快楽を合わせて味わうのが好きなのだ。シェム・シェム・ツィエンが上着を脱いで、美しく日焼けした腕や肩をむきだしにすると、王のハーレムを構成する羽でできた小さな衣類だけをつけた若い娘たちは痙攣しながら情熱に身を焦がすそぶりを見せはじめた。イーディー自身、全裸に近い娘たちに心を動かされていないわけではなく、腹のなかで〈火の梨〉が燃料となってエロスの内燃機関が作動する。王が娘のひとりとタンゴを踊り、ラッタッタ、ラタタ**ター**タ、とけだるい性的なリズムを刻みだすと――イーディーは汗をかきはじめた。もっとも発汗の原因には、自分も服を脱げと言われたらどうしようという不安も含まれていた。シェム・シェム・ツィエンはすでに上半身裸になり（これが不安のもとだった。イーディーの胸がさらけだされたら、それについての言及と議論が活発に行なわれるに違いないからだ）、交尾中のキツネのような匂いを発散させている。ついで事態はさらに切迫したものになってきた。「かしこまりました」と言うだけの名も知れない娘のひとりがバニスター中佐の膝に腰かけ、イギリス人青年将校に白鳥の肉と金粉をまぶした野菜をあーんと食べさせる作業に断固とりかかったのだ。

中佐の口に食べ物を入れるあいまに、〈かしこまりました嬢〉は手をさっと下に伸ばして（ありがたいことに、この娘はまず胸を愛撫することには興味を持たなかった）、制服のズボンの青年将校の男らしい器官があるはずの部分をさすろうとした。〈かしこまりました嬢〉は中佐の股間にあるものを握り、それがびっくりするほどのサイズであるのを知ると、いよいよ情熱を燃やし、せがむような、急かすような、おだてるような身ぶりを示しながら、自分自身の、食事中には普通見せない部分を露出しはじめた。

〈かしこまりました嬢〉は、自分が誘惑の手管をつくしている対象が大きな緑色のバナナだと知ったなら、たぶんちょっとむっとしただろう。そのバナナはイーディーが皇太后からタイミングのいい警告を受けて、用心のためしかるべき場所に忍ばせておいたものだった。もっともイーディーは全然平気というわけではなかった。バナナはみだらな様態で膚に直接押しあてられていたからだ。股間の曲線にぴったり合ったゴムのように柔軟性のある果物は、イーディーの最も感覚鋭敏な部分を圧迫しているのだ。〈かしこまりました嬢〉がじかにその部分に働きかけているわけではないが、力が伝達される単純なメカニズムによって、バナナの弾力をおびた硬さが絶妙の……ほかに適切な言葉が見つからないが……刺激を生み出している。

膝に乗った〈かしこまりました嬢〉が尻をぐねぐね

して熱心に8の字を描くあいだ、イーディーはシッキムの赤虎の肉を齧りながら、バナナで性的絶頂に達しかけている女が発するような声をなんとか抑えこんでいた。イーディーはそれにかつかつ成功しているだけだったが、幸い、シェム・シェム・ツィエンはべつの行為に気を入れているところだった。

暖かい闇のなかで、イーディーはムカデのリチャードを見おろした。口もとの感じはロンドンのピムリコーで出会った若い近衛連隊将校によく似ていた。**ちょっとあなた、いまにとっちめてやるから**。それからまた、**うぐぐ**と無言でうめく。近衛連隊のリチャードは顔をきれいに剃り、巨大な顎を誇りにしているようだった。こちらのリチャードは口から下の部分に細い毛を生やしている。こういう禁欲的な毛を生やすのはピューリタンのムカデだろうか。**くそリチャードめ**。イーディーはわずかに重心を移動させて、ククリナイフを鞘から抜いた。くそリチャードはじりじり近づいてくる。イーディーのすぐ左にひどく興味深いものがあるとでもいうように。頭上の時計塔からうまい具合に大きな鐘の音が降ってきた。つぎの鐘の音に合わせて、イーディーは腕をふりおろし、すぷっというやわらかな音とともに〈くそリチャード〉を木の幹に釘づけにした。

はー。

まもなく警備兵たちはいなくなり、イーディーは登攀を再開した。片足をあげていくと、ちょうどいい出っ張りがあった……ロープをはずして手繰り寄せた。**美しい淑女に会いにいこう、トララ**。いや、まったく、ドティー・カティーはお馬鹿さんなんかじゃない。鋭い切れ者だ。ポケットのなかの手紙には、いつ、どこへ、どうやって行けばいいか書かれていた。反対側の足を持ちあげる。動きをとめて、カラビナが壁にあたる音がしていないか耳をすます。いや。大丈夫だ。聴こえるのは三階で誰かがガラスの容器を動かしている音だ。さあ、登れ、登れ。

背中を汗が流れ落ちる。左右の肩甲骨のあいだをつーっと。両脚が震える。しくじればずいぶん高いところから落下することになる。にんまり笑って、今度は横向きに移動しはじめた。祖国に奉仕したい娘。まったくもう。

十分後、懸垂で身体を持ちあげて、細長い窓からなかに入った。目の前にあったのは、かつて見たことがないほど哀しげで、美しくて、年老いた顔だった。

ドティー・カティーが待ってくれていたのだ。

Ⅷ

招かれざる客、若い娘を困らせるタイプ、川面にて

マーサーは受話器を置いて、ポリーを見た。〈大胆な受付係〉ポリーが肩をすくめると、マーサーは眉をひそめて、暗い声で言った。

「逮捕状は出ていない」

ジョーはこの二十四時間でわが身に起きた変化のことを考えてみた。逮捕状が出ていないことは吉報のはずだ。それをマーサーはなぜかよくないことのように受けとめている。いったいこの世界はどんな変転をさらに用意しているのだろう。

「もう家に帰っていいってこと？」
「そうじゃない。蜜蜂の群れがパリ上空に現われた。ベルリンの上空にもだ。季節はずれの大群の出現に専門家は戸惑っている。フィレンツェでは機械の蜜蜂についておかしな出来事が報告されている。フィエーゾレの近くにあるルクレツィア邸に装飾的な彫像があって、実際には時計なんだが、それが三十年ぶりに動きだしたという……。それからインドのムンバイからある噂が伝わってきている。インドとパキスタンのあいだで外交上のトラブルが起きているという噂だ。インドが北部の都市ジャンムーからパキスタンのギルギット・バルティスタン州に向けて機械じかけの蜂を使った秘密工作を仕掛けているというんだ。これはよくあることだが、今回はそのことが外に漏れてしまって、パキスタン政府が怒っている。思い出してほしいが、ジョー、インドもパキスタンも核保有国だ。その意味はわかるな？

この事件はまだ進行中で、どんどん大きくなりつつある」マーサーは憂わしげに首をふった。「いったい機械じかけの蜂は誰がつくったんだ。スーパー兵器だかなんだか知らないが、そんな変なものを誰が開発したんだ」

ジョーが答えずにいると、マーサーは腰をあげて、カップを手に歩きまわりはじめた。これが懸命に思案をめぐらすときの癖なのだ。歩きながら、話をし、最初は熱いのだろうがじきに冷めてしまう飲み物をちびちび飲む。ときどき飲み物が冷めていることで文句を言う。まるで誰かの落ち度だとでもいうように。それでも手にしたカップは絶対に離そうとせず、もとの動作を続ける。おかわりを持ってくるよう言われて持っていったのに、カップ泥棒呼ばわりされたため、怒ってやめていった事務員がいままでに少なくともふたりいた。

ジョーはマーサーが説明してくれるのを待った。だが説明はなされない。ただあちこち行きつ戻りつして、目を中距離のところに据えたり、冷えたコーヒーの表面を見つめたりするだけだった。

「ジョイスに会いにいかなきゃ」とジョーはとうとう言った。「誰か知り合いの口から知らせてあげなきゃいけないと思うんだ。警察は電話しないからね。正式には家族じゃないから」

マーサーはため息をつく。「わたしから話すよ」

「あんたは知り合いじゃない」

「それでもだ。いいか、ジョー」マーサーは語気鋭く続けた。「逮捕状は出てないと言ったが、だからといって、きな臭いことが何もないわけじゃない。むしろきな臭さが普通のきな臭さを超えてるんだ」

「どういうきな臭さのこと？」

マーサーはため息をついた。「テスが見つからない」

ジョーは相手をまじまじ見た。「え？」

「単純な話だ。きみが惚れられたと言っていた酒場のウェイトレスから話を聴こうとしたんだが、連絡がとれない。見つからないんだ」

「いったいどういう――」

「ウィスティシールでのきみの行動をたどるために、うちの者を派遣したんだ。そうするのがいいだろうと思ってね。ところが彼女が見つからない。行方不明なんだ」

「〝行方不明〟ってどういう意味」ジョーはそう尋ねたが、マーサーは馬鹿げた質問で答えるに値しないとみなした。ジョーは首をふる。「旅行に行くか何かしたんじゃないかな。昔の彼氏に会いにいったとか」

「ありうることだ。クレジットカードが鉄道の駅で使われていた。ごく自然なことだ。ただ、〈ハインズ・リーチ・ハウス〉で火事があったらしくてね。そこは戦争中に農園だったが、その後はもう使われていなかった。それが火事ですっかり焼けてしまったようだ。

隠者の修道僧セオドア（愛称はテッド）・ショルトは消防士に救い出され、少し煙を吸いこんでいたので病院へ運びこまれたんだが、どこの病院かはちょっとよくわからない。書類が間違ったところへしまわれてしまったようなんだ。くさいと思わないかね、ジョー。正直なところ。わたしにはぷんぷん臭うんだ」

「ああ、くさいね」

マーサーはためらいがちに言った。「法の埒外にある事柄について知りたいとき、きみには訊きにいける人たちがいるだろう。耳を地面につけている人たち。影に隠された場所にコネを持っている人たちだ」

「そんなのいないよ」

「自分がマシューの息子であることをきみがよく思っていないのは知っている。その人たちに借りをつくってしまう惧れがあることもわかっている。しかし同時に――」

「いや。おれはそっちのほうへ助けを求める気はないよ。おれはおれ、親父は親父。おれは親父の影でも遺品でもない。栄光の時代を取り戻す使命をおびたプリンスなんかじゃない。おれはおれだ」

マーサーは両の手のひらを持ちあげた。「そうか。まあ有利な武器をあえて使いたくないというならそれでもいいが、せめて自分に害のあることはしないでくれるかね」

ジョーは肩をすくめる。マーサーはそれをイエスの返事と受けとったようだった。「それじゃさっき言ったとおり、くどいようだが、わたしからジョイスに話しておこう」

「いや、自分でできるよ」

「もちろんできるだろう。しかしわたしなら、誰も逮捕して尋問するために捜していないからね」

「おれのことだって誰も捜しちゃいないさ」

「いや、捜している」

「でも――」

「連中の手に乗ってはだめだ」

「だけど――」

「ジョー、頼むから聴いてくれ。逮捕状が出ていないなら、それが意味するのはつぎのどちらかだ。ひとつは、きみはもう完全に自由の身だということ。ロドニー・ティットホイッスルはよく調べてみて、きみは誰かの機械のなかのひとつの歯車にすぎず、そう興味のある対象ではないと判断したわけだ。もうひとつは、きみが事件のど真ん中にいることを確信したケースだ。きみを公式の記録から消したのは、つぎの手を打ちやすくするためで、その手は公式には非公式だが、非公式には公式のものなんだ」

「あんたはあとのほうだと考えてると」

「あの男はもうきみのことは放っておくというそぶりを見せたかね。ゆうべのことを思い返してみて、神に誓って、もう大丈夫だろうと思えるかね」

「……いや」ジョーはしばらく沈黙したあとでつぶやいた。

「それならジョイスへの連絡はわたしがする」マーサーはそこで間を置き、ここまでの会話をふり返るような顔をした。「きみはいつからそんな熱血漢になったんだ」

「そんなものになっちゃいないよ。もうたくさんなんだ。放っておいてほしいんだ」

「それなら潜伏していることだ」

ジョーは強情に顔をゆがめてマーサーを見る。「消費税の申告はどうしたらいい？」

マーサーがジョーを見る。「なんだって？」

「消費税。店をやっていくには消費税納税の手続きをしなくちゃいけない。でないとおしまいだ。倉庫を手放すことになる」

「ジョー、頼むから――」

ジョーはその場にしゃがみこんだ。まるで人間亀で、これから五十年ほど甲羅に引きこもっていそうに見えた。それだけ待っていればマーサーが言い立てる面倒な事情が雲散霧消しているだろうと。「あれはおれの家なんだ、マーサー」

「手続きは誰かにやらせる。うちの事務所から申告をさせるよ。とにかくいまは消費税のことなんか心配している場合じゃないんだ。わかるか？」

「でも義務があるんだ、マーサー」

マーサーは奇妙な表情を浮かべてジョーを見た。

「義務」

「ああ」

「自分自身に対してのかね。ジョイスに対してのかね。その義務とやらのことを話してもらわないとな」

「なぜ」

「その義務は今回の事件に関係があるはずだから、考えに入れなければならない。わたしはきみを守っているつもりだったが、それ以上の事情があるなら知っておく必要がある」

「ビリーはおれの友達だったんだ！」ジョーは突然叫んだ。「それだけのことだよ。でもそんなことはもうたいして意味がないんだろうね。あいつははた迷惑な男で、騒々しくて、おれを面倒に巻きこんだ。でも寂しいときは相手になってくれる男だった。おれにはいつもビリーがいた。そんな友達が死んだんだ。わかるだろう」ジョーは立ちあがり、両手のひらを上に向けて指を鉤のように曲げ、足を肩の幅にひろげていた。これから戦おうとしているボクサーのように。それから自分の手を見おろして、手をおろした。「ごめん」

「謝ることはない。わたしもビリーが好きだった。腹の立つ、いかれた男だったが」マーサーは歯のあいだから息を押し出した。「しかしそれだけなんだろう？ほかの事情は何もないと思うが」

「それだけだよ」

ポリーが椅子の上で身じろぎした。ストッキングがしゅるるっと音を立てて、ジョーの目を惹きつけた。

「なんでも自由にできるとしたら、何をしたいかしら、ミスター・スポーク」

「おれはなんでも自由にできるさ」

「じゃあ言いかえるわね。危険が何もないとしたら、何をしたい？」

「ひと眠りして、シャワーを浴びたい。それから〈ハーティクル〉へ行って祖父ちゃんのことを調べるかな。それからジャズのレコードと金の蜜蜂を保管庫から出す！ 何がどうなってるのか知りたいんだ！」

しまった。

「よしと」とマーサーは言った。「ありがとう、ポリー。ジョー……状況を考えれば、きみには守るべきルールがある。わかるね。それはこうだ。やたらに人と会うのはよくない。被害妄想と言われるくらい慎重になれ。きみは鞭を見せられた。今度は飴を見せられるだろう。だがそれは罠だ。本物の飴じゃない。きみの味方はわたしとポリーだけだ。わたしたちだけがきみの飴なんだ。わかったかい」

「ああ」

「この十二時間ほど、たぶん状況は休止状態になっているんだろう。何か大きなことが起きていて、きみはそれに巻きこまれた。かりにきみが積極的にわれわれを欺こうとしているのなら、事態はとても悪くなるが……」──ジョーははげしく首をふる──「そうでないなら、なんとか脱け出すチャンスはある。危険な世界とのあの接触のあと、きみが思いきり頭の鈍い、面白みのない人間になって──モグラのように穴に入って出てこなかったら──ありがたいことに、もう災いに悩まされないですむ可能性が少し出てくるはずだ。そうなるのが望ましいことだと思う。だが……そのためには……きみは小さな人間になる必要がある」

ジョーは考えた。それから、自分でもなぜそんなに気が進まないのか不思議に思いながら、うなずいた。

ジョーにはわかっている。華々しいことが好きなマーサー以上にその理屈が理解できるのだ。マーサーの人生は意義深い出来事や、公衆をうならせる見せ場や、ときどきやらかす派手な失敗に彩られている。それに対してジョーが以前から選んでいた生き方は、穏やかに、従順に、世間をやりすごして目立たないようにするというものだ。風には逆らうな。高い木は雷に打たれ、丈のあるトウモロコシは強風にへし折られる。子供のころ、ジョーは誓ったのだ。おれは地道に生きる、伝説になるのではなく、と。

だが今日は、それは慎重なのではなく臆病なのだという気がした。ビリーが死に、ジョーは法が通用しない影のイギリスの飼い犬どもに襲われた。ジョーのなかのいままで気づかなかった部分が怒り、闘争心を燃やし、答えを求めて対決姿勢をとり、自分に正当性があることの承認を要求し、〈大胆な受付係〉にちっぽけな人間と見られたくないと願っている。

「とにかくあなたはシャワーを浴びなくちゃ」と〈大胆な受付係〉ポリーが言った。「マーサー、ジョーは親友をなくしたばかりで、それについて何かしたいと思ってるのよ。まずはシャワーでさっぱりして、紅茶でも飲んで、気持ちを落ち着かせたほうがいいんじゃないかな」

「そうだね」とジョーが言ったのは、それがポリーの提案だったからだが、すぐに実際そのとおりかもしれないと気づいた。熱い湯のことを考えると、皮膚が期待にうずいた。

「もっと言えば」とポリーが言った。「ひと風呂浴びたほうがいいわね。ゴムのアヒルで遊んで。あがったら紅茶と一緒にトーストを食べる」

「ここにも浴室はあるが」とマーサーがいささか心もとなげに言う。

「どんな浴室?」とジョー。

「はっきり言って、不気味なやつだ」

「それならホテルのほうがいい」とジョーはきっぱり

言った。なんと言っても不気味な浴室はごめんだった。

ポリーが言った。「うちへ来てもいいわよ」ジョーに品のいいまなざしを送ってくる。「よかったらね。どこかのホテルでひとりきりになるのはやめたほうがいいんじゃない。うちはけっこう広いし、何かあったときマーサーも連絡がとりやすいでしょ。目立たないし、事務所につながる緊急の通報ボタンもある。予備の部屋に寝心地のいいベッドがあるし、浴室ではたっぷりお湯が使えるわよ。ゴムのアヒルも貸してあげる」

ジョーのなかで〝ゴムのアヒル(ラバー・ダック)〟という言葉が英語でいちばんエロチックな単語になった。ジョーはポリーをじっと見た。口を見つめて、またその単語を言うだろうかと思った。だが、言わなかった。

「ほんとにゴムのアヒルがあるのかい」と期待をこめて訊いてみた。

「じつを言うとふたつ持ってたりする。ひとつはもう泳げないから引退したけど。アヒルが好きなの(アイ・ライク・ダックス)」〝ダックス〟の〝d〟で舌がちらっと見えた。

アヒルが好きなの。わざとアブない発音をした(〝ダック〟を〝ディック〟〔ペニスを意味する俗語〕のように発音した)ってことはないだろうな。それとも、そう発音したのか。そんなふうに聴こえたのは自分だけだろうか。マーサーはなんでもない顔をしている。熱でもあって変な妄想をするのだろう。抑えて抑えて。気づくと、ジョーは自分がゴムのアヒルになりたい願望を抱いていた。ゴムのアヒルの目で周囲を見てみたい。もちろんゴムのアヒルになってしまえば、見えたものに対して何もできないわけだが。ポリーが励ますような微笑みを向けてきた。

「ほら」とポリーはマーサーに言った。「ゴムのアヒルのことを考えただけで、死んだネズミみたいじゃなくなったでしょ」

いまの言葉でポリーの招待を受けようという気持ちが湿りそうなものだが、そうはならなかった。ポリーに死んだネズミ呼ばわりされるのは、ほかの女性にハンサムな人と言われるよりもいいことだった——少なくともいまはそう思えた。シャワーかすばらしい泡風呂を浴びることが新しい人生の始まりになるかも。ジョーは腕組みをしていたが、じゃあお言葉に甘えるよ、ありがとうと言うために腕を少しゆるめた。自分はこの女性とセックスしたいと思っているが、本当にしたいのだろうか、それともずっと彼女がいなくて、しかもいま危機に陥っているせいでそれを求めているだけだろうかと考えた。ついでジョーは、誰かと本当にセックスしたいのだろうかと考えることになんの意味があるだろうと考えた。したいと思っているならしたいのだし、思っていないならしたくないのだ。結局、考えすぎだというところに落ち着いた。そして自分は一日に何回その結論に達するのだろうと考えたところで、思考をとめた。〈大胆な受付係〉が、あなたの心のなかの声はまる聴こえよという顔でこちらを見ていたからだ。

「わたしの車は裏に駐めてあるから」とポリー。

「よし」マーサーはカップを置いた。「では連絡を密にとりあおう」

ポリーは所有者の愛着がしのばれる古いおしゃれなボルボを運転した。堅固な箱づくりに専念するようになる前、機械としての質とともにゴージャスな曲線を追求していた時代のボルボだ。シルバーグレーのボディーにクロムの縁飾り。茶色いシートはとびきりやわらかく蜜蠟の匂いがする。キーを回すとエンジンがぶるるんと始動し、ついでツナの匂いを嗅ぎつけた猫のように低く唸る。ジョーは昔のレーシングカーのハーネスのようなシートベルトのなかに苦労してもぐりこむ。苦労したのは、ポリーが上体をくねらせながらベルトをとりまわし、両手をうしろに伸ばして留め金をとめ、胸の上で交差するベルトを締める一連の動作を絶対に見逃すまいとしていたからだ。ポリーの皮膚の下で筋肉が動く。一瞬、香りのいい口を味わえたように感じる。ジョーは強くまばたきをした。

ポリーが微笑んだ。「この車は」と誇らしげに言う。「一九七八年にモナコのロードレースで優勝したのよ。もちろん運転したのはわたしじゃないけど、そのときはもう生まれてた。かろうじてね」

というわけで年齢がわかった。予想していたより少し年上で、自分より少し年下だった。いまのはほぼ同世代だと教えるためだったのだろうか。

「革の匂いがいいでしょ」とポリーが訊く。

ジョーはうなずいた。古い革の芳醇な匂いが漂っていた。革はよく手入れされているが、ひび割れもあり、二カ所ほど縫われている。セント・ジェイムズにある会員制クラブかどこか、父親のマシューが〈古参兵たち〉とカードをしたような場所を連想させた。

「ときどき鼻を押しつけて息を吸いこむの。うーん、いい匂い！」目が明るく輝いていた。感覚の喜びが好きなのだ。世界を愛しているのだ。ジョーはそれを……すばらしいことだと思うと同時に、軽い気後れを感じた。おれはモグラだ。こそこそ隠れて暮らすのだ。そばにいてくれる女性は陽射しや雨を愛するひとなのに。

ジョーがシートベルトを締めたのを確認すると、ポリーはアクセルペダルに足をのせた。

車は尻を叩かれたように走りだし、ジョーは軽く頭をシートにぶつけた。シートにはヘッドレストがついている。後付けしたようだが、それほど新しいものではない。陶器でできているように硬いからだ。ポリーは鼻先で小さく笑い、ついで後ろめたそうな顔になった。それからギアチェンジをして、またジョーを同じ目にあわせかけた。ポリーの車は年が年だけにかなり大きな唸り声をあげる。

家は彼女の車にある意味でよく似ていた。優雅で、少しがたが来ていて、けっこう大きく、袋小路の奥に建っている。背後は鉄道線路の土手だった。

「電車がちょっとうるさいんだ」とポリーはつぶやく。「だから安かったんだけどね。わたしはもう慣れちゃった」

「眠ってしまえば気づかないとか？」

ポリーはまた微笑んだ。今回の微笑みは口のど真ん中から始まって、水たまりの波紋のように顔中にひろがり、両頬にえくぼができた。目にともった光はまぎれもなくいたずらっぽいものだった。「まあそんなとこね。知りたかったら、あとで教えてあげる」

あとで、というのは、あたりを暗くして、密かに、**もっとよく知りあえるようになったとき**ということか。

ポリーが家のドアを開け、なかへ入るよう手ぶりで促した。


バスルームはひどく寒く、青かった。壁は水色のタイル貼りで、ひび割れがあり、木の窓枠は青く、塗料がぽろぽろはげている。銀色がかった木の床は長年足で踏まれたり湯に濡れたりしてたわんでいた。一時期バスマットが敷かれていたようだが、いまはまたむきだしだ。ジョーは欠けた箇所のある青いセラミックのバスタブの湯に身を沈めた。白熱電球ひとつの明かりのもと、身体のどこかを湯から出して、そこから立ちのぼる湯気を眺めていると、夢見心地になる。

ジョーはうとうとした。いまは幽霊も、今度の事件がらみの記憶も、悩ませにこなかった。湯の蛇口からものすごく熱いしずくがつま先に落ちたが、びくりとはしなかった。湯をいちめんに覆っていた石鹼の泡がだんだん溶けて、湯と銀色の泡のまだら模様ができた。水面下で湯が対流しプレート運動を起こしているのが見える。水面の二、三センチ下で手を揺り動かすと、泡のかたまりからカンガルーの形が分かれた。泡がぐるぐる回るうちに、立て膝の山脈の陰からトカゲが現われて、カンガルーと戦争をはじめた。

ジョーはため息をついた。なぜ戦争なんかするんだ。〈石鹸の国〉で生まれたふたつの生き物は、もとはひとつだったのが分かれたけれどまた再会できたと、なぜ喜びあわないのか。

「何もかもあんたのせいだよ」とジョーは、湯気のなかにつかのま現われた父親の顔に話しかけた。

「なんだか偉そうなこと言ってるのね」とドアロからポリーが声をかけてきた。ジョーはびくっとしたが、湯の大半はなんとかバスタブのなかに留めておけた。

ポリーはにっこり笑って訊いた。「気分はどう」

「いい。すごくいいよ。いまのは……親父と話してただけだ。ときどき話すんだよ。死んだ人たちと、頭のなかで」あっ、馬鹿なやつ。いっそこう続けてみろよ。おれは人間の耳のコレクションが趣味で、好物は子犬なんだ。今度いっしょに食事でもどう？

だが、ポリーはうなずいていた。

「それ、わたしもやる。それで慰められることはある？」

「ときどきね」

「でも、生きてたときとおんなじくらい腹の立つことを言うこともあるんだよね」

「そうそう」ジョーは微笑んだ。いまは極度に裸だが、気にならない。泡がイチジクの葉になってくれているし、ちょうどいい体形をしている。そもそもポリーは大人なのだから、彼女が上機嫌だったらこちらも上機嫌になっていい。

「お風呂、気持ちいい？」

「すばらしい」ジョーはまた手を揺り動かした。石鹸の泡の国々が集まってもっちりした山をつくり、世界をよくするための国連総会を開く。いいことだ。

ポリーはすっとバスルームに入ってきた。ジョーはポリーのすばらしい足が木の床の上を歩むのを見つめながら、バスタブの底に指で〝ポリー〟と書いた。ポリー、ポリー、ポリー。ポリアンナ。ポーリーン。ポリクワプティワ。アポロニア。ポリー。

「ふやけて皺々になるといけないから、タオルを持ってきてあげた」ポリーが持っているのは上品な褐色の大きなバスタオルだった。「あったかいよ」

タオルを置いてバスルームを出ていくと思いきや、そうはしなかった。向こう向きになり、タオルをスーパーヒーローのマントのように背中側で大きくひろげた。たしかジョン・ウェインが誰かのためにこれをやったはずだ。相手はたぶんキャサリン・ヘプバーンで、彼女が恥ずかしくないようようしろを向いたのだ。ジョーは風呂からあがった。いまの位置からは鏡に映ったポリーのバスローブの襟もとが見えるのに気づいて喜んだ。それとシートベルトを締めたときと同じように、不自然な姿勢のおかげで、ポリーの腕から肩にかけてがすっきりと見え、胸のふくらみも見てとれた。手を伸ばしてタオルを受けとりながら、ポリーは鏡を介し何を見ているのだろうと考える。だが、こちら向きになったポリーは目をしっかりとつぶっていた。前に出てちょっとかがめばキスできる。すぐそこにいるのだから。

だが、それはしなかった。ポリーは目を開けてちょっとジョーを見た。

「ついてきて」と言ってジョーの手をとり、先導する。行く先は、さっきジョーが衣服を置いたソファーベッドのあるゲスト用寝室ではなく、奥のドアを開けた向こうのポリー自身の寝室だ。

そこはほとんど洞窟だった。家の奥は土手を掘りこんでつくってあり、奥の壁はむきだしの岩みたいな素材でできていた。煉瓦ではなく、もっと表面の粗い、分厚いもので、おそらく石切り場から切り出してきた石を積んであるのだった。カーペットはワインレッドで毛足が長い。小型のテレビがあり、本をうずたかく積んだナイトテーブルがあり、ヴィクトリア朝時代の小さな鉄道駅の時計がある。壁にはジョーがいままで見たなかで最も異色のダブルベッドがつくりつけてあった。

鉄製フレームと分厚い鉄製ヘッドパネルが、石壁に深々と水平に突き刺さった二本の太い鉄棒の上にのっている。壁から横へ突き出た形のベッド。寝室に大がかりな土木工事を施したものだ。ジョーは心の奥深いところでこのベッドに魅入られ、しげしげ観察した。すばらしい。

ポリーがわき腹を鋭くつついてきた。「坐って。目と目を合わせて話したいから。椅子の上に立ちたくないの」

ジョーは変わり種ベッドに腰かけた。床からかなり高いところにある。ポリーが両膝のあいだに割りこんできた。立っているポリーと坐っているジョーの目の高さがちょうど同じになった。ポリーは満足げだった。

「ジョー・スポーク。あなたは女の子に面倒をかけるタイプの男ね。どういう面倒のことかわかる?」

「おれは面倒なんか――」

「まさにそれよ。強情なところ。いつも反論する」人さし指をジョーの鼻の頭にのせてきた。「黙って。話を聴いて」

ジョーは、はい、わかりました、とうなずいた。

「これからプランを説明する。あとで発言してもいいけど、細部を修正するためだけにして。大筋については交渉の余地はないから。用意はいい? それじゃ……提案したいのはこれからセックスすることなの。すごくいいセックスになるはずよ。これが忘れられないセックスになるためには、ある時点であなたにタイミングを合わせてもらう必要がある。具体的なことはそのときが来たら説明するわね。とりあえずいまは、あなたから出るに決まっているセックスそのものについての異論を聴かせて」

「その……これはあまりにも……もっとお互いをよく

知るべきじゃないかな」

「うん。その質問は前にもされたことがある。ねえ、あなたは、わたしたちがもっとお互いをよく知って、本当にセックスしたいんだと確かめてからするほうがいいと感じてるわけ？」

「ええと……うん」

「そのときしたいと思わなかったら、しないのね」

「ああ」

「したいと思ったらすると」

「そう」

「そのロジックはとても変だと思う。わたしはいまあなたとセックスしたい。あなたと――このことはかなりの自信を持って言える。そして……」ポリーの指がタオルにあてられ、それが下におりてきた。「いま手に入っている確かな証拠をもとに、あなたもわたしとセックスしたがっている。そうよね？」

なんというか、否定しがたい状況だ。「ああ」

「わたしのプランどおりに行動して、もし目が覚めてわたしたちがお互いを好きでなくなっていても、ふたりがすばらしいセックスをしたという事実は残る。それに対してあなたの言うやり方でいくと、セックスしたいときにしないで、いまもしないし、あとでもしないという選択をすることになるかもしれない。かりにあとでセックスすると決めた場合でも、一回分のセックスの機会を逃すはめになる」

「そうなんだけど――」

「あなたのプランはとても悪いプランよ。さらに言うと、あなたはそれがとても悪いプランであることを知っている。それがとても悪いプランである理由は、第一に、あなたはわたしと寝たがっていて、そのことをわたしも知っているし、わたしが知っていることをあなたも知っているから。第二に、わたしはあなたと寝たがっていて、そのことをあなたも知っているから。第三に、あなたは本当はわたしたちがいますぐセックスすべきじゃないなんて思っていないから。あなたはただ、そう思うべきだと思っている人がいると思っていて、ここにいるわけでもないその人たちの感情を害したくないと思っているだけなの。でもそんな人たちのことはどうでもいいことなのよ」

ポリーはジョーの口にしっかりとキスをした。ジョーが抗わなかったので、ポリーはもう一度キスした。ジョーが彼女の頭を両手でつかんでキスを返してきたときには、喜びの声を小さくあげた。ジョーは片腕をポリーの背中に回し、身体を半ば持ちあげて自分のほうへ引き寄せた。

「ちょっと待って！」ジョーのキスから顔をもぎ離すとすぐにポリーは叫んだ。「待って！　さっき言った……ん、んーー……ちょっとストップ！　さっき言ったタイミングのこと。ああ！　うーん。ああ、だめよ、だめだめ。あなたの両手がわたしを触りまくる。うーーんんん」喉の奥からみだらなくすくす笑いを漏らした。「ちょっと待って！　タイミングのことはわたしの受け持ちなの。いい？　まずはベッドにあがるの」

ポリーのバスローブはすでにかなり乱れ、ジョーのバスタオルは左の腿にまつわりついているだけだった。ジョーはベッドに飛び乗り、ポリーの指示する場所に陣取り、ポリーを引きあげた。バスローブはもとの場所に残ったので、両腕で抱いたとき、ジョーはポリーの身体をくまなく触ることができた。ポリーは気持ちよさげに身悶えしてから、ちょっと身体を引いた。

「ああ！　ああ、ああ、ああ！　言うとおりにして！（男ってどうしてこうなの？）ほら。ほら……ああ、そう来るのね。そう、だったらいいわよ、ジョー。わたしだって汚い手を使うから」ジョーはポリーの動きを封じようとしたが、遅すぎた。ポリーの頭はバスタオルの下にもぐりこんだ。手を伸ばしたが、ポリーの左手にはたかれた。だめ。いま忙しいんだから。

実際、ポリーは忙しかった。

三十分後、十二時十四分に〈チチェスター・ペインツ〉の工場を出発した化学廃棄物輸送列車がポリーの家のそばを時速百四十六キロで走り過ぎた。列車通過の振動が土手をつらぬいて、ベッドの水平の支柱に伝わる。あおむけに寝たポリーはジョーの腰をがしっとつかんで、「いまよ！」と叫ぶ。だが指示されるまでもない。ふたりは有毒液を運ぶ貨物列車が放出する膨大なエネルギーにはげしく身体を揺さぶられながら、忘れられないセックスを経験した。

最初はほんの偶然だったと、しばらくしてまた喋れるようになったポリーは説明した。鉄製フレームのベッドは、もとは木の床に置かれていた。五時五十一分に通過する列車（クライスト・マーティントンにある〈フィッツギボン有機化学工場〉を三時十一分に出る列車）が、家ごしに強烈で愉しい振動をそのベッドに伝えてきたのだ。体内エロティシズム時計が午前五時五十一分にアラームをセットしたおかげで、ポリーは毎朝五時五十三分に眠りから覚めて、愉悦に潤んだ目を開くのだった（化学廃棄物を運ぶ列車は通勤列車より時間が正確だった。出勤が三十分遅れる人が出るくらいはどうということはないが、有害な液体をいっぱい詰めたタンクの地図上の位置が二十分間不明になれば政府や安全規制当局が神経をぴりつかせるからだ）。

一年目が終わるころには、週末には一日四本の列車が通過する瞬間にできるだけ家にいるようになっていた。長期にわたる列車運行情報を手に入れて、一日に八本の化学廃棄物列車が通る特別な日には必ず鉄製フレームのベッドにいて、疲れ果ててぐったりしてしまう。食事は腸（はらわた）がよじれるほどのオルガスムスのあいまにピザを食べるだけだった。たまにボーイフレンドができると化学廃棄物セックスをしたが、これはいっそう気持ちがよかった。だがあらゆる中毒の例に漏れず、欲求はどんどん強くなった。マットレスを通して得られる振動も相当強いが、激烈とまではいかない。

ポリーはキッチンの戸棚の皿が至上の快楽にかちゃかちゃ歌うのを羨望の念とともに見たものだ。

ポリーはベッドを地下室へ移した。地面のほうが振動を強く伝えた。カーペットはとり去った。マットレスをもっと硬いものに買い換えた。それからポリーは家のうしろの岩盤に頑丈な鉄棒を打ちこみ、そこへベッドの鉄製フレームを溶接することで直接土手の振動が伝わるようにした。ベッドの脚にはスプリングをつけて、床から来る表の通りの自動車が起こす邪魔な振動をカットした。そして最後に二本の太い鉄棒を壁に打ちこんで、ベッドを床から一メートル近く浮いている状態にして、水平の鉄棒だけで支えられている形にした。こうしてベッドに横たわったポリーは振動するレールに抱かれることができるのだった。ポリーは馬鹿ではないから、これが異常な行為であることは自覚していたが、気にしなかった。時がたつにつれて、鉄道の運行や列車や動力機関や鉄道員にどんどん詳しくなり、〈大胆な受付係〉はだんだん、彼女自身の頭のなかで、鉄道の花嫁となっていったのだった。

「また来る」とポリーが言った。二十分後、今度は急行の旅客列車が轟音とともに走り過ぎた。ジョーは獣のように唸った。生まれてこのかた初めてのことだった。

「んんんーー」ポリーはジョーの首に唇をつけて喉を鳴らした。肩の力を抜き、それからくしゃくしゃの髪のあいだから上目遣いにジョーを見た。それで顔の印象が変わった。乱れた髪が正しい額縁になったのかもしれない。ジョーは奇妙な感情がわき起こるのを覚え、ふいに強烈な既視感(デジャヴュ)にとらわれた。**おれは前にもきみに会ったことがある。**でもどこで？　敵ではない。骨董商でもない。婦人警官でもない。それは確かだ。記憶はもっと優しいものだ。ずっと、ずっと、ずっと古い……あっ。

「そうか、わかった」とジョーは言った。「ポリアンナじゃない。ポリーはモリーに音が似ている。モリーはメアリーに似ている。メアリーといえば、メアリー・アンジェリカ……」

「わかった？」ポリー・クレイドルは嬉しそうにつぶやいた。「わたしのプランのほうがあなたのよりずっとよかったでしょ。もし最初にこのことを教えていたら、あなたはわたしと寝るまでにとんでもなく面倒な心理的手続きを必要としたはずよ」

「きみの兄さんに殺される」

「そんなことない」

「でも——」

「ないない。むしろ喜ぶわよ。喜ばなきゃわたしにがみがみ言われる」ポリーはジョーに軽くキスをし、肩に顔をのせて、すっと眠りに落ちた。

マーサー・クレイドルは孤児というわけではないが、捨て子のようなものだった。両親は彼の養育をノーブルホワイト法律事務所に下請けに出したのだ。ノーブルホワイト法律事務所はマシュー・スポークの後ろ暗いビジネスに関するもろもろを扱っていて、マシューが刑務所に入らずにすむよう骨を折っていたが、結局のところそれは成功しなかった。

マーサーの両親がこの型破りな子育てと教育の手法を選んだのは、マーサーが生まれたことに自分たちが関与していたことを世間に知られないためだった。自分たちとマーサーに血縁関係があることはいろいろな理由で不都合な事実であり、秘密にすべきだったからだ。マーサーは何不自由なく育てられたが、生物学上の父母については何も知らされなかった。親を慕う気持ちは法律事務所の弁護士や乳母や家庭教師や出入りの業者や運転手たちへの愛着という形で発露したのだった。マーサーが成人した日、ミスター・ノーブルホワイトは——おずおずと、気の進まないようなそぶりを見せながら——マーサーを連れて〈クラリッジズ〉

へ食事にいった。うまい鹿肉パイを食べたあと、ウェイターがクレープシュゼットを持ってくる前に、ノーブルホワイトはテーブルに一通の細長い白い封筒を出した。これにはかなりの金額の小切手が入っていると言い、マーサーの素性を正確に明かした上で、なぜマーサーの両親が息子と関わり合いにならないようにしてきたのかを詳しく説明した。

ノーブルホワイトは内向的な人物だった。顔の肉がたるみ、鼻が大きい。秘書たちからはやりにくい上司だと思われていると、密かに考えていた。仕事の腕だけが誇りの源泉で、服装にはかまわない。自分の無能ぶりをさらしたり、誤りを犯したりすることがないように、調査は徹底的にやった。そんな男だが、マーサーがごく小さいころは、資料室でお馬さんごっこで遊んでやることもよくあった。またそれよりもっとあとで、自分自身にとっても生まれて初めてのサッカー観戦にマーサーを連れていったことがある。そのときティーズサイド（イングランド北部ティーズ川流域の工業地域）から来た女がノーブルホワイトの膝にホットドッグのケチャップをこぼしてひと騒動起こし、ノーブルホワイトをこの不細工な老いぼれ紳士と呼んだ。ノーブルホワイトは不細工だし若くはなかったが、いかなる意味でも紳士ではなかった。紳士はお互いみんな知り合いで、自分たちのクラブによそ者が入らないようにしている。本物の紳士なら、〝ノーブルホワイト〟という名前が〝エーデルワイス〟（〝高貴な白〟の意）を英訳したものだとわかるだろう。でっちあげた名前だ。ドーヴァーで思いついて、虚空からつかみとるようにして選んだ名前だ。旅をするときに新しい名前をでっちあげなければならない人間は、紳士などではない。だがノーブルホワイトは、そういうことは言わず、ティーズサイド出身の女にわたしはあなたに何も悪いことをしていないじゃないか、わたしはただこの望まれずして生まれてきた子供の誕生日をみじめなものにしないためにこの試合を見にきているだけだ、と抗議することもしないで、ケチャップの汚れがマーサーの目に触れないよう隠すと、声をはりあげて応援をし（といっても試合を理解することも愉しむこともなくだが）、周囲の男たちを完璧にまねて、あらかじめ丸暗記してきたサッカーの戦術に関する野次を飛ばすことで、マーサーが自分はロンドン一サッカーに詳しい大人といっしょにいるのだと考えて光栄な気分になるようにしたのだった。

マーサーはノーブルホワイトを見て、どうもありがとうと言った。封筒をとりあげ、なかの手紙の文面を見ないよう気をつけながら小切手を出した。見るととんでもない額だ。マーサーは学校でノートに自分のうちの家系図を書きなさいという課題を与えられたとき、何も書けなかったことを思い出して、腹を決めた。そして小切手を封筒に戻し、クレープシュゼットに着火されるのを待って、炎のなかに封筒を突っこんだ。燃えはじめた紙を引っこめ、じっと持っていると、自分の皿に湯気のたつクレープが満載され、鼻のなかにオレンジとブランデーの香りが満ちた。空になった銅のフライパンに文面が秘されたままの手紙を捨て、ウェイターに持っていってくれるよう頼んだ。

こんな冷静な態度がとれたのは、ひとつには、捨てられたとき、マーサーがひとりではなかったからだ。マシュー・スポークの息子ジョーとマーサーが〈夜の市場〉を野放図に走りまわったり、大きな番犬たちとじゃれあったり、テムズ川で水切りをして遊んでいたとき、ふたりにいつもくっついていく、メアリー・アンジェリカという、くしゃくしゃ髪の小さな女の子がいた。この子の出生証明書には兄マーサーと同じ作り物の苗字が記されていた。

〈大胆な受付係〉はマーサーの妹なのだ。最後に見た十一歳のころとはかなり外見が違っているが、いまでも兄マーサーが目に入れても痛くないほど可愛がっているのがジョーにはわかる。そのマーサーの目が、ジョーの身に起きた一連の出来事にけわしい視線を注いでくるかもしれないのだ。ジョーとしては、意図せずしてクレイドル兄妹にとんでもない迷惑をかけようとしていることで、ジョナ・ノーブルホワイトおよびその養子であるマーサーとスポーク家のあいだにn世代まで継続していくものとしてずっと以前に結ばれた協定がご破算になりませんようにと願うしかなかった。

マシュー・スポークが求婚していた時代、世界は明るかった。よき時代が始まろうとしている時期だった。マシューは盛んな勢いを示しつつもわりと慎重に法との衝突を避けていた。惚れた女がいれば有無を言わさずものにするのではなく、気に入られようと心を砕いた。このとき惚れた相手がハリエット・ゲイ。ロンドン一の歌手で、深い褐色の瞳の持ち主。力強い前腕は男の首に回して、相手を自分の唇のほうへぐっと引き寄せるのに都合よくできていた。

マシューは〈レオナルドズ〉の予約をした。高級レストランだし、自分は店の人たちに知られているし、下にも置かないもてなしをされるし、このような美しいご婦人と向き合っていらっしゃるのですからここがいちばんのお席でございますとお愛想を言われるし、実際、できるかぎりいい席に案内してくれるからだ。〈レオナルドズ〉は繁盛している。食べ物屋にまずい食べ物やうろんなワインが横行しているロンドンで、うまいオオヒラメや適切にスライスされたトリュフや煮崩れしていないラム肉を食べたければ〈レオナルドズ〉へ行けばいい。優雅で、接客が円滑で、モンテカルロ、ローマ、シャンパン、カジノ、スマートなスーツなどを連想させる大陸風の雰囲気がある。〈レオナルドズ〉では（ときにこの店にレオナルドはいない。レオナルドという世界一流の料理をつくる太った料理長がいるというのは一般の人が持っている幻にすぎない。六二年から七九年までこの店で料理長の白い帽子をかぶってきたのは、七人の仕事のないシェイクスピア俳優だった）ガーリックをたくさん使い、イギリス人が聴いたこともなく、聴いたとしてもキリスト教国の料理で使われるとは夢にも思わないであろうスパイスを活用した。

〈レオナルドズ〉まであと五分というところで、マシューはふいに車をとめ、少し引き返して、とある路地への曲がり角まで来ると、いろいろな国のミュージシャンといっしょに仕事をしてきたハリエットですらめったに聴いたことのないような罵りの言葉を吐いた。

「ここでちょっと待っててくれないか」とマシューは未来の妻に言った。「曲がったネクタイを直してくるから」

マシューは車をおりて夜の街のなかに消えていった。

ジョナ・ノーブルホワイト――この時点でマシューはただの〝太っちょ〟としか考えていない――は、手に木の棒を持ち、壁にもたれて立っていて、まるで追い詰められたモルモットのように見えた。ノーブルホワイトの前にはスキンヘッドの男が三人。うちひとりはうなじに鉤十字の刺青を入れている。マシューはなかなか気がきいていると思った。棍棒でぶっ叩く目印になるからだ。黒シャツを着たその刺青男はがくっと片膝をついた。たいしたものだった。たいていの者は完全に気絶してばたっと倒れるのだ。まだその場の主導権を握っているマシューは、興味深げな顔つきでもう一度その男を殴った。残るふたりがまじまじとマシューを見る。そのすきに、ノーブルホワイトが木の棒で近くにいる男を殴打した。

三人目の男は敏捷だった。前に踏み出て、ノーブルホワイトに肘打ちを二度くらわせた。一発は顎に、もう一発は胸に。ノーブルホワイトはくずおれた。

マシューは第三の男を見た。男は頑丈そうで醜悪なブーツをはき、鋲を植えたデニムのジャケットを着ていた。その細長い顔とあるかなきかの眉を見た。

マシューにはとくになんの感想もないようだった。

男は片手をポケットに入れ、ナイフを出した。マシューはナイフを見た。それにもあまり興味を惹かれないい様子だった。男は腰をかがめてナイフを揺り動かす。マシマシューはその場にじっと立っていた。膝が震えるでもなく、ダンスシューズを路地の砂利の上にしっかり落ち着けていた。やがて口を開いた。

「おいチンピラ、いまのところおれとおまえのあいだにはちょっとした意見の不一致があるだけだ。じきに仲間が目を覚ますだろうから、どこかのパブにでも行くことだ。おれの息のかかってない店を見つけるのは難しいだろうがな。もしその刃物でかかってくる気なら、おれは文句を言わせてもらうぞ」

どう〝文句を言う〟のかは具体的に説明しなかった。両手を横に垂らしたままじっとしていた。それから姿勢をわずかに変え、上着の前を少し開き、オフホワイトのシルクのシャツの腹のあたりと、腰のホルスターに差した銃身の短いリボルバーをちら見せした。

二十分後、ジョナ・ノーブルホワイト、マシュー、ハリエットの三人はいっしょに夕食をとっていた。話すうちに、ノーブルホワイトがアメリカの野球カードの蒐集家で、女優のジョーン・グリーンウッドのファンであることがわかった。ハリエットはマシューを世界一優しい人と評し、絶対に離さないとばかり手をぎゅっと握った。この人は善良な人たちを悪人から守るために戦うヒーローなのと言った。一週間後、マシューはハリエットに結婚を申しこんだが、ふたりが婚約したことを最初に知らされたのはノーブルホワイトだった。ジョーが生まれたとき、ノーブルホワイトは新しい時代のイギリスを背負って立つ人になるだろうと祝福し、それからしばらくして幼いマーサーとメアリー・アンジェリカの面倒を見ることになったときには、ふたりをスポーク家の跡取りの友達にしようと提案した。そこから必然的に三人はいっしょに育つことになった。だがメアリー・アンジェリカはその後ふたりの少年と別れて、外国の学校へやられた。醜いアヒルの子が白鳥に変身する前のことだった。

　そしていま、ジョーはそのメアリー・アンジェリカと、濃厚なエロスに彩られたはげしいスポーツのような化学廃棄物貨物列車セックスに興じているのだ。

　至福のまどろみが遠のいていった。ジョーはポリーの寝室の天井を見あげ、ついでポリーを見た。ポリーの寝顔は美しく、大ぶりの口のまわりにはいたずらっぽい笑みがまつわりついていた。鼻をくすんと鳴らす。ジョーはその首筋に自分の鼻をすりつけ、唇で目覚めさせたくなった。だが彼女の香りを吸いこむだけで我慢して、しばらく目をつぶった。

　少ししてまた目覚めると、ポリーが身体のわきを下に寝ていた。チェロのような曲線を描く腰が露出していた。毛布をかけてやると、幸福そうな声を小さく漏らした。満ち足りた気分ですっかり目を覚ましたジョーは、ベッドを抜け出て、室内を見てまわった。本棚にはミステリ、P・G・ウッドハウス、放縦さと気品をあわせ持つ官能小説。

　ポリーに紅茶を淹れてあげようと思い、ケトルでお湯を沸かしはじめた。それから仕事のためにしかたなく持ち歩いているノキアの携帯電話を何気なく見た。灰色のディスプレー画面の隅に封筒のマークが表示されている。ボイスメールの着信だ。親指の爪でボタンを押そうとして、よけいなところも押してしまう。携帯端末はこびとか妖精のためにつくられたもののように思える。あるいはポリー・クレイドルのような小柄な人のためか。ジョーは自分を巨人鬼（トロール）のように感じた。洞窟に住む、大きな悪いトロール。乙女をさらってきて、邪悪な思いをとげたのだ。がるる。うがが。まもなく村人たちが、干草を積みあげるためのフォークを武器に駆けつけて、乙女は救われるだろう。

ジョーは自分を訪ねてきた、そしていま自分を捜している、黒ずくめの男たちのことを思い出した。影のような男たち。異端審問官たち。ラスキン主義者たち。

ジョーはメッセージを聴いた。

「ジョゼフ？　ジョゼフ、角の店のアリだ。あんたんちに押し入ってる連中がいるぞ！　あんた家賃を溜めたのか。そいつらトラックで乗りつけて、物を運び出してるんだ。それともあんた引っ越しするのか。そんなこと何も言ってなかったじゃないか。警察に電話したもんかどうかわからなくてな。おれどうすりゃいいんだ。娘は怖がってる。トラックの荷台に魔法使いが乗ってるのを見たと言ってな。全身真っ黒な服を着た蜘蛛みたいな魔法使いだそうだ。なんだか気味が悪い。早く帰ってきたほうがいいぞ。とにかく電話をくれ、ジョゼフ、頼む」

「ああ、まったくもう」しばらくしてからポリーは言った。「こんなことされるとは思わなかった」

ジョーは午後三時に、身支度を完全に整えてポリーの家の玄関から出ていこうとする現場を押さえられたのだった。現行犯というべきか、玄関犯というべきか。

「あれほど説明したのにどうして――」ポリーはきっとジョーを見据えた。髪が顔にかぶさっているが、見えている部分だけからでも、心からこの事態を憂えているのがわかった。ジョーがポリーの家を脱け出そうとしたことに対してはおよそ理解できる余地が見つからないようだった。そこにはすでに怒りよりも悪いものが現われはじめていた――いままでの経験からするとまったく新しい異様なものを眺めるときの困惑が。いまのポリーは、知っているつもりだったのに何も知らないことに気づいた世界を必死に理解しようとしていた。が、それに比べると、ジョー・スポークなどは、わかりやすすぎるほどわかりやすい男だった。しばらくしてポリーは指をはじき、ジョーを睨みつけた。

「ああ、そうか！」とポリーは言った。「わたし何馬鹿なことを言ってるんだろ！　あなたはわたしじゃなく、マーサーの信頼を裏切ったのよね。マーサーにやっちゃいけないと言われたことをまさにやろうとしているんだから」驚いたことにポリーは顔に安堵を浮かべていた。それからまた眉をひそめた。

ジョーはいまの自分の行動が男と女の関係においても卑怯なまねになるとは思ってもみなかった。ジョーの早鐘を打っている鼓動で数えてほんの五つ前、ポリーが下唇を（甘美な）歯で噛んでいるのを見たとき突然、自分がこっそり家を出ようとしたことでポリーがどれだけ傷ついたかを悟ったのだった。それを悟ってすぐジョーは悔い改め、弁解をしようとしたが、ポリーはふたりのあいだでなされてしかるべき議論の部分をすっ飛ばしてしまった。

「あなたは馬鹿よ。ろくでなしよ。アホで、まぬけで、トンマで、ボケで、ボンクラで、アンポンタンよ」そこで間を置く。「アン‐ポン‐タン！　ロンドン一の弁護士が守ってやろうとしているのに無視するなんて。安全な場所を提供しているのに危険なところへ飛びこんでいきたがるなんて。しかもわたしを放ったらかしていくつもりなのね」ジョーの肩をかなり強く叩く。

「あなたは……」適切な言葉が見つからないようだった。「……馬鹿よ！」〝馬鹿〟という言葉は今日びそれほど重みは持たないが、ポリーの口から力をこめて言われると、ジョーは頭を垂れるしかない。が、そこで突然ポリーが言った。「まあいい。それじゃ行きましょ」

「えっ？」

「そこへ行かなきゃと思ってるんでしょ。だったら行こうよ。賢いやり方で。つまり、わたしのやり方で」

「えっ？」

「その〝えっ？〟ってのはやめてくれる？　あなたの

知性を疑いたくなるから。大事な用があるならそこへ連れてってあげると言ってるの。説明は行く途中でして。いよいよ何かするときはジョーのルールじゃなくポリーのルールで行動する。わたしのルールは洗練されていて実践的だけど、あなたのルールはとても変で混乱しているから。わたしはあなたのためにこれをしてあげるけど、あなたやわたしの自由を犠牲にするつもりはないからね。わかった？」

「ああ」

「車の後部座席で身体をうんと低くしててよね。それとわたしが結婚式のために買ったものすごく大きな悪趣味な帽子をかぶって。果物の飾りがついた帽子をね。それからレースのブランケットにくるまって身体を丸めてるのよ。太った爺さんが魅力的な嫁に車でどこかへ連れてってもらってるみたいな感じで」

「う、うん」

「ここらであなたは自分の心の平安のためにこう訊くのよ。『どうしておれに協力してくれるんだい』って」

「どうしてなんだい」

「なぜならわたしはいま、J・ジョゼフ・スポークに大々的な投資をしようとしていて、その機会を奪われたくないからよ。それと危険をかえりみずにやるべきことをやろうとする態度にロマンチックなヒーロー的なものを感じるから。そのロマンチックな事柄がエストニア出身のファッションを学ぶ女子学生か何かのたちの悪い女との約束で、わたしはその女からあなたを引き離さなきゃならなくなるというようなことではなさそうだしね。男がロマンチックなことを追い求めているとなったら、女としては良識の声を抑えてでも大事にしてあげたくなるものなのよ。といっても男がアンポンタンなことをやらかして死んでしまうのをとめてあげるという重荷を引き受けることになるわけだけどね。というわけで、わたしのやり方(マイ・ウェイ)でやるか、何も(オア・ザ・)やらない(ハイウェイ)かよ」

「ああ。なるほど！　きみのやり方でいくよ。絶対に」

「そう。じゃ、ここで待ってて。勝手に逃げ出したら、あなたをとっ捕まえて、攻めて攻めて攻めまくるわよ」

「う、うん」

「そしてそのあとで、四時五十一分の〈フィンチ化学会社〉の列車をパスしなくちゃいけなかった償いに、あなたはわたしを攻めて攻めて攻めまくるの」

「ああ。わかった！　もちろん」

ポリーは脳をとろかすような微笑みを見せてくれた。

「じゃ、それで決まり」


ポリーの車の後部座席から、ジョーは刑務所を脱走してきたミスター・トード（ディズニー・アニメの、ずんぐりしたカエルのキャラクター）のような恰好で、自分の倉庫を見やった。

クォイル通りは青い点滅灯を光らせたパトカーや押収物を運ぶバンや警備会社の車があふれて、見知らぬ街と化していた。ひとりの私服刑事がごたついている現場を監督すると同時に、倉庫の所有者（その所有者は裏社会とつながりのある人物であり、もっか殺人事件の捜査班から関心を抱かれていることがわかっている）が現われて騒動を起こす事態を警戒していた。三人の大柄な係員が縦長の箱形時計、〈エディンバラのアレクサンダー１８１０〉を運んでいるが、機械の可動部分を固定していないので、箱やガラスの文字盤の内側でがたごとぶつかっているのがわかった。家財道具をできるだけ粗雑に扱うよう指示を受けているのだろうか。陽射しをはねて光っているのは振り子だ。手描きで精妙な図柄をあしらった文字盤も見える。本体は薪にして、振り子は水脈探知の占い棒にでもするつもりなのだろう。べつの男が〈死の時計〉を両腕で抱えて運び出してきた。こちらはもう少し丁寧に扱っている。そういうものだ。〈死の時計〉ならぶっ壊されても平気なのに。

「あなたをはめようとしてるのよ」とポリーが言った。

「えっ？」

「連中はフレームアップしようとしてるの。この騒ぎはそのためよ。まずはあなたが犯人だという結論を決めて、あとから証拠をぶっこんでいく。本当に真相を知ろうとしているなら、もっと几帳面な仕事をするはずよ」ポリーはジョーを見た。「そんなにびっくりしないでよ。わたしはマーサーの妹なんだから」

「あの箱形時計は二百五十九年前につくられた。誰の迷惑にもなっていない工芸品なんだ」

「同情するわ、ジョー」とポリーは言った。眼光鋭い警察官がひとり、車に目を向けてきたが、ポリーは無視した。

「あれはおれのものじゃない。いちおう所有者だけど、ずっと持ってるつもりはないんだ」ジョーは肩をすくめた。「転売するつもりで買ったからね。でもあれは……あれは本当に値打ちものなんだ。あの時計が何を見てきたか、小さな傷のひとつひとつがどうやってできたか、それを考えるだけでも気が遠くなるよ。あれはインドとアメリカへ行ったことがあると思う。来歴書があるけどね。あの時計は大英帝国の勃興と凋落を見届けた。ヴィクトリア女王より長生きしたんだ。おれの祖父ちゃんなら、あの時計の本質は持続だと言っただろうな。それか、職人仕事か」

「警察にとってはどうでもいいことだろうけど」

「ああ、そうだな」

ジョーは車の窓から、むりやり開けられた倉庫の入り口を見た。床の上に転がっているいろいろなものが見えた。それは全部自分のものだった。なんとも言えない声が喉から出た。聴いた人がいるなら、お婆さんの声だと思ってくれればいいのだが。死にかけているると思って手助けにこられたら困るけれど。押収をする係員のひとりがちらりとこちらを見て、ふんと鼻を鳴らしらした。年寄りがめそめそ泣いてるな。父親の形見の時計でもとりにきたんだろう。

ポリーは車を走らせた。アリの店はすぐそこだ。

「ここでとめてくれ」とジョーは言った。

「それはまずいみたい」ポリーはうしろをふり返る。眼光鋭い警察官はよそを向いていた。誰かと話しているのだろうかとポリーは考えた。リラックスしている様子だ。

「頼むよ、ポリー」

アリが店の外に立ち、両手を組んで頭の上にのせていた。ジョーは窓をおろして小さく声をかけた。

「ちょっと」

アリが小刻みな足どりで近づいてきて、眉をひそめた。「誰？」

「アリ、おれだ。ジョー」

「ジョゼフ。ここへ来ちゃだめだ」

「ああ、わかってる。わかってる」

「いったいなんなんだ」

「罠だよ、アリ。おれははめられようとしてるんだ。おれのことは知らないと言ってくれていい。なんなら三度までも（新約聖書で使徒ペテロが、イエスを知らないと三度否認したことを踏まえている）」

アリはため息をついた。自分は対応を誤ったのではないか、どうもこれは深刻なことらしいという思いがこもった長いため息だった。「まったく。もっとよく考えりゃよかった。泥棒だと思ってあんたに電話しちまった。そしたらどんどん人が来て、警察も来て、えらい人数になった。あんたはテロリストなのか、ジョゼフ」

「違うよ。例の猫のせいだ。おれが頼んだときにあんたが毒薬をくれていたら……」

「それは〈宇宙的全一者〉に対する罪だ、ジョゼフ。そんなことはできない」

「〈宇宙的全一者〉は悪魔じみた猫が好きで骨董品屋は嫌いなのかい」

「〈宇宙的全一者〉がどういう方かはわからない。宇宙は言葉で説明できないもの。避けがたいもの。ときに耐えがたいものだ」

アリは、ジョーを赦し同情する優しい笑みを浮かべて言った。

「悪いな、ジョゼフ。本当に……ところであんたに渡すものがある。連中が袋をひとつゴミ入れに捨てたんだが、うちの娘がそれを持ってきたんだ。おれは怖いからとめようとしたんだけどな。いまはとってきてよかったと思ってるよ……」アリは店に入ってオフホワイトのビニール袋を持ってきた。なかには木片や歯車、それに壊れた青い磁器のボウルふたつの破片などが入っていた。「べつにたいしたものじゃないし、なんなのかわからないんだが……スプリングなんかもあるよ」

「ありがとう、アリ」

アリはまたうなずき、行きかけた。が、足をとめ、おずおずとこちらに向き直った。ジョーはその目に罪悪感と羞恥の念を見た。

「ジョゼフ、しばらくはおれに話しかけないでくれるとありがたいんだ。この一件が終わるまで。店を焼かれたりしたらたまらんからな。こんなこと頼むのは嫌なんだが、さっきあんたもそういうこと言ってくれたし」

ジョーは馬鹿げた帽子をかぶった頭をうなずかせた。

「もちろんいいよ、アリ。わかってるよ」

「もう友達じゃないとか言ってるんじゃないんだ」

「アリ、わかってるって。おれだって同じことを頼むはずだよ」

「あなたの住んでるところ見たかったのに」ポリーは腹立たしげに言った。

「ごめん」

「あなたのせいじゃないって」

この言葉がびっくりするほどありがたく感じられて、泣きそうになった。泣かずに唾を呑みこんだが。みじめな気分に落ちこむだろうと覚悟していたが、思いがけず強い決意が生まれてきた。まるでポリーに裏表をくるりとひっくり返してもらったかのように、絶望的な状況から力を得た。

　眼光鋭い警察官がまたこちらを見てきた。ポリーは車を出して角を曲がった。「つぎはどこ？」

　いつものルートで川べりの保管庫へ行くわけにはいかない。カルメン・ミランダ（ブラジルのサンバ歌手、女優。一九四三年のアメリカ映画 The Gang's All Here でかぶった果物の飾りつきの帽子が有名）の果物帽子に似たものをかぶった身長百八十二センチの老女が、エロチックなつま先をした黒髪のセクシー美女といっしょに路地裏をせかせか歩くの図は、必ずや人目を惹かずにはいないだろう。

「ここを行って、つぎを右へ」などとジョーはポリーに指示をする。車は老朽化した倉庫がひしめく袋小路の多い迷路を進んだ。二度、廃倉庫のなかを通り抜ける。がらんとした屋内を川風が吹き抜け、割れたガラス窓にぼろきれが引っかかっている。ガラスの破片でタイヤがパンクしなければいいが、とジョーは願った。

　しばらくして、ふたりは長い木の桟橋に立っていた。太い蛇のような電気ケーブルが一本桟橋をつたい、その先端が、船室が大きくて頭でっかちな古いハウスボートの入り口のなかへ消えていた。船首に近い甲板に砂色の髪の男が乗っていた。男の片腕には馬の刺青が彫られていた。男は一本の引き紐のようなものを握り、その紐の先に救命胴衣をつけた小汚い幼児がつながれている。男は幼い謀反人といった感じの幼児のためにページの隅の折れ目がたくさんついた『クマのプーさん』を朗読してやっていた。この男、グリフ・ワトソンはアナーキストで、妻もアナーキスト、しかも〈寄生者〉の名でのみ知られる邪悪な猫の名目上の飼い主だが、見た目はフライフィッシングについて専門的な本を書く人物といったふうだ。

「やあ、ジョー！」とグリフは声をあげた。「いま岸につけるからな」そう言ったのは、グリフはハウスボートを泥深いテムズ川の桟橋に舫って（もや）おらず、いつも航海中という空想をつむいでいるからだった。

「やあ、グリフ！　これはポリー。ポリー、あの男はグリフだ」

「やあ、ポリー！　さあ乗ってきな。今日はそんなに波が高くない」

ポリーはジョーを見た。ジョーがうなずく。「わかった、船長」とポリーは元気よく答えたが、すぐにグリフがやんわりと間違いを指摘した。船長から何か言われてイエスと答えるときは、「アイアイ」と言うのだと。

ジョーは帽子を脱いでいたが、レースのブランケットはまだまとっていた。グリフ・ワトソンは変に思っていただろうが、何も言わなかった。グリフが打ち解けて遠慮なく喋りだしたり、北海ドイツ沿岸の海の状態について話しだしたりしないうちに、ジョーは片手をあげて切り出した。

「グリフ、ちょっと頼みがあるんだ。でも安易に引き受けないで、よく考えてみてくれ」

「引き受けるよ」

「そう単純な問題じゃない」

「おれには単純な問題さ。あんた、いいやつだから」

「船を借りたいんだ。川べりの保管庫へ行く。覚えてるかな」グリフは古いチェンバロをそこに保管していたことがあった。分解して保管し、ジョーの工房で組み立てたのだ。それは妻へのプレゼントで、いまでも甲板上の船室のなかにある。夏の夜など、ときどきグリフの妻がためらいがちにリズムの狂った楽音を奏で、それが川面を渡ってくることがあった。チェンバロは調律する必要があったが、かりにそうでなくても、アビー・ワトソンは音痴な耳の持ち主だった。

「覚えてるとも。じゃ行こうか」

「行くのは簡単なんだ。厄介なのは、おれがトラブるかもしれないこと。何も悪いことをしちゃいないんだけど、面倒に巻きこまれててね。あんたにもとばっちりが来るかもしれない」

「おれが手を貸せば、その面倒から脱け出るのに役立つのか」

「役立つかもしれない」

「じゃ、行こうか」

「アビーに訊いてみなくてもいいのかい」

「あいつはなぜとっとと協力しないんだと訊いてくるだろうよ。あんたはいいご近所さんだ、ジョー。まともな人だ。いつかあんたの目から鱗が落ちて、自分でもそれがわかるようになるよ。この辺にはあんたみたいな人はあまりいない。というか世界には、かな」グリフはポリーを見た。「この男はなかなか人に助けてもらおうとしないね」

「地上で起きることは全部なんらかの意味で自分のせいだと考えてるのよ」とポリー。「わたしの兄はそれも一種の自惚れだと言ってるの」

「それでどういう面倒なんだ」

「よくわからない」とジョー。

「政府がからんでるのか」

「うん。そうだと思う」

グリフは川の意中の場所へ正確に唾を飛ばした。唾を吐くのはグリフに似合わないが、そのせいでよけいに頼もしい感じがした。唾を吐くような男ではないのに吐いたということは、それだけ強い思いがあるからだという印象を与えるのだ。

「何か手がかりになる名前は？」グリフは陰謀論について百科全書的知識を持っていた。〈黒いヘリコプター〉（ある種の組織が黒いヘリコプターでアメリカを監視しているという、アメリカの極右民兵組織に人気のある陰謀論）、秘密の武器取引、麻薬カルテルの陰謀、〈MJ-12〉（アメリカ政府内で宇宙人に関する調査を行なっているという組織）、〈フリーメイソン〉、〈ロイヤル・アーク・マリナーズ〉（〈フリーメイソン〉の一位階）などなど。

ジョーはちらりとポリーを見た。ポリーが「ティットホイッスル」と言う。

グリフが唸った。「あのくそ野郎か」

「名前を聴いたことがあるのか」

「もちろん。〈遺産委員会〉のメンバーだ。いや、たぶん委員長だな」

「それはなんなんだ」

「政府が抱えるトラブルを処理する組織さ。ありとあらゆるトラブルをな。秘密をたっぷり持ってて、その秘密にどんな意味があるのかもわからなくなっちまってる組織だ。右手のすることを左手は知らないというのがあるだろ。〈遺産委員会〉のすることは、どの手も知らないんだ。発足したのはヘンリー八世の時代で、私生児（バスタード）たちを殺したらしい。この場合はティットホイッスルみたいなくそ野郎（バスタード）って意味じゃない。あんた気をつけたほうがいいぞ、ジョー」

「あんたこそ関わり合いになりたくないなら……」

「よせやい。あんたはいま戦争中だ。となりゃおれたちは戦友さ。まだわからないだろうがな」この物騒な予告のあと、グリフは甲板の下の船室への入り口に顔を突っこんだ。「ジェン！　あがってきて弟の面倒を見てくれ。父ちゃんはホエーラーを出すから」

ポリーがジョーの顔を見る。

「グリフのボートの正式名称は」ジョーがボートの説明をしたのは、まじめな話なのかネットの陰謀論サイトの妄想なのかよくわからない〈遺産委員会〉を話題にしたくないからだった。「〝ホエーラー〟なんだ。呼び名の問題はとても大事なんだよ」

「そうなの？」

「グリフにとってはね」

グリフは紐でつないだ幼児を、薄汚れた青白い顔の女の子に渡した。女の子は髪を色つきのコットンの布で包み、ダンガリーのシャツを着ていた。片手には、木の台座つきのひび割れた陶器の人形を持っている。

「ロウィーナは元気かい」ジョーは人形を指さして女の子に尋ねた。ジェンはにっこり笑って台座を触る。きれいな金属音の音楽が鳴り、台座が回りはじめた。台座をどこかに置けば、人形が音楽に合わせてゆっくりと回転するはずだ。平穏無事だったころ、ジョーがワトソン家に進呈した骨董玩具だった。「調子いいね」とジョーが言うと、ジェンはうなずいた。

ハウスボートの外側で、眠りから覚めたホエーラーが立てる鈍い音が響く。拍子の狂ったエンジンから出る安物燃料の臭いがハウスボートの上にまで届いてきた。幼児が顔をしかめた。

「上げ潮だ。出航するのに都合がいいぞ！」そこでためらった。「おれもいっしょに行ったほうがいいのか」

「いや、それはいい」ジョーはきっぱり謝絶した。好意に甘えるのにも限度というものがある。「船外機の操作はできるしね。前に釣りに連れてってくれたじゃないか。十分くらいで戻るよ」とは言ったが、あの釣りのときはジョーが操縦させてもらって、沿岸警備艇と衝突しそうになったのだった。間違いなくこちらに優先権があったのだが、こちらは小さいし、向こうもブレーキを持っていないわけで、突っ切ろうとしたのは無謀だった。

「よし、それじゃ航海の無事を祈る！」グリフはロープを解いた。

ホエーラーは、油を流したようなテムズの川面を木杭で補強した岸に沿って走りだす。倉庫までは一・五キロほどで、保管庫はもう少し近い。川は監視されていないか。顔がガラスに押しつけられていないだろうか。痩せた男と太った男の顔が。しかしテムズ川のこの辺の岸へ出るには、ヴィクトリア朝時代の地下排水路を通ってくるしかない。連中が見込みのありそうにない監視のために水に浸かってやってくるだろうか。

ジョーはノーブルホワイト・クレイドル法律事務所の〈ラズベリー・ルーム〉に良識をそなえた人間らしく隠れていることになっているのだ。というか、自分はなぜそうしていないのだろう。

エンジンを切ると、ホエーラーは惰性で岸に近づいた。ジョーはポリーに船外機のティラーハンドルを示した。「使い方はわかるかい」

「うん」

「エンジンをとめたまま漂っててくれ。二分したらまたエンジンをかける――この赤いボタンを押すんだ――あ、いや、知ってるよね――で、おれを迎えにきてほしい。エンジンをかけっぱなしにしておくと誰かが変に思うかもしれない」

自分のガールフレンドと話せるのは心強い。同盟者。共謀者。共犯者。やれやれ、おれはお尋ね者だ。警察から追われている。

まもなく保管庫のぬるぬるした前階段に到達した。ドアを開ける。レコードの袋と金の蜜蜂と謎めいた道具類をとりあげる。蓄音機も持っていければいいのにと思う。行きかけて、戸口の外で何かがさっと落ちるのを見た。カラスの死骸か、ゴミの入った袋だろうか。ところがその何かはむくむくっと立ちあがって、こわばった。

戸口の外に、顔のない黒ずくめの人影が立っていた。

魔法使いだ。ヴァンパイアだ。ラスキン主義者だ。

ジョーは口を開いて何か言いかけた。ラスキン主義者はなかに踏みこんできてジョーを見た。たぶん自分を見ているのだろうとジョーは推測した。ラスキン主義者はゆっくりと頭を一方に傾け、ついで反対側に傾けた。それからジョーを無視し、わきを回りこんで戸棚へ行った。

こいつ目が見えないんじゃないか。

一瞬そう思ったが、違った。足どりはふらついているが、ジョーの身体も、床に置かれたいろいろなガラクタも、すんなりよけた。

男はジョーに関心がないようだ。

ジョーは部屋の真ん中に身じろぎもせずじっと立って、つぎにどうするか考えた。それからゆっくりと戸口のほうへ引き返す。

ラスキン主義者が両手をまっすぐ前に突き出して、突進してきた。衣が鋭く音を立てた。ジョーはぱっと頭をわきへふって攻撃をよけたが、相手の手袋をはめた骨ばかりのような手に両腕をつかまれた。その手はひどく力が強かった。指が手錠のようにがっちり腕をつかみ、こちらを動けなくした。目鼻のない顔がジョーの顔のほうへ近づいてきた。男は顔の前に垂らした布の内側に仮面をつけているに違いない。揉みあううちにジョーの顔に押しつけてきた顔は硬かった。ジョーはパンチを飛ばそうとしたがだめだった。腕をもぎ離そうとした。布を垂らした顔がまたさっと前に飛び出てきた。ジョーは顔をよける。口を閉じる音が聴こえた。大きな鳥が嘴を閉じるような音。高級車のドアが閉まるような堅固な音だ。どんな鋭い歯なんだ、くそっ。しゅうしゅうという音は、呼吸音ならいいが。

ジョーの腹の底で恐怖がふくれあがった。ひどく奇妙な恐怖が。こいつは人間じゃないかもしれないという。

逃げろ。戦え。生き延びろ。

生まれてからずっと闘争から逃走してきたので、闘争本能は錆びつきぎみだが、ここは狭いスペースで、一方は川、反対側はロンドンの過去の暗いトンネル網と、逃げ場がないから戦うしかない。怪物がやってきて、退路を断たれたのだ。腰をかがめて脚に力をため、ぐんと上に身体を突きあげた。それは……奇妙に簡単だった。ジョーは力が強いのだ。ふだん自分で思っている以上に。同時にジョーは、ラスキン主義者は自分を殺そうとしているのではなく、行動を封じようとしているのだという気がしている。たぶんジョー・スポークは生かしておけと命令を受けているのだろう。

だからといって安心はできないが。
ジョーはラスキン主義者を宙に持ちあげ、壁に叩きつけた。はずみで自分も前にのめったが、敵の身体をクッションにした。だが反応なしだ。うっ、とも言わない。ジョーはもう一度同じことをした。右手が少し滑った。相手を持ちあげて、投げる。さらにもう一度。ふたりは組み打ちの形になり、その場でぐるぐる回った。ジョーは前に出て、前腕を相手の顎の下にあてがって噛みつかれるのを防ぐ。肩をわきの下にねじこんで、そちらのほうの手を戦いの場から外に出した。そのあいだも相手の頭は、蛇が飛びかかるような動きで何度も突っかかってくる。それはじつに異様で怖かった。ジョーは、あっちへ行け！　と言っているつもりの言葉にならない声を発し、思いきり敵を向こうへ押しやった。爆発的な力が踵から腰をへて両手に突きあげた。ジョーの体重と筋力の全部が相手の胸にぶちまけられた。

ラスキン主義者は鉄材で補強された古い棚のほうへ飛び、そこに激突した状態でぴたりととまった。鋭く痙攣し、あえぎ声をあげた。ジョーは近づいて、ラスキン主義者の身体と棚が接触しているところを横からうかがい見た。

棚のうしろの壁から鉄の支柱がひとつ突き出て、その鋭い先端がラスキン主義者の肩に刺さっていた。ラスキン主義者はピンでとめられた蝶々のように宙に浮き、口からしゅうしゅうという音を低く漏らしていた。その直後、ラスキン主義者はずりっずりっと身体を前に滑らせて鉄の支柱から逃れようとしはじめる。

ジョーはくるりと身をひるがえし、戸口へ走った。外に出て、ドアを叩きつけて閉める。ポリーの操縦するホエーラーがこちらに向かってきていた。

「ああくそ、早く逃げよう！」とジョーは叫んだ。それからポリーに向かって「くそ」などと口走ったことで戸惑い、「いや、くそ抜きで」とジョーらしい留保をつけた。ポリーはすでに急旋回を始めてボートを棒立ちにしている。

「大丈夫?」とポリーが叫び返してくる。

「ああ」とジョーは答えたが、たったいま人ひとり突き刺してきたことを思い出して、言い直した。「いや、人を怪我させた。それが何を意味するのかわからないけど」

「あなたが怪我したんじゃないってことを意味してるのよ」ポリーはきっぱりそう言い、ちゃんと実在しているか確かめるようにジョーの身体をつついた。

ふたりはホエーラーをグリフに返し、家族を連れてフランスへ行き長い休暇をとるように言った。グリフがそれはむりだと言うために口を開くと、ポリーが費用を銀行口座にふりこむからと約束した。安全策をとるだけなのよ、とポリーは言う。至れりつくせりのホテルを紹介するから。戻ってきたらご夫婦のどちらにも仕事が好きなだけやれるよう手配する。勤めるのがよければ勤め先を紹介するし、お子さんたちには奨学金が出るよう斡旋する。そういった便宜のせいでワトソン家が何かのしがらみにとらわれてしまうことのないよう注意もする。クレイドル兄妹の傘はもういまの時点からあなたのご家族の上に差しかけられているんですよ。

ポリーはグリフの機嫌を損ねないよう留意しながら思いやりと買収のあいだの細道をたどっていく。それを見ているジョーは何も言わず、ポリーの手際に感心しながら、自分が何か言ってその苦心を台無しにすることを怖れていた。それからジョーとポリーは車に戻り、倉庫のあるテムズ河畔を離れてハックニー地区の未開発地に入った。道路は牛のいる奇妙なほど田舎びた風景のなかを走るうちに、太陽が紫色になって沈んでいく。

「あんなことをしてしまうなんて」とジョーは牛の群れを眺めながら言った。「なんと言っていいかわからない」

ポリーが今日はもう冒険をひとつしたから充分ねと言うのに、ジョーは帰る前にあともう一ヵ所寄りたいと言い張った。ポリーはあとで思い返して、なぜ説得されてしまったのかといぶかった。

Ⅸ

〈女傑〉たち、マンシューラの宝物、ハバクック

虎肉とエロチックな踊り子の味がする付けひげをつけたイーディー・バニスターは、自分の部屋より六階上にある部屋の窓敷居に腰かけて、室内の様子を数秒間眺めた。そこは殺人を好むことで知られる藩王の年老いた母親の寝室だ。自分がどういう住まいを予想していたのかはわからないが、少なくともこういうものでなかったのは確かだった。壁には緑色の縦縞模様に細かな薔薇の花を散らした壁紙が貼られ、額を吊りさげるための金具をつけた桟がとりつけられていた。部屋には花瓶敷きを敷いたテーブルがいくつも置かれて

いる。暖炉のマントルピースの上に陶器の牛がひとつ。台座にはイギリスのソールズベリー元首相からの贈り物とある。赤い羅紗を張ったカードテーブルには筆記用紙の束が置かれ、ウェストミンスター宮殿の時計塔の金属製模型で押さえてある。

だがそこにいる女性は、イーディーが晩餐の席で見た老婦人とは別人のようだった。イーディーがこの国に来る理由となった手紙の書き手とも違っていた。侮辱されて傷ついた哀れな老婆、ぐずぐず愚痴をこぼす大昔の社交界の淑女はもうここにはいない。いるのは皇太后カトゥーン・ダラン。白いシンプルなローブに身を包み、膝の上でごくかすかに老いた両手を震わせている。左手の親指が煤で汚れているのは、自分でランプをつけたからだろうか。皇太后はマラソンを走ってきたばかりのように見える。状況を考えれば驚くにはあたらない。いまは皇太后にとって重要なときなのだ。落ち着いて、落ち着いて、とイーディーはみずからに言い聞かせる。あわてて対応を誤れば、今回の任務は失敗に終わる。

「息子はわたくしの夫と長男を殺したのですよ、バニスター中佐」と皇太后は言った。

「はい、存じています」とイーディーは応じる。いまのような言葉に、ほかにどう答えようがあるだろう。

イーディーはまだ石の窓敷居に坐ったまま、両手をつき、両脚を子供のようにぶらさげていた。

「それからわたくしの孫を鉄の箱に入れて焼き殺したの」

「はい」

「それでもあの男はわたくしの息子です。わたくしに何ができるでしょう。いまでもわたくしの息子なのです。わたくしはもうあの子を愛しているはずがない。憎んでいる。それでもやはりわたくしの息子なのです。わたくしはあの子を憎んでいる。とても憎んでいる。けれども同時に、まだ小さかったころのあの子の姿が目に浮かんでくる。わたくしを見るあの子の顔も覚えています。いったいわたくしがどんな悪いことをしたというのでしょう。あの子があんな男になってしまうなんて。あの完璧な、怖ろしい男。アデー・シッキムの阿片王。世界中が怪物だと知っている男。ということは、わたくしは怪物の母です。『ベーオウルフ』に出てくる怪物グレンデルの母親よ。〝女性の妖鬼〟(にょしょう)……わたくしもそれなのかしら。それが問題ね」イーディーのぽかんとした顔を見て、訊いた。「あなた、『ベーオウルフ』は読んだことある？」

「わたしが学んだ学園の学園長は、キリスト教の暁の光が射しはじめたころの、異教の闇に包まれた作品だと言っていました」

「それなら抜粋しか読んだことはないでしょうね。〝女性の妖鬼〟(アグレーカ・ウィフ)というのは〈女傑〉という意味にもなります。〝アグレーカ〟は善きにつけ悪しきにつけ〝偉大な〟ということです。わたくしの息子はその性質を持っています。彼は自分の家族を殺しました。わたくしは彼のスケールに呑まれて溺れそうになりました。それでわたくしは浮かぶことを選び、彼の潮に運ばれたのです。ほかにどうすればいいかわからずに。怪物の母となりました。

それから例のこと。例の新しい構想、計画。戦争を終わらせる装置のこと。あのフランス人女性も間違いなくその偉大さを持っている。神がかり的な鍛冶屋といったらいいでしょうか。あるいは女プロメテウス、火を盗む者、と。その女性は自分が炉でつくるものをわたくしの息子がどうする気でいるのか知りません。いや、もしかしたら知っているのかもしれませんけどね。あの女性も何か企んでいるのかもしれない。神々から授かった贈り物はつねに危険なものです。英雄の剣はその英雄に死をもたらすかもしれない。というわけだけど、わたくしにはわかりません。あの女性が世界をそんなふうに見ているとは思わないのです。彼女は……それほど……小さくないから。

でもわたくしのなかの何かが言うのです。だめだ。もうだめだと。ここまで来たらもうこれ以上は許してはいけないと。わたくしは息子に自分の姿に似せて世界をつくることを許しません。恐怖と戦争と利己主義の世界をつくることを。それはだめです」皇太后は肩を落とした。顔の前で両手を二度ふった。蠅と記憶をふり払う仕草だ。子供のころのシェム・シェム・ツィエンが見えていたのではないかとイーディーは思った。なくなったボールやお気に入りのペットを捜す少年の像が。お母さん、いっしょに捜してください。だめですよ。もうだめです。

「というわけで、わたくしは息子を裏切ってあなたがたの国王と手を結ぶことにした。でもわたくしは女の使者としか会わないと言いました。国王側はそれがこの国の慣習なのだろうと考えたでしょうね。ばかばかしい！　いま、ここで、わたくしにとって慣習がなんだというのでしょう。そんなものを気にかけると思いますか。わたくしは自分の息子に対して陰謀を企んでいるのですよ。もちろんわたくしはどういう人がこの部屋へ来ようと気にしません。インド駐留イギリス軍の最初の五連隊が全員で来てもかまわない。ひとり残らず生まれたままの姿でもね！　そんなことで眉ひとつ動かしはしませんよ。けれどももし女を送りこんでくるとすれば、類まれな女であるに違いない。こういう任務を託されてそれを果たす能力があると認められる女であるはずだ。国王側は慎重に選ぶだろう。最良の人間を送りこんでくるだろう」皇太后は首をふった。

イーディーは野薔薇の実の油の匂いを嗅いだ。皺だらけの無表情な顔から、小さな黒い目がさぐりを入れてきた。**この人は何かを欲しがっているんだ。**

「わたくしは選ばなければなりません。ひとりの男の運命の潮流に身をまかせて死ぬまで浮かんでいるか。それともわたくし自身の運命をつくるか。わたくしは自分なりに偉大な存在になろうと決意することができます。わたくしのなかにも少しばかり偉大さがあるという事実を受けいれることが。だから貴国に使者の派遣を求めたのです」

イーディーは、ここで質問することを期待されていると読んだ。「なんのために？」

「下にいるあの兵隊たちは——あなたの命令に服従する？」

「ええ」

「それならあなたも〈女傑〉ね。魔女か女神よ。自分でわかっている？」

「いいえ。よくわかりません」

「わたくしがそれをやらなければならないなら——ただひとり残った身内である人殺しの息子を裏切らなければならないなら——それは偉大な行為になります。わたくしが偉大だと言っているのではありません。この選択が偉大な選択だということです。ということで、これは〈女傑〉が力を合わせて行なうことになります。女王と女王がね」

「それなら……わたしは派遣されないほうがよかったようです。わたしはそんな偉い人間ではありませんから」

「ぷふっ。身分が高くないという意味ね。レディー・イーディーとかイーディー女公爵とか呼ばれる人間でないと」

「ええ。わたしはただのイーディーです」

「それでもあなたは地球の反対側からやってきて、ここにいる。国王から命を受け、配下の者たちをしたがえて。あなたはすでに何事かを成し遂げているはずですよ」

「ささやかなことなら、たぶん」

「しかしその結果、重大な任務を命じられた。大舞台で活躍する機会を得たわけでしょう」

「ということでしょうね」

「そしてあなたはそれを最後までやり抜く気でいる。どんな代償を払うことになろうとも、きちんとやり遂げる気でいるのでしょう？」

「はい」

「それならあなたは〈女傑〉なのです、バニスター中佐。あなたはとてもうまくやるに違いない。秘密や宝物や武器を手に入れるでしょう。大事なのは二番目のもの。宝物です。わたくしは宝物を持っている。魔法使いのお婆さんはたいてい持っているでしょう？　それはシェム・シェム・ツィエンが持ってはいけない偉大な宝物です。あなたはあのありえないような頭脳を持つフランス人女性を連れ出し、わたくしの宝物を持ち出さなければなりません。安全なところへ移すのです」

「わたしが命令されたのはフランス人の女性科学者のことだけ――」

「もちろんそうでしょうとも。でも科学者のことで任務を果たすにはわたくしの言うとおりにしなければなりません。でないとわたくしは協力しませんからね」

老いぼれ魔女め、とイーディーは賞賛の気持ちをたっぷりこめて考えながら手を差し出した。皇太后は微笑み――すごみのある面相になった――力強くその手を握った。協議は終わった。

「出発準備はできています」ドアのほうから緊張した小声が届いてきた。イーディーがふり返ると、顔の青白い若いラスキン主義者がいた。いつもの服の夏版といったものを着た男は、秘密任務の緊張から憂鬱になりながらも気丈に耐えているように見えた。

皇太后が先頭に立った。

シェム・シェム・ツィエンは快楽を味わったあと、征服した女たちといっしょに眠るのが好きな男だった。半分食べられた白鳥の残骸、ずらりと並んだグラスやジョッキ、折り重なって寝入っている疲れ果てた浮かれ女(め)たち——そのいちばん上にいるのが〈かしこまりました嬢〉だ——それらのあいだで、シェム・シェム・ツィエンは横向きに寝て、戦争と略奪の夢に恍惚となっていた。イーディーは胸の悪い思いをしながら、この放埒な宴の一部始終を磔になった司教に見せつけたのだろうか、と考えた。

皇太后の救出隊は、藩王が眠っている部屋の入り口の前をそっと通り抜けた。石張りの通路から階段をおり、迷路のような荒い石壁のトンネルをくぐる。やがて何かのえぐい臭いが空気中に漂い、ケンティッシュタウン（ロンドン北西部の地区）くらいの大きさの太鼓の上に水が流れ落ちているような音がしはじめた。皇太后が片手をあげると、ふたりの部下が通路の両側に立って待った。

一行の前方には頑丈そうな木のドアがあった。皇太后は期待と不安の入り混じった目でそれを見た。イーディーはちらりと皇太后を見る。

「それじゃ、出ましょうか」とイーディー。

皇太后がうなずく。イーディーが前に出てドアを開いた。

ドアの向こうの闇に目が慣れないうちから、イーディーは広い空間のひろがりを感じとった。その空間に、何か大きなものがいる。まるで巨大犬の小屋に入りこんで、その巨大犬に臭いを嗅ぎまわられているかのようだ。それからイーディーの脳はおもむろに動きだし、情報の断片を集めた。

部屋は広大なのだ。

あまりにも広くて、もはや〝部屋〟と呼ぶのも適切ではない。それは巨大な洞窟だった。もっとも、そこには何かなじみのある、懐かしいとすら言えるような感じが……ああ、なるほど。もちろんそうだ。エイベル・ジャスミンがコーンウォールにこういう場所をつくっているのだ。フランス人の天才女性科学者を迎えるために。

巨大洞窟にはおびただしい数の人形が並んでいた。等身大のものもあれば、それより丈の高いのもある。みな戦闘や虐殺の行動をとったまま動きをとめており、周囲はちぎれた手足が散乱する戦場になっている。まるでチェスのゲームが本物の戦争になり、その対戦の途中でとまってしまったかのようだ。

イーディーがまず思ったのは、ここは蛇の頭髪を持ち目で人を石に化してしまうメドゥーサの巣で、石になった敵がごろごろ転がっているのか、ということだった。あるいは太古にできた氷河が滑りこんできて、なかで凍りついていた原始人の死体が出てきたのか。それともシェム・シェム・ツィエンが虐殺した人々のために広い墓場をつくったのか。だがまもなく気づいたのは、積み重なったり、槍で突き刺されたり、ひざまずいて前のめりになったりしている戦士たちはみな金属製だということだった。地面には歯車やスプリングやワイヤーやベルトが散らばり、洞窟内には焼けた機械の臭いが漂っていた。皇太后は機械じかけの死体のあいだを歩いていく。美しい腕やきれいな顔が壊れて散乱している。それを見ると、イーディーにはラスキン主義者の職人技の跡が見えるような気がした。真鍮の皮膚から飛び出ている歯車。傷口から流れ出ている黒い液体は血ではなくオイルだ。人造人間(ホムンクルス)の軍団。

イーディーは歩を進めた。その瞬間、いちばん近くにいる人造戦士がいきなり剣をぐいと突き出して、もう少しで首を斬られるところだった。イーディーがうしろにさがると、剣がびゅんと前をよぎった。イーディーは人造戦士を見た。その戦士はべつの戦士の槍に刺されて地面に釘づけされていたが、眼球のない顔がずっとイーディーの動きを追っていた。戦士を釘づけにしている戦士もイーディーのほうへ顔を向けた。イーディーが動かずにいると、ふたりの戦士はまた互いを見合った。イーディーの背後では〈鳴き鳥〉がずっとぶつぶつ悪態をついていた。

「光に反応するものもあるし、音に反応するものもある」と皇太后は小声で言った。「つくりが単純で、動きはぎこちない。でも人畜無害だなんて思ってはだめです。学習しますから。フランキーが言うには、最初から賢いものをつくるのは大変だから、まずはお馬鹿なものをつくって、自分で自分のパンチカードを書かせるのだそうです。そうすればだんだんお馬鹿じゃなくなるらしい。正確に言えばパンチカードじゃなくて、もっと現代的なものらしいけれど。この戦士たちの理解力にはもちろん限界があるけれども、フランキーはそれぞれを関連づけるんです。一見、個々別々のものみたいだけれど、ちょうど……蜜蜂みたいなものでね。群れをつくっているんです。ただし互いに憎みあっている群れね。この戦士たちの能力は小さすぎるから使い物にならないとフランキーは言っています。そうたくさんのことを学ばないうちに一杯一杯になってしまうから。でも……びっくりするようなことをやってのけるんですよ」

いや、もうびっくりしてますとも。

イーディーはどの人造戦士からの攻撃も届かないところを選んで、慎重に歩を運ぶ。壊れた玩具の兵隊たち。いま見えているものはほんの手始めにすぎない。巨大洞窟の戦場に満ちている機械の軍団は、人間の形に近いものから、箱に細い腕がついているだけの不器用そうな単純なものまで、世代ごとのタイプを網羅するかのようにさまざまだ。組み打ちをしているもの、半ば、あるいは完全に壊れているもの、ぱっくり開いた傷から紙テープやパンチカードやスプリングをはみ出させているもの。なんとかいう呼び名があった……そう、ロボットだ。永遠の戦争のなかに囚われている、意識のない、時計じかけの、金属製の奴隷たち。

イーディーの部下たちが人造戦士たちを見ていた。彼らがそこに自分たちのおぞましい姿の反映を見ているのでなければいいがとイーディーは思った。箱型の戦士のひとつが〈旗ざお〉の脚につかみかかった。〈旗ざお〉はそいつを蹴飛ばした。ついで箱の上に乗ってぴょんぴょん飛びはねていると、箱はアコーデオンのようにつぶれ、〈旗ざお〉の脚をつかもうとしていた両腕も動きをとめた。

「元気のいい野郎だやな」と〈旗ざお〉は半ば感心しながら言い、ほかの仲間が非難の目で見ているのに気づくと、こう訊いた。「なんだよ。家具に触っちゃいけねえのかい」

イーディーを先頭に、一行は巨大洞窟の内側に入っていった。

洞窟の地面の下には川が流れており、ところどころ地面が陥没している箇所から水が見えていた。川はある時期には何にも妨げられることなく大きな水音をたてて流れていたに違いないが、いまは何基かのタービンが設置されていた。骨組みやタンクのなかの巨大な羽根車や回転子や駆動軸が油を差されたベアリングを低く唸らせて回転していた。銅線コイルが盛大に火花を飛ばし、湿気を遮断するガラスシールドのうしろで唸りをあげる。ケーブルとワイヤーの束が太い綱となり、無限にひろがる発電装置の都市の各部を接続している。摩擦音をたてる球、るつぼ、銀色の金属箔や錠剤状の金属塊が宙に舞う奇妙な装置、頂上でまばゆいアーク放電が起きている黒色の高いロッド。

ひとつの筐体(きょうたい)から太いケーブルの束が出て、洞窟の壁をつたい、小さな裂け目のなかに消えている。裂け目はいちばん広い部分で幅が一・五メートルほどだ。その裂け目から、不規則に明滅する光が漏れている——藩王の王座の間で見たような青い光ではなく、もっと透明で白っぽい光だ。しばらくしてイーディーは銃声を聴いた。さらにまずいことに、アメリカ人たちの話し声が聴こえた。

イーディーは壁に近づき、裂け目のなかに入った。

内側の通路はふいに広くなり、ジャングルの匂いと、哺乳動物と熱い金属と藁の濃厚な匂いだ。

角を曲がると、洞窟の出口があり、外は夜の緑豊かな山だった。巨大な映画のスクリーンがあり、その輝く光を受けて、何本もの太い脚と、丈の高い胴体と、皺のよった長い鼻が見えた。それらの哺乳動物たちは、スクリーン上で拳銃を撃ちながら暗い路地に必死で駆けこむ男の映像を黙って注視していた。

「ちくしょう！　生きておれを捕まえることはできないぞ、お巡り！」と銀幕の逃亡者は叫んだ。

イーディーは声をあげそうになったが、皇太后がごく小さな声でたしなめた。

「あの子たちは映画の邪魔をされるのを嫌うのよ」

「でも、象じゃないですか」とイーディーは言った。

「そう。わたくしの父の時代にはお芝居を見せたり音楽を聴かせたりしたけど、いまは映画なんです」と皇太后がごくあたりまえのことを話す口ぶりなので、イーディーはそれ以上押さなかった。皇太后はため息をついた。「わたくしにはこの子たちしかいないの」そのつぶやきはごく小さくて映画の銃声にかき消されそうだった。「先祖代々の誠実な友人たち。わたくしの子供みたいなもの。あの子たちはわたくしを信頼しています。わたくしの息子ではなく、わたくしだけを。だから息子はあの子たちを抹殺するつもりでいます。

甲冑をつけたあの子たちは無敵です。でもあの子たちの優れたところは悪用されないことなのです。あの子たちは心を持った兵士であって機械ではありません。だから息子はもうひとつの武器、例の〈理解機関〉を欲しがっているのです。象には命令できないから。息子は邪悪だから」

声は落ち着いていたが、頬は濡れていた。イーディーは皇太后を抱擁しなかった。〈女傑〉がこちらの肩にもたれて泣くのがいやだったからだ。

「フランキーのここでの仕事はもう終わりました」しばらくして皇太后は言った。

イーディーは皇太后のあとについて洞窟のべつの部屋に入った。そこにはフランス語をしょっちゅうはさむ人物がいた。

ラスキン主義者の一団が、真鍮製の魚飼育用水槽のまわりで立ち働いていた。水槽はホイストだかクレーンだかで吊りさげられている。背中の広い修道僧がふたりの仲間といっしょに力いっぱい水槽を引きあげ、ほかの修道僧たちが川面からあがってくる水槽を支えて安定させていた。水槽のなかの水だけで一トンはあるはずだ、とイーディーは思った。それに水槽の重量もある。クレーンの滑車はよく耐えている。

そうした人々の中心に、ひとりの小柄な女性がいた。黒い髪が四方八方にぴんぴん立ち、安物のブラウスはかなりくたびれていた。ズボンの上には革のエプロンをつけている。そのズボンは、以前は灯火管制用の暗幕かベッドの上掛けだったようだ。いまの距離からでも、イーディーにはその女性が文句をたらたら並べているのが聴こえた。語気鋭く言葉が飛び出るさまは、好意的に表現すれば〝討論〟と言えるかもしれない。怒りをぶつけている相手は鍛冶屋の手袋をはめたラスキン主義者で、顔には苦悩の色を浮かべていた。

「ねえちょっと……もうこの馬鹿！　そうよ、デニス、あんたのことよ。見てごらん！　波を乱してしまって。これじゃまたやり直しだ……違う、違う！　装置は完璧なんだ。これでうまくいくはず……いくはずだ！　わたしがそう言ってるんだから間違いない！　建設的干渉と破壊的干渉が打ち消しあって……ああ、くそったれ！　ここスイッチを入れてない！　どうして……ほらここも！　第二コイルを使おうという気はないの。いや違う、やってない……」

「おやおや、悪いときに来たのでなければいいけれど」と皇太后はつぶやいた。

黒い髪の女性――あの髪は自分で切っているのだろうとイーディーは推測した。前髪が変なふうに不揃いだし、頭の片側がほとんど禿（はげ）に近いからだ――は両手を宙にふりあげた。

「もう一ぺんやり直し！　一から全部！　いますぐ始めるわよ！　コンプレッサーはどこ？」女性はまわりを見る。何かがゴンと音を立て、じょぽんと川に落ちた。「ああくそったれ（コンヌリ・ドゥ・シアン・ドゥ・メルド）！　いまのは何。まさかわたしのコンプレッサーじゃないでしょうね」

「大丈夫」と体格のいい修道僧が静かに答えた。「ティーポットです」

そう聴いてもたいして安心できないようだった。女性は耳にはさんでいたチョークをとって地面に何か書きはじめた。ついでポケットからべつのチョークを出し、時間節約のために両手で文字を書く。

「あの人は両手利きなの」と皇太后はささやいた。「そしてよほど集中してひとつのことを考えているのでないかぎり、同時にいくつかのことができるんです。そうするのは脳にいいんだと言っています。脳のためなら魚を食べなさいとわたしは言うんですけど、それだけでは足りないみたいね」

「声、聴こえてますよ」女性はこちらをふり返ることなくそう言った。「ことさらにひそひそ声で話をするのは、ブラスバンドが『希望と栄光の国』（イギリスの愛国歌）を演奏しながらここへ入ってくるのと、イギリス海軍本国艦隊がグッゲンハイム美術館のガラス器・陶磁器展示室を砲撃するのが一ぺんに起こるより気が散らないなんて思わないでくださいね。気が散る程度はどっちも同じくらいなんだから」

デニスは――体格のいい修道僧がデニスに違いない――両手で顔を覆ってため息をついてから、その顔をあげた。そして「お客さんですよ、フランキー」としっかりした口調で言った。

「お客なんて来るわけがない。わたしがここにいることは誰も知らないし、かりに知っていてもわたしのことなんかどうでもいいはずだから」フランキーは強い口調で言って何か書きつづけた。流れの速い川の岸で、ふたりの修道僧がティーポットを竿で引っかけてなんとか引きあげた。そのティーポットは……奇妙なしろものだった。

「それはほんとにティーポットなんですか」とイーディーは訊いた。

「わたしがデザインし直したの」とフランキー。

「ここではそういうことがけっこう多いんです」とデニスが無感情に言う。

「前の状態だと使えないのよ」とフランキーは説明を続ける。「中身を半分しか入れないことを前提につくられているから。少なくともポットの上半分があいている状態でないと正確に注げなかったのはそのせいだと思う。もっとも……ふむ……茶葉の懸濁液の真上に気体の対流が起きる環境があるほうが茶葉への湯の浸透に都合がいいことは考えられるかもしれない？　まあ、そうだとしても、注ぐ過程は重要な問題よ。わたしも何度か火傷をした。それとお茶の質も一定しないし。その質の確保が最終目的なのに。わたしは茶葉をごく注意深くコントロールした」フランキーは古いティーポットが自分の意思でそういう作用を及ぼしていると考えているような様子だ。そのティーポットはいま壁ぎわで何かの装置のように置かれている。

「わたしの名前はバニスターです」とイーディーは自己紹介した。

「わたしはエステル・フランソワーズ・フォソワイユール。フランキーと呼んでもいい。こんにちは、バニスター」

「こんにちは、フランキー」

「お会いできて嬉しかった。ちょっと話ができたのも！　ここからは自分で出ていけるわね」

そう言うとこちらに背中を向けた。イーディーは皇太后を見た。皇太后はイーディーにできるだけ早くフランキーを説得するようにという手ぶりをした。皇太后は大量殺戮者である息子を裏切ろうとしている母親ということから予想される以上にそわそわ落ち着かなかった。

「〈理解機関〉は」とフランキーは首だけでふり返って鋭く言った。「まだ機能しないと陛下に言っておいて。予想してなかった難しい点がいくつかあるのよ。事象のある種の側面を観測すると問題が生じて……まあいい。電源はほとんど完成したようなものだから。というよりすでに可能なのは……ふむ」フランキーは横のほうへ視線を移した。イーディーはその視線が宇宙をさぐりはじめたとき、宇宙が割れて開く音が聴こえた気がした。「そうね。面白い。例のお茶の実験が鍵を提供してくれるかもしれない。それは……ふむ」

皇太后が思考に割りこんだ。「フランキー、バニスター中佐はイギリス政府から派遣されてきたのです。わたくしが誰かをよこすよう頼んだから……」

イーディーはうなずいた。「あなたを救い出しにきたんです」

「わたしを救い出しに？」

「そう」と皇太后。「このことは前に話しあったでしょう」

フランキーはさらにしばらく皇太后を見つめた。黒髪のカールしたひとつまみが頬をくすぐっているのを手で払いのけ、皮膚に煤の汚れをひとなすり残した。顔はひどく青白く、ぎすぎす尖り、そばかすが散っている。身体は均整がとれているが、身長は百六十センチたらずと小柄だ。ブラウスの袖口にはインクで数式がいくつも書かれていた。フランキーは眉をひそめた。

「そうだった？　ああ、そうね。話しあったわね。シェムがわたしに兵器をつくらせようとしているから。そう。でもあの人、とてもチャーミングなのよね。兵器をつくらせたがってるなんて知らなかった。博愛主義の人みたいに思えたんだけど。〝戦争を終わらせる〟なんて言って。わたしは馬鹿ね。もっと早く気づくべきだった。もちろん、わたしはそんなものつくる気ない。でもいまはここを出ていくちょうどいいタイミングじゃないのよ。大事なことをやってる真っ最中だから」イーディーを見て、手をひらひら動かした。「何週間かしてからまた来てくれない、バニスター」

　イーディーはまじまじとフランキーを見た。「大事なことというのはティーポットのことですか」

「違う違う。あれはせいぜい一日でできる。そうじゃなくて、コンプレッサーのテストをして……あらあら（エ・ビアン）、死んだような目になっちゃったわね。でもいくつか装置があって、研究を始めちゃってるのよ。いま定常波を分離しているところでね。この波は、もちろん水でできているのだけど、その力学は数学的には同じことなの」吊りさげられた水槽を手で示す。

「何がです？」

「波がよ。川の波。川から波をとりだして水槽のなかで維持しようとしているの。それが何を意味するかはわかるでしょ」

「いえ」

「わたし、うんと年をとったら若い人たちに科学の基礎を教える学校をつくるわ」

「フランキー」皇太后がびしりと言った。「失礼なこと言っちゃだめ」

　フランキーは唸った。

「わかったわよ！　わかったから、バニスター、よく聴いて。〝何〟とか〝何が〟なんてあんまり訊かないようにしてよ。でないとわたしはぎゃあーっと叫んでしまうから……。

　真実というのは宇宙の現実とそこからわたしたちが受ける印象の一致として理解してよさそうに思える。そうでしょ？　わたしたちが考えていることが世界についての外的な事実と一致しているなら……あなたさっきからわたしのズボンをじっと見てるけど、ズボンがどうかした？」

イーディーは、とっととこのお喋りないかれた女の後頭部をぶん殴って気絶させ、引きずっていこうかと考えていたが、とりあえず、べつにズボンはどうもしませんと答えた。じっさいそのとおりだった。生地は変だが形は普通で、その下にはきれいな脚があることがうかがえた。

「ぶん（ボフ）。とにかく真実というのは意識が世界を正しく理解している状態を指すわけ。さて、人間の意識は、水槽のなかの水と同じで波を持っている。波は脳の周辺にできる。それはごく単純なルールにしたがってそこそこ複雑なものが生み出すとても複雑なパターンだ。人間の脳は特別な種類の石なのね。水が石の上を流れるとさざ波ができる。そうよね。それは定常波と呼ばれるものなの。さて人間の意識はさざ波である。生命とはパターンをつくりながら展開される水の動きである。死とは石がどこかへ行ってしまったり摩滅してしまったりしたときのパターンである。わかる？　意識が真実を理解するためには——たんに信じるだけではなく知るためには、波の性質が変わらなければならない。さざ波は川の底に触れられる程度にまで拡張されなければならない。目や耳を通してでなく直接現実を知るために。わたしがつくる機械は波を拡張する。新型のソナーみたいなものね。新しい感覚器官なの。真実を知るための感覚器官。そこから生じる結果として、世界はポジティブな方向で変化する。ということ（ヴォアラ）。単純（サンプル）なことよ」

「水にあたるのはなんなんです」

フランキーはきっとなってイーディーを見据えた。

「なんですって？」

「いまの比喩で、石が意識だとして、水にあたるのはなんですか」

「それは」とフランキー。「この十二カ月間にわたしが受けた質問のなかでいちばん頭のいいものね。そこがいちばんのポイントなのよ。水にあたるのは宇宙の基礎物質。物質とエネルギーをつくりあげている素材。は！　例の小柄なスイス市民（アインシュタインのこと）に言ってといて。わたしはあなたを超えたって」

「ミス・フォソワイユール……」

「フォソワイユール博士と呼んでちょうだい」

「フォソワイユール博士。その機械は何をするんです」

「まだ何もしていない。技術じゃなくて科学だから」

「でも理論上、何をすることになってるんですか」

「理論上、わたしたちに真実を見させてくれることになっている。絶対的な真実を。そしてたぶんそのあとで……いや。絶対的な真実だけで充分じゃない？」フランキーはイーディーに目を向けてきた。

　イーディーは少しぼんやりした目つきで相手を見た。

「わかりません」

「いくつの戦争が食いとめられるかしら。どれだけの命が救われるかしら。真実は覆い隠せないとなったら。どんな言説も真偽を判定できるとなったら。理解がどれだけ進むか。科学がどれだけ進歩するか。人間はどれだけ知ることができるようになるか……。ねえ、バニスター、世界を見て、嘘が嘘だとすぐわかるようになったら、どうかしら。人類はおおいに進歩するのじゃない？　嘘は死滅するの。真実を土台とする新しい時代が到来するのよ、バニスター」

「バニスター中佐と呼んでください」

　フランキーはふっと笑った。それはイギリスの夏の一日のように、膚に暖かい、まれな、豊かな祝福だった。「いいわ、中佐」いたずらっぽく応じた。目をイーディーの全身に這わせて、かなり邪悪に見える微笑みを浮かべた。

　イーディーは顔を赤らめた。**ライオンにトラにクマ……おおこわい……**（映画『オズの魔法使い』でドロシーたちが森のなかで怯えて唱える言葉）

「本当に、本当に、行かなくちゃいけないんです」とイーディーは言った。

「だめ。逃げるわけにはいかない。仕事を終えなくちゃいけないのよ。また出直してちょうだい。時間がたったらここを出ていく必要はなくなるかもしれないし。そうでしょ？」

皇太后は腹を立てた。「フランキー、だめですよ。絶対にだめ。バニスター中佐がまた出直すなんてむりなの。待つなんてむりなの。今夜でなければだめなのよ。タイミングを正確にはかっているのだから」

フランキーはその言葉を手でふり払った。「考えてみて……世界で真実がくまなく行き渡ったら、人間がどれだけ進歩するか。一パーセント？　五パーセント？　ともかくある程度の積極的調整が加われば、人間は臨界点に達して、ユートピアがおのずから実現することになるはずよ」フランキーは晴れやかに微笑み、それからその微笑みを消した。「もっとも、真実が多すぎると物理的なレベルで問題が生じることがあるけど。それに決定的カスケードを引き起こすのは絶対にまずいのよ……」何か忙しく書きつけはじめた。

皇太后は骨ばった手を宙にふりあげた。「フランキー！　バニスター中佐！　いますぐ出発しなさい！」

「それはむり。だっていま——」

「いますぐよ！　いますぐでないといけないの！」

「何時間か待ってもいいんじゃないでしょうか」とイーディーは提案してみた。目はフランキーの煤で汚れた頬をじっと見ている。

「だめです。もう始まっているから」

たしかに作戦はもう始まっている。が、イーディーは皇太后の声に、それ以上のニュアンスを聴きとった。フランキーから視線を引きはがして、皇太后のほうへ向けた。

「何が始まっているんです」

皇太后は肩をすくめた。小柄な老婦人が謝るときの上品な肩のすくめ方だった。皇太后はこちらに半ば背中を向けた。

「わたくしの計画が」

「あなたの計画」

「わたくしの目くらましが」

「どういう目くらましです」

「軍隊の正攻法にしたがって目くらましを用意したのです。あなたが任務を遂行できるように」

「どういう目くらましなんです」

「厨房のガスの栓」と皇太后。「火事が起きるよう手配しました」そこでにっこり笑った。少し離れたところで、ラスキン主義者のデニスがなんとも言えないうめきを漏らした。仰天した顔で皇太后を見た。

「この宮殿の下には天然ガスの貯蔵庫があるんです」と恐怖にとらわれた声で言った。「宮殿が……この宮殿全体がひとつの爆弾みたいに吹き飛びますよ！」

「ええ」と皇太后は言った。「だから恰好の目くらましになるでしょうね」

たちまち今日という日は、イーディーにとってとんでもない厄日となった。


ウィスキーも腐って固まるほどの汚い悪態をつきながら、車輪のついた木箱をロープで引っぱって、燃える宮殿のなかを必死に駆けていた。

「わたくしの宝物も持っていって！」皇太后がそう叫んだのは、イーディーが出発するしないの議論を断ち切るためにフランキーを肩に担いだときだった。皇太后は言った。「マンシューラの宝物はもうひとつしか残っていない！　世界にこれほど高潔ですばらしいものは存在しないのよ。わたくしの住まいの西の部屋にある箱車――あれをどうかロンドンのジョージ国王に届けてちょうだい！　ほかにもいるけど、みんな年をとって、もう長旅はできないのです。ここが墓場となるでしょう。でもあの箱車だけは救い出してほしい…

「…お願い、約束してちょうだい！」

イーディーは友達の頼みを断わったことがない――たとえ相手が言語道断の馬鹿げたことをしでかして作戦を台無しにしかけた白髪頭の婆さんでも同じだ（まったくガス爆発を引き起こすなんて頭がおかしいんじゃないか、このくそ婆(ばばあ)！）。その宝物は本当にジョージ国王の役に立つのかもしれないが、そんなことも関係ない。これは女傑どうしの個人的な絆の問題であり、たとえその箱車のなかにあるものが有害なものだったり、ひとつまみの灰みたいな無益なものだったりしてもかまわないのだ。

イーディーは皇太后にずけずけ文句を言いながら、かん高い声でわめきたてる科学者を担いでよろめき歩いた。モーツァルトの『後宮からの誘拐』なら色っぽい話だが、何が悲しくてハリネズミほどの分別も持たない骨ばった天才科学者を連れて逃げなければいけないのか。〈かしこまりました嬢〉とその親友二、三人といっしょに藩王の後宮からすたこら逃げるのならもっと愉しい冒険になるのに。

祖国に奉仕したい娘……ああ、なんというてんやわんやの大騒ぎ。もっともラスキン主義者の修道僧が十数人、衣の裾をからげて必死に逃げるの図は見ものだったけれど。彼らは持てるものだけを持っていったが、フランキーの大事なコンプレッサー――それがなんであれ――もトロッコに乗せて運んでいった。

皇太后の住まいに戻ったイーディーは、憤激しているフランキーを〈鳴き鳥〉の手にゆだね、命令した。

ほかの隊員と協力して、川まで連れていって。クパーラ号に合図して、わたしたちみんなで逃げるのよ！海兵隊の部隊も出動させて。もう誰に知られてもかまわないから！

それから廊下に飛び出し、大急ぎで誰かれに場所を訊く。煙の臭いを嗅ぎ、これこれの量のガスがこれこれの圧力を加えられた上で爆発したらどれだけの威力を持つかと考えたちょうどそのとき、最初の爆発が起こって、あたり一帯が震え、横波をくらった船のようにひっくり返りそうになった。ふたたび足をしっかり踏んばったとき、本格的に火の手があがり、宮殿の垂直に見えているべき部分の多くが危険を感じさせるほど斜めに傾いて見えていた。

皇太后が抱きつくようにして、自分のつけていた紫色の肩帯をイーディーの肩にかけた。それは皇太后にとって非常に大事な意味のあることだった。皇太后はイーディーを抱きしめて「女傑！」と叫んだ。たいそう感動的な場面だったが、イーディーとしては皇太后をひっぱたいてやりたい気分ではあった。

イーディーは箱車を引っぱって川に向かいはじめた。やれやれ、何が入っているのか知らないが重い。中身が揺れて箱車がひっくり返りそうになる。だが文句を言っている暇はない。まずはクパーラ号にたどり着くこと。考えるのはあとだ。とはいえ、艦長と乗組員にこの事態をどう説明したものだろう。〝隠密〟作戦とはとうてい言えないではないか。

くそったれ。

カーペットの壁ぎわの部分が燃えてめくれあがり、行く手に立ちふさがろうとした。は！　危ない危ない……おっと、今度は華奢な箱車がやられそうになった。おお、宙を舞う灰が幽霊の指のように見える。イーディーはぐいと箱車を引っぱった。このときは中身も協力してくれた。箱車の後ろ壁にぶつかってはね返ったのだ。箱車はたわみ、軋み、うめく。ここにべつの心配がある。あまり強く引きすぎると箱車が壊れ、なかのものが湯気をあげている床に飛び出してしまう。そうしたらどうなるだろう。**ケッコージョートーケツカンチョー**、と〈鳴き鳥〉なら言うだろう。イーディーはロープを思いきり引っぱり、箱車を自分より前へ走らせた。そのとき火明かりに照らされた自分の前腕を見て、馬鹿げたことだが、惚れ惚れとした。

集中せねば。

新たな衝撃が宮殿をゆるがせた。片側でアーチ天井が崩れ落ち、堅固な大石のかたまりが熱でぴしぴし音を立てて欠け、ひび割れ、内側で膨張する空気に負けて砕け散った。イーディーは煙にむせながら唸った。火花が上着ごしに肩を焼き、イーディーの意識に活が入った。これはまだ災厄のメインディッシュじゃない、ただの前菜だ。あのフランキーの洞窟にはどんな危険なものが置いてあるかわからない。それが焼けるかつぶされるかしたときには何が起きるだろう。そう言えばフランキーは、イーディーの肩で揺られながら、これから起きることは遠くからでも見たくないと考えているようだった……。この調子だと宮殿は逃げきる前に爆発しそうな雰囲気だが、そんなこと今日のメニューにはのっていなかったではないか。殉職などごめんだ。それなら何か考えなければ……あっ、そうだ！

吸入、圧縮、燃焼、排気。内燃機関にはこの四行程があるが（イーディーはそのことを破壊活動を学ぶさいに覚えた）、鍵となるのは、弾みがつくということだ。馬に引っぱられなくても動く車というものは。さて内燃機関がなくても、弾みをつけて動かせる車というものがあるじゃないか。イギリスで、男の子たちが持っていたやつ。木箱に車輪をつけたボックスカートだ。そう、女の子には許されなかった遊び。は！

イーディーは箱車のうしろに乗り、ときどき片足で地面を蹴って方向を変えたり速度をあげたりした。ボックスカートで脱出する。悪くない。イーディーはくんと鼻で息を吸った。変な匂いがする。胡椒のような匂いと、農場を思わせる匂い。なかにはきっと川べりの泥土が入っているに違いない。

集中しろ。

いや、ほんとに。まだかなり行かなければならないのだ。そして嫌な情景が前方に見えてきた。燃えている死体の山だ。クパーラ号の海兵隊や〈鳴き鳥〉たちの活躍のたまものだ。美味しそうな匂いにイーディーの腹がぐうっと鳴ったが、ちょっと待て、この匂いは、と意識が追いつくや、吐きそうになった。死んでいる連中のなかには友好的だった人たち（幸いイーディーは親しくなったわけではない）もいれば、それほど友好的でなかった人たち（これまた幸いなことにもはや中立的な存在になっている）もいるが、いずれにしても人間の死体であってシシカバブではないのだ。鼻がどう感じようと。イーディーは強く床を蹴って死体の山を回避した。でも速度は落としちゃいけない。とまっちゃいけない。絶対に。

ああ！　いまのはいい決断だった。前方に生きた戦士がいるからだ。武器を持ったやつが。男は牛刀のような刃物をふりまわし、歯軋りして怒り狂っている。**ケッコージョートーケツカンチョー**……。イーディーは箱車をスケートがわりに滑っていきながら、すばやく考えた。箱車の速度と重量は相手に対して優位に立てる材料だ。この尋常でない乗り物に男は軽く困惑していた。男はシェム・シェム・ツィエンに雇われている山賊のひとりだが、火事の現場で濃緑色の服を着た頭のおかしな白人の優男から車輪つきの箱で襲われるというのはしょっちゅう経験していることではなかった。

男はしかし気をとり直してイーディーのほうへ向かってきた。イーディーは片足の踵をがっと床に突きたて、箱車をスピンさせて、村祭りの子供みたいにくるりと回転した。これぞメイポール武道！　右足で男の頭を一撃、男はジャガイモを詰めた袋のようにどさりと床に落ちた。しかし、くそっ、廊下のほんの数歩先にもうひとり仲間がいた。そいつの持っている刃物は本格的にまがまがしく、牛刀よりも剣に近い。イーディーはミセス・セクニから武器の識別法を教わっている。男が手にしている武器はワキザシでもカットラス（反りのある短めの剣）でもなく、ボウイーナイフ（鞘つき猟刀）でもない。マチェーテ（藪を切り払うのに使う鉈）と肉切り包丁の子孫のようなものだ。それにしても大男だ。睡眠過剰で大きくなりすぎたようなやつ。

巨人が武器をふりあげて吠えた。

逃げろ。

イーディーは大事な箱車を置いて駆けだし、さっと身をかがめた。睡眠過剰巨人は予想以上にすばやく攻撃してきた。イーディーにとって幸いなことに、巨人は腕力ほどには脳力がない。そのふたつを兼ねそなえるのは許されないのだろうか。

とにかく死なないようにしよう。イーディーは左へ体をかわした。巨人は反対側へ切りつけたので狙いははずれた。

くわおいいいん。マチェーテもどきは性（しょう）のいい刃物らしい。巨人がモザイク床に思いきり叩きつけたとき火花を飛ばして振動したが、欠けたりひび割れたりはしなかった。叩きつけた刃をぐいっと引きあげたとき、危うくイーディーの腰にあたりそうになった。あたればイーディーはまっぷたつになっただろう……イーディーは床を転がって難を避け、また立ちあがった。

〈山嵐〉……女がこれをきめるにはよほどの技量か、死に物狂いの状態か、どちらかを必要し、いずれにしてもとても勇敢でなければならない。イーディーはちらっと考えた。この巨人は、アジア的専制主義とプロレタリアート独裁プラス計画経済の優劣を論じれば耳を貸すだろうかと。最後はそのどちらもよくないから自分たちのほうへつかないかと誘おうという魂胆だが、結局、〈山嵐〉のほうが効果がありそうだと判断した――ほんのわずかな差だろうが。

巨人がまた突撃してくる。イーディーはうしろにさがらず、むしろ前に出て、早い段階で技をかける動作を始めるという大罪を犯してしまった。幸い、敵はイーディーのミスに気づかないか、イーディーの動きがどういう展開を見せるかわからないかのどちらかだった。イーディーは敵のひろげた両腕のあいだに滑りこみ、腰を敵と敵の刃物のあいだに置いた。**気を没入させよ。**フランキーなら、自分の重心を移すことで相手の重心をずれさせよと言うかもしれない……。イーディーは動きつづける。と、背中にごく軽い圧力を感じた。巨人が床に落ち、転がる音が聴こえた。道場でなら、奪った刃物を敵の首にあてがっておしまいにするところだが、現実には刃物は重すぎて寸止めが難しく、実戦で使われる〈山嵐〉は練習のときとは違うロジックで進行する……**ずばっ**。

巨人がひとり抹殺された。

あまりしげしげ見てはいけない。それについて考えすぎるのは禁物だ。ふたたび箱車を走らせて、味方のところへ向かうのだ。

箱車でサーフィンをして、がらがらと廊下を疾駆する。ひどく怯え、自分が人を殺したことに愕然としながらも、一秒一秒をいとおしんだ。

だが王座の間へ来たとき、努力が水の泡となった。

「やあやあ、バニスター中佐」とシェム・シェム・ツィエンは言った。「こんなことになるとは。何か悲劇的な誤解があったようだ。きみの部下たちはきみを地下牢か何かから救い出すような気になってはりきっている。わたしがきみを客人として迎えていることを説明しても信じてもらえないのだよ。わたしの兵士たちはわたしを暴力から守ろうとしてくれるが、誰か不心得者がこの宮殿に火をつけてしまった。ところでバニスター中佐、その大きな箱はなんだね」

「お母さまからの贈り物です、陛下」イーディーはジェイムズ・バニスターの声で答えた。鼻の下に手をやって口ひげがあるかどうか確かめる。いまとなってはどうでもいいようなものだが……よし、あった。まだ男子だ。「イギリス国王に届けるようにということです。しかし陛下、ここには山賊がうようよいるのですか、それともあなたの部下のひとりが、たまったまわたしの首を刎ねようとしただけですか」〝たまたま〟ではなく〝たまったま〟と言ったのはもちろん棘のある口調にするためだ。「わたしは特使なのにひどいじゃありませんか」

宮殿護衛隊は近代的な武装をしていない。シェム・シェム・ツィエンは古風な流儀が好きなのか、さもなければ自分の配下の者たちにオートマチック銃を渡すと危ないと思っているかのどちらかだろうが、拳銃を持たせた兵士も少数ながらいるし、洋弓銃（クロスボウ）も銃と同程度かそれ以上の殺傷力がある。とくに物陰に隠れた相手を狙う場合がそうだが、イーディーは訓練のとき、クロスボウの矢が金属板を突き抜けるのを見ている。

いま王座の間には二百人強の兵士がいて、藩王をとり囲んでいた。それと対峙するのはクパーラ号の海兵隊員三十余名。リーダーである〈鳴き鳥〉と〈旗ざお〉は悲壮な決意を固めた顔をしていた。フランキーと皇太后の姿は見えない。もうクパーラ号に乗艦していて、自分たちの任務はほぼ完了しているのならいいが。もしそうなら……いま問題になっているのはここに残っている人間が全員無事に帰還できるかどうかということだけだ。いまは互いに相譲らない状態……と言えば聴こえはいいが、あまり風向きはよくない。

シェム・シェム・ツィエンは状況を確かめてから何か言おうとする構えを見せたが、その前にイーディーは藩王に目を向けてきた。そのとき初めてイーディーは藩王の本性を見た気がした。二枚目俳優が演じる芝居の悪役という感じがなくなり、憎めない悪党の微笑みが消えて、かわりに自分の身内を一室に閉じこめて焼き殺す男の顔が見えた。狼の死体から蛇が現われるのを見る心地がした。また爆発が起きて部屋がはげしく揺れた。今度の爆発は近かった。

「もうこんなことに興味はない」とシェム・シェム・ツィエンは抑揚なく言った。「全員殺してしまえ。火事を消せ。こいつらの首を斬れ」

藩王の兵士たちが波のように押し寄せてきて、イーディーの部下たちが迎え撃った。北部イギリスの兵士たちには、たとえ敗北するにしてもできるだけ敵に傷を与える伝統がある。イギリス勢は、それが不可能に思える状況下でも善戦した。シェム・シェム・ツィエンも剣を抜いて参戦した。イーディーは容赦ない殺戮とはどういうものかを知ることになった。

シェム・シェム・ツィエンは完璧だった。足さばきがいいのは一目瞭然だった。足は自分が行きたくて敵が来てほしくないと思っている場所へ自由自在に行く。シェム・シェム・ツィエンは敵の怪我をした足や青あざをつくった目のほうへすっと出る。動きはしなやかで力強いが、細身の剣を活躍させるのは腕と肩ではなく踵と腰なのだ。藩王は敵兵士のあいだを縫って縦横に進み、数珠つなぎの死骸をあとに残した。イーディーは、正直言って、セクニ夫妻ですらこれほど優雅には動けないのではないかと思った。

イーディーはシェム・シェム・ツィエンのほうへ向かっていく。藩王はイーディーが名前を忘れた男を剣で刺し貫く。アマンダ・ベインズ艦長麾下の海兵隊員のひとりだ。藩王の剣は敵兵の身体を刺しても勢いをそがれず、逆に弾みをつけられてリズミカルに動く。藩王はさっと片側へ身を引き、両の手首を交差させる。そこへべつの海兵隊員が襲いかかると、華麗な動きで斬りふせる。イーディーはいままで、そういうのは剣劇的な太刀さばきにすぎないと思っていた。剣は完璧な弧を描いて敵の首を斬る。敵は唇で藩王の剣のつばを追おうとするように身体をひねる。大きく開いた傷口からほとばしる血。

シェム・シェム・ツィエンを見ていると、イーディーには自分に勝ち目がないのがわかった。神が奇跡を起こしてくれないかぎり、自分が生き延びることはありえない。だがそれでも前に進んだ。視野がどんどん狭まってシェム・シェム・ツィエンしか見えなくなる。

シェム・シェム・ツィエンもイーディーを見たが――いまいましいことに――イーディーが攻撃してくることをほとんど意識していなかった。シェム・シェム・ツィエンはベルトのホルスターから左手で拳銃を抜き、それで殴りつけるような仕草で発砲した。イーディーを死から守ったのは、〈旗ざお〉の広い背中だった。〈旗ざお〉は好色な笑みを浮かべてイーディーを見た。

「よぉ、〈伯爵夫人〉、残念だべよぉ」と静かに言い、前に倒れてイーディーの腕に抱かれた。背筋に穴がひとつ見えた。

シェム・シェム・ツィエンはにやりと笑った。その顔に、イーディーは満悦を見てとった。頭のなかで藩王の声が響いた。武道にも限界があるようだな、バニスター中佐。洗練された趣味を持つ者には、敵の将校に部下の死を見せつけてやるのはとりわけ気持ちのいいものだな。何か痛快な味わいがあるよ。そう思わないかね。

イーディーは敗北を悟った。フランキーは逃げ延びるだろう。だから任務は完了させたことにはなる。けれども自分は遠い土地で秘密工作員の死をとげ、世間の人には知られずじまいになるのだ。エイベル・ジャスミンやクラリッサ・フォックスグラヴは泣いてくれるだろうか。部下の兵士たちの恋人は何人くらい、故国で枕を濡らすだろう。彼女たちは指揮官バニスター中佐を責めるだろうか、それとも武運に恵まれなかったことを嘆くだけだろうか。イーディーはおずおずと両手を持ちあげて身を守る姿勢をとりつつ、死ぬ覚悟を決めた。

驚いたことに、シェム・シェム・ツィエンは手をあげて敬礼をした。ほとんど人間味あふれる人物のように見えた。だがすぐにイーディーは、藩王がこちらの諦めに気づいて目に喜びを浮かべるのを見た。同情したのではない。欲望が満たされたのだ。

シェム・シェム・ツィエンが近づいてきた。ブーツはほとんどタイル床をこすらなかった。イーディーは自分を不器用で小さいと感じた。あらためて手で身を守る姿勢をとった。藩王がまたほくそ笑んだ。**きみを細かく切り刻んでやるぞ、中佐。**

救いは夢にも思わないところから来た。何かが鋭く割れる音とコルネットを吹くような音とともに、箱車がぱっと開き、なかから装飾的な金属板を身に飾った小さな灰色のものが現われた。そいつはひどく怒っていた。イーディーが肩にかけている紫色の肩帯を見るや、イーディーとシェム・シェム・ツィエンのあいだに割って入った。それから頭をもたげ、ふたたびコルネットの音を響かせた。かん高くて、驚くほど大きく、よく通る音だった。わりと近いところから応答があった。狩猟用の角笛の底深い音か、さもなければ家ほどの大きさがあるチューバを含むブラスバンドの不協和音だ。

イーディーがまだ灰色のものの正体を悟らずにいるあいだに、〈謙譲の扉〉が勢いよく開いて、大波のようなものが入ってきた。なだれこんでくる筋肉の山は汗と糞とスパイスの匂いを立てている。シェム・シェム・ツィエンはうしろに飛びのいてイーディーから離れ、剣は手を離れて宙に舞い、床に落ちた。イーディーは藩王をまじまじ見たかと思うと、嬉々として勝利の雄たけびをあげた。

大いなるアデー川の端から端まで、頂上が見えないほど高いカティル山脈から青く広いインド洋までの範囲で最高の騎乗軍団が、イーディーを助けようと駆けつけてきたのだった。前列には憤慨の声をあげる雌象たちの壁が火明かりをさえぎってそそり立ち、シェム・シェム・ツィエンの兵士たちのほうへ突進する。兵士たちはあわてて藩王のあとを追って逃げだした。雌象たちのうしろにはさらに巨大な雄象たちが控えており、壁や扉を粉砕しながら進撃し、とどめようのない憤怒の鼻音をはなった。巨象軍団に号令をかけているのは、新たにイーディーの守護者となった灰色の小山だ。その身体はせいぜい大人の肩の高さしかないが、全身で怒りを表わしている。

皇太后の贈り物は子供の戦闘象だ。

形勢は完全に逆転した。

わりと静かだった。つまり銃は使われていないということだ。だがアマンダ・ベインズ艦長はしきりに怒鳴り声をあげていた。その理由は、クパーラ号の上部砲台に穴がいくつもあいたことと(潜水艦業界では艦体の穴は悪いものとみなされる)、隠密作戦を遂行するはずのイーディーが藩王国に宣戦布告して宮殿を破壊したらしいことだ。さらに悪いことに、イーディーは敵のリーダーを殺害ないし捕獲することに失敗したようだ。外国に対して奇襲をかけるときにはそのことが非常に重要なのに。クパーラ号はいま外海に向かって航行中だ。もう邪魔は入らないと思われる。逃走を阻もうとした最後の海賊船はまだ燃えているからだ。

それだけではない。アマンダ・ベインズ艦長の怒り方があまりにはげしいせいで、とんでもなく盛大に燃えていて、この調子だと同じ場所で同じころにつくられた船が全部ある種の感応作用によって同じように燃えだすのではないかと思えるほどだ。アマンダ・ベインズ艦長は、人間どうしの格闘で言えば相手の股間に強烈なパンチをみまったあと、地面に倒れた相手の股間をくり返し蹴りつづけるのと同じことを海戦でやってのけたわけだ。海賊とアデー・シッキム海軍はそれを見て、昔からこういう場合にみんながよくやってきた行動をとった。すなわち陸(おか)にとても大事な用があるのに気づくという行動だ。シェム・シェム・ツィエンが約束する賞金も、海賊たちがクパーラ号の逃走を妨げる気になる動機としては不充分だった。海賊たちが賢明にも追撃に関心を示さなくなったことも、アマンダ

・ベインズ艦長の怒りを鎮めるには至らなかった。艦長はさらに憤懣をぶちまけようと息を吸いこんだが、ふと、もうほかに何も言うことはないことに気づいた。「しかも」と艦長はわめく。これは突然の宣戦布告よりもっと悪いことだと自身に言い聞かせるように。「わたしの部屋に子供の象が入りこんできた！」

「はい、そのとおり」とイーディー。

「やれやれ」艦長は、目の澄んだ子象が帽子掛けから帽子をとってくれたときとても嬉しかったことを考えまいとした。「この象にあげる餌なんてあるの」

そう訊かれたとき、イーディーはふいに自分が死なかったことを意識した。生き延びてけっこううまく任務を果たしたのだ。イーディーは泣きだした。海で鍛え抜かれた女艦長は、まあ神経が高ぶっているのだからしかたがないなどとつぶやきながら、潜望鏡の損傷の具合を確かめにいった。

「なかなか面白い」とイーディーの耳に新たな声が響いた。「でも設計にかなり難があるわね」

艦長はその声の主であるフランキーのほうを見た。フランキーはクパーラ号の最高機密区画であるブリッジで計器類を眺めていた。ラスキン主義者のモックリーが片眉をかすかに吊りあげた。彼はクパーラ号の設計に大幅に関わっている。

「どういう点がです」

「リソースの使い方が不適切よ。この潜水艦はもっとすごいものになれるのに」

「そうですか」艦長は平板に訊く。

「そうよ」とフランキー。

「ご指摘どうもありがとう」

「わたしくらいの者にはごく単純なことよ」フランキーはさらりと言う。

「そうなんですか」

「そうなの。あなたの潜水艦は革新的だけど、複雑じゃないから」

「はあ、なるほど」

「どう改良できるか図を描いてあげてもいいけど」

船長は思わず、軽く頬をゆるめ、それから後ろめたそうにモックリーをちらりと見た。

「図をですか」

「そう。紙はない？　基本原理を考えるのは挑戦しがいがあるけど応用は難しくないのよ」

「それはどうもご親切に」とモックリーが割りこんだ。

「あなたはこの種のシステムについて研究されたことがおありなんですか」

「いいえ。でもこれはユニークね。とても頭がいい。これを設計した人はすごい才能がある。改良を考えるのはとても愉しい作業になりそうよ」

モックリーはちょっと背中をまるめ、顔を修道僧らしい穏やかな表情で固めた。艦長は苦い顔をしている。

「あなたは象に何を食べさせたらいいかも知ってるんでしょうね」と艦長。

「ええ。もちろん。いろんな取り合わせの野菜よ。根菜、葉菜、穀物類……ああ、何が問題なのかわかった。ないものは代用しないとね。海藻でいけるんじゃないかな。使えるもののリストをつくってあげる。あと象は泳がせないほうがいいわね」

「象、泳ぎますか」

「とても上手にね。もちろん鼻を潜水艦のシュノーケルみたいに使って。だけど潜水艦に戻すのが難しいでしょ」

「そのことを覚えておきます」

艦長室から、ライスプディングにアコーデオンが落ちたような音が聴こえてきた。フランキーは細い両肩を耳の近くまで持ちあげた。

「象は人間と同じで」とフランキーはたいして同情心もなさそうに言った。「船に酔うのもいるのよね」

六日後、クパーラ号は深度百五十メートルを航行していた。イーディーにはリベットを打った部分がみしみし鳴るのが聴こえた。忠実なる犬である潜水艦は苦闘していた。このあたりの海にはドイツ海軍や日本海軍の艦艇がうようよいるし、寒さと水圧は過酷だ。クパーラ号はすでに敵に存在を察知されていた。恨みに燃えるシェム・シェム・ツィエンが枢軸側に情報を流していたし、運悪く敵艦艇がそばを通ったこともある。敵は付近の海域を捜索し、クパーラ号の静かなエンジン音に耳をすまして、クパーラ号が身をひそめている海中に爆雷を投下してきた。数秒おきに船室が震え、壁がうめいた。クパーラ号はいたぶられ、鈍い爆発が起きるたびに艦体があちらこちらと突き動かされた。いかに忠実なる犬でもこんな目にあわされるのはかなわない。もう長く持ちこたえられそうにないのだ。クパーラ号は闇のなかで危機に瀕していた。

そんななか、イーディーは、自分は気が変になりかけていると思った。合唱の声が聴こえるのだ。だがドアが開いたとき、実際に誰かが艦内のどこかで低い異様な狂気じみた声で歌っていることがわかった。

「バニスター中佐」とドアを開けた人物が言った。

イーディーは制服を着て付けひげをつけていた。潜水艦が浮上して降伏することになったら、若い女だと何かおぞましいことをされる可能性があるからだ。部屋に入ってきたのはフランキーで、例によってどこか上の空のような魅力的な表情を浮かべていた。フランキーは、クパーラ号は過重な水圧で内破するかもしれないと警告した。

内破——内側に向かっての爆発。思いきり不吉な言葉だ。いまこの言葉を聴くまで、イーディーは、最悪なのはゲルマン語に起源を持つ、身体の部分に関係する卑語（cunt（女性器）など）だと思っていた。だが違う。口にするのも汚らわしい性的な言葉よりもっとひどいのが、ラテン語系の〝内破〟だ。

「まだ続くと思う？　この……」フランキーは両手を

ひらひらさせた。「どっかんどっかん落としてくるやつ」突然、潜水艦がひっくり返りそうなほど揺れた。イーディーは身体を突かれ、ドア枠につかまっているフランキーにぐっと近づいた。イーディーはうなずく。

「ええ、続くでしょうね。爆雷があるかぎり」

「艦体はものすごく頑丈だけど、ここまでやられるとね。爆発がくり返されると衝撃が相当きいてくるから、艦殻がもたないんじゃないかな」宙に目を据えているフランキーには、衝撃やひび割れが見えているかのようだった。

専門的なことはわからないイーディーだが、フランキーの言うとおりだという気がした。クパーラ号は、ほんの少し前に最初の爆雷が爆発したときには鐘がごーんと鳴るような音を響かせただけだが、いまはすぐにも金属が引き裂かれそうな不吉な音になっている。

「それならわたしたち、死ぬのかもしれないですね」とイーディー。

フランキーが見つめてくる。

「そうとはかぎらない」としばらくして言った。「諦めてしまうのは惜しい。まだやれることがうんとあるから。ふん[ボフ]」そこで両手をはねあげる。馬鹿な人たちと話しているといつもこんなふうになる、とでも言いたげだ。「そんなことは許さないわよ。いっしょに来て、バニスター」

べつの選択肢は氷のように冷たい水に呑みこまれて死ぬのをひとりで待つことのようなので、イーディーはついていった。

フランキーは小柄だが決然としているし、イーディーの制服はアマンダ・ベインズ指揮下の潜水艦では敬意を払われるので、ふたりはスムーズに艦内を通り抜けた。男たちは困難のもとで怯え、叫びながらも、平静を保とうと懸命になっている。フランキーが向かう先は、どうやら乗組員の誰も行く必要も欲求も感じない場所らしい。それは奇妙な合唱の声が聴こえてくる場所、すなわち暗号解読室だ。フランキーがドアを開けてなかに足を踏み入れた。

　ラスキン主義者たちが祈りをあげていた。暗号解読機は停止させられている。いまは必要ないからだろう。ラスキン主義者たちは機械の前でひざまずいているが、互いに向きあっているのは機械を崇めているように見えないためだった。実際、彼らは機械を拝んでいるのではない。合唱しているのはグレゴリオ聖歌のような単調な歌で、濃い哀しみに浸されていた。部屋に入ったイーディーは、それが『死に臨める人のための祈り』であることに気づいた。

　主よ、わたしたちの声をお聴きください。生きている日々の終わりをお命じになる前にわたしたちの罪をお赦しください。死んだあとでは贖（あがな）うことができないからです。わたしたちを苦しみに満ちた墓に送りこまないでください。主よ、わたしたちを憐れんでください。


　イーディーは身震いした。宗教的儀式を見ると、いよいよ終わりかという気分になる。

「さあさあ（エ・ビアン）」フランキーは手をぱんぱん叩いた。「もういい（サ・シュフィ）。もういいから。仕事があるのよ」ラスキン主義者たちは歌をやめ、少し迷惑そうにフランキーを見た。フランキーはその態度に苛立ち、手近なひとりの頬の肉をつかみ、その顔に向かって怒鳴った。「さっさと立つ！　し、ご、と、だ！」

　ラスキン主義者たちは、フランキーの突然の出現を自分たちの祈りへの神の応答と考えたか、それとも、正直なところ、迫りくる圧壊深度（潜水艦が水圧でつぶれる深度）とたえまない爆撃音から気をそらせてくれるものならなんでも歓迎なのか、いずれにせよみんな立ちあがった。モックリーが何をするのかと訊く。

「この機械は熱くなる？」フランキーは暗号解読機を手で示した。

「ええ」とモックリー。

「それをどうやって冷やす？」

「製氷装置があります。〈ポセイドンの網〉という装置です」

「すばらしい。わたしはコンプレッサーを持ってるから、それも冷却に使える。よしと。木はある？　いや、ちょっと待って。海藻だ。象の餌の海藻があるでしょ」

　ラスキン主義者たちは胡散臭そうな顔になった。象の話題はあまり嬉しくないのだ。象の食べる海藻を保管するため、艦首のほうのスペースをいくらか食われているからだ。軽率なひとりが小声で、タラばかりじゃ飽きるから象のステーキもいいんじゃないかと軽口を叩いた。それをたまたま聴きつけた〈鳴き鳥〉は、その男を絞め殺してやりたくなった。イーディーのチームのメンバーは子象のこととなると正気を失いそうになる。自分たちをシェム・シェム・ツィエンの宮殿から脱出させるために、子象の仲間の象が数多く負傷したり死んだりしたのであり、子象がいなければ自分たちも鉤で引っかけられて宮殿の壁に吊るされていたかもしれないからだ。

「ええ、海藻はあります」とモックリーは答えた。

「よし（ボン）。その海藻を細かく……刻む（アシェ）のよ。そうしてパルプをつくるの。どろどろのものを。いい？　そこへとても冷たい水を加える。思いきり冷たい水を。それを艦内の管のなかに流しこむ。管はそこらじゅうにあるでしょ？　流しこむ、流しこむ。満杯にする。破れて水が出てくるって？　それでいいの。ポンプの性能はどれくらいのもの？　まあいいわ、どうせ充分じゃないから。それよりもっといい手がある。海藻を料理するのよ。なんて言ったっけ。スコットランドの気持ち悪い料理。ハギスじゃなくて、オートミールじゃなくて。そう、オートミール粥（ポリッジ）。ポリッジをつくるのよ。急いで！　それからあなた！」象を食おうと言った男をきっと見据えて命じる。「ホースを集めて！　使ってないホースを全部」

「いったい何をするんです」イーディーは床に敷いてその上に坐るため、上着を脱いだ。フランキーは製氷機のカバーを開いた。

「新しい潜水艦をつくるのよ」とフランキーは答えた。「古い潜水艦が壊れる前に」そのとき、とりわけ大きな爆発音がとどろいた。「もうすぐ壊れるから。だから、仕事をするの」そう言って目の前にある機械を手で示す。

みんなは仕事をした。イーディーは冷たさで手が真っ赤になり、爪が欠けた。ボルトにワッシャーをつけ、ナットを留めつける。まずは手で。それからプライヤーやスパナで仕上げる。道具をほかの者に渡して、また最初の作業に戻る。継ぐ、固定する、回す、ぴんと張る。そのあいだ瀕死の潜水艦は悲鳴をあげながらはげしく震えた。

クパーラ号が片側にぐうっと傾いた。イーディーがコンプレッサーにしがみつき、フランキーがイーディーにしがみついて、ふたりはくっつきあう。イーディーの両腕は痛みを感じている余裕がない。それから潜水艦はがくんともとの姿勢に戻り、ふたりは床に叩きつけられた。この混乱のなかで、ラスキン主義者のひとりは指が一本、ほとんどちぎれそうになった。男はよく見ようと指を持ちあげた。フランキーは、そんなものはちぎってしまって作業をやれと叱咤する。指は九本でも生きていけるが、圧倒的な水に卵の空の殻みたいにつぶされてしまったら命はないのだぞと。男は肩をすくめて言われたとおりにした。やけくそか。それとも、それは勇気なのか。イーディーには両者に違いがあるかどうかよくわからない。ただ、死は確実な痛み止めではあるのだが……。ふいにイーディーは子供のころ、ある老婆がこんなことを言っていたのを思い出した。

テザ・ザーティン・キュア、マム、アイズリー、ス

タープス・エイ・バグリン・ウェッチェス・フォム・グウェン・テ・ゼイ・イン・エッグボト。

　何年もたってからようやく、それがどういう意味なのかわかった。イーディーはいまそれを訛りを消して言ってみた。フランキーが変な顔でこちらを見てきた。

「こうやっておけば間違いないですよ、奥さん。魔女どもが卵の殻を船にして海に出ていくのを防げますから！（卵を割ったあと殻をつぶさないと、それを船に小さな魔女が海に出て海難を引き起こすとする迷信があった）」要するにクパーラ号は卵の殻みたいにもろいと言いたいのだ。圧壊深度より深く潜ればぐしゃりとつぶれる。こんな冗談を言っても意味はないが、正しいことには違いないのだ。

　ラスキン主義者のひとりが笑い、自分でもそれを言った。コーンウォール州の訛りがあった。最初にそれを言った老婆はドーセット州の出身だったに違いない。モックリーもそれを唱えはじめ、それがみんなにひろがって、しだいに作業のリズムとなっていった。フランキーはフランス語で、みんな完全に頭がおかしくなったと毒づいた。だがともかくみんなはフランキーの指示どおり、コンプレッサーにパイプをつなぎ、始動させた。フランキーはスイッチを見ていたが、やがて壁にチョークで印をつけはじめた。

「よし、よし、海水、よし、ここまではいいぞ、よし……冷たい、もちろんだ、とてもいい、よくなった！　さてと。圧力が大事だ。それに塩……。最初はとにかく思いきり機械を稼動させなくちゃいけない。艦内は……どんどん寒くなる。みんな厚着をするんだ。時間がないわよ。全部終わったら、なかを暖められるから。そうなったら……よし（ボン）。それから……」フランキーは黙りこんだ。数秒間、爆雷の破裂音が続いた。イーディーはフランキーが放心状態になっているのに気づいたので、身体を強くつついてみた。「ああ、くそったれ（モルデュ）。わたしは馬鹿だ。空気の逃げ場がないという問題があるじゃないか」とつぶやき、壁にドリルで穴をあけはじめた。乗組員のひとりが部屋に入ってきて、やめろと叫んだ。

その声には心底からの恐怖がこもっていた。声は艦内のほかの不安や怯えの声を抑えて響きわたる。べつの乗組員が部屋をのぞきこんで、やはり怒鳴り声をはりあげた。

「馬鹿！」とフランキーが叫び返した。「わたしは専門家よ！」

二十秒後、いよいよ地獄落ちのときが来たように思えた。それまでの状況——深みへの下降、増す水圧、傷む艦体、破局の予感——では悲惨の度が足りないとでもいうように。甲板長がフランキーに銃を向けたが、フランキーは壁に穴をあけるのをやめない。乗組員たちは甲板長に撃て撃てと叫びはじめた。だが、撃とうが撃つまいが関係なくなるときがいつ来てもおかしくない。乗組員が持ち場を離れてここに集まり、やるべき仕事をやっていないからだ。クパーラ号は艦長がどういう操作をしてももうほとんど反応せず、エンジンのひとつは動いていない。艦体の金属は断末魔の叫びをあげている。海面では敵がもう獲物をしとめる寸前だと確信している。ラスキン主義者のひとりがつぶやきはじめた。**主よ、あなたの腕に、あなたがつくり養ってくださったわたしの魂を託します。どうか寛大な目で見てくださいますよう。足りないことばかりのこのわたしを、**イーディーはその男のつま先を踏んづけた。

それから、完全な静けさが訪れた。なぜなのか、イーディーには最初わからなかったが、潜水艦の真上で爆雷が爆発し、圧力で左の鼓膜が破れ、もう片方がかん高くわめいていたからだった。痛みはあまりにも強く、小さなまばゆい光の断片となって断続的にあたりのすべてを照らした。光がひらめく合間に世界は灰色と紫色に染まった。まるで闇のなかにイーディーの苦悶だけが光となって明滅しているかのようだった。起きることはすべて細切れに見えるだけだった。

水が艦内に入ってきて、みるみる水位を高めていく。甲板長は両手をふりながら、乗組員たちに部屋を出るよう命じた。

フランキーはそれを無視。

水密扉が閉じて、フランキーとイーディーは閉じこめられた。

水面がどんどんあがっていく。水の冷たさは半端ではなく、痛みよりも強く身体を苛んだ。イーディーは動けなかった。もう打つ手は何もない。

密閉された部屋の周囲で、悪いことが起きているのが感じとれた。クパーラ号は、爆雷の炸裂のひとつひとつに小突きまわされてよろめいた。酒場での全員参加の喧嘩のなかでふらついている酔っ払いのようだった。つぎの爆発の衝撃で、イーディーは横ざまに蹴飛ばされたようになり、まっすぐ立っていられずに倒れそうになった。うなじの毛が逆立つのと同時に、クパーラ号がさらに沈んでいくのを感じとった。水平に沈んでいくのではなく、反時計回りの螺旋を描いて垂直に降下していくのだ。

まもなく発電機が水に包まれ、ゲームは終わるはず。

フランキーがスイッチを入れた。それからイーディーの腕をとって作業台のひとつの上に引きあげた。

「水のなかにいちゃいけない」とフランキーは言ったが、この期に及んでそんな心配をするのは馬鹿げたことのように思えた。

圧壊深度は二百七、八十メートルといったところだろう。確かなことは誰にもわからないが。潜水艦はぐんぐん沈んでいた。もうすぐその深度に達するはずだ。まだ達していなければ。

それから、何かが変わった。何か奇妙なことが起きたのだが、フランキーの嬉しそうな顔を見ると、それが期待されていた良い結果であることがわかった。水位の上昇がとまった。そして水が白くなった。凍ったのだ。

　クパーラ号が、大変な重荷をふり捨てようとするようにがたがたと胴震いし、大きく揺れた。

　限界以上の深みに沈んだのに、クパーラ号は内破しなかった。闇のなかで宙吊りになっていた。しばらくして爆雷の爆発音がやんだ。イーディーは自分の数十センチ下の氷を見つめた。

「敵はこっちが全員死んだと思ってるわ」とフランキー。

「なぜ？」

「もちろん艦殻が大きく壊れたから」

「じゃ、どうしてわたしたち死んでないんですか」

「新しい艦殻ができたからよ」

「新しい艦殻？」

「そう」

「それ、どうやってできたんです」

　フランキーは明るく微笑んだ。

「氷よ」と、わかりきったことのように答えた。「海藻の繊維が約十四パーセント配合されて、柔軟性をもった氷。まあ真珠層ができるのと似たようなことよ。厚さは三メートルくらい……かな。強度は鋼鉄よりほんの少し劣る程度」またにっこり笑った。「氷はかなりの量ができたわ。この潜水艦はすばらしい。これは前もって考えていた手じゃないの。あれもだめ、これもだめと考えていないで、不完全な現実を受けいれて、なんとか利用したのよ」

　クパーラ号は深度三百メートルの闇のなかで、琥珀ならぬ氷のなかに閉じこめられた蠅になっていた。

X

人喰い女、ブラザー・シェイマス、あはは・くぬ・はは

「わたし、頭がいかれちまったんだ」ポリー・クレイドルはギルドホールト通りへ曲がりこむ車のなかで言った。その言い方が兄のマーサーにそっくりだったので、ジョーは思わず笑ってしまったが、すぐに笑うのをやめて、ポリーが気を悪くしていないかどうか顔色を確かめた。

「笑うのやめなくていいわよ」ポリーはにやりとした。「あなたの笑い方、すてきだから。ちょっと声がしゃがれてるけど」

ジョーもにやりと笑い返す。「そうかもしれない」それから、くすくす笑いやからから笑いなどいろいろ試してみたが、なんだか頭のおかしい人間の笑いに聴こえた。ポリーはまだ微笑んでいたが。

ジョーは指さした。「あそこだ。ここからは歩くよ」

「イエッサー！」ポリーはガールスカウトの敬礼をしたが、それにもなぜかジョーは笑ってしまった。

めざす建物は通りの反対側に建っていた。古い石造りの建物はごてごてした奇怪なしろもので、上階にはヴィクトリア朝ゴシック風の建て増しがある。黒いオークのドアは巨大で、陽射しや風雨に傷み、石炭の煙で汚れ、そのあとは油煙で汚れて、光っているのはたえず人の手が触れる大きなブロンズのノッカーと取っ手だけだ。

ジョーがここへ来るのは何カ月かぶりだった。とき

どき見る悪夢では、久しぶりに来てみると建物のなかが空っぽになっている。

「名前は？」とボブ・フォウルベリーが分厚い木のドアの向こうから訊いてきた。ボブは〈ボイド・ハーティクル工芸科学製作財団〉のいっさいの事務雑務を引き受ける理事長で、資料室係であるセシリーの夫だ。

「スポークだ」とジョーは答えた。もっともボブとは二十年以上前からの知り合いなのだが。

「入ってくれ」とボブは言った。「芸術の家にようこそ。どうか〈ハーティクル〉のルールに従ってもらいたい。またお帰りのさいはすべての債務をにっこり笑って清算してからにしていただく」

ドアを開きながら厳かに続けた。「この家のなかでは物品販売、唾吐き、勧誘、投機、噂話を売る行為、高利貸し、決闘、賭博は許されないからそのつもりで。おはよう、ジョー」

「ちょっと助けてほしいんだ」とジョーが切り出すと、その緊張した様子を見てボブは真剣な態度になってきた。

「警察がらみのことじゃないだろうな」

「警察のほか、いろんな役所がからんでる」

「そいつらは買収できる役人どもかい」

「ものすごく吹っかけてくると思う」

「くそったれ！　そいつらの公務は服が虫に食い荒らされるように金が腐らせていく。しかしおまえさんの正しさは世々伝えられていくだろう。聖書は取税人や借金取りをよく非難しているな」

「ありがとう、ボブ。ここにいるのはポリーだ」ジョーがぎこちなく紹介すると、ボブは准尉の誇りをこめて胸を張り、手を差し出した。

「会えて嬉しいよ、ミス・ポリー。この芸術の家の門番、ボブ・フォウルベリーだ。きみは創り手かね、壊し手かね、霊感（ミューズ）を与える女神かね」

「どれもちょっとずつあるみたい」

ボブは微笑んだ。「ミューズということにしよう。わたしはそれがいちばん好きだ」先導してメインの廊下を歩き、自分の領地を誇らしげに見せた。羽目板張りの壁にはブリュネルやバベッジの油絵や、あまり有名でない（しかし優れた）画家の水彩画、初期の青写真、古い時代の数学者の草稿などが飾ってある。〈ハーティクル〉の所蔵物はどれも特別なものか、手製のものか、見捨てられたものかのどれかで、しばしばその三つの性質を兼ねそなえているのだと、ボブはポリーに説明した。建物も特別なもので、世に普及することがなかった技術がふんだんに使われている。ヴィクトリア朝時代の気送管、トマス・タイフォードの衛生システム、四階にとりつけられた月観測ができる引き込み格納式の屋根などだ。古風な侵入窃盗防止装置もある。おもだった部屋には非常ボタンがあるが、ボブはそれを実際に使うことには少し慎重だ。

「あんたたちは人喰い女に会いたいんだね」とボブは言う。「彼女はいま自分の歯について論文を書いてるよ」セシリー・フォウルベリーは昔から使われてきたさまざまな義歯のコレクションを持っている。なかでもいちばんすごいのは、砲撃を受けて腕神経叢（わんしんけいそう）の一部を損傷して噛むことができなくなった水兵のための時計じかけの義歯だ。ちょっと不気味なそのコレクションは専用の部屋に保管されている。このコレクションへの偏愛のせいでセシリーは人喰い女呼ばわりされているが、この侮辱的なニックネームは間違いなく当人の自業自得だ。ジョーはセシリーの歓心を買うためにコレクションを装着してみる、ということからは尻ごみをしている。

ボブはこのコレクションを風変わりだが魅力的だと思っているようだ。

「いや、あんたたちふたりに会いにきたんだ。それと蓄音機を貸してほしい」

「じゃあ、ふたりでお会いするよ！　蓄音機はポータブル型のやつがいいよな?……。取税人か! 敵に混乱あれ!」それからボブは木の廊下のほうを向き、その先の羽目板張りの薄暗い部屋に向かって声をかけた。

「ダーリン、スポークの坊やが来たぞ!」

部屋のなかから聴こえてきたのは、序曲を演奏中に手でカンチョーされたトロンボーン奏者の演奏音と、それに続く年配の女の肺が発する力強い咆哮だった。

「さあさあ、そんな入り口に立ってないで、入っておいで。ドアを開けたままにしておくと熱が逃げて、あたしたちの環境保護精神に反するし、くそ寒いからね!」銀髪をいただく山のような女セシリーは、まだ半ば開いたドアの向こうにいて見えないが、命令の声はこの芸術の家の隅々まで響き渡るのだった。

三人が部屋に入ると、インゲン豆形のデスクの向こうで椅子がぐっとさがり、飾り気のない靴がつやのある木の床をトンと叩いた。背の低い筋肉質の女性が薄闇のなかをこちらへ出てきた。髪の毛はスチールのシャンプーハットをかぶったような銀髪で、国民保健サービス支給の透明フレームの眼鏡が目をぎょろりと大きく見せている。

「スポークの坊や? ジョー・スポークかい? なんで早くそう言わないんだ、馬鹿だね! ジョー? ジョー! ジョゼフ! さあ入ってきてあたしにキスしとくれ!」

人喰い女セシリーは腕を大きくひろげてジョーを胸に抱いた。ボブがため息をつく。

「セシリーが苛ついてきたら大声で知らせろよ、ジョー。おまえさんに色目を使いはじめたときもな。緊急のときのためにビスケット缶に生肉を用意してあるんだ」

「あたしが何するって言うんだい! このでたらめばかり言う男が! で、この娘は誰? え? なに? ウォリーなんて女の名前じゃないね。あ、ポリー。そうか、そりゃそうだね。いい娘だね。ちょいと肉づきがよくて。近ごろのパイプクリーナーみたいな小娘どもとは違うね……ボブ、おだまり！　べつに喰いつきたいわけじゃないよ。違う。違う！　人喰いがどうのこうのはやめてもらいたいね！　お茶を淹れとくれ。オレンジペコの葉を濃ーく。どうやらジョーはドツボにはまってて助けを求めにきたようだ。なぜわかるかって？　そりゃ恩知らずの水くさい小僧がわざわざここへ来てるんだからね」セシリーは顔をゆがめてジョーを睨む。眼鏡のレンズのうしろに出目金のような目、モナリザのような眉。ボブはにやにやしながら立ち去った。

静かな部屋のなかで、セシリーはさっき以上に注意深くジョーを眺めた。無精ひげに覆われている突き出た顎、深く落ちくぼんでいる目を見た。それからポリーを見て、ジョーとのあいだに好ましいものがあるのを見てとった。セシリーはジョーを優しく抱きしめた。

「ねえ坊や。可愛い、可愛い坊や。あとでボブをぎゅっと抱きしめてやっておくれよ。それと近いうちにあんたに食事をしにくるよう命令したからとそう言っといておくれ。あんたがしばらく顔を見せないと、あの男は寂しがるからね」

「わかった」とジョー。

「この前は怖かった。ほんとに怖かったよ。あの男、朝目を覚ましたとき、息ができなくなったんだ。もちろんあたしは心臓だと思ったけどね。ほんとのところは新しい枕でアレルギーを起こしたんだよ。でもとにかく来ておくれよ、ジョー、ね？」

「来るよ」

「だってそのうち心臓に来るからね」

「わかった」とジョーは答えた。セシリーはどれくらい本気かを読みとろうとジョーの顔を見つめた。

「よし、いいだろう。で、今日の用件はなんだい」

「テッド・ショルト。ラスキン主義者。ブラザー・シェイマス」

「ああ、ジョー。それは不吉な話題だよ。人が大勢死んだんだ。そしてその話の半分は嘘に決まっているよ。あんたはあたしの忠告を無視したんだね。〈ハコーテ〉のことをつつきに行ったんだね！」

「うん」セシリーに嘘はつけなかった。

「よせと何べんも言っただろう！」

「そうだけど、もうあのときは遅すぎたんだ」

「ああ、そうなんだろうね。じゃあとにかく話しておくれ。そこからどうするか考えよう。途中で邪魔しないから」

たしかに邪魔はしなかった。セシリーは一度見たこと聴いたことを全部覚えこんでしまう能力の持ち主だ。その能力はくせもので、奇妙な連想をし、ありえないようなつながりを見つけるのだが、ともかく一度で完全に覚えこんでしまう。セシリーは黙ってジョーの話を聴いていた。ジョーは後の祭りと言えばそのとおりだが、ウィスティシールで見た機械のこと、テッド・ショルトのこと、痩せた男と太った男のこと、鷺のような不気味な歩き方をする長い衣を着た男たちのこと、そして最後にビリー・フレンドのこととマーサーに助けられたことを話した。話を聴きながら、セシリーは何度か目を細めた。それが情報の相互参照をしている印であることをジョーは知っている。記憶の広大な迷路をあちこち飛び歩いて古いデータを新たな案件の検討に活用しているのだ。

ジョーの話が終わると、セシリーはテーブルをじっと見据えたまま長いあいだ黙っていた。唇をうごめかして、義歯の正面と側面を掃除している。ちっちっちっと小さく吸う音だけが部屋のなかで聴こえ、セシリーが眠っていないことを証しだてていた。それからようやく目を開いた。

「蜜蜂。それは例の金色の蜜蜂の群れね」

「だと思う」

「どんどん増えてるらしいね。いろんな都市(まち)で群れが現われてるそうだ。きっとどこか片隅でじっと待ってたんだろうね……何をかはともかく。みんなは怖がるはずだ。あたしも怖かったし、いまも怖い。モスクワで暴動があって、昨日は南京でもあった。カラカスでも。蜜蜂はありとあらゆるところにいるんだよ、ジョー。まだ現われてないところでも隠れてるんだろう」

「うん。申し訳ないと思ってるよ」

「馬鹿なことを」セシリーはぴしりと言う。「あんたはほはめられただけだ」ジョーを睨みつけ、ついでしげしげ眺める目になった。「それはわかってるだろうね？　ああ、もちろんはめられたんだよ。ねえ、この子は」と今度はポリーに話しかける。「全部自分のせいだと思ってくよくよしてるのかい」ポリーがうなずくと、「馬鹿だね！　考えてごらんよ。誰かが鑿で手を怪我したら、それは鑿のせいかい？　違うだろ。道具を責めちゃいけないよ」

ジョーはそんなふうに考えたことはなかった。ありがたく思ってセシリーに微笑みかけた。セシリーは猛烈なしかめ面をしてみせてから、先を続けた。

「よし、じゃあまずラスキン主義者のことから……。話すことはいっぱいある。あんたが知っとく必要のあることはね。ボブにタイプで打たせるけど、とりあえずいま短いバージョンで話しとくよ」

「必要に応じて注釈もお願いします」とポリーが言うと、セシリーはいいことを言うじゃないのという視線を飛ばして、ぎゅっと凝縮して話すけどコンテクストも織りこむよと言った。

〈ハーティクル〉が持っている情報は暗い通りにともるヴィクトリア朝のガス灯みたいなものなんだ、とセシリーは警告する。緑がかったスモッグが立ちこめるなか、錬鉄の柱のてっぺんで輝く明かりを思い浮かべてごらん。炎の真ん中はすべてがはっきりしている。腕時計の歴史、時計じかけの玩具の盛衰、蓄音機の根強い人気の秘密――そういったものは簡潔にまとまっておりよく知られている。だがそこから外側に離れるにつれて奇妙な逸話が増えてくる。たとえば、狂王ルートヴィヒが時計じかけの馬車を持っていたという話。弾み車で動く鉄の馬が引いていたとか。だがたぶんこれはオーストリアのある詐欺師の頭のなかにしか存在しなかったのだろう。

全然意味がわからない話や、本当であるはずがない話もいろいろある。半分だけの真実の噂や風説の報告が。〈ラスキン主義者連盟〉の名でも知られる〈製作者ジョン連盟〉の凋落の話もそのひとつだった。

〈ラスキン主義者連盟〉は芸術の力が人間の魂を向上させると信じる職人たちの結社だった。優秀な人材が集まっている団体で、イギリス政府が非常な困難に直面していたとき、総力をあげて協力し、ひとりの天才とともに兵器の開発に従事した歴史があった。

その天才は女性で、イギリスに亡命した人物だった。天才によくあることだが、とても気まぐれで、周囲の人々を怒らせがちな性格だったと言われている。

彼らの協力のしかたは非常に特殊で、その成果は突飛とすら言えるほど異例のものだったが、ともかく成果をあげたのは間違いない。さまざまな装置や乗り物を開発し、実用性の高い科学研究をなしとげた。解けそうにない暗号の解読に従事して敵を騙すことに成功した点では、〈ブレッチリー・パーク〉（バッキンガムシャー州ミルトン・キーンズの郊外にある大邸宅。第二次世界大戦時に暗号を傍受・解読する政府機関、政府暗号学校が置かれた。現在は当時の暗号に関する博物館）の政府暗号学校と肩を並べるほどだった。その優秀さを買われて、戦後も長く政府への協力を続け、イギリスの対ソ連防衛力を高めることに貢献した。そのころになるとアメリカは核兵器に関する情報を大戦中の同盟国と共有しなくなっていたが（そこでセシリーはふんと鼻で笑った）、イギリスも〈ラスキン主義者連盟〉が関係した事柄についてはアメリカに教えなかった。

それから一九五〇年代の終わりか六〇年代の初めごろ、悲劇が起きた。彼らが協力した最大のプロジェクトで異変が生じ、海辺の村がひとつ消えてしまったのだ。そこで行なわれていた科学実験自体は、村消失の原因ではないらしかった。例の天才は逃げたのか死んだのか、誰も知らない。すべては終わり、〈ラスキン主義者連盟〉は三十年にわたる政府からの保護を切られて、自力で生き延びていかなければならなくなった。前途を失ってしまったのだ。

「哀れなるかな」とジョーはつぶやく。

「そう。そのとおり」セシリーは声を震わせて息を吸いこんだ。嗚咽がきざしたのか、寒かったのかはわからないが。それから辛そうな目をジョーに向けてきた。

「そのあたりのことを聴きたいんだろう。それはあたしに訊くのがいちばんだね。何しろあたしは、すべてが始まった夜にその場に居合わせたんだから。ブラザー・シェイマスが選ばれた夜に」

セシリーは話しだした。口の両端をさげ、涙ぐんだ目を宙に向けて。

〈ラスキン主義者連盟〉が昔から望んできたのは、世俗世界の何かのプロジェクトに参画し、それを成功させることによって、人間のなかの神聖なものをあらわにすることだった。ラスキン主義者のなかでも最高に堅い信念を持つ者は、神が最も愛されるのは人間が手仕事で匠のわざを凝らした工芸品ではないか、優れた工芸品こそが人間の内なる神聖さと関係しているのではないかと言うのだった。

セシリーはため息をついた。「でもそれは勝ち目のない戦いだったんだ。そうだろう、ジョー」

「たぶんそうだね」

「ああ、もちろんそうなんだよ。時代は変わった。あの戦争のあとは工芸品の出る幕などなくなった。機械で大量生産されるのでないものは、ほとんどの人には手の届かないものになってしまった。こうして新たなドクトリンが生まれたのよ。すなわち、唯一無二を求めるのは嫌味なエリート主義であり、大量生産される作品こそよきものである。理想的な作品とは、誰でも買うことができて、小さな布袋に入れて家に持ち帰れるものだ。

〈ラスキン主義者連盟〉は果敢に戦ったけど、一九八〇年あたりになるともう健闘しているふりもできなくなった。肩にパッドの入ったスーツとともに、消費者がお手軽に愉しむための商品がどんどん増えた。コンサートやライブに行かずにウォークマンで音楽を聴く。劇場で映画を観ないでヴィデオで観る。なんでもかんでも機械に頼る。なんでもかんでもメガがつく。巨額の金。超人気スター。大量死。メガは百万を表わすでしょ。ラスキン主義者にとって、百万は多すぎるのよ。百万日といったら、人の一生の三十回分より多い。百万マイルは月までの距離の二・六倍ある。でも八〇年代はすべてが百万だった。

ラスキン主義者たちは心を引き裂かれてしまった。神が細部に宿るなら、もろもろの細部を見るかぎり、神は死んだとしか思えない。

〈ラスキン主義者連盟〉は衰退に向かった。哀しいことだが、そういうものだった。職人主義の運動はある程度まで進展するが、やがてぽしゃってしまうのが常だ。ところが、新しく〈管理者〉の地位についた経験の浅いセオドア・ショルトは世俗の世界に問題の解決方法を探しはじめた。そこへ競争相手が現われたんだ。偽預言者が。

あたしはそこにいたんだ（とセシリーは公開絞首刑でも見たように言った）。ボブの友達が電話をかけてきて、すばらしい男がいると言った。不思議な迫力のある男で、〈ラスキン主義者連盟〉を救ってくれるはずだとね。もちろんあたしらは行ってみた。そりゃ行くだろ。でもそこで見たのはひどいものだった。その男は〈連盟〉を救うどころじゃない。乗っ取って私物化しようとしていたんだ。そのことはラスキン主義者の誰にも見えてなかったけどね」

ボブがセシリーの身体に腕を回した。セシリーがもう話を続けられそうにないので、ボブがあとを引きとった。

「〝ブラザー・シェイマス〟と名乗るその男は……完璧だった。外見はモリアーティー教授のようでね。バジル・ラスボーン（往年のシャーロック・ホームズ俳優）を呼んでこなくちゃと思わせる風貌だったよ。まあおれがそう思ったんだがね。そしてあの男はスコッチエッグがスコットランド料理でないのと同じようにアイルランド人じゃなかった（シェイマスはアイルランド系の名前）。

シェイマスはみんなの心の琴線に触れたようだ。一種の放蕩息子の帰宅だ。夕暮れに戻ってきた鳥だった。シェイマスは歩いて〈シャロー・ハウス〉へやってきた。錬鉄の門をくぐり、戦争中に砲兵隊が使っていた鉄道線路のわきを通って、イチイ並木の小道をたどり、ヴィクトリア朝時代の誰かが残しておく必要を感じた濠を渡って吊り上げ橋を通った。ラスキン主義者たちといっしょに大バルコニーに立ち、ロンドンの家並みを眺め、街の喧騒や時計塔の鐘の音に耳を傾けて、建物が邪魔でテムズ川が見えないことを嘆いた。シェイマスはラスキン主義者たちに、自分はここの庭園や眺望や建物が好きだと告げ、〈シャロー・ハウス〉こそは〈ラスキン主義者連盟〉の魂だと述懐した。きみたちに親愛の念を抱いているし、きみたちの苦悩や不安を理解している。わたしは神に仕える人間だとみんなに言った。

シェイマスの英語は気取っていて、外国訛りがあった。噂によれば、エルサレムのアルメニア正教会で修行をしたらしい。イートン校に通って、英国陸軍特殊空挺部隊に入った経歴があるとか、ヴィルヘルム・ライヒ（精神分析家）といっしょに仕事をしたことがあるとささやかれてもいた。本人が言うには、ビルマである修道僧の教えを受けたが、その修道僧はマラリアで死んだ。そのあと六〇年代にローマへ行ってイエズス会で研鑽を積んだそうだ。ラスキン主義者たちの前に現われる前から、ある種の伝説的人物だったんだ。

シェイマスは、世界は間違った方向にあまりにも急速に変化している、だから自分はそれに抵抗することにしたと言った。〈シャロー・ハウス〉の真ん中にある大広間で、華麗な演説をしてみんなを言葉の罠にかけた。その大広間は手で切り出した石でアーチが組まれ、天井には絵や彫刻があしらわれて、柱や壁の入り込みのひとつひとつが〈ラスキン主義者連盟〉の独自の性格を証しだてていた。

シェイマスは二枚目俳優のようだったよ、ジョー。そんな彼が、もう絶望的に時代遅れだとみなされていたラスキン主義者たちに、わたしはあなたがたを愛していると言ったんだ。ラスキン主義者たちはシェイマスのとりこになった。シェイマスはいつもカメラマンやジャーナリストに囲まれていた。テレビのカメラクルーもいた。テレビ取材がまだ珍しかった時代だ。八二年までは三チャンネルしかなかったからな。でもシェイマスはずっと注目を浴びていたし、われわれには彼が重要人物であることがわかっていた。みんながいっしょにいたいと願う男、みんなにいっしょにいたいと話す男。これは強烈な印象を与える」

「あたしはうしろのほうに坐ってたんだ」とセシリーが唸るように言う。「あたしはあの男が大嫌いだった。大嫌いだったのは、あの男が嘘つきなのがわかったからだよ。ラスキン主義者たちに何も残さないのがわかったんだ。あいつは演壇に立って、みんなを見おろして、みんなを調教した。みんなはあの男のおかげですべてがよくなると思ったんだ」

「職人仕事はおれたちにとって、目的に達するための手段だ。そうだろう？」とボブ。「おれたちが職人になるのは工芸品を愛するからか、神を愛するからか。

それとジョー、ラスキン主義者たちは、以前はあんなふうに熱狂的に演説を聴くなんてことはなかったんだ。カリスマ派のキリスト教徒みたいに、自分のなかに聖霊が入ったとか言って興奮したり、自分はこんなふうに神に救われたなんて互いに告白しあったりはしなかった。もともとラスキン主義者というのは物のつくり手だから、理性的で、とても冷静なはずなんだ。しかし、だからこそ彼らは簡単に釣られたんだよ。おれの隣にいた年寄りは、最初のうちは息をとめて、こんな熱狂はどうなんだと戸惑っていたが、そのうちなんとも言えない笑いを顔に浮かべだしたもんだ。本当はずっと前からこんなふうに熱くなりたかったんだ、それがいま急に許されて嬉しいとでもいうようにな。『われわれは神を愛しているんだ』と誰かが言って、みんながうなずいていた。何人もの人が『神よ』と言っているのが聴こえた。

『われわれは神の啓示を求めているんだ。そうじゃないか？』とシェイマスが言った。

『そのとおりだ』とみんなは答えた。

『だが神はわれわれを見捨てられた。これは試練かもしれない。あるいは神は無関心なのかもしれない。誰にわかるだろう。何しろ相手は神だ。言葉で言い表わせない存在だ。神は歴史上いろいろなことをしてきたが、その説明をしたことがない。だがこの世界には芸術と工芸よりもっとはっきり啓示を与えてくれるものがある。神のご意志を明らかにしてくれる機械がある。われわれに真実を示してくれる機械じかけのマニ車（チベット仏教で使われる経文を記した回転式の礼拝器）がある。しかもその機械は真実を示す以上のことをしてくれるかもしれない……いや、してくれるはずだ』

『それ以上のこととは？』とみんなが訊く。

『神がわれわれを見捨てたのなら――自分たちで勝手に知恵を絞るがいいとわれわれを放置したのなら――それなら、われわれが知恵を絞って生み出す装置は神の目を惹くはずだ』

『神の目を？』

『問題の〈機関〉は非常にインパクトのある機械だ。映る神の目には謎のように、混沌とした渦のように、この装置を使って、われわれは神の沈黙に終止符を打てる。神を見ることができる。そのとき神もわれわれをご覧になるだろう。われわれは神の試練に合格し、大人になるだろう。われわれは要求するのだ――モーセがしたように――神に語りかけてくれるよう求めるのだ』

それははっきりと冒瀆なんだが、あのときあの場であの男がそう言っても冒瀆には聴こえなかった。完全に理にかなったことのように聴こえた。みんなはしばらくぶん殴られたみたいにじっと坐っていたが、やがて誰かが「シェイマス！」と叫ぶと、みんな立ちあがって同じように叫びだした。哀れなテッド・ショルトは〈管理者〉の地位から引きおろされて、かわりにシェイマスが組織のトップになった。

シェイマスは前置き抜きでずばり核心に入った。あの夜みんなに、神から無視されていることの象徴として、顔を覆うように言った。みんなはそのとおりにした。なぜかあのおぞましい紗の薄布が用意されていて、それを着けない者は外の闇に追放された。彼らはほかの建物も全部占拠しようとしたが、阻止された。たぶん政府が阻止したんだろうがね。

そのあとまもなく〈ラスキン主義者連盟〉は前とは別物になった。職人は去り、おれたちの昔からの顔なじみはみんな隔離されるか追い出されるかした。そしてシェイマスは自分の手下たちを連れてきたんだ。ごろつきどもを。こうして口をきかない新しい修道僧の団体ができた。シェイマスはその団体を〈コーンウォールの孤児たち〉と呼んだ」

ジョーは椅子に坐ったまま、びくりとした。

「あれは、敵対的買収だったんだ」とセシリーが切れ切れに言った。「時代は八〇年代だったしね」

陰鬱な静けさのなかで、ジョーは最後の質問をした。

「セシリー……あなたをそこへ連れていった友達というのは……」

「そう」とセシリーはつぶやくように言う。「そうよ。あなたのお祖父さんのダニエルよ」

一同はしばらくのあいだ沈黙に落ちた。

「ジョー」とポリーがようやく口を開いた。「もう行きましょ。マーサーに連絡を入れないと」

「もうちょっとだけ待ってくれ。電話をひとつかけたい」

「ジョー――」

「大事なことなんだ、ポリー、ほんとに。役に立つかもしれないことだ」

ポリーはため息混じりに承知した。ジョーはセシリーから電話を使わせてもらう許可をとった。セシリーの視線がポリーのほうへ流れ、ポリーが肩にかけているレコードの入ったバッグでとまった。セシリーが軽く眉をあげると、ポリーはうなずいた。人喰い女セシリーはにやりと笑ってポリーの手の甲をぽんぽん叩いた。

「犯罪の共犯者」とセシリーは嬉しそうに言った。「ぴったりの女の子だ。やっと見つけたんだね!」

電話は木のブースのなかにあった。ブースは優雅な彫り模様が入っていて、遮音効果のある特別なつくりになっている。ラベルの手書きの説明によれば、十九世紀末にエストニアのある貴族のために製作されたという。ジョーはこれからかける相手の番号を覚えていなかったが、かつて父親のデスクの灰色の電話でかけたときの発信音やクリックリッという ダイヤル音を思い浮かべたら、自然と記憶が甦ってきた。当時、市外局番は01だったが、いまは0207。あとは変わっていなければいいのだが。

ふたつめの呼び出し音で受話器がとられた。

「このくそうるさい雌牛め！」といきりたった男の声がした。

「ドン？」

「あ、こりゃすまん。エリカだと思ったんだ。おれの愛人のエリカな」男の声は、ジョーがくそうるさい雌牛のエリカをふたり以上知っているかもしれない場合にそなえて特定した。「おたく誰？」

「ドンだね？　おれはジョー・スポークだ」

「ジョー？　ジョー・スポーク？　おおそうか、おちびのジョッシュか」

「ああ」

「おちびのジョッシュ、おまえも大きくなっておれと同じくらいの年になったろうが、高潔(オノラブル)なる・ドナルド・ボーザブラー・ライアン、すなわち千人の公務員の主人にしてクワンゴズのプリンスと電話で話す光栄に浴したくなったのか！　クワンゴズってのは半自立的非政府組織(クワジ・オートノマス・ノン・ガヴァメンタル・オーガニゼーション)のことだ。知らないやつらのために言っておくとな。その知らないやつらのなかには、あのどうしようもない雌牛もいるんだ。子犬かなんかみたいにおれに命令して、くそ行きたくもないシェフィールドへいっしょに行かせようとするあの女……だいたいサントロペとかじゃなくてシェフィールドってのはなんだよ……で、用件はなんなのかな」

「ちょっと困ったことが起きたんだ、ドン、それで助けてもらえないかなと思って。まあ昔のよしみでというか」

「そうか。まあ、どうかな。どう困ってるんだ」

「例の蜜蜂と関わり合いになっちまったんだ。偶然」

「例の蜜蜂？」

「コーンウォールからわいて出た異常な蜜蜂だよ。おかげで警察に追われてる」

「くあー、あの蜜蜂か。ありゃおれの手に負えんぞ。イタチ野郎のティットホイッスルのところへ行ってですっかり白状するんだな。それがおれのアドバイスだ。もっとも……」

「もっとも、なに？」

「もっとも、おまえさんはそうしたくないかもしれんよなあ」最後は妙に甘く誘いこむような口調になった。

「たしかにそうしたくない」

オン・ドンは何も言わなかった。何かを待っているらしいことにジョーは気づいた。**パスワードを待ってるみたいだけど、おれは知らない。**

しばらくしてようやく、「まあ調べてみるよ、ジョッシュ。ただし何も約束できないけどな。いまどこにいるんだ」

「また電話するよ、ドン。そのほうがいい」

「え？　ああ、そうだな。言ってる意味わかるよ。でもおれのことは信用してくれていいんだぜ。どこへも漏らさないから」

「あ、そうだ、ドン！　おれの父親は、自分の母親のことで何か話したことはないかな」

「ないな。マシューがそういうことを話した相手はハリエットだけだ。会いにいくんだな。おれがもう一ぺん『スウィート・ジョージア・ブラウン』を歌ってほしいと言ってたと伝えてくれ！　いいな。じゃ、またそっちから連絡をくれるんだな。わかった。それでいいよ……」

オン・ドンは気のいい男のふりをしたまま電話を切った。

ジョーがふり返ると、ドアのところからセシリーがこちらを見ていた。地階にある非展示品のコレクションから、ボブが〈子豚（ピグレット）〉の名で知られる蓄音機（ストラウドのジェイコブズ兄弟作、一九四〇年）を持ってきた。〈子豚〉という名前はハンドルを回すときに出る音に由来する。「あたしらはいつもここにいるからね」とセシリーが真剣きわまりない声で言った。「あんたのためにできるだけのことをしてあげるからね。

それを忘れるんじゃないよ。〈ハーティクル〉はそのためにあるんだから。助けあうのはあたしらの義務だから。『どの職人もひとりじゃない、光の射さない闇はない、助けあえば意地悪な客も怖くない』へぼな詩だけど、あたしにはほんとにそうなんだよ。あたしはあんたを実の息子みたいに思ってるから。いいね？」

セシリーはジョーを力いっぱい抱きしめてから、足早に歩み去った。

なんとなく脱力したジョーは、ポリーの運転する車で帰途についた。ポリーの家までまだ少しあるところで、マーサーから電話がかかった。もう家から出るなという厳しい指示だ。

「わたしもいまそちらに向かっている」とマーサーはポリーに言った。「何か起きているようだ」

「どういう種類のこと？」

「家に着いたらテレビをつけるんだ。いいか、絶対に家にいるんだぞ。これからやるべきことはそれだ。ところでどこへ行ってきたんだ」

ポリーは話した。

「まったく」マーサーはしばらくして言った。「どうかしてる。ただ同時にいい考えでもあるようだ。そのふたつが両立するのはどうも不安だ。わたしがそちらに着くまでそれ以上〝いい考え〟は実行するなよ。おまえたちが完全にいかれてないか確かめてやる」

ポリーは古いテレビの近くに坐って待った。脚を組んだ姿勢がヨガのポーズのようだとジョーは思った。ポリーは右側に黄色い事務用箋を置き、手にボールペンを持っている。ふたつ持っているハイテク機器のひとつであるデジタルテレビレコーダーで録画しているのは、あとでニュースをもう一度見直せるようにだ。もうひとつのハイテク機器はやや大きめのノートパソコンで、太い電源コードが壁のコンセントまで蛇行している。パソコンは数カ国語の分厚い辞書の山の上にのっている。パソコンを開いているのはインターネットで情報を検索するためだった。

「この外国語、全部喋れるのかな」とジョーは疑問を声に出す。

「喋れない」とポリーが言う。「だから辞書を持ってるの」さかんに腕をふり動かして、辞書を調べまくって言葉の意味をひとつずつ丹念に調べているジェスチャーをしてみせる。

それから「見て！」とふいに言って、テレビのボリュームをあげた。画面に映っているのはヘリコプターから見た洋上の漁船団だった。レポートする記者は芝居がかっていた。〝みなさんどうか冷静に〟と促す口調が危機の深刻さを感じさせた。映像が船の上からのものに切り替わった。

甲板は金色の蜜蜂でびっしり覆われていた。

船上には誰もいなかった。

カメラがパンするにつれ、船団全体がそうであるのがわかった。

映像は数キロ離れたところにある沿岸警備艇に移った。ここに漁船の乗組員たちがいた。みな救命胴衣をつけ、毛布にくるまっている。

「船を捨てなきゃいけなかった」とひとりが言った。

「なぜ船を捨てなければいけなかったんですか」とレポーターが訊く。

「多すぎたから」

「何が多すぎたんです」

漁師はすぐには答えなかった。顔をあげ、横手のほうを向いて思い出していた。「おれにはわかったんだ」と言った。

「何がわかったんです」

「とにかくわかったんだ」

「なるほど――」

「いや、あんたにはわからない。わかってると思ってるだろうが、わかってない」

「何をおっしゃってるか誰にもわからないと思うんですが」

「ああ。わからないだろう。自分の身に起きるまではな」

「いずれみんなの身に起きると思いますか」

「ああ、絶対に起きる。起きたとき、おれにわかってることがわかるよ」

「それはなんです」

「多すぎるんだよ」と漁師はまた言った。「おれも頭のなかでそれを訊いてるんだが、ほんとのところ答えは欲しくない気がする。おれは知ってたんだ。知らないわけがなかったんだ。家に帰って女房に謝りたいよ。家を出る前、女房に怒鳴りつけたんだ。子供らにも。おれは間違ってた。おれはもっといい人間にならなきゃいけない。それとちゃんとした飯を食わないと。おれの叔父はひどいやつだ。警察には話したんだが。叔母をぶん殴るんだ。なんでいままでそれを言わなかったんだろう。べつにいいんだろうが、急にそれを感じだしたからなんだか辛いんだ。でもそれがどんどん増えてくる。もう多すぎてたまらない。やれることをやっても、きりがない。間違ったことがたくさん増えてくるんだ」漁師は震え、泣きだした。

しばらくして蜜蜂の群れはあわただしく空に舞いあがった。映像はスタジオに戻った。誰もいま見たことの意味について何をどう推測すればいいのかわからなかった。不安とパニックがスタジオ内に満ちた。

およそ十秒後、マーサーがドアから入ってきた。妹を見て、ジョーを見た。目を大きく見開いて。

「いやはや」とつぶやく。「世界で充分トラブルが起きてるというのに、おまえたち寝たんだな」

「実験的な愛をかわしたのよ」とポリーが軽やかに答えた。

「えっ？」

「なんだかまるでジョーと同じ反応ね。いや。それはちょっと変か……とにかくジョーもわかりきったことをたくさん訊いたのよね。わたしたちは実験的な愛をかわしたのよ、マーサー。先制的にセックスしたの。あとで恋に落ちたときにそなえて。わたしはこれを満足に対する投資と考えているわ」

「恋に落ちなかったら」

「それでもいいのよ。すごくいいセックスをした事実は残るから」

マーサーはしばらくそれについて考えるふうだった。

「なんだかこの件についてはもう訊きたい気持ちが失せたよ」そう言ってジョーを見た。「ま、時間もないからちょうどいいかもしれない。もろもろ状況はよろしくない。ということで……ふたりともシートベルトを締めるんだ。だいぶ揺れそうだよ」

玄関のチャイムが鳴った。カメラつきインターフォンの画面を見ると、ドアの外でベサニーのひとりが、不安顔をした四十がらみの男といっしょに立っている。

「ミスター・クレイドル、ミスター・ロングがお会いしたいそうです」とベサニーが言う。

「いったいどうして——」とマーサーは言いかけたが、ポリーがデスクを指でぱらぱら叩いたので言葉を切った。「まあいいだろう。ミスター・ロングというのはどなただね」

「博物館長さんです」

「何か用件があるのかね」

「いいえ。親切そうなお顔をされてるし、猫を何匹も飼ってらっしゃるそうなのでお連れしようかと……なんてはずないでしょう、マーサーさん。もちろんご用件がおありですよ。そういう方を取り次ぐのがわたしの仕事です」

マーサーは曖昧に両手をふった。とりあえず紅茶でも一杯飲みたいというような手ぶりだ。

「すまない」

ベサニーは――ジョーはベサニー第二号だろうと見当をつけた――このやりとりを内心で面白がっていることをうかがわせる表情をしていた。

ロング氏は大きな四角い頭に二重顎で、いつも汗で湿っていそうな感じの男だった。ジョーはすぐに神経質な地元のダーツ大会チャンピオンか何かだろうと思った。

「ミスター・ロング、コーヒーでもいかがですか」ポリーが案内してきたロングに尋ねた。

「おお！」ロングはさっと頭をのけぞらせ、団子鼻を天井に向けて喜びを表わしてみせた。「ええ、いただきますとも、これはすばらしい。ただ、あまりたくさんはいりません」そこで鼻の穴のなかで息を詰まらせるような音を立てて笑った。どうやらユーモアのつもりのようだった。「あははーくぬーはは、というのは、興奮して落ち着かなくなるものでして！　あははーふぬぬ」

ポリーは豪勢な微笑みをロングに進呈した。

「ミスター・ロングは」とベサニーが言った。「ブレイ・ハンプトンにある〈非主流派パラダイム博物館〉の館長さんです。何かの詐欺の犠牲になられたそうです」

「はい！」とロングはうなずいた。「さようで。かなり悪質な詐欺にやられました。少なくともわたしはあれを詐欺だと思っています。それ以上に深刻なものでなければいいんですが」

マーサーはジョーを見た。**これはきみの専門だろう。わたしは警察官やスパイや隠れ家や殺人鬼を扱うが、博物館長とは無縁だ。**

「あなたの博物館のことは聴いたことがないんですが」ジョーは相手から話を引き出すためにそう言ってみた。

「ええ、ほとんど誰も知らないでしょう」とロングは言った。「わたしどもはごく地味にやっていますから。

もっとも最近はタンクの展示を見にくる団体客がわりといますがね」

「タンク？　それは……」ジョーは手ぶりで火砲をもつ装甲車両を表現した。

「あ、いや、戦車じゃないですよ。違います！　くぬくぬ、はは！　うちにはイギリスで最大の淡水魚飼育用水槽があります。模型船マニア向けの屋内では世界最大の水槽も。もちろんサイドビジネスですがね」

「サイドビジネス？」

「さようで。博物館の設立目的は廃れてしまった科学技術研究の記録の保存なんです。たとえば、十八世紀ロシアでバクテリオファージ医療を研究したアクーニンのノートの翻訳とかですね」ロングは、これですっかりわかっただろうと言いたげな微笑みを浮かべた。千年王国の到来を信じる人間の温和な狂気に満ちた大きな笑みだった。「どれも忘却の闇から回収すれば、いつの日か人類に大いなる恩恵をもたらすかもしれない技術です……もっとももここだけの話、なかにはずっと忘却しておくべきものもありますがね。何しろいささか常軌を逸しているので。あは-くぬ！-あはは」

「ほかにはどういう……」

「ええ、うちのコレクションは……ええと、いくつもの種類に分類されていますがね。全部、第二次世界大戦時のものなんですな。パイク文書とか。あるアメリカ人から寄付されたニコラ・テスラのごく少量の研究記録とか。ソ連の超能力研究に関する文書とか。最後のやつは西側に不安を与えるための偽情報作戦だったと思いますがね。SDIのソ連版とでもいいましょうか……」

「ミスター・ロングにいま現在問題になっていることを訊いてみたら？」とトレイを捧げて戻ってきたポリーが言った。

「あ、そうですな！」とロングは叫んだ。「はいはい！　じつはわたしどもが所蔵していた品物のことなんですが、これがある特異な女性科学者に関係しているんです……ジェフリー・パイク（数々の実用化不可能な発明をしたマッドサイエンティスト的なイギリスの科学者。一九四八年没）と張りあえそうな人物です。もっとも、パイクのほうはもちろん純粋な科学者というより革新的な技術者というべき人物でしたが……」ロングは猥褻なジョークでも言うような顔つきと声音で話した。ここにおられるみなさんはみんな大人ですからな、ちょっとばかり技術の話をしてもかまわんでしょう？　えへ、えへ、えへ、というような。

ジョーはふいにビリー・フレンドのことが懐かしくなった。

「たしかアメリカもこの女性科学者の初期の研究実績に関心を持っていたはずです。ちょうどアメリカが駆逐艦エルドリッジの不思議な事故（一九四三年に同艦でニコラ・テスラ考案のステルス化の実験をしたところ、レーダー上で見えなくなっただけでなく艦体自体が一時消失したという都市伝説がある）を起こしたところで……あの事故もまあ普通はただの神話と考えられていますが、もちろんわたしたちはそんなに初心じゃないですわな？　あくぬ・くぬ！」ロングは首を傷めそうなほどはげしくうなずいた。マーサーはじっと天井を睨んでいる。

ポリーがまた微笑みかけると、ロングは本題に戻った。「それからエイベル・ジャスミン・コレクションがあります。今日うかがったのはそのことなんです。ある品物を、寄贈者のひとりが掃除に出したいというので引き渡したんです。持っていったのは女性なんですが、調べてみるとその品物を寄贈したのは彼女ではありませんでした。そしておそらくその品物はもう帰ってきそうにありません。返却期日はもう何日も過ぎているんです。とても美しい品物でしてね——しかも非常にユニークなものです」

ジョーはポリーを見る。ポリーはうなずいた。「機械じかけの本でしょう」とジョーは言った。

「さようで！　しかし……いや、もちろんあなたはご存じなんですよね。だからこそこうしてうかがったわ

けで。わたしたちは無傷のまま返却してくれるように
と新聞広告を出しました。あなたはお持ちではないの
でしょうね？」
「どこにあるかわかるかもしれません」とマーサーが
慎重に言い、片手をあげて、ロングがまた鼻をぐぬぐ
ぬさせながら叫びかけるのを制止した。「それにはも
う少し調査しなければなりませんがね。で、好奇心か
らお訊きしますが、それはなんなのです。どこから来
たものです」
「正確なことはわからんのです。まあ極秘のものなん
でしょうな。ジャスミンという人はかなり地位の高い
人で、プロジェクトに深く関与していました。マウン
トバッテン卿やチャーチルとも直接会って話す間柄で。
例の風呂場のミーティングですな。ご存じでしょうが
……」
「チャーチルは風呂を浴びながらミーティングをやっ
たと。ええ」
「ときにはバスタブをふたつか三つ並べて打ち合わせ
をしたらしいですな！」
「びっくりですね」
「いや、まったく、まったく」
「しかしその品物がなんなのかはわからないと？」
「まあ……憶測は慎みたいですからな……」そう言い
ながらも、ロングは憶測を語りたくてうずうずしてい
て、訊いてくれ訊いてくれというそぶりを示す。マー
サーは興味津々という顔をしてみせた。
「噂が伝えられているんですわ」とロングは言う。
「証拠はないので、まともに受けとめていいかどうか
わからんのですが……その〈本〉はかなり特別なもの
だと思うんです。ページの縁に暗号がパンチされてい
ましてね……」そこでロングは、**あなたはご覧になっ
たので？**と期待の目でジョーを見る。ジョーはうな
ずきたくなる衝動を抑えた。「それは非常に貴重なも
のだろうと考える者もいるんです。イギリスの科学が

頂点をきわめていた時代のものですからね。ほかの国なんかはただ……ねえ」ロングは重大な秘密を教えるという身ぶりで前に乗り出してきた。

「わたしたちの考えでは……それは指令装置なんです……イギリスの宇宙計画で使われる！」ロングは勝ち誇るように微笑んだ。気づまりな沈黙が長く続いた。

「イギリスの……」とマーサーがか細い声で言う。

「……宇宙計画の！」とロングがくり返す。「第二次大戦中はフォン・ブラウンが宇宙技術におけるドイツの優位をめざしていた！　わが国としてはそれを許すわけにはいかんでしょう。もちろん、すべてはのちに封印されたわけですがね」言いながら人さし指で鼻のわきをぽりぽりかいた。

ジョーとマーサーが視線をかわすあいだ、ロングは平然とした顔でちゅぴちゅぴ音を立てながらコーヒーをすすった。

ポリーは横目で兄を見て、ジョーが坐っている椅子の肘掛けに腰をおろす。ジョーはポリーの尻が腕をぎゅっと押してくるのに注意を払うまいとした。そしてロングの話の続きを聴いた。

なんとか気をそらさずに。

結局、問題の品物は手ぎわよく盗まれたのだった。たぶん初めから仕組まれたことだっただろう。このことがとりわけ腹立たしいのは、最近ある紳士が問題の品物をかなりの額で借り受けたいと申し入れてきたからだ。ジョーはロドニー・ティットホイッスルとアーヴィン・カマーバンドや、工房を訪ねてきたラスキン主義者の人相風体を説明したが、ロングは見たことがないと言った。〈理解機関〉のことも知らなかった。もちろん〈理解機関〉や〈エンジェルメイカー〉という言葉にロングは興味を惹かれたようだが。マーサーはロングにビリー・フレンドの写真を見せた。

「ああ、はい、この人はいました。間違いありません。なんとまあ彼も犯罪者なんですか」

「そう」とマーサーが答え、同時にジョーが「いや」と否定。

「もう死んでるの」とポリーが穏やかに締めた。

「おやおや」とロングはまた言った。「お母さん、気の毒に」

「お母さん？」とマーサーが訊き返す。

「とても品のいいご婦人でしたよ！　あの人も一枚噛んでるとは思えないですよ。刑務所に入るには少し年をとりすぎてますがねえ。あは、あくぬ、ははは。それにあのおぞましい犬の世話をする人がいなくなってしまう」

がぜんジョーは注意を惹かれた。「どんな犬です？」

「ちっちゃな怪物ですよ、あくぬ、そう、ピンク色のガラス玉みたいな目をしたやつ」

「パグじゃないですかね。歯が一本しかない」

「そうです。ああ怖ろしい！　あくぬ。でも一度咬みついたら離さない根性はたいしたものでした。そう思いませんか」

「ええ、そうですね」

マーサーはいくつか質問してから、ロングを丁重に送り出した。曖昧な言い方で協力する旨の約束をしながら。ロングは帰りがけ、自分の話を聴いたジョーたちの反応への軽い失望感を顔に表わしていた。ジョーはマーサーに、イーディー・バニスターのことを話した。ベサニーはその名前を関連人物のリストにつけ加えた。

「これまでの情報をまとめると」とポリーは切り出す。ジョーは美人学校教師のようでセクシーだと思った。

「どうやら一九四五年から一九八〇年のあいだに、ジョーのお祖父さんとお祖母さんは機械じかけの蜜蜂をつくった。最終的につくりたいのはロケット船なのか、動く彫刻なのか、脳を溶かして情報を引き出す嘘発見器なのか、さっぱりわからない。この胡乱なプロジェクトに協力したのが、〈ラスキン主義者連盟〉で、かつてはイギリス政府の許可を得て哲学的にも軍事的にも興味深い装置をつくろうとしていた。ところがその装置は実験段階でウィスティシールの村を壊滅させてしまい、プロジェクトは打ち切りとなった。そのあと〈ラスキン主義者連盟〉は、神の注意を惹こうとする邪悪な人物に指導されるようになった。ブラザー・シェイマスと呼ばれるその人物は、それまで〈管理者〉の地位にあったセオドア・ショルトを追放したものの、〈理解機関〉を手に入れることはできなかった。正体不明の人物、あるいは人物たちに妨害されたためにね。この先は仮説だけど、イギリスのある政府機関と追放された〈管理者〉テッド・ショルトは手を組んだのかもしれない。ショルトは温室に住んで問題の装置を保管し、いずれジョーのお祖母さんがその研究を再開するときを待ったけれど、どうやらそのときは来なかった。

そして最近になって、ヘンドンに住むひとりの老婦人が、世界を救うためか破滅させるためか、〈理解機関〉を起動させる気になったらしい。ビリー・フレンドを手先に使い、何か技術的な問題を解決させるためにジョーを引きこんで、ロングから貴重な所蔵品を騙しとった。ジョーは装置を起動させ、蜜蜂の群れが飛びたった。するとラスキン主義者たちと、おそらく〈遺産委員会〉だろうと思われる政府機関がそのことを知って、行動に出た。とりあえず両者は協力しあっているけど、最終目的まで同じだとは考えるべきじゃないみたいね。彼らは火事を起こしてテッド・ショルトと装置を押さえ、そこからつながりをたぐってビリーを見つけ、殺した。尋問する過程で拷問して死なせたか、自分たちのやっていることが明るみに出ないように殺したかのどちらかじゃないかしら。ビリーへの尋問からジョーが割り出された。マーサーの助けがなければ、ジョーも消されていたかもしれない。ということで現在に至ってるわけだけど、何かつけ加えることはある？」

「ある」とマーサーが言った。「事態はどんどん大ごとになっていくようだ」

マーサーは、音声を消したテレビの画面を親指で示した。みんなは番組を変更して流されている特別報道を見た。国会議員や首相や大臣たちが議論しあい、互いに対して説明を求めていた。国連もNATOも会議を開いた。イギリスは警戒態勢に入っていた。政府がコンゴで行なった悪事が露見したからだ。和平を結んでいたイスラエルとエジプトは関係が微妙になり非難合戦が始まっていた。ドイツ、フランス、イタリア、スペインでも不穏な動きが出ていた。チリのサンティアゴでは蜜蜂の大群が公人私人の後ろ暗い秘密や非行やみだらな行為や裏切りの事実を暴きたてた。アメリカ、中国、インド、パキスタンは蜜蜂の駆除を宣言したが——銃で殺すのか核兵器を使うのか——方法は明らかにされていなかった。ともかく世界中の指導者たちにとって、この蜜蜂は悪い存在だった。はちみつと平和ではなく、破壊をもたらす昆虫だった。そんな邪悪なものは許せない。

過度の真実は許容できない。

ロンドンでは、この都市（まち）から事が生じたせいもあるだろうが、陰険な怒りが鬱積しつつあった。すべての養蜂家は当局に届け出て、巣箱の検査を受ける義務を課された。もちろん騒動を起こしているのは普通の蜜蜂ではないのだが、安全策をとる価値はある。人々を統率できるからだ。養蜂家はみんなこの騒動を起こした者たちに共感しているかもしれない。彼らの手先かもしれない。一方で、イギリス国民は政府に不平を言った。これは誰のせいなんだ。誰が責任をとるんだ。誰がわたしの年金を保証してくれるんだ。恩給を返上すべき役人は誰だ（誰も責任をとろうとしないじゃないか)。
誰が釈明するんだ。
誰のしわざなんだ。
獣に食わせるべきやつは誰だ。
「事態はどんどん大ごとになっていく」とマーサーはまた言った。

XI

古い歴史、個人的な問題、ラヴレイス号

イーディーは〈豚と詩人〉の屋根裏部屋で目を覚ました。何十年も前にクパーラ号が氷に救われたときのあの冷たさが身を包んでいた。起きる予定の時刻よりまだ早いし、いま身体を縦にするのはつらい。肉体は年老いて、骨がぶつぶつ文句を言う。バスチョンでさえ自分より身体が若いのではないかと思うことがある。

イーディーはバスチョンの耳をそっと愛撫した。バスチョンは腹から芝刈り機のような音を発したものの、目を覚まさなかった。抱きあげてハグしたい衝動にかられたが、たとえ犬でも夢を見る時間を奪うのは可哀

想だった。イーディーは我慢し、バスチョンの身体にまつわりついた。湯たんぽのように温かい身体のおかげで二度寝できるかもしれないと期待して。得られた眠りには万華鏡のように千変万化する映像が現われた。それは最近イーディーがよく見る、みずからの人生が再現される奇妙な劇だった。

残念ながら、色っぽい場面は少なかったけれど。たんに夢と呼べばいいか、悪夢と称するべきかは決めがたい。長い奇妙な逃走劇。そして一九四六年から世紀の終わりまで国王陛下の（ついで女王陛下の）イギリスで過ごした日々。冷戦が長いあいだすべての枠組みとなり、東にはソ連という巨大な蒸気ローラー、西には血気盛んなヤンキーの国があったが、イーディーはそれとはまったくべつの戦争を続けた。なぜか絶対に消えない敵に対する長い、中身のよくわからない、個人的な戦い。その敵、シェム・シェム・ツィエンは、何度打ち負かしてもまたやってきた。シェム・シェム・ツィエンは敗北のたびに残酷さを増した。

どうも二度寝は好ましくないようだ。バスチョンを起こさないよう気をつけながら、ヘッドボードの助けを借りて身体を起こすと、鏡の前に裸で立った。もう二十歳ではない。三十歳や四十歳や五十歳ですらない。〝年寄り〟と呼ばれるようになる以前の、あの居心地よい年齢のどれでもないのだ。とはいえ、ほっそりした腕にはまだ筋肉がある。関節は動かすと文句を言うけれど、ちゃんと機能を果たすし、どうしても必要なときには――翌日痛みに泣くことになるのを覚悟しなければならないが――なめらかな足さばきと身体のひねりで軽快な肘打ちをきめることもできる。肘打ちはミセス・セクニが中高年に推奨していた技だ。

髪をブラッシングして、少し切り、違うキャラクターになる。地味なグレーのスーツにフラットシューズ。日曜学校の先生風のイーディーだ。不恰好なバッグはバスチョンと最近手に入れた品物をいくつか入れられるほど大きい。

ロールハースト・コートにビッグランドリーがやってきたということは、言うまでもなくビリー・フレンドが尋問されたということだった。そしてイーディーのことを白状したのなら、ビリーはジョシュア・ジョゼフ・スポークの名前も吐いていているはずだ。それにしても暗殺者の到来は……予期していなかった。逮捕しにくるのならともかく、殺し屋は想定外だった。シェム・シェム・ツィエンが生きていたら話はべつだが、年齢と度重なる身体の損傷のせいで、あの男はもう死んでいるだろう。イーディーには結局殺せなかったけれど。シェム・シェム・ツィエンは、かりに生きているなら今年で百二十五歳。いや。ありえない。もう死んでいる。けっこうなことに。ということは、誰か新しい人間が登場したのか、祖国の情報機関が抹殺しにきたのか。

イーディーはもちろんテレビニュースを観て、金色の蜜蜂の群れが飛来して軍艦や都市や証券取引所や住宅を覆い、政府が大騒ぎしているのを知っていた。とはいえ、暗殺などよりもっと隠微なやり方を予想していたのだ。たぶんイーディーは過去に砂糖をまぶしていたのだろう。エイベル・ジャスミンが暗殺を命じたのかもしれない。人類破滅装置を作動させようとするかつての女工作員を。

時間のトンネルをのぞきこんだイーディーは、大声で自分に忠告したくなった。自分の心に従いなさい、自分がよいと信じる世界をつくりなさい。政府はすべてを約束するけれど、何も変えはしない。ともかくフランキーを信じなさい。

イーディーはようやく犬を起こし、そっと抱きあげて坐らせた。ぶつぶつ文句を言われても無視した。バスチョンはバッグで運ばれることを快く思わなかった。イーディーは革のストラップのあいだから手を差しいれて犬を優しくなでた。考えてみると、不快なのはバッグそのものではなく、何個かのビニールくさいタッパーウェアの上に坐らされていることかもしれなかった。そもそもバスチョンはタッパーウェアが好きではない。レバーのような好物を自分に食わせないための道具とみなしている。バスチョンが好まないもののリストは長く、多種多様のものを含んでいる。たとえば猫、泥棒、ゴム長靴、明るい色の傘、雌牛、無免許のタクシーなど。そのなかでレバーを隔離する器はトップの近くに位置しているのだ。

イーディーはカムデンでバスに乗り、西のほうへ行った。そしてゴールドマーティン通りにあるカトリック系の学校の前で生徒や教師の群れが出てくるのを待った。ここの生徒も教師も灰色の服を着ているので、それに交じって幅の広い歩道を歩けばまったく目立たない。イーディーを見る者は今日も生徒たちに苦痛に満ちた一日を過ごさせた女教師だと思うだろう。

イーディーは地下鉄に乗り、少し引き返す方向に進んでハリエット・スポークのいる修道院に向かった。遅かれ早かれジョーはそこへ行く。ほかの連中も同じ予想をするはずだ。

愛は人に愚かなことをさせる。でもそれは間違ったことなのではないということを、いまのイーディーは知っていた。

戦争は終わった。だが先の大戦のときと同じく、人々は疲れ果ててはしゃぐ気になれなかった。みんなは勝利したヒーローのようにではなく、パンチドランカーのプロボクサーのように微笑みあったものだ。目が腫れあがってふさがり、唇は切れて、なぜみんなが拍手しているのか理解できない。スノードン山（イギリス・ウェールズ地方の最高峰）からアララト山（トルコ東部の山）までの全ヨーロッパで、麻痺したような沈黙がおりていた。イーディーは――依然としてジェイムズ・バニスター中佐として――フランキーをフランスの田舎にある家まで連れて帰る任務を命じられ、ロンドンを出てドーヴァーからカレーに渡った。

「連合国が勝ったのはあなたのおかげですか」イーディーは南に向かう寝台車の狭苦しい個室で訊いた。

「いや」とフランキーはまじめな声で答えた。「わたしは戦勝という結果に数パーセントの貢献をしただけというところかな。軍人というのは明晰な思考ができないのね。あることをやる方法が自分にはひとつしか見えないと、方法はそれしかないと結論づけてしまう。わたしはソナーについてのある問題を六週間かけて検討したけど、彼らが新しい技術の使い方として提案したことは完全に……」憤懣やる方ないという風情で両手をふり、憂鬱な目を窓の外に向けた。それからイーディーに目を戻し、ぎこちなく微笑んだ。「ごめんなさい。ほんとに腹立たしいことだったから。正直言って……この旅はわたしにとって愉しいものになりそうにない。魂が痛むというのかな。でも……あなたに会えたのは嬉しいわ、バニスター中佐」フランキーはイーディーの手をとり、大きな、誘いかけるような笑みを浮かべた。それから少し身を寄せてきた。「はっきり言って、嬉しい以上よ」

「フランキー」イーディーは長い間を置いてから言った。「わたしはイーディスという名前です。女なんです」

フランキーは戸惑い顔でうなずいた。「ああ、なるほど。そう言えばあなたの腰と頭のサイズの比率は男性性と調和しないわね。それに声はかなり低いけど、あれがない……」人さし指をうごめかし、ついとイーディーに近づいて喉の真ん中に触れた。

「喉ぼとけ」とイーディー。

「そう！　それ。それと膚も、目も、体臭も、手も……ところで、これは定量的な判断じゃない。定性的な……」フランキーは指を離さない。イーディーは人さし指のすぐ横に中指も触れるのを感じた。一歩前に出れば薬指も触れるだろう。それから小指も。手のひらと親指も。それから前腕が来て、フランキーの全身が一度に来る。

「一応はっきりさせておこうと思って」とイーディーは言った。足を踏みかえた。フランキーの爪が皮膚の上を這った。

「はっきりしたわ」とフランキーは言った。

どのくらいのあいだそうしていたのか、イーディーにはわからない。やがてふたりはキスをしはじめた。マルセイユまでの距離がひどく短く感じられた。服を脱ぎながら、フランキーは厳しい口調で、自分は排他的な愛情などに価値を置かないと告げた。そんなものはユダヤ＝キリスト教的父権主義の産物だと切り捨てた。イーディーも同感だった。というより、そんなことは考えたことがなかった。ユダヤ＝キリスト教的父権主義というのは何かの陰謀を企む勢力のイデオロギーで、エイベル・ジャスミンに警告したほうがいいのだろうか。あるいはジャスミンが企てている陰謀だったりして。もっとも、いまそのことをフランキーに訊いてみるつもりは毛頭なかった。

旅は楽だったが、着いたときは辛い思いをした。フランキーの家は焼けていたのだ。暖炉の残骸のそばに、火箸と壊れた銅製のポットと焼けこげた片方の靴が転がっていた。家族や親類がどうなったかを訊いてまわったが、フランキーが誰であるかがわかると、近所の人たちはもう返事をしなくなった。若い人たちは恥じているような顔をし、年配の人たちは目をそらしてぶつぶつつぶやいた。近くにいた兵士が、家を焼かれた人たちはたぶんヴィシー政権への反逆者として告発されたんだと吐き捨てた。

「この辺の連中はそういう告発をやったのさ」と町を見わたしながら言う。「気に入らない人たちを密告した。金持ちすぎる、見てくれがよすぎるとやっかんでね。ヨーロッパ中で似たようなことがあったらしいが、ここでも間違いなくあったんだ」兵士は荷車を引いている男に小石を投げた。「世界の半分がもう半分と戦争した。フランスじゃ勇敢な人たちが自分たちを解放するために密かに戦った。イギリスに逃れたフランス軍兵士たちは解放の日をめざして準備した。ところがここの連中は個人的な恨みつらみを密告の形で晴らしたんだ。くそでも食らえだよ。でもまあ……こいつらも生きてかなきゃいけなかったんだろうけどな」兵士は町のゴミ投棄場から回収した個人の所有物の山を見せた。フランキーはそこから母親の不細工なネックレスを見つけてうめいた。

イーディーはフランキーを連れて町を離れた。細い道をたどっていくと、沼のほとりに木の切り株がひとつあった。

「わたしたち、そんなに嫌われてたのね……」フランキーは恐怖に息を詰まらせながらささやいた。「わたしたちが魔法使いの種族だから。海の子供たち、〈ハコーテ〉だから。水かきのある足。わたしたちには世界が見えるから、と母は言っていた」

「どういうことかわからない」イーディーは愛するフランキーの髪に唇をつけて言った。フランキーが人間のことや人生のことを話したがっているときは、何か言葉をかけて先を促さなければならないことを、すでにイーディーは知っていた。そうしないとフランキーは、相手が話を聴いていないと思いこむからだ。

フランキーは唾を呑みこんだ。「数よ」としばらくして言った。「いつも数が問題なの。わたしたちは数に対する特別な能力を持って生まれる。視力を持って生まれるように。わかる？　わたしたちは魔法使いの種族なのよ」

「それは数を数える能力なの？」

「違う(ノン)。正確にはそうじゃない。それに似ているけど、数えること以上のことであり、同時に以下のことでもあるの。それは……だから（アロール）……たとえばわたしが無学な百姓娘だとして――まあ、ほんとにそうだったわけだけど、かりにルイ十四世の時代に生きているとするでしょ。そしてたとえば水車を見る。その回転速度や傾き方を見て、あと三十回だか四十回だか回ったら水車が壊れることがわかってしまうの。なぜだかわからないけどわかってしまうのよ。物理の理屈なんか勉強したことはないし、〝回転〟という言葉すら知らないのに。でもとにかくわたしは粉挽き業者のところへ行って、水車をとめるように言うの。でも金持ちの粉挽き業者は無学な小娘の言うことなんか聴く気はなくて何もしない。すると水車が壊れて、人がひとり死ぬの。そうなったら、あいつは予言者だ！　魔法使いだ！　事故が起きたのはあいつのせいだ！　となるわけ。わかる？」

「つまり〈ハコーテ〉だと」

「そう。〈ハコーテ〉とは魔法使いのこと。世間の人たちはいろんな話をつくりあげた。嘘をついたり。粉飾したり。母の家は焼かれて、わたしが……わたしが愛した人たちはみんないなくなった。なぜならみんながあまりにも馬鹿すぎて、単純な真実を耳にしているのにそれがわからなくて、とんでもない嘘を信じてしまうからよ」そのつぎに言ったことはイーディーにはよく聴きとれなかったが、**あの人たちを逃がしてやってちょうだい**というような言葉に聴こえた。仲間たちの家族がまだいる。攻撃されやすい魔法使いたちが、標的にされる人たちが、まだいるという意味だろう。

　イーディーにもいっしょに来てもらい、フランキーは話をしてくれる人から情報を集めた。どうやら母親とおじたちは戦争中の早い時期にヴィシー政権の収容所に入れられて死んだらしかった。それからふたりの親類が――誰かはわからなかったが――脱走して、山を越えて海岸にたどり着いたが、そのあと乗った船がUボートに沈められたようだった。

翌日、ふたりはドイツに入った。ドイツは斃（たお）れた騎士のようでも、怪物じみた狼の死骸のようでもなく、イーディーが想像していたものとはまったく違っていた。焼けた戦車の残骸が点々とし、打ちひしがれたドイツ市民が戦争の終結に感謝していた。

それは困難をきわめた外科手術が終わった直後の手術台か、カルカッタの闘鶏場のようだった。

ドイツは自分の顔をナイフで切り刻んだ女のようなものだった。奇妙な狂乱のなか、誇らかなユダヤの鼻をそぎ落とし、ロマの茶色い目に串を刺した。そのあとは連合国という暴力的な救済者がやってきた。彼らはドイツと同じように穏健な知恵を欠いていた。ドイツをぶちのめし、焼き、突き刺した。連合国のふたつの勢力はどちらが荒廃したドイツを引き受けるかで対立し、ソロモンの裁きを真に受けたようにドイツをふたつに引き裂いて（その皮肉に誰も注意を払わなかった）、それぞれに自分の手もとに残ったほうで思うままのことをしている。これほどの悲劇はない。フランキー・フォソワイユールが墓場と化したドイツをいま歩いているのも皮肉だった。フォソワイユールとはフランス語で墓掘り人のことだからだ。

雨の降るなか、泥とゆがんだ金属のあいだで、フランキーは泣いた。涙を流す目はメーネ・ダムとエーデル・ダム（どちらも第二次大戦中にイギリス軍が爆撃で破壊したドイツ・ルール工業地帯のダム）のようだった。頬を濡らし、口を開けて、フランキーは目の前のテーブルの上にドイツ全体がひろがっているかのようにあたりを眺めた。ドイツは破壊されたが、自己破壊したとも言えた。

「また嘘で人が死んだ。何百万人も」

イーディーに寄りかかったフランキーは、喉を詰まらせながら嫌悪の言葉を吐き、雨水とともに息を吸いこんだ。

ロンドンのメリルボーンにあるイーディーのフラッ

トで、フランキーは号泣し、うつろな目で宙を見つめた。ドイツはもとより敵だったが、フランスも彼女を裏切ったのだ。フランスは彼女にとってもう死んだ国となった。もうルーヴル美術館も訪れる気はなかった。イーディーを連れてオランジュリー美術館へモネの『睡蓮』連作を見にいくこともないだろう。そもそもモネはろくな画家じゃない。あの画風は近視のせいであって、天才でもなんでもないのだ。フランスで天才が生まれたことなどない。ただのひとりもない。自分もフランスの天才じゃないとフランキーは思っていた。自分はフランス人ではなく〈ハコーテの民〉なのだから。フランキーは仕事をする決意を固めた。

仕事をするのだ。そう、〈理解機関〉の完成をめざして。その装置によって真実が世に現われ、誰もがそれを見るだろう。世界は正直になり、人類は幸福になるだろう。嘘は二度と許してはならないのだ。

イーディーはフランキーをベッドに連れていき、一週間の大半をそこで過ごさせた。一週間が終わるころには、ときどき泣くだけになっていた。イーディーはレディングの画材店からオイルパステルと紙を買ってきてフランキーに渡した。フランキーはイーディーには誰ともわからない顔をいくつも描き、手を触れて、語りかけた。人に対して愛おしげな感情を見せるのは初めてだった。ときどき絵を描く手をとめて、壁に数字を書いた。イーディーが見たことのない記号も書いた。それらの記号で表わされるのは、言葉では言い表わせないことだった。フランキーは一本ヒーターの電気ストーブで暖と明かりをとり、愛する死者たちの顔を描いて、それらの顔を誰にも理解できない何やら危険きわまりないものに見える記号と数字で囲んだ。フランキーが初めて〈本〉のことを話すのをイーディーが聴いたのは、ひとしきりとりつかれたように手を動かしたあとで、ぐったりとして放心したようになったときのことだった。

マリー・キュリーのように全部書きとめてやる！　数字だけじゃなくてね。わたしは真実を告げてやる。いまのようである必要は何もないのよ、イーディー。そんな必要はないの！　わたしたちは小さくて愚かで弱い存在でなければならない理由はないの。わたしはあなたが見たこともないような本を書くつもりよ。驚異の本を……『ハコーテの書』を。それを見て、読んでも、あなたはわたしがしたことを信じないでしょうね！

フランキーは悪筆で、ほとんどの単語はくねくねした一本線だった。イーディーは紅茶を運んでいき、両腕をフランキーの身体に回した。フランキーはそれを嫌がらずに受けいれた。一カ月後にはフラットで同棲していて、イーディーのわずかな所有物はフランキーののどんどん増えていく本や実験装置に埋もれていった。夜には一枚のキルト毛布をかぶって、イーディーはクロスワードパズルをやり、フランキーは書き物をした。

季節は冬。この生活パターンは一九四八年まで続いた。

アデー・シッキムの藩王シェム・シェム・ツィエンは死んではいなかった。

イーディーは風の噂にそのことを聴いた。藩王が戦場となった宮殿を兵士たちに焼かせてよそへ逃れたことは知っていた。その前に藩王が磔になった司教を殺すところは自分の目で見ていた。腹を横に切り裂く殺し方だった。すぐには死なず長く苦しむようにそうしたのだった。宮殿は爆発したが、残念ながらそれで藩王が死ぬことはなかった。その事実を示す報告書をエイベル・ジャスミンから見せられたので、ふたたびシェム・シェム・ツィエンに会うはめになっても、驚くことはないはずだった。イーディーの考えでは、シェム・シェム・ツィエンは自分の砦を建て直し、傷口をなめながら、新たな天才を探しているに違いなかった。

だがシェム・シェム・ツィエンはそういうことを何もしなかった。そう言えばアデー・シッキムの藩王になる前、シェム・シェム・ツィエンは阿片王で、ヨーロッパとアジアにおけるヘロイン取引を牛耳っていたのだ。その後わがものとした藩王国など、あの男にとっては遊園地、自分専用のブライトンピア（イギリスのブライトンにある遊園地）にすぎなかった。自分の身内を殺したのは、何か壮大な野望の邪魔になるからではなく、気まぐれな行動ができなくなるからだった。何も国を持つ必要はない。力の源泉は自分自身と、自分に仕える男たちのなかにある――究極的には、彼のビジョンの極端さのなかにあるのだから。恐怖の王は国などなくても恐怖の王なのだ。

いずれにせよシェム・シェム・ツィエンは、ジェイムズ・バニスターに対する以上に自分の母親である皇太后に対して怒りを燃やしていた。報告書によれば、皇太后を苦しめるために、シェム・シェム・ツィエンは象を拷問するシステムをつくりあげたという。みずからの支配下にある山中の砦では象たちが苦悶の叫びをあげ、そこで殺された象たちの血にまみれた象牙と苦痛に顔をゆがめた頭部はアジアの市場にあふれた。さらにシェム・シェム・ツィエンはフランキー・フォソワイユール奪還の意図を公表した。あの天才的科学者を連れてきた者は高い地位につけてやる。研究ができる健全な精神状態のまま自分のもとへ連れてきた者には、金や女をはじめなんでも望みのものをとらせると触れを出した。

エイベル・ジャスミンはフランキーに警護をつけた。イーディーはフランキーに危険回避の練習をさせた。急な逃亡のしかたも教えた。とるものもとりあえず国を出る。銀行にも寄らず、着替えをそろえたりもしない。普段から別身分のパスポートを用意しておく。街中や田舎で尾行をまく技術を覚えておく。フランキーは、そんなのはくだらないことだと考えて、最初はろくに話を聴かなかったが、そのうちイーディーにそれらの技術の改善策を提案するようになった。この調子だとすぐに自分よりも隠密行動が得意になるだろうとイーディーは思った。

だがフランキーはスパイのまねごとには頭の必要最小限の部分しか使わなかった。別人格をそちらの係にして、自分自身は本来の仕事に専念するといったふうだった。〈理解機関〉にとりつかれたフランキーは、書斎の黒板にせっせと数式を書きつけた。脇目もふらずそれをした。〈ラスキン主義者連盟〉の本部から訪ねてきたブラザー・デニスは、あの集中ぶりは不安だと言った。

「べつに悪いことじゃないでしょう」とイーディーはいなした。

「きみから偉そうにたしなめられる筋合いはない」とデニスは言った。「だがあの様子を軽く考えないほうがいいぞ。あれは異常だ。独特の顔つきをしている」

「どんな顔つきですか」

「幻影を見ているような、偏執狂の顔つきだ。よくわからないが、とにかく普通じゃない」

「普通じゃないのかもしれません」とイーディー。「何かのことを一心に考えているときはああなるんでしょう」だが本当は、〝誰かのことを〟一心に考えているときはと言いたいのだった。**誰かを愛しているとき、あの人はそうなるのよ。その誰かというのはわたし。あの人が注意を集中しているのは、一大プロジェクトと、このわたしのことだけ。**デニスは修道僧には珍しく、ものごとに執拗にこだわらないほうだった。

翌日、フランキーは外出したとき、三人組の男に襲われた。男たちは〈キャドウォラダー〉という石鹸を売る店の外で、黒いセダンから飛び出してきた。だが陰で警護していた〈鳴き鳥〉ほか数名のチームが三人組を捕まえ、イギリスの法で裁くためにパディントングリーンの警察署へ連行した。〈鳴き鳥〉たちはいま表向き警察官ということになっているのだった。その一週間後、シェム・シェム・ツィエンは北海でイギリスの軍艦を一隻沈め、ヘルシンキの港でソ連の軍艦を一隻沈めて、戦争を起こさせようとした。イギリス政府の目がその事件に注がれているあいだに、ケンブリッジでふたりの男がフランキーを誘拐しようとした。フランキーはポール・エルデシュやフォン・ノイマンとともにシンポジウムに出席していた。

イーディーは口ひげをつけてエストニアの首都タリンに飛び、そこでロシアの亡命貴族に化けているシェム・シェム・ツィエンを発見した。阿片王は財布いっぱいにロマノフ朝の金貨を詰めており、ロマノフ朝風にフランス語で毒づいた。ノートに何か書きつけている何人もの秘書に取り巻かれ、カメラマンもひとり連れていた。ボレックス（映画カメラの商標）を持った男もいた。

「やあ、バニスター中佐、元気そうだな」とシェム・シェム・ツィエンはコリヴァン・カジノでカードテーブルごしに小さく声をかけてきた。「わたしはあまり元気そうじゃない。それは自覚している」たしかにやつれていて、頬には癒えたばかりの傷痕があったが、映画スターのような目はきらきら冷たく光っている。シェム・シェム・ツィエンは秘書たちを手で示した。「ご大層なお供を連れていて申し訳ない。この者たちはわたしの旅を後世に伝える伝記作者たちなんだ。わたしが来世に渡るまでの道行は記録にとどめるに値するからね。つまりこの者たちはわたしの使徒、あるいは福音書記者ということになるわけだ。『もしもわたしにナポレオンの心があったら……』いちばん近くにいる秘書に笑いかけ、それからイーディーのほうへ身を乗り出してきた。「きみはわたしの科学者を盗んだ、バニスター中佐。返してくれ」

「彼女は自分の意志を持った人間だからね」

「いや、それは違う。存在するものはすべて神聖なる権利によってわたしのものだ。人が自由に動いているのはわたしが黙認しているからにすぎない」

「わたしはそんなこと信じないな」

「そうだろう」とシェム・シェム・ツィエンは皮肉な調子なしで言った。「だがいずれ信じるようになる」そこで突然話題を変えた。「フランキーはいま本を書いてるんだろうね。きっと小説を」

イーディーは肩をすくめたが、顔に微妙な色が出てしまった。シェム・シェム・ツィエンはほくそ笑んだ。

「おや。小説を書いてるんじゃないのか。まさかあるものを設計してるんじゃないだろうな。わたしが依頼したものの設計を」テーブルの向こうから身を乗り出してきた。「わたしはそれを取り戻すつもりだよ、中佐。彼女の頭脳をきみたちに使わせるわけにはいかない。ああ、ところできみに贈り物がある」シェム・シェム・ツィエンはにやりと笑って小さな濡れたものを差し出してきた。「わたしの母の舌だ。まだかなり新鮮だよ。しばらくのあいだは母を生かしておいて象が死ぬのを見物させたんだが、もう飽きてしまった。形見の品として首を保存してあるんだが、その一部をきみにお裾分けしたくなったんだ」

イーディーは舌を見た。これが本当に皇太后の舌であるケースと、シェム・シェム・ツィエンが誰かほかの人の口から引き抜いたものであるケースと、どちらがましなのだろうと思った。

返す言葉が思いつかないので、イーディーはジェイムズ・バニスターのとびきり嫌味な貴族的笑みを頬に刻むだけにした。シェム・シェム・ツィエンは憤怒に顔をこわばらせる。そのあとふたりは、大きな荷箱の山のあいだを寒風が吹きすさぶ埠頭で死闘をくりひろげた。福音書記者たちは口出ししなかった。ただすべてを観察して記録するだけだった。

イーディーとシェム・シェム・ツィエンはまず銃火をまじえた。双方とも全弾を撃ちつくすと、用済みのゴミとなった銃を捨てて、素手で戦った。シェム・シェム・ツィエンはぴょんぴょん跳ねるような奇怪な足さばきを見せた。猫背ぎみなのは、背中の傷痕が痛んでまっすぐにできないせいだろうとイーディーは踏んだ。火傷をしたか、象に何かされたかだろう。それでも身体の動きはすばやく、危険だった。アデー・シッキムで会ったシェム・シェム・ツィエンを思い出し、イーディーは負けて死ぬかもしれないと思った。

だがその一方で、にやっと笑いもした。ミセス・セクニの言葉を思い出したのだ。奇抜な手を使え、イーディー。奇手は技量に勝るぞ。高度な技量はチャンスを増やすが、高度な奇手は勝利を保証する。だからずるいと言われるんだ。これを嫌って自分ではやらない者もいるから、やる者はそれだけ有利だ。

「あなたは変な癖を身につけたようだ」互いに距離を詰めるなか、イーディーは本心からそう思って言った。「猫背というのかな。ちょっと……言いにくいが、ヴィクトル・ユーゴーを連想させる。この意味がわかるかどうか知らないが。戦いの場を大聖堂かどこかに移したいかね」

「からかえるときにからかっておくがいい、中佐。この傷はきみがつけたようなものだからご満悦になるのも当然だ。ただきみが兵士の傷を面白がって女の子のようにくすくす笑うのを見るのはいささか憂鬱だ」

いいとこ突いてくるじゃない、とイーディーは思った。

「シェム・シェム・ツィエン」とイーディーは自分の声で言った。「わたしが笑ったのはあなたにうんざりしたからよ。あなたが自分で自分に退屈しないなんて想像できないわね。これって真面目なんだか不真面目なんだか。世界にはすばらしいことがたくさん起きているけど、あなたのしていることはお笑い草。あなたは茶番を演じているだけ。あなたは三流芸人。つきあってるのは時間のむだよ」言われたシェム・シェム・ツィエンは目をまん丸にむいて激怒した。イーディーはシャツのボタンをはずして前をひろげ、小ぶりな胸をシェム・シェム・ツィエンの目の前に堂々とさらした。

シェム・シェム・ツィエンは黙りこんだ。本当にびっくりしたらしい、とイーディーは見てとった。つぎに口を開いたとき、シェム・シェム・ツィエンは真っ正直に話したようだった。

「ああ、全然わからなかった」

初めて本物のコミュニケーションが成立したわねとイーディーは思った。シェム・シェム・ツィエンがパンチを飛ばしてきたが、殺すためではなく、拳で消すための攻撃のように思えた。ふたりは格闘を再開した。

イーディーは嘲りながら相手を広い場所へ誘い出した。たえず風を背中に受ける位置関係を保つ。イーディーは寒さに震えたが、風はシェム・シェム・ツィエンの目を直撃した。地面には氷が張っているので、足さばきの巧みさとともに靴の種類がものを言う。イーディーは先端に鉄が入り、底に鋲を打ってあるブーツをはいていた。この靴だと男っぽく見えるし、足が小さめなのが隠れるし、相手より優位に立てる。シェム・シェム・ツィエンのほうはカジノではいていたお洒落な革靴だった。イーディーが攻撃に出ると、シェム・シェム・ツィエンは例のとんでもないなめらかさで前に出る。が、足を滑らせ、身体をひねって防御しようとする。イーディーは錆びた鎖を投げつけざま、相手の顔に額をめりこませ、思いきりはげしく乱暴に組みついた。シェム・シェム・ツィエンは鼻を横につぶされ、形のいい口ひげを血で濡らして、愕然とした顔をした。そこに生まれた躊躇につけこみ、ミセス・セクニ伝授の第六手首極めをかける。ストリートファイトのように、優雅さはないが実効性のある技だ。シェム・シェム・ツィエンが持っているナイフで当人の指を一本切り落とした。イーディーは格闘に勝ったが、相手を倒すことはできず、逃げられた。イーディーにはシェム・シェム・ツィエンが愉しんでいるのが感じとれた。イーディーにとっていまの格闘は骨の折れる仕事だが、シェム・シェム・ツィエンにとっては神の領域に達するための道筋だった。あの男は人を痛めつけるのを愉しんでいた。

一九四九年四月、北大西洋条約が締結され、ソ連は怒り狂った。エイベル・ジャスミンはフランキーの研究室をラヴレイス号に移した。列車はつねに走りつづけ、フランキーは事実上、世間から消えうせた。シェム・シェム・ツィエンもどこかに姿をくらました。逃げたとき、「これが永遠の別れじゃないからな!」という叫びが冬の埠頭の闇のなかで響いた。

事実、永遠の別れにはならなかった。九年後、イーディーは大きな穴の縁に立って下を見おろした。それまでの九年間、イーディーは世界中でシェム・シェム・ツィエンと戦った。いつも同じパターンのくり返しだった。シェム・シェム・ツィエンが何か悪事を働く。イーディーが出動して事態を鎮める。ローマで、キエフで、ハヴァナで。ふたりは船上で戦い、洞窟で戦い、裏町の屋根づたいに戦った。どちらかに助っ人軍団がついていることもあれば、一対一のときもあった。戦いは続いたが決着はつかなかった。シェム・シェム・ツィエンは変わらなかった。懲りるということを知らず、新しい時代には自分のような人間の居場所はないという事実を受けいれなかった。イーディーの身体は宿敵のありえないほどの敏捷な動きのせいで〝傷の事典〟になった。イーディーは騙しや目くらましなどの策略で自分の命を守ることを覚えた。二度ばかり、絶好調のときに、技量で相手をしのいだこともあった。ふたりのあいだで倦むことなく行なわれる死闘は東洋対西洋の戦いの代理戦争なのかもしれないが、イーディーはそのことを考えまいとした。

風が鼻の穴に送りこんでくる硫黄くさい悪臭に、イーディーはむせた。

いまいるのはシェム・シェム・ツィエンの宮殿があった場所だが、宮殿はもうなく、あとには巨大な穴が残っていた。フランキーの機械の電力源となっていた川は湖になり、地熱で水面が揺らめいていた。穴のなかは黒い鉄の壁で仕切られ、壁沿いに黒い鉄の足場が組んである。穴のなかに工場があるのだ。怪物たちの製造される工場が。イーディーはこの国の女たちの民族衣装の肩掛けで身を包み、仕事をしにいくほかの女たちといっしょに穴のなかへおりていった。穴のまわりを回る道路には生き物の首をてっぺんにとりつけた鉄柱が並んでいた。その一部は人間の首であり、残りは象の首だった。肉はとうに腐って流れてしまっているが、象の場合は骨の重みだけでも細い鉄柱がたわんでいた。

穴のなかに、シェム・シェム・ツィエンは工場と鉱物採掘場を組みあわせた施設をつくっていた。大型圧延機から出てくる鉄の薄板を、奴隷たちが加工し、フランキーの開発した機械じかけの兵士をつくる。穴の中心部にはテントが張られ、闘技場が設えてあった。そこで機械じかけの兵士たちは互いに戦わされるのだった。兵士たちは以前にイーディーが見たものと同じように動きがぎこちなかった。シェム・シェム・ツィエンは、流血を見たいときは生きた人間を殺させるが、そのときは人間に足かせや目隠しをして、機械が攻撃しやすくした。だが機械じかけの兵士たちは進歩していた。フランキーが設計した当初のメカニズムから徐々に洗練されていった。兵士が壊れると、機械の中枢部分が回収され、改良策が模索された。機械じかけの兵士たちはすでに犬のように忠実に動き、指示されたものを攻撃することができた。いつの日か兵士として完成形に到達するのだろう。イーディーはそれを見ずにすめばいいがと願った。

イーディーは写真を撮り、ダッカにあるイギリス大使館で報告をした。そのあとホテルまで歩いて帰る途中、車をわきへとめたシェム・シェム・ツィエンに腹を二発撃たれた。

「また会えて嬉しいよ、バニスター中佐」歩道わきの排水路に倒れて血を流すイーディーに、シェム・シェム・ツィエンはゆっくりと言った。「今回の旅では満足できる成果があったかな。どうだ、もう死にそうか。それともまた会えそうか。ちょっと話をしたいもんだがね」

正直言って、イーディーは自分が死にそうかどうかわからなかった。視野が縁のほうから灰色に変わり、寒くなってくると、深い深い恐怖と孤独を感じた。シェム・シェム・ツィエンは車に乗りこんで走り去った。どうやらとどめを刺さなくても満足らしかった。イーディーは大使館まで這っていった。あとで意識を回復したとき、その記憶はまったくなかったが、手と膝の皮がすりむけていた。

イーディーは病院のベッドで目を覚ました。最初に目に映ったのはフランキーだった。ああ、この人は美しい、完璧だ、と思えて、泣けてきた。フランキーは顔をなでながら、大丈夫よと言った。イーディーは「愛してる」と言いたいと思いながら、眠りこんでしまった。

「もうこういうことは二度としないで」目を覚ましたイーディーに、フランキーは厳しい口調で言った。「こんな怪我をするようなことはしないで。こんなことちっともすごいと思わない。あなたが出かけていって戻ってこなくなるなんてことは、絶対にあってほしくない」

イーディーはそうならないよう努力すると答えた。フランキーは、〝努力する〟は〝失敗する〟の同義語だと唸るような声で言った。だがイーディーがしゅんとするのを見るとすぐ謝り、細心の注意を払いながら抱擁した。包帯を替えにやってきた看護師がそれを見て、眉をひそめた。

「子供を産むのは難しくなるかもしれないわね」と看護師は言った。「でも絶対むりだとは思わないわ」

腹にふたつの赤い射入口があいていた。

「これでふたりとも傷痕ができたわね」とフランキーがつぶやいた。

フランキーには古い傷痕があった。イーディーが最初に会ったとき、すでに身体にあった。どうしてできたのか、イーディーは訊いたことはないし、最近は見ていなかった。フランキーはその傷痕を見せた。それがなんの傷痕なのか、いま初めてイーディーは気づいた。イーディーはまじまじと見た。フランキーは小さな吐息を漏らした。

「ああ」

「フランキー……」

「わたしはものすごく若かった。男を好きになった。わたしは愚かで、ふたりとも不注意だった。で、そう、子供ができたの。マチューが。それから……戦争が始まって、フランスがドイツに占領されて。男と息子は船に乗った。わたしはフランスに帰ってからそのことを知った」難民船。沈んだ船。

「フランキー、いままで尋ねなくてごめんなさい」

「わたしこそ、いままで話さなくて悪かった」まだ何か言っていないことがあるようだったが、イーディーは追求しなかった。

フランキーはもう病院へは来なかった。なぜだかわからない。もう一度手を握ってもらいたかった。イーディーがもう死ぬと思い、衰弱していくイーディーを見るのは耐えられなかったのだろうとイーディーは考えた。自分は本当に死ぬかもしれない。もし死んだらフランキーは罪悪感に苛まれるだろう。フランキーが来ないことで容態が悪化するかもしれないと思ったが、そんなことはなかった。イーディーはひとりで泣いたが、それだけのことだった。それからイーディーはべつのことを考えはじめた。とても嫌なことだが、起こるときは起こる事柄。つまりフランキーが誰かほかの人を好きになったのではないかということだ。

フランキーがコールドストリーム近衛連隊の全員と寝ていてもかまわない。自分を愛してくれさえすれば。この世に生きていて、ティーポットにこだわりを見せたり、カーテン地のズボンをはいていたり、飲み物を飲むときいつもカップに髪の毛が入ったりしていてくれれば。

帰ってみると、フラットは無人だった。フランキーはいない。パステルで数式を書いた紙もない。寒くて暗かった。ラヴレイス号へ行ってみたが、コイルや水槽や何かが泡立っている容器でいっぱいの実験車両も無人だった。アマンダ・ベインズ艦長に連絡をとると、クパーラ号が修理中で、艦長もドックにいた。フランキーはそちらにもいないとのことだった。ロンドン動物園の象舎へも行ってみた。そこにはイギリス政府でただ一頭の象の公務員がいて、特別の部屋に住み、専用の風呂を持っていた。イーディーはその象に果物と草の葉と、思い出深い海藻を食べさせた。この元子象は自分の来し方をどれくらい理解しているのだろう、象舎ではそれについて噂話がささやかれているだろうか、とイーディーは思った。

フランキーは、イーディーがまた新たな秘密任務で出発しようとしているときに戻ってきた。フランキーはもう世界が終わるとでもいうような勢いでイーディーにキスをし、さめざめと泣いて、寝室に駆けこんだ。ふたりは何度も何度も愛しあった。フランキーは病院へお見舞いに行かなくなってごめんなさい、ごめんなさいと何度も謝った。なぜ姿を消したのか、いままでどこにいたのかは、話さなかった。夜中に目を覚ますと、フランキーは南向きの窓辺に立って外を見ていた。

「ねえ、いままでどこにいたの」イーディーは気まずい沈黙のあとで訊いた。「そばにいてほしかったのに」

「よそでもっと必要とされていたのよ。約束する。もう二度としない」

だが、もちろん、同じことがまた起きた。

イーディーはエイベル・ジャスミンにもう任務で出動するのは嫌だ、家にいたいと訴えた。ジャスミンは気持ちはわかると言った。どのみち世界は変わってきているし、そろそろ新しい工作員に活躍してもらうときだ。

新しい工作員はイーディーの目に優秀と映った。

フランキーはときどきどこかへ出かけた。どこへ行くのかはわからなかった。しまいにイーディーは絶対にやるまいと心に誓っていたことをすることにした。フランキーの尾行だ。フランキーはタクシーを拾い、クォイル通りにある時計じかけの機械の工房を訪ねた。小柄な職人がフランキーを迎えた。職人はフランキーとべたつくでもなく、さっぱりとした態度をとった。哀しげな目をした鳥のような印象の男で、明らかにフランキーを崇拝していた。イーディーはいかにも変装しているという服装で工房の外のベンチに坐り、腹を立てた。フランキーが職人に対して愛情を表わし、誠実そうにふるまうのを見るとむかむかした。これはただの浮気ではない。もうひとつの生活だ。セックスが目的ではない、もっとひどいものだ。

しばらくすると若者――いや、若い男が歩いてやってきた。身なりがよく、活力をみなぎらせている。男がドアをノックしながらちらりと目を向けてきたとき、イーディーはそっくりな顔に仰天した。職人が若い男をなかに入れた。

フランキーの息子なのだ。

イーディーは自分が邪魔者だという思いに愕然とした。すべてのことについてフランキーに怒りを覚えた。憤然としてフラットに帰ったが、フランキーが戻ってきたときもうまく怒りを隠しておける自分に腹が立った。とうとう小さな鞄ふたつに持ち物を全部詰めて、フラットを出た。出がけにフランキーが泣きながらとがめた。イーディーは語気荒く言い返した。ひどいことを言った。心ないことを言った。全部本心からの言葉だからいっそう相手を傷つけた。

イーディーは仕事に逃げ場を求めることにした。そこでは嘘をついたり、こっそり何かしたり、人の鼻をぶん殴ったりできて、しかも賞賛されるからだ。要求すれば以前の仕事につかせてくれた。イーディーの闘争的な気分を読みとって、エイベル・ジャスミンはイランを任地に指定。イーディーはイラン人たちのスパイをすることになった。テヘランは謀略の坩堝で、ほとんど誰もがスパイだった。あるとき、ある秘密集会に出てみたら、そこにいる全員が自称している者とは違う人間で、それぞれが自分の敵方の者になりすましていた。イーディーはどうでもいいやという気になって、自分を含めて全員の正体を暴いてしまった。これはひどく不躾なことなのか、愉快なことなのか。よくわからないまま、各国秘密情報組織の紳士淑女はほんのしばらくのあいだ、いらっとした沈黙に落ちたが、そのあとは互いにせせら笑いを向けあい、酒をしこたま飲みながら乱れたお愉しみにふけった。目が覚めるとイーディーはモサドのエージェントと、片頬の膚が荒れている言葉遣いの荒い美人のソ連娘にはさまれていた。

ふたりで朝食をとっているとき――モサドの男はシャワーを浴びていた――ソ連娘がイーディーに、KGBがキューバでセクニ夫妻を殺したと教えた。ソ連娘は暗殺の理由を知らなかった。

誤情報だといい。そう思ったが、事実だった。世界はどんどん残酷になっていた。かつてイーディーが参加した偉大なゲームは野性味あふれる原色のジェットコースターのようなものだったが、いまはもっと無情なものになっている。血縁関係にある君主どうしの争いや、帝国間の覇権争いや、なかなかやるな、中佐、しかしこのつぎは必ずきみを……的な好敵手どうしの戦いはもうない。ひとりの王が倒れてべつの王が立つだの、女王が甥によって廃位に追いこまれるだの、それがどうしたの世界だ。いまはもう違う。いまはイデオロギーどうしの戦いであり、それを科学が支援している。イデオロギーは死なない。それに対して都市や人々は焼けて滅びる。

イーディーはジャスミンによってヨーロッパへ呼び戻された。詳しい説明がないことから、何か変だとわかった。ひどくまずいことが起きたのだ。

「彼ですか？　シェム・シェム・ツィエンですか？　今度は殺しますよ、エイベル。どんな代償を支払おうとも」

ジャスミンはため息をついた。「とにかく帰ってくるんだ、イーディー。きみが必要だ」

飛行機に乗り、イスタンブール経由でロンドンへ飛んだ。そこからコーンウォール州へという指令は、やはり説明抜きで、想像以上に悪いことだと予想をつけた。イーディーは、説明がないのは秘密保持のためでも、連絡員の怠慢でもなく、恐怖のせいだと気づいた。みんな何が起きているか理解できず、怯えているのだ。そのときイーディーは、これはフランキーが関係していることだなと、絶対的に確信した。

「〈機関〉の件だ」とジャスミンは言った。それだけ聴けば充分だった。フランキーが〈理解機関〉のテストをして、間違いが起きたのだ。あるいはこのほうがありそうなことだが、正しすぎることが。

「ラヴレイス号まで連れていって」イーディーは公用車の運転手〈みそさざい〉に言った。「ラヴレイス号ってわかる？」

「はい」と若い女は答えた。イーディーは自分の加齢を意識した。〈みそさざい〉を見て、こんな子供が車を運転していいのかと思ったからだ。

イーディーは助手席に坐り、路面を転がるタイヤの音の微妙な変化に耳を傾けた。どこをどこに向かって走っているのかはわかった。ラヴレイス号にたどり着いたら何が待っているのか、憶測はしないようにした。テイマー川を渡るとメインロードをはずれた。黄昏時はもう過ぎているが、まだ真っ暗ではない宵の口だった。〈みそさざい〉は気づまりを紛らわすお喋りを控えて、カーブや道路の上がり下がりに神経を集中した。封鎖線で停止し、通れの手ぶりでその向こうへ進入する。反対側から救急車が何台も静かにやってきた。サイレンを鳴らさない救急車は死んだ人を運んでいるのだと、イーディーは以前聴いたことがあった。

道路沿いには兵士が大勢いた。バンのなかで待機していたり、農場や民家を見張っていたりした。現役兵のほか予備役兵も出ていた。みな厳しい顔に疲れがにじんでいる。丘の上には建物の小さな集まりがあった。農場というには大きすぎ、村というには小さすぎる集まりだ。車はそれらの建物を縫っていく。ひとりの二等兵が側溝に嘔吐し、仲間の兵士たちが身体を支えていた。イーディーは以前、イギリス陸軍の歩兵たちが野戦病院で手足の切断手術をしているそばで冗談を言いあっているのを見たことがあった。だがこの日に見た兵士は誰も笑っていなかった。

車が速度を落としたので、着いたのかと思ったが、道路に障害物があるせいだった。緑色の幌をかけた大型のトラックだった。トラックがカーブで崖にぶつかり、突き出ていた大きな花崗岩のかたまりを路上に落としてしまったのだ。三人の兵士がてこを使って大石を道路から排除する作業をしている。

イーディーはじっと見ていた。車のなかはしんと静かで、〈みそさざい〉の息遣いが聴こえた。

突然、濡れた音を立てて何かがフロントガラスに激突した。イーディーはぎくりとしてうしろにのけぞった。激突した何かは赤い口を大きく開け、よだれをひと筋垂らしている。イーディーは銃を抜いてそいつに突きつけたが、よく見るとそれは動物園から逃げ出したライオンでもなければ巨大なヒルでもない。紺色のよそいきの上着を着た顎ひげの男だった。〈みそさざい〉は身体をひねっていつでもバックできる体勢をとり、指示をあおぐためイーディーを見る。イーディーは銃を握った手の手のひらのほうを〈みそさざい〉に向けて待ての合図をした。

男はフロントガラスをなめ、鼻をぐすぐす鳴らした。ガラスにつかみかかったが、むなしくずるずる滑って地面に落ちた。男のうしろにはさらにふたりの男がいた。口を開けてうめきながら、ぐにゃぐにゃした動きでトラックの荷台からおりてきた。ひとりはナイフとフォークを握っている。晩餐会をやっていたんだなとイーディーは思った。そのためによそいきの服を着ているのだ。男はナイフとフォークで空中の何かを切ろうとしていた。もうひとりは鷺のような奇妙な足どりで歩いてきた。クイック、クイック、スロー。

ひとりの軍曹が現われた。顎ひげの男をくるりと自分のほうを向かせ、抱きかかえてトラックの荷台へ戻した。ふたりの屈強な兵士がそれぞれべつの男に同じことをした。

イーディーは軍曹を呼んだ。

「何人くらいがああなってるの」

「千人近くです。全員は救助できません」ようく聴いてほしいというように、イーディーをまっすぐ見て言う。「半分はわれわれが着く前に死んでました。どうやらみんな異変が起きたときにしていたことをいまも続けているようです。レコードの針飛びみたいに同じことを。でもまあそれはいいんです。ひどいことですが、まあいい。でもなかには……いやもう。トレガーノウのほうに畜産農場があって、そこの経営者は牛を何頭かつぶしているところだったんです。わたしたちが着いたときには牛は全部死んでました。牛を皆殺しにしたあと、経営者は自分の家に入っていって、同じことをどんどんくり返しました」軍曹は言葉を切って、質問が必要ならどうぞという顔で待った。イーディーには質問の必要はなかった。「これはソ連がやったことですか。戦争なんですか」と軍曹。

「いいえ」イーディーはきっぱり否定した。「これは事故。コンテナ船から化学物質が漏れ出したの」

軍曹は顔をしかめた。「事故を起こしたやつは絞首刑になってほしいな」

フランキー、あなた何をしたの？

フランキーの洞窟の闇のなかで、ラヴレイス号は前後に動きながらきしんだ。震えに似た小刻みな揺れは、車軸に動力がかかっておらず、しかも制動もされていない状態にあるせいだった。ときどきイーディーは足音のようでもある音を聴いた。その音と、列車を取り巻いて警護する不安げな兵士たちの立てる物音の下で、ゴキブリが這いまわるような音が持続していた。ある客車の端で、ひとつの光がちかちか点滅していた。

〈鳴き鳥〉が低く罵り、胸で十字を切った。彼がそんなことをするのを、イーディーはいままで見たことがなかった。〈S2：A〉の所属員で祈りをあげる者はごく少ない。良いものも悪いものも含めて、とんでもない不条理を何度も目撃するので神など信じられないのだ。だがイーディーの手も、なじみのないその仕草をしたくなって、むずむずした。これは自分が担うには大きすぎる問題だ、あまりにも奇怪でとりつくしまがない、という感覚に襲われていた。**もっと上にこれを扱うべき人がいるはずだ。**だが〈S2：A〉に所属するかぎり慣れなければならない事実がある――手に負えない事態が発生しても、それを処理しなければならないのは自分自身なのだ。

「無線に何か入ってこない？」とイーディーは訊く。

〈鳴き鳥〉の通信係ジャスパーは首をふる。「子豚の丸焼きみたいにパチパチいう雑音だけです」

ロンドンでジャスミンから聴いた話では、フランキーはまだ列車内にいるかもしれないという。それはつまり死んでいるということか。それとも先ほど見た農夫や漁師たちのように異変の直前と同じ動作を続けているのか。

イーディーは〈鳴き鳥〉ほかの部員にここで待つようにという手ぶりをした。〈鳴き鳥〉は眉をひそめて首をふった。

いっしょに行くぜ、〈伯爵夫人〉と顔が言っている。**一人はみんなのため、みんなは一人のため、だろ？**

「五分たったら入ってきて」とイーディーは言った。「穏やかに入ってくるのよ。これは敵地じゃない。味方の列車なんだから」

〈鳴き鳥〉は頑固に意志を通そうとする顔をしている。イーディーはため息をついた。

「頼むから言うとおりにして。フランキーが死んでるなら、わたしが見つけたいの」もっとも、それはいままで頭のなかで形をとらないようにしてきた考えだった。

〈鳴き鳥〉は渋面をつくりながらも、承知した。イーディーは部員たちに背を向けて列車のほうへ歩きだした。

イーディーは最後尾の車両にあがった。ラヴレイス号は自分が乗っていたころから少し変わり、新しく加わった車両やなくなった車両があったが、基本的には同じ列車だった。挑発的に装飾的で、ラスキン主義者たちの職人気質が鉄の板に刻みこまれていた。スプリングのついたドアを引き開け、自動的に閉まろうとするドアを背中で押さえながらなかに入り、音を立てないようにドアを閉める。ドアが加えてくる堅実な圧力が心強かったが、閉ざされてしまうと急にはげしい閉所恐怖症的感覚が襲ってきた。もうこれ以上先へ進みたくないという強烈な拒否感が。

でもそんなこと言ってる場合じゃない。

客車のなかはごく一部が照明されているだけだった。閉ざされたカーテンが外の包囲陣のライトを遮断している。共用スペースのひとつである喫煙室には虎縞の光が落ちていた。イーディーは前に進もうとして、かすかな息遣い、わずかな空気の動きを感じて、足を出すのをやめた。洗濯物の匂いがする。腰を低くし、闇溜まりのなかへ滑りこむ。周囲を見まわすが、目はまだ調整中だ。背筋を奇妙な感覚が這いのぼってくる。**この車両のどこかで死人が歩きまわっている。**

おかしな考えだ。非合理的だ。もしここに人がいるなら、それは怪物ではなく、被害者だ。**異変が起きたときに何かを食べていたのなら話はべつ。その人は被害者にして怪物かもしれない。**なぜかイーディーはそれが人間だと確信していた。匂いのせいかもしれない。聴こえもしない足音から。感じとれもしない体重から。とにかくわかるのだ。肉に塩がわかるように。

セクニ夫妻とよくやったゲームがあった。闇のなかで行なう訓練としてのゲームだ。手さぐりで進む。自分の肉体を知り、自分に支配できる空間を知る。闇のなかで攻撃を受け、身を守る。鍵は、何も期待しないこと、何も探さないこと。移動し、待つ。確信できたときだけ行動する。

重心を落とし、身体をリラックスさせて、待つ。

その男はカーテンの陰から出てきたかのように、イーディーの前にふっと現われた。その姿勢からして、歩きだす前は座席に坐っていたのに違いない。片手を伸ばしてきた。抱擁しにきたのか、つかみかかってきたのか、腰のホルスターの拳銃を奪いにきたのか。わからない。イーディーはずいと踏みこみ、相手の襟と袖をつかんで、脚で相手の脚を手前に払った。〈大外刈〉。びしりと決まったが、ダメージの大きい技ではない。倒れる相手といっしょに自分も身体を床に落とし、なおも伸ばしてくる腕に極め技をかけた。

この男は握手をしてたのか。ドアを開けようとしてたのか。

突然、男の身体がはねあがった。肩の骨がごきっと鳴る。皮膚の下で骨の位置がずれるのが感じとれた。男は肩をぐいぐい動かして関節を破壊した。男の顔を見たとき、イーディーは衝撃のあまり男の身体を離しそうになった。うつろな表情が消え、すさまじい憤怒の形相が現われていた。嘴で攻撃する鷺のように顔をこちらへ突き出し、唸りながら食いつきにきた。男は身体をブリッジ状態にした。腕の骨がばきばき折れたので、イーディーは極め技を解いた。自分の身体がどれだけ損傷しようと気にしない相手にはむだなことだからだ。

イーディーは後退した。銃は使いたくなかった。列車内にもっといるに違いないほかの人たちが、突然の銃声にどう反応するかわからないからだ。無視するかもしれない。集まってきてじろじろこちらを見つめるかもしれない。ずたずたにしようと襲いかかってくる可能性もある。どれにも確証はない。いかなる見当もつかない。このラヴレイス号のずっと前のほうの車両におそらくフランキーがいるという直感があるだけだ。

男がゆらりと立ちあがり、倒れかかってきた。イーディーはよけた。男はまたこちらに飛び出してくる。今度は前に出て男に背負い投げをくわせ、床に落ちたところで片方の脚をひねった。膝頭がぐきっと音を立てた。もう関節がだめになって、男は足を引いて歩くようになるかもしれない。ともかくイーディーは銃で撃たなかった。それは褒められてしかるべきことかもしれないが、心のなかでは、もうこの男は人間ではなく、サメのレベルにまで落ちているのではないかと思った。

男は立ちあがろうとして失敗し、そのあとはもうイーディーに興味を示さなかった。しばらくして何かを引きちぎるような変な音がするのでふり返ると、男が骨折したほうの腕の手の指を食べていた。

イーディーは空（から）えずきした。一旦収まったが、つぎには胃を制御できず、隅のゴミ入れのなかに嘔吐した。手織りのカーテンで口をふき、先へ進んだ。

客車と客車をつなぐ連結部分には手回し充電ランタンがそなえてあった。それで闇を照らせるが、自分が標的になりやすいという欠点もある。イーディーは考慮の結果、そのランタンをとって、ハンドルを回した。待ち伏せを見逃すより、前が見えていたほうがいい。こういうことを目的とした備品ではないだろうけれど。

ドアを開けてつぎの客車内を照らした。この車両は兵士たちの居住区画だ。通路は各部屋をジグザグに縫う形につくられている。これはプライバシーを守るためと、侵入者による車両全体の縦射を防ぐためだ。イーディーは耳をすました。どの部屋にも人がいるのがわかった。

最初の角を曲がると、ラスキン主義者がひとりと兵士がふたりいた。三人とも虚ろな顔をしてじっとしていた。いちばん近くにいる者の顔をランタンでまともに照らすと、瞳孔が収縮した。ほかにはなんの反応も示さず、ただ、だらんとした姿勢で立っていた。イーディーはその男のわきを通り抜けた。顔を真正面から見たとき、男が言葉を発した。

「たぶんあなたは――」とそれだけ言って、あとは続けなかった。

「たぶんあなたは――」

イーディーは後ずさりした。

「たぶんあなたは――」

同じイントネーションで、何度も何度もくり返す。針が飛ぶレコードのように。あるいは、これがこの男に残っているすべてだというように。わずかな痕跡を残して、あとは全部消えてしまったのか。ため息が聴こえたので、ぱっとそちらを向いて隣の男に銃を向けたが、ため息は意思や感情の表現ではなく、動いたときに肺のなかの空気が立てた音にすぎなかった。

イーディーは三人の男を見た。三人のほうもイーディーを見返してきた。好奇心を浮かべるでもなく、ただ見つめつづけた。ラヴレイス号のところへ着いたとき、〈鳴き鳥〉から〝ゾンビ〟という言葉を聴いた。おとなしく横になっていない死体のことだとか。喋りつづける男を黙らせるには、口を閉じさせて顎を紐で縛るしかないが、男は「たぶんあなたは――」を延々くり返す。

「あの、ちょっと」

ふいの声に、イーディーは鋭くそちらをふり向き、銃を持ちあげた。そこにいる男がびくりとした。三十代くらいの、体格のいい男だ。どこかハムスターを思わせる風貌で、長い衣を着ている。ラスキン主義者だ。イーディーは普通に生きているらしい人間を見て嬉しくなり、抱きしめたくなった。が、そうはせず、唸るような声で誰何（すいか）した。「あなた誰？」

銃はまだ男の頭に向けたままだ。

「ショルトだ。テッドと呼んでくれ。今朝ここへ来た」

手にグラスを持っていた。見ると、ミルクが入っている。胸が濡れているのはミルクを吐いた跡かもしれない。

「彼らを追い詰めてはいけない」とテッド・ショルトは言った。「いましていることをできない状態に置いてはいけない。そんなことをしたら……」そこで目をあげてイーディーの顔を見た。「ああ。もう知ってるわけだね」

「ええ」

「あなたは……もしかして……」ショルトは自分の仲

間であるラスキン主義者をひとりでも殺したのかとイーディーに訊いているのだった。

「いいえ」とイーディーは答えた。ふたりは無言のうちに明白な事実を確認しあった。**彼らに何をしようとしまいと、おそらくなんの違いももたらさないことを。**

すぐそばをすり抜けていくゾンビを、イーディーはびくりとしてよけた。ゾンビがすり寄ってくる。イーディーは身体をひねった。ゾンビもひねった。まるで鏡像のように、あんぐり口を開けた顔をイーディーの顔の正面へ持ってくる。イーディーは腰を落とした。ゾンビもそうした。身体をまっすぐに伸ばすと、それもまねし、じっとしていると、同じようにした。身体の向きを変えてまっすぐ前へ歩くと、ゾンビも歩きだしたがすぐ足をとめた。椅子が邪魔なのだ。下腹を椅子の背につけたまま立ちつくし、よけて通ろうとしない。そんなことは考えつかないかのように。

「ミルクを与えようとしたんだが」ショルトはイーディーの視線の先を見て言った。「彼らは呑みこまないんだ。口から流しこんでも、また戻してしまう。なぜまだ息をしているのかわからない。ひょっとしたら……」そこで言いさした。イーディーはまたショルトを見た。このとき初めて、ちゃんと見た。ショルトはこんな異変が起きたにもかかわらず──あるいは起きたからこそ──ここへ来たのに違いない。銃も、懐中電灯もなしで、瓶入りのミルクだけを持って。よほど誠実なのか。慈悲心からやっているのか。

勇気のあるハムスターだ。

「わたしはイーディー」

ショルトはうなずいた。「どうも」

「あなた、向こうのオフィスにいたの」イーディーはエイベル・ジャスミンのオフィスがある方向を指さした。

「いや」ショルトはミルクの瓶を持ちあげて、またおろした。イーディーはショルトがかつての大切な同僚たちの口に根気よくミルクを注ぎこむところを思い浮かべた。だがゾンビたちはむせてミルクを吐き出し、顎からしたたらせる。

ふたりは先へ進んだ。通路を歩き、寝室や調理室をのぞく。

やがて暗号室へやってきた。大列車強盗ごっこをやり、クラリッサと愛しあった夜より以前に、イーディーが働いていた場所だ。

ショルトが小さくうめいた。

暗号室にはラスキン主義者が何人も横たわっていた。あるいはラスキン主義者だった男女が何人も。ポールという若い男が目に入った。ガラス吹き職人だ。一年前、イーディーとフランキーのためにワイングラスのセットをつくってくれた。美しいグラスだった。そのポールは床に寝て天井を見あげていた。イーディーは顔の前で手をふってみた。

「ぐらあ」とポールは言った。もう一度手をふると、まったく同じイントネーションで同じ発声をくり返した。この子は生きているんだ、心が身体のなかに住まっているんだ、まだポールなんだと、そう考えた。だが返ってくる反応はひとつだけ。**ぐらあ、ぐらあ、ぐらあ、ぐらあ……**。もうこれをやめないんだ、と思うとぞっとした。不気味な、哀しいリフレインがずっとあとを追ってくるのか。だが目の前で手を往復させるのをやめると、声もとまった。

イーディーは前進した。**フランキー、愛してるわ。あなたは、ぐらあと言わないでよ。**

フランキーの研究室への入り口にはふたりのラスキン主義者と一群の兵士、それにひとりの女性事務職員がいた。みな前に進み、壁やドアに軽くはね返され、また前に進む。そのくり返しで壁とドアがすり減って向こうへ抜けられるはずだとでもいうように。歩くとき、身体が軽く上下に動く。見ると彼らはひとりの男の死体を踏んでいた。死体は踏まれるうちに平たく、やわらかくなっていく。だが近づいてみると、男がまだ死んでいないのがわかった。それでも叫び声をあげようとすらしていない。謎の異変のせいで、自分の身体がぐだぐだにつぶれていくのすら感じとれなくなったのだ。

問題はこうだ。ドアがこれひとつであること。その手前には亡者のような人たちがいて、自分たちの行動を邪魔しにくる人間を踏みつぶしてしまうであろうこと。

イーディーはどうしてもドアの向こうのフランキーの研究室へ行く必要があるが、この烏合の衆を入れるわけにはいかないこと。

そのとき、誰かがイーディーの首をつかみ、頭を何かで殴った。目の前に星が散った。テッド・ショルトも窓に身体を叩きつけられた。イーディーを襲った誰かが首を絞めはじめた。

反撃の時間がない。殺される。絞殺は勝負が早い。すでに視野が茶色くなってきた。

イーディーは動いた。

重心を落とせ。息が苦しいことは気にするな。どのみち息ができないのだから。基盤を、地とのつながりを、見つけろ。そうだ。そこだ。さあ、攻撃者にすり寄るんだ。男の腕をきめろ。肘と二の腕をつかみ、両足を軸に自分の身体全体をひねるんだ。九十度。いや、もっと。相手の二の腕から離れる。グランドピアノを押すように手のひらを前に突き出せ。

〈体落とし〉だ。

〈山嵐〉に似ているが、こちらは首を絞めてくる者に有効だ。

男が飛んで、デスクに激突した。血まみれの顔をして立ちあがった。この戦いに妥協は無用だ。痛みはない。退却はしない。イーディーは身をひねって敵の攻撃線からはずれ、相手の首をまるくなめらかにふり、あおむけに倒した。このときマホガニーの薄板を張ったデスクの角にぶつけたのは、しばらく麻痺させておくためだったが、相手の身体が思いのほか重く、がきっと鋭い音がした。〈入り身投げ〉。殺すつもりはなかった。弛緩した顔をのぞき見ると、見覚えがあった。デニスだ。アデー・シッキムでフランキーの助手をしていた男。優しく辛抱強い巨漢、デニス。

ちょっと間を置いて、イーディーは、「くそっ」と言った。大きなしゃがれ声だった。それから自己嫌悪を覚えた。しかたなかったんだ、と言いかけたのだが、ほかのやり方はもちろんあったのだ。

こういうときの対処法は小娘のころから練習してたんだから。

ショルトはと見ると、意識はあったが、左の鎖骨が折れていた。ひとつ前の車両までそっと連れ戻し、ここでじっとしてて と言い置く。それから天窓から懸垂で車両の屋根へ出た。

屋根の上は暖かく、心地よく静かだった。なんだかもう車内には戻りたくない。というより絶対に戻りたくない気分だ。だが列車の最後尾に部下の兵士たちの姿が見える。〈鳴き鳥〉が期待顔でこちらを見た。イーディーはため息をつく。

ああ、もちろんそうだ。みんなは自分がこの事態をおさめることを期待している。怖れたり、まごついたり、不安がったりするのではなく。**〈血の伯爵夫人〉はぐらつかねえよなあ。**

イーディーは前に進んだ。そして通風孔から研究室の車両におりた。息を詰めて祈る。

フランキーの研究室は無人だった。中央に作業台があり、その上にフランキーが製作していた奇妙な装置の抜け殻だけがのっていた。ラスキン主義的な凝った装飾を施した『ハコーテの書』の装置の筐体だ。中身は何もない。天井から作業台までコイル状ケーブルが何本も垂れさがり、フランキーらしい乱雑さを呈している。室内は静かで清潔だった。

イーディーは順序立てて捜索をし、あせらないよう努めた。テーブルの下や戸棚のなかを見、あちこちのドアを開けた。開けたらなかにフランキーがゾンビとなって立ってはしないかとびくつきながら。鉛筆がばらばら落ちてきて、イーディーは鋭い声をあげた。その鉛筆を思いきり部屋の向こうへ投げつけた。恐怖が顔を変えはじめた。いまは、フランキーがここにいなかったらどうしよう、だった。研究室にいないのならどこにいるのだろう。意識もなく、夜の闇のなかをさまよい歩いているのだろうか。そして外の死体を食っているのか。あるいは、食われているのか。今度の一件は事故ではなく誘拐事件なのか。千人の殺害を目くらましに誘拐をやりかねない人物をひとり知っているのだが。

ふと首をめぐらしたとき、答えが見つかった。黒板にチョークで〝イーディー！〟と書かれている。そしてその下に、丁寧に折りたたんだ便箋が置いてあった。

筆跡はフランキーのものだった。

イーディーは便箋をとって開いた。

イーディー、あなたが派遣されてくるのはわかっています。ここの様子を見たと思うけど、申し訳なく思います。こんなの誰も見たくはないわね。

これはわたしがしたことだとはっきり言っておきます。誰かの策略ではありません。シェム・シェム・ツィエンも、ソ連も、ほかのどんな勢力も無関係です。わたしだけのせいなのです。このプライドの高い愚か者の。わたしは生きています。嵐のただなかにも安全な場所はあります。〈場〉がそれほど強くない場所が。まずいことが起きそうになったとき、わたしは〈ハコーテ〉の目でそれを予見して、自己防御の手段を講じました。デニスもいっしょに連れて逃げたかったけれど、彼は周縁部に捕まってしまった。きっとわたしに腹を立てているでしょう。

それは真実が現われるところから始まりました。すばらしいことでした。穏やかな事象でもありました。互いに質問をしあって、返事をする。その返事が真実に合致しているときはすぐそれとわかるので、みんなで喜びました。嘘で遊ぶこともしてみました。まっかな嘘や微妙な嘘をつき、それが客観的世界と調和しないのを見て——といっても視覚的にではなく、どちらかというと触覚的にわかるのだけど——愉しむ遊びです。

自分の頭のなかを知ると愕然とします。わたしはあなたにひどい扱いをしたことを知りました。ほんとにひどい扱いをしたものです。わたしたちはみんなしばらくのあいだ泣きつづけ、そのあと互いに自分の罪を告白しあいました。罪はそう多くなく、告白を聴いてもそんなに興奮はしませんでしたが。わたしたちは赦しあい、その気持ちも真実だとわかりました。わたしは目論んだことをすべて達成したと思いました。

でもそう思った瞬間、それは間違いだとわかりました。大間違いだということが。〈理解機関〉はあまりにも強力でした。お互いを見ると、真実だけではなく、わたしたちの相互作用から将来生じる結果も見えてしまうのです。それを知るにはより広い世界における何かを見れば足ります。そのほとんどは、イーディー、理解するための背景を欠いているけれど、わたしには目の前に数学的属性が流れ出すのが見えて、すぐに、これから何が起こるかわかってしまったのです。わたしが知っていることと、〈理解機関〉がわたしに与えてくれたものが混合しながら、互いに相手を追い越そうとしました。わたしはみんなに逃げるよう叫びました。でもみんなは〈理解機関〉に夢中になっていました。第二段階が来たんです、イーディー。真実を知る段階が。

わたしはデニスの手をつかんで、装置の前へ行こうとしました。そこは装置の効果が及ばない場所なのです。でもデニスは手をもぎ離しました。わたしに、あなたは馬鹿だと叫びました。あなたはわたしたち全員を殺してしまったんだと。彼がそれを言ったとき、怖ろしい沈黙がおりました。いまの言葉を聴いた人はみんな、それが真実だとわかってしまったのです。その瞬間、みんなは死を免れないことを悟りました。そしてもっと悪いことに、イーディー、死がどういうものかを知ってしまったのです。そのときのみんなの叫び声は、およそ聴いたこともないようなものでした。わたしは、死を見ませんでした。嵐の目のなかにいたからです。わたしは〈理解機関〉のスイッチを切ろうとしましたが、もう遅すぎました。

もう遅すぎる。第三段階が始まったからです。みんなはすべてを知りはじめました。空気が濃密になりました。わたしのまわりですべてが固体になったように思えました。わたしは生命の小さな繭のなかで安全に保護されているような感じです。わたしは自分の周囲で世界が不毛になるのを見ました。命がなくなるのを。それでも誰も倒れません。身体は動きつづけるのです。

デニスの言うとおりだったんです、イーディス。わたしは軽率でした。負荷を分散させるべきだった——でも、この話はいい。いまわたしの秘密を明かすことはしないでおきます。政府はこれを兵器として欲しがるでしょう。でも兵器にするのはむりです。想像以上に怖ろしいものだからです。

どうか列車の乗員たちを保護してあげてください。彼らにはそうされる資格があります。祖国のために、あるいは彼らの神のために、死んだのですから。でもどうか誤解しないでください。彼らは回復しません。わたしが殺してしまったのです。

わたしは装置の心臓部を持ち出しました。なんらかの形で開発を続けていきたいと思っています。それから、イーディー、いま気づいたことがもうひとつあります。わたしはあなたがこの手紙を読んでいるところを思い浮かべています。あなたはわたしの愚かさに首をふりながらも、わたしが無事でいることを喜んでくれている。わたしが生み出してしまったおぞましい現象を見たあとでも。わたしは装置の心臓部（ハート）を持ち出したけれど、自分の心（ハート）は残していきました。

　わたしにとって大切な人はあなたです、イーディー。これからもずっと。


　イーディーは十分ほどフランキーの研究室でじっと立ち、何もない作業台を見つめていた。それから目をあげた。フランキーは自分が入ってきたところを通って出ていったに違いないと気づいたのだ。どれくらい前？　十時間？　十二時間？　フランキーは即座に逃亡した。とるものもとりあえず。バッグを持っていったかどうかもわからない。ともかく知恵を絞ってベストの形で逃げ出したのだ。

　イーディーは書類と事故の犠牲者たちを隠した。ラヴレイス号を隠した。自分のただひとつの本当の家だった列車を、ナフタリンを添えてしまいこんだ。なぜならそれが自分の任務だったから。そして自分でも、世界はフランキーの装置のことを知らなくてもいいと信じていたから。フランキーの〈理解機関〉についての強い確信のこと、いや、フランキーについてのあらゆることを、世界は知る必要がない。フランキーは沈黙しているべきだ。フランキーを見つけるための巧妙な罠を仕掛けなければならない。壊れる前に水車を修理しなければ。宇宙のとんでもない秘密は秘密のままにしておかなければ。

「彼女を連れ戻せ、イーディー」とロンドンの中央官庁街にいるエイベル・ジャスミンが指令を出してきた。「ほかの誰かが彼女を手に入れたら、彼女にむりやり……ともかく連れ戻すんだ」

　イーディーは捜索を開始した。

　フランキーを追ってザルツブルク、ブダペスト、デリー、北京とたどり、また引き返した。フランキーは天才だ。追っ手をまくすべを知っている。いくつかの土地で奇妙な機械を見て不安を抱いた人たちがいた。カフェやバーでほっそりした学者風の女性ととりとめのない会話をかわしたあと、無名の勤勉な数学者がめざましい業績をあげる例がいくつかあった。特殊な数式を使って株で大儲けをして休暇を愉しむ人が何人か出た。フランキー自身は、学校教師が持つような鞄を片手でさげ、宇宙の秘密を頭に内蔵して、いろいろな超難問に対する解決を彗星の尾のように引きながら、奇妙なくらい姿を見せない。それでも、方法さえ知っていれば、居所を知ることができるものだ。イーディーにはそれができた。シェム・シェム・ツィエンにもできるはずだった。

猫とねずみの追いかけっこだった。いや、猫とねずみと犬のか。世界中のあちこちでそれをやった。それは三十カ国ほどの情報機関にとっては悪い冗談だったに違いない。ひとりが行くところへ、ほかのふたりも行く。すると傷害事件や爆弾事件や銃撃事件が起きる。ふたりは戦い、逃げ、怒りをほとばしらせる。が、何も変わらない。まるで世界がゴムのように伸び縮みしながら、つねに元のつまらない形に戻るようなものだった。

今日に至るまで、イーディーはフランキーがいつどこで死んだのか知らずにいる。だが死んだに違いないということはわかった。

バスの車内で、イーディーは涙を流さず泣きながら、フランキーに言う。すべてを変える決意をするまでこんなに長くかかってごめんなさいと。不恰好なバッグのなかから心慰む声が聴こえて、イーディーは笑い声を漏らした。そうだ。何がどうあれ、バスチョンだけは永遠だ。

バスチョンはまだほんの小さな子犬のころ、ひどい怪我をした身体でやってきた。九月の夜遅くのことだった。見えない目はまるでビー玉のようで、顔にはどことなく不満げな表情が浮かんでいた。**もちろん捨て犬ね、**とイーディーは思った。フランキーは捨て犬をほうっておけない人だった。そして犬にはフランキーからの最後の手紙がついていた。

イーディーは待っているタクシーの運転手にチップを渡し、犬と手紙の入った箱を住まいに運びこんだ。エイベル・ジャスミンに連絡すべきなのはわかっていた。ジャスミンが退職しているならその後任にだが。だがこのころになると、もうジャスミンなどどうでもいいという心境になっていた。政府を信用する気にはとうていなれなかったのだ。

親愛なるイーディー

この子の面倒をみてやってください。この子はヒーローの心を持っています。アデー・シッキムから来た象のあいだで育てられたからです。兄弟姉妹はシェム・シェム・ツィエンのいちばん最近の残虐行為の犠牲になりました。わたしはこの子のためにできるだけのことをしました。この子を見ているとちょっとあなたを思い出します。一度咬みついたら離さない頑固さを持っています。そして気に入った相手には無分別と言えるくらいの愛情を注ぐし、おそろしく寛大でもあります。そういうところがあなたに似ている気がするのです。

ダニエルがマシューといっしょに街を歩いているところを初めて見たとき、わたしは気が変になったかと思いました。市の掲示板に死亡の告知が出ているのをこの目で見たのですから。ダニエルはなんとかイギリスへ逃げてきた、わたしのことは死んだものと思っていたと話しました。

わたしはあの人を愛してはいないし、自分の息子のことは何も知らない。でもふたりが生きていると知ったとき、わたしのなかですべてが変わりました。わたしは自分が何をすべきかを理解したのです。あなたはドイツを覚えているかしら。

わたしはあのとき理解すべきだった。でもわたしにはあなたがいて、息子はいなかった。それからイギリスが一九五六年にハンガリーの苦しみを無視し、一九六八年にプラハの苦しみを無視したとき、わたしは理解すべきでした。ヴェトナムとヒロシマでそれを悟るべきでした。イーディー、人類は月に着陸できるかもしれないけれど、善良にはなれないのです。わたしたちは邪悪です。この世界は邪悪です。喜びは小さな島々のように点々とあるけれど、邪悪な海の水位はどんどん高くなってくるし、島にいる人間のなかにも邪悪な海を愛する者たちがいるのです。でもそんなことは許されない。もう許されない。

それはもう立ちゆかない。世界は変わらなければならない。わたしたちは変わらなければならない。わたしは変えるつもりです。わたしの本には無視されえない言葉が書かれるでしょう。真の『ハコーテの書』となるでしょう。それは数学の本であると同時に人間の本性に対する革命の書でもある。わたしはごく近いうちにそれを公にするつもりです。

本の刊行とはべつの方法もあります。わたしは〈本〉とその〈較正器(こうせいき)〉をつくりました。〈本〉だけでもわたしが調えたプロセスが始動します。それを例の風変わりな博物館に送っておきました。廃棄しないよう念を押す書類をつけて。わたしが持っている〈本〉がなくなった場合、あなたはそれを捜すことから行動を開始しなければなりません。でもイーディー、大事な点はこれです。かりに〈機関〉の設定を変えなければならない理由が出てきたとき——それがどんなときなのかは思いつかないけれど——〈較正器〉が必要になります。わたしはそれをもうひとりだけ信用できる人に託しました。彼はそれを隠しておくことになりますが、あなたにそれが必要になったときには渡してくれるよう伝えてあります。もしわたしが目的遂行を妨げられたら、ウィスティシールへ行って装置を作動させてください。わたしに代わって世界を変えてください。

永遠にあなたを愛します。いま愛せなくてごめんなさい。

フランキー

列車でフランキーの手紙を読んでから数十年を経たいま、イーディーはバスをおりる。罪と不正のはびこる現実世界を怖れる女のようにバッグをしっかり抱えこんで。あてもなくぶらぶら歩いているかに見えながらも、その足は長い遠回りの道をたどり、まるで偶然そこへ来たというように陰鬱な通りに面した修道院にたどり着く。そこは修道女となったハリエット・スポークが邪悪な世界を逃れて神に仕える日々を送っている場所だった。

イーディーは公共のベンチに腰かけて鳩に餌をやった。そうやって一時間坐っていた。人に見られたときのため膝に聖書を置いて、じっと見張っていた。やがて忍耐が報われた。現われたのはジョー・スポークではない。ジョーはもっと目立たないやり方で来るだろう。それはスモークガラスをはめた胴長の黒い車だった。イーディーは近視の人のように目を細めて近くにいるカモメを見ると、腰をあげ、鳩にやるパン屑をとられないため追い払おうとするという思い入れで歩きはじめた。両手を曖昧にふりたてると、カモメは殺すぞという目で睨んできて飛びたった。イーディーはベンチへ引き返しがてら黒い車をよく見た。運転席には黒い衣を着た人間がつき、助手席にもひとり坐っている。助手席の人間は猫背で動作がおずおずとしている。

それには吐き気がするほど見覚えがあった。クイック、クイック、スロー。車がイーディーとは反対側に走りだしたとき、後部座席に目をやった。フードをかぶった男の頭がちらりと外光に照らされて、ベールを前に垂らした横顔が透けて見えた。

イーディーはそれを見るや、急いで顔を手で隠したが、遅すぎた。パニックと怒りが身内にこみあげてきた。

ありえない！

そう思ったが、この世にありえないことなどないのはとっくの昔に学んでいた。

XII

んずーーいいいやうううう、
厳密には尼僧ではない、拉致

マーサーはポリーの家の居間に立ち、とびきり貴重でとんでもなく危険な黄金色の蜜蜂を片手に持ち、口で羽音をまねた。テッド・ショルトがジョーによこしたこの蜜蜂は、もちろん欠陥のある一匹で、ほかの仲間はいま世界中で混乱を巻き起こしていた。マーサーは蜜蜂を人さし指と親指でつまみ、手の動きと口でつくる効果音とときどきかける言葉で励まして、飛ぶかどうか見てみようとしているのだった。

マーサーは、ジョーとポリーが川べりの保管庫から運んできたものを見たとき、すぐにこの科学的実験を始めたわけではなかった。最初は蜜蜂を頑丈な容器に閉じこめて、X線撮影やMRI検査や電子顕微鏡での観察などを行なうべきだと主張した。そうすればこれの持っている危険な秘密が明らかになるかもしれないというのだ。ジョーはそれをするには装置が必要だがそんなものはないと指摘し、ポリーは刺激して挑発するのはよくないのではないかと注意した。そこでマーサーは充分な警戒策をとり、ジョーに蜜蜂を調べさせ、そのあいだ自分は両手で使う大ハンマーをかまえて近くで見張っていることにした。ちなみに大ハンマーはポリーが岩の壁に鉄棒を打ちこむのに使ったものだった。

蜜蜂が退屈なほど物静かなのを見てとると、マーサーは徐々に大胆になった。まずはおずおずとつついてみた。蜜蜂が死をもたらす邪悪な機械に豹変するといけないので、腕をいっぱいに伸ばして鉛筆でつんつんした。しかし反応がないので、鉛筆の削っていないほうで突くと、横倒しになった。マーサーはそれに息を吹きかけた。怒鳴りつけた。なだめ、すかし、叱った。それから人さし指で触る。それでも向こうが爆発したりこちらがゾンビ化したりしないので、つまみあげて、ふってみた。ジョーはデリケートなものだからと注意した。マーサーはそれを踏んだり壁に投げつけたりはしないと約束したが、ジョーに渡すことはしなかった。ジョーは、宝石鑑定用のルーペで観察したかったのだが。マーサーは蜜蜂に実地で飛行を教えようとしはじめた。ポリーは精密な自動人形ならジョーが専門家だからと言おうとしたが、兄が蜜蜂を手のひらにのせ、腕を伸ばして、その場でぐるぐる回りだすのを見て啞然としてしまったようだった。マーサーは口で羽音を出した。

「んずーーいいいやうううう!」マーサーは高揚した声でそう締めくくり、初めて父親になった男が赤ん坊を見る希望と誇りに満ちた目で蜜蜂を見た。外の通りで誰かがくしゃみをする声と、ドアの外の小さな中庭の敷石の上で枯れ葉がかさこそ動く音が、かすかに聴こえてきた。

「これは壊れてる」マーサーはそう結論づけてジョーを見た。「きみが壊したんだ」

「おれが壊した？」

「たぶんそうだ。湿気のせいかもしれないが。それともスプリングが切れたか。クルクルするところに糸屑が入ったか」

「糸屑」

「そう。ポケットのなかのゴミみたいなやつが」

「それがどこへ……？」

「クルクルするところ。歯車や何かが回ってるところがあるだろう」

「ああ、そういうところ」

「そうだ。そういうところはゴミが溜まりやすいんじゃないのか」

ジョーは説明しようとした。深遠不可思議な数学原理で設計され、金無垢でできていて、四十年ほど海辺で保管されてなお機能を失わない機械なら、糸屑ごときの影響を受けるはずがないのだと。だが金でできているということは錆を怖れているわけで、湿気だのなんだのはないに越したことはないわけだ。それにどんな優秀な機械でも何かが詰まれば動かなくなる。そこで「馬鹿なド素人だな」という酷薄な査定をするかわりに、「ちょっと貸してくれ」と言い、蜜蜂とルーペと自分の道具鞄を持って、部屋のなかのいちばん明るい場所に坐った。鞄を開けて、パッドつきキャリパスのセットを使った。ロンドンの標準的なフラット一戸分より高価な時計の内部を修理するのに使う道具だ。それを使って宝飾品のような蜜蜂の羽をつついてみようというのだ。

薄い羽はすばらしい。ごく繊細で、しかも強度がある。手が震えてキャリパスがこすれるとキャリパスの表面が少し削れた。

気をつけるべきこと。**薄い刃のように鋭いので、指先を切らないこと。**

もっとも羽はよくできていて、人に怪我をさせるような形で鋭い縁が外向きになることはない。一瞬頭に浮かんだ空飛ぶ剃刀のイメージは消えた。

羽のついた上部がはずれ、身体の内部があらわになった。ルーペを使っても細部は見分けられない。歯車やスプリングがあるのはわかる。だが、すべてが螺旋状に内側へより小さく小さく小さくなっている。各層は下の層から動きを伝達されて作動するというパターンの反復だ。細胞組織型の機械？　フラクタルな装置？

ひとつ確かなことがあるとジョーは思った。自分には修理できないということだ。間違いなく、自分や祖父の手に負えない代物だ。けれども……あることに気づいた。この機械は、たんに秀逸であるにすぎない部分から、ありえないような部分へと、途中で性質が変わっている。そう。そして人間につくれる部分は手仕事でつくってあるが、その流儀からしてダニエルが手がけたものと考えられる。精緻きわまりない細かな作業の痕跡、頑固なまでの板バネへの偏愛、自分の幼いころによく使われていた伝統的な金属素材へのこだわり。その層の下は、まったくべつの世界だ。数学がそのまま現実化したような、人間臭さのまったくない純物理的な構造物。だが、その境目のところに……何かある。中心の駆動軸が太すぎる……ああ。マーサーの言ったことはじつは合っていたのだ。異物があるのだ。睫毛よりもっと細いもの。絹繊維よりしなやかなもの。蜘蛛の糸のようなものが、軸にからみついている。どうやったら取り除けるだろう。

ジョーは考えた。それから笑って、立ちあがった。

「なんだ」とマーサーが訊く。

ジョーはカーペットの上をしゃきしゃき歩きまわった。「これは時計じかけだ。電子機器じゃない。少なくともおれはそう思う」にっと笑い、ルーペでのぞきながら、指先を蜜蜂から五ミリほどのところへ近づけた。レンズを通して、糸がぴんと立っているのが見える。ジョーの指の静電気の作用だ。電子機器には有害だが、時計じかけの機械なら平気だ。

指を一方向へ、ついでべつの方向へ、動かしてみる。糸が少しほぐれた。もう一度やってみると、糸は指先にくっついてきた。ジョーはほっと息をつく。蜜蜂は動かない。

ゆっくりと蜜蜂を組み立て直した。一層ずつ重ね、羽をつけ、外皮をはめ、最後に蜜蜂をテーブルに置いた。

「さてと」としばらくしてマーサーが言った。「状況は前より悪くはなっていないな」

三人は蜜蜂をテーブルに置いたままにして、レコードのほうへ注意を移した。〈子豚（ピグレット）〉の名で知られる小ぶりなポータブル型蓄音機だ。

ハンドルを回すと、蓄音機は子豚が鳴くような音を小さく立て、ゼンマイを巻ききると、ごいんというような摩擦音が出る。レコードを一枚ターンテーブルにのせ、新しい針をとりつけて、アームをおろす。

数十年の時をへて、幽霊の声がスクラッチ音とともに響き出た。物思いに浸るような、憂愁に満ちた声。ジョーの祖母の声。血のつながった祖母の、声の手紙だ。祖母は録音機を持っていたのかどうか。おそらく祖父がつくってやったのだろう。ジョーは祖母がひとりデスクについて手紙を書いているところを想像した。その想像には、やはりインク壺と羽ペンが欠かせない。ずっと昔のことだからだ。祖母は咳払いをして、話しはじめた。

あなたが以前わたしのことを、現実の世界を知らない女だと言ったとき、わたしは全然逆だと言い返したわね。数学者だけが現実の本質を知っているのだと。あなたが両手をひらひらさせて首をふっているのが見えるようだけど、ダニエル、本当にそうなのよ。それを証明してあげる。

ふたつの時計のうち、ひとつを家に置き、もうひとつをロケットに積んで地球を周回させる。ロケットが着陸したとき、ふたつの時計は違う時刻を指している。なぜか。ロケットで飛んだ時計のほうは光速により近い速度で運動したので、時間の流れが遅くなるから。宇宙の現実の不思議さはまだまだこんなものじゃないわ、ダニエル。時間は人間には絶対的なものに思えるけれど、じつはそうじゃなくて、相対的なものなの。

わたしの言いたいことがまだわからない？　いいわ。それじゃ箱のなかに猫が一匹入っていると考えて。箱のなかには毒入りの瓶も入っているの。瓶はいつ蓋が開くかわからないし、開かないかもしれない。だから猫はいつ死ぬかわからない。さて、箱の内部の写真を二枚続けて撮る。そして二枚目をまず見る。その瞬間、一枚目に写っている猫の様子もわかることになる。この場合、情報は時間を逆行することになる。これはジョークでもお伽噺でもないのよ、ダニエル。単純な現実なの。宇宙はわたしたち人間なしには決定されない。わたしたちの意識は、わたしたちに理解できないレベルで存在するものの一部をなしている。

それがわたしたちの生きている世界の真の性質よ。それと違うことを言う人が多いけど、そういう人たちは夢のなかで生きているの。

声はやみ、針はいちばん内側の溝をなぞった。

フランキーの声の手紙が終わると、ジョーは椅子の背にもたれて周囲を見た。マーサーは床の上に坐っている。股関節が意外にやわらかいらしく上手にあぐらをかき、瞑想にふけるように目を閉じているところは、法曹界の仏陀といったところだ。ベサニーはそのうしろのソファーに腰かけている。なんとなくそわそわしているのは、マーサーに椅子に坐るよう強制するわけにもいかないまま、ボスを見おろしているしかないのが落ち着かないのだろう。ポリーはジョーの隣に陣取り、一枚の紙をはさんだクリップボードとやわらかい鉛筆を持っていつでもメモをとれる構えをとった。

「じゃ、つぎのレコード」とマーサーが小さく言った。

ポリーがつぎのレコードを選んだ。今度のは憂いを帯びた声ではなく、嫌悪に苛まれた悲痛な声だった。

みんな死んでしまった。わたしが殺したのよ。わたしは人殺しになってしまった！　そう、わたしは人殺し。わたしのせいじゃないなんて言わないで。わたしがあの機械をつくったんだから。ああ、その意図は立派だった。わたしは万人を救済するつもりだったんだから！　でも何かがおかしくなったの、ダニエル。このわたしがヘマをしたの。何かがおかしくなって、列車はウィスティシールでとまった。そしてみんな死んだ。いや死ぬよりひどいことになった。わたしがなぜ生きているのかはさっぱりわからない。わたしが生きているのはおかしいのよ。で、イーディーが助けにきてくれたわ。

わたしはあの男のしわざだと思いたかった。シェム・シェム・ツィエンが何かしたのだと。あのわたしの古い悪夢のような男が、わたしの機械を壊して、でたらめにボタンをいくつも押したんだと。でもあの男はここにはいなかったの、ダニエル。これはわたしひとりがしたことなのよ。わたしは大勢の人間を殺した。政府はプロジェクトを終了させるはずだから、〈機関〉を完成させるにはわたしひとりで研究を続けられる方法を見つけなくちゃいけない。

わたしはひとりになりたくないのよ、ダニエル。あなたにあるものを送るわね。それを封印して、しまっておいて。誰にも見せてはいけない。それは死だから。わたしが登場するまでは誰も経験したことがなかったような死だから。運命による死、結晶化による死、必然性による死。わたしはみんなの魂を殺して肉体を生かしておいた。人類の歴史上、彼らほど死んでいる人たちはいなかった。

わたしは史上最高の殺人者なの。

そこからフランキーの泣き声が、メッセージの最後まで続いた。

ほとんど気が進まないという感じで、マーサーはレコードを裏返した。ぱちぱち、ぷちっ、じじじじ、ぺちっ、ぱちぱち、ぷちっ。怖ろしい告白のあとでは、何も録音されていない雑音だけの時間は心を慰めてくれた。しばらくしてマーサーはべつのレコードをバッグから出してターンテーブルにのせた。前のより老けている声は、幸いにも嫌悪の響きはなかったが、魂の奥底からの後悔と、深く染みついて二度ととれそうにない哀しみがそこにあった。

白状するけど、あなたのことは馬鹿だと思ってた。もちろんあなたは、馬鹿だと人に思わせるようなことをしたことはなくて、わたしがせっかちなだけだったけど。わたしはこういうふうに生まれついた人間なの。欠点を改める努力はしているわ。

あなたの言うとおり、わたしはあの機械を強力なものにしすぎた。有効範囲を広くしようと思ったんだけど、人間の精神には耐え切れないほど強くなりすぎたわけ。

間があいた。

でも解決法はわかった。どうすればいいかは。あの事故が起きている最中にも思いついたんだけど、あのときはもう遅かった。答えは転送システムよ。細かく転送をくり返すことで大きなネットワークをつくるの。これなら信号はとても弱いものでよくて、しかも世界中に届くのよ。

覚えているかしら。わたしの母の家の外の野原で愛しあったことがあったでしょう。あのときあなたはお尻を蜜蜂に刺された。その蜜蜂は死んでしまったけど、あなたは可哀想だと言ったのよね。蜜蜂というのは巣というすばらしいものを創る動物だ、それがひと刺しだけで死んでしまわなくちゃいけないのは残念すぎる。だから昔から世界中で蜜蜂が崇拝されて、雀蜂が嫌われるんだって。

そこでお願いなんだけど、ダニエル、蜜蜂をつくってちょうだい。一匹でいいから。みんなが愛するような輝かしい蜜蜂を。そうしたらわたしはすばらしいものをつくるから。蜜蜂がわたしの真実を伝えるメッセンジャーになるの。蜜蜂の群れが世界中にひろがってみんなをつなげてくれるのよ。

みごとな蜜蜂をつくって、ダニエル。野生的で美しい蜜蜂を。わたしがいま開発中のものは、たんなる機械以上のものでなければならないのだから。

ポリーとジョーは微笑んでいた。マーサーは顔をしかめてふたりを見た。

「なんだ？　ふたりはまだ愛しあってたのね、とかくさいことを言うんじゃないだろうな。気持ち悪い」

「そうじゃなくて」とポリー。「もしかしたらこれは悪いものじゃないかもしれないと思ったのよ。蜜蜂とその群れを飛ばす装置は。もしかしたらいいことが起きているのかもしれない。結果を待つしかないんじゃないかって」

ジョーはうなずいたが、マーサーはそうしなかった。反論しようと口を開いたが、そのとき三つのことが立て続けに起きたので、発言はされずじまいだった。

最初に起きたのは、席をはずしていたベサニーが戻ってきて、薄い書類ホルダーをポリーに渡したことだった。ポリーは眉をひそめてそれを受けとり、テーブルに置いた。

写真が二枚。古い雑誌か新聞の写真を新たに写したものだった。片方では、額の高い二枚目スターのような男が、カメラに軽く微笑みかけている。もう片方はその兄のような男で、むっつり陰気な顔に銀色の髪、長い衣のフードをかぶり、カメラを睨んでいる。

「シェム・シェム・ツィエン、またの名を阿片王」とポリーが言う。「イディ・アミン（国民数十万人を虐殺したウガンダの独裁者）とレックス・ルーサー（スーパーマンの宿敵）を足して二で割ったような人物。そしてこっちは〈ラスキン主義者連盟〉のブラザー・シェイマス。これはまだこの組織のメンバーが顔の前にベールを垂らすようになる前の写真ね」

そう、これはあの男だが……いまのシェイマスと同一人物であるはずがない。いまのシェイマスは息子で、父親の天職を継いだのだろう。

困った父親を持ったのはおれだけかと思ったけどな。

とジョーは思い、ついで、
これはつまりシェム・シェム・ツィエンが改心したということか。それともイギリス政府が堕落したのだろうか。

しかし何年か前ならそんな疑問にも意味があっただろうが、いまでは政府指導者たちが高潔なふるまいをするなどと信じる者はいない。

マーサーとポリーにそう言おうとしたとき、第二、第三の出来事が起こり、世界は一変した。

ひとつは目にも耳にも感じられない出来事だった。完全にジョーの頭の内側でだけ起きた実体なき爆発だ。もうひとつは特異な形を持つおおっぴらなことで、地上一メートルのところで起きた。ふたつはほぼ同時に起きたので、ジョーを襲った奇妙な無音の爆発はポリーにすら気づかれなかった。気づかれていたら、ポリーにはそれがなんであるかすぐわかったはずだが。

デューク・エリントンとエディー・ロックジョー・デイヴィスのレコードのあいだに――といっても、どちらもジャケットとは異なる中身が入っているのだが――光沢のある集計用紙が一枚はさまっていた。用紙の真ん中には勢いよく赤い線が縦に一本引かれている。タイマーもなく、スプリングもなく、手榴弾のような表面の凹凸もなく、爆弾や手榴弾のようではまったくないが、それでもその用紙はジョーの目の下で爆発し、ジョーを完全に蒸発させてしまった。

爆破されたジョーは、なぜみんなが落ち着いているのか理解できなかったが、やがて気づいたのは、みんなはマシューとダニエルの対立のことを知らないので、集計用紙に書かれている数字の意味がわからないということだった。

ジャズのレコードを装った二枚のレコードのあいだに祖父がこっそりはさみこんだ集計用紙。そこに書かれた数字は祖父に直視できないものだったのか。それとも、とても大事なもので、見ていると心が落ち着くものだったのか。

そこに書かれた数字が信用していいものだとすれば、そして父親マシューが少し雑な筆跡で書いた数字の意味をジョーが正しく読みとれているとすれば——いや、ジョーも同じ問題でこの十年ほど苦闘を続けてきたのだから読みとれているはずだが——祖父ダニエルが営んでいた独立独歩のすばらしい時計工房、現代の軽薄な消費文化の波を抑える防波堤だった時計工房は、どんどん金を失うだけの赤字経営だったのだ。工房は一度も儲かったことがなかった。たえずマシューから資金の輸血がなされたからやっていけたので、その証拠がこの集計用紙の走り書きなのだった。そしてマシューはその輸血を父親に知られないよう秘密裏に行なっていた。父親が自分はまっとうな道を歩んでいると信じつづけ、ぐれた息子を馬鹿にしつづけていられるように。

ギャングのマシュー、嘘つきマシュー、泥棒マシューは、父親の堅気の商売を救うために犯罪の道に入った。そしてずっとそれを支えつづけたのだ。

ジョーはまだこの大地を揺るがした紙爆弾をじっと見つめていた。まるでいままでなじんでいた宇宙に突然、何もかもが違っている異質な宇宙が侵入してきたかのようだった。そのとき、霧のなかからマーサーの呼ぶ声が聴こえてきた。最後の出来事が、またしてもゲームを変えてしまったのだ。

「おい、寝ぼけてるんじゃない！」その声にジョーがそちらを向くと、マーサーが黄金の蜜蜂を放ってきた。

「こいつ温かくなってるぞ！」

ジョーはそちらへ手を伸ばした。もともと手で何かを受けとめるのは苦手で、蹴るほうが得意なので、とりそこねた。とっさにかがんで蜜蜂が床に落ちる前につかもうとしたが、それも失敗した。

失敗したのは、蜜蜂が落ちてこなかったからだ。

頬から十五センチほどの距離から、多面体のローズクォーツの目がこちらを見ていた。金色の脈が走る羽が空中で小さく唸っている。ゆっくりとジョーのほうへ近づいてきて、鼻の頭にとまった。それを見ようとして、ジョーは必然的に寄り目になる。頬のほうへ歩いてきたときは金色の脚の立てるかすかな音が聴こえた。**これ、危ないんだろうか**。かりに危ないとして、何ができるだろう。

蜜蜂は飛びたち、テーブルに戻った。そこでいかにも蜜蜂らしくあちこちに這いまわる。

機械蜜蜂(アピス・メカニカ)。生きているように動いている。ジョーは心ここにあらずといった様子でそれを見ていた。心はマシューとダニエルのことでいっぱいだったからだ。いままで本当だと思っていたことが全部間違っていたという事実で。

しばらくしてまた蜜蜂が飛びたち、部屋のなかをめぐった。ポリーの額やランプシェードや窓ガラスにぶつかった。

みんなが同時に喋りだした。わやわやするなか、むりもないことだが、ジョーはバスルームへ顔を洗いにいった。

ポリーの家を出たジョーは、これからマーサーとポリーを裏切ることになるという気持ちと、家に帰るのだという思いを強く持っていた。夕暮れが深まるなか、自分はいま一種の逃亡をはかっているのだと思うと、父親への親近感が増してきて、かつて経験したことのあるすべての感情を凌駕するように思えた。ジョーは暗がりに何かの気配を感じてびくりとしたり、街灯の明るい光を避けたりした。人と目が合うと、睨みつけたので、相手はすぐ目をそらしてジョーを見ないようにした。通行人はみなジョーがいないかのようにふるまった。ジョーはバスに乗ったが、まったくの気まぐれからつぎの停留所でおり、遠回りになる路線のバスに乗り換えた。あるいはそれは気まぐれではないかもしれない。自分はこれから無謀なことをするのだという自覚から、うまくやらなければならないという気持ちが起こったからだろう。それは〈夜の市場〉の流儀でやらなければならない。狡知を働かせて、人目を欺かなければならない。

身内に生気がみなぎってきた。

ただその一方で、厄介なことだという気分もあった。マーサーのことは心配ない。おまえは馬鹿だとかなんとか言うだろうが、そのあとは協力してくれるはずだ。だがポリーのほうはどうだろう。彼女に危害が及ぶことはおそらくないが、ジョーはこうやって彼女の家を脱け出してきてしまったのだ。前にもやろうとして結局連れ戻されたわけだが、それを今度はうまくやってのけた。そのせいで彼女は傷つくだろう。傷つくことをジョーは知っている。そしてジョーがそれを知りながらあえてしたことを知って、ポリーはもう一度傷つくだろう。自分の決断に悔いはない。べつにポリーとの関係を解消したいわけではないからだ。父親との血の絆は断ち切れないものだが、ポリーとのあいだに起きたことも軽んじていいものではないのだ。ふたりは互いのなかに自分のジグソーパズルに欠けているピースを見つけたし、相手の膚の匂いがまだこちらの身体に残っている気がするという程度を超えて互いのことを知っている。ジョーはもう少し時間をかけて、ポリーとの関係が身体に染みこむのを待ってから、その関係がどういうものかを見きわめたいと思っている。

ポリーとジョーはそのうち家族になり、クレイドル家とスポーク家を結びつけて、法と犯罪の両方の力を持ちあわせた偉大なる王朝をつくりあげるかもしれない。その場合、いまジョーが持っている地道な職人気質はわきへ置いておくことになるが。そうした未来へたどり着く前には、マシューの過去という瓦礫の山にのぼり、そこから世界がどう見えるかを確かめてみなければならないだろう。父親マシューの過去という瓦礫の山は、いまのジョーの目には、過ちの蓄積というよりも、大勢の人の歴史を過分に担いすぎた人間の深々とついた足跡のように見える。大勢の人の歴史を担いすぎた人間というのは、いままでのジョーが古い機械を扱う職人である自分にあてはめてきた人間像だが、考えてみればほとんど誰にでもあてはまるようだった。

ジョーはもう一度バスを乗り換えて、窓に目を向けた。ガラスに映った自分の目が黒い穴になっている、その穴を通して外を見た。これから訪ねる建物は闇のなかにぽっかりあいた何もない場所だ。影のなかの影。観光スポットではない。修道女たちは教会が最近よくやっているライティングを建物正面に施さない。建ててからまだ百年たっておらず、その醜さはあきれるほどだ。ジョーがいままで見たなかでいちばんうらぶれた宗教的な建物だ。

門は黒く、そこまでの道も黒かった。大理石や玄武岩を細かく砕いた黒っぽい砂利が敷かれていた。一九六八年にはいいデザインだと思われたのだろう。いまではもう誰も変えることはできない。デザインは教会の内規で守られているからだ。

壁は黄色がかった石材でできていて、時の経過とロンドンの自動車排気ガスで汚れていた。ジョーの母親、ハリエット・スポークが初めてここへ来たとき、街灯柱の足もとに花束の山が積まれていた。自転車で走っていてガラス屋のバンとの衝突で死んだ女性を悼む花束だった。その人は近くの学校で使われる強化安全ガラスで首をはねられたとのことだった。安全ガラスも水平方向にはあまり安全ではないようだった。

数週間たつと花束はほぼ全部が撤去されたが、ひとつだけ残っていた。残った花束は、死んだ女性の兄が街灯柱とその足もとのコンクリート板に特殊な接着剤でくっつけた細長い花瓶にさされていた。接着剤は強力で、市の清掃人には花瓶がはずせなかった。このころジョーは月に一度この修道院へやってきた。それは母親がもうやめてほしいと言うまで続いたが、その半年余りのあいだに、生きた花が枯れ、乾き、化石のようなものになっていくのをジョーは陰鬱な思いで見たものだ。

バスが修道院の前に差しかかった。ジョーは修道院を無視する。注意を向けるのは間違いなく危険だ。よほど馬鹿でないかぎり敵は——その敵を名指すことはしない、なぜなら名指したときにはその敵について何か知っているつもりになってしまうが、いまのジョーには自分の敵の本性がまるでわかっていないから——修道院に関心を示す人間を見逃しはしないだろう。敵は見張っているはずだ。

頭のなかでマシューの声がした。見張りというのは間抜けがやると間抜けなものだ。見張ってるやつはこれこれのものが来ると予想している。その予想しているものに似ていなければ注意を払わず通してしまう。人間の脳というのは奇跡のような代物だが、夢や空想を追ったり錯覚に陥ったりする。スリーカードモンテを覚えてるか。覚えてる？　よし。見張りもあれに似てるんだ。あんまり一生けんめいひとつのことに注意を向けてると、べつのことを見過ごしてしまう。だからおまえが見張りをするときは、お巡りを探すな。とにかくどういう人間が来るか見ているんだ。まずいやつが来ればわかる。それがこつだ。

バスを軽やかにおりて、左に曲がり、ティーンエイジャーの一群といっしょに狭い通りを歩いた。ちょうど彼らの大きな兄といった恰好だ。年若い男女はとある建設現場に入っていった。煙草を吸うか、寒いところで欲求不満をくすぶらせながらペッティングでもやるのだろう。

不法侵入を目論んでいる男ではなく、なんとなく散歩している男に見えるよう注意しながら、ジョーはふと目をあげた。長年のあいだ抑圧してきた快感がぞくぞくわいてきたのだ。

犯罪に乾杯。

この通りの行き着く先は、公営住宅の裏の壁だった。これが建てられた当時、自治体で建築物を発注する人たちには美的感覚に配慮する発想がなく、もっぱら実用的で安くあがるものが選ばれていた。またロンドンの地盤は粘土質で地下河川も流れていることをあまり考慮に入れておらず、必然的に建物が傾き加減になってくるので、倒壊を防ぐために金属の支柱をかっている。支柱と支柱のあいだは横棒でつながれていて、それがはしごの役割を果たすので泥棒にはありがたい。これをのぼると、隣のずっと優雅なヴィクトリア朝風の建物の非常階段に乗り移ることができ、それをのぼれば今度は――腕の長い人なら――また先ほどの公営住宅の屋上の縁に両手をかけられる。

ジョーは工房にこもりがちな職人だが、ドアの鴨居で懸垂をする習慣は続けていた。だから泥棒ジョーの上着の下では細いけれど強靭な筋肉がぎゅっぎゅっと収縮する。いち、に、さん……で、屋上にあがれた。

ポリーにいまのを見せたかった。あと親父にも。おれはこういうのは得意なんだ。

手すりから飛びおりると、足が滑った。アスファルトの上に水が溜まっているせいだ。ジョーは両腕をふり、小さく喜びの声をあげたが、すぐにこれが極秘の行動であることを思い出して口をつぐんだ。見つかったらろくでもないことになる。ジョーは両膝をついた。水溜まりの砂利がズボンの生地ごしに膝をずりずり痛めつけた。

アラーム音は鳴らない。サイレンも。サーチライトも照らされない。ジョーはにやりとした。よしよし。怪盗ジョー参上。屋上を横切り、外壁にとりつけられたはしごをおりて、隣の煉瓦造りの学校の屋根に飛び移る。屋根の稜線に沿って反対側へ行き、身を乗り出した。長くて太い指でしっかり屋根の縁をつかんで。こういう指はギターを弾くには向かないが、泥棒にはうってつけだ……縦樋がある、予想どおりだ。泥棒は外壁の配管についていささかの知識を持っている。もちろん配管工のなかにも泥棒の知識を持っている者もいないではないが……ともかくそこにあるのは金属製の樋だった。とりつけてせいぜい三年くらいで、ボルトもしっかりしているようだ……いいぞいいぞ。

樋をつたいおりた。軋んだが、壊れはしなかった。隣の公共住宅の外廊下に飛びおりた。コンクリートの床にどしんと衝撃を与えて。詮索しないほうがいい臭いが漂っていた。落書きだらけのベニヤ板張りのドアが並んでいる。角の向こうからスーパーの袋をいくつか提げた女が現われ、ジョーを見てびくりとした（そりゃそうだろう、いったいどこからわいて出たのっ！て話だ）。額のあたりで存在しない帽子のつばを持ちあげる仕草をしてみせると、女は安心したようだった。荷物、持ってあげましょうかと申し出たい衝動を抑えて、汚い廊下を進み、非常階段のドアを開けた。ロックをこじ開ける必要はない——デッドボルトが錆びついているからだ。

階段室のなかは異臭がさらに濃かった。漂白剤、スプレー塗料、老齢のペット、マリファナ、お香。管理人の道具入れ。ドアは永久的に壊れ、なかは空っぽで、押しこむように閉められている。汚いガラス窓の外を見ると、下にガラス張りの空中連絡通路が走っている――一階下がショッピングセンターで、そこと鉄道の駅をつないでいるのだ。

なぜそんなことを知っているかというと、ふだん街を歩いているとき、いざというときのためにいろいろな建物の配置を記憶に刻みつけて、頭のなかに地図をつくっていたからだ。なんらかの理由で、監視の目を逃れてこういう移動をしなければならなくなるときにそなえて。かつて〈夜の市場〉でつちかった狡猾さと偏執的な警戒心がいまの行動を可能にしてくれている。ジョーはいままでロンドンのあちこちへ商品や修理したものを届けにいったり、憂鬱な気分でぶらついたりするとき、無意識のうちに逃げ道や侵入口を物色していたのだ。いつか来るかもしれない、こういうときのために。

ジョーは固くて動かない窓の鍵に鋭い肘打ちをくわした。鍵は壊れた。窓から這い出し、下におりた。

空中連絡通路のガラスの天井は足をおろすと軽く沈んだ。一瞬、割れると思った。きょろきょろしないようにする。ゴム底の靴をはいてくればよかったと思う。革靴は水溜まりを歩いたせいで濡れている。地面はうんと下のほうにあるが、ジョーは見おろさなかった。ゆっくりと前進しはじめた。走らないようにする。走るのは間違いのもとだ。とはいえ足を急がせることはした。

ジョーは駅の屋根にあがった。樋の手前にうしろ向きにしゃがみ、傾斜のある屋根に両手をついて、横向きに移動した。屋根は二百歩分ほどの長さがありそうだった。ジョーはいち、に、さんと数えながら進んだ。

やがて修道院のテラスが見えてきた。たぶん三メートルほど下だが、もっと高さがあるように見えるし、もちろん建物と建物のあいだに一メートルほどのすきまがある。うしろ向きに飛びおりたことはない。身体の向きを変えようかとか、手で思いきり屋根を突き放すのがいいかもしれないとか考えるうちに、えいやっと飛んだ。宙を飛んでいるあいだ、ああ、くそ、母親を訪ねるのにこんなやり方があるもんかと思った。それから着地して、うしろに倒れた。背中を打って、何秒か息ができなかった。電話で話せばよかったかもしれないと思ったりもした。

いやいや、とんでもない、おれは六階建ての建物によじのぼる男、空中連絡通路の王者だ。

テラスから建物に入るドアは施錠されていた。鍵をかけずにいると野良猫に侵入されるのかもしれない。だがそれよりありそうなことは、修道女たちが几帳面だというケースだ。もしかしたらここの戸締りはいまでもシスター・アメリアの受け持ちなのかもしれない。シスター・アメリアは思いやり深いかなり高齢の元ディスクジョッキーだが、ジョーの母親の話では、就寝前にバルコニーで少量の酒と一本の煙草を喫するのが愉しみで、この戸締りの仕事をほかの修道女にとられないよう間違いなく役目を果たすようにしているとのことだった。

ジョーは鍵をこじ開けてなかに入った。

ジョーは修道院のこの最上階を見たことが一度もないので、何が待ち受けているのかさっぱりわからなかった。ちらっと思ったのは、ここは英国国教会の司教たちが欲望を満たす秘密の娼館だろうか、それとも退屈をまぎらすカジノか酒密造所だろうか、ということだった。だがくすんだ緑色の廊下を見ると、そんな大胆なものではないことがわかる。ここは神とともに生きることを選んだ人たちが暮らす、静かでひどく寂しい場所にすぎない。修道女たちは本当に神を信じているのだろうかとジョーは考える。信仰心なるものは、とてもすばらしいものであるか馬鹿げた思い違いであるかのどちらかで、それは神が存在するか否かで決まるといつも思うのだ。祖父のダニエルは〝投機的な信仰〟のことを辛辣に批判したものだった。そういう信仰は、かりに神が存在していたら、その神の機嫌を損ねるのはまずいから信仰しておくというものだ。祖父の考えでは、神は（かりに存在するなら）人間が心のなかで何を考えているかなどお見通しで、そんなものになんの感慨も抱かない。そんな信仰よりもっといいのは、自分らしくふるまいつづけて、神になかなかよくやっていると思われるようにすることだ。だからもろもろの教訓や本質は日常生活のあらゆるもののなかに隠れている。**世界の形を学べ、そうすれば神の心がわかるだろう。**

　廊下の形を見れば、神はジョーが階段を一階分おりて、そこの廊下を進み、夜の礼拝から戻ってくる母親をつかまえることを望んでいるのがわかった。急げば廊下が尼さんの被り物でいっぱいになる前に母親の部屋の前へたどり着けるだろう。間に合わなければ、不適切な外陰部と不浄な魂を持っているかどで容赦なく叩き出されることになる。

　目的地までの中間あたりで、ジョーは廊下の椅子に腰かけている修道女の足につまずきそうになった。居眠りをしているその修道女は看護師のようなものだろうか、そこは医務室らしき部屋の外だった。ジョーはアニメのキャラクターがよくやる抜き足差し足で通り抜けようとした。具体的に言うと、両手を胸の高さに持ちあげて手のひらを前に向け、つま先で歩くという動作だ。聖エドガー（十世紀イングランドのエドガー平和王のこと。修道院改革等を行なった）の徳を列挙した傷んだ真鍮板に、そんな自分の姿が映るのを見たジョーは、パントマイムの泥棒かと急に気恥ずかしくなり、両手をおろした。

うまく母親の部屋に忍びこみ、ベッドに腰かけた。ナイトテーブルに飾られたマシューの写真のことは意識しないようにした。室内にひとつだけの椅子にはジョーの写真が置かれている。母親はその写真を胸にあてて幸福感に浸るのだ、とジョーは信じようとしたが、椅子はくつろぎの時ではなく悔悟の時を過ごすためのものに見えるので、母親は写真を見ながら神と対話して、息子の覇気のなさやうだつのあがらなさを嘆くか、自分が悪い母親であることを詫びるかしているのではないかと思った。悪い母親うんぬんに関しては、ジョーは腹立たしく思う。子供のころの、いつもそばにいてくれた母親はとてもいい母親だったからだ。愛してくれ、歌を歌ってくれ、世話をしてくれ、宿題を手伝ってくれ、辛いときにはしっかり支えてくれた。ギャングのかわりに神を選んだときから、離れていってしまったのだ。

ずっと以前には、母親といっしょに過ごす時間が新しい経験を与えてくれるときもあった——というか、そういうときのほうが多かったような気がする。ふたりであちこち散歩するときは、小さな手を大きな手で握ってもらった。母親の腕時計の冷たい金属のバンドが自分のシャツや上着の袖にこすれると、自分が巨大な充電器につながれた乾電池になって、温かな気持ちと自信で満たされるのを感じたものだ。三十分ほど空にあがっている凧を眺めたり、人が散歩させている犬を見たり、ぶらぶら歩いたりしていると、父親が生きていた時代の、高圧電流が流れているフェンスがすぐそばにあるような緊張感を母親から吸収することができたのだ。その作用は逆にも働いた。ハリエットは息子といっしょにいるとき堂々としていられた。顔の筋肉はコケティッシュな気取りを捨ててゆったりとし、家庭的で幸福な女の顔になった。

そんな時期は、母子の手のひらの大きさが逆転するのと完璧にときを同じくして終わりを告げた。ジョーの手が母親の手と対等になったとき、ふたりとももうあの幸せな日々は過ぎ去ったのだという思いから、手と手と触れあわせる気になれなくなったのだ。ジョーはママッ子と見られるのを嫌がるようになった。母親も自分にこんな大きな息子がいると思うと哀しくなったし、屈強な若者が死んだ夫の意気盛んなころの思い出を呼び覚ますようになるとうっとうしくなった。母親はその後ヒースロー空港の薄汚れた礼拝室で神を見出したが、そのころにはふたりとも顔を合わせるのが苦痛になっていた。それが積極的に不愉快だからではなく、もう昔の愉しさが帰らないのがたまらないからだ。電話で話すことも会うこともまれになり、手と手を触れあうことなどはまずなくなった。母親がシスター・ハリエットとなり、俗世間から離れて生きると宣言し、そのうちジョーとは半年おきにしか会わなくなった。そのことでふたりの距離が前より開いたのか縮んだのかは、なんとも言えなかった。

その母親といま、同じ部屋にいる。子供のころは、母親は見あげるほどの背の高さで、ジョーのパジャマのズボンをかりにはけてもバミューダパンツにしかならなかった。いまはジョーのほうがフラットシューズをはいた母親を見おろしている。母親はジョーのズボンの片方の脚にすっぽり入って、ひっつめ髪の頭はジョーの胸のあたりにしか来ないだろう。

母親はジョーをじっと見つめた。用務員を呼んで追い出してもらおうかと迷うそぶりを見せた。まあ、それも当然だ。何しろ母親は修道院に引きこもっている身だし、ジョーが入ってきたのは完全に規則違反だからだ。母親は自分に用務員が呼べるかどうか考えていた。結局のところ、侵入者は自分の息子だからだ。ジョーはこの状況のもとで具体的にどうするつもりなのかまだ考えていなかった。そしてふと、この煮えきらない態度を母親に責めたてられるかもしれないと思った。

が、そうはならないようだった。

「ジョシュア」と母親は言った。

「やあ、母さん」

「あなた、困ってるのね」それは質問ではなかった。いや、そ知っていた。あるいは正しく推論していた。いや、それとも、ずっと以前からこういう事態を予想していたのかもしれない。「でも匿ってあげられない。教会はもう避難所じゃなくなってるの」

「避難所なんかいらないよ」

「ああ、そうなの」当惑の色を見せたのは、匿ってほしいのでなければべつの種類の手助けを求めにきたことになるからだろう。ジョーは警察に出頭する前に会いにきたと言ってみようかと考えた。そんな嘘をついたら母親は喜ぶだろうか、後ろめたさを感じるだろうか。そして自分はどんな気分になるだろう。ごちゃごちゃ考えないで、素直に息子として母親と話したい。だがいまはもう、目の前の女性が神のしもべなのか、

よしよし痛かったねと絆創膏を貼ってくれ温かい首に顔をうずめさせてくれる人なのかわからなくなっていた。一瞬、母親に息子を放棄することを要求する神に対して怒りを覚え、そのことを母親に言ってみようかと思ったが、そんなことをすれば、神のために息子のイサクを犠牲にしようとしたアブラハムについて講釈を聴かされるだけかもしれないと思ってやめた。

そのかわり、「母さん、抱きしめさせてよ」と言い、そのとおりにした。母親も――ずっとせずにきたことなので、びっくりしてためらったが――抱擁を返した。両腕をジョーの身体にぱっと回して強く抱きしめ、はげしく震えた。いったいどうなってるの、あなた大丈夫なのと訊く。それからもう一度、どうなってるの、どういうことなのと尋ねた。ジョーは全然わからないんだと答える。ビリーが死んで、世界がひっくり返った。おれのせいじゃないんだ。でも、頼むから、頼むから、頼むから、母さんは気をつけてよ、絶対にだよ。

その言葉で母親は感情を完全に解放されたようだった。ジョーの肩に顔をつけて声を立てずに泣きだしたからだ。ジョーも泣いた。そのあいだずっと、母親にこんな気持ちを味わわせるのは可哀想だという思いでいっぱいだった。母親はこんなに小さいのだからと。

しばらくして母親はようやくジョーから身をはがした。あるいは抱擁という仕草に普通かかる時間が経過しただけかもしれない。それ以上続けると気持ちの充足よりも気まずさのほうが勝ってくる時点というものがある。身体が離れると、ジョーは母親を見た。

ハリエット・スポーク――シスター・ハリエット――はいまでも魅力的だった。かつて『ママ恋かしら』（一九七三年にヒットした少女歌手リーナ・サヴァローニの歌）を歌った声は、いまは聖餐式で聖歌を歌うだけで、化粧はもうせず、かわりに信仰と献身と同情の表情が顔を覆い、いまのように不意打ちにあったときにも、自信をもってものごとを明晰に考えようとする。いまの彼女はみんなの母親で、この部屋でふたりきりになっていても、すさまじい愛の飢えと嫉妬を覚えた。**この人の祝福はおれのものだ**と**ジョー**の心は叫んだ。**ほかの誰のものでもない！**　母親がほかの人たちに思いやりを向け、自分に対してドアを閉ざすのは不当だと思えた。自分こそ母親の愛を受けるべき人間なのだ。

母親はもう髪が白かった。最後に残っていた黒い筋ももう消えていた。それを最後に女としての虚栄はなくなってしまったに違いなかった。だが睫毛はまだ美しいし、手も優雅だった。

「赦してほしいとは思ってないんだ、母さん。そんなことは求めてない」ジョーはいつも母親をハリエットと呼ぶ。そう呼んでほしいと言われるからだ。だが今日は特別だ。

「誰でも赦しは必要よ」と母親は言った。たぶん誰よりも当人がそれを必要としているから、すぐさまそう言ったのではないか。ジョーはその考えを払いのけた。

「時間はどれくらいある?」とジョーは訊いた。

「何をするのに?」

「つぎのお祈りとか、食事とか、そういうことをするときまで」

「時間は充分ある」

神さまが必要だと考える時間は与えられることになっている、ということだろうか。ジョーは運命論に対して怖れと怒りを同じくらいに感じる。その時間は五分なのか、一週間なのか、まるでわからない。

ジョーはポケットから折りたたんだ集計用紙をとりだして、ベッドの上に置いた。まるでそれがアガサ・クリスティーのミステリの決定的証拠で、一同を集めた探偵がこれから事件の真相を説明するとでもいうように。もっとも、この部屋にいるのはふたりだけで、集計用紙は決定的証拠とはほど遠かったが。

「父さんは祖父ちゃんのためにお金を出してたんだね」

母親はジョーを見、集計用紙を見おろしてから、うなずいた。「そうよ」

「父さんは帳簿を改竄してたんだ」

「ええ」

「祖父ちゃんが経理を会計士に任せるようになったときは――」

「マシューがミスター・プレスバーンに経理操作を頼んだの」

正直者のプレスバーンは、お人よしの職人たちのために格安で経理を見てやっていた。だがどうやらマシューの傘下にいた男のようだ。マシューはプレスバーンを通して自分に腹を立てている父親のために便宜を図ってやっていたのだ。ということで、ジョーの推測は全部当たっていたわけだが、そのことはいまの自分にどんな意味を持っているのだろうか。子供のころは父親のようになろうとし、大きくなってからは祖父を模範として、自分らしくなろうと心を砕いたことなどなかった。いまこの罪深い世界で追いかけてくる悪魔どもは、祖父をめざしたジョーを狙っているのか、父親をめざしたジョーを狙っているのか。

「母さんは知っていたんだね」

「ええ」

「でも祖父ちゃんは知らなかったと」

「そうよ。話そうと思ったことはあったけど」神は真実を愛するからか。「でもそんなことをするのは残酷で」

うん、そうだろうね。でもおれには教えてくれたってよかったじゃないか。そしたらおれももう少し生きやすかったと思うんだ。祖父ちゃんの仕事のやり方はペイしていなかったとわかっていたら、十年間も祖父ちゃんとまったく同じことをしているのになぜ儲からないのか悩まなくてすんだんだ。

母親はため息をつき、少しのあいだ胸の前で両手を組んだ。わたしたちふたりに心の平安をくださいと祈ったのだろう。

このときまたしてもジョーが思ったのは、うちの家族がお互いにとんでもない嘘をつかずにいたら、みんなもっと心の平安が得られただろうにということだった。子供である自分もややこしい家族の秘密に心を惑わされることがなかったはずだ。

少なくとも母親は、神のみ心は測りがたいのだとは言わなかった。修道院で暮らしはじめたころはそれを言ったが、ジョーは、それは「ごちゃごちゃ言わずに失せろ」を修道院流に言ったのだと解釈したものだ。だがいまは信仰の告白だと思っている。

「祖父ちゃんはフランキーといっしょに何かをつくったんだろう？」

母親の幸せそうな顔が一変して憤怒の形相になった。

「あなたのお祖父さんはあの女のためならなんでもしたでしょうね！　そして実際なんでもしたのよ。あの女はいろんなことを要求して、それをお祖父さんは全部やってあげた。それからあの女が要求したわけじゃないけど、お祖父さんに勝手にやらせておいたこと……それはもっとひどいことだった。あの女は邪悪だったのよ、ジョシュア！　ものすごく邪悪だったの。どす黒い心を持っていたわ。頭のいい人たちはみんな彼女が輝いていると思っていた。でも本当は内側が風で地面に落ちた林檎みたいに腐っていたのよ。蛆がわいて死に支配されていたの。彼女は魔法使いの血筋の女だった。ああ、神よ、あの女にお慈悲を。なぜなら、あの女はいま地獄にいるはずだから。あの女のことを話すつもりはないわ。あれは悪い女だから」

「人間はみんな悪いんじゃないのかい。努力しないかぎり」

「たしかにわたしたちはみんな罪深い。でも邪悪じゃないわ。よほど意識的に邪悪になろうとするならべつだけど。あの女は邪悪だったのよ。そんな目をしていた。世界の奥底まで、すべてを見通せる目を持っていた。アインシュタインみたいな科学者だと偉い人たちは言ったわ。でもアインシュタインが何をしたか考えてごらんなさい。都市をめちゃくちゃに壊して壁に人の影を焼きつけたのよ。世界は半世紀にわたって恐怖に支配され、いまはスーツケースひとつがどこかの都市を焼きつくすのを待っている。それでもアインシュタインは信心深い人だった。そうでしょ？　フランキーはそうじゃなかったわ。全然違った」

「どういうこと？　彼女が何をしたというんだ」

「ああ、ジョー、それは古い罪よ。古い影なのよ。埋もれたままにしておくほうがいい」

「でも、そうはならなかったわけだよね。彼女は何をつくったの。祖父ちゃんは何をつくる手伝いをしたのかな」

「あの女はあなたのお祖父さんに嘘をついたのよ。世界を癒すすばらしい装置だと言ったの。真実があらわになればすべてがうまくいく、ユートピアを実現できると考えた。科学による人類救済。それが当時流行の考え方だった。でも救済は魂から来るもので、神からの贈り物なのよ。でもあなたのお祖父さんは……神はみずから助くる者を助くと言って。天の下にあるものから人間はいろいろなことを学べる。神は人間にいま以上のものになれるよう努力させたがっている。問題の装置をつくることはその努力の一部だと。とても立派な目標を掲げていたのよ。でも悪魔が人類愛を罪悪に変えてしまった」

「罪悪って？　それがどう怖ろしいことなんだ」

母親は首にかけた十字架を手にとった。息をつく合間合間にささやき声で祈りを唱えた。宗教へののめりこみ。異端への恐怖。強迫神経症的な信仰。ジョーには理解できない。かつて理解できたこともなかった。母親は急にはげしい勢いでジョーの手をつかみ、強く握った。

「その装置はチベットのマニ車みたいなものなのよ。金でできた信仰機械。聖書に出てくる古い異教で崇められた偶像みたいなもの。みんなはそれに祈りを捧げながら地獄に堕ちていくのよ」

「うーん……」

「本当のことよ、ジョー。訊かれたから答えてるの。あれは不道徳なものだわ。天地創造以来の怪物を全部呼び集めるものなの。あの女はそれを知ってた！　初めから知ってたの。以前にあの女がそれを開いたら、悪魔が出てきて、大勢の人の魂を奪っていった。罪もない人たちの魂を。あの女はそのことをあなたのお祖父さんに打ち明けた。それでも！　それでもお祖父さんはあの女を愛しつづけたのよ！　あの女は邪悪だった。あの大きな目をした女はたえず行方をくらまして逃げまわっていたのが、突然家に現われて、『ダニエルに話があるの』と言った。息子のマシューのことはひと言も言わなかったわ。いつも自分のことばかり考えてて。あれは、悪い女だった！　もちろん誰もわたしの言うことには耳を貸さなかったけど!」

母親は憤然としてジョーを見た。自分の言うことを信じてほしい、そろそろ理解してほしいという顔で。わたしの住んでいる世界は、五つの部分のうち四つまでが目に見えない部分で、残りのひとつは影に満たされているのだと母親は訴えていた。まだ最終的な誓いを立ててこの修道院の門をくぐっていなかったころのある日、母親は教会から早めに帰宅してきたことがあった。そのときジョーは家にいなかった。ジョーが帰ってくると、母親は隅で泣いていた。教会で神に祈っていたとき、心に訪れた歓喜にまもなく見捨てられたらしかった。神はハリエットから可愛い息子をとりあげ、ハリエットを汚れた罪の山のほうへ突き戻した。悔い改めが足りないというのだ。

そのときジョーは椅子に坐り、母親が落ち着くのを待った。それは慈愛深い神のすることじゃない気がするけどな、などと批判めいたことを言うのはむだなことだった。母さんがいいと思っている信仰の世界って、ハマー・フィルムの怪奇映画そっくりで、吸血鬼どもが壁をかさこそ這っていそうじゃないか、などと茶化すのも。

その回想に、べつのイメージが重なった。黒いバンの窓から、顔の前にリネンの布を垂らした人間がこちらを見ているイメージだ。そちらを見ると、窓に自分の姿が映っているのが見えた。それをじっと見ているのが、ふと怖くなった。鷺のように前に身をかがめた人間がすぐうしろに近づいてきて、黒い衣に包まれた腕を伸ばし、自分を捕まえるかもしれない。ジョーはあの奇妙に耳ざわりな呼吸音が聴こえないか耳をすました。室内にもうひとり誰かいるのが感じとれる。自分のすぐ背後の死角になる場所に誰かがいるという落ち着かない気分。手が糸を吐く蜘蛛のように背中を這いまわる感じ。

われに返った。

母親がベッドの端に落ち着いて坐り、こちらを見ていた。久しぶりに、かつて家族で暮らした日々を意識したうえでこちらを息子として見るまなざしを向けていた。いまそこにいるのは、自分の母親であり、ほかの何者でもない。

「クレイドルには連絡をとったの」と母親が訊いてきた。

「もちろん」

母親はうなずき、口を手でぬぐった。物思いに沈むように頭をかしげた。「でも、あなたはここへ来た。忍びこんできた。つまりクレイドルの指示に従ってないわけね」

「従ってたんだけどね」ジョーは、ポリーことメアリー・アンジェリカ・クレイドルと恋に落ちそうだということを話すべきかどうか迷った。ポリーはこちらを大事に思ってくれているし、こちらもポリーを大事に思っている。

「問題はフランキーの装置のことなの？」

「そう」

「あなたに必要なのは〈夜の市場〉よ、ジョー」

「おれはあれとは無関係だ。もともとそうだった。おれはただの機械職人なんだ」

母親はふんと鼻で笑った。「あなたはわたしの息子。マシューの息子。望めば〈市場〉はあなたのものになる。手に入れる決心をすればね」

母親は床の上にひざまずいた。毎日の儀式でできた光沢のあるへこみへ膝頭を滑りこませた。ジョーは母親をじっと見た。また信仰の繭のなかへ戻ってしまったのだろうか。祈りはじめたのだとすれば、ジョーが立ち去るまでそうしているだろう。もう話しかけても答えないだろう。過去にもそういうことがあった。修道院入りという母親の決断について言い争い、家に戻ってきて自分の母親でいつづけてほしいと頼んだときのことだ。

だがこのときは背をかがめて片手を伸ばし、ベッドのフレームとマットレスのあいだから金属の箱を引き出した。箱を両手で持つと、ひざまずいたまま背を起こして、満足げな顔をした。

「これはマシューのものよ。たぶんあなたに渡すつもりだったんだと思う」

鍵のかかった薄手の金庫だった。ジョーが子供のころは、どこの商店にもこういうものが置いてあった。大きさは二十センチ、かける、十二、三センチ。金属製の小さな取っ手がついていて、硬貨を入れるためのスロットがある。

「何が入ってるの」とジョー。

「わたしは知らない。開けたことないから。鍵を持ってないの。でもあなたは鍵なんかいらないでしょ」母親は意地悪な笑みを浮かべた。

ジョーは箱をふってみた。からからと金属的な音がした。それから〝ぼふ〟というような何か分厚いものが動く音もした。箱のなかにべつの箱が入っているのかもしれない。

「ありがとう」ジョーはもう一度母親を抱きしめにいこうとしたが、そのとき、外で車が衝突するような音がした。何台かが一度にぶつかったような音だ。ついで建物のなかで警報器が鳴りだす。地味な灰色の服を着た老女がノックもせずにドアを開け、顔をのぞかせた。修道女の被り物をかぶった老女は、目をらんらんと光らせている。

「お邪魔してごめんなさい。すぐあたしといっしょに来たほうがいいですよ」

「どうして」とジョーは訊く。

「あなたの敵がここの玄関を破って侵入してきたから。きっとあなたを拉致しにきたんです」

母親は呆然と老女を見つめる。老女は顔をしかめた。

「さあ急いで」そう言って部屋のなかへ全身を入れてきた老女が、わきに性悪そうな小犬を抱えているのを見て、ジョーは例の顧客だった老女だと気づいた。さらに一秒ほど遅れて、片手に大型の古風なリボルバーを握っているのも見てとった。

「なんだ、あんたか！」ジョーは不運の先触れだった相手に唸るような声をあげた。

「そうだよ」とイーディー・バニスターは言った。「そろそろあたしが、厳密に言えば修道女じゃないことを打ち明けたほうがよさそうだね」


イーディーを先頭に廊下を走り、ジョーが来た道を逆にたどった。下の階では悪いことが起きていた。怒号が飛んでいた。修道女たちも怒鳴っていた。悲鳴ではなく怒鳴り声をあげていた。相手の非道を非難する憤慨の声だった。だがまもなく修道女たちの抗議の声は恐怖に息をのむ声に変わった。憤激をつのらせてしかるべき状況なのに、それが抑えられて、狼狽のささやきだけになった。

階段を踊り場で折り返してすぐの地点から、ジョーは下を見おろす。一団の修道女たちがかたまって立っている。先頭の修道女が弾劾の人さし指を突き出していたが、すでに弱気になっていて、前に出した手は攻撃を避けようとする手ぶりになっている。怯えているのだ。

人影がひとつ、その修道女のわきをすり抜けた。狩りをする黒衣の人狼といった風情のその男は、広い肩で修道女を押しのけると、凶暴な顔をあちこちへ向けて獲物を探す。イーディーはジョーの襟首をぐいと引いて手すりぎわから引き離した。

「野次馬になってどうする。逃げるんだよ」イーディーは腹立たしげに低く鋭く言う。「親父さんに教わらなかったかい。まず行動、見物はあとって」

「あとへは退くなと言われたよ」ジョーはむっとした声で応じ、それでもイーディーのあとから狭い廊下を走った。

「ああ、そうだろうね。でも行間を読んだ場合、それは負けが決まっているときも踏んばれという趣旨だろうかね。むしろ陣営を立て直してから反撃しろということじゃないか」

きみの味方はわたしとポリーだけだ。マーサーのあの忠告は、いまのような状況を想定しているとは思えないのだが。ジョーは低く言った。「おれはあんたを信用してないからな」

「その調子だ！　それが死なないこつだよ。でもいまは黙ってこの優しいお婆さんの言うとおりにしたほうがいい。それともいちかばちかの賭けをするかい」

ジョーが不平と承諾の中間くらいの調子で何かつぶやくと、イーディーはちらりとジョーを見て励ましと連帯感の輝くような微笑みを向けた。それからむだ話は終わりだとばかりに手をふった。

「こっち！」とイーディーが鋭く言う。おりていく階段はいまたどってきた廊下よりさらに狭い。まさか小柄な老婆だけが住む不思議の国へ入っていくんじゃないだろうなとジョーは思い、生き延びるためには身体を縮めるしかないとなったらどうしようと不安になった。だが、そこでにやりと笑う。まるで『不思議の国のアリス』だ。身体が縮んでしまってもとの自分じゃなくなってしまったら、困惑してしまうにせよ、ちょっと愉快だろう。

「どこへ行くの」とジョーの母親ハリエットが訊いた。

「自分が住んでる修道院だ、この先がどこか知ってるだろ」とイーディー。

「この先は……厨房の外の庭だけど」

「じゃ思ったとおりだ」

「どこにも行けないわよ。庭は壁と塀で囲まれて、出口はないから」

「じきにできるんだよ」

「え？」

イーディーはそれ以上答えず、さあ早くという仕草で頭をくいっと傾けた。この時点でのお喋りは贅沢、時は金なり、尼は黙って行動すべし、と雄弁に語る仕草だった。

ハリエットはうなずいた。ジョーは母親がこう簡単に折れるのを見たことがない。このイーディー・バニスターという婆さんは何かの達人ではないかと思った。だいたいこの目の見えない犬が只者ではないし。核兵器なみのばばあだ。

母親があっさり老女の言うことを聴いたのは、自分たちが置かれている危険な状態について何か感じるところがあるからかもしれない。もしかしたらマシューが生きていたころ、母親もいっしょに何かから急いで逃げるということが何度もあったのだろうか。そんなことを考えたのはちょうど階段をおりきったときだった。

庭に出るドアは少し腐っていた。そばの壁ぎわにいろいろなサイズのゴム長靴が並んでいる。バスチョンは好奇心をあらわにして鼻をくんくんさせる。そのとき背後でふうっと何かから空気が抜けるような、やわらかいけれども力強い音がした。

踊り場にラスキン主義者がひとり立っていた。上から飛びおりてきたらしかった。何かを捕まえようとするように両腕をひろげている。匂いを嗅ぐような仕草で頭を前後に揺らす。すぐあとに、黒い空っぽの袋のような衣がぶざまに宙をおりてきて、最初のひとりの隣に着地した。棒切れを何本も包んだ布のように踊り場の床にばさりと落ちたが、数秒後には立ちあがり、肩をぐるぐる回しながら、妙な手つきで隣のラスキン主義者の身体に触れた。動きはまるで人間らしくなく、蜘蛛かトカゲのような感じだ。ふたりはレスラーのように両腕をひろげて軽く腰を落とし、ジョーのほうへ顔を向ける。それから動きをそろえて階段をおりてきた。

イーディーがジョーの手をとり、いっしょに庭に飛び出した。ハリエットはすでに何歩か先にいるが、全力を出してもそれほど速く走れない。ジョーは追いついて母親を抱きあげた。母親がふいに襲われたと思ったために、もう少しで目に骨ばった肘を食らうところだった。イーディーはそれでよしとうなずいて、牧羊犬のように敏捷にふたりのわきをすり抜けて前に出た。ふり返ったジョーは、ふたりのラスキン主義者がドアを開けて、折り重なるように出てくるのを見た。ふたりは足をとめる。すぐに三人目が合流する。三人はまた互いの身体に触れあい、頭をひょこひょこ動かしたと思うと、前に飛び出してきた。すばやく、力強く、不気味に黙りこくったまま。ジョーは母親を抱え直すと、思いきり走りだした。

サムソン・アット・ザ・テンプル修道院の庭は修道院という隠遁所のなかのそのまた隠遁所だった。折れ曲がる道が迷路のように入り組んでいる場所で、静かに瞑想したいときに使われ、薔薇の花壇と行き止まりと壁の入り込みに満ちていた。このトラピスト修道会の修道院で、十何人もの修道女がピンポンを愉しんでいるにぎやかな場所を離れて、神の創られた世界の驚異に思いをはせることのできる場所がここだ。イーディーは少し低くなった花壇に入り、反対側へ抜けて、月桂樹の植わった道をたどり、温室と園芸用具小屋のあいだの狭いすきまを抜ける。つねに敷地の外側の塀をめざしながらも、追っ手を戸惑わせるためにあちこちの曲がり角を曲がる。ジョーが息をつこうと立ちどまり、うしろをふり返ると、イーディーはまた手首をつかんで、べつの月桂樹の小道へ引っぱっていく。今度の道は曲がりくねり、月桂樹の繁みも鬱蒼としている。やがてふいに高い煉瓦塀に行きあたった。塀のてっぺんには三方に鋭い棘のある忍び返しというキリスト教精神に似つかわしくないものが植えてあり、侵入者をはげしく拒絶していた。

イーディーは犬をハリエットに預け、バッグから小ぶりなタッパーウェアをとりだして、壁に叩きつける。タッパーウェアは壁にくっついた。

「さっ、こっちへ」イーディーは小さな石造りの礼拝堂のうしろに入った。ジョーがためらっていると、イーディーが出てきて頭のうしろをはたき、驚いているジョーを引っぱりこんだ。礼拝堂のうしろに入る直前、ジョーは月桂樹の木立のあいだから三人のラスキン主義者が現われるのを見てぞっとした。大きな黒い人影は骨がないかのように衣をふわふわさせている。三人は互いのまわりを回るような動きをしたあと、一斉に礼拝堂のほうへ注意を向けてきた。いちばん近くにいる者が足を大きく一歩踏み出してきた。イーディーはジョーをしゃがませ、自分の両耳に指を突っこんだ。

世界はひとつの大太鼓になった。そして指揮者がこれまでのキャリアで最大のうなずきを大太鼓奏者に向けた。

空が白くなった。

ジョーの鼻から血が出た。目に埃が入った。

見ると、塀が消えていた。三人のラスキン主義者の姿もない。三人がいた場所には黒こげのクレーターができて、燐と硝石の臭いが漂っていた。早めに来た〈ガイ・フォークス夜祭〉（十一月五日の夜に行なわれる祭で花火が呼び物）だ。

「自家製だよ」九十歳の、爆薬の知識が豊富な不良老婆イーディーは嬉しそうに言った。「ちょっとニトロ味とトルエン味をきかせすぎたかもしれないねえ。でも、及ばざるより過ぎたるほうがましだろ」

サムソン・アット・ザ・テンプル修道院の庭園は爆破された。

三人はイーディーが盗んだ車のところまで来た。ジョーとハリエットとイーディーの〈チーム・スポーク〉は大脱走をやってのけた。大胆不敵な冒険行の歴史に残る偉業。参加者の年齢や衰えた身体能力の点でも特筆すべき達成だ。イーディーは、これは上級クラスの模範例になるから、誰かがまとめて若い世代に教えるべきだと考えた。サバイバル、危険回避、抵抗、逃走の古典として語り継ぐべき技法。バニスター法とでも呼んだらどうか。

そのとき突然、大勢の人間がわらわらと通りに現われた。黒衣の者たちは異常繁殖した蜘蛛のように街路にわいて出る。あちこちの建物の玄関や駐めてある車から、五人、十人、二十人。みな頭をひょこひょこ動かし、両手で何かをつかもうとするような仕草をする。そいつらを見たジョーがハリエットとイーディーの前にさっと出ると、黒い人間たちの目が一斉にジョーに集まった。凝視を受けて、ジョーは身体がすくんだ。スポットライトの光と一斉射撃を浴びせられるのが感じとれた。怖ろしい銃声に、心臓が破れそうになった。ジョーはよろめいた。ラスキン主義者の集団が突進してくる。

第一波はハリエットをつかまえようとしたが、イーディーが頼もしい拳銃で威嚇すると退却し、射線からはずれた。第二波は北からアプローチしてきて、三人を車から切り離そうとした。亡霊が並んでつくる停止線だ。ジョーは両腕を持ちあげて一種のファイティングポーズをとれるくらいに気力を回復した。これで敵はジョーからの反撃を考慮に入れなければならない。第二波もためらって後退する。だがジョーが喜ぶ間もなく、第三波が第二波に対して直角の方向から猛進してきて、ジョーをとらえた。鉄のように頑丈な手と剛い筋肉を持つ男たちが手足をひっつかみ、バンの後部荷台へ押しこむ。ジョーはリアウィンドーごしに母親を見た。母親のいつも落ち着いている顔は悪夢のなかに現われる顔に変じた。ジョーがいままで見たことのない憤怒の形相になり、バンのほうへ駆けながら息子を返せ、わたしの息子を返せと絶叫した。

ジョーは小人たちに縛られたガリヴァーのようにもがいた。いまは手足の関節すべてを押さえられていて、身体をくねらすことぐらいしかできない。片手でも自由になれば相手になんらかのダメージを与えられるのだが。手首をひねると、敵の手が少しゆるんだ。痛かったが、何度もくり返した。敵の手が滑り、ジョーの皮膚に傷ができた。が、そちらの手が解放された。

どこがやわらかい？

目だ。喉だ。鼻、唇。陰部も。だが、だぶだぶの衣の下にもまだ何枚かの布があるし、男も女もその部分をすばやくかばうものだ。

ひとりの顔を狙って手を飛ばすと、指が布ごしに目にあたる感触があった。相手はぎゃっと叫び、のけぞった。べつの敵が近づいてきた。肩幅の広い、重厚な体軀の人間だ。レスラーか？　新たな敵にも手を飛ばした。が、思いきり手をはたかれた。手が痛む。テーブルにぶつけたときの痛さだ。だが、気にせずもう一度手で攻撃する。**さあ来い！　来やがれ！　いっちょうやろうじゃないか、このくそ野郎。**相手は大きい。がっしりしている。ジョーはやわらかい場所を、弱い部分を探した。黒いリネンのベールがはがれた。ジョーはぎゃははと笑ったが、さらに声を張りあげようとしたところで喉が凍りついた。

見あげたところにある顔は黄金でできていた。

目のない顔。嚙みつき亀の顎。光沢のある顔の表面に目鼻がない。

仮面ではなかった。

顔だった。

顔でない顔。人間でない人間。

ラスキン主義者たちがぐっと力をこめてきた。もう完全に押さえこまれてしまった。

ジョーは悲鳴をあげた。

が、意識があったのはそこまでだった。冷たいものを口に押しつけられ、その状態で息を吸いこんでしまったからだ。

XIII

監視される日々、〈棺男〉、脱出

その部屋はひどく狭かった。それぞれの壁と床と天井の真ん中に、丸い半透明の樹脂のようなものがはめてあり、そのなかに電球がある。電球はいつも点灯していた。壁の裏だか中だか——どちらかジョーにはわからないが——スピーカーがしこんである。ときどきそこから大声で指示が飛ぶ。音楽が大音量で流れることもある。電子音が絶叫したりもする。

眠ろうとしたのはどれくらい前なのか、どれくらいのあいだ覚醒を強いられているのか、よくわからない。大雑把な見当はつくと思っていた。顎のざらつき具合から、一日かそこらだろうと。だが、そのうち眠りこんでしまい、目覚めたときには、そう言えばここへ来てから何度も眠りこんだのだと思い出す。それぞれ何時間くらい眠ったのかはわからないのだ。目が覚めると、顔のすぐ近くに幽霊の顔があり、自分の頬の上を剃刀が正確な動きで滑っている。顔をそむけようとするが、身体も頭も固定されている。それでも逃れようと試みていると、冷たいものが首に押しつけられる。世界がまぶしく光りながら泡立ち、ジョーは叫びまくった。冷たいものはスタンガンだろう。前に布を垂らした顔は、なぜ騒ぐのかといぶかるようにじっとこちらを見る。こいつは人間なのか、違うのか。前に見たあの顔なのか。この顔を見ているのは夢のなかでだろうか。

スタンガンのショックから覚めると、なぜかひどく興奮を覚えた。薬物でも注射されたのかと思ったが、そんなことをする理由がわからない。だがこんなふうに自分について独り言を言っている状態を、たぶん敵は望んでいるのだろう。敵はジョーを支配しようとしていた。身体を拘束して、時間の感覚を支配し、睡眠を支配する。身体全体を自分たちのものにする。実際に薬物を与えたかどうかは問題ではない。与えうる状態にあることが重要なのだ。ジョーが保持できるのは自分の意識だけだが、敵はそれを欲しがっている。意識に直接アプローチはできない。だから肉体を人質にとっている。

前に拷問された男の体験談を読んだことがある。それによれば、最悪なのは同じ音楽を何度もくり返して聴かされることで、気が違いそうになったそうだ。剃刀で苛まれる痛みより、自分を失っていく感覚のほうがずっとこたえたとか。ジョーはそれほど強固な自我を持ちあわせていないのではないかと怖れている。たぶん勝負は早いだろう。

ジョーは叫び声をあげ、たちまち後悔した。連中の注意を惹きたくない。だが案の定、〈普通の人(ミスター・オーディナリー)〉はやってきた。

〈普通の人〉は田舎の獣医のような顔をしていた。ラスキン主義者ではない。こういうときのために雇われている拷問の専門家だろう。話す声はやわらかなバリトンで、ローヴァー君は天疱瘡(てんぽうそう)だねえとか、ティドルズちゃんにはもっといろんな種類の食べ物をあげたほうがいいよ、といった台詞が似合った。

〈普通の人〉は質問をする。ジョーがそれらの質問にどう答えるかは重要ではないらしい。そこでジョーは冗談を言った。〈普通の人〉は、面白い冗談を言えば苦痛をやわらげてやってもいいという考えのようだった。黙っていると厳しく罰する。〈普通の人〉は、ジョーが最初にだんまりを決めこもうとしたとき、親切にもそのことを説明してくれた。

「とにかく嘘をつくことだ。嘘はかまわない。あるいは、わたしの言っていることがわからないなら、意味不明のことを適当にでっちあげてべらべら喋ってくれてもいい。それはいいんだ。しかし黙っているのは……こちらに敬意を示していない印とみなすよ」

ジョーが頑固に唇を閉じていると、〈普通の人〉はため息をついた。そして温和な口調で指示を出した。

ジョーは奇妙な姿勢をとらされ、それを続けることを強いられた。痛みがたちまち襲ってきたが、ジョーはこんなのは想定済みだと、それを受けいれた。しばらくは痛みに慣れてくるような気もして、自分はよくやっていると思っていたが、やがて耐えがたくなってきた。ジョーが叫びはじめるのを〈普通の人〉はじっと聴いていたが、なんの反応も示さなかった。ジョーは喋りはじめた。自動巻き時計の修理料金表の数字をでたらめな順番に唱えた。遅ればせながらルールに従ったことで、慈悲を受けられるかと期待して。

だが、甘かった。

もう何がなんだかわからなくなった。が、ある時点でふと気づくと、すぐ前に憎悪をたぎらせた目があって、ジョーが叫ぶ声を聴いていた。

ブラザー・シェイマスは、ジョーの工房で見せたのと同じ、見る者を不安にさせる流れるような動きをした。まるで常人よりも骨格に関節が多いといった感じだ。顔がなめらかに動いてジョーの目の動きを追い、顔をのぞきこむ。うかがい知れない真っ黒な衣を着た怪物。卵の殻のような顔。仮面。だが、なんというか、表情がないわけではない。感情が身体全体からにじみ出ているのか、布を通して顔の表情が見えるのか、どういうわけかわからないが、この狭い部屋のなかでブラザー・シェイマスが抱いている感情ははっきり伝わってくる。

ブラザー・シェイマスはジョーを憎んでいた。ずっと昔から知っていて我慢ならないほど嫌悪している相手であるかのように憎んでいた。ジョーの存在自体を骨の髄から嫌っているかのように、ブラザー・シェイマスのなめらかに動く身体のすべての線が憎悪を表わしていた。

なぜそんなに憎まれるのか、ジョーには見当もつかなかった。ジョーはブラザー・シェイマスからそんなふうに積年の恨みを買うほどの年齢ではない。ひどい目にあわせたことがあるのなら覚えているはずだ。ジョーは昔から人当たりよく生きてきたのだ。

ジョーはそう言おうとした。だが不運にも喋れない。喋ろうとすると歯がかたかた鳴り、舌が動かないのだ。

「おまえはわたしについてある種の印象を持っているだろう、ジョシュア・ジョゼフ・スポーク」シェイマスは医者が診断をくだすような冷静な口調で言った。

「そうであるはずだ」

それは質問ではないから、〈普通の人〉のルールによれば返事をする必要はなかった。

「おまえはわたしのことをこう想像しているだろう。この男は偉そうな口をきいているが、やはり誰かの命令で動いているに違いないと。わたしがいろいろな帽子や王冠をかぶっていることを知り、それらが互いに矛盾することを知れば、どれもインチキだと思うかもしれない。しかしそういう印象は浅薄なものだ。それらの印象を支えている世界観は、近代主義という弱い思想によって痩せ細ってしまった世界観だ。近代主義は偉大な思想を怖れるあまりそれらを解体してしまったのだ。イギリスがかつて世界帝国として勝利をおさめたのは商店主どもの世界をつくりあげたからだ」シェイマスは侮蔑をこめてそう言った。ジョーは心に銘記した。近代主義と商店主どもは悪いもの。

「わたしはおまえが想像している以上に大きな存在だ。だが同時に将来わたしがなるものと比べればその一部にすぎない。わたしの勝利は不可避だ、憎むべき青年よ、なぜならわたしは神になるからだ。神としてわたしは完璧になる。完璧になれば、ずっと以前から完璧だったことになる。いま起きていることは一見すると紆余曲折のようだが、神聖なものの時間を超越した性質を理解した上で見れば、すべてわたしが神となるという結果に向かうまっすぐな線に見えるんだ」

ジョーは、一週間前にそんなことを聴いていたら大笑いしていたところだった。だがいま、この部屋で聴くと、笑いごとではない。こちらを見つめている目は笑えない。その目には、生体解剖されている自分の姿が映っている。何かの目的のためではない、愉しみのための解剖だ。この男がそれをやりたがっていることについては絶対の確信が持てた。ジョーとしては、この〈ラスキン主義者連盟〉の盟主が嘘をついていることと、すなわち、じつは誰かの指令を受けていることを願うしかない。気分を滅入らせながら、点と点を結んでいったジョーは、指令を与えている人間がいるとすれば、それはロドニー・ティットホイッスルだろうということに気づいた。ティットホイッスルは今度の事件に関して、よりましな結果を得るために、すでに自分の良心を黙らせているに違いない。

「それではちょっと気を変えて、違う質問をしてみよう。だが曖昧な返事はだめだ。はっきり答えてもらうぞ。さあいいか。よし。『わたしがナポレオンの心を持っていながら、肉体はウェリントンだったら、わたしは何者なのか』」

ジョーの狼狽顔を見て、シェイマスは笑った。本当におかしくて笑ったように聴こえた。

ジョーは正しい答えがまるでわからなかった。そこで自分が何をしたせいであなたはそんなに怒っているのか、何をすれば償えるのかと、尋ねてみようとしたが、口が思うように動かなかった。そしてむせてしまい、小さく唾が飛んでしまった。シェイマスはそれを不敵な態度とみた。すぐに〈普通の人〉が戻ってきて、きみには失望したと告げた。

ジョーは現実を忘れて、愉しいことを思い出そうとした。だが愉しいことは遠いところにあってぼやけていた。意識のなかに何匹もの鮫がいた。思い出したくないのに避けがたく甦ってくる記憶という鮫が。

十五歳の誕生日に、ジョーが玄関のドアを開けると、そこに父親が立っていた。上等のスーツに身を包み、プレゼントをわきに抱えている。これにはびっくりした。このとき父親は重窃盗罪（重厚長大窃盗だとしゃれる者もいた）で刑務所に入っていたからだ。

「やあ、ジョー」と父親はにこやかに言った。「ちょっと寄ってみたんだ。べつにいいだろう」

「出てきたの？」とジョー。

「見ればわかるだろう、見れば。父さんは自由の身だ。少なくとも今日一日はね」

「一日だけ？」

「まあもう少し長くしたいと思ってるけどね」父親のトレードマークであるいたずらっぽい言い方から、ある途方もない可能性がジョーの頭に浮かんだ。

「脱獄してきたんだね！」

「そうだよ。けっこううまくやったよ。そもそもは、ハーリー通りにいる医者に診てもらうためだ。刑務所の飯はひどいんだ。脂っこくて消化に悪い。で、それならついでに可愛い息子に会って、可愛い奥さんをハグして、そのあともうひと足延ばしてアルゼンチンへ高飛びしようと思ったわけだ。あそこならおまえたちもときどき会いにこれるだろう。いい考えだと思わないか」

「どうかしてるよ！」ジョーは嬉しくなって叫んだ。

「こんなとこでぐずぐずしてたら捕まっちゃう！」

「おまえの父さんはよぼよぼの老いぼれかもしれないが、馬鹿じゃない。脱獄もこれが初めてじゃないんだ。ブリグズデイルというおじさんがいてだな、父さんの服を着て、いまアイルランド行きのフェリーを待ってるんだよ。ブリグズデイルはいままで何も悪いことをしたことがないんだが、なんと、父さんにそっくりなんだ。これからフェリーに乗ろうとして逮捕される。警察は何日か父さんを捕まえた気になってるはずだ。そのうちブリグズディルはこれは間違いだと言って、警察を訴えると騒ぎだす。まあ本当は騒ぐことなんかないんだけど何しろ父さんに頼まれたんだから……。でもともかくその騒ぎが収まるころには、父さんはブエノスアイレスで落ち着いてるわけだ」父親はにかっと笑った。

ジョーには意外だったが、ロンドン警視庁の特別捜査隊がドアを破って踏みこんでくることはなかった。父と息子はソファーに坐り（「父さんは息が切れちまったよ、ジョッシュ。ものすごく高い塀をよじ登ったからな。脱獄は若い者のすることだ。回想録にそう書いとこう！」）、紅茶を飲みながら、ハリエットの帰宅を待った。父親の膝で身体をまるめて子犬のように眠った幼いころの思い出に敬意を表するかのように、図体のでかいティーンエイジャーは父親の胸に頭をつけて、ジョン・クレイヴンがアンカーマンを務める《ニューズラウンド》をいっしょに見て、マシュー・〝トミー・ガン〟・スポークが脱獄した事件が報じられ、過去の悪行の数々が紹介されるのを待っていたが、名声というものは長続きしないものらしく、テレビ画面には泳ぐウサギなどが映るばかりだった。

「アルゼンチンで銃の撃ち方を教えてくれるかい、父さん？」ジョーはそろそろ自分もそういうことを学ぶ年になったと思っていた。

父親はため息をついた。

「ひとつ頼みを聴いてくれないか、ジョー」

「いいよ」

「おれみたいにはなるな。裁判官になれ。ロックスターになれ。大工になれ。とにかく……もっとましな生き方を見つけるんだ。銃をふりまわすのはほかの連中に任せとけばいい」

「おれは父さんみたいになりたいんだ」

「だめだ。おまえはそれがいいと思ってるだろうが、父さんみたいな人間は結局こうなる。馬鹿な話だ。自分の家にこそこそ隠れて。さあ約束してくれ。父さんよりいい人間になると」

「約束するよ」

「ギャングの名誉にかけて?」

「ギャングの名誉にかけて!」この誓い方は誓いの中身と矛盾しているが、父も子も気にとめなかった。

「それでよし」

ふたりはそのまま眠りこんでしまった。ヨガ教室から帰ってきたハリエットがあげた悲鳴で、ジョーは目を覚ました。そして父親が死んでいるのに気づいた。父親の顔は微笑んでいた。

替え玉ブリグズデイルの話はマシューの想像の産物だったことがあとで判明した。アルゼンチンへの高飛びも準備はされていなかった。マシューは刑務所の医務室で余命いくばくもない病気だと知らされるや、息子の誕生日に帰宅する許可をとった。そして自宅で、永遠に法の裁きを逃れる手立てを講じたのだった。


ベールを垂らした顔がふたつ、ドアに切られた小窓からのぞいていた。窓の狭いスペースを争って、互いのまわりをひょこひょこ動いていた。室内に立ちこめる悪臭に、ジョーは吐きはじめた。胃が空っぽになって胃液すら喉に戻らなくなったが、それでも悪臭は注ぎこまれた。ジョーは痙攣し、身体をえびぞりにして額とつま先だけ床につけたりした。ジョーの肉体はありもしないものを取り除こうともがいた。

心のなかでジョーは、あの最後の日のように、父親の手を握っていた。マシューならいまどうすればいいか知っているはずだった。

「あれはどこにあるんだ」

同じことを何度も何度も訊かれた。〝あれ〟とは何かわからないと言うと、責めがはげしくなった。彼らは説明する気などなかった。なんなのかは自分で考えてそのありかを言えというのだった。尋問者の心を推し量る努力をしろと。

「あれをどこへ隠したんだ」

ジョーは砂糖入れに隠したと答えた。どんなものであれ、もうあんたたちが持っているはずだと言いたかった。おれのものは全部あんたたちが押さえたはずだ。いま所有しているはずだ。

あんたらが持ってる。おれのものは全部持ってる。おれの家とテッドの家から持っていったはずだ。

「ダニエルが隠したのか。それがなんなのかダニエルは説明したか。それについてほかに誰が知っているんだ」

そうだよ。祖父ちゃんが隠したんだ。あんたらには見つけられないところに。おれにも見つけられない。

図書館か。本屋か。教会か。燃やしたか。売っ払ったか。そんなことは知らない。

「どこにあるんだ」

頭のなかだけにあるんだ。おれの頭のなかに。おれらの頭のなかに。おれたちはみんなひとつなんだ。

ジョーの意識はさまよっていた。そのことを自覚していた。さまようことで痛みがやわらいだ。それでもジョーはさまよい出すことに抵抗した。もとに戻れなくなるのが怖いからだ。

「抵抗を続けることはできないぞ。結局はすべてを話すことになる。誰でもそうだ。しまいには、われわれは事細かに秘密をぶちまけるおまえに飽きることになる。〈較正器〉はどこにあるんだ、ミスター・スポーク」

ほんとに全然わからないんだって。

それは本当だった。だが同時に、その質問がジョーに何かを告げていた。〈較正器〉というのはフランキーの装置の設定を変える道具だ。ブラザー・シェイマスはフランキーが考えたのとは違う目的のために〈理解機関〉を使いたいのだろう。

ジョーはいま考えたことを頭のなかで押しつぶした。口から出ないように。知りすぎることは、知らなすぎることと同じくらい悪い。

「〈較正器〉はどこにあるんだ」

ジョーはふと、こちらがそれを知らないことを、連中は本当に知らないのではないかと思った。自分はいま無能な拷問者の手にかかっているのでは。その考えから新たな恐怖が生まれた。連中は知性も作業能力も充分に持ちあわせていないかもしれない。そして不注意によって自分を死なせてしまうかもしれない。

ジョーは拷問者たちが見かけよりも優秀であることを期待するという奇妙な立場に置かれた。

ジョーはロドニー・ティットホイッスルが訪ねてくる夢を見た。こんな灰色の胡散くさい夢は遠慮したいなと思った。

「おれは拷問されてるんだ」ジョーは感覚を失った唇で言った。ティットホイッスルは首を横にふった。

「いや、そうじゃない」

「ほんとなんだ。あんたにもわかるだろう」自分の声が子供の声に聴こえた。はげしい怒りが突きあげてきたが、ティットホイッスルに救ってほしい気持ちはあった。本当は女王陛下かＢＢＣが介入して拷問をやめさせてくれればいいと思う。ティットホイッスルはそのどちらでもない。だがいま話ができるのはこの男だけだった。

「そうじゃない。連中が拷問していると言うのはとても間違っている。非生産的だ。いやもっと悪い。敵を利する行為だ」

「敵って？」

「敵だ。すべての敵だ」

「じゃあ連中はみんなの安全を守るためにおれを拷問してるのかい」

「拷問なんかしてないんだ、ミスター・スポーク。拷問は違法だからね。きみを凌虐するような者たちをわたしは使わない。だがわたしは彼らを使っている。彼らが法に則って行動することがわかっているからだ。わたしは彼らに厳しく念を押したが、彼らは大丈夫だと確約した。だから拷問されているときみが言うのは虚偽の申告か誤認のどちらかだ。虚偽の申告は現在では法戦（ローフェア）の一手段とみなされる。法戦の意味はわかるかね。法的手段を使った交戦（ウォーフェア）のことだ。不法な法戦は処罰されるよ」

「連中は何を知りたいかすら言わないんだ。おれは答えたいのに、何を答えていいかわからない」

ティットホイッスルはため息をついた。「彼らは〈理解機関〉の〈較正器〉が欲しいんだよ、ミスター・スポーク。小さな品物だ。きみの手くらいの大きさしかない。〈本〉は装置のスイッチを入れるだけで、切ることはできないようだ。切るためには〈較正器〉が必要らしい。それをきみが持っているという情報があるんだ。あるいはきみのお祖父さんが持っていたという情報がね。だからそう簡単に否認をしないでよく考えることだな」

「おれは知らないんだ。弁護士を……弁護士を呼んでくれ！　マーサーを連れてきてくれ。おれには権利がある。それはわかってるだろう」

「いや、きみにその権利はない。ここではない。この部屋、あるいはこの建物のなかではね。ここでのきみは患者だ。きみはテロ行為を行なった容疑をかけられているが、そのテロ行為はあまりにもおぞましく破壊的なので、きみは正気を疑われているんだ。患者に弁護士を呼ぶ権利はない。さっきも言ったとおり、法戦は処罰されるんだ」

ティットホイッスルはむっとした顔で立ち去った。

そして実際、罰が加えられた。いまでは何をしてもしなくても罰があることがわかっていた。だが連中はだんだんジョーの身体に触れることが少なくなってきた。
ジョーはしばらくのあいだ意識を遠くへ飛ばした。

「この仕事。この言葉。こういうのは自然に反している。すべてに反している。父親が息子を葬らなきゃいけないなんて間違ってるよ」祖父ダニエルは振り子のようにまっすぐしゃんと立っているが、老朽化した箱形時計のように息切れしたような声を出した。「戦争中でも、平和なときでもそうだ。どっちの場合もわしは見たが」祖父は言葉を切り、右肩をもみ、首をもんだ。心のなかの哀しみの炉が外へ火をあふれさせていた。「わしの息子はいい人間ではなかった。われわれの国の法に照らせばだ。あいつは犯罪者だった。わしの息子は。わしにはあいつがわからなかった。わかろうとしたが、だめだった。わしはだめなんだ。言葉が苦手だ。人間も苦手だ。機械なら理解できる。そういうことだ。あいつは悪い人間だった。盗みをやった。ものを壊した。銃を撃った。ほかの連中にも同じことをやれとそそのかした。あいつは麻薬を売ろうとした。刑務所に入った。わしの息子は悪い人間だった。悪い息子だったが、死んだのは哀しいんだ」それが悪いかと挑みかかるような口調になった。

「だが本当は違った。悪い人間じゃなかった。違ったんだ。あいつは愛した。息子を愛した。女房を愛した。誰よりも自分の母親を愛したいと願った。わしのフランキーを。あいつのフランキーを。あいつは母親をほとんど知らなかったが。あいつはわしのことすら愛していたようだ。もっともわしはあいつを失望させたが。わしは毎日あいつを失望させた。残念なことだが、わしにはできなかった。できなかった」祖父はまた言葉をとぎらせた。できなかったとはどういう意味なのか、ジョーにはついにわからなかった。祖父は気をとり直すために、その話題を回避したからだ。それをさせてあげないと、もう祖父の話は聴けない。この最後の機会を逃してしまう。祖父ちゃんは許してくれないだろう。ゼンマイは最後まで解けきらせなければならない。

「あいつは悪くなかった。悪い人間じゃなかった。あいつは何でも度を過ごした。怒りっぽかった。手に負えないやつだった。だが不誠実じゃなかった。もっとも――誰だってそうだが――あいつに関係することは、必ずしもほんとのことばかりとは言えなかった。

でも最後のときはほんとのことがわかってた。あいつにはわかっていた。知ってたんだ。もう長くないと。実際そうだった。死が近かった。それで刑務所から出てきた。息子に会ってさよならを言うために。わしには帰ってくることを知らせなかった。わしはあいつを殺したかもしれんからな」

とんでもないことだが、最後の言葉でジョーと祖父は笑った。苦い笑いではなく、腹の底からの笑いだった。ああ、そうなんじゃ。マシュー・スポークは墓へ行くときも人を食ったようなまねをしたよ。愚かしくも、頑固にも、ヒロイックだったんだ。

「だから哀悼してやってくれ。頼む。今日、おまえの気持ちを全部出してくれ。わしのためにも。叫んでくれ。泣いてくれ。酒をがぶ飲みして、馬鹿なことをやらかしてくれ。あいつのようになってくれ。おまえのなかにあるマシューの部分を解放してくれ。わしにはできないから。どうやったらいいかわからんからな。父親が息子を葬らなきゃいけないなんて間違ってるよ」

外では棺が地中におろされた。なぜか墓穴の底には人工芝が張られていた。ジョーはなんとなく土はさらさらしていると想像していたので、棺の上にふりかけられると思っていた。だがロンドンの土壌は粘土質で、からし色の大きな塊をどたり、どたりとこもった音を立てて落とすことになった。棺のニスがはげないかと心配になったが、そんな心配は馬鹿げたことだった。はげても誰も気づかないし、気づいても非難する者はいない。

　埋葬の儀式は進んだ。

　一時間近くたって、棺がぶじ埋められたあと、ジョーは祖父といっしょに墓のそばから墓地の外の道路を眺めていた。五分ほどそうしているあいだ、祖父は言葉に出さない自責の念を身のうちに沸きたたせ、ジョーはジョーで、マシュー・スポークの生と死に深く関わりを持つひとりの人物の姿を探していた。ふたりが見るともなくあたりを見ていると、道路の反対側にある停留所に赤い二階建てバスがとまった。しばらくしてバスが発車し、ひとりの乗客の姿があとに残った。黒い喪服姿のひょろりと背の高いその人は、新聞販売店の前にまっすぐ背を伸ばして立っていた。

　ジョーは地味な断髪にした灰色の髪、シダレカンバの幹のような首、地味な黒いズボン、腰にあてた節くれだったふたつの手を見た。その人はごくゆっくりと慎重に左手を持ちあげて挨拶を送ってきた。その距離からでも、その人がいままで泣いていたのがジョーにはわかった。身体を震わせるところから、いまもまだ泣いているようだ。あの人は誰の死を悼んでいるのだろうとジョーは思った。毎日ここへ来るのだろうか。週に一度だろうか。それとも自分たちのあとですぐまた誰かの埋葬式があるのだろうか。と、そのとき、祖父が驚きの声をあげ、片手を突き出して前によろよろ出ていった。まるで氷のように冷たい海に浮かんで救命ボートに必死でとりすがろうとする遭難者のように。

「フランキー！」と祖父は叫んだ。「フランキー、フランキー、おい！」弱った膝や足首を気にかけることもなく、墓地の東門のほうへよろよろ歩きだした。

「フランキー！　わしのフランキー」

　すると反応があった。フランキーが反応したのだ。その顔が思いがけない事態への喜びに輝いた。自分たちの息子の埋葬日というこの残酷な日にも、ダニエルの愛は生き延びていたと知った喜びだろうか。手が祖父のほうへ伸びて、風に吹かれたようにひらひらふられた。だがふいに、フランキーの開かれた心の扉は閉じられた。まだそのときではない、心の準備ができていないというように。手を引っこめ、身体の向きを変えて立ち去ろうとした。するとそのとき、つぎのバスが来て、あいだを仕切るカーテンとなった。祖父は門の扉の取っ手に手をかけた。あとからついていくジョーも、祖父と同じように何か必死の思いにかられていた。祖父が門の扉を開けた。が、そのときバスが走りだした。ジョーにはつぎに何が見えるか予想できた。案の定、無人のバス停がそこにあった。

祖父はわからないという顔でバス停を見、ついで走り去るバスに視線を飛ばした。祖父とジョーの目に、バスの後部で銀色のポールにつかまっている細長い人影が映った。身体の姿勢にはまだ心残りがありそうな気配が残っていたが、顔はそむけられていた。しっかり足を踏んばって立つ姿は、祖父とジョーを抱きしめる気があるようにも見える堂々としたものだったが、バスはその姿を運んで角を曲がり、消えてしまった。

ジョーを捕らえた者たちは、ジョーの抵抗――無抵抗の抵抗――を面白がると同時に苛立った。ジョーは小さな白い部屋に閉じこめられた。すぐにその箱のような小部屋は、建物から分離したかのように上下に動いたり、ぐるぐる回ったりしはじめた。身体が宙に浮いたジョーは、壁のひとつが遠ざかり、反対側の壁がぐっと迫ってくるのを見ながら、自分が時速二十五キロで動き――ありえないことではない――部屋が時速二十五キロで動いているとしたら、時速五十キロで壁に衝突することになる、とちらりと思った。そうなればおそらく死ぬだろう。

両腕をひろげて、自分の動く速度をゆるめようとした。とりあえず死にもしなければ重傷を負いもしなかったが、片手の親指を脱臼したようだし、何本かの肋骨にひびが入った感触もあった。だが周囲の様子が変わってきて、脱臼やひびくらい些細な問題だと思えてきたとき、部屋がとまって外に出された。ジョーはよろめき、白い床に嘔吐した。男たちが身体を支えてきたので、礼を言った。

〈普通の人〉が微笑んだ。

さっきの箱のような部屋（ジョーは懸命にそれを〝自分の部屋〟と考えまいとした）へ戻されるかわりに、すぐ隣のべつの部屋に入れられた。なかには男がひとりいた。泥と海藻が付着したゴム長靴の臭いをさせて、全身が火傷の痕と瘡蓋で覆われていた。

「ここは蔦の藪のなかだ」と男が言った。

ジョーは白髪の男を見おろした。もう死にかけているらしいその男には、見覚えがあった。

その男はテッド・ショルトだった。どうやら何か奇妙で巧妙でひどく怖ろしいことをされたようだった。身体を震わせていたが、寒さや疲労や恐怖で震えているのとは違っている。筋肉が骨からはがれかけているといった震え方だった。また脂肪が不自然なところに溜まったかのように皮膚が突っぱっていた。

「蔦が身体のなかに入った」とショルトはしゃがれ声で言った。何かを捜すように目を動かしたが、見つからないようだった。ジョーはその目が見えていないことに気づいた。「蔦が血のなかにある。頭のなかにある。わたしは愚か者だ。神は虚構だ。悪魔が支配している」

「おれだよ、テッド」ジョーは小声で話しかけた。叫ぶ必要はなかった。恋人どうしのようにくっつきあうことを余儀なくされていた。ある程度の距離をとりたければ片方が立つしかない。「時計職人のスポークだ」

「あの男の思いどおりにさせてはいけない」とショルトは曖昧に言った。腹筋に力を入れて上体を起こそうとしたが、軟骨が鳴るような音がして、うめき声を漏らした。

「テッド……おれには何もできそうにない。何がなんだかわからないんだ」

「ブラザー・シェイマス。フランキーの装置」

「ああ、だけどそれになんの意味があるのかわからない。やつらがおれに何をさせたいのかもね。おれは何も知らない。おれはただ鍵を回してしまった馬鹿でしかない。そのときあんたもいただろう、テッド」

ショルトは何か言おうとして、またうめきはじめた。背中がぐっとそって、ばきばき音を立てた。まるで骨が折れたような音だった。「フランキーの機関車は何を引っぱるだろうか。科学は多くの顔を持っている。それぞれの口は世界に対して違うことを言う。フランキーはもういないが、彼女の残した刃はいくとおりもの切れ方をする。誰がナイフを握っているのか。もちろんシェイマスだ。つねにシェイマスだ。馬鹿どもが」ショルトは震えた。ジョーはショルトの身体のなかで何かが動いていると感じた。ジョーは直感的に、それがそんなに動くのはまずいと思った。

「テッド、頼む、じっとしていてくれ」

「フランキーはその装置で人類が救済されると言った。もっとも真実が強くなりすぎると、われわれは氷になって砕けてしまうから、完璧に調整して設定したと言った。ところがシェイマスが……それ以上を望んだ。あの男は神とのあいだで勘定を精算したがっている。装置の設定をやり直したがっている。すべての真実を見たがっている。あの男は世界を殺してしまうだろう。だが設定のし直しには〈較正器〉が必要だ。やつはそれを持っていない。そうだろう？　もちろん持っていないはずだ。フランキーは馬鹿じゃないからな。彼女は信用できる人間にそれを渡したんだ」

ああ、くそっ、とジョーは思った。祖父ちゃんだ。祖父ちゃんが世界終末への鍵を祖父ちゃんに渡したんだ。当然そうするだろう。世界を破滅させてしまうようなもの、怪物やならず者が欲しがるものを、ほかの誰に預けるというのか。預ける相手は、自分が生んだ子供の父親、三十年間ほとんど姿をくらましていた自分をそれでも愛していた男だ。

ダニエルだ。ということはつまり、おれの手に渡ったということだ。

くそ、くそ、くそ。

かりに自分が引き継いだのだとしても、どこにあるのかわからない。もしかしたら敵は、工房がある倉庫を襲撃したときに持ち去ったかもしれないが、やつらも自分たちが持っていることを知らない。つまり隠されているのだ。当然だ。こんなこともあろうと、祖父ちゃんが隠したのだ。ものすごく上手に。だがもしかしたら祖父ちゃんが紛失したもののなかに隠されていたかもしれない。あるいはマシューが知らずに売ってしまったもののなかに。世界でいちばん危険なもののイグニッションキーを、イタリア料理店〈チェッコーニズ〉で一回食事を愉しめるだけの金額で売ってしまったのかもしれない。

くそっ。

テッド・ショルトが早口で喋りだした。「シェイマスは自分の成績を知りたがっている。自分が勝ったのか負けたのかを。愚劣さは強大な力が示すひとつの兆候だという言葉がある」少し間を置いた。「きみはあの男の野望を阻止しなければならない。絶対に！ラヴレイス号のところへ行け。わたしがフランキーと別れた場所へ」

「そんなことおれに喋っちゃだめだ。ここじゃだめだ。おれは秘密を守りきれない」やつらはきっとおれから話を聴き出すだろう。あんたが喋らなかったことをおれから聴き出すだろう。おれは諦めるはずだ。秘密を守り通せるはずがない。

ショルトがじっと目を据えてきた。それは暗闇のなかで光るキツネの目、狂人の目だった。ショルトは頭をもたげた。腹のなかでこりこりっと音がして何かが壊れた。ショルトは唸るように言った。「きみにはできる！　やらなければいけない！」もう問答無用で秘密を打ち明ける気だ。

ジョーが顔を近づけると、ショルトはほとんど声にならない声を、直接耳にささやきこんできた。「ラヴレイス号は〈ステーションY〉の、丘の下にある」がくりと頭を落とした。

ふっと力が抜けて、ジョーは首をふった。「それがどこなんだかわからないよ」

「公の記録にある。有名じゃないが、答えは単純だ。さあ、聴け！　どうすればいいか教える……。箱の上に立って丘を見ろ。真っ暗なトンネルをくぐれ。リジーの誕生日でドアを開けろ。それでなかへ入れる。さあ！　いま言ったことを頭のなかでごちゃごちゃにするんだ！　無関係な言葉を混ぜこんで、そのごちゃごちゃを覚えこむ。さあ言ってみろ。マートン・フライ。国民の目。神は罪びとを愛する。患者たちは叫ぶ。わかるか？　こうすれば声に出して喋ってもかまわない。なんなら怒鳴ってもいい。大声で答えを言ってやれ。そしてやつらに考えさせてやれ。本当のことを言いながら、しかもそれを隠しておくんだ。そうするんだ、ジョー！　そうしなくちゃいけない！」ぜいぜい喉を鳴らし、ぎゅっと目をつぶった。「そこへ行けばすべてがある。とにかく行動するんだ。やつの野望を阻止しろ」

ショルトはあえぎ、身悶えた。身体のなかでさらに多くのものが壊れた。ジョーは考えた。ドアをがんがん叩いて、秘密を喋るから医者を呼んできてくれと頼んだらどうかと。

たぶん医者は来ないだろう。

だからかわりに嘘をつくことにした。慈悲の嘘を。

「わかった、テッド。そうするよ」

あとで水責めにあったとき、ジョーは二分十八秒のあいだ死んでいた。

顔で感じとった水は冷たくて新鮮だったが、塩と薬品の味がした。これは被尋問者の死亡率を抑える工夫をした特別な水なんだ、と〈普通の人〉は説明した。ジョーはその水が肺に入ってくるのを感じながら、妙に客観的に、あんまり工夫はうまくいってないなと思った。

ジョーは溺れはじめた。ラスキン主義者がひとり、わきにいた。すぐ近くにいて、ジョーがむせる声に聴きいっていた。それから顔の向きを変えて、肺に水が入る音に耳を傾けた。これは経験豊かな高い技能の持ち主で、被尋問者の身体が立てる音から、処置のやめどきがわかるのだった。

ジョーは、いつから自分はラスキン主義者を人間と考えるのをやめて〝これ〟とか〝それ〟とか呼ぶようになったのだろうと考えた。向こうもこちらをそのようなものとみなしているのか、とも。

意識の一部では、あまり質問してこなくなったなと気づいていた。もとより尋問する気などないのかもしれない。ただ殺すつもりだけなのかも。

そう考えると怖ろしくなり、もがきはじめた。しばらくもがいて、やがて耐えきれずにまた水を大量に飲んでしまった。音を聴いているそれが片手をあげた。緊急処置カートが運びこまれ、医者や看護師が何か叫んだ。

蘇生術が施された。それは機械を使って行なわれた。一度、ひとりがマウス・ツー・マウス法の人工呼吸をしようとしたとき、〈普通の人〉からとめられた。これは危険な男だから唇を嚙まれるかもしれないし、どんな病気を持っているかわからないというのだ。

ジョーは、なぜそれを事前にチェックしないのかといぶかった。あたりまえの手順じゃないかと。強制的に生かしつづける努力がなされるあいだ、ジョーは協力すべきかどうか迷った。いまこの世とおさらばしたほうがいいんじゃないかと。だが死んですべてが解決するわけではない。まだやるべきことがある。みんなの安全が自分の肩にかかっているから。

ジョーはいままでずっと死について考えすぎることを避けてきた。とにかくぞっとするからだ。そう言えば祖父からは、特別に大切にしろよと言って〈死の時計〉を譲り受けたのだった。なぜそれがいま意識に浮かんできたのだろう。ヴィクトリア朝時代の陰気なガラクタ。なぜ祖父はあれをあんなに大事にしたのか。あれほど生きることを愛した人だったのに。

祖父が変な予言をしたのではない、ということに、無罪の推定をしておこう。まだ自分は死なないのだ。

ふたたび心臓が打ちはじめたとき、〈普通の人〉は休憩だと宣言した。

薄黄色いスキンクリームを塗られたジョーは、チューブの挿入と嘔吐で喉に痛みを覚えながら、窓の外にフラワーボックスのある部屋で坐っていた。ここから何千キロも離れたところにいるのならいいのに、自分が誰かほかの人間ならいいのに、ビリー・フレンドと友達にならなければよかったのに、祖父のあとを継いで滅びかけている時計じかけの機械の世界に入らなければよかったのに。父親がむりやり自分を法律家にでもしてくれたらよかったのに。一時期、父親はその気になっていたらしいのだが、ハリエットが泣いてやめさせたのだそうだ。

いまジョーは、女の収監者とボードゲームの〈蛇とはしご〉をやりながら、ちらちら時計を見ていた。あと二十分で午前十一時。きりのいい十一時に、また尋問のために迎えにくるのではないか。

ここのスタッフは全員、ラスキン主義者というわけではなかった。その多くは、見たところ正規の資格を持った医療従事者であるらしい。ジョーがいるのはラスキン主義者の病院の精神病棟だった。看護師のひとり、ジェマという丸顔の可愛い女性は、秘密を打ち明けるような口調で、あなたは最高の治療を受けていますからじきに退院できますよと言った。ああ、そうだろうねと答えると、看護師はえくぼをつくった。

とはいえ、その看護師も、病院の名前は明かそうとしないし（『わたしは言っちゃいけないことになっているので』）、誰かと連絡をとってもくれないし（『あなたは治ることだけ考えていればいいんですからね』）、金の蜜蜂のことや戦争が起きていないかどうかなど、外部のニュースも教えてくれない。

そこでジョーは、この場所を〈ハッピー・エイカーズ〉と名づけた。ほかの患者は――まず間違いなく、囚人でない人たちも含まれているが――ほとんど全員、黙ってぼうっとしていた。隅でポップソングの最初の数小節を何度も歌っている人もいた。ひとりの女は哀れっぽい声でぶつぶつつぶやいていた。

十一時五分前、七人の男が部屋に入ってきて、棺のようなものを置くための場所をあけた。その棺のようなものはジョーが水責め（ジェマ看護師は〝塩水セラピー〟と非難の口調で呼んでいた）を受けるときに縛りつけられるベッドに似たものに載せられていたが、目的は何かの測定らしく、もっと拘束がきつかった。透明な〝棺〟のなかにいる男はナイロンのストラップやゴムでほぼ全身を固定されていた。ジョーよりも年上だが、死んだときのマシューよりは若い。髪はぼさぼさで、顎ひげが長く伸び、肉体労働者のように陽に灼けているが、拘束具の下は色が白かった。この男は部屋の外にいるときも〝棺〟のなかにいた。

ついにおれより憎まれている男が現われたか。

〈棺男〉は窓のすぐ外の花が見えるようにということ

なのか、窓ぎわにベッドを置かれた。そしてごろごろ喉を鳴らしたが、あとでジョーは、それがお早うという挨拶だったと気づいた。

しばらくして、ジョーは"棺"のそばに立たされた。男の身体のうちジョーに見えるのは、片方が茶色で片方が青の、目だけだった。目はまばたかずジョーを見返してきた。男はたぶん誰の顔も長く見たことはないのだろうとジョーは思った。ふと見ると、〈普通の人〉がこちらを凝視していた。その凝視からは、**きみよりもずっとひどい状態に置かれることもあるんだぞ、**という警告が読みとれた。

「やあ」とジョーは〈棺男〉に声をかけた。「おれはジョーだ。あんたは?」

なぜみんな笑うんだろう、とジョーはいぶかった。〈棺男〉までが笑っていた。

ジョーは自分の監房へは戻されなかったが、自分の身体より少し大きいだけのあの小部屋が待ちかまえているのは感じとれた。いまいる部屋の窓から流れこむ白い光を記憶に刻みつけた。

そして〈棺男〉とチェッカーをした。電子板を使っての対戦だった。〈棺男〉は対麻痺(ついまひ)患者のようにリモコンを手にしていた。〈棺男〉は一本指でリモコンを操作した。前。横。前。横。斜めに動かせるボタンはないようだった。

ジョーは勝った。だがゲーム終了直前に、〈棺男〉はひとつのキングを大暴れさせてジョーを脅かした。そのキングは大いに脅威を与え、勢いに乗ってジョーの駒をいくつかとっていった。ジョーの駒に囲まれていながら、〈棺男〉のそのキングは追い詰められているようには見えなかった。むしろ周囲の駒全部を標的として狙っているという感じだった。

〈棺男〉は歯列矯正器をはめた口で何か言った。ひどく聴きとりにくかった。〈棺男〉は咳払いをし、口をもごもご動かし、唇をゆがめた。唾がぬめぬめ光った。〈棺男〉はまた言葉を発した。

「これがおれのやり方だ」

そして笑った。

駒の動かし方を口で言わせてあげればいいのに、とジョーが言うと、みんながまた笑った。ひとりの背の高い看護助手が自分のシャツの袖をめくり、腕の傷痕を見せた。皮膚を移植した長い痕がついていた。看護助手はべつに〈棺男〉を恨んでいないようだった。みんなで大事な仕事に取り組んでいるのだと思っているようだった。〈棺男〉が親しみをこめた感じで喉をごろごろ鳴らした。

しばらくたってジョーは食事を与えられた。手がひどく震えるので、食べさせてくれた。そのあいだにほかの看護助手が〈棺男〉に点滴で食事をさせた。看護助手が何かのミスをしたとき、〈棺男〉はリモコンを操作する指で看護助手の顔に長い切り傷をつけた。〈棺男〉は唸るように何か言った。声はくぐもっていたが、言葉ははっきりわかった。

これがおれのやり方だ。

〈棺男〉はとんでもなく大きな声で吠えた。看護助手たちはスタンガンを使ったが、これはまったく無意味な処置だった。すでに拘束されているからだ。まもなく〈棺男〉は顔が紫色になり、ぐったりした。緊急処置チームが呼ばれた。蘇生術が施されている最中に、〈棺男〉はひとりの女性スタッフの目を爪でさっと引っ掻いた。〈棺男〉は目を怒りでぎらつかせてジョーを睨んできた。

意志を集中させればそういうことができるらしかった。意志の強度を強めれば。マシューもそういうことができたに違いないが、ジョーにはそれを見せなかった。なぜならそれは緊急のときの行動だからだ。マシューの生きた世界では、緊急事態などあってはならないというのが建前だった。起こることはすべてスポーク家の発展につながることだけということになっていた。だが、ナイフを持った者に壁ぎわまで追い詰められたときは、最終的には、ひとつの単純な決断があるのみだった。**怪物はやつらじゃない。おれだ。**

どんな結果が生じるかなど気にしていられない。一秒一秒が正念場だ。**これがおれのやり方だ。**

看護助手たちは〈棺男〉をさんざんにぶちのめした。〈棺男〉はそのあいだずっと笑っていた。ふいにジョーはいま起こったことがなんなのかを悟った。

これは教化なのだ。

ジョーは〈棺男〉の怒りに満ちた凶暴な目を見て、仲間意識を持った。看護助手たちは〈棺男〉のベッドを部屋から引き出していった。

「やれやれ、これがいまの国の現状だ」とジョーの背後で〈普通の人〉が嘆かわしげに言った。「きみは新しい友達を見つけたようだね」

「あれは狂人だ。おれは名前も知らない」

「本当に？」

「本当だ」

〈普通の人〉は考えこみ、「ははあ」と言った。こうして休憩時間が終わった。

「どうしても自分でこれを見せたかったんだ」と〈普通の人〉は言った。「これについては大いに責任があるからね。わたしはこれの実現にずいぶん骨を折った。誰もきみを助けにこないんだよ」

高価な羊皮紙に書かれたその手紙は、ごく簡潔なものだった。ロドニー・ティットホイッスル気付で届いたジョー宛の手紙だ。

親愛なるミスター・スポーク、

貴殿は最近、イギリスの国益に反するいくつもの活動に関与しました。とくに何人もの人物に対する殺害テロとそれに関連する犯罪は深刻な問題です。よって当法律事務所はもはや貴殿の代理人を務めることができなくなりました。今後、ノーブルホワイト・クレイドル法律事務所は貴殿の保護から手を引きます。巨額の未払い報酬は規定にしたがい、二十八日以内に支払っていただければ幸いです。

敬具
マーサー・クレイドル

これにはマーサーの下手な字で追伸が加えられていた。すまない、ジョー。敵のほうがわれわれより強力なパンチ力を持っていたようだ。

手紙には法律事務所の共同経営者全員の副署がついていた。

〈普通の人〉が微笑んだ。「母上からも来ているぞ」

どうやら自分たちの側の勝利を示す事実だと思っているらしかった。そのことは、ハリエットについての情報を彼らは持っていないという喜ばしい事態を物語っていた。

〈普通の人〉らは監房のドアを開けたままにしていった。ジョーはいぶかしみながら出入り口のほうへ歩いていった。一条の光が手招きをしていた。いまにもマーサーの声が聴こえてくるだろう。これはマーサーの策略なのだ。自分は自由の身になる。

足が監房の外の床を踏んだとき、釘を踏んだような感覚があった。その感覚は全身をつらぬくものだった。飛びすさるように監房へ戻ると、ドアが閉まった。

ドアはまた開いたが、もう外に出てみる気にはなれなかった。どうやら自発的に自分を監禁する訓練を施されたらしかった。

ジョーは移送車に寝かされてストラップで拘束され、べつの部屋に移された。広くて寒い部屋で、ほかにも同じように移送車に横たわった人が何人もいた。ただしほかの人たちは身体を拘束されていなかった。

ほかの人たちが拘束されていないのは死体だからだと気づいたのは、かなり時間がたってからだった。隣に寝ている蠟人形のような人がテッド・ショルトの死体だと気づくまでには、さらに長い時間がかかった。ショルトの首は百八十度回転していた。

それがショルトだとわかったあと、ジョーはテッドが〈死の時計〉の馬車に乗っているところを想像した。ショルトは荒々しい死への反抗者で、サンダルで死神をぶちながら、さあわたしを温室へ戻せと要求する。ジョーはふっと笑った。そうだ。そんなことが起こるべきだ。

だが現実はそうはいかない。隣で寝ているショルトはもう死んでいた。

〈普通の人〉がまたべつの手紙を見せにきた。今度はとくに嬉しそうだった。

親愛なるジョー、

ごめんなさい。もう何カ月もたつのに、わたしはあなたの居所を知りません。わたしはあなたが本当に好きです。でも永遠には待てないんです。ピーターという人が今夜わたしを食事に連れていってくれます。わたしはつぎに進むことにしました。どうかわたしを憎まないでください。

あなたにキスを
ポリー

ジョーは横たわったまま何も言わなかった。それから小さな白い部屋へ押しこめられ、何度も何度もショックを加えられて、しまいには全身が一個の痙攣する筋肉になった。このわかりやすい痛めつけ方に、ジョーは笑いだしてしまった。激痛はかえって笑いを誘発した。電極が熱く膚を焼いたにもかかわらず。だがふいにジョーは何がなんでも笑いをとめたくなった。自分の皮膚が焦げる臭いを嗅いで笑うのが嫌だった。頭がおかしくなるのは嫌だった。祖父のあのくだらなくも怖ろしい時計の馬車にテッド・ショルトと相乗りするのは嫌だった。

特別に大切にしろよ。

世界終末への鍵を握っていた祖父。

特別に。

大切に。

〈較正器〉のありかがわかった。

胸のなかで何かが張りつめ、それがふっと弛緩するのを覚えた。すさまじい警告音が聴こえた。奇妙な平穏がジョーのなかに生まれた。冷たい、不思議な平穏が。それから自分の心拍音が聴こえないことに気づいた。

ふいに、ジョーはもう監房にはいなかった。

まるで誰かが明かりをつけたかのようだった。影がすべて消えた。白い部屋はもうなかった。気分は普通だった。いい気分とすら言えた。少し退屈だった。

自分はある種の突き抜けを経験しているらしいことが、他人ごとのような感じでわかった。それは悪い経験ではないように思えた。下を見おろして、草地がひろがっていないか確かめた。独房に閉じこめられているうちに発狂したのなら、草地や木々や鳥たちが見えてもおかしくない。

「あなたって馬鹿ね」とポリーが言った。

ジョーはポリーを見た。ポリーは、網タイツやペディキュアまで、最初に会ったときと同じ服装だった。

「きみからの手紙を見せられたよ」

「ばかばかしい。手紙は見せられたんでしょうけど、それ、わたしが書いたんじゃない」

「そうなのかな」

「連中は嘘をついたのよ。あいつら嘘つきだもの。ジョー、わたしを見て。さあ見て。わたしの顔を見て。わたしの目を見て」ジョーは見た。「わたしはあなたから離れない。わたしを追い払おうとしてごらんなさい。わたしは絶対に離れないから。ぜっ、たいに」

「そうなんだ」

「これでわかったでしょ」

監房に戻るあいだにも、また全身が痛みはじめたが、そんなことはどうでもよくなった。

ジョーは自分が、「もう話す」と言いはじめているのに気づいたが、すでに事情は変わっていた。

おまえは嘘つきだ。おまえは毛皮の帽子をかぶった禿げ男みたいに嘘をつく。絨毯みたいに嘘をつく。おまえは嘘つきだ、嘘つきだ、嘘つきだ。おまえはやりすぎた。おれにはお見通しだぞ。おまえの全部が見えてるぞ。

ポリーは死んだと言ったのならまだ許せる。おれみたいに捕まったと言ったのなら。ここにいると言ったのなら。だけどあんな嘘はつくべきじゃなかった。

おまえは嘘つきだ。それがおまえだ。

ジョーのなかで何かが燃えていた。

連れ出されるとき、ジョーはおとなしくしていた。それから〈棺男〉のことを考えた。〈棺男〉は身体を完全に拘束されているのに、なぜか敵に痛撃を与えられるようだった。スタンガンで抵抗を封じられ、何かの薬物を投与されていながら、なお敵にとって危険な存在で、ストラップで身体を固定されている。そこまでしても敵はこの男をコントロールできずにいる。〈棺男〉は囚われの身だが、法的に拘禁されているのではない。そしてジョーの味方だ。

ジョーは右手を鋭く突き出して〈普通の人〉の鼻を

折った。すぐには拳を引かずに鼻をぐりぐりして軟骨の感触を味わった。指が血で濡れた。〈普通の人〉がジョーに向かって叫んだ。

「それがおれのやり方だ」とジョーは〈普通の人〉に言った。「そうなんだ！　それがおれのやり方なんだ！」

五人の男がジョーを押さえつけ、六人目が鎮静剤を注射した。

世界が縁のほうから灰色になるなか、ジョーは敵が怖がっていることを見てとった。


ジョーは目覚めた。痛みと傷は慰めだった。物事が逆になり、拷問者が犠牲者を怖れる。それこそがジョーの望む世界。無秩序の世界だ。

にやりと笑った。唇の傷からまた流れた血を味わい、さらに大きく微笑んだ。独房の白い壁には奇妙な美しさがある。なんの質感も感じさせないタイルはいっそすがすがしい。風味のない乾いた空気は舌に心地よい。脚や腕を曲げてみる。各筋肉の力量と許容度と限界がびんびん感じとれる。自分の肉体をスキャンしてみた。あばら骨に触ると、数年来ついていた脂肪の層がなくなっていた。自分は壊れたのではない。ここで現実に、医学的に、死んだのだ。よくわからないが、たぶん一度ならず。だがいまは生きている。かつてなかったほど自分自身になっている。自分自身の精製されたエッセンスになっている。

ジョーは自分の人生をかえりみて、ため息をついた。いままでの自分の愚かさを見、自分でつくりだしていた罠を自覚すると悲哀がこみあげ、後悔の念がわいた。なんという大量の時間をむだにしたことだろう……。

念のために、自分の犯した間違いのあとを追ってみた。

祖父ダニエルは、マシューは悪いやつだというのが口癖だった。あいつはいつも金儲けばかり考えていると言った。子供のころは落ち着きがなかったが、大人になってもそうだったと。祖父は息子マシューの悪い性質は生まれつきのものではなく、育ってきた過程に原因があるという考え方をまったくしなかった。

新たにのぼった山の頂上から、ジョーは自分たちの一家が来た道を簡単に目でたどれた。マシューはいわば難民だった。マシューが生まれてすぐに世界が壊れてしまったのだ。ママと呼べるようになるかならないかで母親に去られた。母親はその後戻ってきたが、何か心ならずもといった感じのおかしな戻り方だった。母親もマシューも、自分たちが生きている世界はすべてがもっとも基本的なレベルで間違っていると認識していた。根本的なところで、マシューは法に従って生きることをよしと思わせてくれる心地よい建前を信じることができなかった。マシューの考えでは、世界はつねに戦争状態にあった。父親のダニエルはどんどん金を失い、工房を失おうとしていた。ダニエルにとって工房は自己実現の場だった。社会はそれを意義ある事業だとおだてたが、そんなおだてはインチキなのだった。ダニエルは生涯の大半を費やしていいものをどんどんつくろうとした。彼にとっての女神であるフランキーを魅了できるようなものをつくろうと精魂を傾けた。だがマシューはそんな幻想を持たなかった。世の中や両親のことをよく観察して、自分の母親は破壊的な発明品に魅入られていることを知った。

インチキな社会に対して、マシューはインチキでお返しをした。ダニエルの世界を守ってやるために、みずからはダニエルの世界を捨てた。そのことから自分の人生全体についての教訓を引き出した。マシューは法を破り、金庫を破り、窓を破った。治安を乱し、破壊から慰めを得た。世界はあるべき形でうまくいっている、というのは、社会がつく最大の嘘だった。そのことを見抜いているマシューは、自由だった。

母親のフランキーが自由だったように。そしていま息子のジョーも、もう自分が閉じこめられている白い部屋を怖れてはおらず、自由だった。

外の廊下で足音がした。ラスキン主義者たちが来る。〈普通の人〉も来るだろう。彼らはジョーが前のように怯えていると予想しているはずだ。怯えながらも力が回復するのを待っていると。だがジョーの力はいま敵愾心(てきがいしん)でできている。後退したら力は弱まっていくのは目に見えている。この強い確信も見失うだろう。そうなってはおしまいだ。それを失えば、もう自分には何も残らない。

それなら戦端を開くのみ。ドアが開くたびに、持てる力をすべて出して戦うことにしよう。もう拘束はごめんだ。相手を粉砕するか、自分が粉砕されるかだ。

ドアが開いた。ジョーは行動した。

ジョーは歯をむきだして唸った。そのせいでちょうどロが開いたので、うかつにも顔に近づいてきた手に嚙みついた。思いきり嚙むと、ごりっという感触があり、おぞましい悲鳴が聴こえた。だがジョーは両手を動かすのに忙しくて、悲鳴などにかまっていられない。左手で誰かの手首をつかみ、右手をふりおろして、ドアをはげしくノックする警察官のように何かを叩いた。一度、二度。左手への圧力が増してくると、握っている手首を離し、すぐさま左肘で誰かを打つ。続けてそれを下に打ちおろして誰かの額に骨も折れよと叩きつけた。右へ左へはげしく動くと、ふいに敵がみな床に倒れていた。ジョーは落ち葉を蹴散らしながら庭を歩くように、倒れた者たちを踏みつけ、蹴飛ばした。さらに攻撃をどんどんどんどん続けた。相手に打撃を与えるたびに、弱るどころか力がみなぎってくるのを感じた。

ふいにジョーは動きをとめた。もう何もすることがなかったからだ。床で五人の男がのびていた。ふたりは小さくうめいている。三人は完全に意識がない。

この戦いに勝つとはまったく思っていなかった。戦いに勝つにはある種の技能が必要だという頭があるからだ。だが、ジョーは気づいていなかったが、相手にとって可能なかぎり最悪のことをつぎつぎと仕掛けることによって、敵が倒れた。ジョーの動きには何か凶悪な時計じかけの機械が持つ一種のサイクルがあった。つかむ、掻く、えぐる、ひねる、叩く、落とす。それをくり返す。くり返す。くり返す。

だがいまのジョーは――ある限度内でだが――自由だった。たぶん自由のままではいられないだろうが、監房の外に出ているあいだに暴れまわることはできる。自分を痛めつける機械にダメージを与えてやれ。面白いぞ。

もう一度手近な男の背中を蹴飛ばしたが、反応はなかった。その男のポケットをさぐると、カードキーが一枚見つかった。ほかの男たちも身体検査をすると、さらに何枚か手に入った。男たちを監房に閉じこめることも考えたが、人数が多すぎるし、重労働になりそうだった。かわりにいちばん大柄な男の衣をはいで、自分が着こんだ。〝囲地(いち)には即ち謀り〟（『孫子』の言葉。四方を険しい地形に囲まれているときは策謀を巡らして脱出をはかれ、の意）。ビリー・フレンドは『孫子』のファンだったが、おもに女を誑(たぶらか)すためにその知恵を活用していた。

廊下を歩いていき、あちこちのドアでカードキーを試してみた。かちりと開錠音がした。なかをのぞくことはしなかった。収監者がいるなら、出てきたい者は勝手に出てくるだろう。背後で何か言う声や叫び声が聴こえたから、何人かはいるのだろう。その人たちが自分と同じくらい怒っていればいいのだが。あるいは怖ろしく狂っているとか。それでもかまわない。

まもなく違う種類のドアが現われた。両開きのドアだ。それが開いたとき、エレベーターだとわかった。ジョーは乗りこんだ。もちろん逃げるつもりなのだ。監房を出たことはもう知られているだろう。だから敵はジョーが上へあがってくると予想しているはず。上へあがって、外に出ると。そこで彼らは待っているだろう。

そこで、下におりた。

ドアが開くとすぐに、煙の臭いがした。

この階の壁には赤いライトがとりつけられており、それらがまぶしく点灯していた。どこかで警報が鳴り響いている。一団のラスキン主義者が心をひとつにしたように動きをそろえてわきを通り抜けていった。ジョーは彼らがほとんど通り過ぎてしまうころ、頭をひょこひょこさせる動きをまねなければと思いついたが、彼らは気にしていないようだった。

だがこのまま無事にすむはずがない。監視の目が光っているはずだ。この衣を着ただけの最小限の変装はまもなく見破られるだろう。連中は個人を識別する方法を持っているはずだ。

ジョーは歩きつづけた。またカードキーが必要なドアに行き当たる。今度はブルーの一枚が正しい鍵だ。

ドアをくぐると、煙の臭いがさらに濃くなった。

ジョーは自分の頭のなかで、この建物の大雑把な構造が把握できていることに気づいた。全体はエジプトのピラミッドか、メソポタミアの段階式ピラミッドの形だ。最上階には屋内庭園や談話室があり、その下は普通の病棟。その下がジョーたちのいる場所、すなわち拷問を加えなければならない不都合な患者たちの病室と拷問室がある階だ。いまジョーがいるのはそのもうひとつ下で、ある意味もっと秘密性と重要性の高い階であるに違いない。

角をひとつ曲がると、自分が映画のなかにいるのに気づいた。

いや、違うか。スクリーンがあり、椅子が並んでおり、スピーカーがある。それは映画館っぽい。だがそのほかに何種類かの台があり、それぞれにいくつもの電極がつながれていた。幾何学模様の凹凸がある灰色のフォームラバーで覆われていて、まるでレコーディングスタジオのようだ。

「普通の人間が目を覚ましたときナポレオンの記憶を持っていたら、その人間は精神異常を疑われるだろう」大きな顔がスクリーンを満たした。優雅で、ほっそりした、残酷な顔だ。それは中年期に差しかかったばかりの男で、日焼けした膚がとてもきれいだ。顔立ちにはなんとなく多文化の混交が感じられる。口がねじれるように動いた。「だがその男の記憶が正確であることが証明でき、しかもほかのどこにも記録されていないものであるとしたらどうか。しかも、目覚めたときナポレオンの顔をしていたらどうなのか。そしてベッドから身を起こしたとき、この男が自分自身の心を持っていなかったら？　その男がジョン・スミスでなくなり、肉体も記憶も皇帝ナポレオンのレプリカだったら？　いつの時点でわれわれはその男をナポレオンと同一人物であると認めるだろう。たんなるコピーではなく、復活したナポレオンであると。精神のパターンが計測でき、同一性が判定できるとしたらどうだろう」

カメラが引く。男は豪奢なベッドに横わたり、全身に電極やセンサーを飾っていた。おびただしいケーブルが皮膚につながれているので、上から吊りさげられているようにも見えた。周囲に何台ものカメラがあり、あらゆる角度から男の映像を記録している。男は横手に設置された丸いスクリーンを手で示した。スクリーンはどうやら緑色らしく、そこに波形が映し出されている。

「これがわたしの意識だ。これがわたしの肉体だ。わたしの履歴をおまえの履歴にする。完全に合わせれば、おまえはわたしの一部になる。神の一部になる」

ジョーはブラザー・シェイマスの邪悪な細面を見つめた。その顔は強烈な力をみなぎらせていた。異様であり、かつ、どこかで見たような印象も与えた。誰かを連想させるのだ。と、そのとき、悲鳴が聴こえた。

声の割れた、必死の悲鳴だった。声が低いから、男か、それとも大柄な女かだ。ホラー映画ふうの、シャンデリアを揺るがすような絶叫ではない。まったく別種の、哺乳動物的な声だ。**警報。警戒警報。虎の群れだ。わたしは捕まった。倒された。**

ジョーも最近、同じような声を出したものだ。

角を曲がり、ドアをくぐると、またドアがある。すると――。

ふたりの男がいた。ひとりは〈普通の人〉だ。〈普通の人〉が椅子に坐り、べつの人物を見あげている。まったく違った種類の人物を。それは虎だ。

虎は微笑んでいる。濃い顎ひげを生やし、ごま塩の髪をうしろでまとめ、オレンジ色の紐で縛っている。膚は白いが、革のような質感がある。立派な歯が生えているが、口の両端で乱杭歯になっている。それがこちらからよく見える。口は大きい。

ジョーはその虎のような男に見覚えはなかった。身のこなしにも、顔にも、目にすらも。ふと見ると、〈普通の人〉がすさまじい絶望の表情を浮かべている。ジョーの拷問者だった〈普通の人〉は、ラスキン主義者の衣に身を包んだジョーを見て、助けてもらえるかもしれないという希望を必死の形相ににじませた。

人をこれほど恐怖させうる人間はひとりしかいない。ジョーはあらためて虎のような男を見て、その目に思い当たる特徴を認めた。〈棺男〉だ。

〈棺男〉は背をかがめ、目の前に坐っている〈普通の人〉の顔に自分の顔を近づけた。

「ここの出口はどこだ、ぼうや」〈棺男〉は声が濁っていて滑舌が悪かった。口の両端の乱杭歯のせいだろう。例の歯列矯正器が矯正どころか歯をがちゃがちゃにしてしまったのだ。歯列矯正器はもうはずしているが、はずした状態にまだ慣れていないらしい。練習と腕のいい歯科医が必要だ。それはそれとして、声にはなかなか味がある。〝ぼうや〟。漁師の声だ。

「下だ！」と〈普通の人〉。

「嘘つけ」プリマスか、ロンドンのアクセントだろう。〈棺男〉は肩をすくめ、片手をそっと〈普通の人〉の顔のほうへおろしていった。また手を持ちあげたとき、指先が何かを持っていた。〈普通の人〉がまた悲鳴をあげた。今度は鋭い悲鳴だった。ジョーはその何かが耳たぶであることを見てとった。〈棺男〉はそれをわきへ放った。それからまた言葉を発した。

「おまえはもう見つかってるぞ」〈棺男〉はジョーのほうを見た。「おまえのことだよ」肩をすくめる。

「おまえは見かけとは違う人間だろう。おれにはわかるんだ」

ジョーは自分がまだラスキン主義者の長い衣を着ていることに気づき、急いで脱いだ。

「やっぱり」〈棺男〉はうなずく。「変なのは歩き方かな」

「あんたはどうやって脱け出したんだ」とジョー。

「誰かが蟻の巣をつっついたおかげだよ。警報器を全部鳴らしたりとか。そんななかで誰かが注意を怠った。おれのことで不注意になるとためにならない。おれはそいつとその仲間どもを捕まえて、火をつけてやった。おれに失礼なまねをするのはまずい。おれはずっとそのことをやつらに言ってあったんだがな。それにしてもおまえは一人前の男みたいだな」

「え？」

〈棺男〉は肩をすくめた。「あの力。おまえはものを壊すのが嫌だというようにどこでも通り抜けてくる。すべてを闇のなかに沈めておけ。それとももうそうしたのかもしれないがな」

「何を闇のなかに沈める？」

「馬鹿のふりをするな。なんのことかわかるはずだ。おい」と咎める口調で、起きあがろうとする〈普通の人〉に言う。「いらぬことはするな。おれに力を与えるだけだ」この場合の〝力〟は悪いものを指すようだった。〈棺男〉は〈普通の人〉の、もとは耳たぶがついていた傷口へ手を伸ばした。〈普通の人〉が身体をふたつに折り、空(から)えずきをした。「で、〈ハコーテ〉ってなんだ。何が書いてあるんだ。こいつらにはえらく大事なものみたいだが」

〈夜の市場〉の直感が、はぐらかせと告げた。ジョーは肩をすくめた。「さあ知らないな」

〈棺男〉は目を据えてきた。それから笑いだした。まっすぐ立っていられないほどのはげしい笑いだった。

「何がおかしいんだ」

「おまえがだ！　まいったよ。あああ、まいった、まいった……。おまえはおれと同じくらい事情がわかってないみたいだな。ここの連中もそれを知ってるはずなんだが、それでもおまえをフルコースメニューで痛めつけた。でもおまえが喋らないから、連中はおまえを半端なくすごいやつだと怖がる。連中はもっとおまえを責めるが、おまえは知らないから喋らない……傑作だ！」

ジョーは、いやおれは事情を知っていると言ってやりたい衝動を押し殺した。それからここの連中が知らないこともひとつ知っていると。だが学校にいるのと同じように、知っていることはひけらかさないで、笑ってごまかした。

〈棺男〉はデスクの上に背をかがめて、辞書類をはたき落とした。これもおかしなふるまいだったが、この部屋のなかで〈普通の人〉だけが愉しそうでなかった。そのことに気づいた〈棺男〉は、ちょっと興ざめした顔になった。

「出口はどこだ。さあ言え」

「下だ！　地階だ！」

「違うと思うな。それはおれが閉じこめられてたところだ」

「それは見せかけだ！　全部上下が逆なんだ！　地階に行くとき、エレベーターはじつはあがっていくんだ！　機械をうまくつくってあるから気づかないだけだ。知らない人間はそれで気持ち悪くなる！　だから出口は下にあるんだ！」

〈棺男〉はジョーににやりと笑いかけてきた。

「いまのはなんとなく本当っぽいな。おまえは下へ行くのか」

「あんたも来るかい」

〈棺男〉がまた目を向けてきた。

「ほんとはいっしょに来てほしくないんだろう。おれは娑婆では人気がないからな。おれは悪い人間じゃないんだが、いまものすごくむかついてる。このむかつきを世間にお裾分けしたい気分なんだ」〈棺男〉はまた背をかがめてすばやく何かおぞましいことを〈普通の人〉にした。〈普通の人〉は、ひゅううっと嫌な音を小さく立てる。何かを引きちぎられて、もう悲鳴をあげられないのかもしれない。一歩後ずさりしたジョーに〈棺男〉が言った。「ああ、そろそろわかってきたんだな」

「あんたは誰だ」

「誰でもない。そりゃまあ以前は何者かではあった。ケネス・ロナーガンの芝居とアーサー・キットの歌が好きだった。それから……オレンジジュースも好きだった。うちの前の通りのはずれにあるサンドイッチ屋が出すオレンジジュースは新鮮でうまかった。週に一度、飲むのが愉しみでなあ。おれはそういう人間だった。いまのおれは何者だかわからない」

「あんたは患者だろう」

「それも本当だ。だからっておれは悪い人間ということにはならないだろう？」

〈普通の人〉がふいに上着のポケットに手を突っこみ、携帯電話くらいのものを出して、〈棺男〉の脚にぐっと押しつけた。ロボットがキスするときのような鋭い奇妙な音がした。〈棺男〉はぴくっと動いたあと、微笑んだ。

「おお、よしよし」〈棺男〉は軽く舌をもつれさせた。「おれたちみんなこの瞬間を待っていたんだよな」頭をぐるりと回し、歯をかちかち嚙みあわせた。離れたところからでも、ジョーには〈棺男〉の皮膚の静電気を感じとれた。〈普通の人〉がまたスタンガンを押しつける。〈棺男〉はちょっと痙攣してすぐ平静に戻った。

「問題はも、目的だ」と〈棺男〉。「目的を持ってると……んんぐ……それにしがみつく。そういうものは、こ、こ、こん畜生だ。誰かが背中をか、か、搔いてくれるようなもんだ。内側からな……ぐだあ。それでもいいことはいっぱいあるだろ、え?」背をかがめてスタンガンをもぎとった。脚の皮膚には黒い焦げ跡がふたつついている。

「きさまよくもやりやがったな」〈棺男〉は親指を〈普通の人〉の片目にずぶりと刺した。ジョーはさらに問いを投げようとして唇を動かしながら、吐き気を覚えていた。

「あんたは誰なんだ」やっとそう訊いたが、答えは知っているような気がした。

「苗字はパリーだが」と〈棺男〉は言った。「ヴォーンと呼んでくれ。友達はみんなそう呼ぶからな。おれとおまえは友達でいたほうがいいと思うんだ」

わ、わかった。

「あのだな」とヴォーン・パリーが言う。「たぶんおれはおまえをやることになってたんだと思う。そういうことだったと思うんだな。もうひとりのあのテッドも……連中は怖がらせるためにおれに与えたんだ。そら、やるぞ、ヴォーンってな。馬鹿なやつらだ。おれはあんな男なんかどうこうしたいと思わなかった。だから連中は自分らでやらなきゃならなかったんだ。

おまえも埋められる前におれのところへ連れてこら

れるはずだったんだと思うよ。まあ、おれはおまえの運命だったというかな。ちょっと考えてみるといい」ヴォーン・パリーがまた〈普通の人〉に目を戻すと、〈普通の人〉は哀れっぽい声を出した。「おまえは運命を信じるか。おれには運命というものがあるように思えるよ。運命があるなら、選択なんて無意味だ。そうだな？　かりにおれが悪いことをしたとしても――」ヴォーンは悪いことをした。〈普通の人〉は一本調子の絶叫をし、そのあと咳きこみ、嘔吐した。「悪いことをしたとしても、おれは自分で選んでやるわけじゃない。というか、おれはつねにそれを選ぶんだ。選ばなければおれじゃないからだが、結局それはその前に言ったのと同じことだ。おれは生まれた日から死ぬ日までずっと怪物なんだ。これは全部同じことだ。そうだろ。問題は、そんななかで、おれはどこにいるのかってことだ。何も選べないとしたら、おれはただの傍観者なのか。おれはいると言えるのか。それが運命だ」肩をすくめる。「おまえはもう行ったほうがいい」と見向きもせずジョーに言う。「おれは自分の世間的評価を維持しなくちゃいけないんだ」〈棺男〉はすべておまえのせいだというように〈普通の人〉に向かって鋭く言いはなった。「これから少しばかり自分らしさを発揮するつもりだよ」

ジョーはためらった。直感的に、〈普通の人〉を助けたほうがいいという気もした。〈普通の人〉はとんでもなくひどいことをしたくそ野郎だが、いまされているようなことは誰にとっても酷だ。ほかの状況のもとでなら、〈普通の人〉の股間を思いきり蹴って、ついでにぶん殴って顎の骨を折ってやるだろう。それが自分の感情に忠実な行動だ。だがヴォーン・パリーというやつは、みんなの噂やビリー・フレンドの意見によれば、本当は人間ではないとのことだ。人間の皮をかぶったまったくべつのものらしい。〈普通の人〉とのあいだには、小さなものかもしれないが、人間として共通点があると思う。だが相手の悲鳴を聴きながら面白半分に耳を引きちぎれるヴォーン・パリーとのあいだには、共通点など感じたくない。

それでも、共通点は感じた。強い親近感を抱いた。その気力に、恐怖に対する知に。ヴォーンはこの世界——プロの拷問者と、そのために人が殺されるかもしれない暗い秘密の世界で——機械職人ジョーよりもずっと優雅に生きている。ヴォーンにとっては筋が通っている世界なのだ。ヴォーンはジョーなどとは違ってその世界にしっくりなじんでいる。ヴォーンはその世界に属していて、怖がっていない。それがジョーにはひどく羨ましかった。多かれ少なかれジョーはこれまでずっと怯えながら生きてきた——ほんの数時間前、ふっといろんなことが明晰になって、〈普通の人〉の鼻を叩きつぶすまでは。

ジョーはまた怖くなった。ヴォーン・パリーがひどく怖くなった。むりもない。パリーは当代随一の悪鬼だ。おぞましいことを器用にやってのける郊外の殺人マシンだ。そんな男が、生身の存在としてすぐそこにいて、ひとりの人間の顔を指で血まみれにし、自分の靴を血まみれにしている。こんな男とは議論したくてもできない。殺されるだろう。

それとも、そんなことはないか。

ジョーはまた両肩をぐりぐり回した。ヴォーンと話をするという考えに魅入られた。何かあったら、わめきながら大暴れすればいい。こっちは身体が大きいが、ヴォーンはそうじゃない。いまはもう何がどうなろうとかまわないという気もある。世界はおかしくなってしまった。ヴォーンの世界になっている。ジョー・スポークのような人間がこんな目にあうような世界では、ヴォーン・パリーのやっていることこそ筋が通っているのだ。ジョーはおとなしい機械職人だ。世の中のことをあまりよく知らない男だ。法を守って生きている男。それがジョーだ。法が守ってくれなくなる事態など考えてみたこともなかった。

とにかく、いざとなったらわめきながら大暴れすればいい。なんらかの結果が出る。ヴォーンを殺せるかもしれない。そうなったら世界は少しましになるだろう。こちらが殺されるかもしれないが、そうなればこちらの抱えている問題が解決される。

ヴォーンがこちらを見て、にやりと笑った。

「出ていかないんだな」首をふりながら言う。「どうしたんだ、ぼうや。どうなったら出ていくんだ」

「わからない。もしかしたら、おれよりあんたのやってることのほうが筋が通ってるかもしれないと思ってるんだ」

ヴォーンが驚きに目を見開いた。「そういうことはあんまり言われたことがないな。しかしおまえの言うとおりだろう。おれはもうこいつを放っておくことにしよう。でないと本格的に痛めつけてあとで後悔するかもしれない。よしいっしょに行こう」

意外な言葉とともに、ヴォーンはジョーを押し出すようにして部屋を出た。残された〈普通の人〉は床の上でみじめに横たわって、安堵の息をぜいぜいついた。

ジョーはちょっとためらったあと、ヴォーンに手を差し出した。

ヴォーンは同じくらいのためらいの間をあけたあと、ぎこちなく握手に応じた。ふたりで足早にエレベータのほうへ歩く。映写室でジョーは足をとめてスクリーンを見た。〈記録される男〉はいま走っていた。古傷をかばうように身体をまるめ、それでいてあの気味の悪い流れるような動きを見せている。ジョーは顔をしかめた。

ヴォーンはうなずいた。「やつらはここでつくられるんだ」そう言って行きかけた。ジョーは動かない。

「誰が？」

「やつら。修道僧どもだ。頭に電流を流してなかを空っぽにする。するとやつらができあがるんだ。これを使って」とヴォーンは周囲を手で示した。「おれにも試しやがった」

「そしたら?」

「装置がバンバン壊れて修理不能になりやがった。それでおれは修道僧になる素質がないと見切りをつけられたんだ」ヴォーンは鋭い目つきでにやっと笑い、血に染まった歯を見せた。ジョーは、あれは自分の舌を嚙んだのであって、〈普通の人〉のどこかを嚙んだんじゃなければいいが、と真剣に思った。「それじゃ、火事でぼうぼう燃えてる精神医療刑務所からずらかるとするか」

「ああ、出よう」

ヴォーンが先にエレベーターに乗りこむ。

そして地下室のボタンを押す。いまはもうわかっているので、ジョーは上昇を感じとった。ぐんぐんのぼる。扉が開き、本物の日光が目に入った。ただし灰色の湿った日光だ。イギリスらしい天候。火はまだこの階には及んでいないが、警報器は鳴っていた。それを聴きながら、さてどうなるだろうと出口を見た。外に出ようとした瞬間、身体に痛みが走る仕掛けがしてあるかもしれない。ラスキン主義者が総出で待ち構えているかもしれない。狙撃者がひとり狙っているかもしれない。あるいは警察の狙撃者数名が。蜜蜂の群れが帰ってきていて、誰も彼もが発狂しているかもしれない。ポリーは本当にあの手紙を書いたのかもしれない。

それでもとにかく、前に進んだ。

XIV

ヴォーン・パリーの秘められた生涯、モンテ、帰宅

「名前はダルトンか」ヴォーン・パリーは深夜バスの薄暗い最後尾の席で独り言のようにつぶやいた。〈普通の人〉の財布をいただいてきたヴォーンはそれでバスの料金を払い、いまはクレジットカードその他を見ている。「ああ、運転免許だ。自宅の住所はこれか。結婚してるのかな……」そこでジョーの顔を見て言った。「いやいや、そうじゃないって！　ちょっと忍びこんで服をもらったり、冷蔵庫の食い物をいただいたりできないかとね。何も奥さんを……」悪そうな顔でため息をつく。ジョーは灰緑色の外を見た。郊外の工業地域のコンクリートと貧弱な街路樹の世界がひろがっている。

ジョーもヴォーンも、バスがどこへ行くのかはよくわからない。いまいる場所があやふやだからだ。ヴォーンはどこかの木立に入りこんでもいいと思っているが、ジョーが田舎より都会のほうが隠れやすいと説得した。そこでバスに乗って、〝街中まで〟と告げたのだ。

「あの上下逆のエレベーターってやつはよく考えてあったな。頭がいいや。あのブラザー・シェイマスってやつは。そう思わないか。悪知恵が働くやつだよ」

ジョーはイギリス最悪の連続殺人者の顔を見た。いまのはプロからプロへの賛辞というやつだろうか。ヴォーンはジョーの内心を読みとって、またため息をついた。

「おれはおまえが考えてるような人間じゃないぞ、ジ

ョー。たしかにちょっと凶暴なところを見せちまったが、何しろあそこに長いこといて、それがあんまり愉しくなかったもんでな。とにかくおれはおまえが考えているような人間じゃない」

「おれは自分がどう考えてるかよくわからない」

ヴォーンは不審げな顔でジョーを見た。それから——自分たちが互いをよく知らないことを考えて——うなずいた。「最初から話を聴きたいか」

「先はまだ長そうだしね」

「一時間くらいあるだろうな。よし、いいだろう」

ヴォーンは話しだした。

パリー家の子供部屋には何枚ものかかしの絵が飾られていた。ヴォーンの最初の記憶は、赤いラグの真ん中で積み木遊びをしているとき、まわりを見ると、それぞれ少しずつ違う蕪のような白い丸い顔をしたお化けのようなかかしが十体、細腕を横に突き出して立っていた。葬儀屋の息子として、ヴォーンは四歳のときに、人は男も女もみんな死ぬと推論した。そして無気力に育った。ほかの子供たちのことは嫌いだった。死の持つ意味を理解できないらしいからだ。死が絶対確実に訪れるなら、この地球とその上にあるものすべてになんの意味があるというのだろう。ヴォーンは見通せない闇のなかで生きた。死は視野の周辺を縁どった。夜は電気をつけたまま眠ろうとしたが、父親が消しにきた。ふたりは毎晩犬のように喧嘩した。はげしく吠えて咬みあった。母親はすでに肺炎で死んでいた。葬儀屋の仕事を継ごうと思ったのは、それが自分の埋葬を待つまでのあいだのいちばんましな過ごし方だったからだ。

「なのにやつらは悪ふざけをしやがった」とヴォーンは小声で続ける。「悪趣味もいいとこじゃないか。死体のなかにキツネを縫いこめるなんてな。よくわからないよ。おれは気絶しそうになった。そのあとのことは覚えてない。誰かがおれを怪物だと言った。おれは

『馬鹿くせえ』と言って出ていった」

ヴォーンはあちこち渡り歩いた。メイクアップアーティストになろうとしたこともあった。死に化粧の技術をすでに身につけていたからだ。死人は化粧のりが悪いのが難点だが、それこそペンキだろうとなんだろうと使えるという利点がある。必要ならどこかちょっと切りとってもいいわけだが、こんなことは誰にも言うなよな。

そのあと田舎町の古い家に住んでいたとき、痩せた男と太った男の二人組が訪ねてきた。もう自分の家族とは関わり合いになりたくなかったから、偽名を使っていたのに、二人組はなぜかこちらの正体を知っていた。

「これはもうだいぶ前の話だ。五、六年前。おれは今日が何年の何月何日か知らないんだ」

じつはジョーも知らなかった。何週間くらい閉じこめられていたのか。ひょっとしたら何ヵ月もか。まったくわからない。ものすごく疲れていることだけはわかった。

「『ミスター・パリー、やってほしい仕事があるんだ』と痩せた男が言ったんだ。『実入りはいいが、極秘の仕事だ』と。おれはやった。死体の死に化粧だ。顔や何かを見られるように直す。そのやり方は知っていた。何週間かしたらまたひとつ、そのあとまたひとつと頼まれた。一体二千ポンド。ありがたい報酬だ。仕事はまだまだあるという。でもおれは変な気分になってきた。その死んだ野郎どもは——ああ、そいつらはみんな野郎どもで、子供や女はいなかった、子供や女ならおれは何もできなかった——で、そいつらは……あれだ。もうおれたちにはわかってるよな。そいつらは奥の手術室みたいなところで処置をされたが、うまくいかなかった連中なんだ。手術台の上で死んだというか。その痕跡隠しをおれはやらされてたわけだ。やつらはおれにあのテッドの死に化粧をやれと言って、おれをテッドとふたりきりにした。おれはくそったれと言った。というかわめいた……まったく、獣みたいになるのにそう時間はかからないぜ。そうだろ。じきに檻に入れられたキングコングみたいになっちまう！」ヴォーンは不気味な笑い声を立てた。災厄を生き延びて気が変になった人のように。

「というわけでだ。やつらはおれが気づいたことに気づいたんだ。ある日、道具を持って行ってみると、そこにあった死体は……新鮮だった。まだ温かかった。おれはションベンをちびりそうになった。それからサイレンが聴こえた。玄関から警察が踏みこんできて、やっとどういうことかわかった。やつらはおれをはめて、罪を全部ひっかぶせたんだ。そこには死体が五、六十個あった……それから奥には恐怖の部屋があった」

奥の部屋は有名になった――悪名をはたせた。ヴォーン・パリーは殺し方がどんどんひどくなっていったと報じられた。連続殺人者なのだと。連続殺人者はひとつの狂気の形では満足できない。つぎつぎにおぞましい儀式を考えだして異常な欲望を満たしていく。そんなふうに説明された。

奥の部屋で発見された最新の犠牲者は母親とその子供だった。そのあまりのむごたらしさに、刑事のひとりは睡眠薬自殺をした。そしてべつのふたりの刑事が退職した。

「全部おれのせいにされた」ヴォーンは抑揚のない声で言った。「母親と子供もおれがやったことになった。その母子のことを考えても、申し訳ないが、いまはもう涙も出ない。とにかくおれは一年以上のあいだ拘置されていた。最初は拘置所で、つぎは病院だった。それからあの精神医療刑務所に移されたんだ。おれはずっと殺人者ヴォーンとして扱われてきた。おれはいま入れ歯なんだ。蹴られて歯が折れちまったから。おれは……全然別人になった。そういうことがあそこで起きてたんだ。そうだろ。おれたちは元の自分を失う。そして別人になる」ヴォーンは身震いをした。

「おまえはどうなんだ」しばらくしてからヴォーンが訊いた。「どういう事情があるんだ。なんだかおれより憎まれてるみたいだが」

ジョーはため息をつき、最近の出来事をかいつまんで話した。そしてついでにスポーク家のことも簡略に。簡略にしたのは、たとえヴォーンの告白が真実であるとしても、自分の人生にヴォーンがあまり深く関わってくるのを望まなかったからだ。〈普通の人〉にあんなやり方で報復できる人間というのは、やはり必要な限度を超えて懐かしい思い出話を語りたい相手とは言えない。

「機械じかけの蜜蜂か」とヴォーンはつぶやく。「それはでかい話なのか」

「ものすごくでかい話だと思う。それで戦争が始まるくらいの」

「へええ」

路面の状態が変わった。タイヤのしゅうっという音が低い唸りになった。

「どれだけ意味があるかわからないが、おまえに話すことはまだある」とヴォーンは続けた。「おまえには借りがあるからな。あのダルトンにも借りがあったが、それはもう返した。それにこの問題がそんな重大なことなんだったら……」

「話すことってなんだい」

「おまえの友達のテッドが……おれに告白したんだ。そう、あれは告白としか言いようがなかった。おれが以前葬儀屋だったと知ってな。おれは正式な葬儀屋じゃなかったことを話さなかった。あのときはどうでもいいことだと思えたからだ。少なくともテッドにとってはな」ヴォーンの顔に恐怖の色のようなものがよぎった。「あの男はもうぼろぼろだった。連中はあの男を拷問して、それからおれが何者かを教えて、おれのところへ連れてきた。怪物ヴォーンでびびらせようとしたわけだ。でもあの男はもうどうでもよくなっていた。胸のなかで何か裂けたらしくて、喋るとびらびら音がしたが……死ぬまぎわの罪の赦しを求めたんだ」

ヴォーンはため息をついた。「このおれから。よりによって地上最悪の人間と思われてるこのおれからだ。おれは赦しの言葉をかけてやれなかった。ずいぶん長いこと憎しみの目でしか見られてこなかったから、そういう言葉が出てこなかった。おれはあの男の顔をじっと見てるだけだった。するとあの男は告白をして、死んだ」

ヴォーンは身震いをした。「おまえは連中の欲しがってるものを持ってるんだろ」とずばり訊いた。「おまえがあそこでいろいろやられたのは全部茶番で、時間のむだだったなんてことはないだろ」

「ああ」ジョーはぼんやり答えた。「あそこではうまくごまかしたけど」

「おまえが持ってるって、テッドが言ったんだ。テッドにとって、それは啓示みたいなものだったらしいな。天使みたいなものというか。でもおれは――」そこで言葉を切った。「なんだかおれ馬鹿みたいに喋くってるな」

「いや、いいんだ」

「長いこと喋ってなかったもんだから」

ああ、そうだろうな。だがヴォーンの滑舌はだいぶよくなっていた。

「いいんだ」とジョーは言った。「話の続きを頼む」

「おまえが持ってるとテッドが言ったとき、おれは……怖くなった。それと同時に何年ぶりかで希望みたいなものを感じたよ。おまえがそのなんとかの装置を連中のケツの穴へ突っこんでくれたら面白いがってな」

ヴォーンは笑った。「でもそいつはずっと持ってたほうがいいかもしれない。安全な場所へしまっといたほうがな」

この問題を誰かと話せるのはありがたかった。もうどれくらい前からかわからないが、ナンセンスな詩にして、そのことを唱えてきたものだ。**埠頭のそばで、岩のしたで、フランキーの器具は水疱瘡にかかってる。**

ジョーは眉をひそめ、手をあっちへやり、こっちへやりする曖昧な仕草をしながら言った。「いまは安全な場所にある。〈死の時計〉のなかにあるんだ。あの人が祖父ちゃんのところへ送ってきて、祖父ちゃんがそこへ隠した。〈死の時計〉はものすごく醜くて、一度見た人間は二度と見ないから。祖父ちゃんはおれにあれは〝特別な教材〟だから大事にしろと言った。おれは、変なものでも教育には役立つということだろうと思ってた。あれは警察が押収したもののなかにあるから、いまは連中が持ってるわけだが、連中はそれを知らないんだ。こんなことをしたけど」ジョーは痛めつけられた自分の身体を示した。「連中はじつはもう手に入れてるんだ。たぶん箱に入れてあると思うな」

ヴォーンはジョーをまじまじと見た。「それは世界中の人間にとってえらい意味を持ってるよな。でもおれにはどうでもいい。ああ、もう頼むからそれ以上話さないでくれ! まったく、あんたのトラブルまで背負いこみたくはないよ」

ジョーは首をふった。早く家に帰りたいという衝動にかられた。帰っても、街の地下の〈トーシャーズ・ビート〉のどこかに隠れなくてはいけないかもしれないが。

バスが停止して、男がひとり乗りこんできた。果物の収穫をする作業員らしかった。両手に伸び縮みする絆創膏をいくつも貼っていた。Tシャツにはジョーの知らないヨーロッパ言語の文字が書かれている。手にした白いポリ袋に詰まっているのは季節はずれの温室物のプラムだ。

ジョーは、自分はラッキーだったと思った。警備の厳重な施設から脱出できたし、道づれの怪物はけっこういいやつだとわかった。警察の大規模な捜査網も機動力と隠密行動と攪乱作戦でかいくぐった。そして自分ひとりだけが――いや、ヴォーン・パリーを除いてだが――〈較正器〉のありかを知っている。

知っているのはふたりだけだ。

「このバスはここからロンドンまでとまらずに行きますよ」と運転手が言った。ジョーは一瞬、閉所恐怖症的な不快を覚えた。が、すぐに、いまのは閉所恐怖症とは違う感覚だと気づいた。めまいだ。ありえないほど都合よく事が運んだときの、高い崖の縁に立ったようなめまい。このまままっすぐロンドンのマーサーとポリーのところへ帰れること。ヴォーンがいろいろなことをすらすら話してくれたこと。テッド・ショルトが死ぬまぎわに妙に明晰な意識でヴォーンに打ち明け話をしたこと。指名手配中のこの国最悪の凶悪犯ヴォーンが急に親しみやすい男になったこと。

できすぎている。

あれだけ長く拷問されて、いまはこれ。簡単すぎる。ちょっと苦労して何かやったら、刑務所がまるごと焼けてしまった。囚人の夢。

さんざん鞭をくらった。もうすぐ飴をくれるだろう。

囚人のファンタジー。

飴なんてくれるものか。きみの味方はわたしとポリーだけだ。

このゲームは八百長だ。

おれはラッキーなんかじゃない。これはスリーカードモンテだ。

おれは自分の欲しいカードを選んだと思ったけど、じつは詐欺師がとらせたいカードをとらせたんだ。おれが引いたのはクイーンじゃない。ジョーカーだ。

ヴォーン・パリーというジョーカー。

ということは、あんたは誰かのために働いてるわけだな。おれは思い違いをしてた。あんたは一匹狼なんかじゃない。自分で言ってるような人間じゃない。あんたは嘘つきだ。そしておれはあんたを、あんたの行きたいところへ案内しようとしてる。あんたの知りたいことを教えてやろうとしてる。

ということは、結局のところ、あんたはおれを殺すことになるわけで、殺人鬼で間違いないわけだ。

くそ、くそ、くそ。

だが、いまのジョーは新しい、行動的なジョーだった。意識よりまず身体がプランを立てた。意識がオーケーを出す前に身体が動いた。考えることなく必要な動作の流れに入る——なぜなら、考えていたら、たぶんヘマをするからだ。

ジョーは正確にタイミングをはかった。運転手がバスを発進させ、車体ががくんと揺れた。ジョーはヴォーンの両肩をつかみ、その頭を通路に立つクロームのポールに鋭くぶつけた。ヴォーンは激痛に顔をゆがめたが、つぎの一瞬、底なしにすさまじい怒りを燃えたたせた。それからバスがまた揺れ、ジョーが同じことをくり返すと、ヴォーンはぐったりとなった。ジョーはヴォーンを窓に寄りかからせると、急いで前へ行った。

「すいません、乗るバスを間違えました」

運転手はため息をつき、「ほかにおりる方、いらっしゃいませんか」と訊く。ほかの乗客は首をふったり、馬鹿な乗客ジョーを睨んだりした。運転手はジョーをおろした。

ジョーは赤いテールライトが遠ざかるのを見送ると、マーサーに電話をかけるために電話ボックスへと走った。

ジョーは、スモークガラスをはめた黒い大型の車が一台か、何台かの普通サイズの車が来るだろうと予想していた。ひょっとしたらヘリコプターかもしれないという想像もしてみた。黒いスーツ姿のまがまがしいオーラをまとった寡黙で深刻な顔つきの部下の一団を引き連れてくるのは間違いないと思った。

ふたを開けてみると、マーサーは救急車四台と、消防車二台、温暖化防止デモの一群と、スコットランドの移動サーカスと、キツネ狩りの一団を送りこんできた。これらの目くらまし部隊は、べつべつにだが、絶妙の順番と取り合わせで登場した。ジョーは最初、パブの庭の暗がりに隠れて吹く風のひとつひとつに追っ手の気配を感じていたが、やがて郊外の小さな町は青い点滅灯を光らせてサイレンを鳴らす六台の車と、七十八匹のビーグル犬と、デモ隊の群集と、ひげ女ダーラほかのサーカスの一団が道路にひしめく騒ぎとなった。

わけのわからない混乱のなか、目立たない緑色のフォルクスワーゲンのミニバンがやってきて、キツネ狩り隊の隊長と、周囲のにぎやかな情景に見とれているらしいキツネの一群のあいだに滑りこんできた。運転席にはマーサー御自らがついている。サイドのスライドドアが開いた。

「さあ乗って」と優しく促すポリーを見て、ジョーは心臓が飛びあがりそうになったが、その隣を見てぎくりとした。イーディー・バニスターが、醜い犬と巨大なリボルバーをお供に坐っている。

「ほらジョー、早く早く」ポリーはちらりとイーディーをふり返ったあと、ジョーに手を差し出してきた。「乗って。走りながら説明するから」

ミニバンはサーカスのもとを去り、遠回りの裏道をたどりながら、M25環状高速道路を越えてロンドン市街地に向かった。

ジョーは助手席シートの背を見つめた。張り物の革ないし合成皮革がヘッドレストのあたりで破れていて、フォームラバーがのぞいている。そこへ指を突っこんでみたくなったのは、〈ハッピー・エイカーズ〉の外に単純で堅固な現実が存在していることを確かめ、これが夢でないことを実感したかったからだ。自分がまだ手術台の上に瀕死の状態で寝ているのではないことを。世界は奇妙に静かで無彩色だった。まるでモノクロの世界か水中撮影ドキュメンタリーの世界に横滑りしてしまったかのように。だが、たぶんこれは心的外傷後ストレス障害か何かのせいだろうと、気にしないことにした。

革から目をはずして周囲を見た。ポリーは暖炉で燃える薪のように暖かく心地よい存在だった。ジョーの視線をとらえると、にっこり笑い、手を膝にのせてきた。その手のひらから温かみが伝わった。視線を移すと、イーディーの姿があった。

イーディーが見返してきて、反応を待つような顔をする。そのまま何キロ分かの時間が過ぎた。ポリー、ジョー、イーディー。前部座席とはべつの世界だった。

「あんな目にあったのはあんたのせい？」とジョーは訊いた。

イーディーはため息をつく。「そう。というか、そうでもあり、そうでもなし。あんたを危ないところへ連れ出したのは確かだ」少し迷ったが、正直に話したい衝動を抑えられなかった。「必要だと思ったんだ。でもあとで考えると、恨みを晴らしたい気持ちもあったようだね。悪かったよ」

ジョーはさらにしばらくイーディーを見ていた。なぜおれはこの婆さんの首を引きちぎって窓から捨ててやらないんだろうと思った。もちろん交通事故の原因にならないよう投げる場所は慎重に選ぶのだ。まったく、ほんとに悪いと思っているのか。何か魂胆があってそう言ってるだけじゃないのか。それからジョーは言った。「恨み？」

「あんたじゃなくて、あんたのお祖母さんに対してのね」

結局いつも家族が問題になってくる。「ところでおれの母はどうなった」遅ればせながら訊く。

「お母さんは大丈夫だよ」とマーサーがきっぱり答えた。「教会が安全な場所に隠してくれた。話したければ話せるはずだ」

ジョーは助手席の背の観察に戻った。いよいよ指を破れ目に突っこんでみた。フォームラバーをぐにぐにやっていると、ポリーが自分の小さな両手でジョーの大きな手を包みこみ、シートから引き離して、火傷か何かしたかのようにキスをした。大丈夫？　とは訊かなかったが。

「おれは大丈夫」とジョーは言った。頭が少しぼんやりしていたが、実際大丈夫なようだと気づいた。あとはポリーから色彩が世界にひろがってくれれば。

ポリーは泣きだすまいとこらえていたが、もう限界ぎりぎりに来ていた。イーディーに厳しい目を向け、事情を話してと言った。イーディーはうなずいたが、口を開けたとたんに停滞してしまった。「どこから話したらいいかわからない。もう年だねえ」

ジョーはうなずいた。自分の頭が信用できないという感覚は身に覚えがあった。「あんたは誰なんだ」

イーディーは助け舟に感謝してうなずいた。「名前は知ってるね。あたしは昔――昔、あんたのお祖母さんといっしょに仕事をしてたんだ。あたしたちは友達だった。あたしはいろんなことをやった。スパイがいちばん多かったけど、警察官みたいなこともね。いまは革命家か。それともテロリストか」ため息を漏らす。「世界を変えるってのは思ったより難しいね」

「フランキーに友達がいたなんて知らなかった」とジョー。

「鈍いわね、ジョー」ポリーはジョーの髪にキスをして言葉から棘をとった。「恋人どうしだったのよ」

ジョーは思わずイーディーを見た。イーディーははにかんで、大きくにやりと笑った。

「うん、まあそのとおりよ。お嬢ちゃん、あんたズバズバものを言って、トラブルメイカーなんじゃないかい？」

ポリーは肩をすくめた。「そういうことはさらけ出すのがいちばんじゃないかな。あとで誤解が起きないから」

イーディーは同感だと言ったあとで、そもそもの発端から話しはじめた。かなり縮約した形ではあるが、エイベル・ジャスミンが〈レディー・グレイヴリー学園〉にやってきたときから始めて、最近ふいに行動を決意したところまで、包み隠さず語った。

ジョーはスポーク家の――あるいはフォソワイユール家の――秘められた歴史に耳を傾けた。周囲のモノクロームの世界に当時の空気が感じとれた。祖父がなぜあんなに哀しそうだったのか、父親の狂気じみた力への意志がどこから来たのか。その原因と結果がわかった。

ジョーが拉致されて拷問された根本的な原因もそこにあったが、それはまあいい。何よりイーディーはジョーという人間についての説明の宝庫であり、ジョーのルーツともいうべき存在なのだ。ジョーはイーディーを自動人形のようにねじを巻いて、動かしてみたかった。彼女の生涯は輝きに満ちていた。そしてジョー自身も、その物語の一部であり、イーディーはジョーの物語の一部だ。ようやくジョーは、何かに間に合うことができたという思いだった。

「世界はいま馬鹿どもに牛耳られてるんだ」とイーディーは叫んだ。ジョーが黙っているのは自分を疑っているか批判しているせいだと誤解して、身の証しを立てるために叫んだ。「冷戦が終わったとき、指導者たちは何をした。新たな戦争を模索しはじめただろう。みんなは金持ちになった。でもその結果どうなった。森林を焼いたり、うんと金を借りたりして、急に貧しくなった。何もかもがひっくり返って混乱した。それはみんなが気にかけないからだ。世界は完璧なものになるはずだったんだ！　それをみんな望んだんだ。あたしもそのために働いた。何十年ものあいだ！　あたしはフランキーの装置を長いこと隠しつづけてきた。でもそんなことは無意味だった。政府の詐欺師どもはあたしによく任務を果たしていると言って、一方ではまじめな市民たちの年金を盗んでいたんだ！」

イーディーはやや興奮を鎮めて小声になった。マーサーがきゅっと口を結ぶ。

「蜜蜂はいま地球上のほとんどの地域にいる」とマーサーは言った。「ときどき〝真実の爆発的出現〟が起きるが、それで愛と理解の新しい時代がもたらされたというふうには見えない。ヨルダン川西岸地区は燃えている。もっともこれは前からそうだったかな。アフリカの大半の地域はうまくいっていない。英米の〝特別な関係〟は事実上終わった。核保有国は、もしどこかの国が〈理解機関〉を自分たちの国に使用したら——ところでどの国も〈理解機関〉を大量破壊兵器と呼びはじめているが——核で報復すると互いに宣言しあっている。この状況はたぶんまだ序の口で、これから〈理解機関〉が本格的に作動しだすんだろう。こんな状況を人類の状態の地球規模における改善と呼ぶなら、危機というのはどんなのだと言いたくなる」

イーディーは首をすくめた。「まだこれからよくなるんだよ。フランキーがそんなふうにつくったんだ。あの人は絶対に間違えない。蜜蜂が戻ってきたら、準備が完成して、それから……よくなるんだ」だが声を高めてそう言ううちにも、確信が萎えてくるらしかった。二十世紀にもっともだと思えた理屈は、二十一世紀にはおかしなものに聴こえる。荒すぎるというか、あまりにもうぶなのだ。

マーサーはため息をついた。「そうなのかもしれない。ただわたしは、一挙にけりをつける完璧な解決法というのがあまり好きじゃなくてね。そういう解決法のとばっちりを受けた人たちに同情するんだ。しかしとにかく……〈理解機関〉はもう本来やるはずだったことをやりそうにないんじゃないのか」

「ブラザー・シェイマスがこの混乱から何を得るというのか、それがわからない」ポリーが割りこんだ。「こんなことでどうしてあの男が神のようになれるわけ？」とイーディーを見る。

イーディーは渋面をつくった。「混沌。混乱。邪悪さ。あの男の望みはいつもそういうものだった。神のようになるなんてのは口実だよ。あの男は、神というのは異様でおぞましいものだと言っている。だからあの男のするおぞましいことはどれもあの男をより超越的な存在にしてくれるんだ。インチキな論理だよ。でも、だからと言ってあの男のしわざだということにはならないけどね」

「でも、あなたの話を聴いてると、ブラザー・シェイマスが混沌を好むとは思えない」とポリー。「その逆みたいに思えるのよね。あなたはあの男を蜘蛛と呼んだ。優雅さを好むと言った。はったりと、チェスと、どっちに転んでも自分が勝つ戦略。表ならおれの勝ち。裏ならあんたの負けっていう」

「うーん、それは」イーディーはそう言って、両手を曖昧にふった。たぶん、行ないが邪悪な者は性質が邪悪なのであって、邪悪さとは何かなどは理解できない、機会がありしだい邪悪な者は撃つべきだ、というようなことを言いたいのだろう。マーサーは続きを待ったが、イーディーの応答はそれで終わりらしかった。マーサーはまた話しだした。

「それはそれとして、ウィスティシールにあった〈理解機関〉はひとりの怪物の手中にあるようだ。その怪物はなんらかの方法で装置を濫用して、世界の終わりを到来させること、あるいは自分が神になること、あるいはその両方をめざしているらしい。それにわたしの親友のジョーは政府がつくった拷問施設でたっぷりいたぶられた。だからあなたの考えに共感するところも多々あるとはいえ、ミス・バニスター、あなたの行動が人類の運命をいいほうに導いたかどうかは怪しいというわたしの意見も理解してもらえるはずだ」

イーディーは愕然とした顔をした。ジョーは自分で意識しないうちに、囚われの身だったとき、短いあいだヴォーン・パリーと奇妙な交流を持ったことを話しはじめていた。

「おれはあいつを殺すべきだった」とジョーは結論づけた。「プロならそうしただろう。おれはあいつに連中の知りたいことを全部教えてしまったから。あいつを生かしておいたのは考えが足りなかった。おれはただ逃げたい一心だった。とどめを刺すべきだったんだ」

イーディーはため息をついた。「そうだね。プロならそうしたね。戦術的に賢明な方法よ。やっていれば、あたしらにいくらか時間の余裕ができたかもしれない。でも最近思うんだけど、ジョー、アマチュアっぽい流儀も悪くないよ。今度のことでも大勢のプロがいろいろやってきたわけだけど、ろくなことになってないからね」

イーディーは肩をすくめて、自分も断罪されるべきプロのひとりだと認めた。ジョーは自分がまだこの老婦人に手を触れていないことに気づいた。このスポーク家と奇妙な縁を持つ老婦人に。そこで握手をしようと手を伸ばした。

と、そのとき、鶏を絞めたような音がして、車のなかに犬の嘔吐物の臭いが立ちこめた。握手は結局実現しなかった。

窓を開けて数分後、ちょっとどこかへ立ち寄ってお茶でも飲むのがいいだろうということでみんなの意見が一致した。

カフェのテーブルは金属の枠に傷だらけの赤いプラスチック板をはめたものだった。椅子は坐り心地が悪く、紅茶は泥水のような味がした。ジョーは自分のを飲んだあとマーサーのも飲んだ。バッグを洗いにいって戻ってきたイーディーは、カップのなかの液体をまるでそこに自分の運勢が出ているとでもいうように見つめている。マーサーはレジのわきの壁にもたれて、駐車場を眺めていた。ジョーは、みんな自分のことを心配してくれているのではないかと思い、何か言わなければと考えたが、何を言っていいかわからなかった。

ポリーだけがいつもの調子を保っていた。紅茶を運んできた少年が自分を見て胸をときめかせているのを知ると、魅力たっぷりの微笑みを向け、過大なチップをやってから、わたしはロックスターだけど、誰にもわたしがいることを教えないでと言った。それからテーブルの向かいのイーディーを見た。

「こんなことになるとは思ってなかったんでしょ」とポリーは言った。

「うん」とイーディーは答えた。

ポリーは待ったが、イーディーはあとを続けなかった。そこで重ねて問いかけた。「何が起きるはずだったわけ」

イーディーは宙で両手をふった。「いいことがよ。フランキーには理論があった。どうなるかを数学的に計算していたんだ。余計な干渉をしなければ、〈理解機関〉は世界をよくするはずだった。世界は九パーセントよくなると、あの人は言った。それが起これば人類を望ましい方向に後押ししてくれる。それで完璧な世界ができるんだとね」そこで言葉を切った。「完璧でなくても、よりよい世界ができるはずだったんだ。まさかあんなものがわいて出るとは思わなかった」

「〝あんなもの〟というのはシェイマスと〈ラスキン主義者連盟〉のことね」

「シェイマスはもう死んでるよ。あたしが知ってたシェイマス、つまり阿片王シェム・シェム・ツィエンはね。そのはずだよ。あたしよりずっと年上だったから」

「あなたはまだ生きている」

イーディーはふんと鼻で笑った。「かろうじてね」


道路にはほかに車もなく夜はとても暗かった。車内の明かりはダッシュボードの計器のライトと、飛びすぎていく街灯の光だけだった。ジョーは以前、街灯を壊してアルミを盗むのを生業(なりわい)としている男を知っていた。アルミは高く売れたのだ。ジョーは外の街灯の数をかぞえながら、アルミの重量と売値を足し算した。ロンドンに近づいてくると、緑色の表示板がチャールズ一世の銅像が立つトラファルガー広場までの距離を示しはじめた。ふとジョーは、車がどこに向かっているのか知らないことに気づいたので、訊いてみた。

「職場へは行けない」とマーサーが言うのは、ジョーの工房のことではなく、ノーブルホワイト・クレイドル法律事務所のことだ。「監視されてる。そいつらの目を欺くためにベサニーがいくつか適当な場所へ出かけた。危険だからよせと言ったら――そういう場合みんなそんな台詞を吐くが――『かかってこい、ですよ』なんて言う。豪傑だよ、わがベサニーたちは。もちろん法律事務所の事務長はそういうものだがね。

しかしわれわれの選択肢は多くない。事務所は、反自由主義的で無責任な政府から強い圧力をかけられている。当局からいろんな命令が来るんだ。それに対しては戦っているが、ルールを勝手に変えてくる連中が相手だと勝つのは難しい。パッチカインド刑事巡査長に関しては、地元の治安判事から反社会的行動禁止命令をとってやった。あれはなかなかうまくいったよ……」マーサーはにやっとしたが、すぐに冷めた顔に戻った。

「だがロンドンのいつも使うような場所は危ない。とりあえず街はずれのオフィスに向かっていると見せかけている。はっきり言って一種の要塞で、行けばそこの連中は喜ぶだろう。ドブネズミどもを一網打尽にしてやるとね……。でも実際に行くのはもうちょっと毛色の違うところだ。法よりも血。あるいは、困ったときは友情がいちばん」

ジョーは、それでは訊いたことへの答えにならない、という指摘はしないでおいた。疲れているのでごちゃごちゃ議論する気になれない。身体はポリーの肩にもたせかけている部分を除けば、どこもかしこも痛かった。「テッド・ショルトが〈ステーションY〉へ行けと言ってたな」とつぶやいたが、車の走行音に言葉がかき消され、聴いたのはポリーだけだった。ジョーはぐったりして眠りこんだ。ありがたいことに、夢は見なかった。

目を覚ますと、土地勘のあるところに来ていた。車は角を曲がり、私道を通り抜ける——マーサーの法律事務所が金を使って通行権を得ている小道だ。小道は個人宅の前庭に抜けて、また公道に出る。すると〈ボイド・ハーティクル工芸科学製作財団〉の要塞を思わせる大門がミニバンを受けいれるべく開かれていた。

ジョーはポリーを見た。ポリーは肩をすくめる。

「こういうことはマーサーのほうが得意なの。わたしはマーサーから調査のやり方であれこれ言われると腹が立つけど、この方面のことは指図どおり動くよ。あなたを今夜国外へ出すのはむりだし、かりにできるとしても、どこへ連れていったらいいかわからない。だからあなたのことを大事に思ってくれる人たちのところへ行くのがいいのよ」イーディーを見ると、うなずきが返ってきた。

ジョーは窓の外の混沌と災厄の縁まで来ている世界を見た。そんな世界になっていても、ある種の連中には一介の機械職人を追いまわす時間があるらしい。

ジョーは、先方にはいま着いたと連絡したほうがいいのだろうか、と考えてすぐ、映画ではよく逃亡者が携帯電話をかけた瞬間に居所を知られてしまうことを思い出した。そう言えばマーサーはずっと携帯電話を手にしていない。事実上、すっぱだかでいるところを見ているようなものだ。

一同は車をおりて、午前零時すぎの湿った空気のなかに出た。車がヘッドライトを二度点滅させる。オレンジ色の光が歩道わきとギルドホールト通りに並ぶ建物の窓を照らす。一同は待った。

しばらくしてマーサーが唸るように言った。「力自慢の職員が何人か出てくるはずなんだ。そう頼んである」

「待つ？　よそへ行く？」とポリー。

マーサーが迷っていると、イーディーが口をはさんだ。「待とうよ。まずいことになってるなら、もうなってる。そうでないなら、安全な場所を捨てる手はない。力自慢の職員は、敵の偵察員を捕まえて建物のなかへ連れていったのかもしれないよ」

マーサーはうなずいた。ありうることだ。〈ハーティクル〉に来慣れているジョーが先に立って玄関前の階段をあがった。濡れたオークの木と鉄の臭いがした。玄関のドアは手で触れると静かに内側へ開いた。廊下はつつしみ深い薄闇をたたえて訪問者を歓迎していた。ジョーは古いカーペットや潤滑油の臭いを嗅いだ。ふと胡椒の香りに鼻をくすぐられた気がして足をとめたが、香りはすぐ消え、ふたたび嗅ぎとることはできなかった。イーディーはのろのろ歩き、壁の写真やガラスケースの展示物や凝った装飾のゴミ入れ（鉄の板とキングサリの板を組みあわせたもので、一九二〇年ごろの製作）を見ている。イーディーはそのゴミ入れにランチボックスを捨てて、先へ進んだ。いまバッグの中身を整理するのはおかしなことのようだが、年をとるとなんでも思いついたときにやるのだろうとジョーは思った。

「ボブ？」ジョーは小声で闇のなかへ呼びかける。

建物の奥のほうで人の声がし、気配が感じられるが、返事はない。イーディーは引きずるような足どりで歩き、バッグのなかでバスチョンが油断なく鼻をくんくんさせる。

「セシリー?」とジョーは呼ぶ。

「ここよ」としわがれ声が答える。ジョーは頬をゆるめて、図書閲覧室へ小走りに駆けた。

セシリー・フォウルベリーはいつもの椅子に坐り、中央の長いテーブルについていた。テーブルを囲んでいるのは混沌と秩序をごたまぜにした書類の山並み。テーブルの上には容器におさめた入れ歯がふた組、乱雑なガラクタのあいだに交じっている。三つ目の入れ歯の容器と、キャラメルを盛った皿もある。セシリーは疲れ果てている様子だった。ジョーに力なく微笑みかけたあと、大きな暖炉の暖かな火に目をそらした。木の匂いのする煙が漂い、ぱちぱち爆(は)ぜる火の明かりが室内に中世風の雰囲気を与えていた。ジョーはセシリーに笑みを返した。笑みは〈ハッピー・エイカーズ〉の白い部屋とはまるで違う部屋に向けたものでもあった。

全員が部屋に入ってドアが閉じられるとすぐ、バスチョンが吠えだした。

「ごめんなさい、ジョゼフ」セシリーが顔をあげてたどたどしく言った。「あの男が五分前にここへ来たの」ボブはセシリーの手をとったが、こちらは顔をあげることができない。それほどの屈辱を覚えているのだ。

「こんばんは」暖炉のそばの安楽椅子からつぶやくような声が届いてきた。「おそろいで来てくれて嬉しいよ」

ジョーは声の主の目の落ちくぼんだいかつい顔を見た。顎ひげは短く刈り整えられて、オスマントルコの厳めしい大宰相のようだ。片側のこめかみには新しい紫色のあざができている。左右には顔の前にベールを垂らした男たちが、頭をひょこひょこふっていた。
ヴォーン・パリーだ。
イーディーが「おのれ！」とどすのきいた声で言い、拳銃に手を伸ばした。

XV

〈山嵐〉の限界、〈記録される男〉、イギリスで最もオレンジ色の場所

「やあ、ジョー」ヴォーン・パリーは落ち着いた声で呼びかけてきた。「バニスター中佐」ラスキン主義者たちがバニスター中佐と聴いて、さわさわと衣を鳴らし、ひとりが前に出た。ほかの者はそのうしろに控える。ヴォーンが片腕を胸の高さに持ちあげて制すると、ラスキン主義者たちは動きをとめた。

「あまり正直に話さなくて申し訳なかったな、ジョゼフ」ヴォーンは優しげな声で言った。口調が違っていて、イングランド西部地方のくだけた調子が消えていい

た。いまは低い優雅な声で、言葉に裏がありそうな話し方をした。冒瀆をしたり、秘密を暴露したりする声だ。「わたしの名は——わが生涯を最も正確に言い表わせる名は——アデー・シッキム国のカイグル・カーン・シェム・シェム・ツィエン・シッキムだ。わたしは兵士であり、学者であり、泥棒たちの皇帝だった。のちに国王の地位についたが、そのあとは逃亡者となった。だがわたしは、つねに、つねに、より偉大なものになる途上にある。誰にも阻止されないものになる途上に。わたしは終わりを迎えても、必然的にまた甦るんだ。わたしはひとつの反復だ」

イーディーは銃をまっすぐ突きつけた。

「あんたは死んでいる。もう死んでいる。しかも年老いて死んだはずだ。あんたはここにいるはずがない。しかも絶対に、絶対に、若いはずがない……あんたはあんたじゃない。あんたであるわけがない！」最後の言葉は絶叫だった。同時に銃の引き金が引かれた。

シェム・シェム・ツィエンにしてヴォーン・パリーにしてブラザー・シェイマスは、ありえないような優雅さで椅子を離れた。銃弾は肩の上を飛びすぎて壁に食いこんだ。年寄りだとしても、奇妙な新しいタイプの年寄りだった。骨が溶けて筋肉だけになり、脆弱さが強さのもとになっている特異な蛇のような身体を持つ老人。さっと手をふると、そこに新体操のリボンのようによくしなる細身の剣が握られている。それを右へ左へ軽やかにふりながら、ジョー、ポリー、マーサー、イーディーのほうへ迫ってきた。ひらり、ひらりと舞うように動き、イーディーの銃の狙いも容易にかわす。まるでその銃が一本の長く重い槍にすぎず、よけるのは簡単とでもいうように。その背後から、ラスキン主義者軍団も出てくる。鷺のような首のふり方をし、ぎこちない不気味な足どりでゆらゆら動く。

イーディーは節くれだった指でもどかしいほどゆっくりと引き金を引き、もう一度発砲したが、はずれた。

それから用心鉄で相手の剣を受けとめて肩を切られるのを防ぎ、骨ばった腰を相手の下腹へ叩きこんだ。シェム・シェム・ツィエンはよろめきながら後退し、ボールを腕、肩、腕と走らせる曲芸師のような動きをしたあと、剣の柄頭をイーディーの手首に鋭く打ちあてた。拳銃が床の上をさっと滑る。ふたりともうしろにさがり、状況を精査する。イーディーはうしろに引いた足のほうへ重心を移し、腰を安定させる。が、身体のなかのどこかで関節がごきっと鳴り、身をすくめた。シェム・シェム・ツィエンは身体の位置をごくわずかだけ変え、息を吐く。

一瞬、双方睨みあいとなったあと、シェム・シェム・ツィエンは満足げに微笑んだ。「よし。わたしときみの勝負もこれで終わる」

「逃げるんだ」イーディーはふり返り、バスチョンの入ったバッグをポリーに差し出そうとした。その前にちょっとバッグのなかをさぐったが、気が変わったらしく何も出さなかった。

ポリーは敵の剣に目を据えている。「あなたはどうするの」

「あたしは逃げない」

「いっしょに――」

「だめだ。わからないかい。この男は愉しんでるんだ。やつはわたしより実力が上だ。昔からそうだったけど、いまは若さを取り戻してすばやく動ける。さあ逃げるんだよ。ジョーを連れて。できるだけのことをするんだ」

「イーディー――」

「あんたには必要な資質がある。〝偉大な〟(アグレーカ)なものがね」イーディーはにやりとした。「さあお行き」

「でも、どうせやつらに――」

「そんなことはない。これはこの男にとって神になる道だ。あんたたちをただ片づけるだけじゃ……伝説的な偉業じゃない。劇的なこと、規範となることでなくちゃいけないんだ」イーディーはポリーやジョーを指さした。「あいつはあんたらをあとにとっておく。でもあたしは……もう年だ。くたびれ果てた老いぼれだ。だから……そろそろ潮時なんだ。あたしはこの勝負をする。あとはあんたたちしだいだ」

イーディーはバスチョンをポリーの両腕に押しつけると、身体の向きを変えて両手を軽くふり、身をすくめた。死を覚悟した人間の狂気じみた笑みを小さく浮かべた。

「さあ行って」と、ふり返らずにまた言った。

シェム・シェム・ツィエンが自分の頭のうしろで剣を持ちあげた。

バスチョンがポリーの腕のなかからか細い唸りをあげたが、闘争心はほとんどなかった。小さな犬には大きすぎる骨の髄まで染み通った古い哀しみがあるだけだった。

イーディーが床の上で両足を動かした。なめらかな、明確に限定された動きだった。完璧に選ばれた小さなステップ。背筋を伸ばし、合奏の指揮をする学校教師のように両腕をひろげた。それからまた動くと、剣の切っ先がわきにそれた。切っ先がなんのためにあるかを敵が誤解したかのようだった。イーディーは敵のほうへ身体を揺らす。手を剣の柄のほうへぱっと飛ばすが、空を切った。ふたりはまた離れた。イーディーがにやりと笑って手をふった。それにつれて光が小さな輪を描いた。三日月形の金属だ。シェム・シェム・ツィエンが自分の腰を見ると、短剣の鞘が空になっていた。イーディーは反対側の手を開き、手のひらを下にした。シェム・シェム・ツィエンの頭髪が何本か落ちた。「もう少しだった」とイーディーは言った。

シェム・シェム・ツィエンは冷笑した。「いやいや」

シェム・シェム・ツィエンはやはりのんきなほどの流れるような動きで前に出、イーディーは両腕を前に伸ばして迎え撃った。踏み出す足が床をすり、顔には確信の晴れやかな微笑みが浮かんでいる。

イーディーの両腕がシェム・シェム・ツィエンの両腕とぶつかった。短剣で長剣を払う。シェム・シェム・ツィエンの動きの方向が変わった瞬間、イーディーは身をひるがえしながら相手の懐に飛びこんだ。〈山嵐〉。ふたりの身体がひとつになる。

シェム・シェム・ツィエンが宙に浮き、背中から落ちた。イーディーもいっしょに倒れ、長剣の刃を敵の首に向けて押しつけようとする。だが、シェム・シェム・ツィエンは柄をひねって刃の向きを変え、のしかかってくるイーディーを抑えたまま、下からにやりと笑いかけた。

「〈山嵐〉には限界があるんだ、中佐」シェム・シェム・ツィエンの小声はほとんど愛おしげに聴こえる。

「そうかい？」イーディーは喉の底で言う。

「ああ。剣には効くが、銃には効かない」

気づいて目を落とすと、シェム・シェム・ツィエンのもう片方の手が現代の小型の拳銃を握り、その銃口をイーディーの胸にあてていた。

「バスチョンを頼んだよ。ひとりじゃいろいろうまくやれないから」イーディーは静かな声で部屋のどこかにいるポリーに言った。「それと、これはもう言ったと思うけど、みんなでがんばっとくれ。若い人たちで……」それからまたシェム・シェム・ツィエンに目を戻した。「あんたは勝ったつもりでいるんだろ。でもあんたはいまとんでもなく困ったことになってるんだよ、この愚か者」

シェム・シェム・ツィエンは片眉を吊りあげて、引き金を引いた。イーディーの背中が鋭く破裂して、小さな穴から骨と血が噴き出した。一度身体を震わせ、そして死んだ。ぼろ布に包まれた骨のように床に落ちた。

音楽が一曲終わったように、しばし沈黙が流れた。

バスチョンがピンク色の視力のない目をシェム・シェ

ム・ツィエンに据えて、胸のなかで険しい声を立てた。
おぬしを殺るぞ、老いぼれ悪魔。おぬしを殺ってやる。

シェム・シェム・ツィエンは立ちあがった。

「ああ、ミスター・スポーク、こんな老いぼれを巻きこむとは無粋なまねをしたものだ。こんな婆(ばばあ)をな。こんなやつはなんの役にも立たない。だが驚かないよ。要するにきみは下劣な人間だ」シェム・シェム・ツィエンはこめかみの青あざとその周辺の黄色い変色を指で示した。

ジョーは相手を見た。そう、あの男だ。ただし顎ひげ、凶暴な目、ぼさぼさの髪は消えて、いまはひげのない、邪悪な顔の男がいる。

「ヴォーン・パリー」とジョーは言う。

相手の男は首をふった。

「違う。わたしはシェム・シェム・ツィエン。〈記録される男〉だ。ヴォーン・パリーはもう死んでいる。いまはわたしが着ている上着だ。わたしが住みついている肉体の乗り物だ。分身(アバター)といってもいい」にやりと笑う。

「バニスター中佐が言ったように、きみたちは逃げたほうがいいが——もし逃げる気がないのなら、話をひとつ聴かせよう。前に話したのはもちろん完全な虚構だが、今度のは本当の話だ。これは生ける神の再生についての真実の物語なんだ、ジョシュア・スポーク。だからきみはそれを新たな聖書の物語と考えたくなるかもしれない」

シェム・シェム・ツィエンが合図をすると、ラスキン主義者たちがジョーたちを取り囲んだ。イーディーの死体のそばを通るときは、何かつぶやき、頭をさげさえした。

「昔々」とシェム・シェム・ツィエンは語りはじめた。ほとんど気楽な足どりでジョーたちのまわりを歩きまわった。つぎは誰を食おうかと考えている好みのうるさい食人族の男のようだった。「昔々、といっても大昔でもないころ、アデー・シッキムの宮殿でひとりの男の子が生まれた。この男の子は大きくなると、国民を繁栄と希望の新しい世界へ導くことだけを望む国王となった。彼はその仕事に適していた。頭脳明晰で、有能で、容貌に恵まれていた」シェム・シェム・ツィエンは郷愁に浸る顔になった。

「わたしは彼を鉄の箱に閉じこめて生きたまま焼いた。その遺灰でわたしの喪服を染めた。わたしは王国をわがものにした。わたしは神とはどういうものかを理解するために王国を必要としたんだ」ジョーはシェム・シェム・ツィエンをまっすぐ前に見られるよう動いた。シェム・シェム・ツィエンはそれでよしというようにうなずき、さらに歩きつづけた。その背後ではラスキン主義者たちが指導者の歩調に合わせて頭をひょこひょこ動かす。

「わたしは科学的なやり方で、神になる試練を自分に課した。当時は本格的な科学時代が始まったころだった。わたしはいろいろな局面で神の役割を代行した。あらゆる宗旨の神の僕(しもべ)たちを迫害した。神を信じる人々を苦しめた。病者を癒し、死者を甦らせた。わたしは魔術師を見つけた。わたしに神の目で宇宙を見させてくれた外国の女だった。だがやがて人生の絶頂期に達すると、力が衰えはじめた。わたしは最後の試練を自分に課さなければならないことを悟った。わたし自身が死から甦らなければならないことを。そうすることで、わたしは神と対等に相まみえることができ、さらには神になれるからだ」

バスチョンがバッグのなかで唸る。ポリーはそばを通るシェム・シェム・ツィエンを目で追う。シェム・シェム・ツィエンは剣と拳銃を軽く握っている。

「この女の言ったとおりだ」シェム・シェム・ツィエンはイーディーの死体を示した。「きみはこの女によく似ている。姿形のことじゃない。わたしに対抗できる能力が自分にあるという自信、まったく不相応な、あの腹立たしい自信を持っている点でだ」シェム・シェム・ツィエンはまた歩きだして、話に戻った。

「わたしは自分を記録させた。書きとらせ、書き写させた。わたしは、今風に言えば、情報になった。わかるか。わたしは自分の人生の模様を言葉とイメージで世界に刻みこんだ。自分の脳の活動を計測してそれを保存した。ウィスティシールで行なった実験で孤児になった子供たちをテスト用人体のストックにした。わたしは自分がまだ生きていたころ、それらのストックを使って自分の装置を改良していった。わたしの命の断片を抽出して、電気ショックその他によってそれらの人体に教えこむ。わたしを完璧に模倣するまでだ。それぞれのラスキン主義者はわたしの自我の一局面なんだ……」シェム・シェム・ツィエンが周囲のラスキン主義者たちを両手で示すと、ラスキン主義者たちも流れるような動作で互いを指し示しあった。

「もちろん、わたしはこのプロジェクト全体を誰にも見せなかった。正直言って、ラスキン主義者たちは不完全だったんだ。脳内の古い記憶を完全に消すことができないし、自分から新しいことを学ぼうとする意志もない。だからパヴロフの条件反射を使った原始的な訓練をしなければならなかった。快楽と苦痛の刺激で覚えさせるやり方でね」

「でも、ヴォーン・パリーは違ったと」とジョー。

シェム・シェム・ツィエンは、今度はセシリーとボブのほうを向き、剣の先をそちらに向けた。

「ヴォーンは歩く空っぽの死体だった。内側に何も持っていなかった。自然が生んだ奇跡だ。生きた人間のふりをしている死体だ。その死体のなかに、本物の人間になりたいという必死の欲望があり……一生けんめい勉強した。学びを重ね、練習を積んで、とうとうすべてを覚えた。わたしそっくりに動くようになった。わたしが感じることを感じるようになった。そこで外科手術によって外見をわたしに似せた。

そのあとヴォーンは、夜も昼もわたしの情報が貯えられた機械につながれ、脳神経の信号のパターンをわたしのものに同調させられた。こうして少しずつ、わたしは復活したんだ。秀逸な仕組みだろう。そうは思わないか。きみが反感を覚えるのは、わたしが魂を持っていないからだろうか。しかし考えてみろ。わたしが死んだとき、肉体は死んだが、意識は残ったんだ。となるとわたしは、魂をひとつじゃなく、ふたつ持っている最初の人間ということになる」

最後の言葉とともに、攻撃が始まったが、その言葉は息ひとつ乱れなかった。シェム・シェム・ツィエンは剣をふりまわし、刃を光らせた。それと同時に拳銃を握った反対側の手をポリーのほうへ突き出し、引き金を引いた。勝利の歓喜に野獣のような雄たけびをあげた。

だがポリーはもうそこにいなかった。ジョーが移動させたのだ。ジョーはシェム・シェム・ツィエンが語りをどう締めるかを直感的に予想していた。**くそ野郎はそういうことをするからだ。**

ジョーの反応は、心臓発作のような胸の締めつけで始まった。その感覚は瞬時にあらゆる方向へ電撃のように走った。指先やつま先に達すると、ただちにはね戻った。目はぱっと大きく見開かれた。これでものがはっきり見えるようになった。視野から灰色の曇りが消え、かわりに鮮烈な色彩が現われた。自分がハロウィンの南瓜をくりぬいたランタンのように内側から光り輝いているのがわかった。手足の先からはね戻った電撃は腹に至った。奇妙に静かな一瞬のあと、いま起きていることがようやくわかった。それを表わす言葉は実体の持つ力を充分には表現できていないが。

それは、憤怒だった。

憤怒は赤い噴煙のようでも、雷雨のようでもなかった。たとえて言えば肩から重荷がとれたような感じ。あるいは世界の彼方から澄んだ光が射してきたような感じだった。

そうか。そう来るのか。

それなら、きさまこそくたばれ。

白い部屋で拷問をする男。憎悪の塊で、自分が壊すものの美しさがわからない男。自分のものではないものを何度も何度も何度も奪う男。イーディー・バニスターの美しい図書館のような脳をあっさり壊滅させてしまう男。生まれて初めて、ジョーはやりすぎじゃないかと心配することなく思いきりぶん殴れる相手と遭遇していた。こんなことはかつて一度もなかった。ポリーとマーサーが何か言うのが聴こえた。それが〝や(ゴー)れ〟なのか〝よせ(ノー)〟なのかわからなかったが、少なくともポリーの声にはジョー自身のなかにあるのと同じ生(なま)の叫びが聴きとれた。ポリーの頭脳はジョーに用心するよう促していたが、魂は行動を是認していた。

ジョーは猛りたつイノシシの顔になって、シェム・シェム・ツィエンのほうへ突進した。そのとき怒りの唸りが聴こえ、ジョーの胸と共鳴した。バスチョンだった。ジョーは思いがけない助っ人をさっとすくいあげ、とまらず突撃した。犬の唸りが戦闘歌となった。

さあ行くぞ、機械職人よ。あの歩く死人めは我慢ならぬ。片づけようではないか。

ラスキン主義者軍団が集まってきた。黒衣の集団はつかみかかるような手つきをする。まるでハロウィンの幽霊どもだ。人間なのか、機械なのか。ジョーはいちばん近いラスキン主義者にバスチョンを投げた。バスチョンはフードをかぶった頭に飛びかかり、傷痕が残るに違いないことをする。悲鳴があがったので、きっと傷痕が残ることがジョーにわかった。ラスキン主義者も叫べるのだということを、ジョーはいま初めて知った。ジョーは怒れる脳に銘記した。**痛みは効果を持つ、と。**

ジョーは二番目のラスキン主義者の身体を持ちあげた。シェム・シェム・ツィエンが銃を撃ち、銃弾がそのラスキン主義者にあたる。一発、二発、三発……六発。拳銃は普通六連発ではなかったか。いや、その銃はもっと撃てた。そういえばオートマチックなら十四発撃てるのか、とジョーはぼんやり思い出す。だがこの際どうでもいい。近距離だから何発だろうと危ない。持ちあげたラスキン主義者をシェム・シェム・ツィエンに向けて投げつける。ジョーの両腕はさらに軍団相手に奮闘する。ラスキン主義者はみな身体が軽く、動きがぎこちなかった。ジョーはひとりに思いきり嚙みついた。べつの者の腕をねじりあげると、ばきんと音がした。**はー！**

誰かが隣に来た。白髪頭で、がっちりした体格で、バールを手にしている。妻を守ろうとするボブ・フォウルベリー元英海軍曹長だ。ボブは「くそたれ、くそたれ、くそたれ！」の叫びに合わせてバールをふるった。戦果はあがったが、いかんせん老齢の筋肉がついていけず、動きが緩慢になってきた。ジョーはバールをつかみ――いや、それはヴィクトリア朝時代の鉄パイプだったが――叫んだ。「セシリーを連れて逃げるんだ！　早く！」ボブは「アイアイ」と答える。ジョーはこんな状況にもかかわらず思わず頰をゆるめてしまったが、ともかくボブは言われたとおりにした。ジョーは身体の向きを変えてつぎの敵を見つけ、平手打ちをかましてから敵の身体をくるりと回転させ、肘打ちをし、反動で逆方向にも肘を飛ばす。ついで鉄パイプを鉄兜をかぶった頭に叩きつけた。

白い部屋で得た啓示を思い出した。生き残るためには良心の呵責をなくすことだ。武術家は修練によってこれを行なう。敵に危害を加える決意はあらかじめ固めておき、あとは正確に身体を動かすのみだ。普通の人はいちいち何が必要かを考えてためらってしまう。どうするのがいいか、どこまでエスカレートしていいか、よく考えるというのが人間性というものだ。だがジョーの場合はエスカレートするというより、世界の不正に対する怒りの深い井戸からまっすぐ噴きあげるような行動だった。怒りはまた冷淡な母親、気楽すぎた父親、祖父を捨てたフランキー、ふがいなさすぎた祖父にも向けられていた。ジョーは抑制する必要を認めなかった。いまの彼は戦闘機械であり怪物だったが、さらに言えば、戦っているのではなかった。壊れたものを修理しているのだった。シェム・シェム・ツィエンがいることで世界は不具合に陥っている。歯車が錆びているように。それを正すことに、良心の呵責はまるで感じなかった。

逆に殴打も受けた。はげしい殴打だった。痛みは覚醒させてくれる。ジョーには拳を飛ばし手足をひねることで敵に言ってやりたいことが山ほどあるから、少しくらい殴られてもやめる気はなかった。負傷するとなると話はべつで、ジョーはそれを防いだ。もっとも前に出る動きと白熱する怒りには魔法の力がある。ジョーを傷つけようとする者はジョーのすぐそばまで寄らなければならないのだ。床に倒れたジョーは、かがみこんでくるラスキン主義者の二の腕のやわらかいところをつかみ、投げを打とうとする。相手は叫び、うしろへ身を引く。その動きに乗じてぱっと立ちあがり、体勢を逆転させて相手を地面に倒して、やわらかい腹を踏んづけた。シェム・シェム・ツィエンが剣でジョーの片腕に傷をひと筋引いた。ジョーは氷を押しあてられたような感触とともに血がたらたら流れ出した。ジョーが叫ぶと、シェム・シェム・ツィエンはほくそ笑み、また前に出てきて、からかうように刃でジョーの肩をぽんぽん叩いた。ジョーは吠え、相手の袖をつかもうとしたが、シェム・シェム・ツィエンは軽い足どりでわきへよけた。拳銃はまだ反対側の手に握られているが、使おうとする気配はない。シェム・シェム・ツィエンはぐっとジョーに近づき、恋人のように耳もとでささやいた。硫黄の臭いがした。それはイーディーが射殺されたときの発砲の臭いだった。まさに地獄の火の臭いだ。シェム・シェム・ツィエンの息ははっかの香りがした。その指はダニエルの万力のように握力が強かった。

「わたしは嬉しいよ、ミスター・スポーク。まさかフランキー・フォソワイユールの孫を殺させてもらえるとは夢にも思わなかった。どうもありがとう」銃口がジョーの耳の下にあてられた。

そのとき突風がふたりを部屋の反対側まで吹き飛ばした。ガラスケースが壊れ、書類が吹雪と舞った。イーディーの最後のタッパーウェア爆弾が遅延時間をへて炸裂したのだ。煙と炎が部屋に満ちる。

ジョーはその場ですばやく回転した。シェム・シェム・ツィエンも同じことをしているだろうと想像しながら。それから壁を見つけ、それ沿いに動いて……何を探せばいいのかわからない。よろよろと立ち、身体を手ではたきながら、もう一戦まじえる準備をする。今度は勝てないだろうと予想しながら。**やつに勝つにはどうすればいいのか。どうすれば、どうすれば。**ジョーは歯軋りした。見つけてやる。その方法を。

ポリーがバスチョンとともに、目の前に現われた。現実のポリーだと納得するまでに一秒ほどかかった。あの世からジョーを迎えにきた、色あせたジーンズをはいた天使かと思ったのだ。いっしょに廊下に出ると、マーサーがいた。

「さあ行くぞ」とマーサーが語気荒く言った。それから、おそらくは普通の携帯電話ではない衛星携帯電話らしきもので指令を出す。「ベサニー！　マーサー・クレイドルだ。よく聴け。〝パッシェンデール〟（ベルギー北部の、第一次世界大戦時の激戦地。近代戦争の残虐性を象徴する地名）だ。店をたたむ。わかるか。敵に首ねっこをつかまれたんだ——きみにも直接危険が及ぶかもしれない。もう一度言う。〝パッシェンデール〟だ」

店をたたむ。大々的な破壊を前に、ノーブルホワイ

ト・クレイドル法律事務所が活動を終息させるのだ。記録を消し、やましいものを処分し、貸しを回収する。金はケイマン諸島やベリーズやスイスやバハマへ飛ばす。クレイドル家はかねて用意のルートで逃亡する。法律事務所はまた外国でつくればいい。いまのイギリスは焦土とみなされた。

「マーサー、すまない」とジョーは言った。

「早く行け！」

「ああ、そうしたほうがいい」とべつの声が言う。

シェム・シェム・ツィエンが煙のなかに立っていた。もう銃は持っていなかったが、剣は手にしていた。両側にラスキン主義者の生き残り二人がいる。

ジョーは唸った。また胸に熱を感じた。指で何かを引き裂いてやりたい衝動にかられた。そのときボブ・フォウルベリーがさっとジョーのわきをすり抜け、コミカルなほどかっきりした動きで壁の飾りに偽装したボタンを押した。

大きな鉄の壁がおりてきて、ジョーとシェム・シェム・ツィエンをへだてた。それからもう一枚の壁も。部屋の天井から水が流れ落ちる音がした。どこかで警報器が鳴りだした。昔の空襲警報のサイレンに似ていた。鉄の壁の向こうから怒りの声が聴こえてきた。

「たっぷり飲みやがれ、この人殺しのくそ馬鹿」ボブは気持ちをこめて言った。それからジョーに言う。

「一九二一年ごろ、マルセイユのバティスト兄弟がつくった火災盗難対応装置だ」と説明した。それから鉄の壁を拳で叩いた。「おれの家に入ってきやがって。女房を脅しやがって。おれを老いぼれ呼ばわりしやがって。思い知ったか。おれの名前はボブ・フォウルベリーだ。馬鹿どもめ！」

セシリーが腕に手をかけるとボブは、安心と疲れと恐怖から、セシリーといっしょにその場にしゃがみこんだ。

「時間がない」とマーサーが言う。

ジョーはクレイドル兄妹に従って外の通りに出て、これまた没個性な車に乗りこんだ。疲労は大きな暗い湖で、ジョーはそこに浮かんでいるが、まもなく溺れてしまう。そんな気分だった。それと同時に、あと数分だか一時間だか何時間だか、つぎの場所に着くまで後部座席に坐っていられるのがありがたかった。が、自分自身の一部が――声に出してか黙ってかはわからないが――つぎのように自問しているのが聴こえた。

なんでいつもおれが逃げるんだ。

街灯の薄明かりと夜明け前の闇のなかで、サンベリーの隠れ家はジョーの目に、捨てられた唾液まみれの巨大なハッカ飴のように見えた。ほんの少し気持ち悪かった。だが建物はまったく目立たないもので、結局のところそこが肝心な点なのだろう。隠れ家（セーフ・ハウス）、すなわち安全な家（セーフ・ハウス）。即金で買うと申し出て、不動産屋を仰天させた物件だ。**今日この金で買うから、四の五の言わない、今後あの家に訪ねてくるのもなしだ。いいかね。ええ、そりゃもう、どうもありがとうございます。**

ジョーはさっきまでの怒りが退（ひ）いているのに気づいた。そして怒りとともに希望の感覚もなくなっていることに。もうどこであれ安全だとは思えなかった。

これから一生逃げつづけることになる。あるいは――このほうがもっとありそうだが――もうすぐ死ぬのだ。

巨大なハッカ飴には動物の頭をかたどった小さなノッカーがついていた。それはたぶんライオンのつもりだろうが、むしろ羊のように見えた。マーサーは鍵を開けて、みんなをなかに入れた。

「〈ハーティクル〉のほうがきれいだな」とマーサーが憂鬱な声で言う。

ポリーはうなずいた。「そうね。でもわたしたちにはここしかない」

ポリーがジョーに目を向けてきた。その目には気遣いがあった。自分を大事に思ってくれる人が、気遣いをしてくれるのはいいものだ。真剣に心配してくれるのは。ジョーはまた疲れていた。疲れすぎていて逆に眠れないのではないかと不安になるほどだった。眠れば電気ショックの夢を見るのではないか。ポリーも眠れなくなるのではないか。眠りながら絶叫してしまう男と、ポリーは今後もベッドをともにしたいと思うだろうか。

マーサーは階段をのぼりはじめた。「着替えてくる。きみはシャワーを浴びろよ、ジョー。こう言っちゃなんだが、そんな臭いをさせてたんじゃ見つかりたくない連中に見つかっちまうぞ」

おれの生涯の物語。文句を言うな。目立つまねはするな。金はさっと払い、注文どおりに仕事して、ルールを守れ。悪さはするな。言われたとおりにしろ。そうすれば大丈夫だ。

おれはそうしてきたけど、大丈夫じゃない。

バスチョンが哀しげにうなだれ、か細く、くうんと鳴いた。ジョーは身体をそっと揺すぶるように撫でてやった。そのときポリーのハンドバッグから、ウィスティシールでジョーがテッド・ショルトにもらった黄金の蜜蜂が這い出し、何かを悼むように部屋のなかをゆっくりと飛びまわった。しばらくして蜜蜂はプラスチックの棚にとまった。

「すまんすまん」マーサーはジーンズとシャツ姿になって階段をおりてくると、ややそっけなく言った。「われわれはやれることを全部やったが、きみを見つけられなかった。八方手をつくしたんだ。本当に。これは誓ってもいい」ひとり納得してうなずく。「とにかく、いまのきみは国を出て、どこかに隠れなきゃいけない。それも早急に。その手配だけはしてやれるよ。旅をするのに偽の身分が必要だし、落ち着いた先で暮らすのにもべつの身分が必要だ。それと緊急用のをひとつかふたつ。きみは消えなくちゃいけないんだ」

ジョーは肩をすくめる。マーサーはためらったあと続けた。「きみは重要指名手配犯人なんだ。最重要といってもいい。わかるか」

　ジョーは驚かない自分に気づいた。「おれが何をしたっていうんだ。議会を爆破でもしたか」辛辣な口調ではなかった。人を恨んでもしかたがない。昔からそういう考え方だった。ただ、なんとなく脱力した好奇心があるだけだった。これ以上どこにも落ちようがないのだし。

「わからないようだな」マーサーは静かに言い、タブロイド新聞をテーブルに置いて滑らせてきた。一面には蜜蜂に関する記事が出ていた。世界地図に蜜蜂の群れが進んだルートが描かれ、紛争が起きている場所には小さな火のマークがついていた。マーサーはため息をついて新聞をひろげた。四ページ目と五ページ目――デニムのショートパンツひとつの〝カーライル出身のベリンダ〟（アメリカの女性歌手ベリンダ・カーライルをもじった名の無名のモデル）の写真のすぐあとに――〝**スポーク、血は争えぬ！　あの父にしてこの子あり**〟の見出し。ジョーが見たこともない犯行現場の写真には、シートをかけた死体が並んでいる。古い写真も新しい写真もあった。暴力の歴史。

「こんな馬鹿なこと！」

「残念ながら実際に起きたことだ。ハウスポートはもうない。ワトソン一家は……。事件があったのはきみが船を借りたつぎの日だろう。きみにはどうすることもできなかった。きみのせいじゃない」

　それでもジョーは肩に重みがずしりとかかってくるのを感じた。「何があったんだ」

「誰かが放火した。アビーは目を覚まして子供たちを連れ出した。子供たちは無事だよ。グリフは……入院している。大怪我をしたんだ。家財道具を運び出そうとしてね。警察はきみが犯人だとしている。アビーは綿密な捜査をしてくれと要求しているが、あのパッチカインドのやつが、テロリストとつきあうとこういうことが起きるんだと言った」

「テロリスト？　いったいなんのことだ」

「きみのことだよ、ジョー。気の毒だが」

「おれはテロリストにされてるのか」

「テロ事件の容疑者だ」

「でも悪いことなんか何もしてないんだぞ！」

それは腹の底から出る苦悶の叫びだった。声は高まり、張りつめた。最後の言葉は割れて、動物じみた声になった。蹴飛ばされてうろたえている動物の声に。

「やつらはあなたをなめてるのよ」沈黙が流れたところへ、ポリーが平板な声で言った。「なめきってるのよ。やつらのメッセージはこうよ。言われたとおりにしろ。おれたちの言うとおりにしろ。おれたちの知りたいことを、たとえ知らなくても教えろ。それからこのメッセージ。おれたちを怒らせるな。でないとディヴィッド・ケリー（二〇〇三年にイラク戦争に反対して疑惑の自殺を遂げたイギリスの生物兵器の専門家）と同じ目にあうぞ。デ・メネゼス（二〇〇五年にロンドンでテロリストと誤認され、警官隊に射殺されたブラジル人青年）の道を行くことになるぞ。G20抗議デモのそばを、ポケットに両手を入れて歩いてて警察官に殴り殺された男みたいになるぞ。システムが全力で叩きつぶしにくるぞ。それからこのメッセージ。行儀よくしないとそういう目にあうんだぞ」ポリーの目は冷たく無表情だが、奥で何かがうろついていた。

マーサーは息をひとつ吸ってからあとを続けた。

「きみはテロリスト活動をしているあいだ、何人かの人にそのことを知られたと連中は言っている。それを知った人たちは行方不明になったり死んだりしていると」

「誰が行方不明になったり死んだりしてるんだ」

「まずはビリー。それからジョイスも」

「ジョイスはそんなの嘘だと証言してくれるはずだ。彼女はビリーの婚約者でもないし。だいいち死んじゃいない。馬鹿げた話だ」だがマーサーもポリーもじっとこちらを見つめつづけるので、ジョーは自分が何か根本的な問題をまだ理解していないようだと気づいた。

マーサーは容赦なく話を続ける。「それからコーンウォール州ウィスティシールの、テレーズ・チャンドラーという若い女性だ。今朝、自宅で死んでいるのが見つかった。きみはパブでこの女性に会ったようだな」

「テレーズ？　テスが？　死んだ？」

「ああ。ジョイスもだ」

「ジョイスはもうビリーの恋人ですらなかったんだ！」

「わかってる。わたしが言いたいのはそういうことじゃない」

「おれを捕まえるために殺したって？」

「あるいは何かを知っていると考えたか。どんな小さいことであれね。そう。敵をこの目で見てしまったいまは、愉しみのために殺したかもしれないとも思う。その可能性はあると思わないか。ビリーの場合は間違いなくあの男が自分でやったんだ。あれはあの男の流儀のように思える」

そう。そのとおり。だが、それでもありえないことのように思える。イーディーの死の臭い——血と硝煙の臭い——がまだ鼻に残っているいまですら。「こんなのは間違っている。法に反している。こんなことは全部」

マーサーは怒っているようだった。ほとんど怒鳴るような声を出したからだ。「そのとおりだ、ジョー！法に反してるんだ！　いつだってそうなんだ！　でも実際にそういうことは起きる。それともパキスタン移民のタクシー運転手にしか起こらないとでも思ったか。やつらは気が向いたときにそういうことをやるんだ。それが好都合なとき、状況が要求したときに。そして自分の身に起きないかぎり、誰も気にしやしない！」

ポリーが抑えてというように手を腕にかけると、「すまない」と言った。

新聞にはテスとジョイスの生前の写真が出ていた。死体発見時の状況が書いてあった。そのあまりのむごたらしさに、そんなことをする人間がいるのだろうかと思うほどだった。それをやった人間に心当たりがある場合を除いては。

ジョーを信じてくれている人間は、ここにいるマーサーとポリー以外にはほとんどいない。

ジョーはふたりの女性の顔と見出しをじっと見た。ほぼ誰も彼もが敵だった。

ジョーは空(くう)を見つめ、心が、あるいは頭が、張り裂けるのを待った。自分の全存在を破壊するこの嘘の衝撃が現われるのを待った。目をあげると、ポリーとマーサーがこちらを見ていた。ふたりも待っているのだ。

ジョーは思った。ごめん、おれはもう終わりだ。できることは何もない。自分の口が無意味な音を立てるのを待った。警察が来るまでじっとしているために身体がまるまるのを待った。

ところが、まったくべつのことが起きて、その不意打ちに驚いた。とことん追い詰められたところで、ついに堅固な床と、もたれかかれる壁を見出したのだ。

父親マシューの心臓が破れてから、銀色の棺が墓穴におろされるまでのどこかの時点で、ジョーは自分自身の一部を埋めた。ばりばり行動し騙しや盗みをする自分を棺に入れて、自分は地味で退屈な生き方をするのだと決めたのだった。ジョーは祖父に職人仕事を教わりながら、時計を逆回しして、父親がまだ犯罪者になっていないころに時間を戻そうとした。べつの状況のもとでなら父親がなっていたであろう人間に、なろうとした。

ジョーは二重ガラスの窓に映る自分の顔を見、自分がなっていたかもしれない男の風貌を想像しようとした。犯罪王の王子。父親以上の悪党。掛け値なしの、狂気じみた男。何も怖れない男。

そんな男は存在しなかったが、つねにそうなる可能性はあった。その男はジョーのなかで消え去りはしなかった。いま、ついにその男が実体を持つときが来た。だが、その境地に到達するまではまだ長い距離があるような気がした。長年のあいだに築かれた障害物や自衛のためのフェンスを取り除くには、長く険しい上り坂をのぼるような苦闘が必要だった。

ジョーはいまいる自分から始めた。ジョー・スポーク。友達を殺してはいないが、殺した容疑をかけられている男。自分のせいではないのに、さらに怖ろしいことについて弾劾されている男。ポリー・クレイドルと寝ていて、その関係を大事にしたいと思っている男。両肩を回し、歯をぐっと噛みしめ、さらに続けた。

ジョー・スポーク。怪物どもに拉致され、拷問されたが、死ななかった男。

無実であるというだけでは身を守る盾にならず、おとなしくしていても安全ではないと知っている男。

愛と世界改良の名のもとに行動した老女にはめられたが、その老女が自分を助けようとして死ぬのを見た男。

その老女の愛犬を託された男。

怒りだけを武器に、弾の入った拳銃と剣を持つ男に挑みかかっていった男。

ああ、それと、父親がトラブルメイカーだった男。祖母もそうだった。

満足の笑みが、ゆっくりと顔をよぎっていく。〈狂犬ジョー〉。〈鉄拳ジョー〉。〈暴走ジョー〉。〈クレイジー・ジョー〉。

いいだろう。また窓ガラスに映った顔を見た。変身はうまくいったが、まだ完璧ではない。新しいジョーはだらけた姿勢の男ではいけない。

息を吸い、胸を突き出し、また窓を見る。これは、やりすぎだ。もう少し控え目がいい。熱く燃えたぎるのではなく、堅実であれ。狂乱ではない、静かな力が必要だ。

背をまっすぐ起こし、両腕を曲げ伸ばしする。力は拳でなく、身体の芯にこもる。はったりや脅しがギャングをつくるのではない。真のギャングは、ただ、ギャングであるのみ。おまえにはそれがよくわかっている。

この街はおれのものだ。世界はおれのものだ。統治はほかの者たちに任せてある。おれにはほかに大事な仕事があるからだ。

よし。つぎは帽子だ。ギャングはつねに帽子をかぶっている。無帽のときも、かぶっているかのように身を処する。光が顔に落ちた。片目だけが影のなかで強く光った。海賊の目。焚き火の近くにいる狼の目。嵐のなかの海賊の長の目。**挑みかかる目。**

コートは甲冑みたいなものだ。人間のスケールの大きさを強調できる幅広のでなければならない。そしてコート自体が影となってジョーを包み隠す。両わきに垂らした手には武器が……いや、いまのは取り消しだ。手を垂らすかどうかはともかく、なんらかの形で武器を持っているのだ。たとえば野球のバット？　すこぶるアメリカ的だ。そんなものどこで買うんだ。むしろ鉄パイプ。拳銃。ボートを引き寄せる鉤竿。いいだろう。そしてポケットにはあっと驚くものが入っている。銃ではない。ナイフでもない。もっと危ないものだ。火炎瓶か、手榴弾かもしれない。ロシアン・マフィアは手榴弾を携帯しているとか。過剰殺戮（オーバーキル）をやるのか。ああ、もちろん、そういうことだろう。過剰殺戮（オーバーキル）。ナイフファイトを挑まれて大ハンマーを抱えていく。チキンレースに戦車でのぞむ。狡猾とか周到といった生き方ではない。シェム・シェム・ツィエンは狡猾だ。あの闇のなかの邪悪な蜘蛛、嘘つき、希望の泥棒、ワトソン一家を痛めつけジョイスやテスを殺した男は。老女を殺し、犬を哀しませる男は。**おれは狡猾でも周到でもない。おれはクレイジー・ジョー。たとえ自分の家をぶっ壊さなければならなくなっても、おれはお**

まえを倒す。

ああ、倒してやる。

窓ガラスの表面から、これからジョーがならなければならない男が、視線を射こんできた。片目の放浪者、戦場の幽霊が。見知らぬ者が。巨人が。ギャングが。破壊の天使が。

勝利をおさめるかもしれない男が。

「逃亡ルートはこうだ」とマーサーは言った。「まずフェリーでアイルランドへ渡り、そこからアイスランドへ飛び、カナダへ飛ぶ。カナダは行方をくらますのにいい場所だ。とても広くて何もない。あと数時間以内に出発すれば、蜜蜂の群れが来る前にこの国を出られる。蜜蜂を避けることに意味があるかどうか知らないが、やってみる値打ちはあるだろう」

ジョーは聴いていないようだった。マーサーはジョーのまわりを回りながら手をふった。「聴いてるのか、ジョー」

「〈ステーションY〉」とジョーは言う。マーサーは眉をあげた。ジョーはうなずいた。「わかった。すぐ出発の用意をする。ところで母から箱を預かってないか」

マーサーは眉をひそめる。

「あ、預かってる」とポリー。

「くれないか」

ポリーはバッグのなかを探し、とりだした。底に鍵がテープでとめてあった。ギャングより修道女に似つかわしいやり方だ。ジョーは箱を開けた。

ポラロイド写真を含む古い写真――もちろん、郵便局のゴムバンドでとめてある。鍵師たちが笑っている写真。マシュー・スポークの側近グループ、最初の〈古参兵たち〉だ。ベビードールを着た女たちとビロードのスーツを着た男たちがパーティーをしている写真。隠し撮りされたハリエットの写真は急いで裏へ回した。母親は危険な妖しさをむんむんさせていた。

それから、ほかのものとは毛色の違う三枚の写真が、輪ゴムでとめられて一グループをつくっていた。輪ゴムには〝ジョッシュ〟と書いた紙がはさんである。ジョーはそれらの写真を、まるで文字が書かれた絵葉書であるかのように読むことができた。

一枚の写真では、タムおじさんとマシューが、ひどくまじめな顔で、両手を組んでする〈夜の市場〉式の握手をかわし、何かの誓約をしていた。ここに書かれている見えない文字は、〝**おじさんが、おまえのためにあるものを持っているぞ**〟だ。

二枚目は、ノーブルホワイト家の玄関で養父の腕につかまっているマーサーとポリーの写真だった。〝**おまえが信用できるのは、この人たちだ**〟。

それからジョー自身の写真だ。羊革のジャケットを着て、父親の膝に乗り、空に向けて拳を突きあげている。父親の顔は珍しく晴れ晴れとして愉しげで、銃を握り慣れた手は、このときはジョーの両肩をつかんでいる。この一枚が伝えるものはあまりにも単純で本源的なものだ。〝おまえを大事に思っているよ(アイ・ラヴ・ユー)〟ですらぴったり言い表わせない。

ジョーは父親の息を髪に感じた。父親はときどきジョーの髪に鼻をあてて息を吸いこんだものだった。単純かつ率直な哺乳類的行動だ。

「さあ、アイルランドへ」とマーサーが促す。

ジョーはマーサーを見た。心底驚いた顔で。「いや、おれは行かない」

「え？　何言ってるんだ」

「行かない」

「ジョー、勝ち目はないぞ。相手がでかすぎる」

「シェム・シェム・ツィエンは世界を殺す気なんだ、マーサー。それにやつはもうおれを殺した。古いジョーはもういない。もうおれは職人仕事をやれそうにないだろう？　銀行は借金の清算に抵当権を実行するだろうけど、かりにしなくてももうビジネスはできそうにない」

「いや、混乱は終息するさ。誰かがシェム・シェム・ツィエンを阻止するはずだ。それを仕事にしている連中がいるんだ」

「ロドニー・ティットホイッスルの〈遺産委員会〉か。ふん。あいつに何ができるんだ」

「いい加減にしろ、ジョー！　きみは機械職人だ。それがきみのやりたい仕事だ。わたしは機械職人のきみを助けてきたんだ！」

「機械職人は心の底からあんたに『ありがとう』と言ってたよ。でも、あいつはもういない。いまいるのはおれだ」ジョーはポリーを見た。

「この男に言ってやれ！」マーサーは命じたが、ポリーはジョーに微笑み、目を輝かせて、ゆっくりと拍手をした。

「ああ、なんなんだ。まさか本気じゃないだろうな！」マーサーは叫んだ。

「いや、本気だ」とジョー。「閉じこめられてるあいだにわかったんだ。いつわかったかははっきりしない。一カ月たったころかな」

マーサーはぐっと詰まった。「ジョー、きみは一カ月もいなかったんだ。一週間もいなかった。長いように感じたかもしれないが、きみは五日後に脱出したんだ」

ジョーは首をふりふり、異様な笑みを浮かべた。

「違うんだ、マーサー」と穏やかに言った。「あんたにはそう思えたかもしれないけど。外にいたから」

ひどく気まずい沈黙が流れた。マーサーは反論しようとしたが、ジョーの言い分は逆転しているけれどもジョーにとっては真実なのだと腑に落ちて、へなっと力が抜けてしまった。

「すまなかった、ジョー」とマーサーはつぶやいた。

「助けてやれなくてすまなかった。本当に。できるだけのことをしたが……充分じゃなかった」

「あんたはよくやってくれたよ」ジョーは優しく言った。「敵はあんたたちふたりがもう諦めたと、信じこませようとしたけどな」

マーサーとポリーが色をなした。ジョーは微笑んだ。

「とにかくいまはこういうことになった。おれは昔からずっと、冷静に、穏やかに、人様に恥ずかしくないように、生きようとしてきた。規則を守って生きてきた。だがいまは違うおれになった。やつらが不正を働いたからだ。やつらがゲームを変えた。おかげでおれは正直一方では勝てなくなった。ただ、じつを言うとおれは正直者でいるのが得意じゃない。正直者でいるために、自分のなかの多くの部分を遠ざけておかなきゃいけなかった。でもいまは悪党で……その技量は持っている。おれはとんでもない悪党になれる。史上最高の悪党に。そうなって、しかも正しいことがやれる。おれはいかれちゃいない。自由なんだ」

ポリーは首をかしげて考えた。

「正しいことって?」

バスチョンが小さく唸った。

ジョーは新聞を手で示した。

「やつらはおれを追っている。そして大勢を殺している。いずれ――」ジョーは視線をあちこちにあて、そのうちにポリーをじっと見ていることに気づくと、目をそらした。「――きみたちのどちらかを殺すだろう。おれはもう逃げないことにした。やつらにたっぷり思い知らせてやる」

ジョーは腕組みをした。

マーサーが何か言おうと口を開いたが、このときバスチョンも口を開いて、飛びまわっている蜜蜂に食いつこうとした。すると当のバスチョンも驚いたようだが、蜜蜂がうまく口に入った。バスチョンはそれをごくりと呑みこんだ。マーサーは、犬がいまにも爆発するのを予想するかのように、小さく身をすくませた。

何も起こらない。

「もう、バスチョンたら、いたずらさんね」ポリーはとりあえず何か言うためにそう言った。

「まったくだ」とマーサーは苦々しげに吐き出す。「この犬は精巧で凶悪な兵器を呑みこんでしまったんだ。おかげでたったひとつの物的証拠がなくなった。これでわれわれは常人には理解できない科学兵器で報復攻撃を受ける運命に定められたのかもしれない。とにかくこの犬を思いきり怒鳴りつけて叱ってやれ。それでみんなの問題が解決する」

沈黙がおりた。ジョーがくっくっと声を漏らし、ポリーがふんと鼻で笑い、それからジョーが声を立てて笑った。含み笑いが大笑いに変わり、ついには歓喜の叫びとなった。ポリーも、ほっとしたのと嬉しくなったのとで、いっしょに笑いだした。マーサーは深い困惑と憤懣のようなものを顔に浮かべていたが、やがて笑いに加わった。

ひとしきり笑ったあとは、喜びに輝く目を見かわした。

「マーサー」とポリーが言う。「さあ、ハグしましょ。グループとして。こういうのはイギリス的じゃないけど、兄さんにはたまにはいいんじゃない。喋っちゃだめよ。みんなの気持ちがひとつになってるときに、しらけさせるようなまねをしちゃ」

三人と一匹は抱擁しあった。ややぎこちなかったが、感情の高まりはすばらしかった。

「うん、これはなかなか――」とマーサーが言いかける。

「スコップで頭をぶん殴るわよ」とポリーがつぶやく。もう一度強く抱きあったあと、一同は身体を離した。

「よし、それじゃ行動開始だ」とジョーは言った。

「こういうことを前にやったことはないんだが」とジョーはピンク色のシャツを着た男に言った。「どうやらおれには天性の才能があるようだ」

男は急いで、しかしごく小さくうなずいた。顎のすぐ下にある肉切り包丁が不安だったからだ。ジョーはこの物騒な刃物を巨大ハッカ飴のキッチンから持ち出してきた。その重みと見た目のすごさに、思わず顔が明るくなったものだ。家の所有者は隠れグルメらしく、短くて刃の太い牡蠣の殻むきナイフもあった。小さいけれども見た目がまがまがしく実利性もありそうなので、ポリーは武器として所持することにした。

ジョーはにっこり笑った。いまの状況に照らすと、完全に異常に見えた。「あんたは新聞を読むか。読まない？　うなずかないでくれ。それはまずい。ネズミみたいにチューと鳴いてくれ……そう、そんな感じ。一回でイエス、二回でノー……よし。あんたはおれが逃亡してきた異常な犯罪者でテロリストだってことはわかってるな」

男はチューと言った。


「よし。これであんたがものすごくやばいことになってるのと、おれがものすごく危ないやつだってことがはっきりしたな。ところで、これはポリーだ。ポリー、この人に挨拶しな。こちらは……ええと、まあ名前は訊かないことにするか。名前を言うのは嫌かもしれないからな。とにかく挨拶して」ポリーはむすっとした顔になる。

「さて、どこまで話したかな。ああ、そうだ。この車だ。これはすごくいい車だよな。傷ひとつつけないと約束したくなるほどだ。でもいま〝したくなるほどだ〟と言ったのは、おれが運転する車は銃やロケット砲で撃たれる可能性がほんの少しあるからだ。まあ無視できるほどのリスクだから、おれは気にしてないいんだが、あんたは心配かもしれないよな。とにかくこれはいい車だから、おれもベストをつくすよ。それじゃ不満か？」

力強く、チューチューと返事があった。翻訳すれば、どうぞどうぞ（ミ・カサ・ス・カサ）。

「ありがとう。ところで教えてくれ。いま入ってるガソリンでポーツマスまで行けると思うか。だめ？　まあ途中で自動車修理工場でも襲えばいいか。さてと警察に通報するまで一時間置いてもらえるだろうな。嫌だというならいっしょに連れていくしかない。トランクはどんな具合だ。居心地いいか。あれ、おれたちと別れたい？　そうだな、それがいいだろう……」

　ジョーはドアを開けた。男は立ち去った。ジョーはポリーのほうを向いて、もちろんポーツマスなんか行かないよ、と言おうとしたとき、目のすぐ下の頬に牡蠣の殻むきナイフがあてられているのに気づいた。

「この際はっきりさせといて」とポリーは小さく言う。「わたしはあなたのおっぱいの大きい助手でもボンドガールでもない。わたしもひとりの独立したスーパー悪党だということ。いい？」

　ジョーはごくりと唾を呑んだ。「ああ、わかった」と慎重に答える。

「だったらもう『ポリー、挨拶しな』なんて台詞はなしね」

「そういうのはなしだ」

　牡蠣の殻むきナイフはすぐに消えた。ポリーの顔がすっと近づいてきて、ジョーの唇にキスをした。肉厚の舌が入ってくる。ポリーはジョーの手をとって自分のお尻にしっかりあてた。

「エンジンをかけて。車泥棒ってセクシーね」

「正確にはカージャックだけどね」

「お利口さんのご褒美に特別の加点が欲しい？」

「ああ、お願いする」

「悪党は〝お願いする〟なんて言わないのよ」

　ふたりはセント・オールバンから北に向かった。

　ガソリンスタンドの公衆電話でセシリー・フォウルベリーとごく短い時間話した。おかげでテッド・ショルトが最後に言い残した〈ステーションY〉というのが〈ブレッチリー・パーク〉のことだとわかった。セシリーはあきれた口調で説明した。「こんなのは一般常識だよ、ジョー。あんたを博物館へ連れていってやったこともあるしね。あそこにあった政府暗号学校はドイツのエニグマ暗号を解読して戦争勝利に貢献したんだ。コンピューターの父、アラン・チューリングが活躍したんだよ。どう、覚えてない？」

そう、〈ブレッチリー・パーク〉のことはたしかに覚えていた。謎めいた感じのかまぼこ形プレハブ建築物がいくつもあり、それぞれ異なる程度に老朽化していた。周囲をいわくありげな小さな丘に囲まれていたが、実際、それらの小丘にはいわくがあるのだった。赤煉瓦の広壮な邸宅は、戦時のイギリスに集められるかぎりの優秀な数学者たちが研究所にしていた。ジョーは邸宅の一部を占めていた鉄道模型クラブにも目をみはった。そこの収益は博物館の地代支払いにあてられているのだ。芝生を張った庭には世界初の垂直離着陸機ハリアーの機体も保存されていた。もう秘密がなくなって朽ちかけている古い政府の施設。たいていのものはここに隠せるだろう。こんなところへ誰が探しにくるものか。

ジョーは車のナンバープレートをほかの車の同じようなプレートと取り替え、ポリーはGPS追跡装置を見つけてスイッチを切った。これで盗難車は、エンジンブロックの識別番号を見られないかぎり、事実上消えたも同然だ。がらんとあいた道路の上で、幻想にすぎないとはいえ、自由の感覚が味わえた。

「〈ブレッチリー・パーク〉に何があるの」とポリーが訊く。車はバッキンガムシャー州ミルトン・キーンズに近づいていた。

ジョーはポリーににやりと笑いかけて、「列車だ」と答え、ポリーが笑い返してくるのを見た。

高速道路をおりると、〈ブレッチリー・パーク〉への道は平坦で退屈なものになった。フェンスで仕切られた畑地に、箱型をした現代の住宅。ミルトン・キーンズの郊外は開発プランナーの設計がきちんと実現された野性味に乏しい空間で、やや人間味が足りない感じがあった。〈ブレッチリー・パーク〉はこの郊外にある。本道をはずれて枝道をたどっていくと、かつて機関銃陣地があったと推測される開けた場所に出た。ジョーは車を駐車スペースのひとつにきちんと駐めた。無断駐車だが、誰も何も言いにくる気配がない。イギリスの博物館職員は業務に支障のないかぎりその種のことを無視する人が多いのだ。

夜が明けはじめていた。明るくなるとリスクは高まる。こんな時刻に何かしていると警備員か早起きをする健康志向の職員に見とがめられるだろう。だがジョーは、自分はもうそんなことを気にしないのだということを思い出した。チケット販売所の上にのぼって、薄明かりのなか、まわりを見渡した。

テッド・ショルトの指示は明確なものではなかった。ジョーはその曖昧な指示を、鉛筆でスケッチするように風景の上で確認した。そしてそこへ自分自身の知恵の層を重ねた。何かを隠したり人を騙したりするときの、〈夜の市場〉流の直感を働かせるのだ。**無許可のボクシング試合場を隠すならどこへ隠すか……**。あった。長く伸びている低い土地の隆起が。自然の地形にしてはまっすぐすぎるし、盛りあがりが唐突だ。だがあれだけ大きいと、人工物だとはただちにはわからない。そのわきにカーブを描いて走っている小さな谷も怪しい。丈高い草が生えているその底には鉄道の古いレールが残っているはずだ。ジョーはそこを指さした。ポリーはうなずいたが、ジョーがそちらへ歩きだそうとすると、首をふった。

「こっち」とささやいて、ポリーが引っぱっていったのは、何かの小屋の残骸だった。表示板には〝上級将校専用洗面所〟とある。なかに入ると、ポリーはバッグ——ジョーがちょっと驚いたことに、イーディー・バニスターの犬が入っている——から懐中電灯をとりだした。それで床を照らすと、地下道への入り口があった。ほくそ笑むポリーに、ジョーはうなずきかけながら、得点を認めた。

ふたりはハッチを持ちあげ、はしごをつたって、地中におりていった。

地下道は湿ってかび臭いコンクリートの臭いがした。行き止まりにドアがあった。堅固でいかめしいドアだ。怪奇神秘風だなとジョーは思った。爆破することは可能だ。しかるべき道具があれば。しかしそれをどこで手に入れる？　ギャング稼業に必要な道具を迅速に手に入れるにはどうする？

だがこのドアは爆破する必要がなかった。向こうに何があるかわからないのだから、吹き飛ばさないに越したことはない。組み合わせ錠は古いがかなり美しい。高純度の真鍮でできたダイヤルにはローマ数字が刻まれている。手作りだなとジョーは思う。テッドは、ドアはリジーの誕生日で開けろと言った。そうだ。XXⅥ‐Ⅳ‐XXⅠ、で開く。女王陛下エリザベス二世がこの世にお生まれになった日だ。

ドアを開くと、地下道の空気が向こうへ流れこんだ。なかにもうひとつドアがあり、埃よけになっている。壁には手回し充電ランタンが横一列にかけてあった。ジョーはひとつ手にとり、ハンドルを回した。それから内側のドアを開けてなかに入った。

部屋はわりと狭かった。部屋というよりトンネル。しかもかなり長いトンネルだ。それはゆるやかに傾いて下降している。いちばん手前が地上の高さだ。トンネルの奥に向かって、目当てのものが軽くうねりながら長く伸びていた。ボイラーはジョーの背丈より高く、バスほどの長さがあった。そのうしろの車両はぼんやりかすんで見えにくいが——十両あるか、十二両あるか。どの車両もよく似ているが、それぞれ微妙に違う。列車の名前は機関車前部にとりつけられた黒い鉄の排障器（カウキャッチャー）に掲げられている。〝ラヴレイス号〟と。

外側は金属製だろうが、ほかのもの——樹脂かセラミック——のようにも見える。ジョーは手でなでてみた。表面がひんやりして少し湿っているのは、保護オイルのせいかもしれない。石炭の匂いと、革や木の品物が置かれている倉庫のような心地よい匂いがする。ランタンの光をいろいろに動かしてみると、全体の形と大きさが感覚的につかめた。旅客列車というのはありふれたものだ。都会を駆けたりあちこちの田舎を走ったりしている。窓のなかには旅行者や通勤者が見える。貨物列車は、最近珍しくなった。ローカル線や側線へ見にいくか、ポリーのベッドで体感するかだ。ジョーはポリーを見た。ポリーはうしろから黙ってついてきながら、人さし指をラヴレイス号の表面に滑らせている。指が通ったあとには砂埃がこすりとられた跡が残っていく。ポリーはジョーからダイヤモンドをもらったかのような微笑みを見せた。

つぎの車両にはアヒルの足を図案化した紋章がついていた。バッグのなかのバスチョンがふいに吠え、あくびをした。ポリーは肩をすくめた。

「この車両かな」とポリー。

ふたりは扉を開けて乗りこんだ。扉が開くと小さな音がして換気装置が作動した。換気装置ならいいが、たとえば毒ガス攻撃だと嫌だなとジョーは思った。空気の匂いを嗅いでみて、馬鹿か、無臭の毒ガスもあるだろうと自嘲する。しかしともかく倒れて死なないようだから大丈夫だろうと、前に進んだ。

ランタンの光がふたつの作業台を照らし出した。ひとつには物がごたごたのっていて、そのなかにはいまでは見覚えのある筆跡で数式が書かれた紙が何枚もあり、金属片やその他のよく正体のわからないものが置かれていた。それに対してもうひとつの作業台はすまし顔と言いたいほど完璧に整頓されている。万力が一台と、工具一式……祖父ダニエルだ。

そうだ、ぼうず。これはわしの作業台だよ。わしらは背中合わせで仕事をしたんだ。わしはフランキーの苛ついた声や大喜びしたときの声を聴いた。家に帰ってほしいとは言わなかったよ。もうあれの心のなかにわしの居場所はないのがわかったからな。マシューのための場所も。おまえのための場所もだ。ただひたすら物事を正したかったんだ。

ジョーは手を伸ばして作業台に触れた。それは仲間意識に裏打ちされた愛撫だった。

そのとき声がして、ふり返ると、光でできた女がいた。

「こんにちは」と女は言って、前に歩み出てきた。身体は白い塊で細かいところはわからない。写真の陰画(ネガ)に写っている影のようだった。周囲を見まわすと、百ほどある小さなレンズから投じられる明るい光で構成された像であるのがわかった。光は空中の蒸気の柱に映っていた。顔立ちは不明瞭だ。片側を向いたときの横顔と、喋るときの口の形だけはわりとはっきりわかる。声は録音されたものだが、祖父のレコードで聴いたものよりも音質がいい。そしてその声から、ジョーには女の名前がわかった。フランキー・フォソワイユール。

顔をよく見た。目鼻立ちを見分けようとした。像が動くとき、ああ、あの人だと認知できる気がしたが、それが幼いころに見た祖母の古い記憶なのか、父親や祖父から聴いた話からつくりあげた像なのかはわからなかった。

幽霊のような像はしかし……超自然的なものには見えなかった。たんに巧みにつくられた映像というだけだ。三次元の幻燈。レーザーなしのホログラム。蜜蜂の巣箱をかたどった真実装置（トゥルース・マシン）をつくれる天才にふさわしい。

　フランキーは頭を片側へ傾けた。「あなたが誰だかはわからない。イーディーがどこかにいてくれればいいんだけど。それともダニエルが。それか、ふたりとも。あなたたちは愛しあってるのかもしれないわね。もしそうならちょうどいいけど……でもないか（メ・ノン）。わたしは残酷ね。ごめんなさい、ふたりとも。

　ほんとにごめんなさい……」フランキーは手をふって、いまの言葉を全部払いのけた。

「わかってると思うけど、これは記録映像よ。できのいいものだけど、そちらの時代ではもうあたりまえの技術でしょうね。わたしのがものすごく古臭く見えなければいいけど……まあいいわ（ビアン）。いま話してることなんか全部意味がなくなって、何もかもうまくいっているかもしれないわね。でもそうじゃない場合にそなえて、ここに来ているあなたに、わたしのかわりに世界を救ってとお願いするわ。大変なことをお願いしてしまっているかもしれないけど」フランキーは笑い、ついで咳きこんだ。よくなりそうにない、たちの悪い咳だった。「ああくそ（ノン・ドゥ・シアン）……」

　幽霊はカメラの視野の外にある何かのほうへ身体を傾けて、ため息をついた。見えなくなった顔は、まっすぐジョーたちのほうを向かず、少しわきを向いているようだった。映像が現実世界と同期する構図が崩れた。ジョーは自分の背後にいる誰かをフランキーが見ているような奇妙な感覚にとらわれた。「さあ、いまのわたしのお願いに、あなたが『わかった』という場面よ。それを言ってくれたら、あなたが必要としていることを教えるから」

　ジョーはポリーを見る。ポリーはジョーの手を握ってうなずいた。

「わかった」とふたりは声をそろえた。どこかでかちりと小さな音がした。B面に移ったのだろう。

幽霊が——三十年以上前のフランキーが——首を傾けた。「いいわ(ビアン)。話さなければならないことはふたつある。いま何が起きているかはわたしにはわからないから。事前策と事後策よ。ダニエルなら、機械の本質は希望にあると言うでしょうね。でも実際にはいろんな面を持っていて、そのなかには希望の反対のものもあるわけ。

事前策はとても単純よ。まだ始動していないなら、始動させなければいけない。機械のスイッチを入れるの。すると蜜蜂が飛んでいく。蜜蜂は嘘をとりのけて真実をあつめるって、わたしが子供のころは言われていたものよ。嘘は衰えて、いずれ人類の状態は九パーセント改善される。イーディーはこの始動のやり方を知っているわね。

わかってほしいのは、苦痛がまったくないわけではないこと。世界は真実を捨てるに違いない。いままでもそうしてきたし、これからもするはず。そして暴力がはびこるでしょうね。でも最終的に、わたしたちは暴力では滅びない。賢い人たちが充分な数だけいて、愚かな者たちや邪悪な者たちに引きずられることはない。世界はいまよりよくなるはずよ。

事後策のほうはもっと深刻。ものすごく深刻なの。ちょうど核物質の扱いと似ている。臨界未満のウラニウムふたつを高速度でぶつけるな、みたいなことと。ただしもっとずっと重大なんだけど！

人間の魂という波は脆弱なものなの。それがどれだけ脆弱か、わたしはウィスティシールで見た。しかもあれはほんの序の口にすぎなかった。わかる？〈理解機関〉は、正しく較正されないと人間の意識をあまりにも多量の知識にさらしてしまう。そしてその意識が今度は世界を決定してしまうのよ。宇宙の基調を完全に知覚すると、不確定なものがなくなり、選択の余地がなくなる。選択の余地がなければ、意識というものはなくなる。不確実でない未来は未来ではない。ある点を超えると、このプロセスが自分で自分を永続化することも起こりうる。可能なことは存在しなくなり……不変の歴史が後釜にすわる。水が消えて氷ばかりになる。こうしてニュートン的世界が完成するのよ。時計じかけの世界が。

シェム・シェム・ツィエンがわたしに求めたのはそれだったの。〈理解機関〉に求めたものは。あの男はおぞましくも偉大なる決定を欲しがった。あの男は宇宙の死滅を見届けることになる。神との合一が完成するためには、神が始めたものを終わらせなければならない。あの男が最も望んだのはこの破局だったの。

あの男は、阻止されないかぎり、すべてを破壊してしまうわ。いまこのときだけでなく、永遠に。そうなるとわたしたちの宇宙は空無のなかを漂うことになる。堅固な、変化のない塊として。

いかなる場合であれ、あの男は信用できない。信用するなんて誰にも不可能よ。あの男が〈理解機関〉を持っているなら、その意図はおぞましいものよ。あの男は阻止しなくてはいけない。絶対に」

記録はそこで停止した。フランキーの幽霊は、ジョーたちの目の前で宙に浮き、わきのほうを指さしていた。ジョーは片側へ身を傾け、反対側へ傾けして、その角度を見積もる。うつぶせに横になり、羽目板の壁や床を見、それから立ちあがって磨きこまれた天井を手で軽く叩いた。ジョーはふと、これはいままで見た動く工芸品のなかでいちばん大きくていちばん美しい作品だなと思った。シェム・シェム・ツィエンに牛耳られる前に、ラスキン主義者たちがつくったものだ。〈ラスキン主義者連盟〉の性質を変えてしまったことだけでも、ジョーにとってシェム・シェム・ツィエンは憎むべき男だった。憎むべき点がごまんとある男ではあるが。

あった。壁の羽目板にあるかすかな線を、指先がとらえた。それを上下になぞる。秘密の扉。隠し金庫のような空間があるはずだ。でも開け方は？　ダニエルがつくったのなら優雅なものだろう。フランキーが設計したなら、数学的か……いや。違う。祖母はこれを開ける人間として、普通の頭を持った人を想定したはずだ。普通の頭の、しかしフランキーを熟知している人を。となると、どういう……ああ。もちろん、あれだ。ジョーはポケットから車の鍵を出し、羽目板の表面のすぐ近くで動かした。ほら——鍵がひくひく羽目板のほうに動く。強い風に吹かれているように。内側に磁石がしこんであるのだ。だから磁性体ならなんでも鍵になる。だが羽目板には鍵の動かし方などは書かれていない。どうすればそれがわかるのか。間違った動かし方は、たんなる時間のむだ以上の結果を生むかもしれない。このころのフランキーは物事を慎重にやることを覚えているはずだ。何十年も前の仕掛け罠はいまでも作動するだろうか。早く罠を解除しないと、ただここにいるだけで爆破されてしまうのではないか。時間はどれくらいあるだろう。フランキーはいつ、いま隠し扉の前にいるのが自分の後継者でなく敵だと判断するだろう。

意識を手もとの作業に引き戻す。

羽目板に模様などは描かれていない。最初に見つけた縦の線がそうだろうか。数字の1のようになぞるとか。いや。それは無意味だ。隠し扉の輪郭の四角形か。だがそれでは……簡単すぎるようだし、これまた意味がない。確かな手がかりはないようだ。フランキーは確実性の鬼みたいな人だった。良きにつけ悪しきにつけ。知の鬼だった。だが、なんの模様も描かれていないのだ。空白なのだ。模様があるべきところに模様がない。

ジョーはうしろにさがり、いろいろな文脈で難問にアプローチした。

隠し扉は何を隠しているのだろう。

何もわからない。何か思い浮かぶはずなのに、何も出てこない。二進法なら……1ではなく0。

あ、それが答えか。

そうだ。ゼロだ。どっち回りで描けばいい？　フランスの両手利きの超天才なら、ゼロをどう書く？

好きに書くだろう。

「どっち回りだ？」とジョーはつぶやく。

ポリーが横でひざまずき、額にキスをしてきた。祝福するように。ポリーは指で宙に輪を描いた。同じことを、同じときに思いついたのだ。ジョーはほっとした。有力な裏書が得られた。ポリーがいてくれるのが本当にありがたかった。彼女の優秀な頭脳がありがたかった。ポリーの頭のなかにすばらしい機械じかけの天使がいる、と想像してみた。

「時計回りよ。当然」とポリーが言った。

時計回り。祖母が祖父に宛てた最後のメッセージ。

これをやっておいて。そうすればすべてうまくいくから。なんらかの形で。

おお、フランキー。

鍵で円を描く。十二時の位置から右回りに。ほどなく羽目板が横に滑って開いた。なかをのぞくと、爆薬の小さな塊があった。鍵を間違ったやり方で動かしていたら……。まあ、間違えないでよかった。手を入れて、なかに入っている数枚の紙をとりだす。何やら手書きの文字が書いてある。ぱっぱっと見て、ポケットにしまった。

「なんなの」とポリーが訊く。

「オフのスイッチ」と答えると、ポリーが厳しい目つきを向けてきたので、言い直した。「いや。スイッチじゃない。世界を終わらせないために正しい順に切るべきもののリストだ。妨害行為リスト（サボタージュ）」

ポリーのバッグで、バスチョンが小さな鼻をくんくんさせ、唸った。

わしは準備ができておるぞ、時計職人。さっさと行こう。

ジョーは犬を見た。

「簡単に言ってくれるねえ」

室内のものを全部もとに戻し、客車を出て、扉を閉めた。駅に着くとジョーはべつの車を盗んだ。

「つぎはどこ」とポリー。

ジョーはポケットから写真を一枚出して渡した。マシューとタムおじさんが写っている。「紳士服屋の家だ」

タムおじさんの家まで行くのに予想以上に時間がかかったのは、ロンドンからの大量脱出が始まっていたからだ。ラジオでは大惨事の到来を信じる人と冷笑的な現実主義者がかしましく討論していた。専門家たちも逃げはじめていた。カタストロフィー理論研究者や法律家やコメディアンもそのなかにいた。パニックではない。まだそうは呼べなかった。そわそわ病とでも言おうか。嵐が来ると聴いて浮き足立っていた。


家は狭い道のはずれにあった。

ノック、ノック。

「誰だ」

「おれだよ、タムおじさん」

盗んだばかりのメルセデスに乗り、存在自体がある種の犯罪のように見えるガールフレンドを連れている男。

タムおじさんはドアごしに怒鳴り返してきた。「ええい、うるさい、うるさい。誰だか知らんがこう言ってんだ。『えっ、まだ朝の五時？ すんません、アタマどうかしてました』って！」

「ろくでもないことが起きた。ジョー・スポークだ」

タムおじさんがぱっとドアを開けて――前より痩せ、白髪が多くなっていたが、間違いなく本人だ――ジョーを見た。いかつい顔にミーアキャットを思わせる目が光っている。

「くそ。名前を言いやがった……。前におれが教えなかったか、ロキンヴァー（ウォルター・スコットの物語詩『マーミオン』で他人の花嫁を略奪する騎士）――この逃亡中の疫病神みたいな野郎――〈市場〉の人間は名前を持たないんだって。あえて名乗るときでも、『何々だ』じゃなくて『何々と呼ばれてる』と言うんだとな。そうする理由は、真夏の夜（ミッドサマー・ナイト）（六月二十三日の夜。魔法使いが跳梁する時とされた）に口を開けて寝てると妖精に歯を抜かれるから、じゃなくて、お巡りにしらを切れるからだ。そしたらこのタム爺（じじい）は、『へえ、わしは老いぼれでなあ、お巡りさん、お尋ね者を見てもそうとはわからんのですわ』とか情けない口実を使わなくてもすむんだ。やあ」とポリーを見てだしぬけに挨拶する。「よし、いいだろう。気が変わった。なかへ入っていいぞ。わしの名前はなんだ」とポリーに訊く。

「聴いたことないけど」とポリーはすっと答える。

「偉い。おまえさんは偉い」とタムおじさんは目を細める。「ロキンヴァーとは大違いだ。こいつは昔からできが悪くて」

「わたしたち、盗んだ車でここまで来たんだけど、帰りはもっと元気のいい車に替えてもらって、Ａ３０３をぶっ飛ばすつもり」ポリーは陽気な声で予定を話した。

　タムおじさんはポリーをさっと見て、うめいた。

「やれやれ。わしはもう年だ」ドアを開けたままにして、意気阻喪して沈みこむように家のなかへ戻った。ジョーとポリーはあとに続いた。家は平屋建てだった。タムおじさんは足を引いていた。昔は高い階から建物に忍びこむ泥棒の達人だったのに、とジョーはちょっと寂しくなった。

　家は狭苦しく、あまり暖かくなかった。味わい深く古びていてもよさそうなものだが、たんに侘しいだけだった。壁ぎわの本棚に本が並べてあった。古いＳＦ小説の本と、ヨーロッパの鉄道時刻表、それに捨てずにとってある雑多な雑誌だった。ひとつの棚は古い海運会社の帳簿が占領していた。

「おれはお尋ね者なんだ、タムおじさん。連れもお尋ね者になってるはずだ」

タムおじさんは返事をせず、ジョーをまっすぐ見た。それからポリーに目をやった。

「まったく面倒を持ちこみやがって」タムおじさんはそうつぶやいて、ジョーに目を戻す。「ほらさっさと説明しなきゃわけわからんじゃないか。わからなきゃ警察呼ぶしかないだろ。おまえは堅気の職人のくせに、親父の仲間にいいカッコしたくてあんな馬鹿くせえ騒ぎを起こしたんだろう。このお調子者の大馬鹿野郎め。いったいなんの用で来たんだ、ロキンヴァー。おまえとおきゃんな女の子は」

「欲しいものがあるんだ。そんなに大層なものじゃない」

タムおじさんはジョーを睨む。「親父と同じだ。おまえの親父も、欲しいものがあるんだと言って、こう続けたもんだ。『なあタム、コリーウォブル伯爵夫人はダイヤモンドをうんと持っておれたちはあんまり持ってない。さあアイゼンを出してくれ、コリーウォブル屋敷山の北壁をのぼるからな!』気がついたらおれは判事の前に立って、どうか寛大なお裁きを、情状酌量を、と馬鹿みたいに頼みこんでたよ。で、何が欲しいんだ」

「親父が預けていったものだ」

タムおじさんは眉根を寄せた。「そんなんでいいのか。時代は変わったな。マシューみたいな生き方はもうむりか」

「それでいいんだ」

タムおじさんはジョーの顔をしげしげ見て、うなずいた。「一応訊いてみたんだ。たしかにマシューはあるものを預けていったよ。息子にこれが必要になることはないだろうけど、一応渡しとくと言ってな。前もってそなえておくってことも、ときにはできる男だった」紙にさらさらと何かを書いた。数字が三つ、アルファベットがひとつ、さらに数字が三つだ。「このすぐ近くの、〈マクマッデン貸倉庫〉にある。外見はモダンになったが、中身は昔とあんまり変わらん。最初の数字はドアの番号、アルファベットは階、最後の数字はコンテナの番号。もちろん鍵がかかってる」

「鍵はどこにあるの」とポリー。

タムおじさんはにやりと笑った。「うん、それはな……」

ジョーがにやりと笑い返した。羊のコスチュームの下から狼の長い舌がべろりと出たような笑いだった。

「鍵が要る人間には、中身を手に入れる資格はないんだ」

ポリーはジョーに、車でフェンスを突き破るのをやめさせた。最初は興奮した頭でそうするつもりだったのだが。かわりに監視カメラの真下でワイヤーを切った。ポリーは警報器が鳴りだすのを待ったが、何も起こらない。

「貸倉庫は警報器のないところが多いんだ」とジョーは小声で言った。「ついてるところも、どうせ財産犯で、人が危害を加えられるわけじゃないから、警察は朝になってから見にくる。かりに監視カメラが作動してても、警備員はできるだけ様子を見にくるのを避けようとするしな。このカメラはたぶん動いてないよ。コードが出てないから。世間のほとんどはそんな具合だ。臆病な連中にはわからんがね」

「これ、ワイヤレス式だと思う」とポリーが慎重な口調で言う。「カタログでそういうの見た」

「あ、そう?」ジョーは小さなレンズを見た。レンズが注意深く凝視しているような気が急にしてきた。

「じゃ、急ごうか」とひるむでもなく微笑むので、ポリーは思わず笑った。

まもなく波形鉄板の壁沿いの暗がりで、ジョーはさっきと同じボルトカッターで、〝334〟のドアの南京錠を切った。なかに入り、ドアを閉め、明かりをつける。

「ほう」とジョーは言った。

ここはイギリスでいちばんオレンジ色をしている場所に違いなかった。もしかしたら世界一かもしれない。番号をふられたオレンジ色のコンテナが何列も並び、その向こうには、オレンジ色の壁にオレンジ色のドアがついていた。夕焼けのやわらかなオレンジ色でも、画家がパレットでつくるオレンジ色でもない。プラスチックでできた果物ののっぺりしたオレンジ色。猛吹雪やなだれのあとでコンテナを捜しやすい色だった。

ジョーは〝C193〟のコンテナの鍵も切るだろう、とポリーは思っていたが、違った。ジョーはドアをぱこんと簡単にはずした。南京錠は蝶番のかわりになった。

なかに、男がひとりいた。

革張りの大型肘掛け椅子に、向こう向きに坐っていた。帽子をかぶり、手袋をはめている。左手のそばにはカーペット地のバッグ、右手のそばにはトロンボーンのケースが置かれている。男は動かない。

ジョーはゆっくりと前に進み、ほうっと息を吐いた。縫製用マネキンだ。はははは、と腹のなかで笑った。父さんらしいや。ちょっとしたサスペンスを与えて度胸を試そうとしたのだ。あるいはたんに面白がってやったか。当の父親ならすぐ銃で撃って、上等の帽子を台無しにしただろう。それはまさに何時間か前にジョーが考えていたような帽子だった。ダンスホールで女をうっとりさせる帽子。密造酒業者の顔に影を落とす帽子。ジョーはさらに近づいた。

バッグのファスナーは錆びておらず、ちゃんと機能しそうだ。引き手をつまんで、前後に動かしてみる。動く。バッグは開いた。

シャツ。札束。十ポンド紙幣で千ポンドほどあるが、どれも使えない旧札だ。小さなポーチの中身はダイヤモンドにしか見えない。現在の堅気の世界では時価二十万ポンドくらいか。持ち歩くお小遣いにしては結構な額だ。歯ブラシ。父親はいつも歯ブラシを携帯していた。果物の缶詰が二個。スコッチウィスキーがひと瓶。煙草がひと箱。それから……ふうむ。またしても数枚のポラロイド写真だが、今度のはかなりきわどい。マシューが開いたパーティーで、ひとりの血色のいい男が女たちに取り巻かれてソファーに坐っている。男も女たちもあまりたくさんの衣類は身につけておらず、そこで進行していることに関しては、破廉恥と書く新聞もあるだろう。最初の写真の裏には〝お愉しみ中のオン・ドン、6の1〟とマシューの筆跡で書かれていた。ふむふむ、明らかに脅迫のネタだ。この前電話したとき、〝高潔ならざる（ディスオノラブル）ドナルド〟はジョーにこれを持ち出されると予想していたようだ。

　あたりに目を走らせると、欲しいものはトロンボーンのケースにセロハンテープで軽くとめてあった。一九七五年ごろにブライトンから送られた汚れた絵葉書で、ワンピースの肩紐が片方ずりさがった姿でディスコで踊る生意気そうな若い女の写真があしらわれていた。

　ジョーは文面を見た。長文だったり難読文だったりしないことを願った。あるいは謝罪や非難であったりしないこと、五つの州に妹がひとりずつとスコットランドに弟がひとりいるという告白でないことも祈った。あるいは工房のある倉庫の下にたくさん死体が埋まっているという告知でないことを。

　大きな読みやすい字でこうあった。**ジョー、スライドにオイルを差せ。安全装置ははずれやすいから注意しろ。父より。**

　コンテナのなかに、マシュー・スポークの一人息子に対する気遣いがこもっていた。愛情と、赦しを求める気持ちが。ここに残されているのはたんなる形見の品ではない。ギャング用のパラシュートだった。堅気の生活が頓挫したときのための。

ジョーはすぐにマネキンの服を脱がせて着替えた。上着は肩が少し大きすぎるが、それ以外は身に合っていた。父親と仕立て屋が、ジョーの完全に大人になったときの体格を推測したのだ。ジョーが帽子をかぶるのを、ポリーは黙って見つめた。

つぎはトロンボーンのケースだった。

もちろん中身はトロンボーンではないはずだ。トロンボーンにちょっと似てはいるが——アーサー・サリヴァンの例はあるにしても（ギルバート＆サリヴァンの喜歌劇『ミカド』で逃亡中の皇太子が宮廷楽団の第二トロンボーン奏者になりすますことを指すか）——ジョーの立場にある者は誰もトロンボーンが問題を解決してくれるとは思わないだろう。大変な思い違いをしているのでなければ、中身はもっと大きくて音楽的でない音を出すものだ。それはまたきわめて非合法のものだが、ジョーはもうそんなことを気にする心境にはない。さてケースを開けた。非＝トロンボーンはいくつかのパーツに分かれて黒いビロードを張った仕切りのなかにおさめられていた。いくつかの道具や消耗品も入っているので、非＝トロンボーンの手入れもできる。それで音楽を奏でる方法を記した楽譜もついている。そこには消耗品を自作するときに必要な素材も書いてある。蓋の内側には製造会社の名前が表示されている。ニューヨークの〈オート・オードナンス〉社だ。

それは父親愛用のトンプソン・サブマシンガンだった。

ふいにジョーは、自分が長らくこの瞬間を待っていたことに気づいた。

微笑みながら、慎重に組み立てていく。それから薄暗がりのなかで立ちあがった。トミー・ガンを胸の高さに持ちあげ、少年の笑みを顔いっぱいにひろげた。

「やっとこの手が完璧なものになったぜ」とクレイジー・ジョー・スポークは言った。

XVI

〈パブラム・クラブ〉で飲む、ヨルゲとアーヴィンと〈編み物をする女たち〉、下手にいじると危ない

〈パブラム・クラブ〉は、紳士クラブの多いロンドン中心部のセント・ジェイムズ地区ではないが、その近くにある。ドアマンの眼鏡は古いが、建物はそれほど時代がついていない。ここは下腹にまだ火を残している紳士たちが、オックスフォード大学やケンブリッジ大学関係の化石じみた会員がつどう学問・芸術の香り高いクラブを逃れて集まる場所だ。革張りの椅子や高級ブランデーといった道具立てはほかのクラブと同じだが、会員が語りあうのは加齢にともなう身体の不調ではなく、もっぱら愛人たちのことだった。ここで話題にされることに関しては事の性質を問わず秘密厳守の鉄則が適用される。違反への罰は会員資格の剝奪だ。各界で重要な役割を果たしてきた男たちへのご褒美である特別な砦こそ、〈パブラム・クラブ〉の本質だった。

　オン・ドンはこのクラブの有力会員なので、ジョーもそれなりに大きく構えて、とびきり古く高価なモルトウィスキーを所望し、ポリーにはパトロン・テキーラのゴールド（本当に金箔が入っている）を注文した。ジョーはツートンカラーの革靴をはいた足を両方ともマホガニーのコーヒーテーブルにのせ、王座のような椅子の背にもたれた。しばらくすると執事がやってきて、足をあげるのはご遠慮願えますかと申し入れ、ポリーにはレディー専用バーでお飲み物を召しあがりますかと訊いた。ポリーはにっこり笑っていいえここで

結構と答える。執事はまあそうおっしゃらずと押し、ポリーがごく丁寧にいいえ本当にここで結構なのと応じる。執事はジョーに裁可をあおいだが、ジョーはいますぐオン・ドンを呼んできてくれと要求して、銃を見せた。

執事は部屋を飛び出したが――下腹に火を持つ紳士たちはこの種の来訪を受けがちなので――警察への通報はしなかった。ポリーはバスチョンをバッグから出した。バスチョンはダマスク織の布を張ったソファーを選び、ちびのくせに一匹で一脚を占領した。ジョーは悪党っぽい笑みを浮かべながら待った。

ためらうのは古いジョーのやることだと思いつつも、いきなりここへ来たのは早計だったかもしれないという気も強くした。きちんとプランを立て、準備万端整えるべきだ。もっと賢くやるべきだ。そう思う一方で、内なるギャングはケッと吐き捨てる。世界がレモン（〝嫌なもの〟の意味がある）をよこしたら、レモネードをつくる。政財界に広範な人脈を持つ裕福な銀行家一族の御曹司のまずい写真をよこしたら、陽の明るいうちに脅迫する。

「オン・ドンに会わなくちゃいけない」〈ブレッチリー・パーク〉からロンドンへ戻る途中、ジョーはポリーにそう言ったのだった。「〈夜の市場〉の協力も必要だ。何をするにせよだ。直感でわかる」ポリーは約束どおり、高速道路の第15ジャンクションと第7ジャンクションのあいだで、車を運転しているジョーとセックスをした。ジョーは〈パブラム・クラブ〉の椅子で目を閉じ、そのときのことをうっとりと思い出した。

伝統的価値観に凝り固まった司教が、ダマスク織張りのソファーに坐ろうとして、バスチョンの一本だけ残った歯に臀部を攻撃され、飛びあがった。そしてバスチョンのピンク色のビー玉の目と悪臭をはなつ冷笑を見て、恐怖のあまり絶命しそうになった。

まもなくオン・ドンが飲み物を持ってやってきた。

「よう、オン・ドン！」とジョーは言った。

「やあ、親愛なる友ヘスス」とオン・ドンは大声で言い、震えている司教に会釈をした。「猊下はヘススにお会いになったことがございますか。こういう名前（ヘススは〝イエス〟にあたるスペイン語の名前）ですから、あなたに縁が深いですね。もっとも、彼の出身地であるスペインではごく普通の名前ですがね」そう言いながら、ジョーとポリーに調子を合わせろよという警告のまなざしを向けてくる。「そう、ヘススはサンタ・ミラベーリャから来た伯爵でしてね。で、あなたは伯爵夫人だと思いますが、まだお会いしたことはなかったですよね。いやじつに魅力的なかただ」そこでオン・ドンは飲み物をテーブルに置き、抱擁するためにジョーに近づいて、小声で毒づいた。「いったい何しにきやがった、このくそ野郎！」

ジョーは喜びにあふれる微笑みを浮かべ、ポラロイド写真をカラーコピーしたものの束をとりだした。

「あなたにいいものを持ってきたんですよ。わたしは全人類に喜びをもたらす男なのです。わが一族の屋敷は廃墟と化しましたが、わたしは父からの遺産を保有しています。受け継いだものは全部無傷だとお知らせすれば、あなたもほっとされるでしょうね。父があなたに差しあげたいと昔から申していたものがあるのですが、残念ながら父は亡くなってしまった――」ジョーは司教に微笑みかけた。隅に置かれた、犬のいない、坐り心地の悪そうなリクライニングチェアに陣どった司教が手をふってきた。「――まあ、わたしは慈悲深き主が父を天国へ迎えてくださったと思っていますが。どうもこんにちは、猊下。お目にかかれて大変光栄です。わたしはヘスス・デ・ラ・カスティーリャ・デ・マンチェゴ・デ・リオーハ・デ・サンタ・ミラベーリャと申します。これは妻のポリ－アモーラです。スペインの最も威厳ある宮廷からご挨拶申しあげますよ！　そう、猊下と猊下のご家族に！　ご一族が天の祝福のもとにたくさんのお子さまに恵まれますように！」だがオン・ドンに向き直って小声で話しかけはじめたときは、〈ハッピー・エイカーズ〉の白い部屋で夜も昼も暮らした日々を思わせる、限りなく冷たい表情に顔を凍らせていた。「そんなわけで、老いぼれ山羊、おまえにはおれの言うとおりにしてもらうぜ。さもないとおまえの人生は最後の最後までみじめなものになる。わかるか？　おまえが最初に直面する問題は、〈ピンクの鸚鵡(おうむ)〉でふたりのコーラスガールと何をしてたか世間に説明しなきゃならなくなることだが、そんなことはつぎの問題に比べたら屁でもない。おまえはマシュー・スポークの居間で開かれたパーティーに出ていたことと、そういう秘密をこのおれに──イギリスの最重要指名手配犯であるおれに──暴かれたことを世間に知られることになる。おまえは警察に私生活のありとあらゆる局面を調べられて、おれと同じように破滅することになる。おれに関係することは何も出てこないだろうが（それでよけい怪しまれることになる）、それとはべつに知られたくないことをいくつも知られるだろうな。そのあとで、もしまだおれが死んでいなければ、おれは地獄の浄化(きよめ)の炎のようになっておまえの家へ行き、こんなの生まれて初めてですというくらい徹底的にぶちのめしてやる。さあ神を讃えて歌うがいい！」

ジョーは両手を高くはねあげて、司教に微笑みを向けた。司教は愛想よくうなずき返し、《フィナンシャル・タイムズ》の陰に隠れた。オン・ドンが睨みつけてくる。

「何が欲しいんだ」

「住所だ、ドナルド。いくつかの名前と住所。あの太った男と痩せた男、われらが輝かしい行政機構の影の部分で働くふたりの公務員について、ありとあらゆる情報が欲しい。それからおまえの所有する人目に触れない建物──もっと言えば、なかの音がまったく外に漏れない建物――を貸してもらいたい。ハムステッドヒース（ロンドン北西部にある公園）のそばという理想的な場所に二軒ばかりそういうのを持ってるはずだ。もっと内密に話せる場所で細かいことは詰めるとして、基本的なことはわかったな？」
「ああ」オン・ドンは歯を食いしばったままつぶやいた。「わかった」

十五分後、ジョーは新聞紙の海に両手両膝をついて、隠れたメッセージのありそうな個人広告を切り抜いていた。〝妄想にとりつかれた男〟の挿絵といった姿だった。はさみの切り心地はいい。刺繍セットのはさみで、先端がまるっこい。床には何色かの鉛筆が置いてある。ここは〈パブラム・クラブ〉内のオン・ドンの個室だが、オン・ドンはほかの場所にいた。おそらくエロチックなダンサーをふたりほど侍らせて、かっかする頭を冷やしているのだろう。ポリーはローレン・バコール風にホームバーに寄りかかって、ジョーのつぶやきを聴いていた。

「いや、そうか、これは《アドヴァタイザー》か。よし。〝フレッド、帰ってこい。すべて赦す〟か。これは《クローリー・センティネル》。その下が……は！　そうか。それから……《ヤクスリー・タイムズ》。よしと。〝うんと言ってくれ、言ってくれ、アビゲイル！〟と。こりゃ必死のお願いだな……ええっ、こりゃマジかよ……」こうして呪文を唱えながら、広告を切り抜き、わきへ置く。しばらくしてジョーはにっと笑った。「クイーン、見ーっけ！」

ポリーが振り向く。「なに？」

「なんでもない！　終わったよ。でもちょっと手伝ってほしい。こういうの得意じゃないんだ。クロスワードパズルみたいで……。まずこれ。〝売りたし。揃いのマウンテンバイク三台。離婚のため強行軍（フォースト・マーチ）で資金調達中〟。これは日付を表わしている。〝三月（マーチ）の三日〟。な？　それからこれ。〝みんなで『サウンド・オブ・ミュージック』を歌う会。ドーヴァー通り、〈トクスリー・アームズ〉で。前売り券のみ〟。ということで、場所はドーヴァー通り。でもどこのドーヴァー通りだ？　いくつかある。それに何番地なのか……やれやれ」ジョーは失望の色を浮かべた。三枚目の切り抜きに答えはないようだった。ポリーがのぞきこむ。

「鍵は〈トクスリー〉のほうじゃない？」

ジョーは二枚目の切り抜きをじっと見る。「そうか！　これを無視しちゃいけないな。〈トクスリー・アームズ〉と。パブだろうな。それはどこに……」また三枚目を見て、そこにある地名を口にする。「ベルファスト？　まさかね」

「それ、船の名前かも」

「ああ！　テムズ川の。あのベルファスト号にいちばん近いパブか。あのあたりに〈ビート〉へおりる入り口がある。そうだ。それだ」ジョーはまた頬に笑みを刻んだ。「いちばんいいドレスに着替えてくれ、ミス・クレイドル。それとダンスシューズも出すんだ。〈夜の市場〉へ案内するよ」

〈夜の市場〉は前と違っていると同時に同じにも見えた。今回の〈市場〉はヘンリー八世時代の大きな地下貯水槽で開かれていた。貯水槽から水を抜き、木の足場を縦横に組んで、バロック風ランタンや手回し充電ランタンをかけている。悪臭は香炉から流れる新鮮な花の匂いで消されている（ある看板に〝お香はハーチェスターにある芳香剤をつくる化学会社から盗んだもの。注文があれば追加で仕入れも可〟と誇らしげに書かれていた）。〈市場〉のみんなは入ってきた男女を二度見した。ああ、逃亡者か。だが頭の回転が速い年配者は、ジョシュア・ジョゼフ・スポークがギャングの帽子をかぶり性悪そうな女を腕にぶらさげてやってきたと察知し、何か起こりそうだと気づいた。ささやきが、〈市場〉中央の丸い通路に沿って屋台から屋台へ伝わっていった。**ありゃマシューのせがれか？　へえ、でかくなったなあ！　警察と事を構えてるそうだが、ニュースで言ってるのとは違うはずだよ、それだけはわかる……。**

アキームという男が、ジョーとポリーそれぞれにグラス一杯のワインを渡して乾杯した。急いで目をそらす者もいる――現在進行中の警察の捜査に関係ありそうなことは何も知りたくないのだ。ほかの場所でなら、ジョーは密告を心配するところだが、〈市場〉は聖域だ。秘密を守るかぎりにおいて存続しうる場所だから、裏切りへの罰は苛烈をきわめる。昔以上に苛烈だろう。いまはマシューにかわってヨルゲが指導している。いや、ジョーにかわってというべきだが――そのことはヨルゲが真っ先に認めるだろう。

貯水槽を見おろす位置にあるその部屋は施設の管理室に違いない。水があふれないようポンプを調節する場所だ。ヨルゲはそこをオフィスにして仕事をしていた。ジョーとポリーがやってくる前にささやきが耳に入っていたに違いないが、ふたりを見たときは大げさに反応した。

「おお、なんとジョー・スポークじゃないか！　なんとまあ！　おまえとんでもないお尋ね者になっちまってるなあ。おまえとひとつ部屋にいるだけで賞金がもらえるってもんだぜ。はあ！　ヴァディム、このこと喋ったらすぐ喉切られると思えよ、いいな？　こいつはここへ来なかった、そういうことだ」

ヨルゲは、苗字もミドルネームも父称もない。ただのヨルゲだ。腕の太い、気前のいい、むさくるしい男。いつも人ごみのうしろでちょこちょこ動いている。マシュー王亡きあとは〈市場〉の存続に貢献している者たちの筆頭者だ。ヨルゲはマシューを崇拝し、子犬のようにあとについてまわったものだった。マシューのもとには自然と子分や崇拝者が集まってきた。ヨルゲはマシューに対する忠誠心を息子のジョーにまでばかばかしいほど律儀に拡張した。昔も年齢のわりに小柄だったが、いまも小柄だった。しかし小柄というのは垂直方向の話で、水平方向にはそれを補うだけの厚みがあり、食欲はロシア人らしく旺盛だった。四方八方にひろがる息は、塩漬けの魚とウォッカの匂いがした。ヨルゲは先祖から受け継いだものをしっかり生かし、みんなの期待にこたえていると、ジョーは確信した。ロンドンで生まれ育ったのに、クラスノヤルスク生まれの船員のような話し方をする男がほかにいるだろうか。ヨルゲだけだ。

　デスクをはさんで向きあうヴァディムは、高価な服に金縁眼鏡という男だった。自尊心の強そうな男で、詩でも考えているか痛みをこらえているかするような顔をしていた。ポリーの谷間をじっと見ていたが、ポリーが大きな挑発するような微笑みを向けると目をそらした。

「なあ、ヴァディム」ヨルゲは短い両腕を宙にはねあげた。「おれはこれからこの人と話さなきゃならない。恩義があるからな。しかしなあ。正直言って、おまえはエロい写真を撮ることにかけちゃ地球上で最悪の男だな。まじめな話、いっそカメラを女に向けないで中庭（パティオ）の写真でも撮るがいいよ。この写真ときたら……」二十センチ×十五センチの写真の束をとりあげ、一枚ずつ見る。「こりゃ身体検査の風景だな。こっちは植物の写真。いや農業のか。なあジョー、これを見なよ。なんに見えるよ」

「うーん……まあ茄子だな」

「おおそのとおりだ、こいつは正真正銘、茄子だよ。ほかに何が写ってる」

「とくに何も写ってないかな」

「しかしだな、これはヴァディムのガールフレンドの、スヴェトラナを撮った写真なんだ。スヴェトラナは―

――これは大げさに言ってるんじゃないぞ――おれがいちばん裸を見たい女なんだよ、『ジェダイの帰還』のキャリー・フィッシャーに次いでな。この写真でスヴェトラナはすっぽんぽんなんだ。こんなクローズアップでなかったら、見ただけで身体に火がついて爆発しちまうはずだ。引いたショットの写真を見たいか」

「まあ、見たいかな」

「誰だって見たがるぜ。ところがだ、ジョゼフ、残念ながら見られないんだ。この阿呆はロングショットで撮らないんだ。さあもう行けよ、ヴァディム。これからおれは友達の肩を借りて泣くんだ。いいな？」

ジョーはヴァディムが茄子のポルノ写真を手に部屋を出ていくのを見送った。それから顔に新たな鋭い皺をつくった。「ビジネスの話なんだ」

「マジで？　ほんとのビジネスの話かい。スロットマシンで遊びたいとかじゃなくて？」

「ほんとのビジネスの話だ」

「おれを追い出そうってのか。急に〈市場〉を仕切りたくなったのか」ヨルゲはふざけているだけだった。幅広の顔には悪意も警戒心もない。ジョーはどこに銃を持った男たちが控えているのだろうと思った。

「いや、ヨルゲ。〈市場〉はあんたのものだ。おれはたしかにこのゲームに戻ってきたんだが、あんたの椅子が欲しいんじゃない。おれみたいな正直な悪党には大変すぎる役目だからな」

ヨルゲの顔を安堵がよぎった。肩から少し力が抜けたのは、突然の暴力という重荷がとれたからだった。

「正直な悪党か！　なるほどな！　いやはや、まったく、この世界には正直な悪党がもっと必要だよ！」

「あんたがそう言うのを聴いて嬉しいよ、ヨルゲ。あんたの手を借りたいからな」

ヨルゲは深刻な面持ちになった。「聴いた話じゃ、クレイドルは行方をくらまして、あんたは逃亡中ってことだ。だとすると金欠でビジネスなんかやれないんじゃないのか。高飛びの手伝いならできるよ。デンマーク大使がちょっとした問題を抱えてる。女房の愛人を芝刈り機で殺しちまったんだ。だけど無料(ただ)じゃだめだぜ、ジョゼフ。でかいことならな。いくらおまえでもだめだ」

返事として、ジョーはポケットから、マシューのダイヤモンドの大きめの粒をひとつ出してテーブルに置いた。

ヨルゲは顔を輝かせた。「おうし。スポーク氏はビジネスをやると。今日はいい日だ！　何が要るのか言ってくれ」

「電話だ。元をたぐられないやつ。デンマーク大使はパスポートを今日用意できるか」

「できるよ。代金はおれが口座に振りこんどく。おまえは石で払う。身内のレートでいいや。おとなしくしてるかぎりちゃんと使えるパスポートだよ。フェラーリを買ってペルメル街で衝突事故でも起こしたら、かなり面倒なことになるけどな」ヨルゲは笑いだしたが、ジョーの顔に本当にまずいことが起きる可能性があるのかどうか推し量る表情が浮かぶのを見て笑いをとめた。「おいおい。親父さんそっくりの目つきだな。やめてくれ、ぞうっとすらあ。よしと、ほかにあるかい」

「〈市場〉にひと仕事頼みたい」

「でかい仕事か」

「最高にでかい仕事。冗談抜きで、いままでやったどんな仕事よりもでかいはずだ。おれには〈市場〉の連中が必要だ。〈市場〉の連中もおれが必要だ。〈古参兵たち〉にも助けてもらいたい。全員に」

「連中のほうはおまえを必要としてないと思うぞ。地獄へ堕ちろと思ってるんじゃないか」

「この仕事に関してはべつだ。それができるのはおれだけだから」

「どういう仕事だ」

「警備だ」

「裏をかくのか」

「警備をやるほうだ。殺しを防ぐ」

「誰の殺し」

「宇宙殺し」

ヨルゲはジョーを見た。目をダイヤモンドに落とした。それからポリーを見た。ポリーはうなずく。

「宇宙が殺されかけてるのか」

「たぶん」

「地球だけじゃなくて？　いや地球だけでも大ごとだが」

「まずは地球からだ。その上のすべてといっしょに」

ヨルゲは疲れ果てたというように、頭をのけぞらせて天井をあおいだ。「そりゃ蜜蜂がらみか」

「ものすごくからんでる」

「蜜蜂がらみはいかん。噂によると、あの蜜蜂のことに首を突っこむとテロリスト向けの秘密のくそ溜め刑務所にぶちこまれるそうだ。だいいちおまえは最重要指名手配犯だ。おまえが悪玉かもしれない。もとはいいやつでもいかれちまうことがある。おれはおまえの手助けをしちゃいけないのかもしれないよ。恩義だ名誉だはさておいて。ダイヤモンドのためでさえな」

「〈ラスキン主義者連盟〉って知ってるか」

「サディストのアホバカ修道僧集団の〈ラスキン主義者連盟〉のことか？」

「ああ」

「靴の底からこそげ落としたいよ」

ジョーはにやりとした。「やつらは敵方なんだ。おれを殺したがってる」

ヨルゲはうなずいた。「じゃあ、おまえは完全に悪玉とは言えないかもしれない」首を右へ左へ倒す。パンチをかわす男のように。「悪玉じゃないとしよう。しかしとんでもなくでかいことに関わってるようだ。世界の終わりがからんでなくてもな。えらく危ないことをやってる」

「王や王子はそういうもんだよ、ヨルゲ」ジョーは能うかぎりマシューをまねて、朗々たる声で言った。ヨルゲは思わず頬をゆるめた。

「ああ、王や王子ね。その口癖覚えてるよ。それにしても……まじめな話かね。宇宙がどうとか」

「そうらしい」

ヨルゲはため息をつく。「ああくそ、ジョー。おまえ二十年ぶりに顔出したと思ったら、宇宙を救いたいってか」

「おれはスポーク家の人間だ。小さいことはやらない」

「ああ。まあそうなんだろうな」ヨルゲは大頭をぐるりと回し、肉の層の下で首の骨をこきこき鳴らした。

「ああくそ、ジョー」とまた言ったが、今回は少し哀愁を帯びていた。それから同意の返答として、「えいくそ」と言った。


地上の世界に戻り、〈パブラム・クラブ〉に出向くと、オン・ドンが一通の封筒を〝伯爵〟宛てに預けていた。オン・ドンは〝伯爵〟をクラブのなかへ入れないようにと厳しく指示していた。その指示をするときには〝伯爵〟への中傷的コメントを添えたらしく、封筒を受付から持ってきたドアマンはそれを渡しながら、険しいような敬意を含んでいるような視線をジョーに向けてきた。封筒にはタイプ打ちした紙が数枚と、ふたつの住所を手書きした紙が一枚、それにある住まいの鍵が入っていた。

こういう作戦には勢いが必要だ、とジョーは思った。つねに動きつづけて弾みをつけなければならない。小さな物体でもそれなりの速度で動けば、かなりの衝撃を与えられるのだ。

ジョーはポリーを見た。「きみはこれをやらなくていいからな」

ポリーはちっと舌打ちした。「それ正反対。あなたこそこれはやらなくていい」

ジョーはポリーの顔をまじまじと見た。ポリーは片眉をあげてあとを続けた。「あなたにはできないとすら言いたいくらいよ。あなたのなかで何が解き放たれてしまうかわからないもの。クレイジーなあなたを見るのは好きだけど、この場合あなただとこわばってしまうから」

「でも――」

「これはわたしがやる。あなたはうしろにさがって見てて。そろそろわたしの働きぶりも見てほしいし」ポリーは眉をひそめた。「もっとも……これに関しては誰かの力を借りたいかな。いや」と、すぐにジョーが口を開いてそれならおれがと言いかけるのをさえぎる。「力といっても腕っぷしじゃなくて、説得力ね」

「説得力？」

「わたしは調査員よ、ジョー・スポーク。説得も必要な技能なの。まあ見てて」

見ていることにした。

ポリーはヨルゲからもらった元をたぐられない携帯電話を武器に情報収集を開始した。ポリーは感じがよくて話がもっともらしくて、ちょっと頼りなげなふうを装う。ジョーは父親が、金持ちの家に白昼堂々はしごをかけて侵入するのは簡単だ、舞踏会用ドレスを着たきれいな女が下ではしごを押さえていればいいと言ったのを覚えている。通りがかりの老婦人は男だねえと褒めてくれ、警察官ははしごを押さえるのを手伝ってくれるだろうと。ポリーは明朗で優しい雰囲気のきれいな女なので、誰でも助けてやりたくなる。役所内や会社内の人間関係をうまく利用し、受付係から巧みに情報を絞りとり、部署と部署のすきまをついて、ありとあらゆる秘密をさぐり出していく。

ランベス宮殿（英国国教会の首席聖職者カンタベリー大主教の公邸）の退屈そうな

受付係から、ポリーはソールズベリーに住む老聖職者の連絡先を訊き出した。この聖職者は教会が関係する刑事事件の証人保護を担当している人物だ。この人物は最近、ある初老の女性に隠れ家を手配してやってほしいと頼まれた。その女性はある方面の人たちから睨まれているのだ。ポリーはその件についての情報はいっさい出さなかった。聖職者がそれに触れようとしたときにはやんわりとたしなめた。おかげで聖職者からは慎重な人だと一目置かれた。そのあとポリーは聖職者の助手と全然べつの話をしたが、そこからアフガニスタンから帰還したばかりの元軍人の名前を訊き出した。その元軍人は戦争で人殺しをしたことの罪滅ぼしとして、ある初老の女性の身辺警護を引き受けたのだ。大ロンドン市役所の古い友人に電話をかけると、元軍人の自宅の電話番号がわかった。そこへかけて、妻に勲章授与の話があるのだがと切り出すと、妻はすぐ知らせたいけれどいま夫はロイストンである仕事をしていて連絡がつきにくいのだと言った。

そこからポリーは〈クロス・キーズ〉という兵士がよく行くパブ兼ホテルがあることを探り出した。パブの向かいの建物には教会がハリエット・スポークのために借りている隠れ家があることもわかった。警護を担当しているのは修道会の手伝いをしている元SASの退役軍人、ボイル軍曹とジョーンズ伍長だった。ふたりはハリエットの警護員であって見張りではないし、ポリーはどんなにやり手でも見た目はボイル軍曹のウエイトトレーニング教室で筋肉を鍛えている女性などとはまるで違っているので、ハリエットの部屋に入らせてもらうのは簡単なことだった。

「ミセス・ハリエット・スポーク」とポリーは言った。

「ミセスじゃなくてシスターだけど」とハリエットはやんわり訂正した。

「わたしはメアリー・アンジェリカ・クレイドルです。昔いっしょにビスケットを焼きましたよね。スマーテイーズ（マーブルチョコ）を使ったビスケットを」

「ああ。そう。そうだったわね」

「いますっかり告白しちゃいますけど、わたし、つくりながら三分の二ほどスマーティーズをつまみ食いしたんです」

「ええ」ハリエットは小さく微笑んだ。「たしかわたし、気づいていたわ」

「それとわたし、あなたのすばらしい息子さんと感情的にも性的にも非常に満足できる関係を築いています。この関係はキリスト教の儀式という表面的な手続きは踏んでいませんが、結婚と出産という段階へ進むための前段階として現代社会で暗黙のうちに是認されている真剣な関係なんです」

そばで聴いているジョーは舌を呑みこまないようこらえた。警護員のひとりがジョーの背中をぱんと叩く。

「あんたえらいことになってるなあ」

ハリエットはうなずいた。「なるほど」

「これを話したのは、あなたの息子さんの命を救い、息子さんやほかの人たちにひどい苦痛を与えた者たちに正義の裁きをくだすために最近わたしが考えた、きわめて非合法なプランに、あなたにも参加していただきたいと誘うためなんです。わたしは、このプランは、怖ろしいばかりでなくおそらくは神への冒瀆でもある結末から人類を救済するプロセスに貢献するだろうと、あるいは、少なくともある非常に邪悪な男が社会に負わせるリスクを減らすことができるだろうとも信じています」

「まあ、そうなの」とハリエット。

「参加してくださるなら、いますぐわたしといっしょに来て、わたしの言うとおりにしてください。いくらかリスクがあることは隠しません。さあ息子さんに声をかけてあげてください」

「こんにちは、ジョシュア」

「こんにちは、母さん」

「じゃ上着を着るから」とハリエットは言った。

「ええ」とポリー。「これで、ひとり」

アビー・ワトソンは、ストーカー通りに面したセント・ピーター・アンド・セント・ジョージ病院の外にある坐り心地の悪いベンチに腰かけていた。〝テロリストとつきあっている〟アナーキストの妻は弱々しく寂しげに見えた。誰かが隣に坐っても目をあげなかった。

「ミセス・ワトソン」とその女は言った。

「あっちへ行って」

「もうすぐ行きます。時間があまりありません。これからあなたのご主人が大怪我をしたことに最終的な責任のある男たちのひとりを拉致して尋問します。その尋問でわかったことをわたしの恋人のジョー・スポークに教えます。ジョーはその情報を使って、ある人物の陰謀を阻止します。その過程でこの人物はおそらく死ぬでしょう。かりに死ななくても永久に刑務所で過ごすことになるはずです。それからこの人物の行動を是認しさらには支援した政府内の人物たちにも責任をとらせるつもりです」

アビー・ワトソンは顔をあげた。隣に坐った女は小柄で美しかったが、アビーがめったに出会うことのない鋼鉄の芯を持った女だった。その背後には、ひとりの痩せ衰えて見える修道女が、少しきまり悪そうな様子で立っていた。その修道女、ハリエット・スポークがぎこちなく微笑んだ。

「もうひとつ話しておきたいのは」と女は言った。「あなたが反対しないかぎり、グリフは今日、スイスの偉いお医者さんに診てもらうことができます。フォン・ベルゲン博士にチームを連れてチューリッヒから飛行機で来てもらうんです。グリフは神経幹細胞を使ってポリマーマトリックスに皮膚や内臓の細胞を植えつけて培養するという実験的な治療を受けられます。

いまでは培養される組織はみるみる成長するそうです。フォン・ベルゲン博士は、時間をかけて充分に養生すればグリフはまた元気になるとおっしゃっています。もちろん時間をかけた充分な看護を受けられることになっています。治療にリスクはほとんどありません。これに代わる治療法はあまりないようです。それはそれとして、わたしがこれからやることにいっさい関わりたくないというのなら、そのお気持ちはよく理解できますよ」

アビー・ワトソンは顔をしかめた。「やるわ」

ポリーはうなずいた。「これで、ふたり」

「あんたたちはここへは来られないんだと思ってたよ！」セシリーはポリーが口を開く前に言った。「それから、来られないんじゃなくて、わたしは年寄りすぎて会ってもしかたないと思ってるだろうとね！　さあその男はどこにいるんだい。ああ、お黙りよボブ、わたしは行くよ。行くっきゃないよ。あら、ハリエット、こんちは。ありがたいわ。これで孫たちに囲まれたお祖母ちゃんみたいな気分にならずにすむからね。ところで、ジョーはどこだい。いや、まあそれはいい。悪をこらしめる話をしてちょうだい。わたしはいちばん危ない入れ歯を持っていくから！」

そして実際セシリーは、岩を噛んで味で鉱石を見つけたい探鉱者が一九一九年につくらせた鉄の入れ歯を出してきた。

「これで、三人」ポリーはそう言って、これからすることを説明した。ジョーは、ポリーの指示で盗んだミニバスの後方で話を聴きながら、ずいぶんかしましいものだと思っていた。

高性能カーナビゲーション（女性の声が案内）にしたがって、オン・ドンから入手したふたつの住所のひとつへ行き、エレベーターでしかるべき階にあがった。ジョーは廊下のはずれで待ち、ハリエット、アビー、セシリーを背後にしたがえて、ポリーがチャイムを鳴らした。

パディントンにあるフラットのチャイムが鳴ったとき、アーヴィン・カマーバンドはシャワールームにいた。モダンなフラットで、壁はオフホワイト、家具は先鋭的なデザインのものをそろえている。広いオープンスペースの一隅にガラス製のダイニングテーブルがあり、べつの隅にはクリーム色の革を張った高価なソファーが置かれている。カマーバンドはこのソファーがずいぶん気に入っている。レールの巧妙な配置で背もたれをいろいろに動かせて便利なのだ。その機能を活用したことはないが、このソファーがあるだけで豊かな生活を送っている気分になる。

シャワールームのなかで、カマーバンドは自分のことを考え、まるで雨に濡れて光るアステカ帝国のピラミッドのようだと思った。ピンク色の身体には脂肪の階段がついているからだ。贅沢に石鹸をたっぷりつける。ヘチマの繊維でピラミッドを磨きたてる。指を贅肉のひだのなかに滑りこませて、ぐるりと身体を一周させ、その上の段に移る。そのプロセスをくり返す。鏡であらためたその身体は、シャワールームのやわらかな照明のなかで濡れ濡れと光っていた。力強い腿と頑丈な膝頭が大きな体軀を難なく支えている。カマーバンドは、自分は巨体のわりに身軽だと思っている。だが、あと二十年もすればこの堂々たる恰幅をいくらか放棄しなければならないだろう。さもないと心臓と関節が文句を言いだすに決まっている。痩せれば皮膚がたるんで、このエロチックなむちむち感はなくなるだろう。

カマーバンドは今朝、ティットホイッスルからある話を聴いた。朝の情報交換をしながらのトリビアねたのむだ話だ。それによると、スモウ・レスラーは稽古のあと風呂に入るとき、お互いの身体を洗いあうという。とくに年下やランクが下のレスラーは先輩の入浴を手伝わなければならないそうだ。カマーバンドは身体を洗うのを手伝ってもらうことなどまったく望まない。この毎日の儀式は自分自身の美しい姿をじっくり愛でるためのものなのだ。ひとつかみの贅肉は贅沢なたっぷりの食事の記憶だ。体重の一キロ一キロが喜びとともに獲得されたものであり、ぎらぎらする肉体的欲望を表わしている。カマーバンドはすばらしい肉体とともにそうした美食の物語を愛しているのだ。自分はデブだの肥満だのといったことは超越している。それらは物事を否定的にしか見ない連中の言葉だ。それは貧相なピューリタニズムと、肥満の怖さを言いたてることで儲けようという下心、そしておそらくは羨望から生まれたものだ。おれは巨大なのだとカマーバンドは考える。コンクリートの床に四方を鏡で囲った特製のシャワールームに立ち、湯のジェット噴射で身体から老廃物を落としながら、おれはポセイドンにそっくりだと思う。そして三叉の矛と魚っぽい衣裳を手に入れようと心に銘記する。威風堂々たる海神、カマーバンド。

ああ、しかし至福の時間も永遠には続かない。シャワールームを出てローションを身体に塗る。カマーバンドにとって外出するための準備は、下手をすると一日がかりの仕事だが、努力にみあった報いがある。女たちだ。ありとあらゆる形とサイズと年齢と社会的地位の女たちが、世界中にいる。こんなデブに抱かれるのはかっこ悪いという最初の嫌悪感をひとたび克服すれば、むしろカマーバンドの身体に強烈な魅力を覚え、身を投げ出して、その肉の海に溺れるのだ。目下のガールフレンドのヘレナ（誰が見ても美人のヘレナはアルゼンチン生まれで怪物的に裕福だ）は電子メールで、あたしが指ですくったキャビアを食べさせてあげる、そのあとあたしはあなたをポロの馬みたいに乗りまわすわよと通知してきている。なんともぞくぞくする約束ではないか。

するとチャイムが鳴った。早い到着だが、ヘレナはそれだけやる気満々なのだろう。嬉しいことだ。だがヘレナには忍耐も学んでもらわなければならない。カマーバンドが一戦交えるための準備作業は長時間を要する一大事業なのだ。ヘレナに手伝わせるのも一興だろう。たぶん長いイブニングガウンを着ているはずのヘレナがカマーバンド山のまわりを敏捷に動きながら、心をこめてせっせとローションをすりこんでいくの図はそれなりに甘美だ。

カマーバンドはオーダーメイドのバスタオルを腰に巻き、足どり軽く玄関に向かった。大きく息を吸いこんで体軀を最大限にふくらませると、ぱっとドアを開けた。

「おれのセックスアピールの前にはすべての女がひれ伏すぜ！」カマーバンドは歌いあげるように言うと雄々しいポーズを決めた。

だが玄関口に現われた女たちのどれもヘレナではなく、そのうちひとりは鉄の歯を見せて微笑いながらこちらを見ていた。女は四人いた。というか、三人組をひとりが率いていた。少し離れて立つ狩猟の女神のようなリーダーは、不幸にも、監視要員が撮影した写真から、メアリー・アンジェリカ・〝ポリー〟・クレイドルだとわかった。

「それは……もし本当なら、ひどく衝撃的な事実ね」とポリーが言った。

カマーバンドはバスタオルがきちんと巻かれていることを確かめた。ある器官が萎縮するのを感じとったからだ。一流大学の卒業生で教養のあるカマーバンドは、三人の女を見て、どこかで見たことがあると思った。ギリシャ神話で妖怪ゴルゴンを守る三姉妹グライアイだ。あるいは運命の三女神モイライだ。いちばん若いのは（うっ、やばい！）、アビー・ワトソンだ。手に持っているのは亭主のボートを引き寄せる鉤竿だろう。二番目はハリエット・スポーク、ギャングの女房で、いまは我と我が身を鞭打って快感を覚える尼さんだが、また昔のやくざな女に戻ったらしい。そしていちばん年をくった婆は——あわわ、あの歯が怖い！——〈ハーティクル〉のセシリー・フォウルベリーに違いない。カマーバンドはポリーに希望の目を向けた。だがこちらは小柄だが、意志が強そうで……決然たる態度を示している。こんなものべつに大したものじゃない、とでも言いたげにさりげなく、大型の拳銃を握っているのだ。古いタイプの拳銃だがよく手入れされており、ごく最近使った様子もある。カマーバンドはイーディー・バニスターのフラットで死んだふたりの男のことと、ティットホイッスルから聴いたイーディーの死のことを思い出した。

　こいつらはグライアイじゃない。もっと悪い。〈編み物をする女たち〉（フランス革命時にギロチン処刑を見物し処刑の合間に編み物をしていた女たち）だ！　と頭のどこかで声があがる。ギロチン好きの魔女どもだ！　死体の髪の毛で編み物をするんだ！　逃げろ、アーヴィン！　逃げろ！

　だがカマーバンドは逃げずに踏みとどまった。自分の家から逃げることはない。それともうひとつ理由をつけ加えるなら、ウェブリーMkⅥリボルバーで腹を狙われている。巨大な腹は少しくらい離れていても絶対にはずすことのない的だが、いまの場合、銃口を押しつけられているから、はずすのがほとんど文字どおり不可能なのだ。

　どうにも困ったことになってしまった。決意を固めた三人の女たちと、自信に満ち満ちた狩猟の女神を見ていると、カマーバンドはひどく寒くなり、自分をひどく小さく感じた。目を落としてタオルを見る。

「うう」カマーバンドは湿った声でうめいた。

「ミスター・カマーバンド」ポリーは小声で言った。

「いっしょに来てくれる？」

住居のどこかに衛星中継式の緊急通報器が置いてある。いつもポケットに入れているのだ。ストラップ付きなので、シャワーを浴びるときも首にかけておけるが、身体に石鹸をつけるときに邪魔だし、アップルやソニーでなく国防省がデザインしたものなので――ひどく醜悪だということもある。ということで、いまは手の届かないところにあるし、届いても最近電池を換えているかどうかわからない。カマーバンドは釣竿を見た。柄には〝ワトソン〟と大きく書いてある。その名前が送ってくるメッセージのことを思うと、いちだんと冷え冷えした寒気が背筋を走った。アビー・ワトソンがぎらぎら睨みつけてくる。

カマーバンドはため息をつき、言われたとおり女たちのあとについていった。

「あなたがたが犯した間違いは」と、ポリーはハムステッドヒースの近くにある家でカマーバンドに言った。

「言わせてもらうなら、敵と自分たちとの力関係を見誤ったことよ。敵といえば、あなたがたがジョー・スポークを攻撃したことでわたしもあなたがたの敵のひとりになったわけだけどね。世の中と自分の利益のために偉大かつ強大なる陰謀家に奉仕する者として適切なことだから、あなたはこう信じている。自分とあの魅力的なミスター・ティットホイッスルは、わたしが言うところの〝モラルの低地〟にわざと立っているのだと」

マーサーは部屋の反対側の端に置いたインゲン豆形のデスクについて、妹が分厚いファイルを見ながら尋問するのを見ていた。〈編み物をする女たち〉はポリーの近くで小さな半円形をなすよう置かれた椅子に坐って、やはり事の進行を見守っている。セシリーが陣取っているのはいちばん大きな椅子だ。木のロッキングチェアはこの場にはまるで似つかわしくないが、セシリーは尋問を愉しんでいるようだ。鉄の入れ歯をはめた口でぴちゃぴちゃ紅茶を飲む。部屋の反対側の壁の本棚にもたれて立っているのは、長いコートを着た大柄な男だ。男は影のなかにいるが、その顎の線でイギリスの最重要指名手配犯であることがカマーバンドにはわかった。それにしても男にはどこか……泰然としたところがある。その後大人になったといった感じだ。

カマーバンドがあてがわれているのはインド更紗の布を張った椅子で、図書室から持ってきたものだ。とても坐り心地がいい。バスタオルは腰に巻いておくことが許されていて、寒かろうと毛布まで与えられた。その毛布のまとい具合をしきりに直す。

ポリーは被尋問者が完全に注意を向けてくるまで待ち、あとを続けた。「あなたがたはどんな下劣なことでもやれるつもりでいる。そこから自分たちは無敵なんだと考えている。自分たちを――ずばり言えば――悪党だと思っているわけね。そして自分たちは偉大なる必要悪に奉仕していると考えて悦に入っている。そうやって身の毛のよだつ悪行を正当化しているわけ。残念ながら必要だったという面はあるにせよ、それは間違いなく邪悪な行為であって、あなたがたもそれなりに邪悪だということになるのよ。あなたがたは世界を救うという高度な目的のために自分たちの高潔さを犠牲にし、それを行なった。とっても感動的ね。

この建物にいるわたしたちは善玉よ」とポリーは室内を手で示した。「誤った方向へ進むこともあるけど、倫理的にはクリーンなの。わたしたちが善玉である結果として、あなたはこのとても静かな、全然人目につかない部屋に安心して滞在できるのよ」

ポリーは微笑んだが、すぐに舌打ちした。カマーバンドがずっと気になっている犬がテーブルの下に置かれたカーペット地のバッグから何かをくわえ出そうとしているのだ。その何かはゴムでできていた。ハリエットがバッグを床から持ちあげ、無造作に中身を出しはじめる。ゴム製エプロンと、外科手術に使うゴムホースだ。カマーバンドは胃がきゅうっと差しこんだ。

ポリーはうなずいてハリエットに感謝の意を表わし、説明を続けた。

「ひとつ言っておきたいのは、アーヴィン——言っておきたいのは、アーヴィンと呼んでもいいわよね？——あなたとロドニー・ティットホイッスルはほんとにいい人たちってことよ。やむをえないとき以外は法を破らないし、職権を濫用しない。人に恨みを抱かない。あなたはわたしに、わたしも恨みを持ってないと言ってもらいたいんでしょうね。善良な人は人を恨まないから。だけど、じつを言うとわたしはかなり恨んでいるの。あなたがたはわたしの恋人を拷問させた。わたしはそれを個人的に恨んでいるのよ、アーヴィン。とくに言いたいのは、拷問を誰かに任せるのは自分でやるより卑劣だってこと」

ほかにバッグからとりだしたもの。箱（を半分満たしている）外科手術用手袋。ガーゼ。リント布。テープ。蒸留水。アルコール。葡萄収穫用のものに似ているが医療用の道具である、奇妙に曲がったはさみ。セシリー・フォウルベリーは背をかがめ、合成樹脂製のチューブを一本とりあげた。自分の腕を定規がわりに長さをはかり、少し端を嚙み切って、また長さをはかった。前よりいい長さになっていた。

ハリエットはため息をついた。何か足りない。なんだろう。犬がどこかへ持っていったのか。あってあたりまえの、ごく普通の、ちょっとしたもの。まともな頭の持ち主なら忘れるはずのない……それはどこに？答えを見つけてくれたのはアビーだった。

「バスチョン！　だめよそれ！」

ああ、犬がくわえていたのだ。止血帯。アビーがそれをテーブルに置いた。そしてカマーバンドを同情のない目で見た。

「わたしの夫はそろそろ手術を受けるころなの」

その言葉とともに、カマーバンドが久しぶりに経験する完全な沈黙がおりた。セシリーさえ紅茶をすするのをやめていた。

「とはいえ」とポリーはしばらくしてから小声で言った。「残念ながらわたしは、あなたとロドニーは悪い人間ではないと言わざるをえないのよね。あなたがたは必要悪という考えにかられて行動した。あなたがたは善良な人間だ。そこから導かれるのは、わたしたちのほうが善良でない側にいるということね。あなたは悪人たちの手に落ちたのよ。それが何を意味するのか、ちょっと考えてみてね」ポリーはテーブルの上のものを指し示しはしなかったが、それでもカマーバンドは見た。ポリーは穏やかな調子で続けた。「ミスター・カマーバンド、あなたはわたしたちも良識を持っているだろうから自分の身に危険が及ぶことはないという幻想を抱いているかもしれない。でもそれは違うの。わたしたちは邪悪で、怒っている。この部屋に良識なんてない。あなたがたはイーディー・バニスターの殺害を黙認した。あなたがたはハリエットの息子を拉致して拷問させた。あなたがたはこのアビーの夫に危害を加えた。あなたがたはわたしから恋人を奪った。

ジョシュア・ジョゼフ・スポークがわたしにとっての唯一無二の男かどうかは、いまの時点ではわからない。でもそうであるかもしれないのよ。わたしはそれについてずいぶん考えてきた。陪審員はまだ協議中よ。あなたとわたしのあいだにある問題というのは、あなたはわたしからその答えを見つける機会を奪いかけたということなの。わたしはあなたからジョー・スポークを奪われることも、あなたから与えられることも望まない。彼はわたしのものなの。わたし自身がそうじゃないと判断しないかぎり。あなたは彼を苦しめた。彼の名前に泥を塗った。彼を傷つけた。彼を泣かせたり、彼のことで嘘をついたり、彼に悪いことをしたりできる人間は、わたしだけなの。

わたしたちは、あなたが想像できないほど怒っている。そしてあなたはいま、わたしたちといっしょにここにいる。〝なんでも好きにするがいい〟の国に。まるで〝不思議の国〟みたいなものよ、ミスター・カマーバンド。それよりずっと善くないものだけど」

ポリーはきっとした笑みを頬に刻んだ。

「わたしの友達に言わせれば、わたしたちは〝アグレい、か、ーカ・ウィフ〟ということになるでしょうね。怖ろしい鬼婆。あるいは〈女傑〉。この部屋であなたの身に起こることは、あなたが望むと望まぬとにかかわらず、そのことを反映することになるのよ」

そのあと一同は黙りこみ、外の人と車の通行や木々を吹き抜ける風のくぐもった音を聴いていた。セシリーは骨董価値のある入れ歯からバーボン・ビスケットのかけらをせせり出している。犬のバスチョンがとことこ歩いてジョーの足もとへ行き、哀しげにつぶやいたので、ジョーは抱きあげた。

アビーはどれから始めようかと迷うようにテーブルの上の不吉な道具をあらためた。カマーバンドはアビーが看護師の資格を持っていることを思い出した。子供たちは誰が面倒を見ているのだろう。本当は子供たちも連れてきたかったのだろうか。マーサー・クレイドルすら、これから起きることに少し怯えているように見える。これはじつに不安なことだ。なぜならカマーバンドの知るかぎり、マーサーは、身内の幸福を脅かす者にはいかなる同情もしない男だからだ。

影がカマーバンドの身体の上に落ちた。その影はいくらかの罪悪感をカマーバンドに与えた。小さく息を吸うと、犬のくさい息が鼻をついた。ジョーに抱かれたバスチョンは好奇心にかられてカマーバンドの匂いを嗅ぐ。それからあくびをして、歯が一本しかないぬるぬるの口を公開した。

「マーサー、あれを」とポリーが言った。

マーサーは立ちあがって部屋を出ると、細首の重そうな大瓶をひとつ持って戻ってきた。なかには赤みがかったドロドロのものが入っている。

ポリーが言った。「よしと。こうしてミスター・ティットホイッスルが来てくれたことだし、あなたは同僚のいないところで話すのは嫌だなんてことは考えずにすむわね」ドロドロを指さす。「彼がいまどっちを向いてるのかよくわからないけれど」

カマーバンドは大瓶を見つめた。まさかこれがティットホイッスルであるはずがない。ここにいる連中はそこまでえぐいことはしないはずだ。それには確信があると言ってもいい。だがポリーの話し方には説得力があった。テーブルの上の道具にも。

重苦しい沈黙のなか、必死で考えた。

「だめだ」とジョーが言った。「こういうのはおれの流儀じゃない。おれたちの流儀じゃない」

ポリーがジョーを見る。

「こういうのは」ジョーは部屋全体を手で示した。「やつらの流儀だ。おれたちのじゃない」

ポリーはうなずいた。「わかった」

ジョーはバスチョンを置いて、カマーバンドの目を見た。

「アーヴィン。その瓶のなかのぐちゃぐちゃしたものは、葡萄だと思う。おれたちはおまえを出血多量で死なせたり、木材粉砕機にかけたりはしない」

「あたしもあんたを食べたりしないよ」セシリーが割りこんだが、あまり安心できるような言い方ではなかった。

「そう」とジョーは続ける。「もっともアビーは、グリフの身に起きたことへの報復として、塩のついた木の板でおまえをぶっ叩いてやれと言ったけどな」

「わたしはその板を買いとってあげると言ったわ」とハリエットがすまして言う。

「だがアーヴィン、いいか、まじめな話だ。いま世界で起きていることは大災害だ。とんでもない悪夢だ。

考えてみろ。ラスキン主義者どもはみな怪物だ。プロの悪党どもすらビビっている。ちょっと聴くと痛快だが、本来おまえたちが天使の側に立っているはずであることを考えたら愕然とするはずだ。おまえたちは拷問キャンプを運営している。裁判抜きで人を刑務所にぶちこむ。ヴォーン・パリーを手先に使っている！　目的は手段を正当化するなんて言い訳はよせ。正当化しないから。目的にたどり着けないから。結局〝手段〟だけが幅をきかせることになるんだ。それが現状だ。

もっともイーディー・バニスターの言ったとおり、シェム・シェム・ツィエンが世界を終わらせたがっているのなら、目的が達成されつつあるわけだがな」

カマーバンドは息を深く吸っては吐き、吸っては吐きして、おのが魂を見つめた。ふと思い浮かんだのは、ティットホイッスルが真実を探求することに熱心な男だということだ。そんな性癖は、誰かが何かを言ったら疑いの余地なく真実か嘘かがはっきりわかる世界では浮いてしまうだろう。

「そのお茶を少しもらっていいか」とカマーバンドは訊いた。

「新しく淹れてあげるから、話を始めなさい」とハリエットが答えた。

まあ、このさい、あまり重要でない情報を出して釈放されるというのも不適切とは言えないだろう、とカマーバンドは考えた。だがそれより気になるのは、この人たちはいま世界で起きていることについて自分以上のことを知っているのではないかという疑いが消せないことだ。〈エンジェルメイカー〉事案に関しては、ティットホイッスルのほうがリード役を務めてきた。ティットホイッスルはやり手で、情け容赦がない。しかし欠点をあげるなら、やり手で情け容赦がなさすぎるあまり、人情の機微をとらえ損ねてしまうことだ。ということでカマーバンドは言った。

「何が知りたいんだ」

「ビリー・フレンドを殺したのは誰なの」とポリーが訊く。

カマーバンドは、あのがちゃがちゃうるさい男ビリーのことを忘れていた。世界におけるイギリスの優越的地位を取り戻そうとすることと、いかれたカルト教祖に協力することで忙しかったせいだ。しかし考えてみると、ジョー・スポークとビリー・フレンドが親しかったというのは妙なことだ。

「それはシェイマスだ。あるいはその部下の……自動人形かもしれないが」カマーバンドはため息をついた。「シェイマスをフレンドのところへ行かせたのは馬鹿なことだった。ちゃんと頭が働いてなかったんだな。もっと慎重にやると思ってたんだが。フレンドの件はやつにとって大事なことだったから。だがおれたちの予想は裏目に出た。シェイマスは真実だの神だのにマジにとりつかれてたわけだ。もう少し寛大な言い方をすれば、〝信じていた〟ということかな。やつはつい熱くなっちまったんだろう。あんたの友達は……粉砕された」カマーバンドはその知らせを聴いたときのパニックを思い出したが、ティットホイッスルはわりと冷静に受けとめていた。**われらがシェイマスが人を殺した。よくないことだが、われわれは国を守ろうとしているんだ。その種のことは正しい文脈のなかで見なきゃいかんよ。**

ジョーはカマーバンドを見ながら不審に思った。この男は〝シェイマス〟とばかり言って、〝ジェム・シェム・ツィエン〟とは言わない。「〈較正器〉を手に入れたシェイマスが〈理解機関〉で何をしようとしているか、おまえは知ってるのか」とジョーは訊いてみた。

カマーバンドはかぶりをふった。「やつは〈較正器〉を持ってない。そのことでえらく腹を立ててる。〈較正器〉がないと装置のスイッチが切れないとね」

ジョーはポリーを見た。ポリーが目を合わせてきた。いいよ、ジョー。そのまま続けて。ジョーは教えてくぞというように人さし指を立てた。「やつは持っている。いっしょに脱走するという芝居で騙されて、おれが喋ってしまった。どこにあるかずばり教えてしまったんだ」カマーバンドの大きな顔の表情を読もうとする。「でもおまえにはその情報を伝えなかったみたいだな」

「ああ」

「その理由はわかる気がする。おまえはやつが誰か——何者か——知ってるのか」

「修道僧だ。明らかじゃないか。宗教者だ」

「違う。というか、正確には違う」ジョーはしだいに不安な顔になるカマーバンドに、シェイマスとシェム・シェム・ツィエンとヴォーン・パリーについて、自分の知るかぎりのことを話した。イーディーの昔の冒険から、〈ハッピー・エイカーズ〉からの偽の脱走まで。話が進むほどに、カマーバンドは顔が青ざめ、気分が悪くなるようだった。

「おれはパリーに話した。でもそのときわかったんだ。最後になって。秘密を明かしたあとで気づいたんだ……この男は味方じゃないと。おれはしばらくのあいだ、イギリス一のお尋ね者を自分の味方だと考えていたんだ。あるいは考えたかったというか。孤独だったたから」

カマーバンドは笑った。

カマーバンド家の人間はほろりとしたりしないのだ。女々しいところはまったくない。感情をあらわにしたりはしない。自分が人類破滅の陰謀に利用されているのではないかと不安がることなどない。敵方に寝返ったり逃亡したりはしない。だがときには、現在の戦いに対する自分の位置づけを考え直してみたほうがいいかもしれない。

ジョーは手のひらを上にして両手をひろげた。大きな手だ。ならず者の手と言ってもいいかもしれない。職人の手であることは確かだ。しかし嘘つきの手ではない。「さあ、これで全部話したぞ」

カマーバンドは唾を呑みこんだ。「それは……理想的な展開じゃないな」

「ああ」

「いや、おれが言いたいのは、えらく悪い展開だということだ。ラスキン主義者どもは……〈シャロー・ハウス〉に例の装置を持っている。おれたちは必要な材料や何かを調達してやった。その装置は蜜蜂をコントロールすることになっている。巣箱に戻すんだ」

「魔人をランプに戻すと」

「そういうことだ。それによって力の源泉にアクセスして、おそらく今回の事件の……〝真実〟の側面を……コントロールできるだろう。もちろん、全世界規模で起きたかなり緊迫した出来事を、われわれが引き起こしたことについては蓋をする。まあソ連崩壊以後、ロシアが核物質をうまくコントロールしきれるかという問題と似て……わかるだろう。やってみるしかない」

「ああ」

「もっとも」とカマーバンドは言う。「ひょっとしたらそれが問題なのじゃないかもしれない。もしシェイマスがヴォーン・パリーやシェム・シェム・ツィエンでもあって、〈較正器〉を持っていて、ほかのプランを考えているのなら……そういう……ほかのプランはよろしくないと言わざるをえないな」

まもなくカマーバンドはジョーたちの側に寝返った。シェム・シェム・ツィエンが〈理解機関〉を自由に操作するという事態はあまりにもおぞましいため、良心が任務の縛りから解放されたのだ。たぶんイーディー・バニスターも何カ月か前に同じような変化を遂げたのだろう。カマーバンドは〈遺産委員会〉のさまざまな犯罪的行為を暴露しはじめた。そしてこのジョー・

スポーク一党が近い将来それについて訴訟を起こすことを考えていないと知って少しがっかりした。カマーバンドは、電話一本で〈シャロー・ハウス〉の建築図面を〈パブラム・クラブ〉へ届けさせることができるし、そのほか必要なものはなんでも取り寄せてやると言った。カマーバンド家の人間は、一度こうと決めたら徹底的にやるのだと。

カマーバンドは誠意を示すため、驚いたことに、アビーの前にひざまずき、ご主人の皮膚移植のために自分の皮膚を使ってほしいと申し出た。そしてポリーがすばやく阻止したからよかったが、もう少しでカマーバンドは自分の腹のいちばんしっとりやわらかな部分の皮膚をアビーに披露するところだった。アビーは目をまんまるにして驚き、そんな気持ち悪い懺悔はしなくていい、フォン・ベルゲン博士がちゃんと治してあげると言ってくれているから皮膚移植など無用だと答えた。

〈シャロー・ハウス〉という名前と、ロンドン南西部の富裕地区の住所から、〈ラスキン主義者連盟〉の本部は明るい灰色の石でできた新古典主義のお洒落な外観とディケンズの小説に出てくる法律事務所のような雰囲気を持ち、真鍮の表示板を掲げているだろうと予想された。ジョーは頭のなかで、相当数の警備の警察官と、強化ガラスの窓と、敵対国に置かれている大使館が内部にそなえているようなあらゆる種類の警戒措置を思い描いていた。言いかえれば、もとは住居として建てられていても、事実上、要塞か秘密基地のようなものに改築されているはずだった。キーワードは、〝改築〟だ。つくりかえるときに弱点が生じるはずなのだ。古い土台と新しい追加部分の継ぎ目に。カマーバンドが取り寄せた建築図面を見たときにも、これはだいぶ予想とは違うようだと感づきながらも、敵の警戒措置に穴があるはずだと夢想していた。屋根裏部屋なら警戒がゆるいはずだとか、不満を持っている警察官を買収するとか、職員を脅迫するとか。いっそ過激な方法をとるなら、爆薬でドアを吹き飛ばすのもいい。こそ泥から金塊強奪までの、犯罪のあらゆる段階のどこかに、シェム・シェム・ツィエン一派に防ぎきれない侵入方法があるに違いない。そう思っていたのだが、相手はそんなやわな建物ではなかった。

〈シャロー・ハウス〉は——昔からずっと——城塞だった。

ジョーはロンドンの大公園めぐりをする観光バスの屋根のオープンデッキに坐っていた。ゴアテックスのジャケットの上から雨合羽を着こみ、デンマーク国旗をあしらったリュックサックを背負っている。やたら人懐こいオランダ人夫婦がそばにいて、ヒマワリの種や松の実を勧めてきたり（夫のほうが「わたしの金玉(ナッツ)を食べないかね」と言ってくる）、ポリーのほうへかがみこんできて、エドワード八世とシンプソン夫人の〝王冠をかけた恋〟のことをレクチャーしたりと、うるさくてかなわない。一同はすでにハンプトン・コート宮殿とキュー国立植物園を見物した。バスはいま、灰色の雨とオレンジ色と紫色の夕闇のなか、ゆっくりと〈シャロー・ハウス〉の前へ差しかかった。

「左手に見えますのが〈シャロー・ハウス〉でございます」と黄色い傘をさした女性ガイドが言った。「なかに入って、アヒルに餌をあげたり、さまざまな建築様式のすばらしい組み合わせを鑑賞したりしたいところではありますが、それはできないことになっております」——と、ここで死の宣告をするように声を落とす——「さまざまな様式が組みあわさっているのは、何世紀ものあいだに所有者がつぎつぎと代わったせいなのです。ご存じのように、〈シャロー・ハウス〉はもともとヘンリー八世時代につくられたロンドンの砦のひとつでございます。クロムウェルの時代に二度攻められましたが、陥落しませんでした」すごいなあ、すごいね、のつぶやきが起こる。城を見物する人はたいてい難攻不落ぶりを賞賛するが、侵入をもくろむ者にはもちろん違う感想があるのだった。

ジョーが双眼鏡で観察した〈シャロー・ハウス〉は、棟の高い風変わりな建物で、中央にひとつだけとびきり高い円塔が立っていた。新古典主義の建物から唐突にロマン主義的要素がにょっきり突き出ている恰好だ。平面図で見ると、ここを狙ってこいという標的に見える。実物を見ると、近づくと危ないぞと警告する槍のように見えた。

メインの建物の周囲にはいくつもの建て増し部分が張り出していた。ほとんどがヴィクトリア朝風の赤煉瓦と白い漆喰の建物だ。屋根の片側にはフランク・ロイド・ライト風の木とガラスでできた空中展望台のようなものもあるが、完全に密封された堅固なつくりだ。そういうところには本来の〈ラスキン主義者連盟〉が持っていた職人気質が感じとれた。〈シャロー・ハウス〉は、つい最近見たラヴレイス号と同じ高潔さと完全性を持っているとジョーは思った。固い守りが何重にもなっている——周囲を囲む塀、その外に何ヵ所もの警備員詰め所、その周囲には濠まである。緑がかった水をたたえた濠は幅が五、六十メートルあり、その水上を通路が一本だけ正門まで通じている。遠くに古い掩体が見える。第二次世界大戦時のロンドン大空襲にそなえた高射砲の陣地だった施設だ。それから短い鉄道線路も、なんの飾り気もない塀のきわまで敷かれている。そこはかつて城の弾薬集積所だった場所だ。

ガイドの説明が続く。「〈ハウス〉は現在ある修道会の本部として使われています。その修道会は教会建築の研究のほか、孤児や精神病者のお世話もしています。もっともその福祉事業のほうはほかの場所にある専用の施設で行なわれていますけど」

ジョーは用心深く無表情を保ちながら、白い部屋を思い出した。そう。あれは専用の施設だった。芝生の上を黒い衣を着た人がふたり歩いていた。ゆっくりした足どりはどこか奇妙だ。ポリーが肩をぎゅっとつかんできた。ジョーは自分がしーっという音を立てているのに気づいた。静かに、と注意するときの音ではなく、食いしばった歯のあいだから鋭く息を絞り出している。みんながこちらを見ていた。

「すみません」ジョーはデンマーク訛りの英語はこうだろうと思う発音で謝った。「ちょっと、おなら、出そうなもんで」

ガイドはおざなりに小さく微笑んで、説明に戻った。

「ヘンリー八世のほかの建物と違って、いろいろ悶着の起きた妻たちや愛人たちを住まわせたということはなく、ロンドンの建築物のなかではあまり有名ではありませんが、大変興味深いものです。また公開されましたら、ぜひ見学されることをお勧めします」

「いまはなんで見学できないんですか」と前から二番目の列の、どこか手術着のようなビニール雨合羽を着たお洒落な小男が訊いた。

「清掃中なんです」と雨傘のガイドは答えた。

「清掃中？」

「ええ。それでもべつに見学はできるだろうとお思いになるでしょうけど、どうやら……衛生のためらしいですね」イギリス人が病的な潔癖症であることは日本人観光客の一行も知っているらしく、彼らも含めてみんなが笑った。

〈シャロー・ハウス〉の窓から、メイドとおぼしき女が身を乗り出し、濠に屑肉のように見えるものをぶちまけた。水面に脂っぽい波が立ったと思うと、そのあたりの水が沸騰したようにぱちゃぱちゃはねた。

ジョーは双眼鏡を目から離して、ポリーを見た。

「うん。見た」とポリー。

「ピラニア？　ロンドンに？」

「そうみたいね」

「まったく冗談きついぜ」とジョー。

ポリーは携帯電話をかけた。「もしもし、こちらリンダ。いま〈シャロー・ハウス〉のそば。ええ、用意はいい——ありがとう」

しばらくしてタクシーが一台、門のほうに向かって走りだした。ジョーは軽い罪悪感に眉をひそめてそれを見守った。タクシーは水上通路に乗らないうちに黒衣の修道僧や兵士たちに取り囲まれた。運転手がおろされ、砂利の上に伏せさせられた。

「あらら」とガイドは言って、急いで続けた。「みなさんあれは、警備のイギリス軍兵士が訓練をしているんです。どうかみなさん拍手を」

みんなは手を叩いた。タクシー運転手は砂利の上に寝たままだ。

ジョーはうっと小さく身をすくめた。「あのやり方では入れないな」

カマーバンドと話しても、いい材料は得られなかった。カマーバンドは償いの意志を痛いほど持っているが、〈シャロー・ハウス〉に入ったことはない。〈遺産委員会〉は〈ラスキン主義者連盟〉に事業を白紙委任する自由放任主義(レッセフェール)の方針をとっているのだ。カマーバンドによれば、いまではティットホイッスルも彼の上司たちも、〈ラスキン主義者連盟〉がしていることを知りたがっていないという。〈シャロー・ハウス〉はイギリス政府の視野に存在する大きな生理的暗点なのだ。〈遺産委員会〉は〈ラスキン主義者連盟〉が目立たないようにすることを任務としている。あるいは、もしその犯罪的活動が明らかになってしまったときは、政府が全然関知していないと言える状態をつくっておくことを。遺憾ながら犯罪的活動を見過ごしてしまったが、共犯では断じてないと政府は言い張りたいのだ。もちろん、いまに教訓を噛みしめるときが来るだろうが。

テムズ川沿いのとある古いビール醸造所の地下室は、一九七五年にマシューの息がかかった役所の監督官によって危険区域に指定され、以後は使われない状態が続いていた。その地下室で、ジョーは三本脚のスツールに坐り、建築図面を見ていた。穴のあくほど見つめれば、そこに突破口が開けるとでもいうように。ジョーは複写紙の現像液の臭いに顔をしかめ、脚を組み直した。

足もとにはトミー・ガンをおさめたトロンボーンのケースが横たえてある。それを見なくても、ずっしり重い金属の存在感がとりついてきた。打楽器を連打するように機関銃を撃つ自分は目に浮かぶが、それがなんの役に立つのかはまるでイメージできない。この機関銃では、〈シャロー・ハウス〉の正門を吹き飛ばせない。〈理解機関〉と〈較正器〉も、五キロ離れたところからだとやはり機関銃で破壊できない。それをするには、〈シャロー・ハウス〉に入る必要がある。

ジョーは椅子から腰をあげ、薄闇のなかで身体をほぐそうとする運動選手のように両腕をぐるぐる回した。あちこち視線を投げると、図面が入っていたプラスチックの筒が目にとまった。図面を巻いてそれにおさめ、紐を持って肩にかけた。吊りさがっているランプが温かい光の輪をテーブルに落としている。名残惜しいがその光に背を向け、〈トーシャーズ・ビート〉の闇のなかへ入っていった。

ジョーは〈トーシャーズ・ビート〉が好きだった。トーシャーたちのことも好きだった。潜水服を着ているせいで月面を歩く宇宙飛行士のように見えるあの奇妙な人たちが。〈トーシャーズ・ビート〉はその親密に閉じた感じや静けさが好きだし、貯水槽や丸天井のある水路の広さも好きだった。もっともたいていの場合、そこがなんであるかを考えたりはしない。そこは広大な地下下水網で、ほとんどが地下水面より低いところにあり、冬と春には天井まで水が満ちる場所がたくさんある。トーシャーたちの潜水服には理由があるのだ。

乾いた土管のなかを腹ばいになって進む。頭の二十センチほど上にそこまで水が来た跡があるのは無視した。まわりじゅうに水の匂いがあった。以前この下水管にあっていまは引いている水。床からわき出している水。隣接する下水管を流れている水。あとでまた同じ道を引き返してこなければならないことも考えまいとした。五分前に身体がひっかかって抜けなくなりそうだった狭い曲がり目のことも含めて。〈シャロー・ハウス〉のほうへぐんぐん進んでいった。ときどきズボンのポケットから方位磁石を出して見た。父親のギャング道具のひとつだ。

これが最後にようやく思いついた〈シャロー・ハウス〉への侵入法だった。ロンドンの地下下水管網を通って入りこみ、入浴中のシェム・シェム・ツィエンを襲い、誰にも気づかれないうちに〈理解機関〉を破壊する。そしてお茶の時間に間に合うよう家に帰り、イギリスと犯罪人引き渡し条約を結んでいない風光明媚な国へとっとと逃げ出す。

ジョーはあてずっぽうに下水管を選んでいるわけではなかった。トーシャーたちが以前から印をつけているのだ。いま通っている下水管は、入り口のところに黄色いエナメル塗料で長い線が数本引かれていた。これは通り抜け可能だがあまり快適ではないことを示している。緑の塗料のほうがましで、青だともっといい。赤は入るなという警告だ。

下水管がつきて、低い天井の下に水が浅く溜まっている場所に出た。まるでサンドイッチのなかにいるようだ。壁の内側には大きな管小さな管といくつもの具が重なりあっている。そのうちいくつかの管がいまいる狭い空間に通じているのだ。ジョーがつぎの下水管に入ろうとしたとき、叫び声が聴こえた。ふり返ると、三人のトーシャーが手をふっている。ジョーも手をふり返した。〈夜の市場〉の流儀で。

「そこはだめだ」やってきた男たちのうち、いちばん近くにいる者が言った。「いまから表示を変える」

「どうしたんだ」とジョー。

その男は顔をしかめた。大柄で白髪頭でいかつい顔。鼻をくしゃっとやるとブルドッグのようだった。「どこかの役人が電気柵をとりつけさせた。赤外線監視カメラやなんかもな。おれのダチがビリビリ心臓をやられて入院してるよ。ええ電流が流れて、生きてるのはラッキーだとさ。たぶんどっかの大使館かなんかのしわざだろうよ。やつらはほんと厄介なんだ」

ジョーはうなずいた。「ほかに通れる道はあるかな」

男は顔をじろじろ見てきた。「おめえ、知ってるぜ」

「まさか。おれは――」

「おめえ、スポークだろ。クレイジー・ジョーだろ」首をひねって仲間たちに呼びかけた。「おい、クレイジー・ジョーだぜ！」顔を戻して、「なあ、教えてくれよ。おめえほんとは何やったんだ。女王のパンツを盗んだのか。イングランド銀行を強盗いたのか」

「いや、そんなんじゃ――」

「そうだと思ったけどな。親父さんのこと知ってたからな。おめえはまともなやつだよ。見りゃわかる。誰でもわかる。おめえが人殺しだって？　タマキンが笑うぜ。なあ、おれは銀行から金の延べ棒を盗んだんだと思うんだ」とうしろにいる男に言う。

その男がうなずいた。「かもな」

「で、〈シャロー・ハウス〉に入りたいって？」最初の男がだいたいの方向を手で示す。

「ああ、どうしても」

「そりゃ、こっからじゃむりだ。この辺はどっから行こうと同じだよ。たぶん〈女王〉が怒り狂ってるだろうな」

ジョーはちょっと考えたあと、自分たちがなかに立っている下水管を見まわした。

「ときに」とジョーは慎重に言った。「〈シャロー・ハウス〉には濠があるんだが」

「濠？」

「いや、ほんとに」

「そいつはまた」

「それで、ちょっと思ったんだが、〈トーシャーズ〉の人たちはその濠をなんとかしたいんじゃないのかな。〝〈ビート〉をブロックする者は〈ビート〉にブロックされる〟って、そんなこと言わないっけ」

「言うよ」

「かりに壕の下の下水管が破裂したとか、そういう不具合が起きたり……メインの高圧の排水管があるタイミングで水を流す方向を変えたりしたら……」

「ははあ、なるほど。そうだな。それでお偉いさんたちはあわてると思うかい」

「思うね」

「濠ひとつ分の水となると大変だ。下手にいじると危ないぜ。あたり一帯にわーっと流れ出すとかね」

男たちはにやにやしていた。

「そういうのは目くらましになるよなあ」とひとりがなんの感情もこめずに言った。「誰かがそこで泥棒でもやろうとしてる場合」

「そのとおりだ」と最初の男が言った。「あんたの犯罪者の頭で考えて、ミスター・スポーク、そういう悪いことが起きたらちょうどいいなあってタイミングはあるのかい」

「当て推量はしたくないが、だいたい明後日の、夜中の二時ごろかなあ。そのあとは、すたこら逃げなきゃいけないな」

XVII

もとの線路に戻る、〈古参兵たち〉、お尋ね者の頼みを断わる会長

醸造所の地下室に戻ったジョーは、長く幅の広いステージのような場所に一列に並べたマネキンを見た。マネキンは軍放出品の服や古着屋で買った服を着せられて、いろいろなファイティングポーズをとっている。頭の禿げた、目の見えない敵部隊だ。その背後や両側には煉瓦壁を保護するために箱や木の板や樽が置かれている。マシューは自分のものにしたこの地下室を訓練場に使っていた。強奪事件を実行する前に部隊の練度をここで高めたのだ。盗電でともす黄色い薄暗い電球の列もまだ天井からぶらさがっている。

正直言って、このころになればもう計画ができているはずだと思っていた。大胆かつ過激な計画、抜け目なくしかも爆発的な作戦が。知恵と火力でシェム・シェム・ツィエンの軍団を圧倒し、〈シャロー・ハウス〉に入る。この白昼夢のなかでは、一部隊とともに下水路をくぐり抜けたジョーは、まず高い塔にあがり、そこから建物のなかにおりる。そしてカーテンの陰から出て、あらかじめ買収してある執事と話す。

だが現実にはなんの計画もない。あるのは敵の守りの固さを示す建築図面。それと機関銃一挺、情婦、弁護士。あとのほうはもちろんありがたいが、ものすごい戦力というわけではない。

薄闇のなかで、ジョーはにんまり笑った。しかしその三つの組み合わせは正真正銘のギャング調だなと。

トロンボーンのケースを開けて、トミー・ガンを見た。オイルを塗った金属がぎらりと見あげてきた。何

か啓示はないかと待ったが、その気配は感じられなかった。銃はしょせん銃にすぎない。それも禁酒法時代のアメリカで密造酒業者に愛用された時代遅れの不正確な戦闘用の銃だ。実際のところは武器というより芝居の小道具みたいなものだろう。マシューの時代にすら、もっと性能のいい銃はあった。もっと軽くて、速射ができて、威力も大きい銃が。

ケースからとりだし、手が覚えているままに組み立てる。かちっ、きゅっ、かしゃん。初歩的な操作。誰にでもできる。原始的というのではないが、シンプルなのだ。それなりに優雅ですらある。パントマイムよろしく構えてみる。**生け捕りはむりだぜ、お巡りども！**

あんまり愉しくない。

今度はもっと慎重に、銃を肩づけした。単射モードにして、マネキン軍団を狙う。息を吐き、身体の力を抜いて、反動にそなえる。両目を開けて、銃身を視線でたどる。マネキンの一体を、リアサイトのV字形のなかにとらえる。自分は射撃の名手だなどと自惚れてはいないが、感覚の導きを大事にする。子供のころのジョーはこの銃を撃ちたくてたまらなかったが、なぜか一度も許されたことはなかった。

引き金を引いた。

音はすさまじかった。銃口から炎が噴き出し、床尾が身体を打った。銃弾はぴゅんと闇に消えた。奥歯をぐっと嚙んで、さらに五発撃った。射撃競技は六発がひと区切りと聴いたことがある。それから成果を見にいった。

一発も命中していなかった。マネキンはみな無傷だった。銃弾は背後の木の板や煉瓦壁を傷つけていた。

抱えた機関銃を見て、泣いてやろうかと思った。が、そうはせず、スツールに戻って腰をおろし、無益な硝煙の臭いを嗅いでいた。

どうしていいかわからない。この銃を撃てば高揚するはずだったのに。高揚どころか、へこんでしまった。世界の運命が風前の灯となっている、この待ったなしのときに。

ジョーはじっと坐って、宙を見つめていた。

「何か手伝う？」とポリーが訊く。

いつのまにか、ごく静かに入ってきていた。肩にそっと手を触れてきた。指でジョーの顔を自分のほうへ向かせ、唇に軽いキスをした。ジョーの腹のなかには怒れる熊がいた。**おれはこの女を守る。彼女に悪さをするやつは誰でも噛みついてやる。**

熊は少なくとも疑いを持っていなかった。

ポリーがにっこり笑った。まるで熊の唸りが聴こえたかのように。それから膝に乗ってきた。

「ね。何してるの」

「父さんを探してる」

ポリーはうなずいた。「でもここにはいない？」

「いない」

「なぜお父さん？」

「その種のことが問題だから」

ポリーはジョーをじっと見つめたあと、顔に真正面から向かって、舌を出してぶーとおならの音を出し、「くっだらない！」と斬り捨てた。

「えっ？」

「くっだらないよ。アンポコポンタンだよ。なんで……がーっ！」腹立ちは言葉にならないらしかった。「ジョー、お父さんなんて探す必要ないの。あなたはあなたよ。たしかにマシューの息子という部分はあるけど、大半はあなたよ。そうして**あなたはこの種のことが得意なの！** ここ何週間かを思い出して、それでも違うと言うなら言ってごらん」

ジョーはそう言おうとしたが、ポリーが目に人さし指を突きつけてきた。**わたしもひとりの独立したスーパー悪党よ。**そうだ。それなら対等の仲間の判断を尊重しなければならない。

「よし。じゃ射撃を見せて」とポリー。

ジョーが構えてみせると、ポリーは笑いだした。

「自分の撃ちたいように撃つのよ、ジョー」ようやく話せるようになると、ポリーは言った。「こう撃つべきだとか考えないで。〝べき〟なんてキンタマのつっぱりにもならない。さあいっしょに言って」

「〝べき〟なんてキンタマのつっぱりにもならない」

ジョーは従順に唱えるうちに、またアウトロー気分に高揚した。この新たな怖れを知らない気分はすばらしかったが、それは滑りやすい丸太のようでもあった。しばらくはその上をすいすい歩けるが、とまったときに足を滑らせて落ちてしまう。勢いが大事だ。それと練習が。それから対立関係があるのもいい。自分がやったことで喜ぶ人たちと愕然とする人たちがいるのは張り合いがある。ジョーは観客から力をもらっている熱自分を自覚した。

ポリーがわきの暗がりから凶暴な笑みを向けてきた。撃って、と銃を手で示す。

ジョーは両足を広く開いて立ち、機関銃をフルオート射撃モードに切り替えた。肩にはおったコートの着心地と、子供のように興奮している自分を感じとった。これが例の銃だ。あの銃だ。父さんの銃だ！　玩具じゃないと、触るのを禁じられていたギャングの商売道具だ。

狂気じみた笑みが口もとに押し寄せてきた。甘いノスタルジアではない、常軌を逸した歓喜がわいてきた。にっと歯を見せ、客船を進水させるように悠然と引き金を引いた。

機関銃が吠え、暴れた。腕と胸に衝撃の波が伝わってきた。ジョーは機関銃と格闘し、抑えこもうとした。ちびちびと指をしっかり引き金に押しつけつづけた。吝嗇（りんしょく）に銃を撃つギャングなどいない。いるものか。

い鉛玉を雨あられと浴びせ、財産的被害を盛大に与えて思い知らせるのだ。ギャングは狙撃手ではない。思慮分別のない人間だ。派手に濫費する、ご意見無用の、めったくたなやからだ。毛を剃られた猫のようにいかれているのだ。

機関銃は箱から出ようとしている小さな鉄の悪魔のようであり、ジョーはほとんどそれに寄りかかるように前かがみになって射撃を続けた。ドラム弾倉の銃弾をばりばり撃ちながら、ジョーは自分が大笑いしているのに気づいた。怖れているような、あるいは怖ろしいような、錯乱した笑いだったやがて咆哮がやみ、野獣は動きをとめた。戦果は赫々たるものだった。煙と埃を透かして、ステージを見た。

マネキン部隊は粉々になっていた。破片が散乱し、背後の壁にもぶちあたって床に落ちていた。壁それ自体も損傷を受け、跳弾を防ぐための木の板や樽は薪になっていた。あちこちに焦げた穴が残り、小さな火が燃えていた。足の踏み場を探しながら残骸だらけのステージを歩いた。あらためて、ジョーは理解した。

「わお」ポリーは小声で驚嘆した。

ジョーはポリーの両肩をつかみ、勝ち誇るように、音高くキスをした。「きみは天才だ」

「そう？」

「ああ。天才だ。おかげでわかったから。いまやっとわかったから。こういうことなんだ。この銃の本質はこれなんだ」

ポリーは微笑んだ。「説明して」

ジョーはにやりと笑った。「想像してみてくれ。きみがほかの銃を持っていて、おれがあの銃を持っている。いいかい？　三つ数えて、両方が撃ちあう。まあ、きみの勝ちだろう。きみのほうが撃つのが速くて正確で、すばやく動いて弾をよけることもできる。きみはおれを蜂の巣にできるはずだ。そうだろ？　さあ、きみはその勝負をやるかい？」

「あんまりやりたくないかな」

「そうだろう。なぜならトミー・ガンを持つ人間が両足を踏んばって、ばりばりぶっ放すと、誰にも——文字どおり誰にも——つぎに何が起こるかわからないからだ。これはギャンブラーの武器だ。ギャングの銃だ。銃の性能とか射撃の技能とか生き延びる能力とかは関係ない。関係あるのは度胸と向こう意気なんだ。このでかくて騒々しくて馬鹿げた機関銃はこう怒鳴る。**さあベストをつくしてかかってこい！　どちらかが倒れるからだ。それがどっちか、おれは知らないし、どっちでもかまわない！**」またにやりと笑った。

「これでもとの路線(トラック)に戻るのね」ポリーは嬉しそうにつぶやき、ジョーがうなずくのを見た。ジョーはさらにもう一度ゆっくりうなずき、目を大きく見開いた。犯罪者であることの意味を、直感的に把握した瞬間だった。

「そう」と熱く言った。「そのとおりだ。もとの線路(トラック)に戻るんだ」

「マーサー！」ジョーは階段の上に向かって叫んだ。「あんたの妹は天才だ！」

「え？」マーサーがジョーを見て、軽く顔を青ざめさせた。「いや、天才なんかじゃない。きみの思い違いだ」その言葉が活気づいているジョーになんの影響も与えないのを見ると言った。「ええい、くそ。ジョナおじさんがいつかこんなことが起きると言ってたよ。わたしはいつかきみのうしろについて走るようになる。マルクス兄弟の末の弟が、落っこちそうになる花瓶を受けとめようとしながら、あとについて走りまわるようにとね。わたしは言ったんだ。ジョーは分別のあるやつだよと」

「おれには分別があった。その結果こんなことになった。だからもうおれは分別を捨てた」

「ジョー、いったい——」

「話してる時間はない。準備をしないと。あんたもだよ。ヨルゲに、今夜みんなの力を借りたいと言ってくれ」

「どう力を借りるんだ」

「そう言えばヨルゲにはわかる」

「わたしにはわからないぞ！」

「計画がある」

「どんな計画だ」

「あんたは気に入らないだろうな」

「まったく」

「まずは軍団の召集をしよう」

「軍団？　なんの軍団だ」

ジョーはにやりと笑い、急いで出ていこうとする。

「なんの軍団だ。軍団なんてないだろう！　しいて言えば」――マーサーは腸にガスを溜めてソファーで寝そべっている犬を手で示した。「ここにいる世界最小の大気汚染源くらいだ！　ジョー？　ジョー！」


ポリーが〈シャロー・ハウス〉の図面を見ながら〈トーシャーズ・ビート〉から出てきた。しばらくして言った。「あ。ああ！　そっかー」長い爪を光沢のある複写紙の上で滑らせた。爪は〈シャロー・ハウス〉の塀に向かって走っている古い鉄道線路の跡をなぞる。「なーるほど……」うっと胸が詰まったようになった。

「なんだい」とマーサー。

「あの人、もとの線路(トラック)に戻るのよ」


ヨルゲのメッセージは、ひとりひとりに順々に伝わった。〈夜の市場〉はウェブサイトもネット掲示板も持たない。だがひとりの泥棒や故買屋や詐欺師に伝わると、そこから五人、十人に伝わる。大物には参加の呼びかけ、小物には噂が行く。噂といっても〈市場〉では金箔押しの文字で書かれた手紙のようなものだ。こうしたひそひそ話はどうしても警察の耳に入るが、ヨルゲは情報漏洩に慣れているので、密告屋に嘘や作り話を流させる。こうして警察の特捜班がマンチェスターへ、アイルランドのブレイへと、雲をつかむような情報を追って出動する。情報分析班はランチタイムにクレイジー・ジョーの目撃情報の洪水を浴び、ティータイムには畜生と毒づく。その一方で、メッセージの正当な受け手たちのあいだには、はっきりと、ジョー・スポークが何か大きな仕事（ヤマ）を踏もうとしていることがひろまっていった。

ビッグ・ダギー、元ボクサーのドーナツ屋。一九七五年の郵便局襲撃事件で刑務所に入り、出所してほどなくマシューの死と世界の変化を経験した。電話がかかったときにはタオルを洗濯していた。タオルから一日置いた生魚のような臭いがとれればいいがと願いながら。

ジョー・スポークが仕事（ヤマ）を踏もうとしてるぞ。

なに、機械職人のジョーが？

そうなんだが、もう機械職人じゃねえ。とんでもなくでかい仕事（ヤマ）だそうだ。マシューが死ぬ前に計画してたんだとか。

もちろん、ビッグ・ダギーは参加を承知した。

ディジー・スペンサーは〈カーナビー・ロイス自動車運転学校〉の経営者で、渋滞税をとられるロンドン都心部で車を運転したことのない中高年の女性が生徒だが、ロンドンにやってきたばかりのサウジアラビアの王族のおかげで大儲けしている。マシューが生きていたころ——それはよくソファーの下でオン・ドンと何やかやしていたころでもあるが——ディジーはロンドンで最高の逃走ドライバーだった。いまでは退屈しきっていて、いつでも弾ける用意がある。

ジョー・スポークが仕事（ヤマ）を踏もうとしてるぞ。

ディジーは一秒もためらわなかった。

キャロライン・ケイブル――キャロおばさん――は、誰も聴いたことのない錠前製造会社の錠前設計士だ。会社はテンションや三番ピックなどを使ってピッキングできない錠前をつくっている。最も単純なものがベストなのだという。ベストの錠前は、鍵穴がなく、鍵を入れる小さな引き出しと取っ手からなっている。引き出しに鍵を入れて閉める。鍵が合っていれば、取っ手を回すとドアが開く。合っていなければ開かない。引き出しが閉まっている状態では内部のメカニズムに手出しできない。引き出しが開いているときは、取っ手は回らない。以上、解説でした。

彼女はいわば、密猟者が猟場管理人になったようなものだった。猟場管理人の仕事を死ぬほど嫌っていた。

ジョー・スポークが――。

「やるやる」とキャロおばさんは言った。

ポール・マケインはグランチェスターのマケイン家に属する男で、マシューの全盛期に間に合わなかったことを悔しがっていた。父親はマシューやタム・コピスといったビッグな面々といっしょに仕事をした男だった。自然史博物館から恐竜の骨格を盗んだこともある。依頼人である裕福なインド人は、ゴアの自宅に専用のスペースをつくって待っていた。

嘘ではない。恐竜を盗んだのだ。近ごろはそういう犯罪がなくなった。

ポールはイエスと答え、宝くじに当たった気分になった。

ひろまる情報に、ロンドンの犯罪者で感慨を覚えない者はいなかった。いまの生活には愉しさがない。少しだけ犯罪に関係している灰色がかった生活だ。会計士や税理士を雇っている者もいる。警察にはしっかり見張られている。連中の取り調べを受けるのはごめんだ。

しかしだ。ジョー・スポークが仕事（ヤマ）を踏もうとしているというのだ。

派手に花火があがるに違いない。

違う種類の者たちもいた。何かのプロとして成功している連中だ。彼らは予想外の出来事や目立つことを嫌う。デイヴ・トリゲイルは世界規模で金を動かし、ホワイト経済とブラック経済を往復させている。スウェーデン人のラースは、かつてジョーに護身術の基礎を教えたことがある男で、本業は七カ国語に堪能な殺し屋だ。どこの国の出身かわからないアリス・レベックは、いまは外国で行方不明になったジャーナリストの救出を仕事にしているが、それとはべつに――噂によれば――好奇心の強すぎる調査員を消す専門家でもあるという。こういう連中があと五、六人いて、その名前が口にされるときは慎重に行なわれる。

そうした者たちも招待を受けた。招待はヨルゲ、タム、〈エーデルワイス・フェルドベット〉（エーデルワイスは英語では前出のとおりノーブルホワイト、フェルドベットはドイツ語で簡易寝台で、クレイドル＝揺りかごに通じる）という新しい法律事務所から来たほか、ある種の徴（しるし）や、部外者にはわからない予兆の形で送られることもあった。

ジョー・スポークが仕事（ヤマ）を踏もうとしてるぞ。

こうした者たちは、もう人から指示を受けることから遠ざかっており、真夜中に呼び出しをかけられるのを好まなかった。花火＝銃撃戦などもってのほかだ。お互いに顔を合わせることも喜ばない。まして場所が――よりにもよって――〈パブラム・クラブ〉の大広間であるときは（誰よりもぶつぶつ文句を小声で言ったのはオン・ドンだが）。だが大物犯罪者が集まる場所として、セント・ジェイムズ地区の近くにあるきわめて閉鎖的な会員制クラブ以外にどこが考えられるだろうか。

集合の時刻になった。一堂に会した元犯罪者の集団はそわそわしはじめた。もちろん古い知り合いと久しぶりの挨拶を交わしたり、ずっと以前に気が合うかもしれないと思った人と初めて口をきいたり、新しく知りあってこの人とはうまが合うかもしれないと思ったりした。慎重にぼかした形であれ、みんながいま何をしているかを知るのは愉しいし、これから何か協力しあえることもあるかもしれない。とはいえ(と、黒いスーツを着てまじめくさった顔をした男たちやピンストライプのスーツや優雅なドレスを着た女たちはささやく)、時は金なり、こんな再会など時間のむだではないのか。会場の薄暗い端に坐っているビッグ・ダギーやキャロおばさんやトニー・ウーは、場違いなところにいる気がして窮屈で、早く出ていきたいと思っていた。

やがて東側のドアからひとりの男が入ってきた。みんなから待たれているとは思っていないかのように静かに入室した。微笑み、握手をし、手をふる。まわりでひそひそ話す声がこの男の存在感を徐々に高めていく。男は大きく腕をひろげて身なりのいい老人を抱擁した。老人は慎重経営を旨とする銀行の頭取だ。

「リーアム!」と男は言う。「やあやあやあ! リーアム・ドイルじゃないか。もう死んだと思ってた!」

「なーにを」と老人は喜色満面で返す。「わしはまだ死んどらん。くたばってりゃいいと思ったやつらは糞でも食らえだ! 老いぼれてもまだまだいけるぞ!」

「そうだろうな!」と男は応じる。「そりゃそうだろう。いまでも踊れるのかい、リーアム。ずっと前に、キャロおばさんとフォックストロットを踊ったろう。プリムローズ・ヒルのおれの家で」

「そうよ!」とリーアム・ドイル。「踊らいでか! あのころはなんだって踊ったもんだ! いやしかしなあ。最後に踊ってから……もうかれこれ……」声はそのまま立ち消えになった。

だが場が湿っぽくなる前に、男が「でもまだまだいけるよ！」と言うと、リーアムはああそうさ、もちろんだ！　まだまだいけると返した。それから男は目先を変える。「やあ、サイモン、すぐわかったよ。この人が奥さんかい。すごいなあ。女王さまみたいだ。これらが女王陛下のことじゃないぞ。妖精国の女王ティタニアのことだ！　いやほんと！　花嫁にキスしていいかい」男は十人並みの器量の優しげな顔に軽くキスをして、まるで何かの賞をもらったかのように微笑んだ。「それからビッグ・ダギー！　そこにいるのはわかってるよ！　ベンチから腰をあげてこっちへ来いよ。ダギーは覚えてるだろう、サイモン？」サイモンは覚えていた。昔、ダギーとは殴り合いをしたことがあるのだ。いやはやダギーの強かったこと、パンチの強烈だったこと。なあダギー、いまでもおまえの拳が飛んでくるのを夢に見るんだぜ！

「いやあ、もうドツキ合いはやんねえよ。若い連中に教えてんだ。たまに実地にやってみせるけど、ま、ご愛嬌ってやつだな。若い連中は手かげんしてくれるよ……」そう言ってすきまの広い歯を見せると、みんなは、若いやつらも生きてリングをおりたきゃ手かげんなんかしないだろうぜと思う。「おまえはどうしてんだ、サイモン」

「うーん、おれはもうちょっとなあ」とサイモンはやや憂いを帯びる。「拳闘はいまでも好きだが……というか前はやってたが……」

またしても哀惜するようなささやき声になる。以前はいろいろなことをやった。さんざん法を破り、官憲を馬鹿にした。いまはおとなしく金儲けをして、それでなんになった？　悪党でなくなったかわりに。

そりゃ金持ちになって、昔より幸せになったんだよ。間違いなく、昔より幸せになった。

ジョーはぐるぐる回った。どの顔にも見覚えがあった。ジョーのなかでは火が燃えていた。みんなが忘れていた時代への物狂おしい憧れがあり、腕には未来を信じさせる力がみなぎっていた。背後でみんながささやいた。あれがジョー・スポークだ。これから仕事（ヤマ）を踏むんだ。おれたちに助けを求めようとしてるんだ。

相当の仕事に違いないぜ。

きっと助けを求めるよな。

もちろんだ。

興奮と郷愁がまさに沸騰しようとするそのとき、ジョーはイタリア製高級革張りソファーの背もたれの上に作業用ブーツのままあがって、こう言った。

「みんな、どうして今夜ここに集まってもらったか知りたいだろうな！」

知りたい。もちろん知りたいとも。

「もしかしたらちょっと誤解させたかもしれない。おれはでかい仕事（ヤマ）の計画を立ててるとヨルゲに話したような気がする。でも、それは違うんだ」ジョーはいたずらっ子の笑みを浮かべた。マシューの顔が、からし色のポロシャツと黄褐色の牛革ジャケットの上で、息子の日焼けした岩のような顔と二重写しになった。

「おれはでかい仕事をひとつ計画してるんじゃない。十のでかい仕事、いや百のでかい仕事を計画してる。とにかくこいつはすごいと思えるだけの数をこなす。おれがしてるのは大儲けの話だ。ロンドン中の銀行と、ハットン・ガーデン（ロンドンの宝石店街）の宝石店の半分を襲う話だ。金や宝石をごっそりいただくんだ。

いや、わかってる。さっきみんなとちょっと話して、もうその手のことはやらないことがわかった。少なくともそれがみんなの考えだってことが。でも、これもみんなとちょっと話してわかったんだが、ボンド通りで若いやつらが十万ポンドほど盗んで、一週間後にはもう捕まってた事件とか、ヒースローでのダイヤモンド強奪事件とか、ミレニアム・ドームでの事件とか、そういう情けない仕事を見て、みんなはこう思ったようだ。自分なら二倍すばやく、二倍の金やダイヤを盗って、そのあとは〈デュークの酒場〉でのんびり坐って、警察に訊かれてもずっとここにいたと言ったのにな。たしかにでかい仕事だが出口の確保が甘いし、やたら派手なだけで品がない。自分たちには品があったよなあ、と」

〈古参兵たち〉は互いににやりと笑いあった。そのとおり、自分たちには品があった。いまの連中は度胸が大事だというのはわかっているが、知恵とタイミング、それに何よりうまく逃げる算段も必要なのだ。盗むのは簡単だが、きれいに盗むのは難しい。そこがおれたちといまの若い者の違うところだな。

「おれは覚えてる。宝石店の〈ボールドブルック〉が正体不明の犯人ないし犯人グループにやられたときのことを覚えてる。事件の少し前に警察は〈クレスピンド・クラブ〉を手入れした。売春をやってると通報があったからだ。そして実際やっていた。だがクラブにはパンツを脱いだ政財界の偉いさんたちが大勢いたから警察の大失態になった。その通報をした男が、今度は〈ボールドブルック〉に強盗が入ったと通報した。実際に強盗が入る十分前のことだ。警察はいいかげんにしろ馬鹿と怒鳴りつけて通報を無視した。そのあとで〈ボールドブルック〉が通報してきたときも同じ対応をした。こういうからくりを、その後誰も喋ってない。強盗の実行部隊も、見張りも、誰も。なぜなら彼らは――彼女らは――その世界のプロだからだ(名前は知ってるけど言わない。ここにいるみんなが知ってるが、誰も喋ったことがない。そうだよな?)。

おれはいまあんたがたを見ている。するともうひとつわかることがある。才能がむだになってるってことだ。後にも先にも類のない才能が。仕込みの長い詐欺、短い詐欺。計画立案者、偽造者、スリ、密輸人、高い壁のぼり、暴力要員、銃の名手、猛速の逃走ドライバー。あんたたちは最近何をやった? あんたたちは犯罪を退屈なホワイトカラー犯罪にした。金のある立派な市民になった。なあ、ボーイ・レイノルズ、あんたいま腕を吊ってるだろう！　メルセデスを時速百八十キロで飛ばして、砂丘に突っこんで車をぶっつぶしたからだ。ダカール・ラリーで。

　そんなことをしたのは退屈だったからだ。退屈で死にそうだったからだ。

　あんたたちはいま立派な市民で安全に暮らしている。でも誰も愉しんでない。

　おれはいま、ものすごく困ってる。触っちゃいけないものに触ってしまったんだ。知っちゃいけないことを知ってしまったんだ。おれは〈ラスキン主義者連盟〉のブラザー・シェイマスや〈遺産委員会〉のロドニー・ティットホイッスルと戦争状態にある。やつらに捕まったら何をされるかは考えるまでもない。おれは警察から逃げている。このごろじゃ、こういうのは短距離走だ。一度、捕まった。二度と捕まるもんか。白い部屋での拷問はもうお断わりだ。二度と捕まらないぞ。

　でも警察特殊部隊〈CO19〉（二〇一二年に〈SCO19〉と改称されたが、物語は二〇〇八年の出来事）が出動している。だからどうなるかわからない。今月、中折れ帽（ギャングの帽子というイメージ）をかぶって外で逮捕されるやつは気の毒だ！」ジョーはまたにやりと笑った。今回のは狼の笑み、戦時の笑み、イギリス人の誰もが暗黒の日々にそなえて保存している内なる野蛮人の笑みだった。

　ジョーが足を踏みかえて両腕をひろげたとき、アーガイル柄の靴下がちらりと見えた。

「でもみんなにははっきり言おう。おれはいま税金をきちんと払う無難な生活では味わえなかったような愉しい思いをしているんだ！

　どういうことかって？　よし話そう。世の中には手に入れちゃいけないものを欲しがる邪悪な人間がいる。それを手に入れちゃいけないのは、手に入れると、世界中の人間が死ぬことになるからだ。そいつは異常で悪いやつだ。犯罪者じゃなくて悪魔だ。つまりはそういうことなんだ。おれはそいつの企てを阻止しようと思っている。びしっと阻止するつもりでいる。それができなけりゃ、あんたたちもやられるんだ。その男はイギリス政府に関係する組織を買収して、そこに守られてる。おれがこの仕事をしなきゃ、わが親愛なる犯罪社会の紳士淑女のみなさんも倒れることになるんだ。トラファルガー広場で核実験をしようとしている異常な男がいると考えてみてくれ。おれの言ってる男がやろうとしているのはそれじゃないが、それと同じようなことだ。だけどその男のことはおれに任せてくれ。シェム・シェム・ツィエンはおれが始末する。あんたたちに頼みたいのは……部屋に釘でとめてないものを全部盗み出すことだ。できればそこにあるもののほとんどをな！

おれは大騒動を起こしてやろうと思ってる。〈トーシャーズ・ビート〉がまた犯罪者たちの逃亡する物音でわんわん鳴り響くんだ。おれたちの丸鋸が建物の屋上を切って、ロンドン中でしまいこまれてる価値あるもの全部を解放する。ロンドンの犯罪者は世界一だってことを知らしめるんだ。

そしてついでに世界を救う。

そう聴いて愉しいと思わないやつは、〝愉しい〟って言葉の意味を忘れてるんだ！　賛同してくれる人は……」両手で熱狂を抑える仕草をする。「賛同してくれる人は拍手喝采でその意思を表わしてくれ。おれの名はジョシュア・ジョゼフ・スポーク。だがクレイジー・ジョーと呼んでくれていい！　さあ意見を聴かせてくれ。もし賛成してくれるなら、おれたちはここを出て、出動するぞ。

さあ、おれの名前はなんだ？」

どよめく笑いと拍手が起きた。何人もがグラスを高くあげた。

うしろのほうから女の声が叫んだ。「クレイジー・

ジョー！」ついで奥の隅のほうから男の声が、「クレイジー・ジョー！」それからビッグ・ダギーが唸るように発声し、トニー・ウー、ディジー・スペンサーが続き、クールでプロフェッショナルな黒スーツの大集団が唱和して、その声の波がジョーの身体にぶちまけられ、ジョーはまばゆく光り輝いたように見えた。ジョーは大きな類人猿のように映え、そこにいるみんなを一ぺんに抱擁するかと思えた。というより、実際それをやる気になったのか、ジョーは小柄で生意気そうな黒髪の派手なマニキュアを塗った美女を抱きあげて、みんな見てくれとばかり情熱的なキスをした。誰も覚えていないし気にもとめていないが、最初にクレイジー・ジョーの名を叫んだのはこのポリー・クレイドルであり、二番目が兄のマーサーなのだった。

あとで〈パブラム・クラブ〉の大広間からほとんど人がいなくなったとき、黒いスーツの男がひとり、マーサーといっしょに残っていた。マーサーは男を静かな隅にいるジョーのところへ連れていく。男は長身で色が白くひどく謹厳な顔をしていた。ジョーは男と握手した。

「ミスター・スポーク、わたしはサイモン・アレンだ」

「お会いできて光栄です。来てくださってありがとうございます」

〈名誉ある永遠の葬儀業連盟〉の会長はうなずいたが、何も言わなかった。いかにも落ち着いた雰囲気がある。おそらく商売用の演技なのだろう。

「おれはでかい戦いをしてるんです、ミスター・アレン。あなたも加わってくれますか」

「きみの戦いのことは聴いた。われわれの得意分野ではない。うちの会員のビリー・フレンドの得意分野でもなかったようだ」

「ええ」

「われわれは、その種のことは警察に任せることにしているよ」

「でしょうね。でも、とにかく知っておかれたほうがいいことがありますよ」

「話してくれたまえ」

「ビリー・フレンドはヴォーン・パリーに殺されたんです」

サイモン・アレンは瞬きひとつしなかった。顔の筋ひとつ動かさない。だがジョーは完全に釣りこんだ手ごたえを感じた。

「つまり、ミスター・スポーク、ヴォーン・パリーが今度のことになんらかの形で関係しているということかな」

「ある意味、中心にいますね」

「ある意味？」

「彼はもう……以前の彼ではないと言えるでしょう。もっと悪いものになったと」

「もっと悪いもの」

「ずっと悪いものです」

「どこにいるか知っているのかね」

「ええ」

サイモン・アレンはしばらくのあいだ何もない宙を見つめていた。それからうなずいた。「〈葬儀業連盟〉はヴォーン・パリーとある種の関わりを持っている。いま何者になっているにせよ」

さらにもう少しあとで、がらんと無人になった静かな部屋で。

「もしもし」電話回線の向こうから用心深い声が届いてきた。

「もしもし」とジョーは言った。「おれが誰かわかりますか」

「わたしが思っている男ではありえないな。昔、靴下をたっぷりくれてやった男がいて、その男に声が似ているが――それはありとあらゆる怖ろしいことをしたと非難されている男だった。政府は歩く世界最終戦争（ハルマゲドン）とみなしていたな。政府は人権保護を目的にした法律をあれこれ改正したり、かなり問題のある法律を新しくつくったりした。正直言って、いかがなものかと思ったね。もともとの人権保護法もちゃんと理由があってつくられていたものなんだから。ところで、かなり平凡な感じの刑事があることについて何か知らないかと訊きにきたが、そのことは知っているかね」

「大変申し訳ないと思ってます」

「そうか、やっぱりきみのことだったか。じつにすごいことだね」

「ええまあ。ご迷惑をおかけしたのでなければいいんですが」

「いやいや。ちょっと面白かったよ。刑事には、きみは火を噴き、生肉を食う男だと言ってやったが、それはもう知っているようだった」

「ああ。そうですね」

「それでいったいなぜわたしなどと電話で話しているんだ。いまごろは〈サビニの女たちの掠奪〉（古代ローマの伝説的事件）みたいなことをしているんだと思っていたよ」

「最近ゴルフはどうですか」

「なんという質問だ。わたしがゴルフ嫌いなのを知らないのかね。前から好きじゃないと思っていたが、このごろではゴルフが原因で死ぬんじゃないかと思うくらいだ。メンバーシップのことも面倒だしね。こんなことをきみに話すのは、きみにはほかに心配すべき大きな問題があるだろうと思うからだ。わたしがゴルフをやってるかどうかを調べるなどということよりね。だいいち、きみが何か言っても信じる者はいないと思うが」

「そのとおりです」

「しかしまあ、きみは本当はゴルフのことなど知りたがっていないと思うよ。いまのきみが心配することのようには思えないから」

「ええ。正直に言うと、ちょっとお願いをきいていただけないかと思いまして」

「それはなかなかやりにくいぞ。きみは罪びとだから」

「よくわかります」

「わたしが拒否できない申し出とかいうやつではなかろうね。馬の首をベッドに放りこまれるとか（映画『ゴッドファーザー』でマフィアが馬の首をベッドに入れてあることを強要する場面がある。〝拒否できない申し出〟は同映画で有名になった言葉）」

「昔からあの馬は可哀想だと思ってるんですよね。なんの罪もないんですから」

「ああ。しかしわたしはゴルフ以上に馬が嫌いでね。孫たちがいま馬に夢中になる年頃だが、馬を持つと結婚以上に時間を食われるよ。孫たちのせいで、わたしも気がついたら四頭の馬主になっている。十歳の女の子が自分で馬の世話をするなんてありえないからね」

「なるほど。しかしこれはその種の申し出じゃありません。拒否したければできる申し出です。たぶん拒否されるだろうと予想してるんですが、とにかく訊いてみないとと思いまして」

「どういう頼みごとか聴かせてもらおうかな。中身をよくわかった上で拒否できるように」

「じつは小包をひとつお送りしました」

「ああ、あれはきみからか。嘘と空想のオンパレードだと思ったよ」

「全部本当のことです」

「と、きみは言うわけだが」

「ええ。でもお読みになったんですね。そこが大事な点です」

「うむ。まあ、たしかに蜜蜂のことやら何やらを考えると、政府の発表より空想的だとも言えないね」

「そうです」

「で、わたしに何をしてほしいと」

「飛行機を一機盗みますんで、それを飛ばしていただけないかと」

「絶対にノーだ」

「はい」

「わたしは直接きみに会って断わるつもりだ。どこで会うかね」

「人を迎えにやります」

「会っても返事は絶対ノーだということはわかっているだろうね」

「わかってます」

「拒絶の意思をはっきりさせるために自分の飛行服を持っていくよ」

「はい」

「わたしが飛ばすのを拒否するのはどういう飛行機かね」

「ランカスターにしようと思います」

「いい選択だ。かりにきみの頼みをきくほどわたしがいかれているとしたら、その歴史感覚を評価するだろうな。世界を救うというわけだろう？（ランカスター爆撃機は第二次世界大戦時のイギリス空軍の主力爆撃機で、ナチスから世界を救った）」

「おれはいかれた男なんです。みんなそう言います」

「は。かりにわたしがきみの力になるとしても、そのことには異論を唱えないよ。じゃあ、誰かを駅まで迎えによこしてくれ。わたしはロンドンに出ると必ず迷子になるんだ」


〈パブラム・クラブ〉の屋上で、ジョーはあおむけに寝て、無限の空を眺めていた。自由な精神を持つ犯罪者たちはすでに家に帰り、例の計画が動きだした——ひと口に計画というが、それは千の計画から成っていて、さまざまな犯罪行為が混ざりあい絡みあっている。それを思うとジョーの目には涙がわいた。誰もが少しずつ役目を担っている。ジョー自身もまだこれからやるべきことが残っている。完遂はまだ先だ。時計がチクタク鳴っている。それを頭のなかに聴きながら、フランキーの蜜蜂が小さな羽を震わせながら巣箱に帰っていくところを思い浮かべた。輪が閉じるとき、準備ができるに違いない。あるいは計画の出来がいいかどうかなどどうでもよくなるだろう。計画の出来が悪ければ、行く必要がある場所へはたどり着けない。だが空をずっとずっとずっと見ていると、自分がそんなことを心配していないのがわかった。これからの二十四時間ですること――攻撃、生きるか死ぬかの戦闘――は正しいことだ。自分にできることのなかでベストのものだ。

しばらくすると、アスファルトの上に足音が聴こえた。ポリーの温かい身体が隣に横たわった。もうすぐふたりは起きあがり、移動をして、ギャングの仕事をしなければならない。だが、いまのこの掠めとった時間は、ふたりだけの時間だった。

XVIII

ラヴレイス号、無秩序、最後の対決

十八時間後、丘の地中の洞窟で、ラヴレイス号は不平を漏らすように唸っていた。アーク灯が輝き、影が壁を躍る。ジョーの肩は煤で汚れ、髪はもつれていた。ときどき頭全体を樽に突っこんで水で冷やした。暑すぎる、煙すぎる、息苦しすぎる、金くさすぎる。

だが、完璧だ。

ラスキン主義者たちが――テッド・ショルトに率いられていたころのラスキン主義者たちが――ラヴレイス号の目覚めさせ方をはっきり指示してくれていた。ジョーは手書きの指示書をべつの樽の蓋の上でひろげ、ひとつずつ手順を踏んだ。駆動部を開き、ギアの掃除をしてオイルを差し、不良品を取り替える。皮膚にグリースの臭いがついた。

ジョーは作業をした。何かを冷やすなど間を置かなければならないとき、坐ってフランキーの書いた指示書の、〈理解機関〉のスイッチの切り方を何度も読んだ。読みながら指を予行演習でひくひく動かした。目を閉じて、〈理解機関〉の全体構造を感覚でつかもうとする。フランキーが考案した装置の留め金や受け座にいたるまでの秀逸さ、巣箱の外殻から芯までのリード線とコイルの配線の妙を把握する。それを記憶に刻み、ポリーに頼んでテストしてもらう。正しく答えるとキス、間違えるとしかめ面だった。

捨てられていたレールの切れ端の上で、ジョーは焼けて白っぽい赤に輝く鉄の棒を曲げたり叩きのばしたりした。できあがったものは新しい加減弁操作ハンドルにし、機関士室の床にとりつけられた古いものと交換するのだ。今日ばかりは脆弱な部分があってはいけない。

いま使ったのは〈木目金〉（異なる金属の層を加熱圧着して木目模様をつくる日本の伝統的技法。ただし装飾が目的で金属の強度が増すのかは疑問）の技術だ。ジョーはふいに大声で笑い、その笑い声が狭いスペースに響きわたった。鉄と金でこの加工をして硝酸に浸ければ、鉄は溶けてしまう。精妙きわまりない技術を持つ天才的技術者は、木の葉のように薄い金属片を注意深く折り紙のように折りながら重ねあわせる。網目状になった金は布のように柔軟性を持ち、まるで織られたように見える。

ジョーは新しい加減弁操作ハンドルを洗い、焼き入れをした。それからマニュアルに従って冷まし、とりつけた。機構にはまりこむとき、チャイムのような高い音が短いあいだ響いた。そこでジョーはためらった。

「試運転だ」

ラヴレイス号がまた低く唸った。重い後続車両とはとりあえず切り離されている機関車は、線路の上で軽く動いた。一昼夜近く、ジョーはそのように作業をしたが、疲れなかった。二十年間の睡眠と自信の蓄積が、大切なこのときに力を貸してくれているかのようだった。ラヴレイス号の準備はできた。

ポリーがジョーの首にかじりつき、機関士室に引っぱりこんだ。その床で、ポリーが攻め役のセックスをした。油汚れがポリーの身体にもすべすべと移った。「〈女傑〉だな」と、ことが終わったあとでジョーがつぶやいたのは、ポリーのことか列車のことか、ポリーにはよくわからなかった。ふたりはいっしょに待った。無秩序の夜が始まるのを。

警察と犯罪者の双方が知っていることだが、社会の治安維持は構成員の同意があって初めて可能になる。政府が抑圧的すぎたり、飢えた人たちの経済的欲求が平穏な生活を求める気持ちを上まわったりすると、騒乱をおさめるべき警察官の数は必然的に足りなくなる。だからもし、それをやれば半径三十キロ以内の全警察官が即応してきそうな犯罪をやってのけたいのなら、火山の爆発や民衆蜂起が起きて、勤勉なお巡りさんの全員それにかかりきりになるのを待つのがこつだ。

一方、犯罪者たちの結束がとても固ければ、ひと晩に百件、いや千件の重大犯罪を起こして、しかも大半の者が逮捕を免れることもありうるだろう。そんなことが起きているときには、首相官邸や国会議事堂やバッキンガム宮殿のような国家の存立に不可欠なものとまでは考えられていない施設は、必死に助けを求めても、何時間かのあいだ放置されてしまうかもしれない。とくに中央官庁街が被害にあっていて政治家や高官がそれに気をとられているときはそうだ。

もちろん犯罪者というものは概して利己的で、互いをあまり信用しない傾向があるところから、治安当局はそんな共同作戦はまず起こりえないと考えている。

夜はとても静かで寒かった。ロンドン金融街のチャントリー・ロードでは、大英帝国の繁栄を証しだてる高い建物がみな眠っていた。血と芸術と征服の歴史にサイズだけで張りあおうとする現代風の鋼鉄とガラスのビルも閉ざされて冷たくなっていた。もっとも建物の高い階では明かりがともり、トレーダーやアナリストが、どうせ使う暇のないはずのクリスマスのボーナスをさらに増やそうと躍起になっていた。通りでは一匹のキツネがうろついて、中身がいっぱい詰まったゴミ容器をあさっては物哀しく遠吠えをしていた。

午前零時一分、まぶしい光が弾けて昼間かと思うほど明るく周囲のオフィス街を照らし、〈レイヴンズクロフト・セイヴィングズ&コモディティーズ銀行〉の玄関が破壊された。爆発は不必要に大きく、ビルの前面のシャッターがすべて通りの反対側まで飛び、アストン・マーチンのヴィンテージ車が一台壊れた。キツネは近くの彫刻を飾った公園まで吹き飛ばされて文句たらたらだった。警察が現場に急行した。テロ攻撃であれ強盗であれ、こんな大胆不敵な秩序への挑戦は許せない。

だが警察が駆けつけたとき、誰も盗みを働いていなかった。ただ銀行の入り口が開いているだけだった。

そのとき食料品市場のあるリドリー通り、宝石店街ハットン・ガーデン、高級商店街ボンド街、銀器店街シルヴァー・ヴォールツ、繁華なストランド街、トランクルームの多いアクスブリッジ、ベスナル・グリーンの〈クリスティーズ〉の倉庫で、警報器が鳴りだした。

ロンドンは犯罪で沸きたっていた。

キャロおばさんは大英博物館の金庫をこじ開け中。ディジー・スペンサーはロンドン塔の外で、逃走車のアクセルをいつでも踏める状態。ディジーの本領発揮だ。

テムズ支流のダートフォード・クリークから首都を横切ってスティンズ橋まで、首都とその郊外一帯で警報器とクラクションが響きわたり、電子防犯装置の助けて助けてのわめき声が警察のコールセンターにあふれ返る。メインのセンターは対応しきれず、処理の一部をダンディー支局に回す。それがあらかじめ定められた対応だ。ところがその十分後、オックスフォードシャー州で誰かが電話線を切断した。緊急通報システムは衛星通信に切り替えられた。衛星を盗むことは誰にもできない！

だがビッグ・ダギーの娘の男友達の兄がクラッカー——コンピューター・システムに不正に侵入する達人——だった。そのクラッカーが、スウェーデンに住む衛星へのいたずらが得意なクラッカーを知っていた。衛星は膨大な量のオランダ産ポルノ動画を発信しはじめ、中部大西洋上で操業するロシアの漁業工船の船員たちを喜ばせた。

ピムリコーでは、かなり高齢の男が、自分の住むフラットの三階上に住む、ずっと昔は有名なミュージックホールの歌手だった女性の箪笥から下着を盗もうとしているところを見つかった。女性は通報したが、結局告訴はとりやめて、犯人をお茶に招待した。通報で駆けつけた巡査部長は急いで強盗に襲われた近くの〈ロイズ銀行〉へ移動したが、その前に、下着泥棒の被害者の目がきらきら光っていることに気づくだけの時間の余裕はあった。

消防署は警察の応援に回していた通信オペレーターたちを本来の職場に戻した。その十分後、救急車の通信指令室も同じことをした。それにはもっともな理由があった。異常な混沌のなかでも、火事や病気や怪我といった通常の悲劇も起きるのだから、警察に駆り出されて本来の業務をおろそかにするわけにはいかないのだ。

どの犯罪の現場にも、同じ白いカードと、帽子をかぶった男が離れたところに立っていたという目撃証言が残っていた。その男はハンフリー・ボガートの幽霊のようだったとささやかれ、白いカードにはこう書かれていた。

おまえらは
クレイジー・ジョーに
盗られたんだよ

ロンドン中の、割れガラスのなかから、憤激が花咲いた。**ひどい！　あの男はひどい！**　イギリス人の口やかましい性が噴き出した。**あの男は恥を知るがいい！**

襲撃された銀行の多くは微妙な書類も保管していた。真っ正直とは言えない取引の関係書類。第三世界の労働者や環境に対する非人道的な扱いや、消費者の安全を犠牲にしたコスト削減の証拠となる文書。それらの文書や書類を盗んだ生意気な泥棒は、不要のものとして捨てたり、脅迫という由緒正しい犯罪のネタに使ったりするかわりに、全国紙の編集部やきわめて不適切なウェブサイトの管理人に送りつけた。送られたほうは当然、本来の持ち主に返す前に中身をしっかり見たから必然的にトラブルが発生する。憤激の声はますます高まった。**言語道断！　これはもう革命騒ぎだ！**

クレイジー・ジョーは懲らしめなければならない。よりによって飛来する蜜蜂がイギリス海峡上空で目撃されたいま、こんな混乱を引き起こすとは、無責任にもほどがあるというものだ。人の命が失われるだろう。企業や個人の名誉が毀損されるだろう。

ロンドンは目覚め、おびえ、興奮した。家族はテレビの前に集まり、あるいは無線LANが使えるバーの深夜の客たちはニュースを見ながらあれこれ論じあった。長距離トラックやバスやタクシーの運転手は交通渋滞に悩まされ、ラジオで聴取者参加番組を聴きながらぶつぶつ文句を言った。

もういいかげんにしろ！

冗談じゃないぞ。

　とはいえ、それは犯罪であって、テロリズムではない。戦争ではない。麻薬関係の暴力的犯罪でも、劇物を浴びせる犯罪でも、名誉殺人でも、有名人を襲う犯罪でも、輪姦でもない。暴動でもない。経済崩壊でもない。空に恐るべき宇宙船が現われたわけでも、世界が終わるわけでもない。懐かしい時代のイギリスの犯罪だ。

　時価総額五百万ポンドの宝石を盗むとか、てらてら光るスーツを着た成金からピカソのコレクションをいただくといった類のもの。

　そういうのは品があるじゃないか。

　緑色のタクシー運転手用カフェ（キャブメンズ・シェルター）（もとは辻馬車の御者、現在はタクシー運転手が食事をするための緑色の小屋）で、バス停留所や鉄道の駅で、郵便局で、新聞社の編集室やテレビ局のスタジオで、みんなは、にやにや笑いながらささやきあう。もちろん喜ぶのは不謹慎だ。その手のことを賞賛しちゃいけない。法に反することだから。

　とはいうものの。

　また昔に戻ったみたいな気がするじゃないか。

　鳴り響く電話の音に、ロドニー・ティットホイッスルはオフィスの簡易ベッドから起きあがる。ロンドンが燃えてるぞ、ロドニー。狂気の沙汰だ。これはおまえのしくじりのせいか。そうだという噂があるぞ。まあ、わたしは気にしないがね。判断は保留してやろう。ああ、そうしてやる。おまえはカマーバンドを起こすんだ。もし——そうだな、うん、あの男はわたしの居場所を知っているからな！

　カマーバンドが無許可離隊（AWOL）しているいま——たぶんやつは女どもと派手に遊んでいるのだろうが、もちろんそれについては慎重に調査を始めている——この問題は自分で処理しなければならないだろう。

銀行で起きている問題には気がかりな面がある。シェイマスはなんらかの目的で〈較正器〉を欲しがっているわけだが——もしかしてやつは、いちかばちかの賭けをしようとしているのではないか。武装強盗や貸金庫泥棒の宝くじ的アプローチを。あの男は宗教者だ。宗教者というものは自分の目的を絶対視する。どうもよくない。

シェイマスの考えが間違っていたらどうだろう。テッド・ショルトに問題の装置を持つ権利があるとしたら。ううむ。これは深刻かもしれない。ずっと深刻な問題が生じるかもしれない。だが馬鹿げている。ティットホイッスルは、ブラザー・シェイマスが〈理解機関〉を世界を破滅させるために使わないことに関しては自信がある。シェイマスにじかに保証させたから。自分はあの男の目をしっかり見て判断したのだ。

いずれにせよシェイマスは〈較正器〉を持っていない。だから世界を破滅させられない。持っているなら話はべつだ。あるいはいま盗もうとしているなら。しかしその場合でも……本気で世界を破滅させたがるやつなどいるのか？　原爆が日本に落とされてから六十年以上たつ。アメリカとソ連は核兵器という短剣を抜いた状態で睨みあったが、どちらも意図的にはボタンを押さなかった。うっかり押してすぐそれを無効にしたことは二、三回あったかもしれないが、その気になって押したことはないのだ。

もちろん、非＝国家レベルでは勇猛果敢な怖いもの知らずが大勢いる。いかれたやつがやってしまうかもしれない。

ジョー・スポークが犯罪者だとは一瞬たりとも思わなかった。あれは人畜無害の青年にすぎない。

窓の外で世界が燃えているなか、ティットホイッスルは机上の赤い電話を見た。この盗聴防止電話で連絡を入れるときだ。首相官邸か、内閣府へ。まずは詳しい情報が必要だが、ぐずぐずしている暇はないから、なんとかするしかない。受話器に手を伸ばす。

そのとき、おそらく世界でいちばん嫌いな声が耳に入ってきた。

「やあ、親愛なるロドニー、どうもどうも！　勝手に入ってきてしまったが、きみは気にしないよな。共通の友達がうんといる間柄だから。きみはわたしを覚えているかもしれない。わたしはきみを訴えようとしたからね。大変不躾なことで申し訳なかった……。わたしの名はマーサー・クレイドル、以前は由緒ある〈ノーブルホワイト・クレイドル法律事務所〉の弁護士だったが、いまはスイスの〈エーデルワイス・フェルドベット〉の所属だ。かなり新しい事務所だが、早い段階で名をあげたいと考えていてね。わが事務所にはそういう進取の気風があって、わたしもいまそういう芸風で攻めているんだ。駄洒落のようで申し訳ないがね。まあそういうことなんだ。しかしロドニー、きみには何ができるんだろうね。おっと、電話には触らないでもらおうか。いま街で活躍している諸君が嫌がるかもしれないよ。彼らは意識の高い市民の草の根組織に属していてね。一種の非公式な警察業務を行なっていると言ってもいいんだ。穏やかでない言い方をすればマフィアみたいなものとも呼べるかもしれないが。さてわたしがここに持っているこの書類は、きみが拷問その他の不都合な事柄に関して共犯関係にあることを告発する法的文書なんだ。だからおとなしくわたしの言うとおりにしてもらいたい。わたしたちはひと晩ここで明かすんだ。ここは暖かいし、シェリー酒もあるしね。そして朝になって、われわれみんながまだ生きていたら、書類仕事にとりかかるとしようじゃないか……」

マーサーは冷酷な口調になってあとを続けた。

「きさまは無知なくせに思いあがった了見からとんでもない事態を引き起こしてわれわれみんなを殺しかけ

ているんだ、この大馬鹿野郎め。だからおとなしくそこに坐って、悪さはほかの者に任せておけ。さもないときさまの金玉を瓶詰めにするからな、ロドニー」

カムデン・タウンのかなり瀟洒な司祭館の三階で、ハリエット・スポークは窓の外に響くサイレンのコーラスに耳を傾け、そこに死んだ夫の声を聴きとっていた。部屋にあるラジオは、謎の黄金の蜜蜂がイギリス海峡上空で目撃されたことを伝えていた。ロンドンまであとせいぜい一時間――でも息子がそこをなんとかするはず。きっとうまくやってくれるだろう。何があっても。きっとうまくやってくれる。

ずいぶん久しぶりに、ハリエットは穏やかに眠った。

カマーバンドはスタンステッド空港がぐんぐん遠ざかっていくのを見ていた。がっちりした肩には美しいヘレナが寄りかかって眠り、カマーバンドと故国アルゼンチンの夢を見ている。眼下にひろがっているロンドンは生まれたときから故郷と呼んできたが、去りがたい気持ちなどまるでない。いまはそこでジョー・スポークがやれることをやっている。

カマーバンドはふっと笑い、息を吸って、吐き、吸って、吐く。まもなくファーストクラスの客室は冬眠するセイウチが何頭もいるかのように――セイウチは冬眠するのかどうか、カマーバンドはしないと断言するが――いびきの音で満たされた。

機長が飛来する蜜蜂を避けるため若干迂回すると緊張ぎみに告げたときも、ほとんど身じろぎもしなかった。

ロンドンが狂騒状態にあるとき、ミルトン・キーンズの郊外では地響きがしはじめた。温かいふとんをかけて眠っている地元住民は寝ぼけた頭で遠い地震だろうかといぶかった。深夜に飲んでいてバーから出てきた何人かの酒飲みは、その震動におやっとその方角を向き、上着をぎゅっと身体に引きつけて——風が冷たくなってきたのだ——家路を急いだ。

〈ブレッチリー・パーク〉では、ネオゴシック様式の胸壁と空っぽの朽ちかけたかまぼこ形プレハブがびりびり震えた。長い土地の隆起の入り口が開いている。枕木がぎしぎし軋みはじめた。

大きな黒いものがごろごろ滑り出てきた。しばらくは鈍重に動いていたが、やがて速度をあげはじめた。ロンドンに向かって長くまっすぐ伸びたそれは巨大な影となった。ありえないほど巨大なそれは猛速度で走り、煙を吐き、轟音を立てた。

それが通ったあとの線路は摩擦できれいに磨かれ、銀色にぎらついた。

巨人が大地を横切っていった。

サラ・ライスは、〈ロンドン&シャイアーズ貨物列車システム〉の運行管理員（深夜勤）だ。彼女は温度調節されたオフィスで勤務していた。通勤には車を使った。鉄道の駅に近いところでは家が買えなかったからだ。じつは車を買う余裕も本当はないのだが。

出勤するとき、サラは車の右前輪タイヤが切り裂かれているのに気づいた。そのとき通りかかってタイヤ交換を手伝ってくれた男はとても礼儀正しく、かなり年配で髪の毛はぼさぼさだが、ちょっとセクシーな年配者だった。その男はとても感じがいいので、自分はタムと言い、じつはイギリスでいちばん誤解されている最重要指名手配犯のために働いていると打ち明けたときも、サラはまったく怖いと思わなかった。男はサラにごく簡単なことを頼みたい、それは世界を救うのに必要なことだが、頼みを聴いてくれたらいままで見たことがないほどの大金を進呈しようと言った。男はタイヤ交換の作業をしながらそう申し出た。おそらく男のその無防備な体勢のせいだろう。サラはこの人が自分に危害を加えるはずはないと判断した。兄のピーターにちょっと似ていたことも理由かもしれない。兄は前の年に癌で亡くなったのだ。あるいはまた、そのときみんなが持っていた感じ、何か本当に重大なことが起きているという感じを、サラも持っていたせいかもしれない。

サラはイエスと返事をしたのだった。そして午前一時、いままで押したことのない順番である組み合わせのボタンを押した。路線表示板の上で、クラパム・ジャンクションを通過するホーヴからカマーザンまでのすべての路線で貨物列車が停止したことを示すライトがともり、ロンドン中心部とその先のリッチモンド・アンド・バーンズまでの線路が完全にあいていることを示す緑の線が黒い地の上で光り輝いた。

まもなくサラの駅を、時速二百五十キロほどで何かが通過していった。古い錆びた線路は抗議の声をあげつつも持ちこたえた。サラは人知れず微笑んだ。自分がしたことは、なんであるにせよ、大きなことなのだ。

牛や羊が群れる緑の野。ときおり無人の教会や廃屋となったパブがある。線路のわきには広い道路が走っている。機関車は熱い金属の臭いと、硫黄混じりの石炭が燃える煙をうしろに引きながら駆け抜けていった。

倉庫や学校や商店やレストランやガソリンスタンドのわきを飛ぶように走り、列車はひたすらロンドンをめざした。家々の煉瓦が震え、食器棚のガラスががたがた鳴った。自動車の警報器がわめき、窓がひび割れた。ポリーの家の地下室の誰も寝ていないベッドが衝撃に負けて床に落ちた。

無秩序の夜の闇のなかで、ラヴレイス号は槍のように〈シャロー・ハウス〉に向かっていった。

巨人が大地を横切っていった。

シェム・シェム・ツィエンが砦とする〈シャロー・ハウス〉をラスキン主義者たちがパトロールしていた。機械なのか人間なのか、どちらとも言いにくい連中だ。みな無表情で、冷たい目をしたシェム・シェム・ツィエンの一部が呼吸をし歩きまわっている。意志の力は鮫なみに強い。ものを食べ、戦い、眠る、それらを延々くり返す。そして奉仕する。この者たちは何かより大きなものの一部だ。

ラスキン主義者たちは何かの音を聴いた。靴底にそれを感じとった。空中に溜まる静電気にも。何か大きなもの――いや、巨大なもの。

ラスキン主義者たちは〈シャロー・ハウス〉の敷地内に結集して待った。彼らは怖れていない。自己の感覚がなく、アイデンティティーは集合的なのだ。それそれは自分が不完全であり、鋳型でつくられていることをぼんやり意識している。彼らは群れとして動く。さまざまなおぞましい資質の合成物だ。シェム・シェム・ツィエンの、拷問と死と神学と怒りと憎悪に彩られた永遠の生命を少しずつ分かち持っているのだ。

ラスキン主義者たちは動揺を深め、互いのあいだを縫って歩きまわった。音はますます大きく、近くなる。地面がとどろきはじめた。〈シャロー・ハウス〉からさらにラスキン主義者たちが出てきて、暴力を期待しながら、沸きたつ群れに加わる。それぞれはシェム・シェム・ツィエンの心の異なる一部に駆動されているが、ひとつだけ共通しているのは、自分を生んだ者が持つ殺人嗜好だ。

そしてあらかじめ指定された時刻に、〈トーシャーズ・ビート〉は苛立ちを表明した。巨大な飛沫を立てて、城の濠が爆発した。

緑色の水が白くなり、持ちあがった。水は沸きたち、千々の泡と砕けた。それからまた、きのこ雲のように急激に盛りあがり、荷箱の大きさの巨大なしずくの群れとなって散った。ラスキン主義者たちは身体を損壊され、あるいは死んで、地に伏した。三角形の歯を持つ醜い魚の群れが麻痺し、なかばつぶされて、雨とふりそそいだ。しばらくのあいだ、すべては靄と泡になった。水への圧力がやみ、間欠泉は消え、残った水はごぼごぼ排水孔のなかに流れこんだ。

ラスキン主義者の群れは空になっていく濠を見つめた。予想外のことだった。予想外のことというのは悪いことだ。歓迎されざる事態だ。だができることは何もない。ただ消えていく濠の水を見つめるだけ。そして近づいてくるものを待ち受けるだけだ。

衝突まであと二十秒。加減弁操作ハンドルに手をかけたジョーは、〈シャロー・ハウス〉を取り囲む塀がぐんぐん迫ってくるのを見つめながら、大人になって初めて逃げることなく最後の対決に臨むのだと意識した。もうすぐ、いや、もうすぐの半分の時間で、列車は塀に激突する。かつてのラスキン主義者の技術が——いまの連中ではなくテッド・ショルト時代のラスキン主義者の技術が——この激突を引き起こすのだ。機関車の排障器(カウキャッチャー)は持ちこたえるかどうかわからない。巨大なボイラーが衝突の衝撃に耐えられなければ、途方もない爆発を起こすだろう。だが機関車に乗っている人間にとって爆発の規模は関係ない。どんな爆発でも確実に死ぬからだ。

胸のなかの黄金の大釜で興奮が沸騰した。魂にウィスキーが染みこんだようだった。ジョーはポリーに笑いかけた。ポリーの顔に応答の微笑みと純粋な喜びが浮かんだ。

最高よ。

塀が目の前に巨大に迫った。ぐっと湾曲して、手袋をはめた手のようにラヴレイス号を包みこんでくるように思えた。

衝撃。

轟音でできた沈黙があたりを支配した。

一瞬、すべてが静止した。人間に知覚できる最小限の時間だけ。

ジョーは機関士室のハーネスにぐっと引きとめられた。身体がばらばらになると思った。地面が見え、ついで空が見えた。列車は転覆して爆発すると思われた。生き延びるのは不可能だ。悔いはなかった。あるいは、悔いる暇がなかった。

だがラヴレイス号の設計者はこの列車の使用目的を心得ていた。自分がつくるものは、ただの走る実験室プラス暗号解読室ではない。戦争用の車両だ。戦争が加える破壊的な力に耐えられる必要がある。列車には機関士が不可欠だ。だから機関士は守られなければならない。

ラヴレイス号は塀をぶち抜き、コンクリート片と石とモルタルを飛散させた。客車どうしが圧縮され、互いにめりこみあった。全車両の運動エネルギーが列車の背骨をつたって先頭の機関車に集まった。黒い鉄は分厚く堅固で、はね返った衝撃は連動する緩衝装置や支持材で散らされ、熱と耳を聾(ろう)する音となった。リベットがはね飛び、木のパネルがひび割れた。機関車は絶叫し、蒸気溜めは泣きわめく。

だが、持ちこたえた。

もちろん、持ちこたえた。こういう事態は想定ずみなのだ。

おれと同じように。

ジョーは列車が完全にとまる前から動きはじめていた。機関士室を飛び出して、燃えている芝生の上におりる。この最初の数秒が重要だと、直感が告げていた。最初の戦闘が結果を左右すると。初動でひるめば、それ以後の道は険しく、弾みを失ってしまう。野獣のように唸りながら腰を落とした。人影が、ひょこひょこくねくねしながら、鷺の足どりですばやく近づいてきた。ジョーがふるった鉄パイプが胸にまともにあたり、人影はうしろに飛んだ。ジョーは憤怒の声をあげた。
いまのはイーディーの分だ！　これはテッドの分！　これはビリーとジョイスの分で、これはテスの分だ。まだまだあるぞ。おれの分も。そうだ、おれの分もな！　ジョーは霧のなかを走りながら、歯をむきだし、ラスキン主義者をつぎつぎに殴り倒した。ラスキン主義者たちが自分のまわりに集まりだしたのを感じると、大破した列車のほうへ引き返した。ゴムが燃える悪臭がカーテンをつくっていた。金属の手や剣が背後できらきら光っていた。

ジョーはすでに、大きな足を静かに運んで、その場を去っていた。

ジョーの背後で、ラヴレイス号からクレイジー・ジョーを頭にいただく正義の小軍団がおりてきた。強盗やスリやかっぱらいの一群で、今日一日、はなばなしい英雄的活躍ができることを喜んでいた。引退したボクサーに身元の怪しげなボディーガード、バーの用心棒にしてときどき殺し屋。正々堂々、思いきり戦えるとあって心は高揚している。今日のひと暴れで長年の憂さを晴らすのだ。そのうしろからは高い建物をのぼって侵入する泥棒たちと金庫破り。その背後には〈葬儀業連盟〉の部隊が控えている。十数人のお悔やみ顔の、棺をかつぐことから肩ががっちりしている男たちが助っ人で駆けつけていた。もっともただの戦闘部隊ではなく解体作業隊だが。

機関車が吠え、唸った。その腹のなかで火はまだ燃えつづけ、蒸気が溜まりつづけていた。蒸気はほかに行き場がない。安全バルブはふさがれ、金具が曲がってそれを固定している。自動安全装置がひとつずつ作動するが、有能な者の手によってひとつずつ丁寧に解除される。

霧のなかで、ポリーはジョーが敵をあざわらう声を聴いた。ジョーのコートと帽子が見えた。コートは敵を挑発し誘いこむかのようにはためいていた。ジョーが踊って踏むステップが感じとれた。そのリズムはジョーの上機嫌を表わしていた。

ポリーはジョーが迅速に行動してくれればいいがと願った。あまり愉しみすぎて計画を忘れるのは困る。

ポリーは両手をあげて合図をした。肩にかけたバッグのなかで、バスチョンが鼻息を吹いた。

解体作業隊が戦闘の場からそっと離れた。

ジョーは煙のなかで笑った。昔の悪漢のようにハンカチで鼻と口を覆って笑った。長い金属の槍が突き出されてきた。それをやりすごし、ぐいとつかむ。そしてすばやく後退する。ラスキン主義者たちをうまく引きつけた。彼らはすぐうしろにいる。ジョーは自分がいる位置を確かめた。よし。よし。そうだ。そうだ。そうだ。さくさくと進んでいる。

ジョーは少しずつラスキン主義者たちを唸り声をあげている機関車のほうへ引きつけた。一瞬、これをやり抜くべきかどうか迷う。この連中だって人間だ。本物の人間だ。改造されて狂わされているとはいえ。その人間たちが死ぬのだ。だがジョーはポリーのことを思い出した。マーサーのことも。今夜の作戦が失敗すれば破滅してしまう世界全体のことも思い出した。それから、こいつらはおれを拷問した連中だ、と考えた。**なら、かまうものか。**

ジョーはまた笑った。大声で笑った。ラスキン主義者たちが追いかけてくる音を聴いた。機関車のステップに飛びのり、機関士室を横切って反対側に出て、ポリーたちと合流した。ジョーは自分の歩数を数えた。一二三四五六……二十……三十……。

金属と金属が打ちあたる音がかんかん聴こえた。人間にして機械のラスキン主義者たち。ジョーを捜しているのだ。ラヴレイス号がまたうめいた。機関車は熱くなりすぎ、蒸気が充満しすぎ、いっぱいいっぱいだ。

ジョーはスライディングしながら身体の向きを変えた。そしてふたつの低い塀のあいだの溝に入り、怒りの蒸気が鬱積している機関車に父親のトミー・ガンを向けて、引き金を引いた。

バンバンバン。もひとつ、バン。

夜が白とオレンジ色に染まり、世界は轟音で満たされた。

ジョーは轟音の意味をこのとき初めて知った。破片がびゅんと音を立てて頭上を飛びすぎた。車輪の断片がひとつ、彫像に刺さる。ジョーはあおむけに寝て笑ったが、自分の声は聴こえなかった。だが、少なくともここにいるラスキン主義者は全滅した。起きあがって、爆発が起きた場所を見た。

ぽっかりあいた黒いクレーターから蒸気と煙が立ちのぼっていた。まわりには人の身体が散らばり、声ひとつ立てなかった。

ジョーは罪悪感を呑みこみ、かわりに誇りが鋭く迸るのを覚えた。戦いの満足が胸のなかでふくらむに任せた。

トミー・ガンを革紐で肩にかけ、仲間たちを集めて指令を出した。解体作業隊が死んだラスキン主義者たちから衣をはぎとる。一同は〈シャロー・ハウス〉に入っていった。

昔々、これはすばらしい邸宅だったに違いない。大理石の床と柱、〈エンパイア・ルーム〉や〈ロード・ビーヴァーブルック・ホテル〉や〈レディー・ハミルトン・アパートメンツ〉にあるような大きな窓。

だがいまはもう違っていた。抜け殻のなかにべつのものが巣食っていた。虫に内側から肉を食われて殻だけになってしまった蟹のようだった。

ガラスのドーム屋根から見おろす〈シャロー・ハウス〉の内部は、壁が全部とり払われて、大聖堂の内部のような広い空間になっていた。ところどころに煉瓦の柱が残ってむきだしの鉄の梁を支え、壁紙がはがれて垂れさがっている。舞踏室の残骸の壁には黒いケーブルが蛇のように這っていた。フレスコ画が描かれた壁はドリルの穴がいくつも開けられ、彫像はどれも砕かれたり切られたりして、ひとつの壁ぎわへ寄せられていた。ジョーの口にはラヴレイス号の煙の臭いが残っているが、それにも負けず、絶縁テープの焼けた臭いが舌の奥にえぐい味となって感じられた。床の中央には深い深い穴があいていた。

もちろんそうだろう。すべてアデー・シッキムの宮殿と同じでなければならないのだ。シェム・シェム・ツィエンは前世紀から戦いを続け、イーディー・バニスターとその恋人のフランキー、エイベル・ジャスミン、テッド・ショルトに勝ったが、そうした敵がみんな死んだことが重要なのではなかった。重要なのは自分が勝つこと、そして自分が勝ちつづけるのを見ることだった。

穴のなかからは呼吸音のようなものが聴こえてきた。それに気づくと同時に、ドーム屋根にいるジョーは、どこか遠くのほうから、十万の羽がはばたく低い奇妙な音が届いてくるのを聴きつけた。

蜜蜂の群れがやってくるのだ。

穴までの通り道にはパイプや電子機器が並んでいた。シェム・シェム・ツィエンの〈理解機関〉の設置のしかたは、フランキーが設置していたときのすっきりした感じと人間味が欠けていた。蜜蜂の巣というメタフォリックな形を持たず、非人間的な産業技術の雰囲気をかもしだしており、敵国を焼き払うことを念頭に置いたミサイルの発射基地を思わせる。それはすべてを何かの手段とみなす、人の心を持たない施設だった。

ジョーたちは〈シャロー・ハウス〉の最も深い内陣へと進んでいった。穴は古い石の床にうがたれていた。食料庫などの地下室は床の直下につくられているが、穴の底はそれよりずっと下で、ドーム屋根の高さに充分匹敵する、めまいを誘う六十メートルの深さがあった。穴へおりるには、ベイリー橋（第二次世界大戦時にヨーロッパで使われた仮設橋）を思わせる、木材を組んでロープで縛った即席の階段をつたっていく。その階段にはケーブルの束が巻きつけられたり垂らされたりして、さながら森の木を窮屈に締めつける蔓草のようだった。

ジョーは穴をのぞきこんだ。ケーブルの蔓草には、かかしが何体もひっかかっている。いや――違う。もちろん、かかしではない。シェム・シェム・ツィエンの城に、ニコニコ顔を描いた蕪の形の顔を持ちパジャマに藁を詰めた人形などあるはずがない。あれは本物の人間だ。保守管理や警備を担当する者たちや実験室のスタッフの死体が、ぼろ人形のように吊るされているのだ。死んでからまだ一日たっていない死体だ。シェム・シェム・ツィエンはその死体たちを神へのメッセンジャーにするつもりなのだろう。訪問を予告するカードだ。あるいはあの人たちはシェム・シェム・ツィエンの邪魔になったのかもしれない。あるいは殺されたことに理由はないのかも。イーディーの話では、シェム・シェム・ツィエンは何かをするのに理由を必要としない。なんでもやりたいことをやる。しばしばそれは血まみれの残虐行為だ。

ジョーは怒りで顔がこわばるのを感じた。手で顔の筋肉をほぐした。残虐行為を求める心を分かち持ってもしかたがない。

バスチョンがポリーの抱えたバッグから脱け出して走りだした。見えない目で敵を捜す。暗闇の奥に電気の光が点滅した。深海でひらめく雷のように。

ジョーは機関銃を抱えて闇のなかへおりていった。階段は途中で何度も折り返したが、どの踊り場にも死体があって虫をたからせていた。階段はぐらぐら揺れた。何人もがあとに続いておりてくるせいだ。ジョーは身体を支えようと手すりに手を伸ばす。ポリーがその手をつかんで、ジョーをきっと睨んだ。

「馬鹿！　頭を使いなさい！　よく見るのよ！」

ポリーは手すりを指さした。濡れた感じの表面にきらきら光が散っていた。ジョーはよく見た。ガラスの破片が植えてあり、マジパンのような匂いがする。

「なんの匂いだろう」

「たぶん青酸。その手のものに決まってるじゃない」

味方の腕力要員がひとり、手すりで怪我をした。二番目の踊り場でくずおれ、息を詰まらせた。仲間が助けようとしたとき、踊り場の床がふたつに割れて、ふたりは電流を流したネットの上に落ちた。

ジョーは声を殺して毒づいた。だが「気をつけろ」と指令を飛ばすことはしなかった。みんな馬鹿ではない。怒りに燃えたつわものたちで、馬鹿ではないのだ。

階段をおりきったところには広い部屋があった。〈トーシャーズ・ビート〉の広い地下空間とワインセラーと地下墓地を合わせたような空間だ。セント・ポール大聖堂のドーム屋根の下にいるように、上の階やドーム屋根から来る音が壁に反射して低くささやくような音でこもっている。音はさらに空からもやってきた。近づいてくる蜜蜂の群れが切れ目なく唸りつづけ、何局もの電波が混信するラジオの雑音のように響いていた。

シェム・シェム・ツィエンは機械に囲まれた大きな錬鉄の王座に坐り、ジョーたちが来るのを待ち構えていた。ウィスティシールから運ばれてきた蜜蜂の巣箱がこのスペースの中央に据えられていた。巣箱はふたつに切られ、ケーブルが何本もつながれ、内部の機構に手が加えられていた。黒い電気コードが何本も出ていて、巨大なコンピューターに接続され、そこからコードが出てべつの装置につながれている。どこか見覚えのある装置だ。〈ハッピー・エイカーズ〉の教化室にあったものに似ているが、あれよりもっと大きい。これはたぶん〈記録される男〉の記録保存庫だ。

その周囲にはフランキーの古い風変わりな形の装置が並び、光を点滅させている。また死体がいくつか横たわり、電気ショックで焼かれた名残でしゅうしゅう音を立てていた。

ジョーが階段から床におりると、シェム・シェム・ツィエンはにんまり笑い、右側にあるレバーを押した。周囲の装置がどれも震えながら湯気を噴き出しはじめた。蜜蜂の巣箱はかん高い音を立てた。

「やあ、ミスター・スポーク」とシェム・シェム・ツィエンは言った。

「ヴォーン」

「いやいや、その呼び名は勘弁してくれ……。しかし遅かったじゃないか。もう全部終わったぞ。〈理解機関〉はこれからわたしに真実を示してくれる。わたしは神になるんだ」

「そしてみんな死ぬんだ。おまえも含めて。おまえはひとりの個人であることをやめる。おまえはただの……」ただのコピーになるのだ。無限に反復されるパターンに。

シェム・シェム・ツィエンは両手をひろげた。「わかるか。わたしこそが未来だ。それはおまえには想像もつかないほど真実なんだ。世界が〈理解機関〉によって変化するとき、わたしはおまえたち全員をわたし自身の意識で祝福してやる。〈較正器〉があれば、わたしは〈理解機関〉を伝達機として使うことができる。わたしのラスキン主義者たちと同じように、おまえたちはわたしの意識の隅々まで知ることになるんだ。そしてしだいにおまえたちはわたしになる。わたしはみんなになり、すべてになる、永久に。わたしの知覚が唯一の知覚になる。わたしの意識が、唯一の意識になる。おまえの意識は、ミスター・スポーク、私の一部になるんだ。

わたしは神になる。とめようとしてももう遅い。とっくの昔から遅すぎたんだ」

ジョーは肩をすくめた。「遅すぎるんなら、おれたちはこうして話してなんかいないだろうよ」

ふいに、はっきりと、それが真実だとわかった。そしてそれの意味するところに気づいた。〈理解機関〉が作動しているのだ。フランキーの言う、第一段階だ。彼女が望んだ状態だ。それはまだ安全なのだが、じきに変化するのだ。

意識の隅で、それを確信させる音がこだまのように響いた。

上を見あげると、蜜蜂の群れが滝水のようになだれ落ちてきた。美しい、唖然とさせる眺めだった。そしてすべてが変わった。

シェム・シェム・ツィエンが指令を発すると、闇のなかから男たちが現われた。ひと目で鍛え抜かれた兵士たちだとわかり、チームワークもよかった。麻薬漬け兵士(ドラッグ・ソルジャーズ)かもしれない。あるいは傭兵か。**傭兵**。ジョーはそう考えた瞬間、それが正しいことを感じとった。

蜜蜂の群れがおりてきて空中を満たした。蜜蜂がロンドン中を覆っていることもジョーは知っている。ふくれあがる恐怖とともに、これから起きることが途方もなく悪いことであるのが理解できた。

シェム・シェム・ツィエンが笑っていた。ジョーは頭のなかでシェム・シェム・ツィエンという名前の輪郭をさぐってみたが、いま可能な理解には限界があるようだった。仇敵シェム・シェム・ツィエンとは本当は何者なのか、と考えても、何もわからなかった。それならこれは間違った問いなのだろう。真か偽かの答えが出るほど正確に立てられてはいないのだ。だがまもなくそんなことは問題でなくなる。問いを構成する言葉の意味が再定義されて、問いがまったく存在しなくなるだろう。

注釈による死が訪れるのだ。

戦闘が始まった。熾烈な戦いだった。優雅な蹴りや巧妙なフェイントなどのないストリートファイトだ。発せられる音と声は陰惨きわまりない。うめき、引き裂く音、叫び、激突音。斬る音、砕く音。〈理解機関〉が間近にあるので、双方とも銃の使用は控えた。手と足と古風な武器で、傭兵が戦いをしかけ、ジョーの側の暴力担当員たちが反撃した。

蜜蜂の群れがおりてきて、ぶんぶん羽音を立てる混沌とした雲となると、ふいにあたりの情景が光沢を帯びた。それぞれの人間の生命、来歴が、くっきりリアルに浮かびあがり、内面から理解された。フランキーはこの瞬間に戦争が永遠に不可能になると考えていたのではないか、とジョーは思った。毒ガス兵器や原爆を机上で考案した科学者も希望を抱いたに違いないのだ。こういう使用できない兵器をつくってしまえば、人類は戦争などまったく無意味だと心底から理解するだろうと。

戦いは続いた。よりいっそう苛烈に。

黄金の蜜蜂が縦横に乱れ飛ぶなか、手を加えられた〈理解機関〉はなおも作動を続け、示す真実はさらに完璧になっていくようだった。もうまもなくすべてが手遅れになるに違いない。ただちにジョーは手遅れになるまでの正確な時間を感じとった。それは分や秒の単位ではなく原子時計の精度でわかった。だが分でいうなら、そう、終わりまで五分もなかった。

ジョーは乱雑に動きまわって戦う敵兵のあいだを突進し、シェム・シェム・ツィエンの姿を求めた。敵兵の顔に拳を叩きこみ、反撃のパンチをかわし、敵兵を倒して踏みつけながら笑った。笑ったのは、自分の勝利が、敵兵たちの動きのなかに事前に見えたからだ。戦い進みながら、自分がどこに向かっているか、どこに向かう必要があるか、正確に把握していた。一瞬、あまりに多くの敵兵に囲まれすぎた。さすがのジョーもこれは多い。が、そのとき敵兵のひとりがぎゃっと叫び、脚を両手でつかんだ。バスチョンの一本歯にふくらはぎの肉を咬みちぎられたのだ。ジョーはそれによって生まれたすきまをくぐり、ジグザグに進み、戦いながら後退した。バスチョンはさらに敵兵のあいだに突進していく。その進路は悲鳴や罵りの声で知れた。

ジョーは狂気じみた笑いをはなった。両腕をひろげて前に飛び出し、敵兵数人をなぎ倒す。床の上を転がってそのあいだをすり抜け、また立ちあがった。足をつかみにきた手を思いきり踏みつけると、罵りの声とともに手は引っこんだ。ジョーの通る道には乱闘の波が起きたが、足どりは完璧に確かで、両手は力に満ちていた。ジョーは敵の攻撃のパターンを理解し、自分のめざす先を覚知した。それがぐんぐん近づいてくるのが感じとれた。それから、混乱の渦巻きのど真ん中で、ふたりは向きあっていた。

シェム・シェム・ツィエンとジョーは力量のバランスが完璧にとれていた。このふたりが支点だ。ここで起きることがすべてを決定する。

ふたりともそれが真実であることを知っていた。シェム・シェム・ツィエンは片手をあげて制した。ジョーも同じことをした。

それから一種の静けさが訪れた。負傷した者たちがうめいているにもかかわらず。

部屋の周縁部の暗がりから、ラスキン主義者たちが現われた。衣は破れ、煙を立てている。シェム・シェム・ツィエンは得意げな笑みを浮かべた。「きみがここへ来てくれたことは本当に嬉しいよ、ジョー・スポーク。わたしは敵が滅ぼされるのを見たあと、神になれるんだ」

ジョーは返事をせず、じっと待った。

ラスキン主義者たちがベールを垂らしたフードを脱いで、顔をあらわにした。サイモン・アレンを始めとする〈葬儀業連盟〉の面々だった。シェム・シェム・ツィエンはめんくらった。が、すぐに大きく笑み崩れた。「おまえは葬儀業者の諸君を見つけたんだな！

そして意表をつくゲストとして登場させたんだな！　おお、ジョー、じつにみごとだ。こんなことをするとヴォーンが甦るかもしれないとは思わなかったのか。おぞましい葬儀屋どもに怖れをなしたわたしのなかから、埋もれていた古い魂が飛び出してくるかもしれないと。わたし自身の頭のなかで主導権争いが起きて、それがすばらしい結果を生むかもしれないと。思ったんだな！　ちょっとわたしにこの甘美な瞬間を味わわせてくれ。じつにすばらしい。それと心配するな、サイモン。すぐにおまえの相手もしてやるからな。

なあミスター・スポーク、わかるかな。わたしは心からそう思うんだが、もし状況が違っていたら、おまえとわたしは――」

ジョーはため息をついた。「よく喋る男だ」首をぐるんと回して帽子を脱いで床に放り、憤怒と憎悪の叫びをほとばしらせて、飛びかかろうと……。

だがもちろん、飛びかかりはしなかった。その動きを始めた瞬間、そのまま いけば何が起こるかが誤りなくわかったからだ。ジョーは自分の頭のなかで〈理解機関〉が働いているのを感じとれた。行動とその結果が、あらゆる角度から、内的に、完璧に、覚知できた。

ジョーが飛びかかり、大きな手でつかみかかる。シェム・シェム・ツィエンはジョーを受けとめ、ともに倒れて、ごろごろ転がる。ジョーは敵の耳の一部を噛みちぎる。シェム・シェム・ツィエンはジョーの指を二本折る。ふたりは互いを引き裂きあう。技量も凶暴性も互角。したがって押し引きをくり返す。いつまでも、いつまでも。しまいには突然、何も起こらなくなる。世界が停止する。終了。

ジョーが動きをとめたのを見、ジョーと同じような形で同じ事象の連なりを覚知したシェム・シェム・ツィエンは、笑い声をあげ、前に進み出て、細身の剣をふりかぶり、そこで動きをとめた。

シェム・シェム・ツィエンが剣で突く。ジョーは身をひねってよける。剣が腰に一本の線を引く。ジョーは機関銃を持ちあげて発砲する。弾丸がシェム・シェム・ツィエンの腕に突き刺さる。ふたりは近づく。

「大変気の毒だが、ヴォーン、そろそろ潮時だ」

サイモン・アレンはシェム・シェム・ツィエンとの距離をあっというまに詰めて、まるで飛んだように見えた。ヴォーンの真後ろに立ち、力の強い両腕を前に伸ばす。左腕をヴォーンの喉に巻きつけ、手で反対側の腕の肘をつかむ。レスリングのロックだ。サイモンは右手でヴォーンの頭をゆっくり、ゆっくり、前へ倒していく。やがて首の骨が折れ、脊髄が切れた。

ヴォーン・パリーは死んだ。

シェム・シェム・ツィエンは身をひるがえし、拳銃を抜いて、サイモン・アレンを撃った。アレンは叫び声をあげ、倒れて、わき腹を両手で押さえる。生き延びるかもしれない。死ぬかもしれない。それは決定していない。いまはまだ。

シェム・シェム・ツィエンは拳銃を手に、ジョーへ向き直った。ジョーはトミー・ガンを構えて両足を踏んばった。

「撃てよ。どうなるか見てみようぜ」

シェム・シェム・ツィエンはジョーを見つめる。

さらに見つめる。

シェム・シェム・ツィエンには答えがわからない。

一瞬、美男俳優の顔にパニックがよぎる。すぐに抑えこんだので、見過ごしてもおかしくなかった。見ても、それがなんであるかわからない可能性もあった。ただしそれを予期していた者はべつだが。

「おまえは自分で物事を決定していきたい人間だろう」とジョーは小声で言った。「ギャンブルは好きじゃないだろう。おまえは信仰を持たない。だから神に対して、自分に話しかけてくるよう強制したがる。死をコントロールできないから、人を殺す。自分が死神になれば、死なないかもしれないから。でもひょっとしたら自分も死人になるかもしれない……」ジョーは歯をむきだして狼のように微笑んだ。「さぞかし腹が立つだろうな。おれの機関銃を見て、かりに自分のほうが先に銃を撃っておれを殺しても、おれもこれを撃つのがわかっている。そしてこの機関銃がおまえを殺すかどうかをコントロールするすべはない。おれたちのどちらかが死ぬ。もしかしたら両方かもしれない。それは前もって知ることができないんだ」

「双方手詰まりだ」シェム・シェム・ツィエンはぶっきらぼうに言った。「べつにかまわない。時間はわたしの味方だ」

ポリーの笑いが歌声のように響いた。怖れのない、澄んだ声だった。「それは全然違う」ポリーはそう言って、葬儀業者のあいだから前に出ていき、ジョーの肩に手をかけた。「さあ撃つのよ、ジョー。大丈夫。やるべきことをやって」

ジョーは今夜の戦いで、すでに人を殺しているかもしれなかった。ラヴレイス号の爆発で死んだ半分機械のようなラスキン主義者たちも、もとの人間に戻れたかもしれない人たちだった。格闘で怪我を負わせた者たちも、それがもとでもう死んだかもしれない。ジョーは、そもそもの出発点において人殺しではなかった。処刑人でも、暗殺者でもなかった。しかしいま、ここでひるんだり、ためらったりすれば、世界は終わる。ふたりを分ける隔たりの向こうに立つシェム・シェム・ツィエンを見ると、自分がこれから言うことを、すでにシェム・シェム・ツィエンも知っていることがわかる。それでもジョーは、言った。〈理解機関〉や蜜蜂の群れなど外部のものから来る確信ではなく、自分の内側から高まってくる確信をもって、言った。ポリーがわきにいるいま、そうすることを選ぶのは容易だった。ジョーはシェム・シェム・ツィエンに視線を据えた。

「おまえはおれの家を奪い、おれの友人たちを殺した。おれを二度も拷問して殺しかけた。おれの祖母を苦しめた。おまえはおれへの恨みからポリーを殺そうとした。おまえはそうすることが愉しいから、美しいものを壊した」

シェム・シェム・ツィエンは返答するために口を開いた。

トミー・ガンが白い銃火を吐いた。

クレイジー・ジョーは引き金を引きつづけて雷鳴をとどろかせた。肩の力で機関銃のはねあがりを抑え、胸で狙いを標的に据えておく。銃身を左右に小さくふりながら、シェム・シェム・ツィエンが立っているスペースに銃弾を注ぎこむ。頬を何かが刺し、コートを何かが裂くのを感じた。どちらの何かも弾丸だとわかったが、気にしなかった。ギャングの機関銃にやりたい放題やらせて、弾倉が空になるまで撃ち、敵をこの世界から消し去ろうとした。銃が空撃ちしたとき、ジョーは必要なら銃の床尾で相手を粉砕しようと、硝煙のなかを突き進んだ。シャツが血で染まり、耳たぶが片方ちぎられてひりついていた。何発か銃弾を受けたのだ。顔に鈍い痛みの通り道があり、腕も痛んだ。撃たれたが、殺されはしなかった。

硝煙ごしに、シェム・シェム・ツィエンの口が侮蔑にゆがんでいるのが見えた――その冷笑は、バスチョンが痛そうに足を引きながら前に出ていき、面と向かって咆哮で応じたときさっと消えた。ジョーにはシェム・シェム・ツィエンの困惑が――自分の内面からの確信をともなって――見え、感じられた。体高二十数センチのパグ犬が、どうして神と、まっすぐ目と目を合わせて対峙できるのか。こんなときに誰かがおかしないたずらをしているのか。小犬が竹馬で歩かされているとか。ワイヤーロープで吊られているとか。

そうではなく、シェム・シェム・ツィエンの頭が、身体の一メートルほど後方に落ちているのだった。トミー・ガンが発射した銃弾が、剣のように首を切断したのだ。

ジョーは理解した。〈理解機関〉のおかげか、かすんでいく目で見てとったか。あるいは肉と骨に食いこんだ小石の感触で感じとったか。シェム・シェム・ツィエンの目は恐怖の色を浮かべて大きく見開かれていた。口が開いた。何か話そうとするように。

だが、それで終わりだった。

ジョーはなお数秒待って、敵が死んだのを確かめた。それからシェム・シェム・ツィエンの首のわきを通って、世界を呑みこもうとしている装置のほうへ足を運んだ。


蜜蜂の巣箱は唸り、黒いケーブルはぶうんと音を立てていた。蜜蜂は空中にいたが、前よりいっそう完璧な螺旋模様を描く網目のようになって飛びまわっていた。だんだん蜜蜂というより、重なりあって回転する歯車の群れのように見えてくる。残り時間はあとどれくらいだろう、とジョーは思う。

もうほとんどないはずだ。二分か。あるいはそれ以下。

ジョーは潮に運ばれるようにして〈理解機関〉のほうへ足を向けた。ぐっと引っぱられ、ぶたれたかと思うと、ふいに嵐の目のなかにいた。安心を与えてくれる確信は消えた。ここまで近づくと、〈理解機関〉の効果はむしろ弱かった。ジョーは自分が失敗したときの未来をちらりと見た。そこでは自分が地球上でただひとつの生命体になっていた。いや、宇宙でただひとつの生命体に。

ジョーはひざまずき、蜜蜂の巣箱を見た。前面のカバーはなくなっていた。覗き窓の形が変わっている。これは前に見たときの外観と同じではない。

何をしていいか、わからなかった。

それから、手が自然と動いた。ジョーのなかの、不安も危険も周囲の破壊的状況も知らない、言葉を使わない部分が、装置の形とやるべき作業を知っていた。シェム・シェム・ツィエンは装置の芸術的要素を台無しにしていた。それは愚劣で醜悪なことだったが、装置の概要は前と同じだった。これを回す。つぎはこれ。それから、すばやく、このふたつのスイッチを入れる。

プレートが一枚はずれ、内部が見えた。

ジョーは首をめぐらして周囲を見た。あたりは恐怖に包まれ、強靭な肉体と精神を持った男女が泣いていた。ポリーを見つけた。ポリーの顔は行動を促していた。**あと一分ほどよ。ジョー、早く。**まだやることがたくさん残っている。逃げることはできない。

愛してるよ。

お願い、早く。

ジョーはぐいっと顔を戻して装置に向き直った。それは裏切り行為のように感じられた。もし自分が失敗して、自分もポリーも死ぬなら、それが起こるときはポリーを見ているべきなのだ。

だから、ポリーから視線をはずす以上は、失敗はできない。ジョーのなかのギャングが足を踏んばった。ジョーのなかの職人が腕まくりをした。

〈理解機関〉の中心部、装置を作動させるスイッチの周囲に、金庫のダイヤルのようなものがついている。ダイヤルに刻まれているのは数字ではなく、文字だ。

O、P、E、J、A、H、U、S

フランキーの指示書には答えが載っていない。この暗号ダイヤルは最後の瞬間につけ加えられたのだろう。つけ加えたのはもちろんフランキー。こういうのは彼女のスタイルだ……。しかしなぜつけ加えた？　ポイントはなんだ。

これの本質はなんだ。

真実？　この文字で〝真実〟を意味する言葉がつくれるか。ギリシャ語で？　フランス語で？

手を宙にさまよわせ、また引っこめる。違う。

いつ、これをつけ加えたのか。

遅い段階で。とても遅い段階で。しかしテッド・ショルトが〈管理者〉だったころだ。マシューが大人になる前か。イーディーと別れたあとか。あった。〝FF、1974〟（FFはフランキー・フォソワイユール）と金属に刻まれている。それとアヒルの足の紋章が。装置を守るための最後の安全対策。装置をとめないための。スイッチを切ろうとする者に抗って真実を保持するための。

なぜだ。彼女は何を守ろうとしているんだ。自分自身をか。世界をか。

背後では、みんながひざまずいていた。祈っているのではなく、おもに疲労のせいだった。いままでさんざん叫び声をあげてきた彼らだが、いまは待っている。あと何十秒かを。

この装置が〈エンジェルメイカー〉だ。それはなんのためにつくられたのか。結局のところ、フランキーの心のなかには何があったのか。誰がいたのか。

それはわかっている。

イーディーだ。

ダニエルだ。

マシューだ。

そしてマシューの息子だ。一九七四年生まれの。フランキーは病院へ来ただろうか、とジョーは考える。ひとりでやってきて、ガラスごしに孫を見ただろうか。

ジョーはダイヤルを見た。文字のなかには自分の名前（Joshua=ジョシュア）が含まれていた。ジョーは〈理解機関〉のスイッチを切った。

頭上では、蜜蜂の群れがはげしい渦巻き飛行をとめた。蜜蜂の雲は秩序正しい動きになり、ついで沈静し、やがて床におりて、整然とした列をつくって巣箱に戻りはじめた。そしてもしフランキーの言葉が信用できるなら――ジョーとしては信用するしかないわけだが――世界中で同じことが起きているはずだった。

ジョーは指示書に書かれた手順を最後まで踏んだ。最後の信号が発信され、ほかの巣箱はすべて燃えて蜜蜂は全滅した。残ったのはここにある巣箱だけだった。

電源を切り、〈較正器〉をはずし、〈本〉をとり去った。

ふたつの器具を同時に手にしたのは初めてだった。危険なものであるにしては、ひどく軽く、小さかった。ジョーはそれらをコートのポケットに入れた。

ジョーは床に放り出してあった大ハンマーをとりあげた。何列にも並んだ磁気テープや映画フィルム、書物、レコード、写真の山を眺める。それらはシェム・シェム・ツィエンのおぞましい生涯の記録だ。ふたたび復活する可能性を秘めたこれらの記録は、〈記録される男〉の情報の完全なオリジナル・コピーだ。〈ハッピー・エイカーズ〉で破壊された記録は不完全なものだったに違いない。シェム・シェム・ツィエンは完全な記録を自分の手の届かないところには置かなかったはずだ。第二のシェム・シェム・ツィエンがつくられる惧れがあるから。

そんなことはジョーも是認できない。

大ハンマーをふりかぶり、打ちおろした。

作業にはずいぶん時間がかかった。あっというまだったとも言えるが。肩が痛み、背中が悲鳴をあげた。記録物を何度も何度も大ハンマーで叩き、両手で引き裂いた。木などの破片で手が傷ついて、血が出た。疲れてくると、死んだ人たちのことや、ポリーが最後の瞬間に恐怖を味わったことを思い出して、馬力をかけた。いろいろな記憶や思いを総動員して作業を続けた。

やがて壊せるだけの大きさのものがなくなった。ジョーは残骸を山に積み、メインの電源ケーブルを突っこんだ。テープはぱちぱち弾け、セルロイドはめらめら燃えた。火の勢いが安定すると、ジョーはシェム・シェム・ツィエンの死体を持ちあげ、炎のなかへ投げこんだ。

後日

XIX

ジョーは世界にふたつとない派手な逮捕のされ方をした。〈シャロー・ハウス〉の前に立ち、警察車両のサーチライトやテレビ取材班のライトで顔を輝かせながら、父親譲りの機関銃を砂利の上に横たえた。機関銃はごく慎重に置いた。警察特殊部隊〈CO19〉、海兵隊、陸軍特殊空挺部隊、さらには小規模な近衛騎兵隊部隊が、いつでも射殺できる構えでジョーを取り囲んでいるからだ。

クレイジー・ジョーの背後には、少人数の正義感に燃える犯罪者集団が、威厳をもって控えていたが、彼らも同じように武器を置いた。周囲の何百挺もの自動小銃は、凶悪なガチョウの大群のように長い首をいっせいに動かしながら、銃口のまん丸な目で犯罪者集団を注視した。

だが優先順位の問題がある。ジョーがあまりにも多くの法を破ったので、ひと悶着起きているのだ。警官隊のなかに、官僚機構に属する男女が交じって、うちが先だ、いやうちがと争っていた。丁寧な口調に毒をしこんで、相手の能力の問題をあげつらいつつ行なわれる争いだった。そのあいだ、ガチョウの首のような銃口はぴくりとも動かず容疑者集団に突きつけられていた。ジョーはそれを理解できる対応だと納得した。

やがて役人たちの縄張り争いの巨大な渦の端のほうから、この場を仕切りにかかる者が登場した。それは深刻な面持ちに憂慮の色を浮かべた厳粛な重々しい雰囲気の男で、墓からの甦りや世界の終わりについて語りだしそうな朗々と響く声を持っていた。

「おはよう、紳士淑女のみなさん、おはよう。ちょっと聴いていただきたい。どうもありがとう。わたしの名はロドニー・アーサー・コーネリアス・ティットホイッスル。ロンドンの古い名門であるティットホイッスル家の一員であり、〈遺産委員会〉の委員長だ！バジル・パッチカインド刑事巡査長、どうもご苦労さま。きみはもうここの仕事を担当しなくてもいいぞ。ミスター・カマーバンド、魅力あふれるバジルに事情を説明してくれるかね。ありがとう」その指示を受けて、サーモンピンクのネクタイを締めた大柄な男が小さな妖精のようなパッチカインドをわきへ連れていった。パッチカインドは不満そうだが、カマーバンドは——かりに本物だとしてだが——体重が大幅に減って腹が引っこみ、そのぶん肩の筋肉が盛りあがっていた。

「さて、どこまで話したかな。ああそうだ。しかしその前にちょっとむだ話をするが、きみの故郷ではみんな体格のいい人に育つようだね。故郷はどこだったかな。シュロップシャーか。そうだろう、そうだろう。A・E・ハウスマンの『シュロップシャーの若者』を思い出すね。いや、むだ話をしてしまったが、まあいいだろう。

ジョシュア・ジョゼフ・スポーク、女王陛下の政府から付与された権限により、ここにきみを殺人罪、放火罪、内乱罪、テロ行為罪、略奪罪、山賊行為罪の容疑で逮捕する。わたしは一度でいいから山賊行為罪で誰かを逮捕してみたかったんだよ、ミスター・スポーク、響きがロマンチックだからね。さあ、おとなしく、このまじめな警察官から手錠をかけてもらうんだ……よし、いいぞ。きみは国家という船のマストに吊るされてぶらぶら揺れることになるのだよ。股間の逸物をびろーんと伸ばしてマストにくくりつけられてね。ああ、そうだとも！　どこかの切れ者弁護士がなんとかしてくれるなどとは思わぬがいいぞ、ミスター・スポーク。きみの顧問弁護士はたしかにあらゆる人間のなかでいちばん頭がよくて、まさに弁護士の鑑で、地上に降臨した弁護の神であるとはいえね。あの男をわたしにけしかけてみたまえ、ミスター・スポーク。わが刑事魂の塊であるところの拳で粉砕してやる！　それからお嬢さん」と、この怖ろしく饒舌な男はポリーに言う。「きみも恥を知るがいいよ。女がいるべき場所は家庭だ、娘さん。夫や子供たちの靴下をつくろったり鍋や釜を洗ったりするのが仕事で、外に出て謀略に加担するなんぞとんでもない。なんという恥さらしだ！」

「ねえ、調子に乗らないでよ」とポリーは、手錠をかけたティットホイッスルに言った。警官隊の総指揮者ティットホイッスルはぎょっとしてポリーから上体を遠ざけた。「山猫だ！　魔女だ！　立ち去れ！　待てよ。あのみっともない犬はどこだ。焼け死んだのならいいが！　あ、いや。ちぇっ、そこにいたか。そいつも逮捕だ。残りの悪党どもも陰謀の一味として起訴されると思いたまえ。うまい具合にわたしは護送バスを用意してある。そう、あそこにあるあれだ。みんな足枷をして数珠つなぎに……」

数分後、ジョーとその仲間たちは窓をスモークガラスにした黒い護送バスに乗りこんだ。〈遺産委員会〉の男たちは護送バスを発進させた。

「マーサー」とポリーは言った。護送バスはとある地下駐車場に入り、みんなは急いで車をおりた。ここからべつの手段で家に帰るのだ。「よくまああんな馬鹿げた芝居ができるよね」

マーサーは晴れ晴れと微笑んだ。

翌日、政府の機能が復旧し――大事件の連続でいささかダメージを受けたとはいえ――法と秩序を守る諸機関もふたたび市民には内実が見えにくい通常業務に戻ったとき、古風な飛行服を着た男がランカスター爆撃機の前に立っていた。午前十時過ぎ、近づいてきたエンジン音に、男は首をめぐらした。やってきたのは栗色のロールスロイスだった。最近の銃撃戦や爆発で車体の塗りがいくらかはげている。車は数メートル離れたところで停止し、なかから男と女が出てきた。飛行服の男の丸顔が不安の色を消し、大きく微笑んだ。

「やっと来たか！　忙しかったんだな」と飛行服の男、すなわち〈セント・アンドリューズ百貨店〉の会長が言った。

「うん、まあね」と車からおりたジョー・スポークが答えた。

「替えの靴下を一足持ってきたよ。レディーにも何足か。箪笥に余分なのがあったからね。履き替えがいるだろう」

や検挙があったあとだ。あれだけの騒動

カナリア色の、世界一醜悪なアーガイル柄の靴下だった。

「ありがとう。ほんとに……ほんと、ありがたいなあ」

「このお嬢さんはきみのガールフレンドかね」

「愛人よ」とポリーがきっぱり言った。「〝愛〟のところに重点がある。そういうことに決めたの」

「ほう、そうかね」と〈セント・アンドリューズ百貨店〉の会長は言った。「じつにめでたい！　荷物はこれだけかな」

「ええ、それで全部」

「おやおや、パグ犬の剝製なんかがあるようだが」

バスチョンがかっと目を開いて唸った。会長はすばやく後ずさりする。ポリーはにんまりした。「気に入られたみたいね」

「わたしは心配すべきだろうか」

「とてもね」

「それからこれは……例のものの……一部なんだろうね」

「ああ」とジョーが答えた。「あとへ残しておくのは危ない気がするから」

「そうだな。まったくそうだ。政府のなかの愚かなやつらが科学者どもに拡大鏡で調べさせて、復活させようとするかもしれない。今度はもっとうまくやろうと考えてね。馬鹿どもめが。ところでいい飛行機を盗んだじゃないか。よくそんな時間があったね」

「人に頼んだ」

「なるほど。代理人か。すばらしい。ところで、きみはまだお尋ね者であるようだ。その問題はうまく解決すると思っていたが。あの装置の効果で真実が明らかになったはずなのに」会長は身震いした。「ああ。でもあの効果が収まると、政府は被害対策(ダメージ・コントロール)をやりはじめた。おれは……便利なスケープゴートなんだ」

「ふむ。ときにきみの小太りの友達が飛行機の登録の世話をしてくれたよ。悪辣な感じの小男だ。べらべらとよく喋る。わたしはけっこう好きだがね」

「わたしの兄なの」とポリー。

「きみは気の毒な娘だ。でも兄さんを自慢に思っているようだな。彼はいっしょに行かないのかね」

「向こうで落ちあうことになってるんだ」

「なるほど、そうだろうね。さて、どこへ行くんだ」

ジョーは数字をいくつか並べて書いた紙切れを渡した。

会長は眉根を寄せた。ちょっとがっかりした様子だ。

「ビーチで休暇を過ごすのかね」

「何人かの友達と落ちあって、そこからまた出発するんだ」

「ほう。すると船でかな」

「潜水艦よ」とポリーが言うと、会長は信じられないという顔でジョーを見たが、ジョーが一瞬、野獣のように目を光らせるのを見て、本当だと悟った。

丸っこい顔にゆっくりと笑みがひろがった。「やっぱりそういうのでないとね」

まもなくランカスター爆撃機は東に向かって飛びたち、見えなくなった。

謝辞

妻のクレアがいなかったら、この本はもっとずっと筋の通らないものになっていたでしょう。クレアの物語を把握する力と、アホな部分を探知する能力は、どんな作家にとっても必要不可欠なものです――が、ぼくは妻を貸し出すつもりはありません。同業者のみなさん、自分でそういう人を見つけてね。

ぼくのエージェントのパトリック・ウォルシュは、個人用の携帯型〝嵐の目〟です。噂によると、暇なときには虎の調教をしていて、念力で鉄を曲げることができるそうな。ぼくは全然驚きません。そんなパトリックとぼくのチームには、どんなことでも可能です。

クノップフ社のエドワード・キャステンマイアーとウィリアム・ハイネマン社のジェイソン・アーサーは、編集者の黒魔術をぼくにかけ、賢者の言葉でぼくを正しい方向に進ませ、ときどきぼくの言っていることを理解するためにロゼッタ・ストーン解読に似た作業をしてくれました。この本は、というか、たぶんこの本の作者は、でしょうが、少しばかり揉んでもらう必要があったわけですが、最終的にできあがったものは、ぼくが語りたかった物語でした。上手な編集を施してもらうこと以上に大きな喜びはありません（というのはまあ、嘘だけど、いくつかの明らかな例外を除けば、それより大きな喜びはないと言っていいです）。

ジェイソン・ブーハーのゴージャスなアメリカ版カバー・デザインが、二〇一一年初頭のかなり憂鬱に曇った日に思いがけず届いて、自分が書いた世界がものすごくリアルに思えてきてすばらしい気分になりました。グレン・オニールの輝かしいイギリス版も数カ月後に見ることができましたが、正直、甲乙つけがたいものでした。

ワシントン大学のジョン・D・サール先生が、超低温の水と潜水艦に関して大まかなことを教えてくださいました。ぼくは物語を面白くするという大義名分のもとに、現実性をけっこうすぐに無視してしまったのですが、ともかくジョンとその法律顧問であるラブラドル・レトリバーのグレイプに厚くお礼を申しあげます。

〈ジンジャー&ホワイト〉はお茶と坐る場所を提供してくれたお店です。ときに必要なものってそれだけなんですね。

ぼくは物語がたくさんある家に育ちました。犯罪者や犯罪が出てくる物語あり、勇敢な冒険の物語あり。そのすべてが驚異に満ちていました。わが家のテーブルについて、まじめくさった顔の小さな子供（ぼく）のために何かのお話をしてくれた人全員に、ありがとうを言いたいです。

ぼくの娘のクレメンシーは、この本が編集作業に入っているときに生まれました。体重はこの本の原稿の重さとほぼ同じですが、手のかかり方はずっと上でした。クレメンシーの小さな足跡は、ぼくの生活のすべてと、『エンジェルメイカー』のところどころに——九十二ページと三百七ページと五百十三ページ（ページは原書のもの）にはそのものずばりで——ついています。どうもありがとうね、ちっちゃなクマちゃん。

解説

書評家　杉江松恋

全七百ページ超、ハヤカワ・ミステリが現在の装幀になってからは最長の一冊だ。

そうか、よしよし、うむ、とあなたはその厚さに圧倒され、いつか読もうと考えながら書棚に本をしまうかもしれない。だが、ちょっと待って。待ってってば。

今すぐに読まないと絶対にもったいない。またとない読書体験の機会だというのに。だって、ニック・ハーカウェイですよ？　あの『世界が終わってしまったあとの世界で』の作者ですよ？

これがおもしろくないわけがないじゃありませんか。よし、紹介だ。


主人公のジョー（ジョシュア・ジョゼフ・スポーク）は、祖父ダニエルから修理の技を受け継いだ時計職人だ。彼の父親であるマシューは〈トミー・ガン〉の異名をとったギャングで、二人は対照的な生き方をした。ジョーの中には実直な祖父と冒険者であった父の双方への思いがあるのだ。

『エンジェルメイカー』は〈機関（エンジン）〉についての物語である。実際に一つの〈機関〉についての謎が物語を牽引することになるのだが、小説自体が内燃機関のような構造を持っている。圧縮され、爆発を引き起こすガスに当たるものが何かということは後で述べる。点火装置の役割を果たすのは、複数の小さな出来事である。その一つを引き起こすのがイーディー・バニスターという高齢の女性で、ジョーが修理の仕事のために彼女の部屋を訪れたことからすべては始まるのである。やがてジョーの元に怪しげな男たちがやって来る。ティットホイッスルとカマーバンドと名乗った二人は、どうやらジョーが祖父の遺品として何かを受け継いだと考えているらしい。

実はジョーは、友人で葬儀屋のウィリアム（ビリー）・フレンドから紹介され、謎めいた依頼を受けていた。いくつかの部品を組み合わせることで完成する装飾本を修理するというもので、その本には作られた時代を考えると信じられないような精密加工の技術が用いられていた（いわば一種のオーパーツである）。すっかり本に魅せられてしまったジョーはビリーと共に海辺の町へと依頼人であるテッド・ショルトを訪ね、彼から驚異の世界への入口となる一言を聞くことになる。

ここまででだいたい全体の二十パーセントぐらい。後の展開は知らずに読んだほうが楽しみは倍増する。ただ、あまりに前途が長いので、この先の道案内を簡単にしておきたい。

物語は、このエピソードのあたりから複線化している。一方の視点人物はジョー、彼が不可解な出来事に巻き込まれ、首まで深みにはまっていく様子が描かれる。そしてもう一方の主役は先ほど名前が出てきたイーディーである。実は彼女、大英帝国が諜報戦争の花形だったころは凄腕エージェントとして世界を飛び回っていた。ジョーの知らない過去の出来事は彼女のパートで語られるのである。

そのイーディーが寄宿制の女学校から拾われて秘密組織に入る場面がまずは描かれる。ここで出てくるのは秘密兵器好きならばたまらない代物、時速百六十キロでかっ飛ばす装甲機関車のエイダ・ラヴレイス号だ。なんと機関車そのものが一つの基地になっており、新入りはまずここで特訓を受けるのである。前作でも主人公の〈ぼく〉が〈声なき龍〉という武道を修める過程が描かれたが、どうやらアクションは作者のお気に入りらしい。やがて一人前となったイーディーは特命を帯びてインドの藩王国アデー・シッキムへと乗り込んでいく。理由あって男物の軍服着用である。おお、男装の麗人。ここでついに本書の敵役であるシェム・シェム・ツィエンが登場する。

ここで既読の方は、前作『世界が終わってしまったあとの世界で』を思い出してもらいたい。これはハーカウェイが二〇〇八年に発表したデビュー作であった。最初の長篇だから、というわけでもなかろうが構成に不思議なところのある作品で、何も予備知識なしに読み始めた人はずいぶん面食らったことと思う。冒頭では映画「マッドマックス」を思わせる文明終焉後の荒廃した近未来が描かれる。そういう小説なのかと思っていると、第二章はいきなり冴えない〈ぼく〉の高校時代を描いた青春小説となり、次いで第三章は「いちご白書」を思わせる大学生の反戦運動のエピソード、そして第四章では新兵の入隊記とどんどん様相が変わっていき、その中途で前述の〈声なき龍〉の修業や兵隊たちの下ネタの話が入るので、B級カンフーや軍隊コメディなどの洗礼を作者が受けているらしいというどうでもいい情報もわかってくる（ハーカウェイは一九七二年生まれだ）。あれあれ、いつ冒頭の話が出てくるのかな、と思っていると不意打ちのように大事件が出来し、物語の後半は前半の混乱が嘘であったかのように『オデュッセイア』ばりの一大悲劇に姿を変えるのである。しかもそれまでの脱線が全部伏線として回収される。この構成ゆえに『世界が終わってしまったあとの世界で』はミステリとしても一級品として評価しうるのだ。『エンジェルメイカー』は、その四年後に発表された長篇第二作であり、前作ほどの大胆な構成はない。イーディーのパートこそ複線化はするが、これが実はジョーの半生記を綴るためには必要な補助線であったことが中盤以降でわかってくる。焦点が当てられるのは最初からジョー一人だ。

本書の根底にはピカレスク小説の伝統がある。ピカレスクは十六世紀のスペインが発祥の地で、ディケンズやサッカレイなど、十九世紀英国小説の頂点を極めた作家たちも皆この小説形式を自家薬籠のものとして取り入れている。一言で表すならば恵まれない出生の者の一代記であり、主人公がさまざまな階層を縦断していくことにより、社会の諸相を諷刺的に描けるという利点がある。〈悪漢小説〉という訳語はやや一面的で、ピカレスクの主人公は基本的に宗教心を堅持した善人である。だからこそ社会の悪になじめずに流転を繰り返すことになるのだ。

善人である祖父と悪人だった父との思いに引き裂かれた主人公、という本書の設定は明らかにピカレスクのそれを意識している。さらにいえばジョーの心には祖父と父だけではなく、その配偶者である祖母と母の面影も拭いがたく刻印されていることがわかってくる。つまりは三代にわたる家族の小説でもあるのだ。物語の中でジョーはしばしば事態にうろたえているとしか思えない行いをする。小説の後半で重要な登場人物としてジョーと行動を共にするポリー曰く、「わたしのルールは洗練されていて実践的だけど、あなたのルールはとても変で混乱している」。これは必ずしも二人の性別だけによるものではなく、ジョーが自分の寄る辺なさを仮面（ペルソナ）で隠している人物だからなのである。そうした混乱を克服して主人公が本来の自分を取り戻していく小説、ということもできるだろう。このあやふやなジョーのペルソナ、というのがつまり先に書いた内燃機関を動かすためのガスなのだ。この克己と内省という主題は前作から引き継がれたものでもある。『世界が終わってしまったあとの世界で』ではその主題を展開するために曲芸のような手が使われたが、本書ではかなり正統派の冒険小説のプロットが用いられる。何が起きるかって？　もちろん、主人公が世界を救うために悪と闘うのだ。つまり本書にはもう一つの英国小説のお家芸、冒険小説の系譜も流れている。

　ずいぶん欲張りな小説なので、作中に登場する要素のすべてをここで紹介することはできない。ピカレスクという話題の続きで言えば、本書は近代人にとっての神とは何かを問う小説と見ることもできる。キリスト教的な絶対者に直結しえた幸せな時代から遠く隔たり、近代人は自身の合理精神で生み出したものを自らの神として受け入れるようになった。その新たな魂のあり方が小説の中では問題になっていくのである。また細部の趣向について触れると、本書には明らかにルイス・キャロルの『不思議の国のアリス』『鏡の国のアリス』をなぞった部分があり（前述の二人組はトゥイードルダムとトゥイードルディーを連想させる）、不条理な世界に主人公を投げこむ、という趣向から迷路のような地下世界や施設なども登場する。小説の中で使われている特殊な概念や固有名詞については、あまりに数が多いのでこれまたすべてに触れるわけにはいかない。感心なことにそのほとんどが冒頭の百ページまでになんらかの形で紹介されている。伏線の埋設とその回収という技術においてニック・ハーカウェイは申し分のない書き手なのである。ミステリ好きは安心して彼に身を委ねてよい。あとはもう、なんでもあり、というしかない内容である。動物好き？　そしたらふてぶてしくも愛らしいバスチョンというパグ犬と、象軍団という素敵なキャラクターが出てきます。エッチなのが好き？　大丈夫、化学廃棄物セックスというあなたがたぶん生まれて初めて聞くプレイが出てきます。なんでもある、とにかくなんでもあるから。

おっと字数が尽きた。最後にニック・ハーカウェイについて。ご存じの方も多いと思うが、彼は作家ジョン・ル・カレの子息である。二〇一二年に発表した本書で長篇は二作目（同年にイーディー・バニスターの登場する短篇も発表している）、翌年にはノンフィクション*The Blind Giant*を上梓、さらに二〇一四年には第三長篇*Tigerman*を発表と、順調に作家としての地歩を固めつつある。

この最新作は中年の軍人がアラビア海にある孤島に赴任することから始まる小説で、スーパーヒーロー譚の変奏版のような内容らしい。《サンデー・タイムズ》に載った書評曰く「既刊二作よりも自由奔放さは抑えめの作品で、グレアム・グリーン風の帝国の終わりの物語と、リー・チャイルド風の勧善懲悪譚という独特で魅力あるコンビネーション」（あ、本国でも、彼の小説はヘンテコだと思われてたんだ）とのことだが、あらすじ紹介を見る限りではピーター・ディキンスンの異色スリラー『生ける屍』（ちくま文庫）のようでもあり、こちらも訳出が楽しみだ。待ってるよ、ハーカウェイ！

HAYAKAWA POCKET MYSTERY BOOKS No. 1896

黒原敏行（くろはらとしゆき）

1957年生，東京大学法学部卒，
英米文学翻訳家
訳書
『すべての美しい馬』『ザ・ロード』コーマック・マッカーシー
『サトリ』ドン・ウィンズロウ
『世界が終わってしまったあとの世界で』ニック・ハーカウェイ
『怒りの葡萄〔新訳版〕』ジョン・スタインベック
（以上早川書房刊）他多数

この本の型は，縦18.4センチ，横10.6センチのポケット・ブック判です．

〔エンジェルメイカー〕

2015年6月15日初版発行　2015年12月15日再版発行

著者　ニック・ハーカウェイ
訳者　黒原敏行
発行者　早川浩
印刷所　星野精版印刷株式会社
表紙印刷　株式会社文化カラー印刷
製本所　株式会社川島製本所

発行所　株式会社　早川書房
東京都千代田区神田多町2－2
電話　03-3252-3111（大代表）
振替　00160-3-47799
http://www.hayakawa-online.co.jp

（乱丁・落丁本は小社制作部宛お送り下さい
送料小社負担にてお取りかえいたします）

ISBN978-4-15-001896-2 C0297
Printed and bound in Japan

ハヤカワ・ミステリ〈話題作〉

1888
黒い瞳のブロンド
ベンジャミン・ブラック
小鷹信光訳

フィリップ・マーロウのオフィスを訪れた優美な女は……ブッカー賞受賞作家が別名義で挑んだ、『ロング・グッドバイ』の公認続篇！

1889
カウントダウン・シティ
ベン・H・ウィンタース
上野元美訳

〈フィリップ・K・ディック賞受賞〉失踪した夫を捜してくれという依頼。『地上最後の刑事』に続いて、世界の終わりの探偵行を描く

1890
ありふれた祈り
W・K・クルーガー
宇佐川晶子訳

〈アメリカ探偵作家クラブ賞最優秀長篇賞受賞〉少年の人生を変えた忘れがたいひと夏を描く、切なさと苦さに満ちた傑作ミステリ。

1891
サンドリーヌ裁判
トマス・H・クック
村松　潔訳

聡明で美しい大学教授サンドリーヌは謎の言葉を夫に書き記して亡くなった。自殺か？　他殺か？　信じがたい夫婦の秘密が明らかに

1892
猟　犬
J・L・ホルスト
猪股和夫訳

〈「ガラスの鍵」賞／マルティン・ベック賞／ゴールデン・リボルバー賞受賞〉停職処分を受けた警部が、記者の娘と共に真相を追う。